Ca

MW01674388

Deutsch-Böhmisches Wörterbuch der Waarenbenennungen

SALZWASSER
VERLAG

Carl Peter Kheil

Deutsch-Böhmisches Wörterbuch der Waarenbenennungen

Unveränderter Nachdruck der Originalausgabe von 1864.

1. Auflage 2022 | ISBN: 978-3-75259-698-4

Verlag: Salzwasser Verlag GmbH, Zeilweg 44, 60439 Frankfurt, Deutschland
Vertretungsberechtigt: E. Roepke, Zeilweg 44, 60439 Frankfurt, Deutschland
Druck: Books on Demand GmbH, In de Tarpen 42, 22848 Norderstedt, Deutschland

Deutsch-böhmisches

Wörterbuch

der

Waarenbenennungen

mit Berücksichtigung der lateinischen Terminologie,

von

Carl Peter Rheil Sohn.

Prag, 1864.

Německo-český

SLOVNÍK

názvů

zboží obchodního

spolu s ohledem na názvosloví latinské.

Sestavil

Karel Petr Kheil syn.

V Praze, 1864.

Svému milému strýci

pánu panu

Čeňku Schmitzerovi,

kupci, měšťanu a členu rady královského hlavního města Prahy
atd. atd.

na důkaz své úcty a lásky

věnuje

spisovatel.

Předmluva.

Odevzdávaje veřejnosti první tento svůj samostatný pokus literární, obmýšlím všem obchod vedoucím poskytnouti slovník, jenž by jak vzhledem k jazyku tak i vzhledem ku vědě prospíval.

Vzhledem k jazyku snažil jsem se všemožně vyhověti nedostatku již dávno cítěnému, o němž širokou činiti řeč bylo by nemístné, protože každému jest povědomo, kterak pokažených (zvláště z německého) slov českých užívá se v životě obecném u pojmenování rozličných druhů zboží obchodního. Známá tato příčina hlavně vedla mne ke spisování slovníku toho, aniž jsem se obmezil příliš a výhradně na obor, na kterýž pouze obyčejné ponětí o obchodnictví odkazuje. Slovník tento zavírá názvy zboží osadnického (koloniálního), materiálního, chemického, norimberského, střižného, rukodílného, železnického a j. — Největší díl názvů vyňal jsem arci ze života obchodnického, v němž již po delší čas se pohybuji a při tom vše slyšené a viděné bedlivě si zaznamenávám. Též ze starých a pak lepších novějších knih jsem čerpal a konečně i sám osmělil jsem se dle potřeby utvořiti některý význam, poradiv se o jeho správnost s muži kompetentními. Co se dotýká sestavování materiálu německého, užil jsem důkladných návodů ku poznání zboží, výtečných technologií a jiných do oboru toho sahajících spisů, též cenních lístků a rozličných podobných písemností. Názvosloví latinské nejvíce jsem bral z knih farmaceutických, z kterých sluší jmenovati Anthonův chvalně známý slovník lékárnický.

Vzhledem ku vědě mním, že jsem posloužil podáním co možná úplné avšak stručné synonymiky názvů německých, latinských a českých zboží obchodního, zvláště obšírné u látek chemických a zboží lékárnického. Chemické názvosloví české přijal jsem, jak je vypracovala komise k tomu od ministeria vyučování ustanovená, poněvadž tato na cestě neocenitelným a nezapomenutelným Preslem ražené zůstavši, všelikému purismu se ubránila.

Celý spis dělí se na tři částky, jejichž první tvoří slovník zavírající v sobě synonymickou terminologii svrchu naznačených tří jazyků. Částka druhá jest alfabetický seznam názvů latinských, v němž vedle každého názvu položeno jest vřadné slovo německé, vztahující se na část první. Alfabetický seznam názvů českých činí částku třetí, kdež stejně jak v částce druhé udáno jest vřadné slovo německé. Jak vidno podal jsem tedy vlastně tré slovníků, z nichž arci poslední dva jsou více obsah latinský a český k slovníku prvnímu; vůbec přičinil jsem se slovníku svému dodati směru praktického, a doufám, že se mi to částečně poštěstilo. Jinak po ukončení spisu poklésky a nedostatky jeho všeliké poznávám, jichž napravení a doplnění pozdějším pozůstavuji časům.

Kojím se nadějí, že práce má, ku kteréž s chutí a láskou činně přiložil jsem ruku svou, všelikým stavům obchod vedoucím a zvláště kolegům mým kupeckým bude vítána, a přeji sobě srdečně, aby to, co dle sil a okolností mých zdařilého zde podáno, ke zvelebení milého jazyka našeho užili, a takto co dříve dílem z nedostatku potřebných pomůcek a dílem z netečnosti (bohužel namnoze nám obvyklé) bylo pokaženo, opět se vší horlivostí a snažností se napravilo.

Konečně vzdávám díky všem, kteří skutkem i radou přispěli mně k dílu tomuto, podotýkaje, že každý nový příspěvek vděčně přijmu.

V Praze na den sv. Václava 1863.

Karel Petr Kheil syn.

Vorwort.

Bei dem Umstande, daß die böhmische Sprache nach dem ihr gebührenden Rechte vielfach im geschäftlichen Verkehre Anwendung findet, glaube ich, durch die Herausgabe des vorliegenden Wörterbuches einem längst gefühlten Bedürfnis zu entsprechen. An dem Grundsatze festhaltend, sowol dem sprachlichen als auch dem wissenschaftlichen Theile nach Möglichkeit Rechnung zu tragen, bezweckte ich zunächst den Fortschritt der böhmisch-deutschen Lexikographie in einem speziellen, noch keineswegs erschöpften Gebiete. Bezüglich des ersten Theils bedingte die Reichhaltigkeit des Stoffes eine möglichst vollständige Aufnahme aller im Kolonial-, Material-, Chemikalien-, Nürnberger-, Schnitt-, Manufaktur-, Eisen- 2c. Waarenverkehre gebräuchlichen Waarenbenennungen, ließ aber auch eine ausschließliche Beschränkung auf jenen Kreis nicht zu, auf welchen blos der gewöhnliche Begriff der Merkatur hinweist. Die böhmischen Benennungen habe ich größtentheils dem Handelsleben entnommen, in welchem ich mich schon durch längere Zeit bewegend, keine Erfahrung unverzeichnet vorbeigehen lasse. Ferner schöpfte ich aus älteren und besseren neuen Büchern und wagte zugleich nach Bedürfnis manchen Ausdruck zu formen, jedoch nicht, ohne mich zuvor mit kompetenten Männern über die Richtigkeit desselben berathen zu haben. Hinsichtlich des deutschen Materials bediente ich mich gründlicher Waarenkunden, vorzüglicher Technologien und anderer in diese Wissenschaften einschlagender Schriften, ferner Preiskurante und ähnlicher Schriftstücke. Zur Zusammenstellung der lateinischen Terminologie standen mir pharmaceutische Bücher und namentlich Anthons rühmlich bekanntes Handwörterbuch der chemisch-pharmaceutischen Nomenklaturen zu Gebote.

Den Anforderungen des zweiten wissenschaftlichen Theiles dürfte ich wohl durch die Verfassung einer möglichst vollständigen, allein kurz gefaßten Synonymik deutscher, lateinischer und böhmischer Benennungen, die besonders bei den chemischen Produkten und Droguen eine umfangreiche ist, wenigstens dem Willen nach, entsprochen haben. Die chemische Terminologie in böhmischer Sprache behielt ich, wie sie von der vom Unterrichtsministerium dazu bestimmten Kommission ausgearbeitet wurde. Dieselbe zeichnet sich durch ihre Bestimmtheit im Ausdruck des Molekulartypus der chemischen Verbindungen besonders aus.

Das ganze Werk umfaßt drei Theile, wovon der erste das eigentliche Wörterbuch bildet und die synonymische Terminologie der oben erwähnten drei Sprachen enthält. Der zweite Theil ist ein alfabetisches Verzeichnis der lateinischen Benennungen, denen das deutsche auf den ersten Theil sich beziehende Schlagwort beigefügt ist. Im dritten Theil befindet sich gleich dem zweiten ein alfabetischer Index der böhmischen Benennungen. Wie ersichtlich, habe ich eigentlich drei Wörterbücher zusammengestellt, wovon freilich die letzten zwei mehr den lateinischen und böhmischen Index zum ersten bilden. Ueberhaupt strebte ich, dem Werke eine möglichst praktische Tendenz zu verleihen und hoffe, daß mir dies theilweise gelungen sein wird, obgleich ich erst nach dessen Beendigung mancherlei seine Gebrechen und Mängel erkenne, deren Verbesserung und Ausfüllung ich mir für spätere Zeiten vorbehalte.

Ich gebe mich der Hoffnung hin, daß dieser von mir der Öffentlichkeit übergebene literärische Erstlingsversuch, an dem ich mit Liebe und Eifer gearbeitet, den angestrebten Zweck nicht verfehlen werde.

Indem ich endlich Allen, die mir bei der Verfassung dieses Werkes durch That und Rath behilflich waren, meinen innigen Dank sage, füge ich die Bemerkung bei, daß ich jeden Beitrag neuer Benennungen dankbar annehmen werde.

Prag, am 28. September 1863.

Karl Peter Kheil Sohn.

Výklad skracování. Erklärung der Abkürzungen.

— znamená předcházející slovo.
— steht anstatt eines vorhergehenden Wortes.

angl. = anglicky, englisch.
č. = čili, oder.
fr. = francouzsky, französisch.
n. = nebo, oder (*seu, sive*)
o. = oder, nebo.
pol. = polsky, polnisch.
rus. = rusky, russisch.
v. = *vide*, viz, siehe.

A.

Aal, ouhoř; — geräucherter, ouh. uzený; — marinirter, ouh. nakládaný neb marinovaný; —**haut**, kůže ouhoří, úhořina.

Abdampf-apparat, stroj odpařovací; —**kessel**, kotel odpařovací; — von Blei, k. olověný; — v. Eisen, k. železný; — v. Kupfer, k. měděný; — v. Messing, k. mosazný; — v. Zinn, k. cínový; —**schale**, míska odpařovací čili odkuřovací; — von Glas, m. skleněná; — v. Platina, m. platinová; — v. Porzellan, m. porculánová; — v. Silber, m. stříbrná; — v. Thon, m. hliněná.

Abelmosch, Bisamkörner, *semen abelmoschi, grana moschata*, zrna pížmová.

Abhäusel *v.* Bernsteingruß.

Abklärgefäß, nádoba k zčistění.

Abraud, Stabwurz, Eberraute, Garthagel, Eberreis, *herba abrotani seu procampylon*, brotan, dřevinka, dřevník, boží dřevec.

Absatz-bohrer, Absatzöhrte, špic podpatkový, nebozízek na podpatky; —**nägel**, cvoky do podpatků; —**nieten**, nýtky čili třebě do podpatků; — gefeilte, n. pilované.

Abtropfschale, míska odkapní.

Abzieh-riemen, obtahovátko, řemen obtahovací; —**stein**, Abstreichstein, kamen obtahovací.

Abschnittspetersilie, petružel zelená, kudrnatá.

Absinthessenz, schweizer, pelunková neb absintová tresť švýcarská.

Acetal, Sauerstoffäther, *acetal*, acetal, éther kyslíkový.

Acetometer, Essigmesser, octoměr.

Aceton, brenzlicher Essiggeist, *aceton, spiritus pyro-aceticus*, octní líh přismoudlý, aceton.

Acetylsäure *v.* Bleigeist.

Achsen, abgedrehte steyrische, soustrované nápravy štyrské; — gesenkte, n. odvodné; — rohe, n. jednoduché, hrubé neb sprosté —**blech**, plech na nápravy.

Ackeley, Agleiblüthen, *flores aquilegiae seu leontostomi*, květ orlíčkový, rychlíčkový nebo pěti bratrů; —**samen**, *semen aquilegiae*, semeno orlíčkové.

Acker-blech, náradník; —**brandmehl,** *farina melampyri*, mouka pšeničková čili černýšová; —**brandsamen,** Ackerkuhweizen, Wachtelweizen, *semen melampyri seu tritici vaccinii*, semeno čermelové, černejšové, pšenice kraví, pšenička; —**doppen,** Eckerdoppen, *caliculae quercus*, velanidy, valonky, mísky žaludové, kalíšky žaludové; —**gänsedistel,** Ackersonche, *herba hieracii sonchitis*, mléčí polní; —**gelb** *v.* Gelberde; —**graswurzel** *v.* Queckengras; —**günsel** *v.* Schlagkraut; —**kuhweizen** *v.* Ackerbrandsamen; —**kümmel** *v.* Kornrade; —**lattig** *v.* Huflattig; —**mennig,** Ackermenge Odermennig, Steinwurzel, Wundodermennig, Heil-aller-Welt, *herba agrimoniae*, *eupatorii veterum*, *concordiae*, *marmorellae seu lappulae hepaticae*, řepíček, starček, traňk královský, traňk sv. Kunhuty; —**nüsse,** Erdeicheln, Platterbsen, *glandes terrestres;* cizrna, oříšky, haluchy, hrachory; — **rettigsamen** *v.* Hederichsamen; —**schwertsiegwurzel** *v.* Allermannsharnisch; — **skabiosa,** Apostemkraut, Grindkraut, Grätzkraut, *herba scabiosae seu apostemicae*, čertkus, čertovo žebro, kabiáš, chrastavec, hlízník, bylina hlízní; —**sonche** *v.* Ackergänsedistel; —**spergel,** kolenec rolní; —**wickensamen,** Futterwickensamen, Wickensamen, *semen viciae sativae*, semeno vikve obecné.

Adams-apfel, Paradiesapfel, Judenapfel, *pomum Adami*, jablko židovské n. adamovo, limoun okrouhlý, adamovka; —**feige,** Pharaofeige, *ficus sycomorus*, fík morušový n. egyptský.

Adelheidsquelle, Münchner, voda z Adlhaidina pramene mnichovského.

Aderschwamm, *merulius lacrymans s. destruens*, dřevomorka, houba domácí.

Adler, weißer *v.* Kalomel; —**holz,** Aloeholz, Agallochehholz, Paradiesholz, *lignum aloës s. agallochi*, dřevo orličí, aloesové n. rajské; —**vitriol** *v.* Eisenvitriol.

Admiraltuch, šat admiralský.

Adonissamen, semeno hlaváčkové n. ohníčkové.

Affenbaumrinde, Baobabrinde, *cortex adansoniae digitatae*, *cortex bahobab*, kůra bahobabová.

Affodill, Asphodill, Goldwurzel, *radix asphodeli seu bacilli regii*, kořen zlatohlavový neb kopíčkový.

Agallochehholz *v.* Adlerholz.

Agawewurzel (fälschlich Aloewurzel), *radix agaves*, kořen agaveový.

Aglei *v.* Ackeley.

Agnus castus *v.* Rizinuskörner.

Agtstein *v.* Bernstein.

Ägyptenkraut, blauer Steinklee, Schabziegerklee, Siebengezeit, *herba aegyptiacae*, *meliloti coeruleae*, *loti urbanae s. odoratae*, komonice neb komínka modrá.

Ahlkirschenrinde, Vogelkirschenrinde, Traubenkirschenrinde, Elsenbeerenrinde, *cortex pruni padi*, kůra střemchová, trpková, neb čermu-

chová (rus. черемуха); —**öl**, *oleum corticis pruni padi*, olej z kůry střemchové.
Ahlheft, násadka na šídlo.
Ahorn-holz, *lignum aceris*, dřevo javorové; —**zucker**, *saccharum acerinum*, cukr javorový n. babykový, javorovec.
Ahowai *v.* Schlangennüsse.
Aixeröl, Salatöl, Tafelöl, fr. *huile fine d' Aix*, olej aixský, salátový neb tabulní.
Akajou-holz, *lignum mahagoni*, dřevo mahagonové; —**nüsse** *v.* Elefantenläuse, westindische; —**rinde**, Mahagoniholzrinde, *cortex mahagoni*, kůra mahagonová.
Akazien-samen, semeno akacové n. čimišníkové; —**saft**, ächter o. ägyptischer, *succus acaciae verae s. aegypticae*, šťáva neb míza akacová pravá n. egyptská; — böhmischer, *succus acaciae nostratis*, šťáva neb míza trnková.
Akmelle, wahre Fleckblume, indianisches Harnkraut, ABCpflanze, *herba acmellae*, plamatka abecedová.
Akonitin, *aconitinum*, vomějovina, akonitin.
Akouchibalsam, Arakusiribalsam, *balsamum acouchi seu arakusiri*, balšám akouchi čili arakusiri.
Alabaster, Gipsstein, *alabastrum*, alabastr, sádrovec, úběl; —**gips**, sádra úbělová n. alabastrová.
Alantin, *inulinum*, *amylum enulae*, ománkovina, inulin.
Alant-wein, víno ománkové, malvazí, nápoj sladký; —**wurzel**, Brustalant, Glockenwurzel, Helenenkraut, Altwurz, *radix enulae sive helenii*, kořen alantový n. ománkový; — **wurzelextrakt**, *extractum enulae s. helenii*, výtah ománkový; —**zucker**, cukr ománkový.
Alaun, gebrannter, *alumen ustum*, kamenec pálený; — **gegossener** *v.* Alaunerde, schwefelsaure; — **gemeiner** o. weißer, Kalialaun, schwefelsaures Thonerdekali, *alumen vulgare seu album*, *sulphas aluminicokalicus*, kamenec obyčejný, bílý neb draselnatý, síran hlinito-draselnatý; — **gereinigter** oder eisenfreier, *alumen depuratum*, kamenec čistěný; — **römischer** oder rother, *alumen romanum*, kamenec římský, benátský neb červený.
Alaunerde, Thonerde, *argillium oxydatum*, *terra aluminosa pura*, země kamenečná, kysličník hlinitý neb aluminitý; — **essigsaure**, Essigalaun, *alumina acetica*, *acetas aluminicus*, octan hlinitý neb aluminitý, kamenec octový; — **salpetersaure**, *alumina nitrica*, *nitras aluminae*, dusičnan hlinitý neb aluminitý; — **salzsaure** *v.* Chloraluminium; — **schwefelsaure**, Thonerdesulphat, gegossener Alaun, *alumina sulphurica*, *sulphas aluminae*, *argilla vitriolica*, síran hlinitý, kamenec slitý.
Alaun-geist *v.* Schwefelsäure, verdünnte; —**leder** *v.* Leder, weißgares; —**mehl**, mouka kamencová neb kamenečná; —**molken**, *serum lactis aluminosum*, syrovátka kamenečná.
Albumin, *albuminum*, bílkovina, albumín.

Alembrothsalz, lösliches salzsaures Ammoniumquecksilberoxyd, Salz der Weisheit, Weisheitssalz, *sal alembroth, hydrargyrum ammoniato-muriaticum solubile, sal sapientiae*, sůl alembrothská, chlórid rtuťnato-ammonatý roztoplivý, sůl moudrosti, précipitát bílý roztoplivý.

Aletfisch *v.* Alose.

Alfranken, Bittersüß, Hinschkraut, Mäuseholz, Süßnachtschatten, Je länger je lieber, *stipites dulcamarae, solani lignosi seu amarae dulcis, dulcis amara*, bylina sladkohořká, sladká vrbka, potměchuť, myší dřevo, sladká hořká, hořkosladká; **—extrakt,** *extractum dulcamarae*, výtah potměchuťový n. sladkohořký.

Algarothpulver *v.* Spießglanzoxydul, gefälltes salzsaures.

Alizari *v.* Krapp.

Alizarin *v.* Krapproth; **—tinte,** inkoust alizarinový.

Alkahest, Glauberscher *v.* Lauge, alkalische.

Alkali, ätzendes *v.* Aetzkali; — **flüchtiges** trockenes *v.* Ammoniak, kohlensaures; — **mineralisches** *v.* Mineralalkali; — **vegetabilisches** *v.* Pottasche.

Alkannewurzel, echte *v.* orientalische, *radix alcannae verae*, alkana pravá neb východní; — **falsche** rothe Ochsenzungen- oder Orkannetwurzel, *radix alcannae spuriae seu anchusae*, kořen červený, červenicový n. volového jazyku červeného.

Alkekengi *v.* Judenkirschen.

Alkermes *v.* Kermes; **—rosoglio,** rosolka alkermesová; **—saft,** šťáva alkermesová.

Alkohol, höchstrektificirter Weingeist, Aethyloxydhydrat, alkoholisirter Spiritus, *spiritus vini rectificatissimus, alcohol vini*, líh nejsehnanější, alkohol, hydrát kysličníku éthylnatého; — absoluter, *alcohol vini absolutum*, líh prostočistý neb bezvodý; **—meter,** líhoměr, alkoholmeter; **—säure** *v.* Bleigeist.

Alkornoquerinde, *cortex alcornoque seu chabarro*, kůra alkornoková.

Alleluja *v.* Sauerklee.

Allermannsharnisch, langer, Schlangenknoblauch, *radix victorialis longae seu allii anguini*, kořen devaterníkový, hadovníkový, devatero odění neb česneku hadího; — **runder** Ackerschwertsiegwurzel, Siegwurzel, Siegmarswurzel, *radix victorialis rotundae seu gladioli*, kořen mečíkový neb devatero odění modrého.

Alloxan *v.* Säure, erythrische.

Almey, weißes Nichts, Augennicht, weißer Galmey, *nihilum album spodium graecorum, pompholyx*, kalměj bílý, žužel dymná, bílé nic.

Aloe, durchsichtige, *aloë lucida*, aloe průhledné, smola rajská, alius; — **gereinigte,** *aloë depurata seu lota*, aloe čistěné; — **vom Kap,** *aloë capensis*, aloe dobropředhorské neb stkvělé; — **leberartige,** Leberaloe, Barbadosaloe, *aloë hepatica s. barba-*

densis, aloe rudé n. barbadoské; — **sockotrinische,** *aloe soccotrina*, aloe sokotorské.

Aloe-extrakt, *extractum aloës*, výtah aloesový; —**holz** *v.* Adlerholz.

Alose, Else, Ilse, Aletfisch, Maifisch, Alse, májnice, jesen, jelec.

Alouchiharz, *resina alouchi*, pryskyřice alouchiová, alouchi.

Alpen-grindwurzel, Mönchsrhabarber, *radix rhabarbari monachorum, lapathi alpini seu pseudorhei*, kořen šťovíku horního, rabarbara mníšková; —**klee,** Bergkleesamen, *semen trifolii alpestris*, semeno jetele horního.

Alpkraut, Wasserdost, gemeiner Wasserhanf, Kunigundenkraut, *herba eupatorii, cannabini aquatici, Cunigundae seu adulterina*, konopěnec, šalvije polská, bylina sv. Kunigundy; —**wurzel,** *radix eupatorii*, kořen konopěncový, ranné koření, traňk sv. Kunigundy, královské koření.

Alquifuz, Bleiglanz, leštěnec, sirník olovnatý.

Alraunwurzel, Zauberwurzel, *radix mandragorae*, kořen alrounový, mandragorský, pupencový neb pokřínový.

Alse *v.* Alose.

Alstonienrinde, *cortex alstoniae*, kůra volnošová n. alstonová.

Althee, Eibisch, Ibisch, Heilwurzblüthe, *flores altheae s. bismalvae*, květ ibiškový, vysokého slézu neb proskurníkový; —**kraut,** *herba altheae*, list ibiškový neb vysokého slézu; —**wurzel,** Eibischwurzel, *radix altheae*, kořen ibiškový neb slézu vysokého.

Altwurz *v.* Alantwurzel.

Aluminium, *aluminium, argillium*, hliník, alumium; —**federn,** péra aluminiová; —**oxyd,** reine Thonerde oder Alaunerde, *alumina, aluminium oxydatum, oxydum aluminicum, terra argillacea, terra aluminosa pura*, alumia, kysličník hlinitý čili aluminitý.

Alveolarzahntropfen, ložní (alveové) zubní kapky.

Amalgam, varmuž zlatnická, amalgam.

Amaranthholz, dřevo amarantové.

Amber, flüssiger, *ambra liquida*, ambra kapalá; — **gelber** *v.* Bernstein; — **grauer,** *ambra grisea seu ambrosiaca*, ambra šedivá; — **schwarzer,** *ambra nigra*, ambra černá.

Amberkraut, Mastixkraut, Katzengamander, *herba mari veri s. syriaci*, kočičí zelí, kocanka, kočičí máta.

Amboß für Schlosser, kovadlo zámečnické, kovadlina; — für Schmiede, kovadlo kovářské.

Ambraholz *v.* Sandelholz, gelbes.

Ameisen-äther, ameisensaures Aethyloxyd, *aether formicicus, naphtha formicica*, mravenčan éthylnatý, éther mravenčí; —**geist,** *spiritus formicarum*, líh mravenčí; —**säure,** *acidum formicarum seu pyrogenicum*, kyselina mravenčí n. mravencová.

Amianth *v.* Asbest.

Amidon *v.* Stärkemehl.

Ammeisamen, kretischer, echter, egyptischer, alexandriner o. kleiner Ammisamen, Herrenkümmel, Mohrenkümmel, *semen ammeos veri, cretici seu cuminellae*, kořenĺ všecko, semeno omejové, kmín panský, lesní n. bílý.

Ammoniak, arsensaures, arsenikalisches flüchtiges Laugensalz, Arsenik-salmiak, *ammonium arsenicicum*, *arsenias ammoniae*, *alcali volatile arsenicatum*, *sal ammoniacum arsenicale*, arséničnan ammonatý, salmiak arsénový; — **ätzendes** oder flüssiges, *ammonium causticum seu liquidum*, *liquor ammonii*, *aqua ammonii*, amoniak žíravý, tekutý neb vodnatý, voda ammoniová; — **bernsteinsaures,** Ammonsuccinat, bernsteinsaures flüchtiges Laugensalz, *ammonium succinicum*, *succinas ammoniae*, *sal alcali volatilis succinicus*, *alcali volatile succinicum*, jantaran ammonatý; — — flüssiges *v.* Ammoniaksuccinatflüssigkeit; — **blausaures** *v.* Cyanammonium; — **boraxsaures,** Ammoniakborat, Boraxsalmiak, Salmiakborax, *ammonium boracicum*, *boras ammoniae*, *sal ammoniacum boracis*, boran ammonatý, salmiak boraksový, boraks salmiakový; — **chromsaures,** *ammonium bichromicum*, *bichromas ammoniae*, dvojchróman ammonatý; — **essigsaures,** Essigsalmiak, Mindererssalz, *ammonium aceticum*, *sal ammoniacus aceti*, *acetas ammoniae*, octan ammonatý, salmiak octový, Mindererova sůl; — — flüssiges, ammonisirter Essig, Mindereresgeist, flüssiger Salmiak, *ammonium aceticum liquidum*, *acetas ammonii liquidus*, *liquor seu spiritus Mindereri*, *aqua acetatis ammonii*, *liquor ammonii acetici*, octan ammonatý tekutý neb rozpuštěný, ocet ammonovaný, líh Mindererův, salmiak kapalný; — **flußsaures** oder fluorwasserstoffsaures, Fluorammonium, *ammonium hydrofluoratum*, *hydrofluoras ammoniae*, fluorid ammonatý; — **gashaltiges** *v.* Hirschhornsalz; — **geschwefeltes** *v.* Schwefelgeist, Beguin's rauchender; — **goldsaures** *v.* Knallgold; — **harnsaures,** *ammonium uricum*, *uras ammoniae*, *lithas ammoniae*, močan ammonatý; — **hydrobromsaures,** Bromammonium, *ammonium hydrobromicum*, *hydrobromas ammoniae*, brómid ammonatý; — **hydrochlorsaures** *v.* Salmiak; — **hydrocyansaures** *v.* Cyanammonium; — **hydrojodinsaures** *v.* Jodammonium; — **hydrothionsaures** *v.* Schwefelgeist, Beguin's rauchender; — **jodsaures,** *ammonium jodicum*, *jodas ammoniae*, jódičnan ammonatý; — **jodwasserstoffsaures** *v.* Jodammonium; — **kleesaures** oder sauerkleesaures, Ammoniakoxalat, *ammonium oxalicum*, *oxalas ammonicus*, *alcali volatile oxalicum*, štovan ammonatý; — **kohlensaures,** trockenes flüchtiges Laugensalz, flüchtiges Salmiaksalz, trockenes flüchtiges Alkali, *ammonium carbonicum*, *alcali ammoniacale siccum*, *sal ammoniacum volatile*, *sal alcali volatile*, *carbonas ammoniae*, uhličitan ammonatý, salmiak těkavý, sal alkali; — — brenzlich flüssiges *v.* Hirschhorngeist; — **molybdänsaures,** *ammonium molybdaenicum*, *molybdas ammoniacalis*, molybdan ammonatý; — **phosphorsaures,** Phosphorsalmiak, *ammonium phosphoricum*, *phosphas ammonicus*, *alcali volatile phosphoratum*, *sal ammoniacum phosphoricum*, *sal microcosmicus pu-*

rus, fosforečnan ammonatý, salmiak fosforový, sůl mikrokosmická; — **purpursaures,** Purpuramid, Murexyd, *ammonium purpuricum, purpuras ammoniac*, purpuran ammonatý, purpuramid, murexyd; — **reines** *v.* Ammoniak, ätzendes; — **salpetersaures,** Ammoniaksalpeter, Salmiaksalpeter, brennender Salpeter, Salpetersalmiak, Ammoniaknitrat, *ammonium nitricum, nitras ammoniae, sal ammoniacum nitrosum, nitrum flammans*, dusičnan ammonatý, ledek ammonatý, ledek hořlavý, salmiak ledkový; — **schwefelsaures,** Salmiakvitriol, Ammoniakvitriol, Schwefelsalmiak, Stahl's vitriolisirter Weinstein, *ammonium sulphuricum, sulphas ammoniae, sal ammoniacum vitriolicum, sulphuricum seu philosophicum, tartarus vitriolatus Stahlii*, síran ammonatý, skalice salmiaková, salmiak sirný; — — eisenhaltiges, Eisenammoniakvitriol, schwefelsaures Ammoniakeisenoxyd, *ammonium sulphuricum martiatum, sulphas ferro-ammoniacalis*, železitý síran ammonatý, železitá skalice ammoniaková, síran ammonato-železitý; — **schwefelwasserstoffsaures** o. hydrothionsaures, flüssiges Schwefelammonium, Ammoniumsulphür, flüchtige Schwefelleber, Beguin's Schwefelgeist, Hydrothionammoniak, Schwefelwasserstoffammoniak, *ammonium hydrosulphuratum seu hydrothionicum, hydrosulphuretum ammoniatum, liquor ammonii sulphurati, sulphuretum ammoniae liquidum, spiritus sulphuratus Beguini, oleum sulphuris Beguini, tinctura sulphuris volatilis, liquor fumans Beguini*, sirník ammonatý dýmavý neb vodnatý, sulfhydrat ammonatý, těkavá játra sirková, Beguinův líh sirkový; — **schwefligsaures,** Ammoniaksulphit, *ammonium sulphurosum, sulphis ammoniae, sal ammoniacum sulphureum*, siřičitan ammonatý; — **wässeriges** *v.* Salmiakgeist; — **weingeisthaltiges** flüssiges *v.* Ammoniumweingeist; — **weinsteinsaures,** Weinsteinsalmiak, Ammoniakweinstein, *ammonium tartaricum, sal ammoniacum tartaricum, alcali volatile tartaricum, tartras ammonicus*, vínan ammonatý, vinný kámen ammonatý n. salmiakový; — — übersaures, flüchtiger Weinsteinrahm, *ammonium tartaricum acidulum, cremor tartari volatilis, ammonium bitartaricum, bitartras ammoniae*, dvojvínan ammonatý, vinný kámen těkavý; — **wolframsaures** oder scheelsaures, *ammonium wolframicum seu scheelicum, wolframas seu scheelas ammoniae*, wolframan ammonatý, šélan ammonatý.

Ammoniak-alaun, Urinalaun, schwefelsaures Thonerdeammoniak, *alumen ammoniacale seu urinac, alumina ammoniato-sulphurica, sulphas ammoniato-aluminicus*, kamenec ammonatý, síran hlinito-ammonatý; —**bittererde,** phosphorsaure *v.* Magnesiaphosphat, ammoniakhaltiges; —**bittererdesulphat** *v.* Ammoniakmagnesia, schwefelsaure; —**borat** *v.* Ammoniak, boraxsaures; —**eisen** *v.* Ammoniak, salzsaures eisenhaltiges; —**eisenoxyd,** schwefelsaures *v.* Ammoniak, schwefelsaures eisenhaltiges; —**essig** *v.* Ammoniak, essigsaures flüssiges; —**gold** *v.* Knallgold; —**gummi,** armenisches Gummi, *resina ammoniaci, gummi ammoniacum, armoniacum*, živice ammoniaková, ammoniak; —**kupfer,**

Kupfersalmiak, schwefelsaures Kupferoxydammoniak, *sal ammoniacum cupri, cuprum sulphuricum-ammoniatum, sulphas ammoniocupricus,* salmiak měděný, síran ammonioměďnatý; —**kupferoxyd,** salzsaures v. Kupfersalmiakblumen; —**lösung,** kohlenstoffsaure v. Salmiakgeist; —**magnesia,** schwefelsaure, Ammoniakbittererdesulphat, *magnesia ammoniato sulphurica, sulphas magnesiae ammoniacalis*, síran hořečnato-ammonatý, hořká sůl ammonatá; —**milch,** *lac ammoniacale,* mléko ammoniové; —**muriat** v. Chlorammonium; —**natron,** phosphorsaures v. Natronammoniak, phosphorsaures; —**quecksilberoxyd,** chlorwasserstoffsaures v. Quecksilber, salzsaures ammoniakhaltiges; — salzsaures lösliches v. Alembrothsalz; —**salpeter** v. Ammoniak, salpetersaures; —**salz** v. Salmiak; —**seife,** fr. *savon d' ammoniaque,* mýdlo čpavkové n. ammoniakové; —**silberhalbsäure** v. Knallsilber; — **succinatflüssigkeit,** bernsteinsaurer Hirschhorngeist, Bernsteinsalmiaktropfen, Bernsteinammonium, *liquor ammonii succinici, succinas ammonii liquidus, spiritus cornu cervi succinatus, aqua sanctae Luciae*, tekutý jantaran ammonatý, voda sv. Lucie, kapky salmiaku jantarového; —**sulphat** v. Ammoniak, schwefelsaures; —**sulphit** v. Ammoniak, schwefligsaures; —**vitriol** v. Ammoniak, schwefelsaures; — **weinstein** v. Kali, weinsteinsaures ammoniakkalisches; —**zinkoxydhydrocyanat** v. Cyanzinkammonium.

Ammonium-cyanid v. Cyanammonium; —**platinchlorid** v. Platinsalmiak; —**quecksilberchlorid,** basisches v. Quecksilber, salzsaures ammoniakhaltiges; —**sulphür** v. Ammoniak, schwefelwasserstoffsaures; — **weingeist,** Salmiakweingeist, ammoniakalischer Weingeist, *liquor ammonii spirituosus, alcohol ammoniatus, spiritus volatilis vinosus, spiritus salis ammoniaci dulcificatus,* vinný líh ammonatý, alkohol čpavkový.

Amoletpfanne, pánev na amoletky.

Amömlein v. Piment.

Amygdalin *amygdalinum,* hořkomandlovina, amygdalin.

Amylsäure, Baldriansäure v. Valeriansäure.

Ananas, *fructus ananas,* ananas, jablko královské; —**äther,** tresť ananasová; —**liqueur,** likér ananasový; —**öl,** angl. *ananas-oil,* olej ananasový; —**punsch,** punč ananasový; —**rum,** rum ananasový; —**sulz,** rosol ananasový.

Anatherinmundwasser, anatherinová voda ústní (na ústa).

Anchovis v. Anschovis.

Andorn, weißer, Marienneſſel, Gottvergessen, *herba marrubii albi, prasii seu lamii Mariae*, klas n. jablečník vonný, buřina bílá; —**extrakt,** *extractum marrubii albi,* výtah jablečníkový.

Anemonin, *anemoninum,* koniklecovina, anemonin.

Angel-feile, pilník zahnutý; —**haken,** udice; — großer, štikovec.

Angelikawurzel, Erzengel-, Brust-, Luft-, Theriak-, heilige Geistwurzel, *radix angelicae, smyrnii, costi nigri, podagrariae seu spiritus sancti,* kořen angelikový, andělský, archangelikový n. janoklikový, koření sv. Ducha; —**extrakt**, *extractum angelicae*, výtah angelikový; — **öl**, *oleum angelicae*, olej angelikový, silice angeliková.

Angelinrinde, *cortex Angelinae*, kůra angelinská.

Anghikaholz, dřevo anghikové.

Angolaholz, červená pryzila angolská.

Angora-kamelot, kamelot angorový; —**shawl**, shawl angorový; —**tücher**, šátky angorové; —**wolle**, Kameelhaar, vlna angorová, srsť velbloudová neb velbloudí.

Angurienkürbis *v.* Arbusensamen.

Angusturarinde, echte oder westindische, *cortex angusturae verae*, angustura, kůra kusparová; —**extrakt**, *extractum angusturae*, výtah angusturový.

Anilin, *anilinum*, anilin; —**papier**, Waschblaupapier, papír anilinový.

Anime, Animegummi, Animeharz, Flußharz, Kourbarilharz, *gummi seu resina animae, gummi retorridum seu pallidum*, anima, klí animy.

Anis, Anissamen, *semen anisi vulgaris*, anýz, semeno anýzové; — **branntwein**, kořalka anýzová, anýzovka.

Anisetteliqueur, likér anisetový.

Anis-fenchel, römischer, florentiner, italienischer, griechischer, kretischer oder süßer Fenchel, *semen foeniculi dulcis, romani, florentini seu cretici, semen anethi dulcis*, fenykl anýzový, římský, florentský, vlašský, řecký, kretský neb sladký; —**geist**, líh anýzový; —**lakritz**, *succus liquiritiae anisatus*, lekořice anýzová; —**mastixtinktur**, močenina n. tinktura anýzomastiksová; —**öl**, *oleum anisi*, olej anýzový, silice anýzová.

Anjovis *v.* Anschovis.

Ankerwurzel, falscher oder rother Kalmus, Drachenwurzel, gelbe Schwertwurzel, Wasserschwertlilienwurzel, *radix acori palustris, pseudoacori, ircos palustris s. gladioli lutei*, kořen kosáčový, kosatce vodního n. žlutého čili lilium vodního.

Anotte *v.* Orlean.

Anschiffsnagel, nárožník.

Anschovis, Anchovis, Anjovis, anšova, anšovis, aušous; — in Oel, fr. *anchovis à l'huile*, anšova v oleji.

Anstrichfarbe, barva natěrací.

Anthosöl, Rosmarinöl, *oleum anthos*, silice rosmarinová.

Anthrakokali, *anthracokali*, antrakokali, kali s uhlím roztopené; — **geschwefeltes**, geschwefelte alkalische Steinkohlenlösung, *anthracokali sulphuratum*, sirné antrakokali, sirný alkalický roztok kamenného uhlí.

Antichlor, unterschwefligsaures Natron, kazichlor, sirnatan sodnatý.

Antimonchlorid, basisches *v.* Spießglanzoxydul, gefälltes salzsaures.

Antimonial-blumen *v.* Spießglanzblumen; —**brechpulver** *v.* Spießglanzoxydul, gefälltes salzsaures; —**kalk**, Hoffmanns geschwefelter, *v.* Spießglanzschwefelkalk; —**pulver** *v.* Kalk, phosphorsaurer spießglanzhaltiger; —**salpeter** *v.* Kali, salpetersaures spießglanzhaltiges; —**schwe-**

fel, gelber v. Goldschwefel; —**schwefelleber** v. Spießglanzleber; — **weinstein** v. Brechweinstein; —**zinnober,** *cinnabaris antimonii,* cinobr antimónový.

Antimonige Säure v. Spießglanzoxyd, gewaschenes.

Antimonium v. Spießglanz; — **orangefarbenes** geschwefelwasserstofftes v. Goldschwefel; — **rohes** v. Spießglanz, roher; — **rothes** geschwefelwasserstofftes v. Mineralkermes.

Antimoniumasche v. Spießglanzasche.

Antimon-kali, weinsaures v. Brechweinstein; —**kalk** v. Spießglanzoxyd, gewaschenes; —**metall** v. Spießglanz; —**oxyd** v. Spießglanzasche; — — schweißtreibendes v. Spießglanzoxyd, gewaschenes.

Antimon-perchlorid v. Spießglanzbutter; —**rubin** v. Spießglanzkönig, medizinischer; —**säure** v. Spießglanzoxyd, gewaschenes; —**säurehydrat,** Perlenmaterie, *materia perlata, magisterium antimonii diaphoretici,* hydrát kyseliny antimóničné; —**superchlorid** v. Spießglanzbutter; —**supersulphid** v. Goldschwefel; — **supersulphidkalcium** v. Spießglanzschwefelkalk; —**weinsalz** v. Brechweinstein; —**zinnober,** cinobr antimónový.

Apfel, borsdorfer, jablko míšenské.

Äpfel-äther, tresť jablková; —**eisenextrakt,** unreines äpfelsaures Eisenoxyd, Eisenextrakt, *extractum Martis pomatum, ferrum malicum impurum,* jablečnan železitý nečistý; —**öl,** angl. *apple-oil,* olej jablkový; —**säure,** *acidum malicum,* kyselina jablečná; —**sinen,** Pomesinen, süße Pomeranzen, Orangen, *fructus sinici, poma aurantia sinensia,* jablka pomarančová, pomesiny, pomaranče čínské.

Apollokerzen, svíčky apollové.

Apostemkraut v. Ackerscabiosa.

Aprikose, meruňka.

Aprikosenäther, tresť meruňková.

Aprilblume v. Windröschen.

Arabisches Gummi, Mimosengummi, *gummi arabicum seu mimosae,* klovatina arábská; — mittel, *g. a. medium,* k. a. prostřední; — naturell, *g. a. naturale,* k. a. naturální; — weingelbes, k. a. vínožlutá; — weißes elegirtes, *g. a. album electum,* k. a. bílá vybraná.

Arain, arén (látka východoindická).

Arak, Rak, arak, kořalka rejžová.

Aralienrinde, *cortex Araliae spinosae,* kůra prodary kolcaté, kůra araliová.

Arancialiqueur, likér aranciový (pomerančí zaderský).

Arancini, arančiny, pomerančátka pocukrovaná.

Arbusen, Wassermelonen, Wasserkürbis, Angurienkürbissamen, *semen anguriae, citrulli, melonis aquatici seu cucurbitae citrulli,* semeno arbuzové, citrulové, anguriové neb melonu vodního.

Arbutin, *arbutinum,* arbutin.

Armfeile, pilník kovářský.

Arnika v. Bergwolverley; **—blumenöl**, *oleum arnicae*, silice prhová; **—tinktur**, *tinctura arnicae*, prhavina, tinktura prhová.

Arnotta v. Orlean.

Äronel, Himmelsthau, Honigthau, kleinkörnige Manna, *manna granulosa s. electa*, medovice, rosa medová, sladká neb nebeská, manna zrnitá.

Aronwurzel, böhmischer Jugber, Pfaffenpint, Magenwurz, Zehrwurz, Eselsohren, *radix ari, aronis seu dracunculi minoris*, kořen nadráhulový, zmincový, aronové brady neb sv. Jana tváře, český zázvor.

Arrak de Batavia, arrak batavský; — de Goa, arrak goanský.

Arrow-Root, amerikanisches Stärkmehl, westindischer Salap, Pfeilwurzelmehl, *arrow-root*, *amylum marantae*, arrow-root, moučka marantová.

Arrundelöl, *oleum arrundelae*, olej arrundelový.

Arsenik, gelber, Arsenikfulphid, Arsenichtschwefel, *arsenicum citrinum*, *sulphuretum arsenici citrinum*, *arsenicum sulphuratum citrinum*, sirník arsénový, utrých žlutý; — — **natürlicher**, Operment, Auripigment, gelber Realgar, Schwefelgelb, Rauschgelb, *arsenicum citrinum nativum*, *auripigmentum*, *arsenicum persulphuratum*, *sulphuretum arsenici nativum*, utrých žlutý přirozený, oprment, auripigment, kamenka; — **grauer** v. Fliegengift; — **metallischer**, v. Fliegengift; — **oxydulirter** v. Arsenik, weißer; — **rother**, Realgar, Rubinschwefel, Arsenikrubin, Arsenikfulphür, Sandarach, zweifach-Schwefelarsen, *arsenicum rubrum*, *realgar*, *rubinus arsenici*, *sulphuretum arsenici rubrum*, *arsenicum sulphuratum rubrum*, *sandaracha graecorum*, utrých červený, zarnek, síra červená, sirník arséničitý; — **salzsaurer** v. Chlorarsen; — **sulphurisirter** gelber v. Arsenik, gelber; — **weißer**, arsenige Säure, Hüttenrauch, Arsenikblumen, *arsenicum album*, *acidum arsenicosum*, *flores arsenici*, *calx arsenici alba*, utrých bílý, kyselina arsénová; — — **gestossener**, Giftmehl, Hüttenmehl, Arsenikmehl, Rattenpulver, Mäusegift, *arsenicum album pulveratum*, *pulvis arsenici*, utrých bílý mletý, moučka jedová, myšák, myší otrava, moučka utrýchová.

Arsenikäther v. Schwefeläther.

Arsenikalsalmiak v. Ammoniak, arsensaures.

Arsenik-blau v. Kobaltblau; **—blumen**, Arsenikblüthe v. Arsenik, weißer; **—braunstein** v. Mangan arsensaures; **—bromür** v. Bromarsenik; **—butter** v. Chlorarsen; **—jodid** v. Jodarsenik; **—kalk** v. Arsenik, weißer; **—leber** v. Kali, arseniksaures; **—mehl** v. Arsenik, weißer gestoßener; **—öl** v. Chlorarsen; **—pottasche** v. Kali, arseniksaures; **—rubin** v. Arsenik, rother; **—säure, unvollkommene** v. Arsenik, weißer; — — **vollkommene** v. Arsensäure.

Arseniksalmiak v. Ammoniak, arsensaures.

Arseniksalz, ammoniakalisches v. Ammoniak, arsensaures; — **mineralisches** v. Natron, arseniksaures; — **vegetabilisches** v. Kali, arsensaures.

Arſenik-ſoda v. Natron, arſenikſaures; —**ſtein** v. Fliegengift; —**ſulphid** v. Arſenik, gelber; —**ſulphür** v. Arſenik, rother; —**weinſtein** v. Kali, arſenſaures.

Arſen-kobalt v. Kobalt; —**queckſilberjodid** v. Queckſilberjodid, arſenikaliſches; —**ſäure,** vollkommene Arſenikſäure, dephlogiſtiſirter Arſenik, *acidum arsenicicum*, *arsenicum dephlogisticatum*, kyselina arséničná.

Artiſchocke, gemeine, *cynara scolymus*, artyčok obecný, kardus zahradní, bodlák vlaský; — **ſpaniſche,** Kardunartiſchocke, Kardone, *cynara cardunculus*, artyčok španělský; — **wilde** v. Eberwurzel.

Artiſchocken-blumen ſpaniſche, Kardonenblumen, *flores papposi*, *flores carduncului*, květ artyčoku španělského; —**ſamen,** welſcher Diſtelſamen, *semen cynarae seu cardui hortensis*, semeno artyčokové, kardusu zahradního neb bodláku vlaského.

Aſand, ſtinkender, Teufelsdreck, *gummi asae foetidae*, *assa foetida*, *stercus diaboli*, *merda daemonis seu succus medicus*, ozant, čertové lejno, asa smrdutá; — **wohlriechender** v. Benzoe.

Aſarin, *asarinum*, kopytníkovina, asarin.

Asbeſt, Amianth, Erdflachs, Steinflachs, Federalaun, *alumen plumosum*, *asbestus*, *flos aluminis*, asbest, osinec, amiant, kamenný len, kamenec loupavý.

Aſchblei v. Wismuth.

Äſchenfett, *axungia aschiae*, tuk lipanový neb lososí.

Aſchen-krautwurzel, *radix cinerariae*, kořen popelníkový; —**ſalz** v. Kali, kohlenſaures rohes; —**ſchuber,** popelník; —**thürl,** dvířka k popelníku; — — **doppelte,** d. dvojitá; — — **einfache,** d. jednoduchá.

Äſkulin, *aesculinum*, maďalovina, éskulin.

Aſparagin, *asparaginum*, asparagin.

Asphalt, Judenpech, Bergpech, *asphaltum*, *bitumen judaicum*, klí sirnaté, židovské neb zemské, smola židovská, asfalt; —**lack,** lak asfaltový; —**öl,** *oleum asphalti*, olej asfaltový; —**pech,** smola z horní kleje (asfaltu).

Asphodill v. Affodill.

Aſſelwürmer v. Kelleraſſel.

Aſternſamen, semeno hvězdicové n. hvězdníkové.

Aſthacke, sekera na suky.

Aſtragaluswurzel v. Tragant, ſchaftloſer.

Aſtrantie, ſchwarze Sanikel, Meiſterwurz, *radix astrantiae*, kořen jarmankový neb hvězdovkový.

Aſurblau v. Ultramarin.

Äthal, Äthalſäure, Cetyloxydhydrat *aethal*, *oxydum cetylicum*, éthal, hydrát kysličníku cetylnatého; —**ſäure** v. Cetylſäure.

Äther, betäubender, Liquor betäubender, *aether s. liquor anaestheticus*, tresť omamující, éther omamující; — **blaſenziehender,** Kantharidenäther, *aether vesicans seu cantharidatus*, éther puchýřivý, éther pryskérkový neb kantaridový; — **des Frobenius** *v.* Schwefeläther; — **eisenhaltiger** *v.* Schwefelāthergeist, eisenhaltiger; — **essigsaurer** *v.* Essigäther; — **gephosphorter** *v.* Phosphoräther; — **kleesaurer** *v.* Kleesäurenaphtha; — **martialischer** *v.* Schwefeläthergeist, eisenhaltiger; — **phosphorischer** *v.* Phosphoräther; — **salpetersaurer** *v.* Salpeteräther; — **salzsaurer** *v.* Salzäther; — **saurer** *v.* Rabels Wasser; — **schwefelsaurer** *v.* Schwefeläther; — **vegetabilischer** *v.* Essigäther; — **vitriolsaurer** *v.* Schwefeläther.

Ätherinhydrat, erstes, *v.* Schwefeläther.

Äther-nitrat *v.* Salpeteräther; —**weingeist** *v.* Schwefelätherweingeist; — **eisenhaltiger** *v.* Schwefeläthergeist, eisenhaltiger.

Äthyl-bromür *v.* Bromäthyl; —**chlorür** *v.* Salzäther; —**jodür** *v.* Jodäthyl; —**merkaptan** *v.* Merkaptan.

Äthyloxyd *v.* Schwefeläther; — **ameisensaures** *v.* Ameisenäther; — **baldriansaures** *v.* Baldrianäther; — **basisch-essigsaures** *v.* Acetal; — **benzoesaures** *v.* Benzoeäther; — **buttersaures** *v.* Butteräther; — **essigsaures** *v.* Essigäther; — **hydrobromsaures** *v.* Bromwasserstoffäther; — **kleesaures** *v.* Kleesäureäther; — **önanthsaures** *v.* Önanthäther; — **önanthyligsaures** *v.* Önanthäther; — **oxalsaures** *v.* Kleesäureäther; — **salpetrigsaures** *v.* Salpeteräther; — **pitinsaures** *v.* Önanthäther.

Äthyl-oxydhydrat *v.* Alkohol; —**sulphhydrat,** Schwefelwasserstoffweinäther, *sulphhydras aethylicus*, *mercaptanum*, vodíkosirník éthylnatý, sulfhydrát éthylnatý, merkaptan.

Atlas, baumwollener, atlas bavlněný; — **geblümter,** a. květovaný; — **halbseidener,** a. polohedbávný; — **seidener,** Seidenatlas, a. hedbávný; — **türkischer,** a. turecký.

Atlas-band, pentle, stužka atlasová; —**drell,** třilich atlasový, atlas lněný; —**holz** *v.* Marmorholz; —**leder,** kůže atlasová; —**papier,** papír atlasový.

Atropin, *atropinum*, rulíkovina, atropin.

Attich-beeren, *baccae ebuli*, *grana actes*, jahůdky chebdové, chebdinky; —**blüthen,** *flores ebuli*, květ bezu nízkého neb zemského, květ chebdový; —**muß,** *rob ebuli*, povidla chebdová; —**rinde,** *cortex ebuli*, kůra chebdová.

Ätzammoniumflüssigkeit *v.* Ammoniak ätzendes.

Ätzbaryt, Barytumoxyd, *baryta caustica*, *baryum oxydatum*, *oxydum barycum*, baryt, žíravý merotec, kysličník barnatý, baryt žíravý; — **krystallisirtes,** Barythydrat, Barytumoxydhydrat, Barytkrystalle, *baryta caustica crystallisata*, *baryta hydrica*, *hydras barytae*, *baryum oxydatum crystallisatum*, *crystalli barytae*, baryt žíravý krystalovaný, hydrát barytu, hydrát kysličníku barnatého, krystaly barytové.

Ätz-grund, pokost leptací; —**kali** *v.* Kali, ätzendes; — — geschmolzenes, Ätzstein, *kali causticum fusum*, *lapis causticus*, žiravé draslo slité, kámen leptavý č. žíravý.

Ätzkalilösung, alkoholische, *kali causticum alcoholicum*, draselnatý roztok líhový, líhový roztok žíravého drasla.

Ätz-kalk, gebrannter Kalk, Kalciumoxyd, *calcaria caustica seu usta, calcium oxydatum, oxydum calcis*, žíravé neb pálené vápno, kysličník vápenatý, živé vápno; **—lauge,** Seifensiederlauge, *liquor kali caustici, potassa liquida, aqua potassae purae*, louh žíravý neb mydlářský; **—natron,** Natronhydrat, *natrum causticum, natrium oxydatum purum seu hydras sodae*, soda leptavá, salajka žíravá, kysličník sodnatý, nátron žíravý, hydrat kysličníku sodnatého; **—natronlauge,** Natronlauge, *liquor natri caustici, lixivium minerale seu sodae*, louh nátronový, roztok salajky žíravé; **—pottasche** v. Kali, ätzendes.

Ätzquecksilber v. Ätzsublimat; — **rothes** v. Merkurialpulver, rothes; **—flüssigkeit** v. Quecksilberflüssigkeit, ätzende.

Ätz-salz v. Kali, ätzendes; **—silber** v. Höllenstein; **—soda** v. Ätznatron; **—spießglanzflüssigkeit** v. Spießglanzbutter; **—stein,** *lapis causticus*, kamínek žíravý, leptavý n. ranhojický; **—sublimat,** Ätzquecksilber, Quecksilberchlorid, Einfachchlorquecksilber, Merkurialchlorid, ätzendes salzsaures Quecksilber, ätzender Sublimat, *sublimatum corrosivum, hydrargyrum corrosivum sublimatum, mercurius corrosivus sublimatus, hydrargyrum muriaticum corrosivum, murias hydrargyri, mercurius sublimatus, chloretum hydrargyricum, hydrochloras oxydi hydrargyri*, sublimát, chlórid rtuťnatý; **—wasser** v. Quecksilberflüssigkeit, ätzende.

Auflage, eiserne zu Drehbänken, železný podklad k soustruhům.

Aufreibhammer, kladivo natěrací.

Aufsatz-bänder, stuhy, závěsy (panty do oken); **—hacke,** sekyrka kuchyňská.

Augen-korall v. Korall, weißer; **—kraut** v. Augentrost; **—nicht** v. Almey; **—salbe,** víčková mast; **—stein,** weißer Galitzenstein, weißer Vitriol, schwefelsaures Zinkoxyd, Zinkvitriol, Zinkoxydsulphat, Brechvitriol, *gilla Theophrasti, vitriolum album seu zinci, zincum sulphuricum seu vitriolatum, sulphas zincicus, sal vomitorium*, skalice bílá neb zinková, síran zinečnatý, nickamínek bílý, krymza; **—trost,** Augenkraut, Zahntrost, *herba euphrasiae, ophthalmica seu ocularia*, ambrožka, světlík, těšinka, potěšení očí; **—wasser,** *aqua saphirina*, modrá voda oční; **—wurzel** v. Baldrian, kleiner; **—wurzelsamen** v. Möhrensamen, kretischer.

Aurikelsamen, semeno medvědího ouška.

Aurin, wilder, v. Gnadenkraut.

Auripigment v. Arsenik, gelber.

Ausbruch, Krontokayer, samotok tokajský korunní; — **Menischer,** s. míněšský; — **Ödenburger,** s. šoproňský; — **Ruster,** s. rustecký; — **St. Georger,** s. svatojiřský; — **Tokayer,** s. tokajský.

Ausgrundhobel, hoblík vydlabací.

Aushängsäge, pila vývěsní.

Ausputzhobel, hoblík vybírací.
Auster, *ostrea edulis*, ústřice, skořepnice, austrie, mořský šnek.
Austernschalen, *testae ostrearum s. concharum*, skořepiny ústřicové; — **kalzinirte,** *t. ostr. calcinatae*, skořepiny ústřicové pálené.
Austernwasser, *aqua concharum*, voda ústřicová.
Autourrinde, *cortex autour*, kůra autourová.
Ausziehtusch, tuš na čárkování.
Azor, azor.
Azotoxydul-Carbonsubhydroidul-Eisenoxydulkali *v.* Kali, eisenblausaures.
Azotsäure, Nitrylsäure, concentrirte Salpetersäure, *acidum azoticum seu nitricum concentratum*, kyselina dusičná sehnaná.
Azur-blau *v.* Ultramarin; **—stein,** Lazurstein, *lapis lazuli seu coeruleus*, lazur, modřec, kámen lazurový.

B.

Bablah, Babulah, Dividivi, *siliqua bablah*, *gallus indicum*, bablah, babulah, dividivi, duběnky indické.
Bachbungen, Bachbohnen, Wasserbungenkraut, *herba beccabungae, veronicae aquaticae*, *berulae seu cepacae*, rozrazil potoční, rozrazilka.
Bäcker-auszug, výražka pekařská; **—mehl,** weißes, pekařská mouka bílá; **—schrottmehl,** pekařská mouka šrotová.
Badeschwamm, *spongia marina*, houba lazební neb mycí.
Badian *v.* Sternanis.
Badkraut *v.* Liebstöckel.
Baldgreis, Kreuzkraut, gelbes Vogelkraut, *herba senecionis, erigerontis, hydrogeri, pappae seu petrellae*, květ sv. Jakuba, přímětník, starček, lomihnát, koření přímětové neb křížové.
Baldrian, großer, Theriakwurzel, *radix valerianae majoris*, *phu pontici, theriacariae seu Georgianae*, kořen kozlíku většího; — **kleiner,** Augenwurzel, Katzenwurzel, *radix valerianae minoris seu sylvestris seu polemonii*, kořen paldranový neb kozlíku menšího; — **virginischer** *v.* Schlangenosterluzei.
Baldrian-äther, baldriansaures Äthyloxyd, *aether valerianicus*, valeran éthylnatý, éther valerový; **—extrakt,** *extractum valerianae*, výtah paldranový neb kozlíkový; **—öl,** *oleum valerianae*, olej paldronový neb kozlíkový; **—säure,** Phocensäure, Amylsäure, *acidum valerianicum seu phocenicum*, kyselina valerová.
Balkonstäbe, Balkongitter, mříže na balkon, mříže pavlanové.
Balleisen, dláto pěstní.

Ballen-leinwand, plátno štukové; —**zinn,** Bergzinn, Gattern, cín svinutý, cín v balíčkách.
Ballote, wollige, Wolfstrappkraut, *herba ballotae lanatae*, měrnice vlnatá.
Balsam von Gilead *v.* Balsam von Mekka; — **grüner** *v.* Takamahak; — **indianischer** *v.* B. peruvianischer; — **von Jericho** *v.* B. von Mekka; — **jerusalemer,** balšán jeruzalemský; — **kanadischer,** Terpentin, kanadischer, *balsamum canadense*, *terebinthina canadensis*, b. kanadský, terebintina kanadská; — **kapuziner,** b. kapucínský; — **karpathischer,** Zederbalsam, *balsamum carpathicum*, *terebinthina carpathica*, b. tatranský, terebintina karpatská; — **für Kinder,** b. pro děti; — **kopaischer,** Kopaivabalsam, Kopahubalsam, *balsamum copaivae seu copahu*, *oleum capiviae*, b. kopaiva č. kopahu; — **von Mekka,** von Gilead, von Jericho, Opobalsam, *balsamum de Mecca*, *gileadense*, *verum seu opobalsamum*, b. z Mekky, mekčanský, z Gileadu, gileadský čili z Jericha; — **peruvianischer,** indischer, Sankt Salvadorbalsam, *balsamum peruvianum seu indicum*, balsám peruanský č. indický; — **toluanischer,** von Tolu, von Karthagena, Tolubalsam, *b. tolutanum*, *Eustachii*, *St. Thomae seu de Carthagena*, b. toluanský neb kartagenanský; — **trockener,** *opobalsamum siccum*, balsamová míza suchá, b. suchý; — **ungarischer,** *b. hungaricum*, b. uherský.
Balsamäpfel, Wunderäpfel, Eselskürbis, Eselsgurke, Springgurke, *fructus momordicae*, tykvice planá, stříkavá n. psí, balzamka, židovská jahoda, jablko balsamové, momordyka; —**öl,** *oleum momordicae*, olej balzámkový neb momordykový.
Balsamholz, *xylobalsamum*, *lignum balsamitae*, dřevo balšánové.
Balsamine, gelbe, gelbes Springkraut, *herba impatientis*, *balsaminae luteae seu noli me tangere*, balsamina neb balzaminka žlutá, netýkalka, lebeda lesní.
Balsaminensamen, semeno balzaminové, balzaminkové.
Balsam-körner, *carpobalsamum*, *grana balsami*, semeno balšámové, zrna balšámová; —**kraut,** Frauenwürze, *herba balsamitae*, *sanctae mariae*, *menthae graecae seu ovariae*, balšán řecký neb Panny Marie; —**münze** *v.* Zitronenmünze; —**öl** *v.* Balsam von Mekka; —**olivenseife,** balšánové mýdlo olivové.
Bambusrohr, Bambusstab, třtina, hůlka bambusová.
Bandakardamomen, *cardamomum maximum*, kardamomy největší.
Band-draht, drát svorní; —**eisen,** obruče džberové, železo šířené; —**hacke,** hlavatka, pantovnice; —**nägel,** hřebíky do závěsy, pantováky; —**tresse,** Ligatur, fr. *galon à Livrée*, tkaloun.
Bankazinn, ostindisches Zinn, cín bancký, východoindický.
Bank-eisen, lavičník; —**hammer,** kladivo třeblové; —**knecht,** pacholek.
Baobabrinde *v.* Affenbaumrinde.

Barbadosaloe *v.* Aloe, leberartige.
Barbatimaorinde *v.* Rinde von Barbatimao.
Barbenkraut, Barbarenkraut, Winterkresse, *herba barbareae*, zelí sv. Barbory, barborka, trejzel plotní.
Barchent, Barchet, barchan, barkan.
Barden *v.* Fischbein.
Barège, barež; —**tücher,** šátky barežové.
Bären-fenchel, Bärwurzel, *radix mei, athamanticae seu foeniculi ursini*, kořen koprníkový neb nedvědí; —**klaue,** Heilkraut, *herba brancarum ursi, brancae ursinae, acanthi seu melanphyllos*, akant, trnový lopuch, nedvědí pazneht, vlaský andělíček; —**traube,** Sandtraube, Steinbeerenkraut, *herba uvae ursi seu gayubae*, medvědice, nedvědice, kostrouneк.
Bärlapp-kraut, Drudenfuß, *herba lycopodii, musci clavati, cingularae seu pedis ursini*, jelení růžek, moří noha, zemský mech, vidlák, čertův čpár, medvědí lapa, jelení skok, pás sv. Jana; —**samen,** Einstreupulver, Blitzpulver, Erdschwefel, Hexenmehl, Johannisgürtelpulver, Klopfpulver, Moospulver, Streupulver, Wurmmehl, *lycopodium*, *semen lycopodii, pulvis s. farina lycopodii, sulphur vegetabile*, prach čertova čpáru n. zemského mechu, mechové semeno, zasypádko, zasýpací prášek.
Barille, spanische Soda, natürliches mineralisches Laugensalz, *barilla, soda hispanica, natrum carbonicum impurum*, barilla, soda španělská.
Bartholomäushäring, slanec bartoloměјský.
Bärwurzel, falsche *v.* Silaufenchelwurzel.
Baryt, ätzender *v.* Ätzbaryt; — **azotsaurer** *v.* Baryt, salpetersaurer; — **boraxsaurer,** Barytborax, Boraxschwerspath, *baryta boracica, boras barytae, terra ponderosa boraxata*, boran barnatý, boraks barytový, baryt boraksový; — **chlorinsaurer,** Barytoxymuriat, Barytерdechlorat, *baryta chlorica, chloras barytae, oxymurias barytae*, chlórečnan barnatý; — **chlorwasserstoffsaurer** *v.* Chlorbaryum, — **chromsaurer** *v.* Permanentgelb; — **essigsaurer,** Barytacetat; *baryta acetica, acetas baryticus*, octan barnatý; — **fluorwasserstoffsaurer,** Fluorbaryum, Baryumfluorid, *baryta hydrofluorica, hydrofluoras barytae*, fluorid barnatý, fluorbaryum; — **hydrojodsaurer,** Jodbaryum, Baryumjodür, *baryta hydrojodica, joduretum barytae, hydrojodinas barytae*, jódid barnatý, jodbaryum; — **hyposchwefelsaurer** oder unterschwefelsaurer, Barythyposulphat, *baryta hyposulphurica, hyposulphas barytae*, siřičnan barnatý; — **jodwasserstoffsaurer** *v.* Baryt, hydrojodsaurer; — **kaustischer** *v.* Ätzbaryt; — **kohlensaurer** oder karbonsaurer, *baryta carbonica, carbonas barytae, terra ponderosa aërata*, uhličitan barnatý, uhlan barnatý; — **salpetersaurer** oder azotsaurer, Barytnitrat, Schwererdesalpeter, *baryta nitrica, nitras baryticus, terra ponderosa nitrata*, dusičnan barnatý; — **salzsaurer** *v.* Chlorbaryum; — **schwefel-**

saurer oder vitriolsaurer, Schwerspath, Barytsulphat, Schwefelspath, *baryta sulphurica nativa seu vitriolata, sulphas baryticus, vitriolum barii*, síran barnatý, merotec; — **unterschwefelsaurer** v. Baryt, hyposchwefelsaurer; — **vitriolsaurer** v. Baryt, schwefelsaurer; — **wasserstoffchlorsaurer** v. Chlorbaryum; -**wasserstoffjodsaurer** v. Baryt, hydrojodsaurer.

Baryt-acetat v. Baryt, essigsaurer; —**borax** v. Baryt, boraxsaurer; —**erde** v. Baryt; —**erdechlorat** v. Baryt, chlorinsaurer; —**gelb** v. Permanentgelb; —**hydrat** v. Ätzbaryt, krystallisirtes; —**hydrochlorat** v. Chlorbaryum; —**hydrofluorat** v. Baryt, hydrofluorsaurer; —**hyposulphat** v. Baryt, hyposchwefelsaurer; —**krystalle** v. Ätzbaryt, krystallisirtes; —**muriat** v. Chlorbaryum; —**nitrat** v. Baryt, salpetersaurer; —**oxymuriat** v. Baryt, chlorinsaurer; —**salpeter** v. Baryt, salpetersaurer; —**schwefelleber** v. Schwefelbaryum; —**spath** v. Baryt, schwefelsaurer; —**sulphat** v. Baryt schwefelsaurer; —**vitriol** v. Baryt, schwefelsaurer; —**weiß** v. Mineralweiß.

Baryum-chlorid v. Chlorbaryum; —**fluorid** v. Baryt, fluorwasserstoffsaurer; —**jodür** v. Baryt, hydrojodsaurer; —**oxyd** v. Ätzbaryt; — **oxydhydrat** v. Ätzbaryt, krystallisirtes; —**sulphür** v. Schwefelbaryum.

Basaltgut, kamenina černá neb čedičná.

Basilienkraut, Hirnkraut, *herba basilici, ocimi citrati*, bazalka, bazilička citronová.

Bassoragummi, Gummi Kutira, *gummi toridonense*, klovatina bassoraská.

Bastarde, Syrupmehl, bastarda, moučka syrupová.

Bastard-klee, schwedischer, jetel zvrhlý švédský; —**zucker,** Bastertzucker, Kochzucker, weißer, gelber, brauner Farin, bastry, cukr bastardový, cukrová mouka bílá, žlutá, hnědá.

Bastdecke, pokrývka lýková.

Bastertkorallen, korálky jantarové.

Batavischgrün, zeleň batavská.

Bathengel v. Gamander.

Battist, Linon, kment, batist, linon.

Bauch-kette, řetěz bokový, bokovník, bokovák; —**platten,** plotny, dlažky břichaté; —**töpfe,** hrnce břichaté.

Bauern-senf, *semen thlaspeos*, semeno luštincové neb penízkové, hořčice sedlská; —**weihrauch** v. Waldrauch; —**wolle,** vlna sedlská.

Baum-flechte v. Lungenmoos; —**harz** v. Elemi; —**malven,** Stockmalven, Pappelblüthen, *flores malvae arboreae seu alceae roseae*, květ slézu zahradního neb římského neb topolovky růžové; —**moos,** Haarmoos, Ziegenbart, *muscus arboreus seu foeniculaceus*, *herba musci arborei*, provazovka, mech stromový; —**öl,** gewöhnliches, Olivenöl, Fabriksöl, Lecceröl, Gallipoliöl, Puglieseröl, *oleum olivarum*, olej dřevěný, olivový, pugliansky n. továrni; —**säge** pilka zahradnická;

—**wachs** v. Wachs, japanisches; —**wolle**, *gossypium*, bavlna; — afrikanische, b. africká; — alexandriner, b. aleksandrinská; — antiguanische, b. antiguanská; — bahianische, b. bahiánská; — barbadossche, b. barbadoská; — bengalische, b. bengalská; — bourbonische, b. burbonská; — egyptische, b. egyptská; — fernambukische, b. fernambucká; — georgianische, b. georgická; — guadalupische, b. guadalupská; — gekrämpelte, b. mykaná n. krumplovaná; — geschlagene, b. mrskaná; — italienische, b. italská; — jamaikanische, b. jamaická; — kalabreser, b. kalabreská; — kayenner, b. kayenská; — Kaufmannsgut, b. dobrá kupecká; — kleinasiatische, b. maloasiatská; — kristophsche, b. kristofská; — Kuba, b. kubská; — levantiner, b. levantská; — luisianer, b. luisianská; — Madras, b. madraská; — macedonische, b. macedonská; — malteser, b. malteská; — martinique, b. martinická; — mittelgut, b. nadprostřední; — motrilsche, b. motrilská; — neuorleanische, b. novoorleanská; — nordamerikanische, b. severoamerická; — ordinäre, b. obecná; — ostindische, b. východoindická; — persische, b. perská; — philosophische v. Zinkweiß; — portorikco, b. portorická; — pugliefer, b. puglianská; — rohe, b. surová; — siamsche, b. siamská; — sizilianische, b. sicilská; — smyrnische, b. smyrnská; — spanische, b. španělská; — surinamsche, b. surinamská; — St. Domingo, b. svatodominická; — St. Jago, b. svatojagská; — südamerikanische, b. jižnoamerická; — syrische, b. syrská; — thomasische, b. tomášská; — westindische, b. západoindická.

Baumwollen-band, stužka bavlněná; —**bast**, bavlnavka; —**garn**, příze bavlněná; —**garnabfall**, odpadky bavlněné příze; —**gaze**, gaz bavlněný; —**molton**, multon bavlněný; —**taffet**, dykyta bavlněná; —**weidenrinde** v. Lorbeerweidenrinde.

Baumwollwatte, vata bavlněná.

Bayfalz, Beysalz, Meersalz, *sal marinum*, sůl jezerní, samosádka.

Bdellium, *gummi bdellii*, bdellium.

Bebeerin, *bebeerinum*, *bebirinum*, bebirin, bebeerin; — **salzsaures** oder chlorwasserstoffsaures, Bebirinmuriat, *bebirinum muriaticum*, *murias bebirinae*, chlorovodan bebirinný; — **schwefelsaures**, Bebirinsulphat, *bebirinum sulphuricum*, *sulphas bebirinae*, síran bebirinný.

Bebeerurinde, *cortex bebeeru*, kůra bebeeru, bebeeru.

Becher-blume, Bibernell, gemeine, Gartenbibernelle, Wiesenpimpinelle, Megelkraut, Nagelkraut, *herba pimpinellae*, *sanguisorbae seu sorbastrellae*, střebí krev, boží vousy, krvavec, bedrník obecný, zahradní neb luční; —**blumenwurzel**, *radix pimpinellae*, koření krvavé menší, kořen bedrníkový; —**flechte**, Büchsenflechte, Fiebermoos, *lichen pyxidatus*, *herba ignis*, dutohlavka poháratá, mech protizimniční.

Bechet v. Orleau.

Bedeguar, Schlafäpfel, Rosenschwamm, Hahnbuttenschwamm, *fungus cynosbati*, *bedeguar*, *fungus rosarum*, houba růžová.

Beerengrün v. Blasengrün.

Behen-nüsse, Ölnüsse, *nuces behen, glandes unguentariae*, ořechy behenové neb beenové; —**nußöl,** *oleum been s. balatinum*, olej behenový; —**wurzel,** rothe, *radix behen rubri seu limonii statici*, kořen beenu červeného, kořen limonkový neb limoncový.

Beifuß, St. Johannisgürtel, *herba artemisiae*, černobýl, bylina sv. Jana, peklínek; — **bitterer** *v.* Wermut.

Beifuß-extrakt, *extractum artemisiae*, výtah černobýlový; —**samen,** wurmtreibender *v.* Wurmsamen; —**wurzel,** *radix artemisiae*, kořen černobýlový, koření ženské.

Bein-bruch, Knochenstein, Tuff, Tuffstein, *lapis osteocollae, ammosteus seu sabulosus*, tuf, sedra; —**samenwurzel,** Dreisteinwurzel, *radix triosteospermi*, kořen trojpeckový; —**schwarz,** ganzes Knochenschwarz, Elfenbeinschwarz, Sammtschwarz, Spodium, *ebur ustum nigrum integrum, carbo ossium*, čerň kostní, kosť pálená, černé nic; — gemahlenes, *ebur ustum nigrum pulveratum*, kosť pálená mletá.

Beinwell, Wallwurzel, Schwarzwurzel, *radix symphyti seu consolidae majoris*, kořen celníkový, kostivalový neb svalníku věčšího.

Beißbeere *v.* Pfeffer, spanischer.

Beizmittel, močidlo, louživo, leptadlo, mořidlo.

Bélahérinde, *cortex bélahé*, bélahé, kůra bélahé, kůra dlouhocévková.

Belladonna *v.* Tollkirsche.

Benediktenwurzel, Nelkenwurzel, Nägleinwurzel, Garaffel, *radix caryophyllatae, benedictae, oculi leporis, gei seu lagophthalmi*, kořen hřebíčkový, benediktový, zaječího oka čili byliny hřebíčkové.

Benzin, Benzol, *benzinum seu benzolum*, benzin, benzol; —**lack,** lak benzinový.

Benzoe, Kampynian, wohlriechender Asand, *gummi benzoes, asa dulcis*, benzoe, benzoin, živice benzoinová, asa vonná; —**äther,** benzoesaures Äthyloxyd, *aether benzoicus, naphtha benzoica*, benzoan éthylnatý, éther benzoový; —**öl,** *oleum benzoës*, olej benzoinový; — **säure,** Benzoeblumen, *flores benzoes, acidum benzoicum, acor benzoinus*, kyselina benzoová neb benzoičná, květ benzoinový.

Berberbeeren (fälschlich: Rhabarberbeeren), *baccae berberidis*, dráče, dříšťalky, jahůdky dráčové.

Berberin, *berberinum*, dříšťalovina, berberin; — **salzsaures,** Berberinmuriat, *berberinum muriaticum, murias berberinae*, chlórid berberinný; — **schwefelsaures,** Berberinsulphat, *berberinum sulphuricum, sulphas berberinae*, síran berberinný.

Berberisrinde, Sauerdornrinde, *cortex berberis*, kůra dříšťalová.

Bergamottöl, Oranienöl, *oleum seu essentia bergamottae*, silice bergamotová, olej bergamotový neb pargamentkový.

Berg-balsam *v.* Steinöl; —**blau,** Kupferblau, Lasurblau, *coeruleum montanum*, modř horská, měděná, ogr modrý, holubec; —**flachs,** Purgierlein, Purgierflachs, Laxirflachs, Wiesenflachs, *herba lini cathartici*, len čistivý; —**gelb** *v.* Gelberde; —**grün,** Ungarischgrün, Tyrolergrün, Malachitgrün, zeleň horská, uherská neb tyrolská, barva helová; —**günsel** v. Gülbengünsel; —**klee,** Alpenkleesamen, semeno dětele chlumního; —**kreide,** křída horská; —**kümmel,** Zirmetsamen, *semen sesdi cretici seu tordylii*, kmín horský, semeno zapaličkové;

Berglaserkraut-samen, Roßkümmel, *semen sileris seu seseli*, kmín koňský, semeno hladýše obecného; —**wurzel,** *radix sileris seu seseli*, kořen hladýše obecného.

Berg-lavendel, kretische, Poley, kretischer, *herba polii seu teucrii cretici*, polej kretický; —**milch,** Bergmehl, Mondmilch, Guhr, *lac lunae, agaricus mineralis*, mléko skalní neb měsícové, vápenec lehký, houba minerálná; —**münze,** Kalaminthmelisse, *herba calaminthae*, marulka, pamětník; —**naphta,** Naphta, *naphtha montana*, nafta, olej naftový neb skalný, nejčistší olej kamenný; —**pech** v. Asphalt; —**öl** v. Steinöl; —**petersilie,** Grundheil, Vielgut, schwarze Hirschwurzel, *herba oreoselini, cervariae nigrae seu apii montani*, olešník bedrníkovitý; — **große** v. Hirschwurzel.

Bergpetersilien-samen, *semen oreoselini*, semeno olešníkové; — **wurzel,** *radix oreoselini seu cervariae nigrae*, kořen olešníkový, jelení kořen černý.

Berg-polei, *herba polii montani*, polej polní; —**roth,** Röthel, červená rudka; —**salz,** gegrabenes Salz, *sal fossilis s. montanus*, sůl kopaná; —**sanikel,** *herba cortusae Mathioli, saniculae montanae*, kortusa; —**seife,** *sapo montanus*, mýdlo horní neb kamené; — **seselsamen,** Bergfenchel, *semen seselcos massiliensis seu foeniculi montani*, semeno seselové marseillské, fenykl horský, koňský kmín francouzský; —**wolverlei,** Fallkraut, Stichwurzel, Luzienkraut, Arnika, *herba arnicae seu doronici germanici*, prha, list prhový, traňk andělský, jitrocel horní.

Bergwolverlei-blüthen, *flores arnicae*, květ prhový; —**extrakt** *extractum arnicae*, výtah prhový; —**öl,** *oleum arnicae*, olej prhový, silice prhová; —**tinktur,** *tinctura arnicae*, prhavina; — **wurzel,** *radix arnicae*, kořen prhový, koření šlakové.

Berg-zinn v. Ballenzinn; —**zuckerbalsam,** Schweinsbalsam, *balsamum hedwigiae balsamiferae*, balšán sviňský.

Berill, beril (vlněná látka).

Berkan, Perkan, berkan, perkan (vlněná látka).

Berliner-blau, reines, Preußischblau, Englischblau, Erlangerblau, Pariserblau, Eisencyanürcyanid, Cyaneisen, *coeruleum berolinense, prussicum, anglicum seu parisiense, cyanureto-cyanetum ferri, ferrum cyanatum et sesquicyanatum*, modř berlínská, pruská, anglická, erlangská n. pařížská, kyanid železnato-železitý, blavanka; —**roth,** Karmoisinroth, Karmoisinlack, *rubrum berolinense, lacca carmoisina*, červeň berlínská neb karmazínová, lak karmazínový.

Bernstein, Agtstein, gelber Amber *succinum, electrum, ambra flava*, jantar, akštejn, ambra žlutá, gummi mořské, karabe; — **schwarzer** v. Pechkohle.

Bernstein-ammoniaksalz *v.* Ammonium, bernsteinsaures; —**ammonium** *v.* Ammoniaksuccinatflüßigkeit; —**blumen** *v.* Bernsteinsäure; —**gruß,** Abhänsel, *rasura succini*, odpadky neb ostružky jantarové; —**kolophonium**, Bernsteinkohle, *carbo succini*, *caput mortuum succini*, uhlí jantarové, kalafuna jantarová; —**lack,** Bernsteinfirniß, *vernix succini*, lak neb pokost jantarový, fermež jantarová; —**öl,** *oleum succini*, olej jantarový; —**salmiaktropfen** *v.* Ammoniaksuccinatflüssigkeit; —**säure,** Bernsteinsalz, *acidum succinicum*, *sal succini*, kyselina jantarová, květ jantarový; —**schwefelbalsam** *v.* Schwefelbernsteinöl; —**soda** *v.* Natron, bernsteinsaures; —**tinktur,** *tinctura succini*, tinktura neb močenina jantarová; —**weinstein** *v.* Kali, bernsteinsaures.

Bertram, St. Johanniswurzel, Speichelwurzel, Zahnwurzel, *radix pyrethri communis*, kořen peltramový, pertramový, trahokový n. kolotočový; — **römischer** oder echter, *radix pyrethri romani seu veri*, kořen pertrámu římského.

Bertram-essig, ocet peltrámový; —**garbe** Wiesenbertram, Nießgarbe, weißer Rheinfarren, wilder Dragun, weißer Dorant, *herba ptarmicae*, persán, pertrám divoký.

Bertramgarbenblüthe, *flores ptarmicae seu tanaceti albi*, květ persánový neb pertrámu divokého.

Berufkraut, Beschreikraut, Gliedkraut, Zeischenkraut, *herba sideritidis*, *judaicae*, *crysta gallinacci seu herculaniae*, čistec, hojník.

Beryll, *lapis beryllus*, beryll; —**erde,** Berylliumoxyd, Glycinerde, Glyciumoxyd, *beryllium oxydatum*, *glycium oxydatum*, kysličník beryllitý.

Berylliumoxyd, kohlensaures, Glyciumoxyd, kohlensaures, *beryllium oxydatum carbonicum*, *carbonas beryllii*, uhličitan beryllitý; — **wasserhaltiges,** Beryllerdehydrat, Glycinerdehydrat, *beryllium oxydatum hydricum*, *hydras beryllii*, *hydras glycinae*, *glycium oxydatum*, hydrat kysličníku beryllitého.

Beschlag-hammer, kovací kladivo; —**zange,** pobíjecí neb kovací kleště.

Beschneidehobel, obřezák.

Besenkraut *v.* Raute.

Bestoßfeile, pilník ploskatý.

Bethilles, betily (žíhované neb mřížované mušlíny).

Betonie, Zehrkraut, *herba betonicae*, betonika, bukvice červená.

Betonienblüthe, *flores betonicae seu sacrae*, květ betonikový neb bukvicový.

Bettdecke, Decke, přikrývka.

Bettendraht, drát do postelí.

Bett-federn, husí peří; —**leinwand,** plátno na peřiny.

Bettler-laus *v.* Kreppflette; —**sammt** (velours de Gueux), aksamit žebrácký.

Bett=stroh unserer lieben Frauen *v.* Labkraut, gelbes; —**zwillich,** cvilink na peřiny.
Beuteltuch, Siebtuch, Siebleinwand, plátno šupkové, plátenko, pytlina.
Bezetten *v.* Farbeläppchen.
Bezoar, Bezoarstein von Goa, *bezoar, lapis bezoar de Goa*, bezoar z Goy; — **antimonialischer** *v.* Spießglanzoxyd, weißes ungewaschenes; — **deutscher** *v.* Gemsenkugeln; — **jovialischer** *v.* Spießglanzoxyd, joviālisches; — **martialischer** *v.* Spießglanz, schweißtreibender martialischer; — **okzidentalischer,** *bezoar occidentalis*, bezoar západní; — **orientalischer,** *bezoar orientalis*, bezoar východní.
Bezoarwurzel, Giftwurzel, Kontrajerva, *radix contrajervae seu bezoardicae*, kořen bezoarový, kontrajervový neb šoluchový.
Biber=fell, kůže bobří; —**fett,** *axungia castorei*, sádlo bobrové; —**geil, englisches,** *castoreum anglicum*, bobrový stroj anglický, kastoreum anglické; — **moskovitisches,** *cast. moscoviticum*, bobrový stroj moskevský, kastoreum moskevské; — **schwedisches,** *cast. suedicum*, bobrový stroj švédský, kastoreum švédské.
Biber=haar, srst bobrová; —**klee** *v.* Bitterklee; —**nell, schwarzer,** Wiesenkopfwurzel, *radix pimpinellae italicae*, kořen bedrníku vlaského, kořeni krevné u. krvavé větší, kořen totenový; — **weißer,** Steinpeterlein, Pimpinelle, *radix pimpinellae albae seu tragoselini*, kořen bedrníku menšího čili třebníkový.
Bibernelle, gemeine *v.* Becherblume.
Bickbeeren *v.* Heidelbeeren.
Bieghacke, Fleischerbeil, sekera řeznická.
Bienenstrauch *v.* Taubnessel.
Bier=essig, pivní ocet; —**extrakt,** Pilsner, výtah z plzeňského piva; —**punsch,** pivní punčovina.
Bijone *v.* Gichtrose.
Bikuhybalsam, *balsamum bicuhy*, balšám bikuhy.
Bilsenkraut, schwarzes, *herba hyosciami nigri, dentis caballini seu fabae porcinae*, blín černý; — **weißes,** *herba hyosciami albi*, blín bílý.
Bilsenkraut=extrakt, *extractum hyosciami*, výtah blínový; —**öl,** *oleum hyosciami*, olej blínový, silice blínová; —**samen,** *semen hyosciami*, semeno blínové.
Bimasholz *v.* Rothholz.
Bimsstein, *pumex, lapis pumicis*, pemza; — **gegossener,** künstlicher c. wiener, *pumex artificialis*, pemza litá neb vídeňská.
Bimssteinseife, mýdlo pemzové.
Binder=pech, smola bednářská, pryskyřice obecná; —**schlägel,** kyjanka, pobíječka; —**schnitzer,** žabka bednářská; —**spitzhacke,** špičák bednářský.
Bind=faden, Spagatfaden, Spagat, motouz, provázek, špagát; —**messer,** sekáček.

Binelliswasser, *aqua Binelli*, voda Binelliová.
Bingelkraut, Merkuriuskraut, Schweißkraut, Kuhkraut, Hundskohl, Speckmelde, *herba mercurialis*, bazilka neb bazalka planá, merkurialis polní, štír merkurialní, psoser.
Binitrobenzid, *binitrobenzid*, binitrobenzid.
Binsen-samen, Sumpfbinsensamen, *semen scirpi majoris seu junci maximi*, semeno šřípinové; —**wurzel**, *radix scirpi majoris seu junci maximi*, kořen šřípinový.
Birken-öl, Daggeb, *balsamum lithavinicum*, *oleum betulinum seu moscoviticum*, olej neb dehet březový; —**rinde,** *cortex betulae*, kůra březová; —**samen,** *semen betulae*, semeno březové.
Birnen, getrocknete, hrušky sušené.
Birnenäther, tresť hrušková.
Birn-most, hrušník; —**öl,** angl. *bear-oil*, olej hruškový.
Bisam, Moschus, kabardinischer, sibirischer oder russischer Münk, *moschus cabardinus, sibiricus seu russicus*, píżmo kabardské, sibiřské neb ruské; — **tonquinischer,** tibetanischer oder orientalischer, *moschus tonquinensis, tibetinus seu orientalis*, píżmo tonkínské, tibetské n. orientálské.
Bisam-beutel, *vesica moschi*, měchýřek píżmový, měchýřek kabarový; —**körner** *v.* Abelmosch.
Bischofessenz, biskupka.
Biscuit, biskot, piškot.
Bister, Chemischbraun, brauner Lack, hnědeň sazová, lak hnědý, bistr.
Bitter-amsel *v.* Kreuzblume; —**brunn,** Püllnaer, pilnovská křížovka hořká; —**distel** *v.* Kardobenediften; —**erde** *v.* Magnesia; — **salzsäure** *v.* Chlormagnesium.
Bitter-essenz, kapky hořké; —**holz** *v.* Fliegenholz; —**klee,** Biberklee, Fieberklee, Dreiblatt, Zottenblume, Wasserklee, *herba trifolii fibrini, aquatici seu paludosi s. febrifugae aquaticae*, jetel hořký n. vodní, třílistník, trojice neb trojan vodní, bobrek, vachta, (rus. вахта).
Bitterkleeextrakt, *extractum trifolii fibrini*, výtah třílistníkový n. jetele hořkého.
Bitterkochsalz *v.* Chlormagnesium.
Bitterling, Wasserpfeffer, *herba persicariae hydropiperis*, pepř potoční, pálečník, paví koření.
Bittermandel-öl, *oleum amygdalarum amararum aethereum*, silice hořkomandlová; —**wasser,** *aqua amygdalarum amararum*, voda hořkomandlová.
Bitteröl, englisches, *oleum amarum anglicum*, hořký olej anglický; — **spanisches,** *oleum amarum hispanicum*, hořký olej španělský.
Bitter-salz, Purgiersalz, Seidlitzer, Saidschützer oder englisches Salz, schwefelsaure Magnesia; *sal amarum seu anglicum, catharticum, sal seidlicensis s. saidschützensis, magnesia sulphurica*, sůl hořká, trpká n. zaječická, hořček, hořčín hranolový, síran hořečnatý; —**säure**

v. Pikrinsäure; —**schlangenholz** v. Mardenwurzel; —**süß** v. Alfranken; —**wasser**, Saidschützer, voda zaječická, voda hořká neb pekelná, hořkovka; —**weinstein** v. Magnesia, weinsteinsaure; — **wurzel** v. Enzian, gelber; —**zimmt** v. Kulilabaurinde.
Blackfischbein v. Fischbein, weißes.
Blakzinn, cín krutový.
Blankleder, kůže leštěná; — **braunes**, kůže leštěná hnědá; — **schwarzes**, k. leštěná černá; — **weißes**, kůže leštěná bílá.
Blasebalg, měch dýmací.
Blasen-grün, Saftgrün, *succus viridis*, (fr. *verd de vessie*), zeleň řešetláková n. krušínková; —**strauchblätter**, falsche o. böhmische Sennesblätter, *folia coluteae*, senesové listy české; —**tang** v. Meereiche.
Blätter, indianische, *folia indi seu malabathri*, listy indické, malabarské neb skořicovníkové; —**erde** v. Essigweinstein.
Blattgold, geschlagenes Gold, echtes, *aurum foliatum*, pozlátko pravé; — **unechtes**, Goldschaum, Rauschgold, pozlátko nepravé n. kočičí.
Blatt-los, kleiner Hauslauch, Mauerpfeffer, Ohnblatt, *herba sedi minoris seu vermicularis*, tučný mužík menší, netřesk nejmenší, rozchodník ostrý; —**silber**, *argentum foliatum*, postříbřítko.
Blau, berliner o. preußisches v. Berlinerblau; —**beeren** v. Heidelbeeren; —**holz**, Campeche, Blutholz, Kampechenholz, *lignum campechiense*, kampeška, pryzila modrá kampešská; — Dominge, pryzila modrá z Dominga; — gemalenes, pryzila modrá mletá; — geraspeltes, pryzila modrá rašplovaná neb strouhaná.
Blauholzextrakt, *extractum campechianum*, výtah kampeškový.
Blau-kali v. Kali, blausaures; —**säure**, Hydrocyansäure, Berlinerblausäure, Preußischblausäure, Chyazitsäure, Cyanwasserstoffsäure, Wasserstoffcyansäure, *acidum borussicum*, *acidum hydrocyanicum*, *acidum coerulei berolinensis seu prussicum*, *acidum zooticum*, psotnina, kyanovodík, kyselina kyanovodíková, kyselina psotninná neb vodnomodřová; —**sonnenwirbel** v. Zichorie; —**stein** v. Kupfervitriol.
Blech, plech; — **verzinntes**, plech pocinovaný.
Blech-leuchter, svícen plechový; —**löffel**, lžíce plechová; —**maß** für Griesler, plechová míra pro krupaře; —**nieten**, nýtky plechovní; —**töpfe**, verzinnte, plechové hrnky pocínované.
Blei, *plumbum metallicum*, *saturnus*, olovo; — **braun oxydirtes** v. Bleioxyd braunes; — **falsches** v. Graphit; — **gebranntes** v. Bleiasche; — **gefeiltes**, *plumbum limatum*, piliny n. odpilky olověné; — **gelb oxydirtes** v. Bleioxyd, gelbes; — **gewundenes**, olovo točené; — **halbverglastes** v. Bleiglätte; — **oxydirtes rothes** v. Mennige; — **oxydulirtes graues** v. Bleiasche; — **salpetersaures** v. Bleioxyd, salpetersaures; — **schwefelsaures** v. Bleivitriol; — **in Tafeln**, olovo tabulní neb deskové.
Blei-acetat v. Bleizucker; —**asche**, graues Bleioxydul, graues Bleihalboxyd, gebranntes Blei, *cinis plumbi seu saturni*, *plumbum oxydu-*

latum griseum, oxydulum plumbi griseum, plumbum ustum, popel olovný neb olověný, kysličník olovičnatý šedý, olovo pálené; — **blech**, plech olověný.

Bleichererde, hlínka běličská neb bílící.

Bleichkalk *v.* Chlorkalk.

Bleichlorid *v.* Hornblei.

Bleichpulver, englisches oder Tenants *v.* Chlorkalk.

Bleichromat *v.* Chromgelb; — **rothes** *v.* Chromroth.

Bleichromgelb *v.* Chromgelb.

Bleich-salz *v.* Chlorkalk; —**wasser**, Bleichsäure, Chlorwasser, Chlorine, überoxydirte Salzsäure, *aqua oxymuriatica seu chlorinica, chlorum aquosum, acidum muriaticum oxygenatum*, voda bílící n. chlórová, chlór rozpuštěný n. tekutý.

Blei-citrat *v.* Bleioxyd, citronensaures; —**eisencyanür** *v.* Bleioxyd, eisenblausaures; —**erz**, Bleiglanz, ruda olověná, leštěnec; —**essig**, Silberglätteessig, Bleibalsam, Bleiextrakt, Bleiöl, gelöstes basisch-essigsaures Bleioxyd, *acetum plumbicum, saturni seu lithargyri, balsamum saturni, extractum plumbi, oleum plumbi, liquor plumbi acetici basici seu acetatis triplumbici*, ocet olověný, olovný neb klejtový, balšán olovný, olej olovný, octan trojolovnatý rozpuštěný, roztok octanu trojolovnatého; — **verdünnter** *v.* Wasser, Goulardisches.

Blei-feile *v.* Blei, gefeiltes; —**flüssigkeit**, essigsaure *v.* Bleiessig; — **gelb** *v.* Bleioxyd, gelbes; —**geist**, Bleispiritus, Eisessig, Essigalkohol, philosophischer Essig, Acetylsäure, Alkoholsäure, *spiritus aceti, acetum glaciale, alcohol aceti, acetum philosophicum, acidum aceticum purum, acidum alcoholicum*, líh olovný, ocet ledový, alkohol octový, ocet filosofický, hydrát kyseliny octové; —**glas**, verglastes Bleioxyd, glasiges Sauerblei, *plumbum oxydatum vitreum, oxydum plumbi vitreum, vitrum saturni*, sklo olovnaté, klejt sklovitý; —**glätte**, halbverglastes Bleioxyd, Goldglätte, Silberglätte, *plumbum oxydatum semivitreum, oxydum plumbi semivitreum, lithargyrum auri, spuma auri, lithargyrum argenti, spuma argenti*, klejt červený, zlatý, zelený neb stříbrný, pěna stříbrná, bělokruše, strusky olovné.

Bleihalb-oxyd, graues *v.* Bleiasche; —**säure, braune** *v.* Bleioxyd, braunes; — **gelbe** *v.* Bleioxyd, gelbes; — **halbverglaste** *v.* Bleiglätte; — **rothe** *v.* Mennige; — **verglaste** *v.* Bleiglas; — **weiße** *v.* Bleioxyd, kohlensaures.

Bleihydrochlorat *v.* Hornblei; — **basisches** *v.* Chlorblei, basisches.

Blei-hydrojodat *v.* Jodblei; —**hyperoxyd** *v.* Mennige, braune; — **hyperoxydul** *v.* Mennige; —**jodid** *v.* Jodblei; —**kalk**, gelber *v.* Bleioxyd, gelbes; — kohlensaurer *v.* Bleioxyd, kohlensaures; — luftvoller *v.* B. kohlensaures; — weißer *v.* B. kohlensaures.

Blei-karbonat *v.* Bleioxyd kohlensaures; —**krystalle** *v.* Knallblei; — **kyan**, eisenkyansaures *v.* Bleioxyd, eisenblausaures; —**liquor**, essigsaurer *v.* Bleiessig; —**luftsalz** *v.* Bleioxyd, kohlensaures; —**magisterium** *v.* Bleioxyd, kohlensaures; —**malat** *v.* Bleioxyd, äpfelsaures; —**mephit** *v.*

Bleioxyd, kohlensaures; —**muriat** v. Hornblei; —**nitrat** v. Knallblei; —**öl** v. Bleiessig; —**oxalat** v. Bleioxyd, kleesaures.

Bleioxyd, Bleiglätte, *plumbum oxydatum*, kysličník olovnatý; — **äpfelsaures**, Bleimalat, *plumbum malicum*, *malas plumbi*, jablečnan olovnatý; — **basisch-chromsaures** v. Chromroth; — **basisch-essigsaures** gelöstes v. Bleiessig; — **basisch-salzsaures** v. Chlorblei, basisches; — **braunes**, braunoxydirtes Blei, Bleihyperoxyd, brauner Mennig, braune Bleihalbsäure, *plumbum hyperoxydatum seu oxydatum fuscum*, *hyperoxydum plumbi*, *minium fuscum*, kysličník olovičitý, suřík hnědý, minium hnědé; — **chlorwasserstoffsaures** v. Hornblei; — **chromsaures** v. Chromgelb; — — basisches oder rothes v. Chromroth; **citronensaures**, Bleicitrat, *plumbum citricum*, *citras plumbi*, citran olovnatý; — **drittelessigsaures** v. Bleiessig; — **eichengerbsaures** v. tanninsaures, Bleitannat, Tanninblei, *plumbum tannicum*, *tannas plumbicus*, tříslan olovnatý; — **eisenblausaures**, Cyaneisenblei, Bleieisencyanür, eisenkyansaures Bleikyan, *plumbum ferrohydrocyanicum*, *ferrohydrocyanas plumbi*, ferrokyanid olovnatý; — **essigsaures** v. Bleizucker; — — flüssiges v. Bleiessig; — **gelbes**, Bleigelb, gelber Massikot, Sandix, gelber Mennig, gelber Bleikalk, Chemischgelb, *plumbum oxydatum citrinum*, *oxydum plumbi luteum*, *ochra plumbaria*, *massicot citrinum*, *minium flavum*, *calx plumbi flava*, kysličník olovnatý žlutý, žluť olovná, massikot žlutý, suřík žlutý, minium žluté, ochr olovný, žluť chemická; — **gerbsaures** v. Bleioxyd, eichengerbsaures; — **graues** v. Bleiasche; — **halbverglastes** v. Bleiglätte; — **hydrochlorsaures** v. Hornblei; — **hydrojodsaures** v. Jodblei; — **jodwasserstoffsaures** v. Jodblei; — **kleesaures**, sauerkleesaures o. oxalsaures, Bleioxalat, Sauerkleebleisalz, *plumbum oxalicum*, *oxalas plumbi*, šťovan olovnatý; — **kohlensaures**, Bleikarbonat, weißer Bleikalk, Bleikreide, Bleimephit, Bleimagisterium, chemisch reines Bleiweiß, *plumbum carbonicum*, *carbonas plumbi*, *oxydum plumbi album*, *calx plumbi*, *creta plumbi*, *mephitum saturni*, *magisterium plumbi*, *cerussa alba*, uhličitan olovnatý, běloba čistá, křída olovná; — **muriumsaures** v. Hornblei; — **oxalsaures** v. Bleioxyd, kleesaures; — **phosphorsaures**, Bleiphosphorsalz, Bleiphosphat, *plumbum phosphoricum*, *phosphas plumbi*, fosforečnan olovnatý; — **rothes** v. Mennige; — **salpetersaures**, Bleinitrat, Bleisalpeter, Bleikrystalle, Knallblei, salpetersaures Blei, *plumbum nitricum*, *oxydum plumbi nitricum*, *nitras plumbi*, *nitrum saturninum*, *crystalli plumbi*, *plumbum fulminans*, dusičnan olovnatý, ledek olovnatý, krystaly olovné, olovo třaskavé; — **salzsaures** v. Hornblei; — **salzsaures basisches** v. Chlorblei, basisches; — **sauerkleesaures** v. Bleioxyd, kleesaures; — **schwefelsaures** oder vitriolsaures, Bleivitriol, Bleisulphat, *plumbum sulphuricum seu vitriolatum*, *vitriolum plumbi seu saturni*, *sulphas plumbi*, síran olovnatý, skalice olovná; — **schwefligsaures**, Bleisulphit, *plumbum sulphurosum*, *sulphis plumbi*, siřičitan olovnatý; — **tannin-**

saures v. Bleioxyd, eichengerbsaures; — **unvollkommenes graues** v. Bleiasche; — **verglastes** v. Bleiglas; — **wasserstoffchlorsaures** v. Hornblei; — **wasserstoffjodsaures** v. Jodblei; — **weißes** v. Bleioxyd, kohlensaures; — **zuckersaures** v. Bleioxyd, kleesaures.

Bleioxyd-acetat v. Bleizucker; —**chlorblei** v. Chlorblei, basisches; —**chromat** v. Chromgelb; —**chromat, rothes** v. Chromroth; — **essig** v. Bleiessig; —**ferrohydrocyanat** v. Bleioxyd, eisenblausaures; —**flüssigkeit,** essigsaure, v. Bleiessig.

Bleioxydul v. Bleiasche; — **graues** v. Bleiasche; — **saures essigsaures** v. Bleizucker.

Blei-pflaster, Froschleichpflaster, Bleiweißpflaster, *emplastrum saturninum*, náplast olovná; —**phosphat** v. Bleioxyd, phosphorsaures; —**platte,** deska olověná (ploska olověná); —**probe,** Hahnemannsche, säuerliches Schwefelwasserstoffwasser, *liquor probatorius Hahnemanni*, *aqua hydrosulphurata acidula*, Hahnemanovo skoumadlo na olovo, na víno; —**rohr,** roura neb trouba olověná; —**roth** v. Mennige; —**safran** v. Mennige; —**spähne** v. Blei, gefeiltes; —**spiritus** v. Bleigeist; —**salpeter** v. Knallblei; —**salz** v. Bleizucker; —**sauerkleesalz** v. Bleioxyd, kleesaures; —**stein** v. Graphit; —**stifte,** Bleifedern, Graphitstifte, olůvka, tužky; — für Tischler, tužky truhlářské, — für Zimmerleute, tužky tesařské; — in braunem Holz, tužky v hnědém dřevě; — in Erlenholz, t. v olšovém dřevě; — in Fichtenholz, tužky v smrkovém dřevě; — in Rotheibenholz, t. v tisovém dřevě; — in weichem Holz, tužky v měkkém dřevě; — in Zedernholz, tužky v dřevě cedrovém; — lackirte, tužky lakované; — ohne Holz, t. bez dřeva.

Bleistiftspitzer, svor na přiříznutí tužky.

Bleisub-chromat v. Chromroth; —**muriat** v. Chlorblei, basisches; —**oxydul** v. Bleiasche.

Blei-sulphit v. Bleioxyd, schwefligsaures; —**superoxyd braunes** v. Bleioxyd, braunes; — **rothes** v. Mennige.

Bleitannat v. Bleioxyd, gerbsaures.

Bleitritoxyd v. Bleioxyd, braunes.

Blei-vitriol v. Bleioxyd, schwefelsaures; —**wasser,** Goulardisches Wasser, *aqua saturnina, plumbica seu lithargyri*, *aqua Goulardi*, voda olovná neb Goulardova.

Bleiweiß, kohlensaures Blei, *cerussa alba, carbonas plumbi*, běloba, běl olovná, uhličitan olovnatý; — genueser, běloba janovská; — geriebenes in Öl, běloba v oleji utřená; — hamburger, běloba hamburská; — holländer bělb. holandská; — kremser, Kremserweiß, běloba kremžská; — prager, tyroler, bělb. pražská, tyrolská; — venetianer, běloba benátská.

Bleiweiß-grund, běloba půdová (v oleji utřená), běloba k nátěru spodnímu; —**pflaster** v. Bleipflaster.

Blei-wurzel v. Schuppenwurzel; —**zinnober** v. Mennige; —**zucker,**

essigsaures Blei, Bleiacetat, Bleisalz, essigsaures Bleioxyd, *saccharum Saturni, plumbum aceticum, sal Saturni, acetas plumbi*, cukr olovný, octan olovnatý, sůl olovná.

Blende, Schwefelzink, peřestek, sirník zinečnatý.

Blitzpulver *v.* Bärlappsamen.

Block-meisel *v.* Schroteisen; **—schellack,** šelak celistvý neb balvanový; **—zinn,** cín balvanový; **—zittwer** *v.* Kassumuniar.

Blonden, blondy (druh krajek ze surového hedvábí).

Blumen, künstliche, květiny umělé neb strojené; **—binse,** Wasserviolensamen, *semen junci floridi*, semeno šmelové n. sítí květného.

Blumen-binsenwurzel, *radix junci floridi*, kořen šmelový n. sítí květného; **—kohl,** asiatischer, karfiol, zelí květné, kapusta květná asiatská; — englischer, kapusta květná anglická; — holländischer, kapusta květná holandská; — zyprischer, kapusta květná cyperská.

Blumen-rohrwurzel, indische, *radix cannae indicae*, kořen cevníkový neb dosnový; **—thee** *v.* Kaiserthee; **—zwiebel,** cibule květná.

Blüthenharz, pryskyřice z květu.

Blut-holz *v.* Blauholz; **—igel,** Blutegel, *hirudines medicinales*, pijavky lékařské; **—kohle,** Fleischkohle, *carbo carnis*, uhel krevný; **—kraut,** Tausendknöterig, Wegetritt, *herba sanguinariae, polygoni, centumnodiae, graminis porcini, corrigiolae seu millegranae*, truskavec větší, chrustavec, šťukavec, praskavec, oupor, vrabčí jazyk, horohaše; **—kraut** *v.* Weiderich, rother; **—laugenkohle,** uhel krevní; **—laugensalz gelbes** *v.* Kali, eisenblausaures gelbes; — **rothes** *v.* Kali, eisenblausaures rothes.

Blut-roth *v.* Globulin; **—schellack,** šelak krvobarvý; **—schwamm** *v.* Bovist, Feuerschwamm; **—stein,** faseriger Rotheisenstein, rother Glaskopf, *lapis haematites seu sanguineus*, kámen krevný, hnědel vláknovitý, krevel vláknitý, krvavník; **—wurzel,** Ruhrwurzel, Heilwurz, *radix tormentillae septemfolii seu consolidae rubrae*, kořen nátržníkový neb přetržníkový, koření tržné neb sedmilístkové.

Bobbinet, angl. *bobbin*, bobinet.

Boberellen *v.* Judenkirschen.

Bock-haare, chlup kozí; **—holz** *v.* Fernambukholz; **—leder,** kozlovina, kozlovice; **—leinen,** plátno kozlové.

Bocks-bart, Wiesengeisbart, Johanniswedel, Geisbartwurzel, *radix barbae caprinae s. ulmariae*, kořen kozí bradky neb lobazový; **—dorn-wurzel, stammlose** *v.* Tragant, schaftloser; **—hornsamen,** griechischer Heusamen, Kuhhornsamen, Siebenzeitensamen, *semen foeni graeci seu aegoceros*, semeno kozorožcové, řeckého sena, trávy boží, řecké semeno, fenegrek.

Boden-eisen, Bodenblech, Bordblech, plát železný, plech nákrajní; **—kupfer,** desky čili pláty měděné; **—nagel,** podlažník.

Bogen-feile, pilník s obloukem; **—säge,** pila s obloukem, hřibě.

Böhmischblau *v.* Smalte.

Bohnen, ägyptische, Nelumbosamen, *fabae aegyptiacae*, *semen ne-*

lumbo, boby egyptské, semeno ořešincové; — **aromatische** v. Tonkabohnen; — **brasilianische** v. Pichurimbohnen; — **gemeine,** boby obecné; — **holländische,** boby holandské; — **indianische,** v. Ignatiusbohnen; — **niedrige,** boby nízké; — **scheckige,** boby strakaté, strakáčky; **türkische** oder wälsche v. Schminkbohnen; — **weiße,** boby bílé, běláčky.

Bohnenkraut, Gartensaturei, Wurstkraut, Saturei, Pfefferkraut, *herba saturejae seu cunilae*, satureje, (slc. štibřík, r. чаберъ), čabr, planý hysop; —**öl,** *oleum saturejae*, olej saturejový, silice saturejová.

Bohnenmehl, mouka bobová.

Bohrdren v. Brustleier.

Bohrer, nebozez, vrták; —**feile,** runde, kulatý pilník vývrtní; —**heft,** rukověť k nebozezu.

Bolleisen, Balleisen, holové železo kulaté.

Bolus, Eisenthon, Fettthon, Siegelerde, englische Erde, *terra sigillata*, ból, hlína pečetní; — **armenischer,** *bolus armena*, ból armenský, ruda vlaská, hlína neb smurka armenská; — **gemeiner,** rother oder nürnberger, *bolus communis, rubra seu norimbergensis*, ból norimberský neb bavorský; — **rother** in Kugeln, *bolus rubra in globulis*, ból červený v kuličkách, červené kuličky bólové; — **sienner** v. Erde, sienner; — **weißer,** *bolus alba*, ból bílý.

Bombasin, wesler Barchet, pammasin, veselský barchet.

Bompaul v. Löwenzahn.

Bonbons, bonbony, cukerky.

Bouten v. Matrosenleinwand.

Bor, Boracium, *borium, boracium crystallisatum*, bor krystalovaný, boron, bledník, přezdín.

Borax, ammoniakalischer, boraxsaures Ammoniak, *boras ammoniae, ammonium boracicum*, bóran ammonatý; — **gebrannter,** *borax calcinata seu usta*, borax pálený, bledna pálená; — **gereinigter,** raffinirter oder venetianer, basisches borensaures Sodiumoxyd, Sodaborat, basisch-boraxsaures Natron, *borax raffinata, depurata seu veneta, soda borarata, boras sodae, natrum, biboricum, boras natricus*, borax čistěný neb benátský, bledna čistěná, dvojbóran sodnatý; — **roher,** natürlicher, Tinkal, *borax cruda seu nativa, tincal*, borax nečistý, bledna nečistá, tinkal; — **tartarisirter** oder weinsteinigter, v. Boraxweinstein.

Borax-baryt v. Baryt, boraxsaurer; —**blumen** v. Boraxsäure; — **braunstein** v. Mangan, boraxsaures; —**salmiak** v. Ammoniak, boraxsaurer; —**salz,** saures v. Boraxsäure; — weinsteinsaures, v. Boraxweinstein.

Borax-säure, Borensäure, Boraxblumen, Hombergs Sedativsalz, narkotisches Vitriolsalz, Sassolin, philosophische Vitriolblumen, *acidum boracicum seu boricum, sal sedativum Hombergii, sal volatile narcoticum, flores boracis seu vitrioli philosophici*, kyselina bórová, blednovka, květ boraxový, Hombergova sůl (bolekrotná), sasolin; —

schwerspath v. Baryt, boraxsaurer; —**weinstein,** auflöslicher Weinsteinrahm, boraxsaurer Weinstein, Weinsteinborax, Boraxweinsalz, *tartarus boraxatus, cremor tartari solubilis, kali tartaricum boraxatum, tartarus potassae boraxatus*, vinný kámen boraxový neb rozpustný, borax tartarový.

Bordeauxpunsch, punč bordóský neb burdegalský.

Borduren, bordury.

Boretsch, Borasch, Wohlgemut, *herba boraginis seu linguae bovinae*, borák, brutnák; —**blüthen,** *flores boraginis*, květ borákový neb brutnákový.

Borneokampferöl, Borneen, *oleum camphorae sumatranae*, silice káfrová bornejská neb sumaterská, borneén.

Borsäure v. Boraxsäure.

Borsten, Schweinsborsten, štětiny; —**pinsel,** štětka; — in Holzstiel, š. v dřevěné násadce; — lioner, š. lionská; — pariser, š. pařížská; — flacher in Blech, š. ploskatá v plechu; — für Maurer, š. zednická.

Borte, prým, porta.

Bosniakenleder, kůže bosňácká.

Bouillon en tablettes, tabulka polívková.

Bourmseide, fr. *Legis-Bourme*, hedvábí burmové.

Bouteillenstein, Obsidian, schwarzer Agstein, *lapis obsidianus*, žehel, obsidian, černý agat, kámen turecký.

Bouteillestöpsel, zátky butelkové; — schwache, z. láhvové slabé; — starke, z. láhvové silné.

Bouzychampagner, Bouzovo šampaňské.

Bovist, Blutschwamm, Wolfsrauch, Trudenbeutel, Rabenei, *borista, fungus chirurgorum*, bzdůcha, pýchavka, prašivka.

Boy, Boi, boa (druh flanelu).

Brachdistel v. Mannštreu.

Brand-lattig oder Brandletschen, v. Huflattig; —**wein,** Branntwein, *vinum adustum*, kořalka, pálenka, víno pálené, hořalka.

Brandsohlleder, Brannzeug, podešvice tenčí, kůže štelková tenčí.

Branntwein, rheinischer, Weinhefenspiritus, *spiritus vini rhenani, spiritus e faecibus vini*, kořalka rýnská; —**essig,** ocet kořalkový.

Brasilienholz v. Rothholz; — **gelbes** v. Gelbholz.

Brasilienrinde, zusamenziehende, v. Rinde, brasilianische zusammenziehende.

Brasilienrindenextrakt, *extractum corticis adstringentis brasiliensis*, výtah z kůry svraskavé brasilské.

Bratpfanne, pekáč; — blecherne, p. plechový.

Brat-röhre, trouba k pečení; —**spieß,** rožeň, rožník.

Bräuerpech, smola bednářská, pryskyřice obecná; — in Laiben, smola v bochníkách.

Braundost v. Dosten.

Braunelle, Braunheil v. Brunelle.

Braun-holz v. Rothholz; —**kohl,** *brassica sabellica*, jarmuz kadeřavý; —**kohle**, hnědé uhlí, hnědouhlí; —**roth**, Englischroth, Engelroth, Polierroth, Juwelierroth, Preußischroth, Eisenroth, rothes Eisenoxyd, ausgesüßte Vitriolerde, *rubrum anglicum seu prussicum, ferrum oxydatum rubrum, caput mortuum vitriolatum, oxydum ferri rubrum, terra vitrioli dulcis*, červeň anglická n. pruská, kysličník železitý červený, červeň železná, červeň leštěcí.

Braunschweiger-grün, zeleň brunšvická; —**schwarz**, čerň brunšvická.

Braunstein, braunes Manganerz, Glasmachermagnesie, Glasseife, Manganüberoxyd, schwarzes Manganoxyd, Magnesiumkalk, *manganum oxydatum nigrum seu nativum, manganesium nigrum, sapo vitri, oxydum mangani nigrum, manganum hyperoxydatum, lapis spurius*, burel, černič, brunátník, pyrolusit, kysličník manganičitý, — böhmischer, burel český; — sächsischer, b. saský.

Braunstein-borax *v.* Mangan, boraxsaures; —**pottasche** *v.* Kali, mangansaures; —**salz** *v.* Mangan, salzsaures; —**vitriol** *v.* Mangan, schwefelsaures.

Braunwurzel, Kropfwurzel, Skrophelkraut, *herba scrophulariae*, bylina hlízní, krtičník, trudovník, pěchovec.

Braunwurzwurzel, *radix scrophulariae*, kořen svinský, kořenі krtičné, neštovičné neb hlízní.

Brausepulver, *pulvis aërophorus*, prášek šumivý neb vřivý.

Brech-haselwurzel *v.* Haselwurzel, europäische; —**körner** *v.* Rizinuskörner; —**nüsse**, Krähaugen, *nuces vomicae*, vraní oka, semeno kulčibové, kulčibiny; —**nüssextrakt**, *extractum nucis vomicae*, výtah kulčibový neb z vraních ok; —**öl**, Jatrophaöl, *oleum pinhoen*, olej dávivcový; —**pulver** *v.* Spießglanzoxydul, salzsaures gefälltes; —**stange**, Brecheisen, sochor neb páč železný; —**vitriol** *v.* Augenstein; —**weinstein**, Spießglanzweinstein, Antimonialweinstein, Antimonweinsalz, Brechsalz, Brechweinsalz, weinsaures Antimonkali, weinsaures Stiboxydkali, weinsteinsaures spießglanzhaltiges Kali, *tartarus emeticus, stibiatus seu antimoniatus, kali tartaricum stibiatum, kali stibioso-tartaricum, stibium tartaricum kalisatum*, kámen vinný dávivý, kámen dávičný, vínan draselnato-antimónový; —**wurzel** *v.* Ipekakuanha; —**wurzelextrakt**, *extractum ipecacuanhae spirituoso-aquosum, emetinium officinale*, výtah ipekakuanhový líhо-vodnatý, emetin.

Breit-beil, polnisches, širočina polská; — ungarisches, š. uherská; —**hammer**, kladivo rovné; —**haue**, motyka, kopačka, krace; —**ling**, Sprotte, sledík.

Bremer-blau, modř bremská; —**grün**, zeleň bremská.

Brennende Liebesamen, semeno plamenčicové.

Brennnessel, *herba urticae*, kopřiva, žáhavka, prhlava (r. кропива); —**samen**, *semen urticae*, semeno kopřivné.

Brenn-kaffe, káva pražná; —**kraut**, Waldrebe, Feuerkraut, *herba clematidis rectae seu flammulae jovis*, posed černý, plamének; —

—krautblumen, *flores clematidis rectae seu flammulae Jovis,* květ plaménkový; **—öl,** olej palný neb k pálení.

Brenz-gallussäure v. Pyrogallussäure; **—harnsäure** v. Cyanursäure; **—weinsäure** v. Weinsteinsäure, brenzliche.

Breslauer Liqueur, vratislavka, likér vratislavský.

Bretfeldergeist, tresť bretfeldská.

Brett-nagel, prkenák, deškovník; **—säge,** pila desková, prkenní neb na prkna; **—sägfeilen,** pilníky na mlynářské pily.

Brick, Neunaugen, bryka, mihule.

Brieser Käse, sýr březnanský.

Brillanttaffet, dykyta brillantová.

Brindaobutter v. Mangostanöl.

Brinsekäse, Schmierkäse, brynza, sýr mazavý.

Bristol, bristol.

Brokat, brokát.

Brokkoli, Spargelkohl, prokolice.

Brom, *bromum, bromium,* bróm, brudík; **—ammonium** v. Ammoniak, hydrobromsaures; **—arsenik,** Arsenikbromür, Dreifach-Bromarsen, *arsenicum bromatum, bromuretum arsenici,* brómid arsénový; **—äthyl,** Äthylbromür, Hydrobromäther, *aether hydrobromicus, naphtha hydrobromica,* brómid éthylnatý, nafta brómová, éther brómový; **—beeren,** Kratzelbeeren, *baccae rubi nigri,* ostružiny, černé maliny; **—chlorkalcium,** bromhaltiges Chlorkalcium, *calcaria chlorato-bromata, chloretum calcariae bromatae,* brómnatý chlórid vápenatý; **—chlorür,** Chlorbrom, *bromum chloratum, chloretum bromii,* chlórid brómový; **—eisen,** Eisenbromür, hydrobromsaures oder bromwasserstoffsaures Eisenoxydul, Eisenhydrobromat, *ferrum bromatum, bromuretum ferri, ferrum oxydulatum hydrobromicum, hydrobromas ferri,* brómid železnatý.

Bromjodür, Jodbrom, *bromum jodatum, jodum bromatum,* jódid brómový, jódbróm.

Bromiumsäure, Bromsäure, Oxybromsäure, *acidum bromicum seu oxybromatum,* kyselina brómičná.

Brom-kadmium, Kadmiumbromür, hydrobromsaures Kadmium, *cadmium bromatum, brometum cadmii, hydrobromas cadmii,* brómid kademnatý; **—kalcium,** Kalciumbromid, hydrobromsaurer Kalk, *calcium bromatum, brometum calcariae, calcaria hydrobromica, hydrobromas calcis,* brómid vápenatý, vápno brómované; **—kalium,** Kaliumbromür, bromwasserstoffsaures Kali, *hydrobromas kalicus, brometum kalii, kali hydrobromicum,* brómid draselnatý; **—magnesium,** hydrobromsaure Bittererde oder Magnesia, Magnesiumbromid, *magnesium bromatum, magnesia hydrobromica, brometum magnesiae, hydrobromas magnesiae,* brómid hořečnatý, magnesie bromovaná; **—naphtha** v. Bromäthyl; **—natrium,** v. Natron, hydrobromsaures.

Bromoform, Formylbromid, *bromoformium, bromidum formylae,* brómoform, brómid formylový.

Brom-quecksilber, Quecksilberbromid, bromwasserstoffsaures Quecksilberoxyd; *hydrargyrum bibromatum, bibrometum hydrargyri, brometum hydrargyricum*, brómid rtutnatý; —**säure** *v.* Bromiumsäure; —**sodium** *v.* Natron, hydrobromsaures; —**strychnin,** hydrobromsaures Strychnin, Strychninbromür, *strychnium bromatum, bromatum seu hydrobromas strychnii*, brómid strychninný.

Bromwasserstoff-äther, Hydrobromäther, Bromäthyl, Äthylbromür, hydrobromsaures Äthyloxyd, *aether hydrobromicus*, brómid éthylnatý, éther brómový, nafta brómová; —**säure,** Hydrobromsäure, Wasserstoffbromsäure, *acidum hydrobromicum*, kyselina brómovodíková.

Bromzink, Zinkbromür, hydrobromsaures oder bromwasserstoffsaures Zinkoxyd, *brometum zinci, bromhydras zincicus, zincum hydrobromicum, hydrobromas zinci*, brómid zinečnatý.

Bronze, geriebenes Metall, bronz, zpěž; — bleichgelbe, bronz bledožlutý; — grüne, b. zelený; — hochgelbe, b. ohnivě žlutý; — kupfer, b. měděný; — silber, b. stříbrný.

Bronzegrün, zeleň bronzová.

Bruch-kraut, Harnkraut, *herba herniariae seu turcae*, průtržník, kejlová bylina, truskavec menší; —**stein** *v.* Sprudelstein; —**weiden-rinde,** *cortex salicis fragilis*, kůra křehovková neb vrbová křehká; —**wurz** *v.* Osterluzei, lange.

Brucin, Kaniramin, *brucinum purum*, brucin; —**salpetersaures,** Brucinnitrat, *brucinum nitricum, nitras brucinae*, dusičnan brucinný; —**salzsaures** oder chlorwasserstoffsaures, Brucinmuriat, *brucinum hydrochloricum seu muriaticum, hydrochloras seu murias brucinae*, chlórid brucinný; —**schwefelsaures,** Brucinsulphat, *brucinum sulphuricum, sulphas brucinae*, síran brucinný.

Brucin-hydrochlorat *v.* Brucin, salzsaures; —**muriat** *v.* B. salzsaures; —**nitrat** *v.* B. salpetersaures; —**sulphat** *v.* B. schwefelsaures.

Brückenwage, můstkové váhy.

Brummeisen *v.* Maultrommel.

Brunelle, Braunelle, Braunheil, Gottesheil, *herba prunellae, symphyti minoris, consolidae minoris seu morellae*, svalník menší, černohlávek, chmelík.

Brunellen, prunelky.

Brunnen-kette, řetěz ke studni; —**kressenkraut,** Wiesenkressenkraut, Wasserkresse, *herba nasturtii seu sisymbrii aquatici, sinapi seu raphani aquatici*, řeřicha potoční.

Bruskeu *v.* Mausdorn.

Brust-alant *v.* Alantwurzel; —**beeren, rothe,** wälsche Hagebutten, Jujuben, *jujubae, zizyphi*, jujuby, cicimky; —**schwarze,** Sebesten, *sebestenae, myxae*, sebasteny, slívky hedbávné.

Brust-blatthäute, prsosiny, prsiny; —**bonbons,** bonbony neb cukerky pro prsa; —**kette,** náprsník; —**kuchen,** bunte, *rotulae variae seu coloratae*, kotoučky cukrové barvené; —**leier,** Bohrbreu, kolovrátek; —**pasta,** těsto neb pasta na prsa; —**riemen,**

podprsina, podprsník; —**syrup**, weißer, bílý syrup pro prsa; —**thee**, *species pectorales*, thé prsní neb pro prsa; —**wurzel** *v.* Angelikawurzel, Kalmus.

Buch-ampfer *v.* Sauerklee; —**binderlack**, lak knihařský; —**druckerschwärze**, čerň knihtiskařská; —**eckernöl**, *oleum fagi*, olej bukvicový.

Buchenrinde, *cortex fagi*, kůra buková.

Buch-leinwand, Buchleinen, fr. *toiles à librêts*, plátno knihové; —**samen**, Buchecheln, bukvice, bukve.

Buchsbaum-blätter, *folia buxi*, listy zimostrazové neb pušpanové; —**holz**, *lignum buxi*, dřevo zimostrazové neb zimozelové.

Büchsen-blech, plech na zděře; —**flechte** *v.* Bechermoos.

Buchsrinde, *cortex buxi*, kůra zimostrazová n. buksová (pušpánová).

Buchweizen, Heidekorn, pohanka, tatarka.

Bückling, uzená sleď.

Buffbohnen, grüne Mailänder, bufy zelené milánské; — runde Windsor, b. kulaté vindsorské.

Büffel-haut, kůže bůvolí, bůvolina; —**hörner**, rohy bůvolí.

Bügeleisen, cihlička, žehlička; — halbrundes starkes, c. polokulatá silná.

Bügeleisenstahl, želízko do cihliček.

Bügelsäge, pila s obloukem.

Bukkoblätter, *folia bucco*, buku neb bocho-listy.

Bündestahl, Bördestahl, Gebündstahl, ocel svazková.

Bundfeilen, Fischer'sche, pilníky fišerovské hrubě sekané na předpilování.

Burgunder-harz, pryskyřice burgundská; —**rübe** *v.* Runkelrübe.

Burschet, aksamít planý n. polohedvábný, buršet.

Burzeldorn, Erddorn, *herba tribuli terrestris*, kotvice zemská.

Buschenflachs, gehechelter, len svazečkovitý česaný.

Buschnelkensamen, semeno karafiátu chocholatého.

Butteräther, buttersaures Äthyloxyd, *aether butyricus*, máslan éthylnatý, éther máslový; — alkoholhaltiger, Butterätherweingeist, Rumäther, *aether butyricus alcoholisatus*, éther rumový, lihový máslan éthylnatý.

Butterblume, Kuhblume, Schmalzblume, Dotterblume, *herba calthae palustris seu populaginis*, blatouch, boleočko, bukáč, červilák, máslenka, měsíček luční, tolita žlutá, žluťák.

Butterblumenblüthen, *flores calthae palustris*, květ blatouchový, máslenkový neb žluťákový.

Buttersäure, *acidum butyricum*, kyselina máselná.

Butzelleinen, plátno buclové.

C.

Slova zde scházející hledej pod písmenami **K** neb **Z**.
Hier fehlende Artikel suche unter **K** oder **Z**.

Caapebawurzel, *radix caapebae*, kaapeba, kořen kaapeba.
Caballinaloe *v.* Roßaloe.
Cacao, Cacaobohnen, *cacao, fabae cacao*, kakao; — Berbice, k. berbické; — Bourbon, k. burbonské; — Caracas, k. karakaské; — Cayenne, k. kajenské; — getäfelter tabulky kakaové, kakao tabulní; — Maracaibo, k. marakaibské; — Quajaquil, kakao kvajakvilské; — Surinam, k. surinamské; — Trinidad, k. trinidadské; — westindischer, k. západoindické.
Cacao-butter, *butyrum seu oleum cacao*, máslo kakaové, olej kakaový; **—masse** (Gesundheitschokolade), massa kakaová; **—schalen,** Cacaothee, šlupky neb thé kakaové; **—seife,** mýdlo kakaové.
Cachenez, kašné.
Cachibouharz *v.* Kikekunemalo.
Cailcedarrinde, *cortex cail-cedrae*, kůra mahagonová senegelská.
Cainkawurzel, *radix caincae*, kainka, kahinka.
Calagualawurzel, *radix calagualae*, kalahuala, kalaguala.
Calcedraholz, *lignum cedrelae*, dřevo česnekovníkové n. cedrelové.
Calcitrape, Sternflockenblume, Sterndistel, *herba calcitrapae seu cardui stellati*, sikavice, oset hvězdný; **—samen,** *semen cardui stellati*, semeno ostu hvězdného; **—wurzel,** *radix calcitrapae seu cardui stellati*, kořen ostu hvězdného.
Calisaychinarinde *v.* Chinarinde, königliche.
Calophyllumharz, Maynaharz, *resina calophylli*, pryskyřice kalabová.
Canellaliqueur, likér kanelový (skořicový zaderský).
Caput mortuum *v.* Kolkothar.
Cäsarlack, lak césarský.
Cedern, Zitronate, kandirte Sukkade, cedrovky, citronáty neb sukády pocukrované; **—harz,** *gummi seu resina cedri*, pryskyřice neb živice cedrová; **—holz,** *lignum cedri*, dřevo cedrové.
Cederöl *v.* Zitronenöl.
Cement, hochpetscher (böhmischer), cement bečovský neb český; — kufsteiner, c. kufstejnský; — Portland, c. portlandský.
Cement-kupfer, *cuprum caementatorium seu praecipitatum*, měď cementová neb sražená; **—messing,** mosaz cementová; **—ocker,** okrová barva cementová, ogr cementový; **—stahl,** ocel cementová neb pálená.
Cer, Cerium, *cerium*, cer, cerer; — **schwefelsaures,** *cerium sulphuricum, sulphas cereri*, síran cerernatý.

Cetrarin, Flechtenbitter, *cetrarinum*, cetrarin.
Cetyl-oxydhydrat, Cetylalkohol, *aethal*, *oxydum cetylicum*, hydrát kysličníku cetylnatého, alkohol cetylový, éthal; —**säure,** Äthalsäure, *acidum cetylicum seu aethalicum*, kyselina cetylová neb éthalová.
Chabert's Wurmöl, *oleum Chaberti*, Chabertův olej škrkavičný.
Chagrinleder, cápa, kůže cápovitá.
Chamäleon, mineralisches *v.* Kali, mangansaures.
Champagnerwein, víno šampaňské; — schäumender, v. šampaňské šumivé; — nichtschäumender, v. šampaňské nešumivé.
Champignon, ouhelka, cikánka, pečárka, žampion.
Chelidonin, *chelidoninum*, chelidonin.
Chelerythrin, Sanguinarin, *chelerythrinum*, *sanguinarinum*, chelerytrin, sanguinarin.
Chemisch-blau *v.* Kobaltblau; —**braun** *v.* Bister; —**grün** *v.* Saftgrün, gereinigtes.
Chemisettes, šmisetky.
Chenillen, šenile, šenilky.
Chenillen-blonden, krajky šenilové; —**atlas,** atlas šenilový.
Chesterkäse, sýr cheshirský.
Chibouharz *v.* Kikekunemalo.
Chicaroth, *chica*, *carucuru*, chica, čika, karukuru.
Chichemsamen, *semen cismae*, semeno senesové egyptské neb číšmové.
Chilisalpeter, kubischer Salpeter, *nitrum quadrangulare*, ledek chilský neb klencový.
China *v.* Chinarinde; — **von Giava** *v.* Surenrinde.
China-extrakt, *extractum chinae*, výtah chynový; —**fiebersalz** *v.* Chinin, schwefelsaures; —**holz, geadertes,** dřevo chynníkové žilované; — **geflecktes,** dřevo chinníkové blamaté.
Chinapulver, Jesuitenpulver, Kardinalspulver, Gräfinpulver, *pulvis febrifugus*, *jesuiticus*, *cardinalis seu comitissae*, prášek kynový, jezovitský neb kardinalský.
Chinarinde, gelbe, *cortex chinae flavus seu de Carthagena*, kyna neb chyna žlutá neb karthagenská; — **Huamalis-,** *cortex chinae huamalis seu fuscus*, chyna hnědá; — **Huanocco-,** *cortex chinae huanoco*, chyna huanacká; — **Königs-** o. Calisay-, *cortex chinae regius seu calisayae*, chyna n. kyna královská; — **Lima-,** *cortex chinae Lima*, chyna bledošedá; — **Loxa-,** *cortex chinae Loxa*, chyna neb kyna šedá; — **ostindische** *v.* Toddalirinde; — **rothe,** *cortex chinae ruber*, chyna n. kyna červená n. rudá; — **Tekamez** oder Pitoya, *cortex chinae tecamez seu pitoyae*, chyna neb kyna tekamecská, dvojbarvá; — **Tenn-,** *cortex chinae tenn seu jaen*, chyna neb kyna červeno-šedá.
Chinarindenöl, *oleum chinae*, olej chynový neb kynový.
China-säure, *acidum cinchonicum*, kyselina chynová neb kynová;

—**wurzel,** orientalische, Pocken- o. Grindwurzel, *radix chinae orientalis s. ponderosae*, kořen chynový.

Chineser-gelb, žlut čínská; —**roth,** červeň čínská.

Chinesischgrün, zeleň čínská.

Chinidin, *chinidinum*, chinidin.

Chinin, *chininium purum*, chinin; — **anissaures,** *chininium anisicum, anisas chininicus*, anýzan chininný; — **arsensaures,** *chininium arsenicicum, arsenas quinicus*, arséničnan chininný; — **bernsteinsaures,** *chininium succinicum, succinas chininicus*, jantaran chininný; —**chinasaures,** *chininium chinicum, chinas chininicus*, chinan chininný; — **eisenblausaures** oder eisencyanwasserstoffsaures, *chininium ferrohydrocyanicum, hydrocyanas ferro-chininicus*, ferrokyanid chininný; — **essigsaures,** Chininacetat, *chininium aceticum, acetas chininicus*, octan chininný; — **gerbsaures,** oder tanninsaures, *chininium tannicum, tannas chininicus*, tříslan chininný; — **milchsaures,** *chininium lacticum, lactas chininicus*, mléčnan chininný; — **phosphorsaures,** *chininium phosphoricum, phosphas chinini*, fosforečnan chininný; —**salpetersaures,** *chininium nitricum, nitras chininicus*, dusičnan chininný; —**salzsaures,** *chininium muriaticum, murias seu hydrochloras chininicus*, chlórid chininný; — **schwefelsaures** oder vitriolsaures, Chinafiebersalz, *chininium sulphuricum seu vitriolicum, sulphas chinini*, síran chininný; — — **neutrales,** *chininium sulphuricum neutrale*, obojetný síran chininný; — **weinsteinsaures,** *chininium tartaricum, tartras chininicus*, vínan chininný; — **zitronensaures,** *chininium citricum, citras chininicus*, citran chininný.

Chinin-acetat *v.* Chinin, essigsaures; —**anisat** *v.* Chinin, anissaures; — **arsenat** *v.* Chinin, arsensaures; —**chinat** *v.* Chinin, chinasaures; — **citrat** *v.* Chinin, zitronensaures; —**eisen** *v.* Chinineisenoxyd; — **eisencyanür** *v.* Chinin, eisenblausaures.

Chinineisenoxyd, baldriansaures, baldriansaures Eisenoxydchinin, *chininium ferrovalerianicum, valeras chininico-ferri*, valerian železito-chininný; — **cyanwasserstoffsaures** *v.* Chinin, eisenblausaures; — **jodwasserstoffsaures** *v.* Chininferrohydrojodat; — **zitronensaures,** *chininium ferro-citricum, citras ferro-chininicus*, citran železito-chininný.

Chininferrohydro-cyanat *v.* Chinin, eisenblausaures; —**jodat,** jodwasserstoffsaures Eisenoxydchinin, *chininium ferro-hydrojodicum, ferrochinium hydrojodicum, hydrojodas ferro-chininicus*, jódid železito-chininný.

Chinin-hydrochlorat *v.* Chinin, salzsaures; —**laktat** *v.* Chinin, milchsaures; —**muriat** *v.* Chinin, salzsaures; —**nitrat** *v.* Chinin, salpetersaures; —**phosphat** *v.* Chinin phosphorsaures; —**succinat** *v.* Chinin, bernsteinsaures; —**sulphat** *v.* Chinin, schwefelsaures; —**tannat** *v.* Chinin, gerbsaures; —**tartrat** *v.* Chinin, weinsteinsaures; —**valerat,**

baldriansaures Chinin, *chininium valerianicum*, *valeras chininicus*, valeran chininný; —**vitriol** *v.* Chinin, schwefelsaures.
Chinoidin, *chinoidinum*, chinoidin.
Chinolinin, Quinoïlin, *chinolinium*, *chinoïlinum*, chinolinin, chinoïlin.
Chinovasäure, *acidum chinovicum*, kyselina chinovová.
Chiococcawurzel *v.* Cainkawurzel.
Chits, Zitze, cic.
Chlora, gelber Wiesenenzian, *herba centaurii lutei*, zeměžluč žlutá.
Chlor-aluminium, salzsaure Alaunerde, *alumina hydrochlorica seu muriatica*, *murias aluminae*, *hydrochloras aluminae*, chlórid hlinitý neb aluminitý; —**ammonium,** Ammoniakmuriat, salzsaures Ammoniak, Salmiak, *ammonium muriaticum*, *murias ammoniaci*, *sal ammoniacum*, chlórid ammonatý, salmiak, sůl ammoniaková n. čpavková; —**antimon** *v.* Spießglanzbutter; —**arsen,** salzsaurer Arsenik, Arseniköl, Arsenikbutter, *chloruretum arsenici*, *arsenicum muriaticum*, *murias arsenici*, *liquor arsenici muriatici*, *oleum seu butyrum arsenici*, chlórid arsénový, olej arsénový, máslo arsénové; —**äther,** Öl der holländischen Chemiker, Chlorätherin, *aether chloratus*, *liquor hollandicus*, *chloraetherin*, tresť chlórová, olej hollandský, chlorétherin, olej plynu olejného; —**äthyl,** Chlorwasserstoffäther, Salzäther, *aether hydrochloricus seu muriaticus*, *murias aethericus*, chlórid éthylnatý, tresť chlórovodíková neb solná lehká, éther chlórovodíkový; —**baryum,** Barytmuriat, salzsaurer Baryt, Bariumchlorid, *baryta muriatica*, *murias barytae*, *chloretum barii*, chlórid barnatý; —**blei** *v.* Hornblei, — — **basisches,** Bleioxyd-Chlorblei, *plumbum muriaticum basicum*, *hydrochlorus seu murias plumbi basici*, chlórid olovnatý zásaditý.
Chlor-brom *v.* Bromchlorür; —**eisen,** Eisenchlorür, salzsaures Eisenoxydul, *chloretum ferri*, *hydrochloras ferrosus*, *ferrum muriaticum oxydulatum*, chlórid železnatý; —**gold,** salzsaures Gold, Goldmuriat, Goldsalz, Chloringold, *chloretum auri*, *aurum muriaticum*, *murias auri*, *sal auri*, *hydrochloras auricus*, chlórid zlatnatý; —**gold-natrium** *v.* Goldoxydnatron, salzsaures; —**hydrogensäure** *v.* Salzsäure.
Chlorin-antimon *v.* Spießglanzbutter; —**arsenik** *v.* Chlorarsen; — **baryt** *v.* Chlorbaryum; —**blei** *v.* Hornblei.
Chlorine *v.* Bleichwasser; — **salpetrigsaure** *v.* Königswasser.
Chlorin-gold *v.* Chlorgold; —**kalk** *v.* Chlorkalk; —**markasit** *v.* Wismuthchlorid; —**natronium** *v.* Kochsalz; —**oxydkalk** *v.* Chlorkalk; —**quecksilber,** einfaches *v.* Ätzsublimat; — halbes *v.* Kalomel; — —**säure** *v.* Chlorsäure; —**silber** *v.* Hornsilber; —**spießglanz** *v.* Spießglanzbutter; —**wasserstoffsäure** *v.* Salzsäure, rauchende; — **wismuth** *v.* Wismuthchlorid.
Chlor-jod, *jodium chloratum*, *chlorum jodatum*, chlórid jodnatý; —**kadmium,** Kadmiumchlorür, salzsaures Kadmium, Kadmiummuriat, *chloretum cadmiae*, *cadmium hydrochloricum*, *murias cadmiae*, *hy-*

drochloras cadmiae, chlórid kademnatý; —**kalcium**, salzsaure Kalkerde, feuerbeständiger Salmiak, Kalciumoxydhydrochlorat, Kalciumchlorid, *calcium chloratum*, *calcaria muriatica*, *murias calcicus*, *chloretum calcariae*, chlórid vápenatý; — bromhaltiges v. Bromchlorkalcium; —**kali** v. Kali, chlorsaures; —**kalium**, salzsaures Kali, Kaliumchlorid, Sylvisches Fiebersalz, Digestivsalz, *kali muriaticum*, *chloretum kalii*, *murias kalii*, *sal febrifugum Sylvii*, *sal digestivum*, chlórid draselnatý; —**kalk**, unterchlorigsaure Kalkerde, englisches oder Tennants Bleichpulver, Bleichkalk, *calx chlori*, *calcaria hypochlorosa*, *hypochloras calcis*, vápno chlórové, chlórnatan vápenatý, vápno běličské, bílicí neb javelské, prášek bílicí anglický neb Tenantův; —**kobalt** v. Kobaltoxydul, salzsaures; —**kohlenstoff**, anderthalb, Kohlenchlorid, *carbonium perchloratum*, *perchloretum carbonei*, chlórid uhlitý; —**kohlenwasserstoff** v. Chloräther; —**kupfer**, salzsaures Kupferoxyd, Kupferchlorid, *chloretum cupricum*, *cuprum hydrochloricum oxydatum*, *hydrochloras seu murias cupri*, chlórid měďnatý; —**lithium**, Lithiumchlorid, *lithion hydrochloricum*, *hydrochloras seu murias lithii*, chlórid lithnatý; —**magnesium**, Chlormagnium, Bitterkochsalz, salzsaure Bittererde, Magnesiumchlorid, salzsaures Magnesiumoxyd, *magnesium chloratum*, *chloretum magnesiae*, *terra amara salita*, *hydrochloras magnesiae*, *magnesia muriatica*, chlórid hořečnatý n. magnesatý; —**mangan** v. Manganoxydul, salzsaures; —**merkur** im Maximum v. Ätzsublimat; — im Minimum v. Kalomel.

Chlornatrium v. Kochsalz.

Chloroform, Formylchlorid, *chloroformum*, *formylum chloratum*, chlóroform, chlórid formylový.

Chlorpallad, Palladiumchlorür, salzsaures Palladium, *palladium hydrochloricum*, *hydrochloras seu murias palladii*, *chloruretum palladii*, chlórid palladnatý.

Chlorpalladiumnatrium v. Palladiumnatronhydrochlorat.

Chlor-phosphor, Phosphorchlorid, Fünffach-Chlorphosphor, *phosphorus superchloratus*, *superchloretum phosphori*, chlórid fosforečný; —**platin**, Platinchlorid, salzsaures Platin (Platinoxyd), *platinum hydrochloricum seu muriaticum*, *hydrochloras seu murias platinae*, chlórid platičitý; —**quecksilber**, einfaches v. Ätzsublimat; — halbes v. Kalomel.

Chlor-säure, *acidum chloricum*, kyselina chlórečná; —**schwefel**, Halbchlorschwefel, Schwefelchlorür, *sulphur chloratum*, *chloretum sulphuris*, chlórid siričnatý; —**silber** v. Hornsilber; —**sodium** v. Kochsalz; —**spießglanz** v. Spießglanzbutter; —**strontium**, salzsaurer Strontian, *strontiana muriatica seu hydrochlorica*, *murias seu hydrochloras strontii*, chlórid strontnatý; —**strychnin**, Strychninchlorid, salzsaures Strychnin, *strychnium hydrochloricum seu muriaticum*, *murias seu hydrochloras strychnii*, chlórid strychninný; —**wasser** v. Bleichwasser.

Chlorwasserstoff-äther v. Salzäther; —**säure** v. Salzsäure.

Chlor-wismuth, Wismuthbutter, Wismuthöl, salzsaures Wismuthoxyd, *bismuthum chloratum*, *butyrum bismuthi seu marcasitae*, *oleum bismuthi*, *bismuthum oxydatum muriaticum*, chlórid bismutový n. vizmutový, máslo vizmutové, olej vizmutový; **—zink** *v.* Zinkbutter; **—zinn,** doppelt oder flüssiges *v.* Zinnchlorid; —einfach *v.* Zinnsalz.

Chlorzündhölzchen, zápalky chlórové.

Chocolade, *chocolata*, *cacao saccharata*, čokolada, šokoláda; — homöopatische, č. homéopatická; — madrider, č. madridská; — mailänder, č. milánská; — römische, č. římská; — turiner, č. turínská; — wiener, č. vídeňská.

Chocoladeliqueur, likér čokoládový.

Cholets, rohe Plattilles, Kanefasleinen, šolety, plátno kanafasové.

Chondrille, *herba chondrillae veterum*, radyk prutnatý.

Christwurzel *v.* Nießwurzel.

Chromalaun, Chromoxydkalisulphat, schwefelsaures Chromoxydkali, *alumen chromatum*, *sulphas chromokalicus*, *kali chromium sulphuricum*, *chromium kalicosulphuricum*, kamenec chrómitý, trojsíran chrómitý.

Chromalith (färbige Steinwaare), chrómalit.

Chrom-braun, hněď chrómová neb barvíková; **—gelb,** Chromblei, Bleichromat, chromsaures Bleioxyd, *citrinum chromicum*, *plumbum chromicum*, *chromas plumbi*, žluť chrómová n. barvíková, chróman olovnatý; **—grün,** Chromoxydul, *chromium oxydulatum*, *oxydulum chromicum*, *viride chromicum*, zeleň chrómová, kysličník chrómnatý, zeleň barvíková; — dunkles, zeleň chrómová tmavá; — helles zeleň chrómová světlá.

Chromkali *v.* Kali, chromsaures; **—alaun** *v.* Chromalaun.

Chrom-ocher, blahobarvek, okr chrómový; **—orange,** oranžovina chrómová; — in Hütchen, or. chr. v kloboučkách.

Chromoxydkalisulphat *v.* Chromalaun.

Chromoxydul *v.* Chromgrün.

Chromroth, Chromzinnober, rothes Bleichromat, basisch-chromsaures Bleioxyd, *rubrum chromii*, *cinnabaris chromii*, *plumbum bichromicum*, *chromas plumbi basicus*, červeň chrómová n. barvíková, chróman dvojolovnatý.

Chyazikſäure *v.* Blausäure.

Chynlenwurzel, Mishmee-Bitter, bittere chinesische Wurzel, *radix chynlen*, *mishme Teeta*, *radix Soulin*, chynleu, čínský kořen hořký, hadí kořen, zmijovcový kořen.

Cibeben *v.* Weinbeeren, große.

Cichmsamen *v.* Chichmsamen.

Cichorienwurzel *v.* Zichorienwurzel.

Cicinöl *v.* Höllenöl.

Cicutin, *cicutinium*, cikutin; — **schwefelsaures,** Cicutinsulphat, *cicutinium sulphuricum*, *sulphas cicutinae*, síran cikutinný.

Cigarren, Segars, doutníky.

Cinchonidin, *cinchonidinum*, cinchonidin; — **ſchwefelſaures,** Cinchonidinſulphat, *cinchonidinum sulphuricum*, *sulphas cinchonidinae*, síran cinchonidinný.

Cinchonin, *cinchoninum*, cinchonin; — **benzoeſaures,** *cinchoninum benzoicum*, *benzoas cinchonini*, benzoan cinchoninný; — **eſſigſaures,** *cinchoninum aceticum*, *acetas cinchonini*, octan cinchoninný; — **gerbſaures,** *cinchoninum tannicum*, *tannas cinchonini*, tříslan cinchoninný; — **ſalzſaures** oder chlorwaſſerſtoffſaures, *cinchoninum muriaticum seu hydrochloricum*, *murias seu hydrochloras cinchonini*, chlórid čili chlórovodan cinchoninný; — **ſchwefelſaures** oder vitriolſaures, Cinchoninſulphat, *cinchoninum sulphuricum seu vitriolicum*, *sulphas cinchonicus*, síran cinchoninný; — **tanninſaures** *v.* C. gerbſaures.

Cinchonin-acetat *v.* Cinchonin, eſſigſaures; —**benzoat** *v.* Cinchonin, benzoeſaures; —**hydrochlorat** *v.* Cinchonin, ſalzſaures; —**muriat** *v.* Cinchonin, ſalzſaures; —**ſulphat** *v.* Cinchonin, ſchwefelſaures; —**tannat** *v.* Cinchonin, gerbſaures.

Cinin, Santonin, Wurmſamenbitter, *cininum*, *santoninum*, cinin, santonin.

Cinlenwurzel *v.* Chynleuwurzel.

Cinnober *v.* Zinnober.

Ciſſampelin *v.* Peloſin.

Cöleſtin, ſchwefelſaurer Strontian natürlicher, *strontiana sulphurica nativa*, přirozený síran strontnatý, célestin.

Cremor tartari *v.* Weinſteinrahm.

Crepe de laine (vysl. krep d' lén), jest to jemná vlněná látka.

Croiſées, kroasé; — baumwollene, k. bavlněné; — ſeidene, k. hedbávné.

Crownglas, sklo kornnové.

Cyan-ammoniakzink *v.* Cyanzinkammonium; —**ammonium,** Ammoniumcyanid, blauſaures Ammoniak, *cyanuretum ammoniae*, *ammonium cyanatum seu hydrocyanicum*, *hydrocyanas ammoniae*, kyanid ammonatý.

Cyaneiſen (Berlinerblau), *ferrum hydrocyanicum*, *hydrocyanas ferri*, kyanid železitý; —**blei** *v.* Bleioxyd, eiſenblauſaures; —**cyanmagneſium** *v.* Magneſia, eiſenblauſaure; —**cyankalium** *v.* Kali, eiſenblauſaures gelbes; —**kalin,** rothes *v.* Kali, eiſenblauſaures rothes; —**kalium** gelbes *v.* Kali, eiſenblauſaures gelbes; — rothes *v.* Kali, eiſenblauſaures rothes.

Cyaneiſen-kupfer *v.* Kupferoxyd, eiſenblauſaures; —**magneſium** *v.* Magneſia, eiſenblauſaure; —**natrium** *v.* Natron, eiſenblauſaures; — **ſtrychnin** *v.* Strychnineiſencyanür; —**zink** *v.* Zinkoxyd, eiſenblauſaures.

Cyangold, Goldcyanid, blauſaures Gold, *cyanuretum auri*, *aurum hydrocyanicum*, *hydrocyanas auri*, kyanid zlatnatý; —**kalium,** Kaliumgoldcyanür, Goldkaliumcyanür, *auro-kalium cyanatum*, *cyanu-*

retum kali-auricum, aurum hydrocyanicum kalicum, kyanid draselnato-zlatový.

Cyan-hydrogensäure *v.* Blausäure; —**kalium,** Kaliumcyanid, reines hydrocyansaures Kali, *kali hydrocyanicum purum, kalium cyanatum, kali borussicum, cyanetum kalii, hydrocyanas kalicus*, kyanid draselnatý, kyankalium; — **geschmolzenes,** hydrocyansaures Kali geschmolzenes, *kali hydrocyanicum fusum, kalium cyanatum fusum*, kyanid draselnatý slitý, kyankalium slité.

Cyan-kupfer, blausaures Kupferoxyd, *cuprum cyanatum, hydrocyanas cupri*, kyanid mědičnatý; —**quecksilber** *v.* Quecksilberoxyd, blausaures; —**silber,** *argentum cyanatum*, kyanid stříbrnatý.

Cyanursäure, Brenzharnsäure, *acidum cyanuricum*, kyselina kyanurová.

Cyanwasserstoff-ammoniak *v.* Cyanammonium; —**äther,** *aether hydrocyanicus*, éther kyanovodíkový; —**säure** *v.* Blausäure.

Cyanzink, Zinkcyanid, blausaures oder hydrocyansaures Zinkoxyd, *zincum hydrocyanicum, hydrocyanas zinci, cyanhydras zincicus*, kyanid zinečnatý; —**ammonium,** Cyanammoniakzink, Ammoniakzinkoxydhydrocyanat, cyanwasserstoffsaures oder blausaures Zinkoxydammoniak, *zincum hydrocyanicum ammoniatum, hydrocyanas seu prussias zinci et ammoniae, cyanuretum ammoniae et zinci*, kyanid ammonato-zinečnatý.

D.

Dach-blech, plech nástřešní; —**hauslauch** *v.* Hauslauch; —**pappnägel,** hřebíky na lepenku; —**roth,** červeň pokryvačská.

Dachs-fell, kůže jezevčí, jezevčina; —**fett,** *axungia taxi*, sádlo jezevčí; —**koth,** *hyraceum dasjespis*, lejno tlustošové; —**pinsel,** štětec jezevčí.

Dachsteinpappe, lepenka kamenitá na střechy.

Dagged *v.* Birkenöl.

Dahlin *v.* Alantin.

Dalkenblech, vdolečník; — mit seichter Vertiefung, v. nízko zhloubený; — mit tiefer Vertiefung, v. hluboko zhloubený.

Damast, halbseidener, damašek polohedbávný; — leinener, d. plátěný; — seidener, d. hedbávný; — wollener, d. vlněný.

Damen-liqueur, französischer superfeiner, likér pro dámy, francouzský nejlepší; —**punsch,** punč pro dámy.

Dammar-harz, Katzenaugenharz, *gummi dammar*, damara; —**lack,** Dammarfirniß, *vernix dammar*, fermež damarová, lak neb pokost damarový.

Dampf-chokolade, čokolada parní; —**kerze** mit einem argandischen hohlen Docht, parní svíčka s dutým knotem argandským; — ungebleichte, s. nebílená.

Daphnin, *daphninum*, dafnin.

Darm-beeren, Elsbeeren, *baccae sorbi torminalis*, břekyně; **—seite,** struna střevní.

Datteln, *dactyli*, *palmulae*, *tragemata*, datle, daktyle.

Dattelöl *v.* Palmöl.

Daturin, *daturium*, *daturinium*, daturin, durmanovina.

Daumenschraube, palečnice.

Deckbeil, gewöhnliches, tesařská pobíječka obyčejná; — mährisches, p. moravská.

Decke, pokrývka.

Deckelpapier, papír kartářský.

Deck-firniß, pokost krycí; **—nagel,** hřebík krycí, vrátník, vrátní hřebík.

Degenschwarz *v.* Birkenöl.

Delain, delén.

Delphinin, *delphinium*, všivcovina, hnidošovina, delfinin.

Demi-Mousseline, polomušlín; **—Toile,** (vysl. d'mi-toal), plátno poloviční.

Dengelambos, Dengeleisen, babka.

Destillirapparat, přístroj překapovací.

Dextrin, *dextrinum*, škrobovina, dextrin.

Dezimalgewicht, závaží desetinové; — ausgesetztes, z. d. jednotlivé.

Dezimalwagen, desítinové váhy, decimálky.

Diachylonpflaster, Silberglättpflaster, *emplastrum diachylon*, náplast diachylová neb klejtová, diakulum.

Diavolini, ďábelky (cukerky ku zbuzení mužského pudu).

Dickrübe *v.* Runkelrübe.

Dielennagel, Brettnagel, podlažník.

Diervillenstängel, *stipites diervillae*, zanice žlutá.

Digestivsalz *v.* Chlorkalium.

Digitalin, *digitalinum*, náprstkovina, digitalin.

Diktandoschreibbuch, knížka na psaní nápovědní.

Dill, Gurkenkraut, Hochkraut, *herba anethi seu capilli cynocephali*, kopr český; **—öl, ätherisches,** *oleum anethi aethereum*, silice koprová, olej koprový; — **gekochtes,** *oleum anethi coctum*, olej koprový vyvařený.

Dillsamen, *semen anethi*, semeno koprové.

Dinkel, Dinkelweizen, Speltreis, Emmer, Einkorn, Peterskorn, orkyš, špalda, samopše, rýže česká.

Dinte, Alizarin-, inkoust alizarinový; — blaue, inkoust modrý; — chemische, inkoust chemický; — Copier-, ink. odjímající neb přejímající; — Galläpfel-, ink. duběnkový; — grüne, ink. zelený; — rothe, Karmintinte, ink. červený, karmínový; — sympathetische, ink.

sympathetický; — zum Zeichnen, ink. rejsovní; — schwarze, ink. černý; — unauslöschliche, ink. nevymazatelný.

Dintenpulver, *pulvis encausticus*, prášek inkoustový.

Diptam, Escherwurzel, *radix dictamni albi seu fraxinellae*, kořen diptamový, třevdavový, jesenkový neb máselnkový.

Distelsamen, welscher *v.* Artischockensamen.

Dividivi *v.* Bablah.

Dochte, argandische, knoty argandské.

Donner-bart, Wolfsbohne, Sedum, fette Henne, Fotzwein, Fotzzwang, *radix fabariae, telephii, crasulae majoris, illecebri seu anacampseros*, koření průtržné, kejlové neb rozchodníkové; —**kraut** *v.* Hauslauch; —**stein,** Luchsstein, *lapis lyncis, belemnitis, ceraunius seu dactylus idaeus*, kámen rysí, rysovec, kámen hromový.

Doppel-blech, plech dvojitý; —**copiertinte,** violette, dvojinkoust přejímací fialový; —**garn,** angl. *doublet twist*, příze dvojitá.

Doppel-hobel, dvoják, dvojitý hoblík; —**eisen,** želízko do dvojáku.

Doppel-kaffé, káva dvojmocná; —**krampe,** skoba dvojitá; —**kümmelwasser,** russisches, kmínka dvojlíhová ruská, allaš; —**leinwand,** činovatina, činovaté plátno; —**liqueur,** Danziger, likér dvojlíhový gdánský; —**salz,** einfach schwefelsaures Kali, Kalisulphat, Kaliumoxydsulphat, vitriolisirter Weinstein, Vitriolweinstein, Pottaschenvitriol, Polychrestsalz, *arcanum duplicatum, sal arcanum duplicatum, sal de duobus, kali sulphuricum seu vitriolatum, sulphas kalicus, tartarus vitriolatus, kalium oxydatum sulphuricum, potassinum vitriolicum, sal polychrestum Glaseri*, síran draselnatý, duplikát; — saures, saures schwefelsaures Kali, Kalibisulphat, Kaliumoxydbisulphat, saurer vitriolisirter Weinstein, philosophisches Goldsalz, doppelt-schwefelsaures Kali, *kali sulphuricum acidum, bisulphas kalicus seu potassae, kalium oxydatum bisulphuricum, tartarus vitriolatus acidus, sal auri philosophicum, kali bisulphuricum*, dvojsíran draselnatý.

Doppel-sammt, frc. *velours à double face*, aksamít dvojitý; —**schlichthobel** zum Verstellen, dvojitý šlichtovník stavěcí.

Doppeltaffet, dvojitá tykyta n. dykyta.

Doppelt-Bromquecksilber *v.* Bromquecksilber; — **Chlorzinn** *v.* Zinnchlorid; — **Jodquecksilber** *v.* Jodquecksilber, rothes; — **Karbonat des Natrons** *v.* Natron, doppeltkohlensaures; — **Schwefelammon** *v.* Ammoniak, schwefelwasserstoffsaures; — **Schwefelantimon** *v.* Goldschwefel; — **Schwefelmolybdän,** natürliches *v.* Molybdänsulphuret; — **Schwefelzinn** *v.* Musivgold; — **Weinsäure-Kali** *v.* Weinstein, gereinigter.

Dorant, weißer *v.* Bertramgarbe.

Dorschen *v.* Unterkohlenrabi.

Dorschlebertran, dorešový neb treskový tuk jaterní.

Dose, tabatěrka; — Sandauer, tabatěrka žandovská, žandovka.

Dosten, Wolgemut, Braundost, wilder Majoran, *herba seu summitates origani vulgaris*, dobrá mysl, dobromysl, lebeda červená; — **kre-**

tischer, spanischer Hopfen, *herba origani cretici, spicae creticae seu lupuli cretici*, diptam kretský, chmel kretský.

Dostenöl, *oleum origani vulgaris*, olej dobromyslový, silice dobromyslová; — **kretisches,** *oleum origani cretici*, olej neb silice diptamu kretského.

Dotter-blume *v.* Butterblume; —**kraut** *v.* Leindotter.

Dover'sches Pulver, *pulvis Doveri*, doverský prášek.

Drachenblut, in Bast, krev n. mléko dračí v lýčí; — in Körnern, *sanguis draconis in granis*, krev dračí zrnitá; — in Kuchen, *sang. drac. in placentis*, krev dračí v kotoučích; — in Massa, *sang. drac. in massa*, dračí krev celistvá; — in Stangen, *sang. draconis in baculis*, dračí krev roubíková; — in Tafeln, *sang. drac. in tabulis*, dračí krev tabulní.

Drachen-kopf, türkische Melisse, *herba moldavicae, melissae turcicae seu cedronellae*, dračí hlava, melisa modrá neb turecká, včelník moldavský; —**wurzel,** *radix dracunculi aquatici*, kořen ďáblíku vodního; —**wurzel** *v.* Ankerwurzel.

Dragant *v.* Traganth.

Dragun *v.* Kaisersalat; — **wilder** *v.* Bertramgarbe.

Draht, drát, (rus. дроволока) — Neudecker, d. nejdecký; — Promenhofer, d. promenhovský; — Steyrischer, d. štyrský.

Draht-bohrer, nebozízek drátěný; —**hundskette,** drátový řetěz na psy; —**kette,** řetěz drátěný; —**stifte,** weiße, drátěné nýtky železné; — messingene, d. nýtky mosazné.

Drape d'or, dradór, zlatohlav.

Draps, sukna.

Drecklilienwurzel *v.* Affodilwurzel.

Dreh-bank, soustruh; —**krautsamen,** *semen tordylii seu sesceleos cretici*, semeno salezové; —**seide,** Zwirnseide, hedvábí kroucené neb nítové.

Dreiaderkraut *v.* Spitzwegerich.

Drei-angel, vaček; —**blatt** *v.* Bitterklee; —**eck** 45°, trojuhelník 45°.

Dreifach-Bromarsen *v.* Bromarsenik; — **Chlorarsen** *v.* Chlorarsen; — **Chlorkohlenstoff** *v.* Chlorkohlenstoff, anderthalb; — **Jodarsen** *v.* Jodarsenik; — **Kohlenwasserstoff** *v.* Naphtalin; — **Schwefelarsenik** *v.* Arsenik, gelber; — **Wasserstoffkarburet** *v.* Benzin.

Drei-faltigkeitskraut, Freisamkraut, Stiefmütterchen, *herba jaceae, violae tricoloris*, bylina trojičná, koření srdečné, bylina psotníková, trojice, macoška; —**fuß,** třínožka; —**kronentuch,** sukno tříkorunní; —**steinwurzel** *v.* Beinsamenwurzel.

Dresdnerkaffé, káva drážďanská.

Drillich, třílich, třinotek, činotek.

Droguet, droket; —**sammt,** aksamít droketový.

Drucker, Klicke, klika; —**schwärze,** Buchdruckerschwärze, černidlo tiskařské, knihařské n. tlačitelské, čerň tiskařská.

Druck-leinen, plátno tiskovní; —**papier**, papír tiskařský, tiskovní, tiskací.
Drudenfuß *v.* Bärlappkraut.
Drüsenpulver, *pulvis equorum*, prášek pro koně neb pro chřípěcí.
Dünger-gabel, hnojní vidle, rohanec; —**gyps**, sádra hnojivá; —**kompostmehl**, moučka kompostová k hnojení.
Dunggreil, kopáč hnojní.
Dunst, ptačí broky.
Duplikatsalz *v.* Doppelsalz.
Durchschlag, cedítko; —**hammer**, perlík, průbojník.
Durchwachssamen, Hasenohrsamen, *semen perfoliatae*, *gratia Dei gallis*, *isophylli*, *elaphobosci*, *bupleuri seu auriculae leporis*, semeno prorostlíkové, pupovníkové, byliny pupkové neb zaječího ouška.
Duredry, poučovanka, šerka (sukno).
Dürrwurzel, *herba conyzae majoris seu baccharis*, zlatý traňk větší, chlastava, hnidák.

E.

Eau d'ange, voda myrtová.
Eben-holz, rothes, *lignum ebenum*, dřevo hebenové; —**zange**, ploché kleště na drát.
Ebereschenbeeren, Vogelbeeren, Sperberbaum, Eibischbeeren, *baccae aucupariae seu sorbi aucupariae*, jeřabiny, řeřabiny, jahůdky jeřabové.
Eberraute, Eberreis *v.* Abrand.
Eber-wurzel, Karlina, wilde Artischocke, Roßwurzel, *radix carlinae*, *ixinae*, *chamaeleonis albi seu cardopatiae*, kořen krasovláskový, voňavý, pupavy bílé, bodláku n. kardusu planého; — **zähne** *v.* Schweinszähne.
Echarpes, šerpy.
Eckerdoppen *v.* Ackerdoppen.
Eckern *v.* Eicheln.
Edelleberkraut, Leberblümlein, Leberkraut, Leberwindblume, *herba hepaticae nobilis*, jaterník, podléska, polský mák.
Edeltannen-öl, Weißtannenöl, Silbertannenöl *oleum abietis*, olej jedlový; —**samen**, Weißtannensamen, semeno jedlové.
Egelkraut, Nagelkraut, Pfennigkraut, *herba nummulariae seu centummorbiae*, penízek vinutý, bylina penízková, žídník, žilové koření.
Egersalz, *sal egranum*, sůl chebská.
Eggennägel, branné hřebíky.
Eggezinken, hřebík branní, brantal, kolík branní.

Ehrenpreis, Wundkraut, *herba veronicae*, rozrazil, tržník, přítržník, přítržné koření, čistec, úložník, veronyka.
Eiben-baumblätter, Taxusbaumblätter, *folia taxi, herba taxi baccatae*, listy tisové; —**holz,** Taxusholz, *lignum taxi*, dřevo tisové.
Eibisch *v.* Althee; —**beeren** *v.* Ebereschenbeeren; —**kraut** *v.* Althee; —**thee,** *species altheae*, thé ibišové; —**wurzel** *v.* Altheewurzel; —**zelteln,** cukrátka ibišová.
Eichelkaffé, *glandes quercus tostae pulveratae*, žaludová káva.
Eicheln, Eckern, *glandes quercus*, žaludy (pol. żołądy, rus. желуди).
Eichenholz, *lignum quercus*, dřevo dubové.
Eichenholz-grund, pokostový základ dubový, barva dubová k spodnímu nátěru; —**lack,** lak dubový.
Eichen-mistel, *viscum quercinum*, ochmetí, jmélí dubové; —**rinde** Gerberlohe, *cortex quercus*, kůra dubová, dubice, tříslo dubové; —**rindenextrakt,** *extractum corticis quercus*, výtah z kůry dubové; —**samen,** semeno dubové; —**schwamm** *v.* Feuerschwamm.
Eichhornfell, kůže veverčí, veverčina.
Eier gekalkte, vápenky; —**dotterseife,** mýdlo žloutkové.
Eierdotter-rasirseife, žloutkové mýdlo k holení; —**seife mit Glycerin,** žloutkové mýdlo s glycerinem.
Eier-glycerinseife, mýdlo glycerové s olejem žloutkovým; —**öl,** *oleum ovorum*, olej žloutkový.
Einbeeren, Wolfsbeeren, *baccae paridis*, vlčí oka, bobule vranovčí, jahody vranovčí.
Einbeerkraut, Pariskraut, *herba paridis, solani quadrifolii, ulvae versae, vitrariae seu quadrifoliae*, vránovec čtyrlistý.
Einfach-Chlorantimon *v.* Spießglanzbutter; — **Chloreisen** *v.* Chloreisen; — **Chlorkupfer** *v.* Chlorkupfer; — **Chlorquecksilber** *v.* Ätzsublimat. — **Chlorzinn** *v.* Zinnsalz; —**Cyaneisenkupfer** *v.* Kupferoxyd, eisenblausaures; — **Cyanquecksilber** *v.* Quecksilberoxyd, blausaures; —**Jodeisen** *v.* Jodeisen; — **Jodquecksilber** *v.* Jodquecksilber, gelbes; — **Schwefelantimon** *v.* Spießglanz, roher; — **Schwefelniederschlag** *v.* Mineralkermes; — **Schwefelkupfer** *v.* Kupfer, gebranntes.
Einfaßband, obrubovačka, fasovačka.
Einkorn *v.* Speltreis.
Einsatzgewichte, závaží k rozbírání, závaží náhradní.
Einspannkloben, kloub zapřahovací.
Einstemmschloß, zámek k zapuštění.
Einstreupulver *v.* Bärlappsamen.
Eisen, *ferrum, Mars*, železo; — **alkoholisirtes** *v.* Eisenfeile; — **auflösliches** *v.* Eisenweinstein; — **braunes oxydirtes** *v.* Eisenoxyd, braunes; — **gefeiltes** *v.* Eisenfeile; — **gekohltes** *v.* Wasserblei; — **gelbes oxydirtes** *v.* Eisenoxydhydrat; — **gepulvertes** *v.* Eisenfeile; — **geschwefeltes** *v.* Schwefeleisen; — **oxydirtes** *v.* Eisenoxyd; — **oxydulirtes** *v.* Eisenoxydul; — **schwarzes** oxydulirtes

v. Eisenoxydul, schwarzes; — **salzsaures** sublimirtes v. Eisenblumen; — **sulphurisirtes** v. Schwefeleisen.

Eisen-acetat v. Eisenoxyd, essigsaures; —**alaun** v. Eisenoxydkali, schwefelsaures; —**ammoniakvitriol** v. Ammoniak, schwefelsaures eisenhaltiges; —**äpfelsalz** v. Eisenoxyd, äpfelsaures; —**äther** v. Schwefeläthergeist, eisenhaltiger; —**auflösung**, oxydirt salzsaure v. Eisenöl; —**bahnschaufel**, runde gebogene, lopata železničná oblá ohnutá; —**beize** v. Eisenoxyd, holzsaures; —**blau**, *terra coerulea*, blankytňák, modř železná, hlinka modrá; —**blech**, plech železný neb černý; —**blumen**, salzsaures sublimirtes Eisen, Eisensublimat, sublimirtes Eisenmuriat, *flores martiales*, *ferrum sesquichloratum sublimatum*, *sublimatum ferri*, *murias ferri sublimatus*, květ železný, chlórid železitý sublimovaný; —**bromat** v. Eisenoxyd, bromsaures; —**bromür** v. Bromeisen; —**brühe** v. Eisenoxyd, holzsaures; —**chlorid** v. Eisenoxyd, salzsaures; —**chlorür** v. Eisenoxydul, salzsaures; —**citrat** v. Eisenoxyd, zitronensaures; —**cyaneisen** v. Berlinerblau, reines; — —**cyanürcyanid** v. Berlinerblau, reines; —**cyanzink** v. Zinkoxyd, eisenblausaures; —**draht**, drát železný; — zum Berohren, d. železný k rákosování; —**essenz** v. Eisenöl; —**essig** v. Eisenoxyd, essigsaures; —**extrakt** v. Äpfeleisenextrakt; —**farbe**, rothe v. Kolkothar; —**feile**, *ferrum pulveratum*, odpilky neb piliny železné; —**gelb**, žluť železná (druh žluti chrómové); —**grün**, barva dikavá, zeleň železná; —**hart**, Eisenkraut, *herba verbenae*, *columbaris*, *ferrariae*, *junonis lacrymae*, *mercurii sanguis*, *veneris seu peristeri*, verbena, vrbinka, holubí bylina, železník, spořiš.

Eisenhütchen, Sturmhut, Mönchskappe, Napell, *herba aconiti seu napelli*, šalamounek, hemelín, voměj, zlý mníšek, mordovník; —**extrakt**, *extractum aconiti*, výtah šalamounkový.

Eisen-hydrobromat v. Bromeisen; —**jodür** v. Jodeisen; —**kali**, blausaures v. Kali, eisenblausaures; —**kalk** v. Kolkothar; —**karbonat** v. Eisenoxydul, kohlensaures; —**kitt**, tmel železný; —**kraut**, gelbes v. Wegsenf; —**kugeln** v. Eisenweinstein; —**lack**, lak železný; — **magnesia**, blausaure v. Magnesia, eisenblausaure; —**malat** v. Eisenoxyd, äpfelsaures; — unreines v. Äpfeleisenextrakt.

Eisen-mohr v. Eisenoxydul, schwarzes; —**muriat** v. Eisenoxyd, salzsaures; — sublimirtes v. Eisenblumen.

Eisen-naphtha v. Schwefeläthergeist, eisenhaltiger; —**natron**, blausaures v. Natron, eisenblausaures; —**nitrat** v. Eisenoxyd, salpetersaures; —**öl**, oxydirt salzsaure Eisenauflösung, Eisenoxydmuriatlösung, Eisenessenz, *oleum martis*, *liquor ferri muriatici*, *solutio muriatis ferri*, *essentia martis*, *liquor stypticus*, olej železný, roztok chlóridu železitého; —**oxalat** v. Eisenoxyd, oxalsaures.

Eisenoxyd, *ferrum oxydatum*, kysličník železitý; — **ammoniakalisches** salzsaures v. Ammoniak, salzsaures eisenhaltiges; — — schwefelsaures v. Ammoniak, schwefelsaures eisenhaltiges; — **äpfelsaures**, Eisenmalat, Eisenäpfelsalz, *ferrum malicum*, *malas ferri*, jablečnan železitý; — — unreines v. Äpfeleisenextrakt; — **branstig-essigsaures** v. Eisenoxyd holzessigsaures; — **braunes** v. Eisenoxydhydrat; — **bromsaures**, Eisenbromat, Eisenoxydbromat, *ferrum sesquibromicum*, *bromas ferri*, brómičnan železitý; — **chlorwasserstoffsaures** v. Eisenoxyd, salzsaures; — **eisenblausaures** v. Berlinerblau; — **essigsaures**, Eisenacetat, Eisenessigsalz, *ferrum aceticum*, *acetas ferri*, *sal ferri acetosum*, octan železitý; — **gelbes** v. Eisenoxydhydrat; — **gerbsaures**, Eisentannat, *ferrum tannicum*, *tannas ferri*, tříslan železitý; — **holzsaures** o. holzessigsaures, Eisenbrühe, *ferrum pyroaceticum*, *liquor ferri pyrolignosi*, octan železitý nečistý (dělaný s dřevěným octem), mořidlo železné, pyrooctan železitý; — **jodsaures**, Eisenoxydjodat, Jodat des Eisenoxyds o. Eisendeutoxyds, *ferrum jodicum oxydatum*, *jodas ferricus*, jódičnan železitý; — **kochsalzsaures** v. Eisenoxyd, salzsaures; — **kalihaltiges** schwefelsaures v. Eisenoxydkali, schwefelsaures; — **oxalsaures**, Eisenoxalat, *ferrum oxalicum*, *oxalas ferri*, šťovan železitý; — **phosphorsaures**, Eisenphosphat, *ferrum phosphoricum oxydatum*, *phosphas ferricus*, fosforečnan železitý; — **pyrophosphorsaures** mit zitronsaurem Ammoniak, *ferrum pyrophosphoricum ammoniato-citricum*, pyrofosforečnan železitý s citranem ammonatým; — **rothes** v. Kolkothar; — **salpetersaures**, Eisennitrat, Eisensalpeter, martialischer Salpeter, *oxydum ferri nitricum*, *nitras ferri*, *ferrum nitricum*, *nitrum martiale*, dusičnan železitý, ledek železitý; — **salzsaures**, Eisenchlorid, Eisenmuriat, Eisenkochsalz, *ferrum muriaticum oxydatum*, *oxydum ferri muriaticum*, *hydrochloras seu murias ferri*, *sal ferri muriaticum*, chlórid železitý; — — ammoniakalisches v. Ammoniak, salzsaures eisenhaltiges; — — grünes v. Eisenoxydul, salzsaures; — — sublimirtes v. Eisenblumen; — — zerflossenes v. Eisenöl; — **sauerkleesaures** v. Eisenoxyd, oxalsaures; — **schwarzes** v. Eisenoxydul; — **schwefelsaures**, Eisenoxydsulphat, *ferrum sulphuricum oxydatum*, *oxydum ferri sulphuricum*, *sulphas ferricus*, síran železitý; — — ammoniakalisches v. Ammoniak, schwefelsaures eisenhaltiges; — — kalihaltiges v. Eisenoxydkali, schwefelsaures; — **sublimirtes** salzsaures v. Eisenblumen; — **unvollkommenes** v. Eisenoxydul; — **vitriolsaures** v. Eisenoxyd, schwefelsaures; — **vollkommenes** v. Eisenoxyd; — **wasserhaltiges** v. Eisenoxydhydrat; — **weinsteinsaures**, Eisenweinsteinsalz, Eisenoxydtartrat, *ferrum tartaricum oxydatum*, *tartras ferricus*, vínan železitý, vinný kámen železitý; — **zitronensaures** Eisenoxydcitrat, *ferrum citricum*, *citras ferri*, citran železitý.

Eisenoxyd-acetat v. Eisenoxyd, essigsaures; — **ammoniak, salzsaures** v. Ammoniak, salzsaures eisenhaltiges; — **schwefelsaures** v. Ammoniak, schwefelsaures eisenhaltiges; — **zitronensaures** v. Eisenoxydammoniakcitrat.

Eisenoxydammoniak-citrat, *ammonium citricum martiatum*, *citras ammoniae et ferri*, citran ammonatoželezitý; — **hydrochlorat** v. Ammoniak, salzsaures eisenhaltiges; —**sulphat** v. Ammoniak, schwefelsaures eisenhaltiges.

Eisenoxydbromat v. Eisenoxyd, bromsaures.

Eisenoxydchinin, baldriansaures v. Chinineisenoxyd, baldriansaures; —**blausaures** oder cyanwasserstoffsaures v. Chinin, eisenblausaures; — **jodwasserstoffsaures** v. Chininferrohydrojodat; —**wasserstoffcyansaures** v. Chinin, eisenblausaures; —**wasserstoffjodsaures** v. Chininferrohydrojodat.

Eisenoxyd-citrat v. Eisenoxyd, zitronensaures; —**flüssigkeit,** salzsaure v. Eisenöl; —**hydrat,** gelbes oxydirtes Eisen, braunoxydirtes Eisen, braunes Eisenoxyd, Eisensafran, Sauereisen, Eisenhalbsäure, wasserhaltiges Eisenoxyd; *ferrum oxydatum hydratum*, *hydras ferricus*, *oxydum ferri fuscum*, *ferrum oxydatum citrinum*, *crocus martis*, hydrát kysličníku železitého, šafrán železný.

Eisenoxyd-hydrobromat v. Bromeisen; —**hydrochlorat** v. Eisenoxyd, salzsaures; —**jodat** v. Eisenoxyd, jodsaures.

Eisenoxydkali, blausaures v. Kali, eisenblausaures rothes; — **oxalsaures,** sauerkleesaures Kalieisenoxyd, *ferro-kali oxalicum*, *kali-ferrum oxalicum*, *oxalas ferri et kali*, draselnatý šťovan železitý; — **schwefelsaures,** Eisenalaun, Kalieisenoxydsulphat, *ferro-kali sulphuricum*, *kali sulphuricum ferricum*, *alumen martiatum*, síran železito-draselnatý, kamenec železitý; — **weinsteinsaures** v. Eisenweinstein.

Eisenoxyd-malat v. Eisenoxyd, äpfelsaures; — unreines v. Äpfeleisenextrakt; —**muriat** v. Eisenoxyd, salzsaures; —**nitrat** v. Eisenoxyd, salpetersaures; —**oxalat** v. Eisenoxyd, oxalsaures; —**phosphat** v. Eisenoxyd, phosphorsaures.

Eisenoxydpyro-acetat v. Eisenoxyd, holzsaures; —**phosphat** mit Ammoniakcitrat, *ferrum pyrophosphoricum ammoniato citricum*, pyrofosforečnan železitý s citranem ammonatým.

Eisenoxyd-strychnin, wasserstoffcyansaures v. Strychnineisencyanür; — **sulphat** v. Eisenoxyd, schwefelsaures; —**tannat** v. Eisenoxyd, gerbsaures; —**tartrat** v. Eisenoxyd, weinsteinsaures.

Eisenoxydul v. Eisenoxydul, schwarzes; —**blausaures** v. Berlinerblau; — **bromwasserstoffsaures** v. Bromeisen; — **chlorwasserstoffsaures** v. Chloreisen; — **halbmilchsaures** oder milchsaures, Eisenoxydullactat, *ferrum lacticum*, *lactas ferri*, *oxydulum ferri lacticum*, mléčnan železnatý; — **hydrobromsaures** v. Bromeisen; — **hydrochlorsaures** v. Chloreisen; — **hydrojodsaures** v. Jodeisen; — **jodsaures,** Eisenoxyduljodat, *ferrum jodicum oxydulatum*, *jodas ferrosus*, jódičnan železnatý; — **jodwasserstoffsaures** v. Jodeisen; — **kohlensaures,** Eisenkarbonat, *ferrum carbonicum oxydulatum*, *carbonas ferri*, *oxydulum ferri carbonicum*, uhličitan železnatý; — — zuckerhaltiges, *ferrum carbonicum saccharatum*, uhličitan železnatý s cukrem; — **phosphorsaures,** *ferrum phosphoricum oxydulatum*, *oxydulum ferri phosphoricum*, *phosphas ferrosus*, fosforečnan železnatý; — **salzsaures** v. Chloreisen; — **schwarzes**, Eisenmohr, schwarzes oxydulirtes Eisen, *ferrum oxydulatum nigrum*, *aethiops martialis*, *oxydulum ferri nigrum*, **kysličník železnatý černý**; — **schwefelsaures** oder vitriolsaures, Eisensulphat, reiner Eisenvitriol, Eisensalz, Stahlsalz, *ferrum sulphuricum seu vitriolicum*, *sulphas ferrosus*, *vitriolum ferri*, *sal martis seu chalybis*, síran železnatý, skalice zelená čistá; — **wasserstoffbromsaures** *v.* Bromeisen; — **wasserstoffchlorsaures** *v.* Chloreisen; — **wasserstoffjodsaures** *v.* Jodeisen; — **weinsteinsaures**, Eisenoxydultartrat, *ferrum tartaricum oxydulatum*, *tartras ferrosus*, vínan železnatý; — — alkalisches *v.* Eisenweinstein.

Eisenoxydul-bittererde, blausaure *v.* Magnesia, eisenblausaure; —**bleioxyd**, blausaures *v.* Bleioxyd, eisenblausaures; —**hydrat**, schwefelsaures *v.* Eisenoxydul, schwefelsaures.

Eisenoxydulhydro-bromat *v.* Bromeisen; —**chlorat** *v.* Chloreisen; —**jodat** *v.* Jodeisen.

Eisenoxydul-jodat *v.* Eisenoxydul, jodsaures; —**kali**, blausaures *v.* Kali, eisenblausaures; —**lactat** *v.* Eisenoxydul, milchsaures.

Eisenoxydul-Manganoxydul, wolframsaures *v.* Wolframerz.

Eisenoxydul-magnesiumoxyd, blausaures *v.* Magnesia, eisenblausaure; —**natriumoxyd**, blausaures *v.* Natron, eisenblausaures; —**oxyd**, blausaures *v.* Berlinerblau; —**sulphat** *v.* Eisenoxydul, schwefelsaures; —**tartrat** *v.* Eisenoxydul, weinsteinsaures; —**zinkoxyd**, blausaures *v.* Zinkoxyd, eisenblausaures.

Eisen-phosphat *v.* Eisenoxyd, phosphorsaures; —**platten**, desky železné; —**pulver** *v.* Eisenfeile; —**roth** *v.* Kolkothar; —**safran** *v.* Eisenoxydhydrat; — adstringirender *v.* Kolkothar.

Eisen-salmiak *v.* Ammonium, salzsaures eisenhaltiges; —**salpeter** *v.* Eisenoxyd, salpetersaures; —**salz** *v.* Eisenvitriol; —**scheel**, Eisenschwerstein *v.* Wolframerz; —**schwärze** *v.* Graphit; —**schwefel** *v.* Schwefeleisen; —**seife**, *sapo ferri*, mýdlo železité; —**sublimat** *v.* Eisenoxyd, salzsaures sublimirtes; —**sulphat** *v.* Eisenoxydul, schwefelsaures; —**tannat** *v.* Eisenoxyd, gerbsaures; —**thon** *v.* Bolus; —**tinktur**, Bestuschefffsche *v.* Schwefelaethergeist, eisenhaltiger; — Klapproth's essigsaure, *tinctura ferri acetici Klapprothii*, Klaprothova octová tinktura železitá; — tartarisirte *v.* Ludwigs Eisentinktur.

Eisenvitriol, grüner, englischer, salzburger, linzer, londoner, zweiadler o. dreiadler Vitriol, Eisensalz, Stahlsalz, (schwefelsaures Eisenoxydul), *ferrum sulphuricum*, *vitriolum martis s. viride*, *sal martis s. chalybis*, skalice zelená, anglická, solnohradská, linecká, londýnská, dvojorlíčková n. trojorlíčková, sůl železná, vitriol železnatý, nickamínek zelený, (síran železnatý vodnatý); — **gebrannter**, *ferrum sulphuricum calcinatum*, zelená skalice pálená; — **gewöhnlicher**, Einadlervitriol, *ferrum sulphuricum*, skalice zelená obyčejná n. jednoorlíčková, zmyda; — **schwarzer**, Kupferwasser, *vitriolum nigrum*, vitriol černý, skalice černá, voda mědná, vitrolín.

Eisenweinstein, Eisenweinsalz, martialischer Weinstein, Stahlweinstein, weinsteinsaures Eisenoxydkali, *tartarus ferratus, crystalli tartari chalybeati, ferro-kali tartaricum, tartras kalico-ferricus, Mars solubilis*, vinný kámen železitý; **—kugeln**, Eisenkugeln, Stahlkugeln, eisenhaltige Weinsteinkugeln, *tartarus ferratus in globulis, globuli tartari martiati*, kuličky železité, kuličky tartarové železité.

Eisenzitronensalz *v.* Eisenoxyd, zitronensaures.

Eis-essig *v.* Bleigeist; **—lebnergrün**, *viride islebiense*, zeleň eislebenská; **—pflanze**, Eiskraut, Zaserblume, *herba mesembryanthemi crystallini*, lednačka, kosmatec.

Eiweißstoff *v.* Albumin.

Elain *v.* Oleïn; **—seife**, mýdlo olejovinné.

Elaterin, *elaterinum, clatinum*, elaterin, clatin.

Elaterium, *elaterium*, elaterium.

Elaylchlorür, Öl der holländischen Chemiker, Chlorätherin, *claylum chloratum, oleum hollandicum, chloraetherin*, chlórid claylový, olej hollandských chemiků, chlóréthorin.

Elefantenlaus, ostindische, Malakanuß, *anacardium orientale*, slonová veš východní; — westindische, Kajou, *anacardium occidentale*, slonová veš západní.

Elefantenzähne, zuby slonové.

Elektoralwolle, vlna ušlechtěná.

Elektrometer, mlunoměr, elektroměr.

Elektrophor, mlunochov, elektronoš, koláč elektrický, elektrofor.

Elemi, Elemiharz, Elemigummi, Ölbaumharz, *resina elemi, gummi elemi*, elemi, pryskyřice elemi.

Elfenbein, slonová kost, bělokost; **—gebranntes**, schwarzes *v.* Beinschwarz; — — weißes, *ebur ustum album*, pálená kosť bílá; — **vegetabilisches** *v.* Karozzanüsse.

Elfenbein-papier, papír slonokostní; **—schwarz**, čerň slonová.

Elisabethquelle, Homburger, voda Eliščina homburská.

Elixir, Haller's saures *v.* Rabels Wasser.

Elleborin, Veratrin, Sabadillin, *elleborinum, veratrinium, sabadillinium*, elleborin, veratrin, sabadillin.

Ellerblätter *v.* Erlenblätter.

Elsbeeren *v.* Darmbeeren.

Else *v.* Alose.

Elsenbeerenrinde *v.* Ahlkirschenrinde.

Elsenich, Ölnitzwurzel, *radix olsnitii, thysselini seu selini palustris*, kořen jarvový.

Email, Schmelzglas, smalt, tav, email.

Embavigummi, *gummi embavi*, klovatina embavi.

Emerti, emerti (surové východoindické kaliko).

Emetin, *emetina*, dávovina, emetin.

Emmer *v.* Speltreis.

Endivie, *herba endiviae*, štěrbák, endyvie.

Endiviensamen, *semen endiviae*, semeno štěrbákové.

Endkette, nálišník.
Engel-rauch, kadidlo andělské; **—roth** v. Braunroth; **—süß,** Kropfwurzel, Korallenwurzel, wildes Süßholz, Tüpfelfarrenwurzel, *radix polypodii s. filiculae dulcis*, osladič, sládeč, sladovec, sladuška, kořen osladičový neb sladovcový; **—wurzel** v. Angelikawurzel.
Englischbitter, hořká anglická; **— liqueur,** likér hořký anglický; **—öl,** *oleum amarum anglicum*, hořký olej anglický.
Englisch-blau v. Berlinerblau; **—grün,** zeleň anglická; **—leder,** —kůže anglická; **—pflaster,** *emplastrum anglicum*, náplast anglická; **—roth** v. Braunroth; **—salz** v. Bittersalz; **—weiß** v. Schieferweiß.
Enkazienrinde, *cortex encaciae*, enkacia, kůra enkacová.
Entengrün v. Wassermoos.
Entfuselungs-kohle, dřevěné uhlí k čistění lihovin; **—massa,** masa k čistění lihovin.
Entwurfsthefa, sešit nákresní.
Enulawurzel v. Alantwurzel.
Enzian, Rothenzian, Bitterwurzel, *radix gentianae rubrae*, kořen hořcový n. hořký; **— weißer,** weiße Hirschwurzel, Laserkraut, *radix gentianae seu cervariae albae*, kořen hladýšový, jelení kořen větší neb bílý.
Enzianextrakt, *extractum gentianae*, výtah hořcový.
Epheu-blätter, Eppich, Immergrün, Wintergrün, *herba hederae*, břečtan; **—harz,** *gummi hederae*, pryskyřice břečtanová.
Epsomersalz v. Bittersalz.
Erbsen, englische ganz frühe, hrách anglický ranní; — spanische große späte, hrách španělský velký pozdní.
Erd-äpfel v. Kartoffel; **—balsam,** balšán zemní, živice; **—beeren,** *baccae fragariae*, jahody červené neb svatovítské.
Erdbeer-äther, tresť jahodová; **—kraut,** *herba fragariae*, list jahodový; **—liqueur,** likér jahodový; **—pomade,** pomáda jahodová; **—wurzel,** *radix fragariae*, kořen jahodový.
Erdbirnen v. Kartoffel.
Erdbirnkraut v. Schlagkraut.
Erde, blaue, hlínka modrá, blankyták; **— braune,** hlínka hnědá; **— englische** zum Poliren, *terra anglica grisea*, hlínka anglická k hladění; **— gelbe** v. Gelberde; **— grüne** v. Kaadnergrün; **— italienische,** hlínka vlašská; **— japanische** v. Katechu; **— kaadner** v. Kaadnergrün; **— kölnische,** hlínka kolínská; **— neapolitanische** v. Neapelgelb; **— rothe** v. Bolus, gemeiner, **— sienner,** Bolus von Sienna, *terra seu ochra de Sienna*, smurka senenská, okr senenský, hlínka senenská, ból senenský; **— tyroler** o. veroneser v. Kaadnergrün; **— weiße,** hlínka bílá.
Erd-eichel v. Ackernuß; **—flachs** v. Asbest; **—galle** v. Tausendguldenkraut; **—kastanie,** Erdnuß, *radix bulbocastani seu nucula terrestris*, kaštan n. ořech zemský, hliznatka; **—kiefer** v. Schlagkraut;

—**mandeln**, *radix cyperi esculenti, amygdalae terrae, radix malinathallae seu dulcinis*, zemní mandle; —**morchel** *v.* Trüffel; —**nuß** *v.* Erdkastanie; —**öl** *v.* Steinöl; —**pech** *v.* Asphalt.

Erdrauch, Taubenkopf, Feldraute, *herba fumariae seu rutae agrestis*, pára zemská, routička, rutka polní; —**extrakt**, *extractum fumariae*, výtah routičkový.

Erd-scheibe, Schweinsbrot, Saubrot, *radix cyclaminis, chamaebalanus seu arthanitae, panis porcinus*, kořen bramboříkový, chléb sviňský, ořech sviňský, sýr zemský, tvarožina; —**schierling** *v.* Schierling, gefleckter; —**schwefel** *v.* Bärlappsamen.

Erdspinnenkraut, weißer Widerthon, Zaunblume, *herba phalangii ramosi*, bělozářka, bílá záře, pavoučnice; —**blüthen**, *flores phalangii ramosi*, květ bělozářkový; —**samen**, *semen phalangii ramosi*, semeno bělozářkové.

Ergotin, *ergotinum*, námelovina, ergotin.

Erlangerblau *v.* Berlinerblau.

Erlen-blätter, Ellerblätter, *folia alni*, listy olšové n. jelšové; —**rinde**, *cortex alni*, kůra olšová.

Erzengelwurzel *v.* Angelikawurzel.

Erzeugewurzel *v.* Angelikawurzel.

Eschen-blätter, *folia fraxini seu ornithoglossae*, listy jesenové; —**rinde**, *cortex fraxini*, kůra jesenová; —**samen**, *semen fraxini seu linguae avis*, semeno jesenové; —**wurzel** *v.* Diptam.

Esels-distel *v.* Krampfdistel; —**gurke**, Eselskürbis *v.* Balsamäpfel; —**haut**, kůže oslová, oslovina; —**huf**, *v.* Huflattig; —**milch** *v.* Wolfsmilch, gemeine; —**ohren** *v.* Aronwurzel.

Espagnolet, español (druh vlněného droketu).

Esparsette, Esper, Heiligheu, rother Süßklee, ewiger spanischer Klee, *herba onobrychis*, věčenec, vikvenec, ligrus.

Essig, *acetum commune*, ocet obyčejný; — **ammonisirter** *v.* Ammoniak, essigsaures flüchtiges; — **bleihaltiger** *v.* Bleiessig; — **concentrirter**, verstärkter Essig, verdünnte Essigsäure, *acetum concentratum, acidum aceticum dilutum*, ocet schnaný, kyselina octová vodnatá; — **destillirter**, *acetum destillatum*, ocet destilovaný; — **philosophischer** *v.* Bleigeist; — **salmiakartiger** *v.* Ammoniak, essigsaures flüssiges; — **schärfster** *v.* Bleigeist; — **verstärkter** *v.* Essig, concentrirter.

Essig-alaun *v.* Alaunerde, essigsaure; —**alkohol** *v.* Bleigeist; —**ammonium** *v.* Ammoniak, essigsaures.

Essigäther, Essignaphtha, essigsaures Äthyloxyd, *aether aceticus, naphtha aceti, acetas aethericus*, tresť octová, éther octový, octan éthylnatý; —**geist**, versüßter Essiggeist, *spiritus acetico-aethereus, spiritus aceti dulcificatus, aether aceticus alcoholisatus, liquor anodynus vegetabilis*, líh octový oslazený, éther octový líhový, líh octo-étherový.

Essig-eisensalz *v.* Eisenoxyd, essigsaures; —**esprit**, Essiggeist, líh ocetní; —**extrakt**, *sapa aceti*, mest octový; —**ferment**, kvasidlo octové; —**honig** *v.* Sauerhonig; —**kali** *v.* Essigsalz; —**kupfer** *v.* Grünspan; —**naphtha** *v.* Essigäther; —**natron** *v.* Rothsalz; — **pottasche** *v.* Essigsalz; —**rose** *v.* Knopfrose; —**salmiak** *v.* Ammoniak, essigsaures.

Essigsalz, essigsaures Kali, Kaliacetat, Essigpotasche, essigsaures Kaliumoxyd, essigsalziger Weinstein, geblätterte Weinsteinerde, Essigweinstein, *arcanum tartari*, *kali aceticum*, *acetas kalicus*, *potassa acetata*, *tartarus acetatus*, *terra foliata tartari*, sůl octová, octan draselnatý, draslo octové, vinný kámen octový; — **mineralisches** *v.* Rothsalz; — **schwererdigtes** *v.* Baryt, essigsaurer.

Essigsäure, *acidum aceticum*, kyselina octová, octovka; — brandige oder brenzliche *v.* Holzessig.

Essig=silbersalz *v.* Silberoxyd, essigsaures; —**soda** *v.* Rothsalz; — **vinester** *v.* Essigäther.

Essigweinstein *v.* Essigsalz; — **zerflossener,** essigsaure Kaliauflösung, Kaliacetatlösung, Essigweinsteinflüssigkeit, Pottaschenessigflüssigkeit, *liquor terrae foliatae, tartari seu kali acetici, acetas lixiviae solutus, liquor digestivus*, vinný kámen octový rozpuštěný, octan draselnatý rozpuštěný, roztok octanu draselnatého.

Eßlöffel, lžíce sprosté.

Estopillas, estopily (druh batistového plátna).

Estragon *v.* Kaiserſalat; —**essig,** ocet estragonový; —**öl,** *oleum estragonis*, silice estragonová; —**senf,** hořčice estragonová.

Etageofen, kamna patrová.

Etamin, Stamin, gryset, etamin, stamin (druh vlněných látek).

Euphorbiengummi, englisches, *gummi euphorbii anglicum, euphorbium anglicum*, euforbium anglické; — **indisches,** *euphorbium indicum*, euforbium indické.

Everlasting, everlasting (vlněná látka).

F.

Fabriks=gummi, *gummi arabicum in granis*, klovatina arábská zrnitá; —**öl** *v.* Baumöl.

Fächer, vějíř.

Façon=eisen, železo líčené; —**hobel,** hoblík fasonový.

Fadenkraut, deutsches Wurmkraut, *herba filaginis*, bělolist, chlupina.

Fahlleder, Schmalleder, Oberleder, kůže nártová neb výrostková, jalovina.

Falle zum Anschlagen, západka (klika) k přibití; — zum Einstemmen, z. k zadlabání.

Fallkraut *v.* Bergwolverley.

Falschblei *v.* Graphit.

Falz-hobel, žlábkovec, hoblík k falcování, dražebník; **—platten,** desky falcovní (pláty falcovní); **—ziegel,** háková cihla, falcovka, dražebnice.

Farbe, blaue *v.* Schmalte.

Farbedistel, Färberscharte, Giftkraut, *herba serratulae*, srpek, jelení traňk; **—wurzel,** *radix serratulae*, kořen srpkový.

Farbe-kasten, barevnice, schránka na barvy; **—läppchen,** Schminkläppchen, Turnesolläppchen, blaue und rothe, *bezetta coerulea et rubra*, hadříčky barvivé modré a červené, hadříčky k líčení.

Farben in Kästchen, barvičky v schránkách.

Farbenstifte *v.* Pastellfarben.

Färbereiche *v.* Querzitron.

Färber-ginster, Genifte, Ginst, Genst, Pfriemenkraut, *herba genistae tinctoriae seu spartii minoris*, žlutidlo, kručinka, stínavec, janovec, kozí barva, kozí brada, (rus. дрокъ); —**resede** *v.* Wau; **—röthe,** Färberwurzel *v.* Krapp; **—safflor** *v.* Saffler; **—scharte** *v.* Farbedistel.

Farin, Bastardzucker, Kochzucker, farin, cukr bastardový, moučka cukrová.

Farrnkraut-extrakt, *extractum filicis maris aethereum*, výtah kapradový; **—öl,** *oleum filicis maris*, silice kapradová; **—wurzel,** Johanniswurzel, Wurmfarrn, Johannishand, *radix filicis maris*, kořen kapradový, papradový n. čertova žebra, (rus. попротъ).

Fasan, bažant.

Fasel, juckende *v.* Kuhkrätze; **—bohnen,** Lablabsamen, *semen lablab*, semeno lablabové.

Fasolen *v.* Bohnen.

Faß-eisen, železo posudní; **—nieten,** nýtky obruční; **—reifen,** obruče posudní.

Faulbaum-beeren, glatter Wegdorn, Zapfenholzbeeren, *baccae frangulae seu rhamni frangulae*, bobule krušinové, krušinky; **—rinde,** innere, *cortex frangulae, avorni seu alni nigrae*, kůra krušinová, lýko krušinové; **—rindenextrakt,** *extractum frangulae corticis*, výtah z kůry krušinkové.

Fausthobel, hoblík pěstní.

Fayence, Halbporzellan, unechtes Porzellan, hlínka fayansová, porcelán delftický, fayans.

Fedegosorinde, *cortex fedegosae*, kůra fedegosová.

Feder-alaun *v.* Asbest; **—draht,** drát na péra (do pohovek); **—eisen,** pérové, zpruhové želízko; **—harz,** Kautschuk, *resina caoutchouc*, kaučuk; — **elastisches,** *gummi elasticum*, pružec, klí pružné.

Feder-heft, Federstiel, násadka na péra; **—hobel,** hoblik s pérem; **—kiel,** brko; — englisches, b. anglické; — gezogenes, b. tažené; — hamburgisches, b. hamburské, kalené čili neprozračné; — holländisches, b. holandské čili prozračné.

Feder-kohl *v.* Krauskohl; —**kraut**, *herba millefolii aquatici*, kroceň klasatý.

Federn, geschlissene, peří drané.

Feder-nelkensamen, semeno hvozdíku peřistého; —**penal** von Papier, papírové pouzdro na péra; —**stahl**, ocel nožířská, ocel pružná; —**weiß**, gemeiner Asbest, zaběl; — gemalenes, zaběl mletý; — in Stücken, zaběl v kusech.

Feigbohne *v.* Lupine.

Feigelzucker, cukr fialový.

Feigen, *caricae*, fíky, smokvy, pihvy; — in Körben, fíky v košíkách; — in Kränzen, fíky ve věncích čili navlíkané.

Feigen-blätter, indische *v.* Opuntie; —**kaffé**, fíkovka, káva fíková.

Feigwarzen-kraut *v.* Hahnenfuß; —**ranunkel** *v.* Hahnenfuß.

Feile, dreieckige, pilník tříhranný; — flache (Ansatzfeile), p. ploskatý; — halbrunde, p. poloobiý; — runde, p. oblý; — viereckige, p. čtverhranný.

Feilen-heft, násada na pilník; —**stahl**, ocel pilnikářský.

Feinlack, červená barva tělná.

Felbel, felba (nedokonalý aksamit, jehož osnova hedbávná, útek z příze jest).

Feld-garbe *v.* Schafgarbe; —**kessel**, pánev na ohniště; —**kümmel** *v.* Quendel; —**mohn**, wilder Mohn, Klapperrose, Klatschrose, Kornrosenblüthe, *flores papaveris rhoeados seu erratici*, *flores Theophrasti seu Plinii*, květ máku vlčího, planého neb divokého, panenkový, pleskancový, ohníčkový neb tleskancový; —**poley** *v.* Quendel; —**raute** *v.* Erdrauch; —**salat**, englischer, salát polní anglický; —**spinat** *v.* Guter Heinrich; —**thymian** *v.* Quendel; —**zypresse** *v.* Schlagkraut.

Fenchel, *herba foeniculi*, fenykl, kopr vlaský, římský čili sladký; —**holz** *v.* Sassafrasholz; —**liqueur**, likér fenyklový; —**öl**, *oleum foeniculi*, silice fenyklová; —**salmiakgeist**, *liquor ammonii foeniculatus*, *spiritus salis ammoniaci foeniculatus*, *lixivium ammoniacale foeniculatum*, lih salmiakový fenyklový; —**samen**, *semen foeniculi*, semeno fenyklové, fenykl; — florentiner, griechischer o. kretischer *v.* Anisfenchel; — moskovitischer *v.* Badian; — polnischer, fenykl polský; — römischer *v.* Anisfenchel; — saazer, fenykl žatecký; — sächsischer, f. saský; — süßer *v.* Anisfenchel; — wilder *v.* Wasserfenchel.

Fenchelwurzel, *radix foeniculi*, kořen fenyklový.

Fenster-beschlag, kování na okno; —**glas**, sklo do oken, sklo tabulní; —**kloben**, kloub do okenice; —**zuziehhaken**, přitahovák na okno; —**zuziehknopf**, přitahovací knoflík na okno.

Fenugrek *v.* Bockshorn.

Ferbelkraut, Kostenkraut, *herba costae*, plevnatec; —**blüthen**, *flores costae*, květ plevnatčí.

Ferdinandsbrunn, Marienbader, voda Ferdinandská z Mariánských lázní.

Fernambukholz, Bockholz, Pernambukholz, *lignum fernambuci*, fernambuk, pernambuk; —**extrakt**, *extractum ligni fernambuci*, výtah fernambukový.

Fernambuklack *v.* Kugellack.

Ferrandine, ferandin (polohedbávná látka).

Ferridcyankalium *v.* Kali, eisenblausaures rothes.

Ferro-borussiat *v.* Ferrohydrocyanat; —**cyanblei** *v.* Bleioxyd, eisenblausaures; —**cyanideisen** *v.* Berlinerblau; —**cyankalium** *v.* Kali, eisenblausaures gelbes; —**cyanmagnesium** *v.* Magnesia, eisenblausaure; —**cyannatrium** *v.* Natron, eisenblausaures; —**cyanzink** *v.* Zinkoxyd, eisenblausaures; —**hydrocyanat** des Bleies *v.* Bleioxyd, eisenblausaures; — des Kalis *v.* Kali, eisenblausaures; — des Kalis rothes *v.* Kali, eisenblausaures rothes; — des Kupfers *v.* Kupferoxyd, eisenblausaures; — der Magnesia *v.* Magnesia, eisenblausaure; — des Natrons *v.* Natron, eisenblausaures; — des Strychnins *v.* Strychnineisencyanür; — des Zinks *v.* Zinkoxyd, eisenblausaures.

Ferroprussiat *v.* Ferrohydrocyanat.

Fette Henne *v.* Donnerbart.

Fett-kraut, *herba pinguiculae*, tučnice; —**säure**, *acidum sebacicum, sebi seu pinguedinis animalis*, kyselina tuková neb smahloolejová; —**stein** *v.* Speckstein; —**thon** *v.* Bolus.

Feuer-bohnen, ohňáčky; —**kraut** *v.* Brennkraut, Weiderich; —**lösch-hanfkorb**, konopní košík na hašení ohně; — doppelter, k. dvojitý; — einfacher, k. jednoduchý; — mit Kessel, k. s kotlem; — mit Kübel, k. s čberem.

Feuer-pöller, hmoždíř ku střelbě; —**schwamm**, Blutschwamm, Eichenschwamm, Zunderschwamm, *boletus igniarius seu agaricus quercinus*, hubka, houba dubová, dubovka; — gebeizter, *boletus igniarius praeparatus*, hubka zápalná n. připravovaná.

Feuer-stein, Flintenstein, *pyromachus*, kámen křesací neb koukový, křesavec, pazourek; —**zange**, kleště na uhlí, kleště do ohně.

Fez, fez.

Fichtenharz *v.* Waldrauch; — **weißes** *v.* Galipot.

Fichten-knospen, *luriones pini*, *strobuli pini*, *coni pini*, *gemmae pini*, pazoušky smrkové, šištičky smrkové, očka smrková, poupata smrková; —**lohe**, *cortex pini*, kůra smrková, třislo smrkové; — —**nadelöl**, Waldwollöl, olej jehličný; —**samen**, semeno smrkové.

Fidibushobel, hoblík na fidibusy.

Fieber-klee *v.* Bitterklee; —**kraut** *v.* Helmkraut; —**moos** *v.* Becherflechte; —**nuß** *v.* Ignatiusbohne; —**pulver**, Jakobis *v.* Kalk, phosphorsaurer spießglanzhaltiger; —**rinde**, graue *v.* Kaskarillrinde; — **salz**, Sylvisches *v.* Chlorkalium; —**weidenrinde** *v.* Lorbeerweidenrinde.

Filipendelwedel, rother Steinbrech, *herba filipendulae s. saxifragae rubrae*, tužebník, třebník; —**blumen**, *flores filipendulae*, květ tužebníkový neb třebníkový; **—wurzel,** *radix filipendulae*, kořen tužebníkový neb třebníkový, zemský ořech.

Filixsäure, Filicin, *acidum filicicum*, *filicinium*, kyselina filicová, filicin.

Filouche, filuš (látka bavlněná).

Filterleinwand, plátno procezovací.

Filtrir-filz, plsťka procezovací; **—papier,** papír procezovací neb filtrovací; **—trichter,** nálevka procezovací.

Filz, plsť; **—hut,** klobouk plstěný; **—kraut** *v.* Flachsseide; **—schuhe,** střevíce plstěné (plstky); **—sohlen,** podešve plstěné.

Fingerhut, Nähring, náprstek.

Fingerhutkraut, *herba digitalis seu virgae regiae*, náprstek, náprstník; **—extrakt** *extractum digitalis*, výtah náprstníkový.

Fingerkraut, Fünffingerkraut, *herba pentaphylli*, *quinquefolii seu potentillae;* pětilístek, pětiprstek, štířice; **—wurzel,** *radix pentaphylli*, kořen pětilístkový neb pětiprstkový.

Fioringras, metlice bílá.

Firniß, Leinölfirniß, *vernix lini*, fermež lněná, pokost lněný; — mineralischer, pokost mineralný.

Fisch-angel, udice (na ryby); **-bein,** Barden, Wallfischbarden, kostice, pian; — **weißes,** Fischschuppe, Blackfischbein, *ossa sepiae*, kostice bílá, kost sepijová.

Fisch-guano, norwegischer, rybí hnojovka norvežská; **—gummi** *v.* Fleischleim; **—haut,** *coria piscium*, kůže rybí; **—körner,** Kockelskörner, Fischmondsamen, Läusekörner, *cocculi indici, levantici seu piscatoriae (Coccoli di Lavante)*, kebule, chebule; **—leder,** rybovec; **—leim** *v.* Hausenblase, Fleischgummi; **—öl** *v.* Thran.

Fischotterfell, kůže vydří neb vydrová, vydrovina.

Fisch-pinsel, štětec vydří; **—schuppe** *v.* Fischbein, weißes; **—thran** *v.* Thran; **—tuch,** fr. *drap à deux poissons*, sukno se znamením dvou ryb.

Fisetholz *v.* Visetholz.

Flach-eisen, dláto rovné; **—fisch** *v.* Kabliau.

Flachs, Lein, len; **—baumwolle,** bavlna lněná; **—breche,** klepačka; **—dotter** Flachskraut *v.* Leinkraut; **—leinwand,** plátno lněné; — **seide,** Filzkraut, *herba cuscutae majoris cassythae seu linodesmi*, kokotí hace, kokotice, kopřivník, ploskanec, hedváb polní, kaní prádlo, kaňanka.

Flader-braun, hněď fládrová; **—pinsel,** štětec k flädrování neb na mosor, štětec ploskatý, fláderka.

Flämische Leinen, plátno flamské.

Flamm-herdtopf, břichatý hrnec na ohniště; **—ruß,** *fuligo splendens*, kopet, saze; — in Bütteln, kopet v putničkách.

Flandrischblau, fr. *cendres vertes*, modř flanderská.

Flanell, flanel; — englischer gedruckter oder türkischer *v.* Gelgas.

Flaschen, láhve; — belogneser, láhvičky boloňské; — dreihalsige, láhve trojhrdlité; — florentiner, l. florentské; — tubulirte, l. zahrdlité, hrdlaté; — Woulfische, l. voulfické.

Flaschenharz, Flaschenlack, lak na láhve, vosk na láhve, pečetní vosk na láhve.

Flatterbinsenwurzel, *radix junci effusi*, kořen sítiny rozestřené.

Flaumen, prach husí, prachové peří.

Flechte, isländische v. Moos, isländisches.

Flechten-koralle v. Korallenflechte; —**säure** v. Lichensäure.

Fleck-blume, wahre v. Akmelle; —**kugeln**, kuličky na škvrny, kuličky cíděcí; —**schierling** v. Schierling, gefleckter; —**wasser**, voda na škvrny, voda cíděcí.

Fleisch-kohle v. Blutkohle; —**leim**, Fischgummi, *sarcocolla*, *gluten carnis seu gummi sarcocollae*, ranobalšán, perský balšán na rány, sarkokolla; —**tafeln** v. Gelatine.

Flieder v. Hollunder; —**samen**, spanischer, Lilaksamen, *semen syringae s. lilac*, semeno bezu španělského, šeříkové n. lilákové.

Fliegen, spanische v. Kanthariden; —**gift**, Fliegenstein, Scherbenkobalt, metallischer Arsenik, *cobaltum crystallisatum*, *arsenicum metallicum*, jed na mouchy, kámen muší, kámen jedovatý, otruch, myšák, arsén kovový, otrušík šedý.

Fliegenholz, Bitterholz, Quassia, *lignum quassiae*, dřevo muší, hořkeňové neb kvassiové; —**rinde**, *cortex ligni quassiae surinamensis*, kůra kvassiová neb hořkeňová.

Fliegen-pfeffer v. Pfeffer, langer; —**pilz**, Fliegenschwamm, *agaricus muscarius*, muchomůrka, muchotravka, katmanka; —**pulver**, prášek na mouchy, moučka na mouchy; —**todtpapier**, papír muchomůrkový, papír na mouchy.

Flintensteine, kamínky do ručnic.

Flintglas, sklo flintové.

Flittergold, Rauschgold, Luggold, Knistergold, dracoun, cetky, mosaz listovní, libačky zlaté, blisk, zlato praskavé.

Flock-blume, schwarze v. Saffler, wilder; —**bohrer**, náražník.

Flockenleinwand, plátno flokové neb pazdeřní.

Flock-raspel, struhák na kolíčky; —**wolle**, ostřížky vlnové.

Flohkraut v. Polep.

Flöhsamen, *semen psylii, cynoides seu pulicariae*, semeno blešníkové, blešincové, chmelíkové neb chmelníkové.

Flor, flór, pavučník; —**band**, stužka flórová, pentle flórová.

Florence, florans (dykytová látka).

Florentine, florentin (druh atlasu).

Florentiner Lack, *lacca florentina*, lak florentský.

Floret, floret; —**band**, stužka floretová, pentle bourová; —**leinwand**, Florleinwand, plátno floretové neb bourové; —**seide**, Flockseide, Tressenseide, fr. *bourre de soie*, ital. *strazza di seta*, hedbáví floretové, boura, zadní hedbáví.

Flortuch, šátek flórový.

Fluminel v. Safranspitzen.
Flunder v. Struffbutt.
Fluor-ammonium v. Ammonium, flußsaures; —**baryum** v. Baryt, fluorwasserstoffsaures; —**kalcium** v. Flußspath; —**kalium** v. Kaliumfluorid.
Fluorkiesel-kalium, kieselflußsaures Kali, Kaliumkieselfluorid, Kieselfluorkalium, *kalium silico-fluoratum*, *kali hydro-silico-fluoricum*, *hydrosilicofluoras potassae*, fluorokřeman draselnatý; —**sodium,** kieselflußsaures Natron, Natriumkieselfluorid, Kieselfluornatrium, Fluorsiliciumnatrium, *natrum silico-hydrofluoricum*, *hydrosilicofluoras natricus*, fluorokřeman sodnatý.
Fluorsilicium-kalium v. Fluorkieselkalium; —**natrium** v. Fluorkieselsodium.
Fluß-häring, slanec říční; —**harz** v. Anime.
Flüssigkeitsblechmaß, míra plechová na tekutiny.
Flußspath, flußsaurer Kalk, Fluorkalcium, spathsaurer Kalk, *spathum fusibile*, *fluor mineralis*, *calcaria fluorica*, *fluas calcareus*, kazivec, fluorid vápenatý; —**weinstein** v. Kali, fluorwasserstoffsaures.
Föminell v. Safranspitzen.
Fontanellensalz v. Ätzkali.
Fontanellenstein v. Höllenstein.
Forelle, marinirte, pstruh marinovaný neb nakládaný.
Forellensalat, kleiner bluthrother, pstruhový salát malý červený.
Formyl-bromid v. Bromoform; —**chlorid** v. Chloroform; —**jodid** v. Jodoform; —**säure** v. Ameisensäure.
Fotzwein, Fotzzwang, v. Donnerbart.
Foulards, Foulas, fulardy.
Fourniersäge, rozmítačka.
Fracht-achsen, gedrehte, povozní nápravy soustruhované; —**radschuh,** čubka povozní.
Frankfurterschwarz, *nigrum francfurtense*, čerň frankfurtská.
Franzbrandwein, *spiritus vini gallici*, kořalka francouzská, vodka francouzská.
Franze, Franse, třapec.
Franzensbrunn, Franzensbader, voda Františkova z Františkových lázní.
Franzgold, pozlátko francouzské neb knihařské.
Franzosenholz, Heiligenholz, Peckholz, Quajakholz, *lignum sanctum seu benedictum*, *lignum quajaci*, dříví francouzské, svaté neb kvajakové; —**extrakt,** *extractum quajaci*, výtah kvajakový; —**harz,** *resina seu gummi quajaci*, pryskyřice kvajaková: —**rinde,** *cortex quajaci*, kůra kvajaková.
Frauen-bettstroh v. Labkraut, gelbes; —**bügeleisen,** cihličky pro ženské; — extragroße, c. nadvelké; — flache c. plochó; — große, c. velké; — kleine, c. malé; — mittel c. prostřední; — ovale, c. polokulaté.

Frauen-distel, Silberdistel, Stechkerndistel, Froschdistel, Mariendistelsamen, *semen cardui mariae seu bedegarimae*, semeno ostropsí, podstřelové, bílolistové neb bodláku Mářího; **—eis,** Frauenglas *v.* Marienglas; **—flachs** *v.* Leinkraut.

Frauenhaar, Venushaar, Haarkrulfarrn, *herba capillorum veneris seu adianthi magni*, vlas ženský, vlásky Matky boží, koření vláskové, netík; — **schwarzes,** Venushaar, schwarzes, *herba adianthi nigri*, ženský vlas černý, slezinník černý.

Frauen-mantel *v.* Sinan; **—nadeln,** jehly pro ženské.

Freisamkraut *v.* Dreifaltigkeitskraut.

Friedrichsalz *v.* Glaubersalz.

Fries, Frison, frys, paj.

Frosch-distel *v.* Frauendistel; **—laich** *v.* Bleipflaster; **—eppich,** Gifthahnenfuß, *herba ranunculi palustris seu pescaninus*, litík, lutík, žarouš, jaskyr, pryskyřník, tolita zlá neb litá, žluťák proklatý; — **löffel,** Wasserwegerichwurzel, *radix alismatis*, kořen žábníkový, babky vodní, jitrocele vodního.

Frostseife, schwedische, švédské mýdlo na oznobeniny.

Früchtenzucker, englischer, ovocní cukr anglický.

Frucht-spiritus *v.* Kartoffelspiritus; **—syrup,** Stärkesyrup, syrup ovocný neb škrobový.

Frühstückofen, kamna ohřívací.

Fuchs-fell, kůže liščí, liščina; **—schweif,** ocáska (pila).

Fuckenleinwand, cuckové plátno.

Füge-bock, střihovadlo; **—hobel,** dražebník, hoblík dražební.

Fuhrmanns-hemmschuh, čubka povozní; **—kotze,** doppelte, hůně povoznická, dvojitá; **—laternen** mit Horn, lucerny pro povozníky s rohovinou; **—rosen,** růže ohlávkové.

Fumarsäure, *acidum fumaricum*, kyselina fumarová.

Fünffingerkraut *v.* Fingerkraut.

Fuselöl, *amyloxydhydrat*, přiboudlina, líh amylový.

Fustik *v.* Gelbholz.

Fußboden-glanzwichse, leštidlo na podlahu; **—lack,** lak na podlahu.

Futter-barchent, barchent na podšívku; **—schwinge,** opálka; — **seide,** hedvábí na podšívku; **—taffet,** dykyta podšívková; — **tuch,** plátno na podšívku; **—wickensamen** *v.* Ackerwickensamen; **—zwillich,** cvilink na podšívku.

G.

Gabelpinsel, štětec vidlový, štětka vidlicová.

Gabianöl *v.* Steinöl.

Gagel, Myrtengagel, Torfmyrte, Gale, *herba myrti brabanticae*, myrika, zdla, vřesna.

Gahrkupfer, měď surová.

Galangawurzel v. Galgant.

Galaktometer, mlékoměr.

Galban-gummi, Mutterharz in Körnern, *galbanum in granis*, galbán zrnatý; — in Kuchen, *galbanum in placentis*, galbán bochníkový; **—öl,** *oleum galbani*, olej galbánový; **—seife,** *sapo galbani, galbanum alkalisatum*, mýdlo galbánové.

Galdagummi, *gummi galda*, galda.

Galgant, *radix galangae*, galgan, kalkán, kořen galganový; — **wilder** v. Zyperwurzel.

Galipot, weißes Fichtenharz, *resina pini alba*, pryskyřice bílá, galipot.

Galizenstein, blauer v. Kupfervitriol; — **weißer** v. Augenstein.

Galläpfel, aleppische oder schwarze Gallen, *gallae aleppenses*, dubenky, hálky halepské neb černé; — chinesische, dubenky čínské; — istrianische, dubenky istrianské; — smyrner, dubovky smyrnské.

Galläpfel-säure, Gallussäure, *acidum gallicum crystallisatum*, kyselina duběnková; **—tinte,** inkoust dubenkový.

Gallen-seife, fr. *savon de fiel*, mýdlo žluční; **—süß,** Gallenzucker v. Pikromel.

Gallerte v. Gelatina.

Gallipoliöl v. Baumöl.

Galmei, natürliches Zinkoxyd, Zinkspath, unreines Zinkkarbonat, *lapis calaminaris, oxydum zinci nativum, carbonas zinci impurus*; kalamín, kalměj, zinkovec, uhličitan zinečnatý přirozený; — **weißer,** v. Almei.

Gamander, Bathengel, *herba chamaedrios, querculae seu trissaginis*, ožanka menší n. kalamandra.

Gambiagummi v. Kino.

Gänse-blümchen v. Maßliebchen, **—distel** v. Ackergänsedistel; **—fett,** *axungia anseris*, sádlo husí.

Gänsekraut, Gänserich, Silberkraut, *herba anserinae seu argentinae*, mochna husí, mýdlo husí, stříbrník; **—wurzel,** *radix anserinae*, kořen stříbrníkový.

Gänse-kresse v. Hirtentasche; **—pappel** v. Malve.

Gansleberwurst, uzenka z husích jater.

Gante, gant (druh plátna).

Garaffel v. Benediktenwurzel.

Garancine, garancina.

Garbenkraut v. Schafgarbe.

Gärber-fell, kůže jirchařská; **—wolle,** vlna jirchářská.

Gardseeröl, Garzeröl, Jungfernöl, olej panenský n. Gardovský.

Garn, feines, příze tenká; — grobes, p. křečná, řežná neb hrubá; — türkisches, p. turecká neb červená; — werkenes, p. koudelná; — — zehnsträhniges, p. desítipásmová.

Garou v. Seidelbastrinde.

Garten-bibernell v. Becherblume; —**haferwurzel** v. Skorzonere; —**häundel**, motyčka zahradní.

Gartenkerbel, *herba cerefolii seu gingidii*, kerblík, třebule; —**öl**, *oleum cerefolii*, olej kerblíkový neb třebulový, silice kerblíková n. třebulová; —**samen**, *semen cerefolii*, semeno kerblíkové neb třebulové.

Garten-kresse v. Kresse; —**lattig** v. Lattig; —**melde**, *herba atriplicis rubrae seu chenopodii rubri*, lebeda červená; —**melden-samen**, *semen atriplicis*, semeno lebedové; —**melisse** v. Zitronenmelisse; —**mohn**, mák zahradní; —**münze** v. Krausemünze; —**nelken**, Nelkenblüthen, Grasblumen, *flores caryophyllorum*, *flores tunicae*, *flores coronariae*, květ karafiátový, plátky karafiátové; —**poley** v. Poley; —**raute** v. Weinraute; —**rechen**, hrábě zahradní; —**salat** v. Lattig.

Garthagel v. Abrand.

Gas-kohle, uhlí plynové; —**rohr**, trouba plynovodní; —**wanne**, vana plynopudná.

Gattern v. Ballenzinn.

Gauchheil v. Hühnerdarm, rother.

Gaultheria-öl, Wintergrünöl, *oleum Gaultheriae*, *oleum wintergreen*, olej libavkový, silice libavková neb Gaultherova.

Gaultherienblätter v. Thee, kanadischer.

Gaze, gaz; —**band**, stužka gazová; —**schleier**, závoj gazový; —**tuch**, šátek gazový.

Gebärmutterwurzel v. Osterluzei, runde.

Gebirgslack, lak horní.

Gebündstahl v. Bündstahl.

Geburtskraut v. Mondrautenkraut.

Geddagummi, *gummi gedda*, jedda, klovatina džedská.

Geduldampfer, Gemüseampfer, englischer Spinat, *herba patientiae*, šťovík žlutý, špenát anglický; —**wurzel**, *radix patientiae*, kořen šťovíku žlutého.

Gehrhobel, svlakovník.

Geigenharz v. Kolophonium.

Geißbart v. Bocksbart.

Geißblatt-beeren, *baccae caprifolii*, bobule kozílistové; —**blätter**, Speckliliienblätter, *folia caprifolii*, list kozílistový, božcový, lilium lesního, růže z Jericha; —**blüthen**, *flores caprifolii*, květ růže z Jericha neb lilium lesního; —**rinde**, *cortex caprifolii*, kůra kozílistová, lilium lesního neb koření božcového.

Geißfüße, kozí nohy; — aufgeworfene, k. n. nadhnuté.

Geiß-haare, kozí chlup; — **raute**, Geißklee, Pestilenzkraut, *herba galegae, capraginis, thorinae seu rutae caprariae*, routa kozí, jestřabina, zánovec.

Geistwurzel, heilige v. Angelikawurzel.

Geländerstäbe, hole zábradlové.

Gelatine, Gallerte, Gelée, *gelatinium*, *gelatina*, gelatina, šelatina, rosolina, klihovina; — braune, r. hnědá; — rothe, r. červená; — weiße, r. bílá.
Gelatinkapseln, leere, *capsulae gelatinosae cavae*, kloboučky šelatinové prázné.
Gelb, Amberger *v.* Satineber.
Gelb-beeren, *v.* Kreuzbeeren; —**erde,** gelbe Erde, Berggelb, Ackergelb, Ockergelb, *terra citrina*, hlína žlutá, ogr horní žlutá, žlutilka; — **harz,** gelbes Harz von Neuholland, *resina lutea Novi Belgii*, žlutá pryskyřice novohollandská n. botanybajska; —**holz,** Fustik, gelbes Brasilienholz, *lignum citrinum*, angl. *fustic-wood*, *yellow-wood*, fr. *bois jaune de Brésil*, brezalka č. pryzila žlutá, dříví fustikové č. žluté barvířské; — Cuba, pryzila žlutá z Kuby; — Jamaica, p. ž. jamaická; — Portorico, p. ž. portorická; — Tampiko, p. ž. tampická; — ungarisches o. albanefer *v.* Visetholz.
Gelb-kraut, Gilbkraut *v.* Wau; —**suchtwurzel** *v.* Kurkume; — **wurzel** *v.* Kurkume.
Gemourharz, *resina gemour*, gemur, pryskyřice gemurová.
Gemsen-fell, kůže kamzíková; —**kugeln,** deutscher Bezoar, *aegagropilae*, *bezoar germanicum*, kámen kamzíkový, bezoar německý.
Gemswurzel, Schwindelwurzel, *radix doronici*, kořen kamzíkový neb kamzičníkový.
Gemüseampfer *v.* Geduldampfer.
Genipkraut, *herba genipi albi*, peluň skalní.
Geniste, Genst *v.* Färberginster.
Gentianin, *gentianinum*, hořcovina, gencianin.
Geoffreenrinde, jamaikanische *v.* Wurmrinde; —**surinamische** *v.* Wunderrinde.
Georginensamen, semeno jiřinkové.
Georgvictorquelle, Wildunger, voda Jiro-Viktorská Wildungská.
Geraniumöl *v.* Palmarosaöl.
Gerber-lohe, dubice, tříslo; —**wolle,** vlna koželužská neb jirchářská.
Gerb-säure, *acidum tannicum*, kyselina tříslová; —**stahl,** ocel vydělaná; —**stoff,** reine Gerbesäure, Tannin, *acidum tannicum purum*, *tanninum purum*, tříslovina, kyselina tříslová, tannin.
Gergelimöl *v.* Sesamöl.
Germanischer Kaffé, káva germánská č. německá.
Germer, weißer *v.* Nießwurzel, weiße.
Germuset, germyset (druh damašku).
Gerste, *hordeum*, ječmen.
Gersten-graupen, Rollgerste, *hordeum perlatum*, *mundatum seu excorticatum*, ječmen opichaný, kroupy ječné; —**rübe** *v.* Runkelrübe; —**zucker,** Penidzucker, *saccharum hordei*, cukr ječmenný, ječmínek, cukrové rampoušky.
Gerüstklammern, skoby na lešení.

Geschirr, emaillirtes, nádobí polévané; —**haken,** háčky na pochvy neb šlahouny; — einfache, h. jednoduché; — mit Löwen, háčky na pochvy s lvíčkem.
Gesimshobel, Karnießhobel, prutovník, římsovník, karnis; — mit Doppeleisen, ř. s dvojitými želízky; — gerader, ř. rovný; — schräger, ř. šikmý; — schräger mit Vorschneider, ř. šikmý s předákem.
Gestellschraube, šroub stavěcí, šroub na trám.
Gesundheits-chokolade, zdravotní čokolada; —**löffel,** lžice zdravotní.
Getreide-maaß, míra na obilí; —**sense,** kosa obilní, k. hrabičná.
Gewehrlauf, damascirter, hlaveň vykládaná.
Gewichte, adjustirte, závaží cimentované.
Gewölbschloß, zámek ku skladu.
Gewürz, englisches *v.* Piment; —**einschlag,** kořenná úprava; — **essig,** englischer, kořenný ocet anglický.
Gewürznelken, Nelken, Nägelein, Kreidnelken, *caryophylli aromatici,* hřebíček, koření krámské, řebíček; —**öl,** *oleum caryophyllorum,* silice řebíčková; —**rosoglio,** rosolka řebíčková.
Gicht-beeren *v.* Johannisbeeren, schwarze; —**leinwand,** pakostní plátno; —**papier,** Pechpapier, *charta antirheumatica,* papír pakostní; —**rose,** Bijone, Pfingstrosenblumen, *flores paconiae,* květ pivoňkový.
Gichtrosen-samen, *semen paconiae,* semena pivoňková, korály zubové; —**wurzel,** *radix paconiae,* kořen pivoňkový.
Gicht-rübe *v.* Zaunrübe; —**watte,** vata pakostní.
Gift-hahnenfuß *v.* Froschepfich; —**heil,** Wolfswurzel, *radix anthorae,* kořen jedhojový, kučmerkový, vlčí neb mníšku dobrého.
Giftlattig, Giftsalat, *herba lactucae virosae, intibi angusti,* locika planá neb jedovatá, měsíčník; —**extrakt,** *extractum lactucae virosae,* výtah locikový; —**samen,** *semen lactucae virosae,* semeno lociky jedovaté.
Giftmehl *v.* Arsenik, weißer.
Giftsumach, *herba rhois toxicodendri,* škumpa jedovatá; —**extrakt,** *extractum rhois toxicodenri,* výtah z škumpy jedovaté.
Gift-wurzel *v.* Bezoarwurzel; —**wütherich** *v.* Wasserschierling.
Gilb-kraut *v.* Farbedistel; —**wurzel** *v.* Kurkume.
Gilet (vysl. žilé), gilet (látka na vesty).
Giliensamen, dreifärbige, semeno giliové trojbarvé.
Gilke *v.* Ringelbume.
Ginseng, Ginsein, amerikanische Kraftwurzel, *radix ginseng,* kořen všehojový, ginseng, nynzín.
Ginst *v.* Färberginster.
Gips, Gyps, *gypsum,* sádra; — Alabaster, s. úbělová; — gebrannter, schwefelsaurer Kalk, *gypsum calcinatum, calcaria sulphurica,* s. pálená, síran vápenatý bezvodný; — körniger *v.* Alabaster; — roher,

gypsum crudum, s. syrová, síran vápenatý vodnatý; — Stukatur, s. štukatorská.
Gipsstein v. Alabaster.
Gitter-eisen, železo mřížové; **—schloss** mit Vexir, zámek na mříže s veksírem.
Glacé-kalbleder, teletina hlazená; **—tapeten**, čalouny lesklé.
Glanz-bürste, kartáč k leštění; **—etamin**, etamin lesklý; — **korduan**, korduán hlazený č. lesklý; **—lack**, lak lesknavý.
Glanzleder, kůže lesklá, úsně hlazená; **—lack**, lesknavý lak na kůži.
Glanzleinwand, Glanzschetter, Schetterleinen, plátno hlazené, leštěné č. lesklé.
Glanzruss, kopt lesklý, saze lesklé; **—tinktur**, mok sazový.
Glanz-stärke, škrob lazulkový neb s lazulkou; **—taffet**, fr. *taffetas glacée*, dykyta hlazená č. leštěná; **—wichse**, leštidlo na boty.
Glas, *vitrum*, sklo; —geschliffenes, s. soukané č. šlejfované.
Glasblumen, květiny sklené.
Glaserkitt, tmel sklenářský.
Glas-galle, Glasschaum, Glaskalk, *fel vitri*, *axungia vitri*, žluč neb pěna skelná, škvár skelný; **—knöpfe**, knoflíky skleněné; **—kopf**, rother v. Blutstein; **—korallen**, korály skleněné; **—kraut**, Wandkraut, Mauerkraut, Peterskraut, Tag u. Nacht, *herba parietariae seu helxines*, bylina sklenní, střílice, bouchaveček, zlobice, drnavec, stěničník, němec potměšilec, den a noc, nočník, sv. Petra koření; **—papier**, papír sklovitý; **—pasten**, pasty skleněné; **—perlen**, perle skleněné, būsy; **—schmelz**, litíky, perličky skleněné, šmelc; **—seife**, Glasmachermagnesie v. Braunstein.
Glasurschmalte, šmolka glazurová.
Glättahle, šídlo hladící.
Glätte v. Bleiglätte.
Glatthobel, hlazník, hladík.
Glauber's Alkahest v. Kali, kohlensaures basisches.
Glaubersalz, schwefelsaures Natron, schwefelsaure Soda, Natronsulphat, Sodasulphat, Wundersalz, Friedrichssalz, Gravenhorstsalz, *sal Glauberi*, *natrum sulphuricum*, *soda sulphurica seu vitriolata*, *sulphas natricus seu sodae*, *sal mirabile*, *sal fridericianus*, sůl Glauberova, síran sodnatý; — **kalzinirtes**, *natrum sulphuricum calcinatum*, sůl Glauberova pálená, síran sodnatý pálený.
Glauciumsäure v. Lichensäure.
Gliedkraut v. Berufkraut.
Glimmer, Katzensilber, Katzengold, stříbro kočičí, blýština, slída (rus. слюда).
Globulin, Hämatin, Blutroth, rumělkovina, červenina krevní, globulin.
Glockenblume, geknaulte, *herba cervicariae minoris*, zvonec klub-

katý; — **nesselblätterige**, *herba trachelii seu cervicariae majoris*, zvonec modřenkový.

Glocken-gut, Glockenspeise, Glockenerz, zvonovina; —**wurzel** *v.* Alantwurzel; —**zugknopf**, knoflík k tažizvonu.

Glonoin, Nitroglycerin, *glonoinum*, *nitroglycerinum*, glonoin, nitroglycerin.

Glossaret, glosaret (látka polohedvábná).

Glühwachs, vosk rozpalovací.

Glutpfanne, pánev ohřívadelní.

Glyceriloxyd, *oxydum glycerilicum*, kysličník glycerilový.

Glycerin, Ölsüß, *glycerinum*, tukosladina, cukr tukový, glycerin, sladnotuk; —**crême**, čistý glycerin; —**seife**, mýdlo glycerové.

Glycinerde *v.* Beryllerde.

Glycocoll *v.* Leimsüß.

Glycyrrhizin, Süßholzzucker, *glycyrrhizinium*, *saccharum liquiritiae*, glycyrhicin, cukr lekořicový.

Gnadenkraut, Gottesgnade, Wildaurin, Purgierkraut, wilder Aurin, *herba gratiolae seu digitalis minimae*, konítrud; —**extrakt**, *extractum gratiolae*, výtah konítrudový; —**wurzel**, *radix gratiolae*, kořen konítrudový.

Gold, *aurum*, zlato; — **ammoniakalisches** *v.* Knallgold; — **blausaures** *v.* Cyangold; — **geschlagenes** *v.* Blattgold; — **oxydirtes** *v.* Goldoxyd; — **salzsaures** *v.* Chlorgold; — **zinnsaures** *v.* Goldpurpur.

Gold-ammoniür *v.* Knallgold; —**antimonschwefel** *v.* Goldschwefel; —**blatt** *v.* Blattgold; —**blume** *v.* Ringelblume; —**chlorid** *v.* Chlorgold; —**chlornatrium** *v.* Goldoxydnatron, salzsaures; —**cyanid** *v.* Cyangold; —**draht**, drát zlatý; —**firniß**, pokost zlatý; —**gelb** *v.* Arsenik, natürlicher gelber; —**glätte** *v.* Bleiglätte; —**grund**, pokost podzlatní; —**haar** *v.* Widerthon, goldner; —**jodür** *v.* Jodgold; —**kaliumcyanür** *v.* Cyangoldkalium; —**kalk** *v.* Goldoxyd; —**kraut** *v.* Goldschopf; —**lack**, gelbe Violen, Levkojenblüthe, *flores cheiri*, květ chejrový, lakový neb fialový žlutý; —**leim**, klih zlatový; —**lösung**, salzsaure Goldflüssigkeit, *aurum muriaticum solutum*, *chloretum auri solutum*, roztok chlóridu zlatového, roztok zlata; —**magisterium** *v.* Goldpurpur; —**milz** *v.* Golzmilz; —**muriat** *v.* Chlorgold; —**ocker** *v.* Satinocker.

Goldoxyd, Goldkalk, Goldsafran, Goldhalbsäure, *aurum oxydatum*, *oxydum auri*, *calx auri*, *crocus solis*, *acidum auri*, kysličník zlatový, kyselina zlatičná; — **ammoniakalisches** *v.* Knallgold; — **blausaures** *v.* Cyangold; — **chlorwasserstoffsaures** *v.* Chlorgold; — **cyanwasserstoffsaures** *v.* Cyangold; — **hydrochlorsaures** *v.* Chlorgold; — **hydrojodsaures** *v.* Jodgold; — **jodwasserstoffsaures** *v.* Jodgold; — **salzsaures** *v.* Chlorgold.

Goldoxyd-ammoniak *v.* Knallgold; —**hydrojodat** *v.* Jodgold; —**kali**, hydrocyansaures *v.* Cyangoldkalium; —**muriat** *v.* Chlorgold;

—natron, salzsaures, chlorgoldsaures Natriumchlorid, Chlorgoldnatrium, Goldchlornatrium, Natriumgoldchlorid, *aurum muriaticum natronatum, murias aurico-natricus, chloretum auri et sodae, natrum aurico-hydrochloricum*, chlórid sodnato-zlatový.

Gold-oxydulnatron, unterschwefligsaures, Natrongoldoxydulhyposulphit, *aurum oxydulatum subsulphurosum natronatum, subsulphis auri et sodae, hyposulphis auri et sodae*, sírnatan sodnato-zlatnatý; — **nessel** *v.* Taubnessel; —**papier,** *charta aurea*, papír zlatý; — **purpur,** Goldmagisterium, Mineralpurpur, Kassinspurpur, Purpurniederschlag, zinnsaures Gold, Zinnsauergold, *purpura auri, magisterium auri rubrum, purpura mineralis, purpura Cassii, praecipitatum auri Cassii, aurum substannicum, substannas auri*, purpur zlatý, nach zlatý, purpur mineralný, nach kassiový; —**rouge,** červeň zlatní; —**ruthe,** heidnisch Wundkraut, Heidengoldruthe, *herba virgae aureae, consolidae surracenicae*, celík, hadí neb vysoký traňk, hlavěnka červená; — **salmiak** *v.* Knallgold.

Goldsalz *v.* Chlorgold; — **philosophisches** *v.* Doppelsalz, saures.

Gold-sand, písek zlatý; —**schaum,** *v.* Blattgold, unechtes; —**scheidewasser** *v.* Königswasser; —**schlägerhäutchen,** lupeny zlatotepecké, mázdry zlatotepecké; —**schlagloth,** pajka zlatnická; — **schopf,** Goldkraut, *herba helichrysi tragi*, zlatovlasec, zlatovlásek; —**schwefel,** oranger oder goldfarbiger Spießglanzschwefel, Doppeltschwefelantimonniederschlag, gelber Antimonschwefel, Antimonsupersulphid, orangfarbenes geschwefelwasserstofftes Antimon, Stibthionid, Hydrothionschwefelspießglanzoxyd, *sulphur auratum, sulphur stibiatum aurantiacum, antimonium bisulphuratum praecipitatum, sulphur antimonii praecipitatum, subbisulphuretum stibii, stibium hydrothionicum sulphuratum , oxydum stibii sulphuratum aurantiacum*, síra zlatá, sirník antimóničný; —**spiritus lack,** pokost zlatý líhový, lak zlatý líhový; —**stein** *v.* Probierstein; —**tapeten,** čalouny zlaté; —**tinktur,** trinkbares Gold, *aurum potabile Stahlii*, picí zlato, tinktura zlatová; —**tropfen,** Lamott'sche *v.* Schwefeläthergeist, eisenhaltiger; —**wasser,** vodička zlatá; —**wurzel** *v.* Affodill.

Golgas, golgas (druh flanelu).

Golzmilz, Steinkresse, *herba chrysosplenii, nasturtii petraei seu saxifragae aureae*, piperát, řeřicha lesní, žlutník.

Gorgonzolakäse, sýr gorgonzolský.

Gottes-gnade *v.* Gnadenkraut; —**heil** *v.* Brunelle.

Gottvergessen *v.* Andorn, weißer.

Goulardisches Wasser, *aqua vegetomineralis Goulardi, aqua saturnina*, vodička Goulardova, voda olovná.

Grabkreuz, kříž náhrobní; — staffirtes, k. náhrobní pozlacený; — **steine,** kameny podkladní ke křížům.

Grabowken (eine Art Wetzsteine), grabovky (druh brousků).

Grab-scheit, rýč, lopata rýčová, rýl; —**stichel,** rýček.

Gradel, Gratel, *Demi-Coutil*, gradl.

Gräfinpulver v. Chinapulver.
Graines d'Avignon v. Kreuzbeeren.
Grain grossier, grén grosier (druh cvilinku).
Granatäpfel-baumwurzelrinde, *cortex radicis granati*, kůra kořenu marhaníkového; —**blüthen**, *flores balanstiorum seu malicorii*, květ marhaníkový, jablka granátového neb zrnatého; —**schalen**, *cortex malicorii seu granatorum*, kůra granaticová, jablka granátového neb zrnatého; —**samen**, *semen granatorum*, semeno marhaníkové, granaticové, jablka granátového neb zrnatého, zrna granátová.
Granatill v. Purgierkörner.
Grand-lez, grand-lez (látka vlněná); —**Lion**, grand-Lion (plátno z konopné příze); —**rose**, Grand-Venise, grand-rose, grand-Venise (látka z lněné příze).
Granlack v. Lack in Körnern.
Graphit, Reißblei, Töpferblei, falsches Blei, Wasserblei, Ofenschwärze, Eisenschwärze, Ofenfarbe, Potloth, Schwefelmolybdän, *graphites, plumbum scriptorium seu falsum, cerussa nigra, molybdaenum sulphuratum*, tuha, olověnka, žestec, sirník molibdéničitý; —**seife**, fr. *savon de graphite*, mýdlo tuhové.
Gras-blume v. Gartennelke; —**sense**, kosa travní neb senní; —**wurzel** v. Queckenwurzel; — rothe v. Karex; —**wurzzucker**, cukr pejrový.
Gratel v. Gradel.
Grätzkraut v. Ackerskabiosa.
Graupen, kroupy; —**sprung**, zadina kroupová.
Grauspießglanzerz v. Spießglanz, roher.
Gravenhorstsalz v. Glaubersalz.
Grebenhaut, Grevenhaut, potápličina, kůže potáplicová.
Griechischheu v. Bockshornsamen.
Gries, krupice; —**holz**, blaues Santelholz, *lignum nephriticum, santalum coeruleum*, santal modrý; —**kohle**, uhlí krupičnaté.
Griesler-auszug, krupařská výražka; —**mehl**, krupařská mouka.
Gries-mehl, mouka krupičná; —**wurzel**, Pareira, *radix pareirae bravae seu ambutuae*, pareira, kořen povízelkový.
Griffel, Schieferstift, roubík břidličný.
Grind-kraut v. Ackerskabiosa; —**wurzel**, Mengelwurzel, *radix lapathi acuti, patientiae seu oxylapathi*, kořen pletichový neb šťovíku koňského; — orientalische v. Chinawurzel, orientalische.
Grobkohle, uhlí hrubé.
Gros *de Berlin* (látka hedvábná); — *de Chine* (hedvábná látka dykytovitá); — *de Florence* (těžká dykyta); — *fort* (silné plátno z konopné příze); —*grains* (látka buď hedvábná neb vlněná).
Gros de Naples, Gros de Tours, gradinopl, grodeturka.
Grün, chinesisches, zeleň čínská; — Scheele's, z. Šélova; — schwedi-

sches, z. švédská; — schweinfurter, z. švainfurtská; — spanisches, z. španělská; — wiener, z. vídeňská.

Grund-heil *v.* Bergpetersilie; — **hobel,** kocour, šturmalík; — **lack,** lak základní.

Grünspan, Spangrün, grünes Kupferoxyd, basisch essigsaures Kupferoxyd, basisches Kupferacetat, *aerugo cruda, viride aeris, cuprum subaceticum oxydum cupri viride, acetas cupricus, subacetas cupri,* plísta obecná, měděnka, octan měďnatý, rez měděná, měď řecká, hel; — **destillirter,** oder krystallisirter, Kupferkrystalle, Grünspanblumen, neutrales essigsaures Kupferoxyd, Venuskrystalle, *aerugo destillata seu crystallisata, crystalli aeris, flores aeris, cuprum aceticum neutrale, crystalli veneris,* plísta destilovaná neb hlacená, octan měďnatý obojetný.

Grünspanwachs *v.* Wachs, grünes.

Guacin, *guacinum,* těsněnkovina, guacin.

Guacoblätter, Huacoblätter, *folia Guaco,* guako, list těsněnkový.

Guano, guano, hnojovka.

Guggul, *resina elemi bengalensis,* guggul, elemi bengalské.

Guhr *v.* Bergmilch.

Guineapfeffer *v.* Paradieskörner.

Gukuks-blume *v.* Windröschen; —**günsel** *v.* Güldengünsel.

Gülden-gänserich *v.* Sinau; —**günsel,** Gukuksgünsel, Berggünsel, *herba consolidae mediae, laurentinae seu bugulae,* svalník prostřední, traňk drábský neb zběhový, ranník, zběhovec.

Gummi, arabisches, *gummi arabicum,* klovatina arábská; — **barbarisches,** *gummi barbaricum,* klovatina barbárská; — **elastikum,** elastisches Federharz, klí pružné, pružec, pryž; — — in Beuteln, měchýře kaučukové neb pružcové; —**Lack** *v.* Lack in Körnern; — **ostindisches,** *gummi ostindicum,* klovatina východoindická; — **rothes,** *gummi rubrum,* pryskyřice červená, gummi červené.

Gummigutt, *gummi guttae,* gutta, žlutosok; —**seife,** *sapo gummi guttae alkalisatum,* mýdlo guttové.

Gummi-kugeln, kuličky gummové n. klovatinné; —**schuh,** střevíc gummový, gummovka.

Gundelrebe, Gundermann, Udram, *herba hederae terrestris seu chamaecissi,* poponec, kondrlík, budra, openec, zádušník, břečtan zemský, kudrmelík.

Gurke, Kukumer, Kümmerling, okurka, ohárek, uhorka; — eingelegte oder saure, okurka nakládaná neb kyselá.

Gurken-kraut *v.* Dill; —**samen,** *semen cucumeris,* semeno okurkové.

Gürtel, pás; — aus Golddraht, pás z drátu zlatého; — aus Leder, pás kožený; — aus Saffian, pás safianový; — aus Silberdraht, pás z drátu stříbrného; — aus Stahldraht, p. z drátu ocelového.

Gurtschnallen, přesky u popruhu, podpěnky, přesky pohřbetníkové.

Guß-eisen, železo lité; —**stahl,** ocel litý; — flacher, ocilka rovná;

— oval achteckiger, o. oblá osmihranná; — quadrat, o. čtverhranná; — runder, o. kulatá.

Guter Heinrich, Feldspinat, Schmerbel, *herba boni Henrici seu lapathi unctuosi*, lebedník, všedobr, moučinec střelkový, lebeda; — **wurzel,** *radix boni Henrici*, kořen lebedníkový n. všedobrový.

Guttapercha, *gutta percha*, *gutta tuban*, *gummi gettania*, gutta percha, perča; —**firniß,** fermež guttaperčová.

Gyps *v.* Gips.

H.

Haar-balsam, vegetabilischer, rostlinný balšán na vlasy; —**decke,** přikrývka žíněná; —**krulfarrn** *v.* Frauenhaar; —**moos** *v.* Baummoos; —**nadel,** jehlice do vlasů, špilka podvojná, drát vlasný; —**netz,** sítěnka na vlasy; —**pinsel,** štětička vlasová; — in Blechzwinge, š. v plechovém svoru.

Haar-puder, pudr na vlasy, moučka na vlasy; —**sieb,** síto žíněné; —**strang,** Schwefelwurzel, *radix peucedani, foeniculi porcini seu herbae sulphuratae*, kořen smldníkový, jelení čili kopru sviňského; —**wuchskraftpomade,** pomáda k sesílení vzrůstu vlasův; — **wuchsöl,** olej sesilující vlasy.

Haberkümmel *v.* Kümmel, römischer.

Habichtskraut, Mausöhrchen, Nagelkraut, *herba pilosellae seu auriculae muris*, bylina jestřabí, jestřabina, chlupáček větší, kosmáček, myší ouško; —**wurzel,** *radix pilosellae*, koření zájemné, kořen chlupáčku většího.

Hacke, sekera.

Hackelbohrer, nebozízek do kolovrátků.

Hadern, ungarische prima weiße, hadry uherské nejlepší bílé; — mittelweiße, h. prostřední bílé.

Hafer, Haber, *avena*, oves; —**grütze,** *avena excorticata*, krupky ovesné, roubenina ovesná.

Hafteln, Häftchen, háčky k zapínání.

Haftendraht, drát na háčky.

Hagebutten, *fructus cynosbati*, šípkovice, šípky, merhelce; — wälsche *v.* Brustbeeren, rothe.

Hagebuttenkerne, *semen cynosbati*, zrna šípková, semeno šípkové.

Hahnemanns Blei- oder Weinprobe, säuerliches Schwefelwasserstoffwasser, *liquor probatorius Hahnemanni*, *aqua hydrosulphurata acidula*, Hahnemanovo skoumadlo na víno; — lösliches Quecksilber *v.* Quecksilberoxydul, schwarzes.

Hahnen-fuß, kleines Schellkraut, Feigwarzenranunkel, Feigwarzenkraut, wildes Löffelkraut, *herba ficariae*, *haemorrhoidici*, *scrophulariae mi-*

noris seu chelidonii minoris, celidonie neb krtičník menší, kořeni roupové n. neštovičné, roupík, krvavník menší, orsaj, rus. чищакъ меншой; **—kämme**, marinirte, kohoutí hřebeny marinované.
Haifischhaut, žraločina, kůže žraloková.
Hainbuchensamen, semeno habrové.
Halb-bromquecksilber *v.* Quecksilberbromür; **—chlorkupfer** *v.* Kupferchlorür; **—chlorschwefel** *v.* Chlorschwefel; **—jodkupfer** *v.* Jodkupfer; **—jodquecksilber** *v.* Jodquecksilber, gelbes; **—kotton**, polokartoun, kartoun poloviční; **—schwefelquecksilber** *v.* Schwefelsilber, schwarzes; **—seide**, polohedvábí, třetník, hedvábí poloviční; **—tuch**, sukno poloviční.
Halfterringe, kroužky na ohlávky, kroužky ohlavní; — große, k. velké; — kleine, k. malé; — mittel, k. prostřední; — schwarze, k. černěné; — verzinnte, k. pocínované.
Hälleflunder *v.* Heilbutt.
Hallers saures Elixir *v.* Rabels Wasser.
Hals-binde, Kravatte, nákrčník; **—fell**, krkovice; **—tuch**, šátek na krk.
Haltkette, návojník, nášijek.
Haman, haman (látka bavlněná).
Hämatin *v.* Globulin.
Hämatoxylin, *haematoxylinum*, kampeškovina, hématoxylin.
Hammeltalg, Schöpsentalg, *sevum ovillum seu vervecinum*, lůj skopcový, sádlo skopcové.
Hamsterfell, kůže křečková.
Hand-blasbalg, měch neb dýmadlo příruční; **—garn**, příze ruční; **—hackel**, sekerka ruční; **—hammer, gestählter**, ruční kladivo ocelované; **—laternen**, lucerny ruční, svítilničky.
Händleinwurzel *v.* Salep.
Handpresse, lis ruční.
Handteln, cínky.
Hanf, konopí; — gehechelter, k. česané; — gespitzter, Spitzhanf, k. špicované; — indischer, *herba cannabis indicae*, konopě indická.
Hanf-extrakt, *extractum cannabis indicae*, výtah konopný; **—garn**, příze konopná; **—leinwand**, plátno konopné, tloušťka; **—nesselkraut**, *herba galeopsidis grandiflorae*, kopřiva uherská, žlutá neb pichlavá, konopice; **—öl**, *oleum cannabis*, olej semencový neb konopný; **—samen**, *semen cannabis*, semeno konopné, semenec.
Harn-benzoësäure *v.* Hippursäure; **—kraut** *v.* Bruchkraut; — indianisches *v.* Akmelle.
Harn-salz *v.* Natronammoniak, phosphorsaures; **—säure**, Urinsäure, *acidum uricum*, kyselina močová.
Harnstoff, *urea pura, ureum crystallisatum*, močovina; **—salpetersaurer**, *urea nitrica, nitras ureae*, dusičnan močovinný.
Hart-blei, olovo tvrdé; **—heu**, Johanniskraut, *herba cum floribus hyperici, perforatae, milleforae seu ascyronis, summitates hyperici*,

svatého Jana bylina, zvoneček červený, křížek, třezalka, krevníček, koření postřelené, děravec, *pol.* dziurawiec; —**kupfer,** měď tvrdá.

Hartriegel-beeren, Rainweidenbeeren, *baccae ligustri,* ptačí zob; — **blätter,** *folia ligustri,* list ptačízobový.

Harz, amerikanisches, dunkles, pryskyřice neb živice americká hnědá; — — helles, pryskyřice americká světlá; — **burgundisches** *v.* Pech, burgundisches; — **gelbes** von Neuholland *v.* Gelbharz; — **kajennisches** *v.* Gummi elasticum; — **mexikanisches,** *resina mexicana,* pryskyřice mexická.

Harz-firniß, pokost pryskyřicový; —**öl,** olej živičný neb pryskyřicový; —**seife,** mýdlo pryskyřicové.

Hasel-nußbrod, oříškový chleb; —**nüsse,** *nuces avellanae, lampertianae seu coryli,* oříšky lískové, lískovce; — lange, oř. podlouhlé; — runde, oř. kulaté.

Haselwurzel, europäische, Brechhalswurzel, wilde Nardenwurzel, *radix (cum herba) asari nardi, rusticae seu vulgaginis,* kořen kopytníkový, kopidlenový, omylníkový, zajícový, nardusu lesního či horního neb špíky lesní.

Hasen-balg, kůže zaječí, zaječina; —**haar,** gebeiztes, srst zaječí mořená, zaječina mořená; — getrecknetes, srst zaječí sušená, zaječina sušená.

Hasen-kohl *v.* Sauerklee; —**ohrsamen** *v.* Durchwachsamen; — **pappel** *v.* Malve; —**strauch** *v.* Mauerprenanthe.

Haubeeren *v.* Kandelbeeren.

Haubendraht *v.* Karkassendraht.

Hauenstiel, topůrko na motyku.

Hauhechel, Ochsenbrechwurzel, *radix ononidis, urinariae seu restae bovis,* kořen jehličí neb babího hněvu.

Häupelsalat, hlávkový salát.

Hauptgestelltrensen, stíhla se řetízkem na podbradek; — gelbplatirte, s. žlutě platovaná; — verzinnte, s. pocínovaná; — weißplatirte, s. bíle platovaná.

Hausenblase, Fischleim in Blättern, *ichthyocolla, collapiscium in foliis,* klí rybí neb vyzí, karuk, měchýř vyzový v lístech; — in Ringeln, *collapiscium in angulis,* klí rybí v kroužkách.

Hausenblasenpapier, papír karukový.

Hauslauch, Hauslaub, Hauswurzel, Dachhauslauch, Donnerkraut, *herba sempervivi, sedi majoris seu barbae Jovis,* netřesk, hromostřesk, rojník, netřesk větší; — kleiner *v.* Blattlos.

Hautreinigungswasser, vodička k čistění kůže.

Hebewinde *v.* Winde.

Hecht, štika; —**angeln,** udice na štiky; —**zähne,** *mandibulae lucii piscis,* zoubky štikové.

Hederichsamen, Ackerrettigsamen, *semen raphanistri* semeno ohnicové.

Heede, *v.* Werg; —**baumwolle,** bavlna koudelní neb pačesní; — **leinen,** Heden, plátno koudelní.

Heft-nadel, sešívací jehla; —**nägel**, hřebíčky upevňovací; — **pflaster**, *emplastrum adhaesivum*, přilípavá mázdra.

Heide-gras v. Moos, isländisches; —**korn**, Buchweizen, *polygonum fagopyrum*, pohanka, tatarka, hřečka; — echtes asiatisches, pohanka pravá asiatská.

Heidekraut, *herba ericae*, vřes, břesk.

Heidelbeeren, Bickbeeren, Blaubeeren, *baccae myrtillorum*, borůvky, čičoretky, černice, jahody černé neb myrtové.

Heiden-Goldruthe, Heidnisch-Wundkraut v. Goldruthe.

Heil aller Schäden v. Sanikel.

Heil aller Welt v. Ackermennig.

Heil-blatt v. Osterluzei, lange; —**butte**, Hälleflunder, Meerbutte, kambala podjazyčná, koňský jazyk.

Heiligenholz v. Franzosenholz; — **wahres**, Weißpockenholz, weißliches oder blaßgelbes Pockenholz, *lignum sanctum verum*, dřevo svaté pravé.

Heiligheu v. Esparsette.

Heil-kraut v. Bärenklaue; —**wurz** v. Althee.

Heinrich, guter v. Guter Heinrich.

Heizthürl sammt Aschenkammer, dvířka ke kamnům i s popelníkem.

Helenenkraut v. Alantwurzel.

Helenin v. Alantin.

Helmkraut, Fieberkraut, Schildkraut, *herba tertianariae, trientalis, scordotis seu alsinanthemos*, helmík, šišák.

Helmontsseife, *sapo chemicus, offa Helmontii, coagulum ammoniacale*, mýdlo helmontské.

Hemmschuh, čubka povozní; —**kette**, táhlo.

Henne, fette v. Donnerbart.

Herbströthe, mořena podzimní neb pozdní.

Herbstzeitlosen-blüthe, Wiesensafran, nackte Hure, *flores colchici*, květ ocúnový, jeseňkový, naháčkový, zimovítový, matečníku lučního neb moudí popova; —**samen**, *semen colchici*, semeno ocúnové, jeseňkové neb naháčové; —**wurzel**, *radix colchici*, cibulky ocúnové, jeseňkové neb naháčkové.

Herdtopf, hrnec na ohniště.

Hering, Häring, slanec, slaneček, sleď solená; — marinirter, slanec marinovaný; — in Öl, fr. *hareng à l' huile*, slanec v oleji (nakládaný).

Hermelinfell, kožíšek hranostajový, kožka kolčavky bílé.

Hermodatteln, Herzwurzel, *radix hermodactyli*, kořen růže narcisové, popova varlata.

Herrenkümmel v. Ammeisamen.

Herrgottsvöglein v. Kochenillekäfer.

Herrschaftswolle, vlna panská.

Herz-kohl, Wirsing, kapusta srdcatka, kapusta mačinková; —**wurzel** v. Hermodatteln.

Heu, medisches v. Spargelklee; —**gabel**, podávka na seno, vidle senní; —**kratze**, kracle senní; —**samen**, griechischer v. Bockshornsamen.

Hexen-kraut, *herba circeae*, čarovník, černokvět, čarovnice; —**mehl** v. Bärlappsamen; —**widerruf** v. Widerthon, goldener.

Himbeeren, *baccae rubi idaci*, maliny.

Himbeer-äther, tresť malinová; —**essig**, ocet malinový; —**gazeus**, odlivek malinový; —**liqueur**, likér malinový; —**saft**, *succus rubi idaei*, šťáva malinová; —**sulz**, rosol malinový; —**syrup**, *syrupus rubi idaci*, syrup malinový; —**wein**, víno malinové, malinovka.

Himmelbrand v. Königskerze.

Himmels-röschensamen, semeno růže nebeské; —**schlüssel** v. Schlüsselblume; —**thau** v. Arenel.

Hinschkraut v. Alfranken.

Hiobsthräne v. Thränengras.

Hippursäure, Harnbenzoësäure, *acidum hippuricum*, kyselina hippurová.

Hirnkraut v. Basilienkraut.

Hirschbrunst, Hirschtrüffel, Hirschhartthaut, *boletus cervinus*, jelení houba, lanýž, ovčí hryzec, jelení hřibek, jelenice; —**haut**, kůže jelení, jelenice.

Hirschhorn, gebranntes, *cornu cervi ustum*, jelení roh pálený; — **geraspeltes**, *cornu cervi raspatum*, jelení roh rašplovaný; — **pulverisirtes**, *cornu cervi pracparatum*, jelení roh mletý.

Hirschhorngeist, Hirschhornspiritus, *spiritus cornu cervi*, *liquor ammonii carbonici pyrooleosi*, *carbonas ammoniac pyroanimalis liquidus*, líh z rohu jeleního, líh jelenorožný; — **bernsteinsaurer** v. Ammoniaksuccinatflüssigkeit.

Hirschhornöl, ätherisches, Dippel's Thieröl, *oleum animale aethereum*, *oleum animale Dippelii*, silice jelenorožná neb z rohu jeleního, Dippelův olej živočišní; — **stinkendes**, Stinköl, brandiges Knochenöl, *oleum animale foetidum*, *oleum foetidum*, *oleum ossium*, olej jelenorožný smradlavý, olej smradlavý.

Hirsch-hornsalz, brenzliches kohlensaures Ammoniak, *sal cornu cervi volatile*, *ammonium carbonicum pyrooleosum*, sůl z rohu jeleního, sůl jelenorožná, uhličitan ammonatý přiboudlý; —**kreuze**, Hirschherzbeine, *ossa de corde cervi*, křížky jelení; —**ruthe**, *priapus cervi*, pyj jelení; —**trüffel** v. Hirschbrunst; —**unschlitt**, Hirschtalg, *sevum cervinum*, běl jelení, lůj jelení; — **wurzel**, große Bergpetersilie, *radix cervicariae seu gentianae nigrae*, kořen srní neb libečku jeleního; — weiße v. Enzian, weißer; —**wurzelsamen**, *semen cervicariae nigrae*, semeno libečku jeleního.

Hirsch-zunge, *herba scolopendrii*, *linguae cervinae*, *hemionitis seu lonchitidis*, jelení jazyk, psaný traňk, ceterák větší, bindas obecný; —**zungenkraut**, kleines v. Milzkraut.

Hirse, *semen milii*, proso, jáhly.

Hirtentasche, Hirtentäschelkraut, Täschelkraut, Säckelkraut, Gänsekresse, *herba bursae pastoris,* pastuší tobolka, kokoška.

Hobel, hoblík; —**bank,** hoblovací stolice; — mit Vorderzange und Gestell, hoblovací stolice se skřipcem a podstavcem.

Hobeleisen, želízko do hoblíku.

Hochkraut *v.* Dill.

Hoffmannsgeist, Hoffmannstropfen *v.* Schwefelätherweingeist.

Hohl-bohrer, ušátko; —**eisen,** dláto duté, dlabadlo; —**feile,** pilník vydlabací; —**glas,** sklo duté; —**häring,** Schloßhering, Ihlenhering, slanec dutý, bezjikerný n. bezmléčný; —**hobel,** hoblík křivolaký, kocourek, vaček; —**kehlhobel,** výžlabník, hoblík výžlabní; —**meißel,** dláto na hlubinu, dlabadlo; —**wurzel** *v.* Osterluzei, runde.

Höllen-öl, *oleum infernale s. cicinum,* olej dávivcový neb pekelný; —**stein,** Ätzsilber, Silberätzstein, geschmolzenes salpetersaures Silberoxyd, Fontanellstein, Silberstein, *lapis infernalis, causticum argenti, argentum nitricum fusum, nitras argenti fusus, oxydum argenti nitricum fusum, lapis lunaris,* kamínek pekelný, dusičnan stříbrnatý.

Hollunder, Holder, Flieder, Quesbie, Zwebstenbeeren, *baccae sambuci,* bezinky, kozičky, jahůdky bezové; —**blüthe,** Hollunderthee, *flores sambuci,* květ bezový neb kozičkový, thé bezové; —**mus,** *roob sambuci,* šťáva bezová čili bezovina; —**schwamm,** Judasohr, Ohrenbrecherschwamm, *fungus sambuci, auricula Judae,* houba bezová, neho Jidášovo, ucháč.

Holz-alkohol *v.* Lignon; —**aschensalz** *v.* Pottasche; —**essig,** Holzsäure, saurer Holzgeist, *acidum pyrolignosum seu pyroaceticum, spiritus pyrolignosus,* ocet dřevěný; —**essigsalz,** kalkerdiges *v.* Kalk, holzsaurer; —**geist** *v.* Lignon; —**hacke,** sekera dřevoštěpní neb dřevní, sekyra kladní; —**kassia** *v.* Zimmtrinde, malabarische; —**keil,** klín dřevoštěpní; —**kohlentheer,** dehet z dřevěného uhlí; —**mangold** *v.* Wintergrün; —**schaar,** Keil, klín; —**schraube,** eiserne, železný šroub do dřeva; —**schuh,** dřevák, dřevěnka; —**spaltersäge,** pila drvoštěpská; —**tapeten,** čalouny dřevové; —**theer,** Schiffstheer, *pix liquida seu navalis,* dehet dřevový neb lodní, smola lodní.

Honig, *mel,* med; —**farben,** barvy medové; —**gras,** *holcus saccharatus,* medynek, tráva medová; —**thau** *v.* Aronel.

Hopfen, *strobuli lupuli, coni seu flores lupuli,* chmel; — amerikanischer, ch. americký; — Auschaer, ch. ouštecký; — bayrischer, ch. bavorský; — rother, ch. červený; — Saazer, grüner, ch. žatecký, zelený; — Saazer Bezirksgut, ch. žat. okresní; — Saazer Kreisgut, ch. žat. krajní; — Saazer Landgut, ch. žat. venkovský; — Saazer Stadtgut, ch. žat. městský; — spanischer o. kretischer *v.* Dosten, kretischer.

Hopfen-extrakt, *extractum lupulinae,* výtah chmelový; —**klee-**

samen, semeno jetelíčkové n. tolice jetelové; —**öl**, *oleum humuli*, silice chmelová; — spanisches v. kretisches v. Dostenöl, kretisches.

Hopfensätzlinge, sazeničky chmelové.

Horn-blatt, podkladek rohový; —**blei**, Chlorblei, Bleichlorid, Bleihydrochlorat, *plumbum muriaticum seu chloratum*, *murias plumbi*, *Saturnus corneus*, olovo rohové, chlórid olovnatý, soličník olovnatý; —**silber**, salzsaures Silber oder Silberoxyd, Silbermuriat, Chlorinsilber, Chlorsilber, Silberchlorid, *argentum muriaticum*, *murias argenti*, *hydrochloras argenti*, *oxydum argenti muriaticum*, *luna cornea*, stříbro rohové, chlórid stříbrnatý, soličník stříbrnatý; —**späne**, drtky rohové; —**spitzen**, špičky rohové; — steyrische, šp. rohové štyrské; — ungarische, šp. rohové uherské.

Horn-stein, *lapis corneus*, dresva; —**strauchbeeren**, Kornellkirschen, Kornelldürlitze, Ruhrbeeren, *fructus corni*, dřínky, jahody dřínkové; —**zinn** v. Zinnchlorid.

Housetteseide, hedvábí husetové.

Huacoblätter v. Guacoblätter.

Huamalischinarinde v. Chinarinde.

Huanocochinarinde v. Chinarinde.

Hufeisen, gegrifftes, podkova s bradou.

Huflattig, Ackerlattig, Roßhuf, Eselshuf, Brandlattig, Brandletschen, *herba farfarae*, *ungulae caballinae*, *pedis asini*, *filii ante patrem seu bechionidis*, kopyto koňské, podkovka, podběl, podbílek, devětsil, devěsil, bylina vítězná; —**blüthe**, *flores farfarae*, *bechii seu quirinae*, květ podkovkový, podbělový neb devětsilový; —**extrakt**, *extractum farfarae*, výtah podkovkový, podbílkový neb devětsilový; —**wurzel**, *radix farfarae*, kořen kopyta koňského, podkovkový, podbělový neb devětsilový; — große v. Pestilenzwurzel.

Huf-nagel, podkovní hřebík, podkovník; —**raspel**, rašple kovářská, struhák kovářský; —**stabeisen**, železo podkovní.

Hühneraugen-pflaster, náplasť na kuří oka; —**ringe**, věnečky na kuří oka.

Hühnerdarm, rother, Gauchheil, rothe Miere, Kesselblume, *herba anagallidis*, kuřímor samec, drchnička červená; — weißer v. Vogelkraut.

Hühnerwurzel v. Blutwurzel.

Hülsenblätter, Stechpalmen, Stecheichel, Palmendistelblätter, *folia ilicis aquifolii*, palmový list bodlavý, dubový list pichlavý, ostrolist, vodolist, list cesminový, lesní jehlice, kopřiva lesní.

Hummer, Seekrebs, rak mořský, humr.

Hunderippe v. Spitzwegerich.

Hundläufte v. Zichorie.

Hunds-flechte v. Lebermoos, grünes; —**dürlitze**, Hartriegelbeeren, *baccae corni foeminae*, svídanky; —**gras** v. Queckenwurzel; —**ketten**, řetízky na psy; —**kirschen**, Zaunkirschen, *baccae xylostei*, malvice zimolezové, třešně psí; —**kohl** v. Bingelkraut; —**kohl-**

wurzel, venetianische, Meerhundskohlwurzel, *radix tithymali maritimi*, kořen toješťový; **—melde,** stinkende Melde, Mauzenkraut, *herba vulvariae s. atriplicis olidae*, lebeda psí neb smradlavá, merlík smrdutý; **—rübe** *v.* Zaunrübe; **—würger** *v.* Schwalbenwurzel; **—zahn,** *radix dentis canis*, cibulky kandíkové, kořen psího zubu; **—zunge,** *herba cynoglossae seu linguae caninae*, užanka, psí jazyk; **—zungenwurzel,** *radix cynoglossae seu linguae caninae*, kořen užankový čili psího jazyka.

Hure, nackte *v.* Herbstzeitlose.

Hurengras *v.* Mondrautenkraut.

Hutmacherwolle, polnische, vlna kloboučnická polská.

Hütten-mehl *v.* Arsenik, weißer gestoßener; **—nicht** *v.* Augennichts.

Hüttenrauch *v.* Arsenik, weißer.

Huxhamsche Spießglanztinktur, *tinctura antimonii Huxhamii*, Huxhamova tinktura antimónová.

Hyacint *v.* Zirkon.

Hydriod-ammoniak *v.* Jodammonium; **—äther** *v.* Jodwasserstoffäther.

Hydriodinsäure *v.* Hydrojodsäure.

Hydrobrom-äther *v.* Bromwasserstoffäther; **—säure** *v.* Bromwasserstoffsäure.

Hydrochlor-äther *v.* Salzäther; **—säure** *v.* Salzsäure.

Hydro-cyansäure *v.* Blausäure; **—jodäther** *v.* Jodwasserstoffäther; **—jodine** *v.* Hydrojodsäure; **—jodsäure,** Jodwasserstoffsäure, *acidum hydrojodicum*, kyselina jódovodíková; **—merkaptan** *v.* Merkaptan.

Hydrothion-ammoniak *v.* Ammoniak, schwefelwasserstoffsaures; **—säure,** Schwefelwasserstoffwasser, Schwefelwasserstoffsäure, Leberluftwasser, *acidum hydrothionicum, aqua hydrosulphurata, acidum hydrosulphuratum, liquor hepaticus*, voda sírovodíková.

Hydrothionschwefel-ammoniak *v.* Schwefelgeist, Beguins rauchender; **—kali** *v.* Schwefelleber; **—kalk** *v.* Schwefelkalk; **—quecksilber** *v.* Merkurialpulver, schwarzes.

Hydrothionschwefelspießglanz-kali *v.* Spießglanzleber; **—oxyd** *v.* Goldschwefel; **—quecksilberoxydulat** *v.* Schwefelantimonquecksilber.

Hydrothionspießglanz-oxyd *v.* Mineralkermes; **—schwefelkalk** *v.* Spießglanzschwefelkalk.

Hydrothschwefel-kalium *v.* Schwefelleber; **—spießglanzkali** *v.* Spießglanzleber.

Hyoscyamin, *hyoscyaminum*, blínovina, hyoscyamin.

Hypopotamuszähne, zuby hrochové.

Hypozistensaft, *succus hypocistidis*, sok ozornový n. hypocistisový.

Hysop *v.* Ysop.

I.

Iberissamen, semeno štěničníkové.
Ibisch *v.* Althee; —**Sabdariff**, *herba subdariffae*, prosvirník kyselý.
Igelstein *v.* Schweinstein.
Ignatiusbohnen, Fiebernüße, *fabae st. Ignatii*, *fabae febrifugae*, boby sv. Ignacia.
Ihlenhäring *v.* Hohlhäring.
Ikra *v.* Kaviar.
Ilicin, *ilicinum*, cesminovina, ilicin.
Ilse *v.* Alose.
Iltisfell, spratek tchořový, tchořovina.
Immergrünblätter *v.* Epheublätter.
Imperiale, imperial (látka vlněná).
Imperialpapier, papír imperialský č. královský.
Indianische Blätter, *folia indi seu malabathri*, listy indické neb skořicové.
Indienne, indien (rukodilný výrobek).
Indigblau, indomodř.
Indigo, *indigo*, indych; — Bengalischer oder ostindischer, indych bengálský čili východoindický; — blaupurpurner, ind. modronachový; — blauvioletter, ind. modrofialový; — Caraccas, ind. karakaský; — Cormandel, ind. kormandelský; — feinblauer, ind. modrý pěkný; — feinpurpurner, ind. purpurový pěkný; — fein violetter, ind. fialový pěkný; — gut gefeuert *(ord. cooper)* od. gut violett u. Kupfer, ind. ohnivý pěkný neb fialový pěkný měďolesklý; — gut u. mittelviolett, ind. fialový dobrý a prostřední; — Javaneser, ind. javanský; — — La Guayra, ind. laguayrský; — Madras, ind. madraský; — Manilla, ind. manilský; — ordinärviolett, ind. fialový sprostý; — purpurvioletter, ind. purpurofialový; — rother, Persio, ind. červený, persio; —rothvioletter, ind. červenofialový; — starkgefeuert *(strong cooper)* oder feinviolett u. Kupfer, ind. silně ohnivý n. fialový pěkný mědolesklý.
Indigo-extrakt, výtah indychový; —**karmin**, *indigo praecipitata*, karmín indychový neb modrý, indych sražený; —**lack**, lak indychový; —**purpur**, nachovina indychová, purpur indigový; — **roth**, červeň indychová neb indigová.
Indigotin, Indigoweiß, *indigotinium seu leucidinium*, indigotin, indych bílý, indoběl.
Indischroth, červeň indická.
Ingber, brauner, schwarzer oder gemeiner Ingwer, *radix zingiberis vulgaris seu communis*, zázvor čili ďumbíř černý; —böhmischer *v.* Aronwurzel; — chinesischer, zázvor čínský; — eingemachter, *conditum ra-*

dicis zingiberis, zázvor zadělávaný čili pocukrovaný; — gelber *v.* Kurkume; — ostindischer, zázvor východoindský; — weißer, *radix zingiberis albi*, zázvor bílý; — westindischer, zázvor západoindský; — wilder *v.* Kassumuniar.

Inkarnatkleesamen, semeno jetele nachového.

Insekten-nadeln, jehly na hmyz; —**pulver,** prášek na hmyz; —**tafeln,** korkové tabulky na hmyz; —**vertilgungstinktur,** tinktura na hmyz.

Instrumentenrohr, rákos na nástroje.

Inulin *v.* Alantin.

Ipekakuanha, amerikanische Brechwurzel, Ruhrwurzel, *radix ipecacuanhae verae*, ipekakuanha pravá čili šerá; —weiße, *radix ipecacuanhae albae*, ipekakuanha bílá.

Iridium, *iridium*, iridium.

Irisgrün *v.* Saftgrün.

Isabeaugelb, žluť alžbětská čili jezabelová.

Isop *v.* Ysop.

Ispahangilets, žilety ispahánské.

Iwarankusawurzel, *radix ivarancusae*, ivarankusa.

J.

Jaborandiwurzel, *radix jaborandi*, kořen jaborandi, kořen pepře sítkovaného, jaborandi.

Jaconnets, žakonety.

Jägerhäringe, slanečky myslivecké.

Jährlingswolle, vlna z ročňátek.

Jakobshäringe, slanci jakoubata.

Jalappen-extrakt, *extractum jalappae*, výtah jalapový; —**harz,** *resina jalappae*, pryskyřice jalapová; —**seife,** *sapo jalappinus*, mýdlo jalapové; —**wurzel,** schwarze, Purgierwurz, schwarze Rhabarber, *radix jalappae*, kořen jalapový černý, jalapa; — weiße *v.* Mechoakannawurzel.

Jalappin, *jalappinum*, jalapin.

Jamespulver *v.* Kalk, phosphorsaurer spießglanzhaltiger.

Jamesthee, Labradorthee, thé jamesové neb labradorské.

Jammerkraut *v.* Mondrautenkraut.

Japanische Erde *v.* Katechu.

Jaquards, žakardy.

Jarretieres, žaretiery.

Jasmin-blüthen, Pfeifenstrauch, Beilrebenblüthen, *flores philadelphi, syringae albae, jasmini sylvestris*, květ bílého bezu vonného, jasmínu českého neb pustorylový; —**liqueur,** likér jasmínový; —**öl,** *oleum jasmini*, olej jasmínový, silice jasmínová.

Jasnigergrün, zeleň jasnická.

Jaspisgut, jaspina.
Jatrophaöl v. Brechöl.
Jauerische Leinwand, plátno javorské.
Javellisches Wasser, fr. *eau de Javelle*, louh Javellský.
Je länger, je lieber v. Alfranken.
Jesuitenpulver v. Chinapulver; —**thee,** mexikanischer Thee, mexikanisches Traubenkraut, *herba ambrosioidis, chenopodii ambrosioidis, botryos mexicanae, atriplicis odoratae seu querculae turcicae*, thé jezovitské, uherské neb mexické, hroznová bylina mexická, kudravec, stozrno (rus. кудрявецъ).
Jod, Jodine, *jodum, jodium*, řasík, chaluzík, jód; —**ammonium,** hydrojodinsaures Ammoniak, *ammonium hydrojodicum, hydrojodas ammoniae*, jódid ammonatý; —**amylum,** Amylumjodine, *jodetum amyli, amylum jodatum*, škrob jódovaný.
Jodarsen v. Jodarsenik; — **dreifaches** v. Jodarsenik; — **flüssiges** Jodarsenikliquor, *arsenicum jodatum liquidum, liquor superjodureti arsenici*; roztok jódidu arsénového.
Jod-arsenik, Arsenikjodid, *arsenicum jodatum, jodetum arsenici*, jódid arsénový; —**ätherid** v. Jodoform; —**äthyl** v. Jodwasserstoffäther; —**baryum** v. Baryt, hydrojodsaures; —**blei,** Bleijodid, Bleihydrojodat, hydrojodsaures Bleioxyd, *plumbum jodatum, hydrojodas plumbi*, jódid olovnatý; —**brom** v. Bromjodür; —**chlorid** v. Chlorjod; —**eisen,** hydrojodsaures Eisen, Eisenjodür, *ferrum jodatum s. hydrojodicum, hydrojodas ferri*, jódid železnatý; —**gold,** Goldjodür, *aurum jodatum seu hydrojodicum, hydrojodas auri*, jódid zlatnatý.
Jodin-säure v. Jodsäure; —**wasserstoffsäure** v. Hydrojodsäure.
Jod-kadmium, Kadmiumjodid, hydrojodsaures Kadmium, *cadmium jodatum, jodetum cadmiae, hydrojodas cadmii*, jódid kademnatý; —**kalcium,** hydrojodsaurer Kalk, Kalciumjodür, Kalciumoxydhydrojodat, *calcaria hydrojodica seu jodata, hydrojodas calcis*, vápno jódové, jódid vápenatý; —**kaliseife,** fr. *savon d' jodute de potasse*, mýdlo jódokaliové; —**kalium,** hydrojodsaures Kali, Kaliumjodid, Jodwasserstoffkali, *kali hydrojodicum aut hydrojodinicum, kalium jodatum, hydrojodas kalii*, jódid draselnatý; —**kohlenstoff** v. Jodoform; —**kupfer,** Halbjodkupfer, Kupferjodüret, *cuprum jodatum, hydrojodas cupri*, jódid mědičnatý; —**magnesium,** Magnesiumjodid, hydrojodsaure Magnesia, *magnesium jodatum, jodetum magnesiae, magnesia hydrojodica*, jódid hořečnatý neb magnesiový; —**mangan,** hydrojodsaures Manganoxydul, Manganjodür, *manganum hydrojodicum, jodetum manganae, hydrojodas manganae*, jódid manganatý; —**naphtha** v. Jodäther; —**natrium,** hydrojodsaures Natron, *natrum hydrojodinicum, natrium jodatum, hydrojodas sodae*, jódid sodnatý.
Jodoform, Jodkohlenwasserstoff, Formyljodid, *jodoformum*, jódoform, jódid formylový.
Jodquecksilber, gelbes oder einfaches, Quecksilberjodür, *hydrargyrum*

jodatum flavum, hydrojodas oxyduli hydrargyri, jódid rtutičnatý; — **rothes** oder doppeltes, Quecksilberjodid, *hydrargyrum jodetum rubrum, jodetum hydrargyricum*, jódid rtutnatý.

Jod-quelle, Kemptener, voda jódnatá kemptenská; —**säure,** *acidum jodicum*, kyselina jódičná; —**schwefel,** Schwefeljod, Schwefeljodür, *sulphur jodatum, joduretum sulphuris*, síra jódovaná, sirník jódnatý; —**schwefelseife,** fr. *savon de sulfure d' jode*; mýdlo jódosirnaté; —**silber,** *argentum jodatum*, jódid stříbrnatý; —**so-dium** *v.* Jodnatrium; —**strontium,** Strontiumjodid, jodwasserstoffsaurer Strontian, *jodetum strontii, strontiana hydrojodica*, jódid strontnatý; —**strychnin,** Strychninjodid, jodwasserstoffsaures Strychnin, *strychnium hydrojodicum, jodetum strychnii, hydrojodas strychnii*, jódid strychninný; —**tinktur,** tinktura jódová.

Jod-wasserstoffammoniak *v.* Jodammonium; —**wasserstoffäther,** Jodäthyl, Äthyljodür, *aether hydrojodicus*, jódid éthylnatý; —**wasserstoffgoldoxyd** *v.* Jodgold; —**wasserstoffkali** *v.* Jodkalium; —**wasserstoffsäure** *v.* Hydrojodsäure.

Jodzink, Zinkjodid, jodwasserstoffsaures oder hydrojodsaures Zinkoxyd, Zinkoxydhydrojodat, *zincum jodatum, zincum hydrojodicum, hydrojodas zinci*, jódid zinečnatý.

Johannisbeeren, rothe, *baccae ribium rubrorum*, rybíz, rybéz, svatojanské jahůdky; — **schwarze,** Gichtbeeren, *baccae ribium nigrorum*, rybíz černý, víno sv. Jana černé.

Johannisbeeren-muß, *roob ribium*, povidla rybízová; —**wein,** *vinum ribium*, víno rybízové.

Johannis-brot, Karobben, Soodbrod, *siliqua dulcis, carobbe*, chléb svatojanský, (*slovensky:* struk).

Johannisgürtel *v.* Beifuß; —**pulver** *v.* Bärlappsamen.

Johannis-hand *v.* Farrnkrautwurzel; —**häringe,** slanci janovky; —**kraut** *v.* Hartheu; —**öl,** *oleum hyperici*, olej zvonečkový neb třezalkový; —**wedel** *v.* Bocksbart; —**wurzel** *v.* Bertramwurzel, Farrnkrautwurzel.

Jonium *v.* Kadmium.

Jubabarinde, *cortex jubabae*, jubaba, kůra jubabová.

Juchten, juchta, juchtovina, kůže juchtová (rus. юфть); —**kuh-leder,** schwarzes, kravina juchtová černá; —**öl** *v.* Birkenöl.

Judasohr *v.* Hollunderschwamm.

Juden-äpfel *v.* Adamsäpfel; —**dorn,** *herba paliuri*, židovský trn, trnivý řešetlák, listy židovského trnu; —**kirschen,** Alkekengi, Schlutten, Boborellen, *baccae alkekengi*, židovské čili mořské višně neb třešně, boborolky, baborelky, jablka liščí, měchuňky, jahody židovské; —**pech** *v.* Asphalt; —**stein,** *lapis judaicus seu syricus*, kámen židovský neb syrský.

Jujuben *v.* Brustbeeren, rothe.

Jungfern-blüthe *v.* Sonnenthau; —**haar** *v.* Widerthon, goldener; —**häringe** *v.* Maikenshäringe; —**honig,** *mel virgineum*, med panenský, jarý neb porojkový; **—milch** (Schönheitswasser), mléko panenské; **—öl** v. Gardseeröl; **—quecksilber,** *mercurius virgineus,* rtuť panenská; **—schwefel** v. Schwefel, gediegener; **—wachs,** vosk panenský, parojkový, jarý neb lípový; **—wurzel,** Schmeerwurzel, *radix tamni, bryoniae nigrae seu sigilli mariae,* kořen smldnicový neb posedu černého.

Jungviehhaar, chlup z odstávčat, chlup jalovníkový.

Jupitersalz v. Zinnsalz.

Juremarinde, *cortex juremae,* jurema, kůra juremová.

Juribalirinde, *cortex juribali, china de Pomeroon,* kůra juribalová neb břeslencová, kyna pomeroonská.

Juwelierroth v. Braunroth.

K.

Kaadnergrün, grüne, Veroneser, tyroler oder Kaadner Erde, *terra viridis,* hruъavka, hrudka zelená, zeleň veronská, tyrolská čili kadaňská.

Kabahinkafrüchte, *fructus cabahincae,* kabahinky.

Kabahubalsam v. Balsam kopaischer.

Kabliau, Stockfisch, *gadus morrhua,* treska, klátnice (oslík břichatý, rus. тpecкa); **— gedörrter,** klátnice suchá, treska sušená, laberdan.

Kachelröhren, trouby kachlové.

Kachemir, kašmír; **—wolle,** vlna kašmírská.

Kachou v. Katechu.

Kadeöl, Kaddigöl, *oleum cadinum,* fr. *huile de cade,* olej cedrový fenický.

Kadmium, Jonium, *cadmium, jonium,* kadmium, ladík, jonium; **—bromür** v. Bromkadmium; **—chlorür** v. Chlorkadmium; **—gelb,** Kadmiumsulphuret, Schwefelkadmium, *cadmium sulphuratum, sulphuretum cadmiae,* sirník kademnatý, žluť kadmiová.

Kadmiumhydro-bromat v. Bromkadmium; **—chlorat** v. Chlorkadmium; **—jodat** v. Jodkadmium.

Kadmium-jodid v. Jodkadmium; **—karbonat** v. Kadmiumoxyd, kohlensaures; **—muriat** v. Chlorkadmium; **—nitrat** v. Kadmiumoxyd, salpetersaures.

Kadmiumoxyd, hydrobromsaures v. Bromkadmium; **— hydrochlorsaures** v. Chlorkadmium; **— hydrojodsaures** v. Jodkadmium; **— jodwasserstoffsaures** v. Jodkadmium; **— kohlensaures,** Kadmiumkarbonat, *cadmium carbonicum, carbonas cadmiae,* uhličitan kademnatý; **— salpetersaures,** Kadmiumnitrat, Kadmiumsalpeter, *cadmium nitricum, nitras cadmiae, nitrum cadmiae,* dusičnan kademnatý; **— salzsaures** v. Chlorkadmium; **— schwe-**

felsaures oder vitriolsaures, Kadmiumsulphat, Kadmiumvitriol, *cadmium sulphuricum seu vitriolatum, sulphas cadmiae, vitriolum. cadmii*, síran kademnatý.

Kadmium=salpeter *v.* Kadmiumoxyd, salpetersaures; **—sulphat** *v.* Kadmiumoxyd, schwefelsaures; **—sulphuret** *v.* Kadmiumgelb; **—vitriol** *v.* Kadmiumoxyd, schwefelsaures.

Kaffé, káva; — Bahia, k. bahianská; — Batavia, k. batavská; — besserer, k. lepší; — bester, k. nejlepší; — Brasil, k. brasilská; — Campines, k. kampinská; — Caraveilles, k. karaveilská; — Ceylon, k. ceylonská; — Cheribon, k. cheribonská; — Cuba, k. z Kuby; — Domingo, k. domingská; — feiner, k. jemná; — gebrannter, k. pražená; — gestoßener, k. tlučená; — Geldjava, java zlatová; — gewöhnlicher, k. obyčejná (santos); — Jamaika, k. jamaická; — Java, java; — La Guayra, k; La Guayrská; — gewaschener, k. praná; — gekohlter, k. uhlená (uhlím barvená); — lichter, k. světlá; — Martinique, k. martinicská; — Menados, k. menados; — mittel, k. prostřední; — Mecca, k. z Mokky; — ordinärer, k. sprostá; — ostindischer, k. východoindická; — Padang, k. padangská; — Portorico, k. portorická; — Rio, k. z Ria; — grün gefärbt, k. na zeleno barvená; — fein nat., k. pěkná naturální; — Santos, k. santoská; — schöner, k. pěkná; — Sumatra, k. sumaterská; — Surinam, k. surinamská.

Kafféextrakt, *extractum coffeae*, výtah kávový.

Kaffeïn, *caffeinum*, kafein; — **valeriansaures,** *caffeïnum valerianicum, valeras caffeïnae*, valeran kafeinný; — **zitronensaures,** *caffeïnum citricum, citras caffeïnae*, citran kafeinný.

Kaffé=lack, lak kávový; **—liqueur,** likér kávový.

Kafféмühlen mit Holzkasten, mlýnky na kávu s dřevěnou skříňkou; — eiserne, m. železné.

Kaffé=punsch, punčovina kávová; **—surrogat,** důstavek kávový; **—trommel,** pražidlo na kávu, bubínek na kávu; **—tuch,** ubrus kávový.

Kainka=säure, *acidum caincicum*, kyselina kainková; **—wurzel,** *radix caincae*, kainka, kahinka.

Kaiser=auszug, výražka císařská; **—grün,** zeleň císařská; **—liqueur,** likér císařský; **—nudeln** *(maccaroni)*, nudle císařské; **—salat,** Dragun, Estragon, *herba dracunculi*, císařík, dragoncel, estragon, kozalec, pa'dán; **—thee,** Blumenthee, *thea imperialis*, thé císařské, čaj císařský; **—wasser,** vodička císařská; **—wurzel** *v.* Meisterwurzel.

Kajaputöl, *oleum cajaputi*, silice kajaputová.

Kajon *v.* Elephantenlaus, westindische.

Kakalie, Pestwurzelblätter, *folia cacaliae*, list šramatkový.

Kakamusch, kakamuš (druh plyše).

Kalamiken, kalaminka (sprostý cvilink).

Kalaminthmelisse *v.* Bergmünze.

Kälber=ketten, vazáky telecí; **—kropf,** wilder *v.* Kerbel, wilder.

Kalbfell, teletina.
Kalbleder, braunes, teletina hnědá; — doppeltlackirtes, t. dvakrát lakovaná; — färbiges, t. barevná; — haariges, t. chlupatá; — lackirtes, t. lakovaná; — lohgares, t. dubená; — schweres juchtenartiges, t. těžká juchtovitá.
Kalcit *v.* Kalk, gebrannter; **—muriat** *v.* Chlorkalcium; **—nitrat** *v.* Kalk, salpetersaurer; **—oxalat** *v.* Kalk, oxalsaurer; **—phosphat** *v.* Kalk, phosphorsaurer; **—tartrat** *v.* Kalk, weinsteinsaurer.
Kalcium-bromür *v.* Kalk, hydrobromsaurer; **—chlorid** *v.* Chlorkalcium; **—jodid** *v.* Jodkalcium; **—oxyd,** *calcium oxydatum*, kysličník vápenatý.
Kalciumoxyd-acetat *v.* Kalk, essigsaurer; **—chinat** *v.* Kalk, chinasaurer; **—bromat** *v.* Kalk, hydrobromsaurer.
Kalciumoxydhydro-chlorat *v.* Chlorkalcium; **—jodat** *v.* Jodkalcium.
Kalciumoxyd-muriat *v.* Chlorkalcium; **—nitrat** *v.* Kalk, salpetersaurer; **—oxalat** *v.* Kalk, oxalsaurer; **—phosphat** *v.* Kalk, phosphorsaurer; **—sulphuret** *v.* Schwefelkalk; **—tartrat** *v.* Kalk, weinsteinsaurer.
Kalciumsulphuret *v.* Schwefelkalk.
Kaleidoskop, krasohled, kaleidoskop.
Kalendula *v.* Ringelblume.
Kalesch-achsen, steyrische (Stummeln), kočárové nápravy štyrské (štumle); **—hemmschuh,** čubka kočárová, zavírka kočárová.
Kali, anthrazothionsaures *v.* Kali, schwefelblausaures; **—antimonsaures** *v.* Spießglanzoxyd, gewaschenes; — **arsenitsaures,** Arsenikleber, Kaliarsenit, Arsenikpottasche, arsenigsaures Kaliumoxyd, *kali arsenicosum, hepar arsenicalis, arsenis kalicus, potassa arsenicata*, arsénan draselnatý, játra arsénová, draslo arsénové; — **arsensaures,** vegetabilisches Arsenikfalz, Arsenikweinstein, Kaliarseniat, Weinsteinarsenik, *kali arsenicicum, tartarus arsenicalis, arsenias kalicus*, arséničnan draselnatý, vinný kámen arsénový; — **ätzendes,** reines, trockenes Ätzkali, Ätzsalz, ätzendes oder feuriges Laugensalz, Kalihydrat, Kaliumoxyd, *kali causticum purum seu siccum, hydras kalicus, kalium oxydatum purum*, draslo žíravé, sůl louhová, hydrat drasla, hydrat kysličníku draselnatého, kysličník draselnatý, kali; — **ätzendes, geschmolzenes** *v.* Ätzkali, geschmolzenes; — **azotsaures** *v.* Kali, salpetersaures; — **baldriansaures,** baldriansaures Kaliumoxyd, Kalivalerianat, delphinsaures oder phocensaures Kali, Kalidelphinat, Kaliphocenat, *kali valerianicum, valerianas kalicus, kali delphinicum seu phocenicum*, valeran draselnatý, delfinan neb focenan draselnatý; — **benzoesaures,** Kalibenzoat, *kali benzoicum, benzoas kalicus*, benzoan draselnatý; — **bernsteinsaures,** Kalisukcinat, Bernsteinweinstein, *kali succinicum, succinas kalicus, tartarus succinatus*, jantaran draselnatý, vinný kámen jantarový; — **blausaures,** Cyankalium, Kaliumcyanid, hydrocyansaures Kali, Kaliprussiat,

kali borussicum, kalium cyanatum, cyanetum kalii, kali hydrocyanicum, borussias potassae, hydrocyanas kalicus, kyanid draselnatý; — **blausaures gelbes** v. Kali, eisenblausaures gelbes; — **blausaures rothes** v. Kali, eisenblausaures rothes; — **boraxsaures**, Kaliborat, Sedativweinstein, *kali boracicum, boras kalicus*, bóran draselnatý; — **bromsaures**, Kaliumoxydbromat, *kali bromicum, bromas kalicus*, brómičnan draselnatý; — **bromwasserstoffsaures** v. Bromkalium; — **chlorsaures**, chlorinsaures oder oxydirt-salzsaures, Kalichloret, Kaliumoxydchlorat, Knallsalz, Chlorkali, *kali chloricum, chlorinicum seu muriaticum oxygenatum, chloras kalicus, murias kalicus oxygenatus, sal muriaticum oxydatum*, chlórečnan draselnatý, sůl třaskavá; — **chlorwasserstoffsaures** v. Chlorkalium; — **chromsaures gelbes** oder neutrales, Kalichromat, einfach chromsaures Kali, *kali chromicum, chromas kalicus*, jednoduchý chróman draselnatý; —**chromsaures rothes** o. saueres, Kalibichromat, doppelt-chromsaures Kali, *kali chromicum rubrum seu acidum, bichromas kalicus, kali bichromicum*, dvojchróman draselnatý; — **chrysolepinsaures** v. Kali, pikrinsaures; — **delphinsaures** v. Kali, baldriansaures; — **doppeltchromsaures** v. Kali, chromsaures rothes; — **doppeltkleesaures** v. Kleesalz; — **doppeltkohlensaures** v. Kali, kohlensaures neutrales; — **doppeltschwefelsaures** v. Doppelsalz, saures; — **doppeltweinsteinsaures** v. Weinstein, krystallisirter; — **einfacharsensaures** v. Kali, arsensaures; — **einfachkohlensaures** v. Kali, kohlensaures reines; — **einfachschwefelsaures** v. Doppelsalz; — **einfachweinsaures** v. Kali, weinsteinsaures; — **eisenblausaures gelbes**, Cyaneisencyankalium, gelbes Cyaneisenkalium, blausaures gelbes Kali, Blaukali, gelbes Blutlaugensalz, eisenblausaures Kaliumoxyd, Kaliumeisencyanür, blausaures Eisenkali, eisenkyansaures Kalinkyan, Wasserstoffeisencyanürkali, Ferrocyankalium, *kali hydrocyanicum ferratum flavum, kali ferrohydrocyanicum, cyanuretum kalii et ferri, ferrokalium cyanatum, ferrohydrocyanas kalicus, cyanetum ferri et kalii, sal lixiviae sanguinis*, ferrokyanid draselnatý, žlutá sůl krevní; — **eisenblausaures rothes**, rothes Cyaneisenkalin, rothes Cyaneisenkalium, Kali rothes blausaures, Kaliumeisencyanid, blausaures Eisenoxydkali Ferridcyankalium, rothes Blutlaugensalz, *kali ferrohydrocyanicum rubrum, kali hydrocyanicum ferratum rubrum, ferrokalium cyanatum rubrum*, ferrikyanid draselnatý, červená sůl krevní; — **essigsaures** v. Essigsalz; — **essigsaures flüssiges** v. Kaliacetatlösung; — **farbsaures** v. Kali, chromsaures; — **flüchtiges ätzendes** v. Salmiakgeist, ätzender; — **flüchtiges kohlensaures** v. Ammoniak, kohlensaures; — **flüchtiges phosphorsaures** v. Ammoniak, phosphorsaures; — **flüchtiges salzsaures** v. Salmiak; — **flüchtiges sauerkleesaures** v. Ammoniak, kleesaures; — **flüssiges** v. Lauge, alkalische; — **flüssiges ätzendes** v. Ätzlauge; — **flüssiges essigsaures** v. Kaliacetatlösung; — **flüssiges reines** v. Ätzlauge; —

fluorwasserstoffsaures, Fluorkalium, Kaliumfluorid, Kaliumoxydhydrofluorat, Flußspathweinstein, *kali hydrofluoricum, kalium fluoratum, fluoretum kalii, hydrofluoras kalicus, tartarus fluoratus,* fluórid draselnatý, fluorkalium, vinný kámen kazivcový; — **gemeines** *v.* Kali, kohlensaures rohes; — **gereinigtes** *v.* Kali, kohlensaures reines; — **geschwefeltes** *v.* Schwefelleber; — **hydrobromsaures** *v.* Bromkalium; — **hydrochlorsaures** *v.* Chlorkalium; — **hydrocyansaures** *v.* Cyankalium; — **hydrojodsaures** *v.* Jodkalium; — **hyperchlorsaures** *v.* Kali, überchlorsaures; — **hypermangansaures** *v.* Kali, übermangansaures; — **hyperoxydirtsalzsaures** *v.* Kali, chlorsaures; — **jodsaures**, Kalijodat, *kali jodinicum, jodas kalicus,* jódičnan draselnatý; — **jodwasserstoffsaures** *v.* Jodkalium; — **kaustisches** *v.* Kali, ätzendes; — **kieselfluorwasserstoffsaures** *v.* Fluorkieselkalium; — **kieselflußsaures** *v.* Fluorkieselkalium; — **kieselsaures flüssiges**, Kieselliquor, Kieselseife, flüssiges Kieselkali, *kali silicicum liquidum seu solutum, liquor silicum, liquor kali silicici, kalias silicicus liquidus,* křeman draselnatý rozpuštěný, mok křemenatý, mýdlo křemenaté; — **kieselsaures trockenes**, Kalisilikat, Kaliumoxydsilikat, Kieselkali, Wasserglas, *kali silicicum siccum, silicas kalicus, kalium oxydatum silicatum,* křeman draselnatý, sklo vodní neb rozpustné; — **kleesaures** *v.* Kleesalz; — **kochsalzsaures** *v.* Chlorkalium; — **kohlensaures basisches**, reines oder einfachkohlensaures, gereinigte Pottasche, reines Kalikarbonat, Weinsteinlaugensalz, Weinsteinkali, Glaubers Alkahest, Wermuthsalz, Pottaschensalz, Weinsteinsalz, *kali carbonicum purum, potassa depurata, carbonas kalicus purus, sal alcali vegetabilis, alkali tartari, alcahest Glauberi, sal absinthii, sal tartari, kali tartari seu subcarbonicum, subcarbonas kalicus,* čistý uhličitan draselnatý, potaš čistěný, draslo čistěné, sůl potašová, sůl tartarová; — **kohlensaures neutrales** oder krystallisirtes oder doppeltkohlensaures, Kalidoppelkarbonat, *kali carbonicum neutrale, crystallisatum seu acidulum, kali bicarbonicum, bicarbonas kalicus,* dvojuhličitan draselnatý; — **kohlensaures rohes**, Aschensalz, rohe Pottasche, Alkali, rohes Kalikarbonat, *kali carbonicum crudum, cineres perlati seu clavellati, potassa cruda, alkali lignorum, carbonas kalicus crudus,* uhličitan draselnatý nečistý, potaš surový, draslo surové, sůl popelná neb štelečná, salajka surová; — **kohlenstickstoffsaures** *v.* Kali, pikrinsaures; — **kohlenstoffsaures** *v.* Kali, kohlensaures; — **mangansaures**, Kalimanganat, Braunsteinpottasche, mineralisches Chamäleon, *kali manganicum, manganas kalicus, chamaeleon minerale,* manganan draselnatý, chaméleon mineralný; — **methylschwefelsaures**, Kalimethylsulphat, Kalisulphomethylat, *kali methylosulphuricum, methylosulphas kalicus, sulphomethylas kalicus, kali sulphomethylicum,* methylosíran draselnatý; — **mildes** *v.* Kali, kohlensaures basisches; — **mineralisches** *v.* Soda, krystallisirte; — **molybdänsaures** *v.* Kalimolybdat;

— **muriumsaures** *v.* Chlorkalium; — **nitrophänissaures** *v.* Kali, pikrinsaures; — **oxalsaures** *v.* Kleesalz; — **oxychlorinsaures** *v.* Kali, chlorsaures; — **phocensaures** *v.* Kali, baldriansaures; — **phosphorsaures,** Kaliphosphat, Phosphorweinstein, *kali phosphoricum*, *phosphas kalicus*, *tartarus phosphoratus*, *potassa phosphorica*, fosforečnan draselnatý, kostičnan draselnatý; — **pikrinsaures,** pikrosalpetersaures, kohlenstickstoffsaures, trinitrokarbonsaures, nitrophänissaures oder chrysolepinsaures, Kaliumoxydpikronitrat, *kali picronitricum*, *carbonitricum*, *carboazoticum seu nitroxanticum*, *picronitras kalicus*, *carbonitras kalicus*, pikran draselnatý; — **rhodanwasserstoffsaures** *v.* Kali, schwefelblausaures; — **rothblausaures** *v.* Kaliumeisencyanid; — **salpetersaures** gereinigtes *v.* Salpeter, raffinirter; — **salpetersaures geschmolzenes** *v.* Salpeterzelteln; — **salpetersaures spießglanzhaltiges,** Spießglanzsalpeter, Antimonialsalpeter, *kali nitricum stibiatum*, *nitrum stibiatum seu antimoniatum*, *anodynum minerale*, *sal polychrestum antimoniale*, dusičnan draselnatý antimónový, ledek antimónový; — **salzsaures** *v.* Chlorkalium; — **salzsaures oxydirtes** *v.* Kali, chlorsaures; — **sauerkleesaures** *v.* Kleesalz; — **schwefelblausaures,** rhodanwasserstoffsaures oder schwefelcyanwasserstoffsaures, Schwefelcyankalium, Kaliumschwefelcyanid, Rhodankalium, Kaliumrhodanuret, Kaliumsulphocyanid, *kali rhodanatum*, *sulphocyanhydricum seu anthrazothionicum*, *sulphocyanhydras kalicus*, *rhodanetum potassii*, sulfokyanid draselnatý, rhodan draselnatý; — **schwefelsaures** *v.* Doppelsalz; — **schwefelsaures** *v.* Doppelsalz, saures; — **schwefligsaures,** Kalisulphit, geschwefelter Weinstein, Schwefelmittelsalz, *kali sulphurosum*, *sulphis kalicus*, *tartarus vitriolatus volatilis*, *sal neutrum sulphuris*, siřičitan draselnatý; — **siliciumsaures** *v.* Kali, kieselsaures; — **sulphomethylsaures** *v.* Kali, methylschwefelsaures; — **überchlorsaures** oder hyperchlorsaures, Kalihyperchlorat, *kali hyperchloricum*, *hyperchloras kalicus*, chlóristan draselnatý; — **übermangansaures** oder hypermangansaures, Kaliumoxydübermanganat, *kali hypermanganicum*, *hypermanganas kalicus*, *kalium oxydatum hypermanganicum*, nadmanganan draselnatý; — **unterchlorigsaures,** Kalihypochlorit, Kaliumoxydhypochlorit, *kali hypochlorosum*, *hypochloris kalicus*, *kali chloratum*, chlórnatan draselnatý; — **unterphosphorigsaures,** Kalihypophosphit, *kali hypophosphorosum*, *hypophosphis kalicus seu potassae*, fosfornatan draselnatý; — **wasserstoffchlorsaures** *v.* Chlorkalium; — **wasserstoffflnorsaures** *v.* Kali, fluorwasserstoffsaures; — **wasserstoffjodsaures** *v.* Jodkalium; — **weinsteinsaures** o. weinsaures, einfach weinsaures Kali, tartarisirter Weinstein, Kalitartrat, Pottaschenweinstein, *kali tartaricum*, *kali tartaricum neutrale*, *tartarus tartarisatus*, *tartras kalicus*, *potassinum tartaricum*, vínan draselnatý; — **weinsteinsaures ammoniakalisches,** Ammoniakweinstein, weinsteinsaures Kaliammoniak, ammoniakalischer Weinstein, flüchtiger Weinsteinrahm, Weinsteinsalmiak, Salmiakweinstein, *kali tartaricum ammoniacatum*, *tartarus ammoniacalis*, *cremor tartari volatilis*, *tartarus solubilis*, vínan ammonato-draselnatý, vinný kámen ammoniakový neb těkavý; — **weinsteinsaures antimonhaltiges** *v.* Brechweinstein; — **weinsteinsaures boraxhaltiges** *v.* Boraxweinstein; — **weinsteinsaures martialisches** *v.* Eisenweinstein; — **weinsteinsaures natronhaltiges** *v.* Seignettesalz; — **weinsteinsaures saures** *v.* Weinsteinkrystalle; — **weinsteinsaures spießglanzhaltiges** *v.* Brechweinstein; — **wolframsaures,** Kaliwolframat, Kaliumoxydscheelat, *kali wolframicum seu scheelicum*, *wolframas kalicus*, *scheelas kalicus*, šélan draselnatý, wolframan draselnatý; — **zerflossenes** *v.* Lauge alkalische; — **zitronensaures,** Zitronenweinstein, *kali citricum*, *tartarus citratus*, *citras kalicus*, citran draselnatý.

Kali-acetat *v.* Essigsalz; —**acetatlösung** *v.* Essigweinstein, zerflossener; —**alaun** *v.* Alaun, gemeiner; —**ammoniak,** weinsteinsaures, *v.* Kali, weinsteinsaures ammoniakalisches; —**arseniat** *v.* Kali, arsensaures; —**arsenit** *v.* Kali, arseniksaures; —**auflösung,** essigsaure, *v.* Essigweinstein, zerflossener; —**benzoat** *v.* Kali, benzoesaures; —**bichromat** *v.* Kali, chromsaures rothes; —**bisulphat** *v.* Doppelsalz, saures; —**borat** *v.* Kali, boraxsaures; —**bromat** *v.* Kali, bromsaures; —**chlorat** *v.* Kali, chlorsaures; —**chromalaun** *v.* Chromalaun; —**chromat** *v.* Kali, chromsaures gelbes; —**citrat** *v.* Kali, zitronensaures; —**delphinat** *v.* Kali, baldriansaures; —**doppelkarbonat** *v.* Kali, kohlensaures neutrales; —**eisen,** weinsaures *v.* Eisenweinstein; —**eisenkyanid** *v.* Kali, eisenblausaures rothes; —**eisenoxyd,** sauerkleesaures, *v.* Eisenoxydkali, oxalsaures; —**eisenoxydsulphat** *v.* Eisenoxydkali, schwefelsaures; —**essigsalz** *v.* Essigsalz; —**essigsalzflüssigkeit** *v.* Essigweinstein, zerflossener; —**flüssigkeit** *v.* Ätzlauge; —**goldoxyd,** cyanwasserstoffsaures, *v.* Cyangoldkalium; —**hydrat** *v.* Kali, ätzendes; —**hydratlösung** *v.* Ätzlauge; —**hydrobromat** *v.* Bromkalium; —**hydrochlorat** *v.* Chlorkalium; —**hydrocyanat** *v.* Cyankalium; —**hydrojodat** *v.* Jodkalium; —**hypochlorit** *v.* Kali unterchlorigsaures; —**hypophosphit** *v.* Kali, unterphosphorigsaures; —**jodat** *v.* Kali, jodsaures; —**karbonat,** reines, *v.* Kali, kohlensaures basisches; —**karbonatlösung** *v.* Weinsteinöl; —**kieselhydrofluorat** *v.* Fluorkieselkalium; —**lauge** *v.* Ätzlauge; —**lösung,** essigsaure *v.* Essigweinstein, zerflossener; — kohlensaure *v.* Weinsteinöl; —**manganat** *v.* Kali, mangansaures; —**methylsulphat** *v.* Kali, methylschwefelsaures; —**molybdat,** molybdänsaures Kali, *molybdas kalicus*, *kali molybdaenicum*, molybdénan draselnatý; —**muriat** *v.* Chlorkalium.

Kalin *v.* Kalium.

Kalinatron, weinsaures *v.* Seignettesalz.

Kalin-chlorid *v.* Chlorkalium; —**jodid,** *v.* Jodkalium.

Kalinitrat, *v.* Kali, salpetersaures.

Kalinkyan, eisenkyansaures *v.* Kali, eisenblausaures gelbes; — **kyanür-eisenkyanidsaures** *v.* Kali, eisenblausaures rothes.

Kali-öl *v.* Lauge, alkalische; —**oxalat** *v.* Kleesalz; —**phocenat** *v.* Kali, baldriansaures; —**phosphat** *v.* Kali, phosphorsaures; —**prussiat** *v.* Kali, blausaures; —**salpeter** *v.* Salpeter, roher; —**scheelat** *v.* Kali, wolframsaures; —**schwefelleber** *v.* Schwefelleber; —**seife,** *sapo kalinus,* mýdlo draselnaté; —**silikat** *v.* Kali, kieselsaures trockenes; —**soda,** weinsaure, *v.* Seignettesalz; —**spießglanzoxydul,** weinsaures *v.* Brechweinstein; —**stiboxydtartrat** *v.* Brechweinstein; —**succinat** *v.* Kali, bernsteinsaures; —**sulphat** *v.* Doppelsalz; —**sulphit** *v.* Kali, schwefligsaures; —**sulphomethylat** *v.* Kali, methylschwefelsaures; —**tartrat** *v.* Kali, weinsteinsaures; — eisenhaltiges *v.* Eisenweinstein; — saures *v.* Weinsteinkrystalle.

Kalium, *kalium,* draslík, kalium; —**bromür** *v.* Bromkalium; —**chlorid** *v.* Chlorkalium; —**cyanid** *v.* Cyankalium; —**eisencyanid** *v.* Kali, eisenblausaures rothes, —**eisencyanür** *v.* Kali, eisenblausaures gelbes; —**fluorid** *v.* Kali fluorwasserstoffsaures; —**goldcyanür** *v.* Cyangoldkalium; —**jodid** *v.* Jodkalium; —**kieselfluorid** *v.* Fluorkieselkalium.

Kaliumoxyd *v.* Kali, ätzendes; — **arseniksaures** *v.* Kali, arseniksaures; — **eisenblausaures** *v.* Kali, eisenblausaures gelbes; — **essigsaures** *v.* Essigsalz.

Kaliumoxyd-bisulphat *v.* Doppelsalz, saures; —**bromat** *v.* Kali bromsaures; —**oxydchlorat** *v.* Kali, chlorsaures; —**hydrofluorat** *v.* Kali, fluorwasserstoffsaures; —**hypochlorit** *v.* Kali, unterchlorigsaures; —**pikronitrat** *v.* Kali, pikrinsaures; —**scheelat** *v.* Kali, wolframsaures; —**silikat** *v.* Kali, kieselsaures trockenes; —**sulphat** *v.* Doppelsalz; —**übermanganat** *v.* Kali, übermangansaures.

Kalium-rhodanuret *v.* Kali, schwefelblausaures; —**schwefelcyanid** *v.* Kali, schwefelblausaures; —**sulphocyanid** *v.* Kali, schwefelblausaures.

Kali-valerianat, *v.* Kali, baldriansaures; —**weinsäure,** *v.* Weinsteinkrystalle; —**wolframat** *v.* Kali, wolframsaures.

Kalk, ätzender *v.* Ätzkalk; — **äpfelsaurer,** Kalkäpfelsalz, *calcaria bimalica, malas calcis, calcium oxydatum bimalicum,* jablečnan vápenatý; — **bromwasserstoffsaures** *v.* Kalk, hydrobromsaurer; — **chinasaurer,** Kalciumoxydchinat, Kalkchinat; *calcaria chinica, calcium oxydatum chinicum, chinas calcis,* chinan vápenatý; — **chlorsaurer,** oxydirt salzsaurer Kalk, *calcaria chlorica, chloras calcicus, calcaria oxymuriatica,* chlórečnan vápenatý; — **chlorwasserstoffsaurer** *v.* Chlorkalcium; — **essigsaurer,** Kalciumoxydacetat, Kalkacetat, *calcaria acetica, calcium oxydatum aceticum, acetas calcis,* octan vápenatý; — **flußsaurer** *v.* Flußspath; — **gebrannter** *v.* Ätzkalk; — **geschwefelter** *v.* Schwefelkalk; — **geschwefelter spießglanzhaltiger** *v.* Spießglanzschwefelkalk; — **holzsaurer,** kalkerdigtes Holzessigsalz, Kalkpyroacetat, brenzliche holzsaure Kalkerde, Rothsalz, *calcaria pyrolignosa seu pyroacetica, pyroacetas* *calcis*, pyrooctan vápenatý, sůl na červeno, sůl dřevooctová; — **hydrobromsaurer,** Kalciumbromür, Kalciumoxyd, hydrobromsaures Bromkalcium, Kalciumbromid, Kalciumoxydbromat, *calcaria hydrobromica, calcium bromatum, hydrobromas calcis, brometum calcariae*, brómid vápenatý, brómovodan vápenatý, brómkalcium; — **hydrochlorsaurer** *v.* Chlorkalcium; — **hydrojodsaurer** *v.* Jodkalcium; — **hypophosphorigsaurer** *v.* Kalk, unterphosphorigsaurer; — **jodwasserstoffsaurer** *v.* Jodkalcium; — **kleesaurer,** oxalsaurer oder sauerkleesaurer, Kalkoxalat, *calcaria oxalica, oxalas calcis*, šťovan vápenatý; — **kohlensaurer** *v.* Kreide; — **muriumsaurer** *v.* Chlorkalcium; — **oxalsaurer** *v.* Kalk, kleesaurer; — **phosphorsaurer,** Kalkphosphat, Kalcitphosphat, Kalciumoxydphosphat, *calcaria phosphorica, phosphas calcis*, fosforečnan vápenatý; — **phosphorsaurer spießglanzhaltiger,** spießglanzhaltiges Kalkphosphat, Jakobis Fieberpulver, Jamespulver, Antimonialpulver, *calcaria phosphorica stibiata, phosphas calcis stibiata, pulvis Jacobi febrifugus, pulvis Jamesii (James Powder), pulvis antimonialis compositus*, fosforečnan vápenatý antimónový, prášek Jamesův; — **pyroessigsaurer** *v.* Kalk holzessigsaurer; — **reiner,** ätzender oder ungelöschter, Kalkoxyd, *calcaria pura, oxydum calcis, calx viva*, vápno živé, žíravé neb nehašené, kysličník vápenatý; — **salpetersaurer,** Kalknitrat, Kalciumoxydnitrat, Kalcitnitrat, Kalksalpeter, *calcaria nitrica, nitras calcariae, calcium oxydatum nitricum*, dusičnan vápenatý, ledek vápenný; — **salzsaurer** *v.* Chlorkalcium; — **salzsaurer bromhaltiger** *v.* Bromchlorkalcium; — **salzsaurer oxydirter** *v.* Kalk, chlorsaurer; — **sauerkleesaurer** *v.* Kalk, kleesaurer; — **saurer phosphorsaurer** oder superphosphorsaurer, Superphosphat, *calcaria phosphorica acidula, calx superphosphorica, superphosphas calcis*, kyselý fosforečnan vápenatý, superfosfat; — **schwefelsaurer** *v.* Gips, roher; — **spathsaurer** *v.* Flußspath; — **sulphurisirter** *v.* Schwefelkalk; — **ungelöschter** *v.* Ätzkalk; — **unterchlorigsaurer** *v.* Chlorkalk; — **unterphosphorigsaurer,** Kalkerdehypophosphid, *calcaria hypo-phosphorosa, hypophosphis calcis*, fosfornatan vápenatý; — **weinsteinsaurer,** Kalcittartrat, Kalciumoxydtartrat, Weinsteinkalk, Kalkweinstein, Kalktartrat, *calcaria tartarica, calcium oxydatum tartaricum, calx tartaricata, tartarus calcareus, tartras calcicus*, vínan vápenatý; — **Wiener,** vápno vídeňské.

Kalk-acetat *v.* Kalk, essigsaurer; —**äpfelsalz** *v.* Kalk, äpfelsaurer; —**blau,** modř vápenná; —**bromat** *v.* Kalk, hydrobromsaurer; —**chinat** *v.* Kalk, chinasaurer; —**chlorür** *v.* Kalk, chlorsaurer; —**citrat** *v.* Kalk, zitronensaurer; —**erdehypophosphid** *v.* Kalk, unterphosphorigsaurer; —**hydrobromat** *v.* Kalk, hydrobromsaurer; —**hydrochlorat** *v.* Chlorkalcium; —**hydrojodat** *v.* Jodkalcium; —**karbonat** *v.* Kreide, —**leber** *v.* Schwefelkalk; —**malat** *v.* Kalk, äpfelsaurer; —**nitrat** *v.* Kalk, salpetersaurer; —**oxalat** *v.* Kalk, kleesaurer; —**oxyd** v. Kalk, reiner; —**phosphat** v. Kalk, phosphorsaurer; —**phosphat,** spießglanzhaltiges, v. Kalk, phosphorsaurer spießglanzhaltiger; —**pyroacetat** v. Kalk, holzsaurer; —**salpeter** v. Kalk, salpetersaurer; —**schwefelleber** v. Schwefelkalk; —**seife,** mýdlo vápenné; —**spießglanzschwefelleber** v. Spießglanzschwefelkalk; —**tartrat** v. Kalk, weinsteinsaurer; —**weinstein** v. Kalk, weinsteinsaurer.

Kalla, *radix ari aethiopici*, kořen chochorbitcový.

Kalliaturholz, dřevo kaliaturové.

Kallico, kaliko.

Kalmank, Kalamank, kalmank (látka vlněná).

Kalmuk, kalmuk (vlněná látka).

Kalmus, Brustwurzel, *radix calami aromatici seu acori veri*, kořen prsní, puškvorcový neb šišvorcový, akorum pravé; — **falscher** oder rother, v. Ankerwurzel; — **geschälter,** kořen prsní oloupaný; — **roher,** k. prsní syrový; — **überzuckerter** oder kandirter, k. p. ocukrovaný.

Kalmus-branntwein, kořalka kalmusová neb puškvorcová; —**extrakt,** *extractum calami*, výtah puškvorcový; —**geist,** líh puškvorcový neb kalmusový; —**liqueur,** likér kalmusový neb puškvorcový; —**öl,** *oleum calami*, silice puškvorcová.

Kalomel, salzsaures Quecksilberoxydul, süßer Sublimat, weißer Adler, Quecksilberchlorür, Quecksilberoxydulmuriat, *calomel, hydrargyrum oxydulatum muriaticum, sublimatum dulce, aquila alba, chloretum hydrargyri, murias hydrargyri oxydulati, mercurius dulcis sublimatus, manna metallorum*, kalomel, sladký sublimát, orlíček bílý neb rtuťový, chlórid rtutičnatý.

Kameel-garn, příze velbloudí, příze angorská; —**haar,** Angorawolle, levantinisches oder persisches Ziegenhaar, frz. *poil de chameau, laine de chevron;* srst velbloudová, vlna angorská.

Kambriks, kambrejské plátno.

Kameline v. Leindotter.

Kamelot, parkán, šamlat.

Kamille, edle oder römische, römische Romey, *flores chamomillae nobilis seu romanae*, květ rmenu jinak heřmánku vlaského neb římského, květ zlatý; — **gemeine,** Romey, *flores chamomillae vulgaris*, květ rmenový, heřmánkový neb ormánkový.

Kamillen-bitter, kořalka heřmánková, hořká heřmánková; —**extrakt,** *extractum chamomillae*, výtah rmenový neb heřmánkový; —**öl,** *oleum chamomillae*, olej rmenový n. heřmánkový, silice heřmánková; — römisches, *oleum chamomillae romanae*, silice heřmánková římská.

Kaminthürl, dvířka ke komínu.

Kamm, hřeben; — buchsbaumener, h. zimostrázový; — elfenbeinener, h. slonokostní; — hornener, h. rohový; — schildkrötener, h. želvinový.

Kammbohrer, hrotovník.

Kammertuch, kemrlička.
Kammfett, *axungia equi e collo*; sádlo hřívní; —**öl**, olej hřívní.
Kamm-garn, příze česaná; —**wolle**, vlna česaná.
Kampecheholz *v.* Blauholz.
Kampfer, raffinirter, *camphora raffinata*, *gummi camphorae*, kafr čistěný; — roher, kafr nečistěný neb syrový; —**essig**, *acetum camphoratum*, ocet kafrový; —**kraut**, *herba camphoratae*, kafratka, jedlinka, kamfora; —**liniment**, seifenhaltiges *v.* Opodeldok; —**öl**, *oleum camphorae*, olej kafrový, silice kafrová; — chinesisches, *oleum camphorae chinense*, silice kafrová čínská; —**seife**, fr. *savon de camphre*, mýdlo kafrové; —**spiritus**, *spiritus vini camphoratus*, líh kafrový.
Kampfin, kamfin.
Kamynian *v.* Benzoe.
Kanalgitter, mříže do průlivu neb trativodu, mříže požerákové.
Kanapéfedern, péra do pohovek.
Kanarien-samen, *semen canariense*, semeno kanárové, č. myšího béru; —**zucker**, cukr kanárský.
Kanastertabak, kanasta.
Kandelbeeren, Schwindelbeeren, Haubeeren, *baccae viburni*, malvice tušalajové, jahody lepíkové, chudovinky.
Kandirungspulver, prášek k hnojení.
Kandis, Kandelzucker, kandys, cukrkand, cukr ledovatý (rus. леденецъ); — gelber, k. žlutý; — halbgelber, k. položlutý; — weißer, k. bílý.
Kanafas, kanavas, kanabáč; — geblümter, k. květovaný; — gekö-perter, k. křečený; — gemodelter, k. cinkovatý; — gewöhnlicher, k. obyčejný; —**leinen**, Chelets, rohe Platilles, plátno kanavasové.
Kanehl *v.* Zimmt, javanischer; — **weißer** *v.* Zimmt, weißer.
Kaninchenfell, kůže králičková neb králíková, spratek králičí, králičina.
Kaniramin, *caniramium*, kaniramin.
Kanthariden, spanische Fliegen, *cantharides*, pryskýrky, kantaridy mušky španělské neb májové, chrousti vlaští; —**äther** *v.* Äther blasenziehender; —**tinktur**, *tinctura cantharidum*, líh pryskýrkový, kantaridový neb májkový.
Kantharidin, *cantharidium*, pryskérkovina, kantaridin.
Kanzleipapier, papír kancelářský.
Kappenleinwand, plátno povlakové.
Kapillarröhre, rourka kapilarní.
Kappern, kapary, kaparky, kaparlata; — französische, k. francouzské; — italienische, k. vlaské; —**rinde**, *cortex capparis*, kůra kaparová.
Kappiskraut, zelí mořské.
Kapseln mit Kubebenextrakt, *capsulae cum extracto cubebarum*, kloboučky s výtahem kubébovým; — mit Leberthran, *capsulae cum oleo jecoris aselli*, kloboučky čili čepičky s rybím tukem lékař-

ským; — mit Wurmsamenextrakt, *capsulae cum extracto seminis cinae*, kloboučky s výtahem cicvárovým.

Kapsicin, *capsicinum*, pepřikovina, kapsicin.

Kapuziner-erbsen, holländische, große, kapucínský hrách hollandský velký; —**kresse,** *herba nasturtii indici seu cardaminis majoris*, řeřicha kapucínská neb turecká, řeřišnice větší; —**kressenblumen,** *flores nasturtii indici*, květ řeřichy kapucínské neb turecké.

Karagheen *v.* Moos, irländisches.

Karamatarinde, *cortex caramatae*, karamata, kůra karamatová.

Karanne, Karannaharz, *gummi carannae*, karana, pryskyřice karanová.

Karapaöl, *oleum carapae*, olej karapový.

Karaparinde, *cortex carapae*, kůra karapová.

Karavanenthee, thé karavanské, čaj karavanský.

Karbazotsäure, *v.* Pikrinsäure.

Karbe *v.* Kümmel.

Karbolsäure, Phensäure, krystallisirtes Kreosot, *acidum carbolicum seu phenylosum*, hydrat kysličníku fenylnatého, kyselina fenylová, kyselina karbolová.

Kardamine, Wiesenschaumkraut, Wiesenkresse, Kuckucksblume, *herba cardaminis, nasturtii pratensis seu cuculi*, pěněnka neb řeřicha luční; —**blüthe,** *flores cardaminis*, květ pěněnkový neb řeřichy luční.

Kardamomen, ausgehülste, *cardamomum ex corticibus*, kardamomy oloupané; — **große** oder javanische, *cardamomum majus seu javanense*, kardamomy věčší; — **kleine** oder malabarische, *cardamomum minus*, kardamomy malé; — **lange** oder ceyloner, *cardamomum longum seu ceylanicum*, kardamomy dlouhé; — **mittlere,** *cardamomum medium*, kardamomy prostřední; — **runde,** *cardamomum rotundum*, kardamomy kulovaté.

Kardamomöl, *oleum cardamomi*, silice kardamomová.

Karden, spanische, *v.* Artischocke; —**distel,** *radix dipsaci seu cardui veneris*, kořen štětky lesní neb plané.

Kardinalspulver *v.* Chinapulver.

Kardobenedikten, Bitterdistel, *herba cardui benedicti seu centaurei benedicti*, kardus benediktus, bodlák požehnaný, bodláček, krásovlásek, přímětník vlaský, ostropestřec vlaský, pcháč požehnaný, čubet lékařský; —**extrakt,** *extractum cardui benedicti*, výtah přímětníkový neb bodláčkový; —**samen,** *semen cardui benedicti*, semeno bodláku požehnaného, přímětníku vlaského neb čubetu lékařského.

Kardone, Kardunartischocke, *v.* Artischocke.

Karex, Sandegge, Sandriedgras, deutsche Sassaparille, rothe Graswurzel, *radix caricis, arenariae, graminis majoris seu rubri, sassaparillae germanicae*, kořen pýřový neb pýřavkový červený, drnové kořínky, kořen tuřice pískové.

Karkassendraht, Haubendraht, drát karkasový, drát čepčářský.

Karlina v. Eberwurzel.
Karlsbadersalz, *sal thermarum carolinarum*, sůl karlovarská.
Karlsbaderthon, hlína karlovarská.
Karmeliter Wasser, zusammengesetzter Melissengeist, *aqua carmelitana seu melissae composita*, fr. *eau de garmes*, voda karmelitská, líh medunkový neb rojovníkový složitý.
Karmin, blauer, *carminium coeruleum*, karmín modrý; — **brauner,** k. hnědý; — **flüßiger,** Karmintinte, inkoust karmínový; — **rother,** *carminium rubrum, purpura vegetabilis*, karmín červený.
Karmin-lack, *lacca carmini*, lak karmínový; —**tinte,** rothe Tinte inkoust karmínový neb červený.
Karmoisin-lack, Karmoisinroth v. Berlinerroth.
Karnieß-falzhobel, falcovník karnýsový; —**hobel,** karnisek, karnýs.
Karobba-blätter, *folia carobbae*, list jakarandový.
Karobben v. Johannisbrot.
Karotten-samen v. Möhrensamen.
Karozzanüsse, vegetabilisches Elfenbein, *nuces carozza*, ořechy karozové, rostlinná kosť slonová.
Karpfen, marinirter, kapr nakládaný neb marinovaný; —**brut,** potěr kaprový; —**steine,** *lapis carpionis*, kamínky kaprové.
Kartatschennägel, hřebíky kartáčové.
Karthäuserpulver v. Mineralkermes.
Kartoffel, Erdäpfel, zemče, zemák, brambor, bobál, jabluška, bulva, krumple; — rother länglicher, baborka.
Kartoffel-branntwein, líh bramborový; —**mehl,** *farina solani tuberosi*, moučka bramborová; —**sago,** sago bramborové; —**spiritus,** Fruchtspiritus, líh bramborový; —**stärke,** škrob bramborový; —**syrup,** syrup zemákový.
Karthamin, Safflorroth, *carthaminum*, kartamín, červeň saflorová.
Käs, Briesener, sýr březňanský; — Chester, angl. *cheese of new milk*, s. cheshirský; — Emmenthaler, s. ementalský; — Groyer oder Gruyer, s. gruyerský; — Limburger, s. limburský; — Parmesaner, s. parmesanský; — schweizer, s. švýcarský.
Kasemir, Kasimir, kazimír.
Kaskarillin, *cascarillinum*, kaskarilin.
Kaskarillrinde, Schafarill, graue Fieberrinde, *cortex cascarillae*, kůra kaskarilová, kaskarila.
Kaskarillrinden-extrakt, *extractum cascarillae*, výtah kaskarilový; —**öl,** *oleum cascarillae*, olej kaskarilový, silice kaskarilová.
Käspappel v. Malve.
Kasserolle, kastrol, rendlík, pánev; — halbtiefes pánev okrouhlá polohluboká; — mit Stiel u. Henkel, p. s držadlem a rukovětí.
Kassia v. Zimmt, chinesischer; —**öl** v. Zimmtöl, chinesisches.
Kassien-blumen v. Zimmtblüthen; —**mark,** *pulpa cassiae*, dužnina kasiová neb skořicová.

Kassinenkraut, Kassinenthee, Thee von Gongonha, Mansakraut, *herba pulo, herba cassines, folia gongonhae, herba mansa, thea cassines,* thé z Gongonhy, thé kasinové.
Kassiuspurpur *v.* Goldpurpur.
Kassler-braun, hnědě kaselská; **—gelb** *v.* Mineralgelb.
Kassumuniar, Rissagen, Blockzittwer, wilder Ingber, *radix cassumunar seu zedoariae luteae,* kasumunar, zázvor planý.
Kastanien, Maronen, *nuces castaneae,* kaštany; **—holz,** dřevo kaštanové.
Kasten-beschläge, štítky na skříně; **—schloß,** zámek ke skříni.
Kastoreum, Bibergeil, *castoreum,* stroj bobrový, kastoreum.
Kastorin, bobrovina, kastorin.
Kastor-nüsse *v.* Rizinuskörner; **—öl** *v.* Rizinusöl; **—tuch,** sukno kastorové.
Katarrhzeltein, cukrátka pro katar čili pro nádchu.
Katechu, japanische Erde, *succus s. terra catechu, terra japonica,* katech, zem japanská, kašu.
Kattun, Kotton, kartoun, vybojka (rus. выбойка).
Kattunhadern, hadry kartounové; — galizische weiße u. halbweiße, h. kartounové haličské bílé a polobílé; — oberösterreichische, h. kartounové hornorakouské.
Katzen-augenharz *v.* Dammarharz; **—fell,** kůže kočičí, kočičina; **—gamander** *v.* Amberkraut; **—gold** *v.* Glimmer; **—kraut** *v.* Amberkraut; **—münze,** *herba nepetae seu catariae,* kocúrník, marulka kočičí, šanta; **—pfötchen** *v.* Strohblümchen; **—silber** *v.* Glimmer; **—wurzel** *v.* Baldrian, kleiner.
Kautschuk, Federharz, kaučuk; **—firniß,** fermež kaučuková; **—öl,** *oleum cautschouki,* olej kaučukový.
Kavalins, Roßleinwand, koňské plátno.
Kaviar, kaviar, zadělávané jikry.
Kegelband, závěsa kuželová.
Kehlhobel, nářezovník.
Kehrichtschaufel, lopatka na smetí.
Keimröthe *v.* Sommerröthe.
Kellerasseln, *aselli, porcelliones, millepedes,* svinky, stonožky.
Kellerhals, Garou, Seidelbastrinde, *cortex mezerei, garou, monspeliacus seu chamelaeae,* kůra lýkovčí, lýko vlčí; **—extrakt,** *extractum mezerei,* výtah z kůry lýkovcové; **—körner,** Seidelbastsamen, *semen coccognidii, grana gnidii,* vlčí neb divoký pepř, bobule lýkovcové.
Kellerschloß, zámek k sklepu.
Kerbel, wilder Kälberkopf, *herba chaerophylli sylvestris seu apii asinini,* třebule lesní, mrkous; — **spanischer,** Süßdolde, *herba myrrhidis, cicutariae odoratae, cerefolii hispanici,* kerblík španělský, třebule španělská, čechřice vonná.
Kermes, Scharlachbeeren, Kermesschildlaus, *grana kermes, kermes tinc-*

torius, coccus ilicis seu baphicus, kermes, zrna šarlatová, jahůdky červcové; — **mineralischer** *v.* Mineralkermes.

Kermes-beere, amerikanischer Nachtschatten, *herba phytolaccae seu solani racemosi*, ličidlo obecné, alkermes; —**beeren** (Frucht) *baccae phytolaccae*, bobule neb jahůdky alkermesové; —**saft**, *succus alkermes*, šťáva alkermesová.

Kern-fett, plsní neb jadrné sádlo; —**seife**, mýdlo jadrné, m. tuhé; —**stahl**, Werkstahl, ocel jadrná; —**unschlitt**, lůj jadrný.

Kerze, Licht, svíce, svíčka; — gegossene, s. litá; — mit gedrehtem Docht, s. s točeným knotem.

Kerzenkraut *v.* Königskerze.

Kessel-blech, kotlový plech; —**blume** *v.* Hühnerdarm, rother; —**braun** *v.* Kolkothar; —**brunn**, Emser, voda emská.

Ketten-blume *v.* Löwenzahn; —**garn**, příze osnovní; —**hofergrün**, zeleň kettenhofská (řetězodvorská).

Keuschlammsamen, *semen agni casti*, semeno drmkové, vrby mořské, stromu Abrahamova neb beránku čistého.

Kichererbsen, Zisererbsen, *semen ciceris*, cizrna.

Kiefersamen, jádra borová.

Kien-öl, *oleum pini rubrum*, olej borový, loučový; —**ruß**, Kienrauch, Schwarzball, Ruß, *fuligo*, fr. *suie*, angl. *soot*, saze, kopet, kopt.

Kiesel, Silicium, Kieselradikal, *silicium purum*, křemík.

Kieselerde, Kieselsäure, Siliciumoxyd, *terra silicica, acidum silicicum, silicium oxydatum*, kyselina křemíková; —**kali** *v.* Kali, kieselsaures; —**pottasche** *v.* Kali, kieselsaures; —**radikal** *v.* Kiesel.

Kieselfluor-kalium *v.* Fluorkieselkalium; —**natrium** *v.* Fluorkieselsodium; —**wasserstoffsäure**, *acidum silicico-hydrofluoricum seu hydrosilico-fluoratum*, kyselina křemíko-fluorovodíková.

Kieselkali *v.* Kali, kieselsaures trockenes; — **flüssiges** *v.* Kali, kieselsaures flüssiges.

Kieselliquor *v.* Kali kieselsaures flüssiges.

Kieselnatron, kieselsaures oder siliciumsaures Natron, Sodasilikat, kieselsaure Soda, Kieselsoda, Natronwasserglas, *natrum silicicum, silicus sodae seu natricus, soda silicica*, křeman sodnatý, vodní sklo natronové; — **aufgelöstes**, *liquor natri silici*, roztok křemanu sodnatého.

Kiesel-säure, reine Kieselerde, Siliciumoxyd, *acidum silicicum, terra silicica, oxydum silicicum*, kyselina křemíková; —**schiefer**, *lapis lydius*, bulyžník; —**seife** *v.* Kali, kieselsaures flüssiges; —**soda** *v.* Kieselnatron.

Kikekunemalo-gummi, *gummi kikekunemalo*, kikekunemalo; —**öl**, *oleum kikekunemalo*, olej kikekunemalový.

Kimmhobel, vtěrák, outorník, zatěrák.

Kinder-balsam, balšán pro děti; —**gries**, krupice dětská; —**kaffe**, káva pro děti; —**löffel**, ordinäre, sprosté lžice pro děti.

Kinnkette, podbradek, kantárek.
Kino, Kinoharz, Kinogummi, Gambiagummi, *gummi seu resina kino, gummi rubrum seu gambiense*, kino; — **afrikanisches,** *kino africanum*, kino africké; — **amerikanisches,** *k. americanum*, k. americké; — **neuholländisches,** *k. australe seu novae hollandiae*, k. novoholandské neb botanybayské; — **ostindisches,** *k. asiaticum*, k. indské neb východní.
Kipsfahlleder, jalovičina kipsová.
Kirchbergergrün, zeleň kirchberská.
Kirchenlichter, svíčky kostelní.
Kirschbranntwein, Kirschgeist, kořalka třešňová, líh třešňový.
Kirschen, saure getrocknete, *fructus cerasorum acidi siccati*, višně sušené.
Kirsch=harz, Kirschgummi, *gummi cerasorum*, klí višňové neb třešňové, klembaba; —**liqueur,** likér třešňový.
Kirschlorbeer=blätter, *folia laurocerasi*, list bobkovišňový neb laurocerasový; —**öl,** *oleum laurocerasi*, olej bobkovišňový; —**wasser,** *aqua laurocerasi*, voda bobkovišňová n. bobkotřešňová.
Kirschwasser, schweizer, třešňovka švýcarská.
Kissentaffet, dykyta na podušky.
Kitai, kytaj (druh surových kartounů).
Kitaika, kytajka (plátěná bavlnice).
Kitt, tmel, kyt, chyt.
Kittel=barchent, barchent na haleny; —**zwillich,** cvilink halenový.
Klapper=rose *v.* Feldmohn; —**schlangenwurzel** *v.* Senegaramsel.
Klatschrose *v.* Feldmohn.
Klauen, paznehty.
Kleber, *glutenum siccum*, lep; — **blauer** *v.* Scharfkraut.
Klebkraut, *herba aparines, boraginis minoris seu crucialis*, hořké lupení, řepík menší, svízel, přítula, deryzka.
Klee, blauer *v.* Ägyptenkraut; — englischer oder gemeiner, *herba trifolii pratensis*, jetel luční; — ewiger *v.* Luzernklee; — gelber *v.* Schotenklee; — spanischer *v.* Esparsette.
Klee=äther *v.* Oxaläther; —**naphtha** *v.* Oxaläther; —**salz,** Sauerkleesalz, kleesaures, sauerkleesaures oder oxalsaures Kali, Kalioxalat, *sal acetosellae seu oxalicum, kali oxalicum, bioxalas kalicus*, sůl šťovíková neb šťavelová, šťovan draselnatý kyselý.
Kleesamen, gelber, semeno jetelové žluté; — rother, semeno jetelové červené; — rother dreiblättriger, semeno jetele trojlistého.
Kleesäure, Oxalsäure (fälschlich: Zuckersäure), *acidum oxalicum, acetosellae seu hypocarbonicum*, kyselina šťovíková neb šťavelová; —**äther,** Kleenaphtha, Kleeäther, Oxaläther, kleesaures oder oxalsaures Äthyloxyd, *aether oxalicus, naphtha oxalica, oxalas aethericus seu aethylicus*, éther šťavelový, nafta šťovíková, šťovan éthylnatý.
Kleider=barchent, barchent na šaty; —**bürste,** kartáč na šaty; —**sammt,** aksamít šatný.
Kleinkohle, uhlí drobné.

Klempnerblech, plech klempířský.
Klettenwurzel, *radix bardanae seu lappae majoris*, kořen lopuchový, lupenu neb řepíku věčšího, lupenu hořkého neb širokého; —**extrakt,** *extractum bardanae*, výtah z lupenu věčšího neb lopuchový.
Klobsäge, rozmítačka.
Klopfer (zum Thor), klepadlo (na vrata).
Klopfpulver *v.* Bärlappsamen.
Klöppel-garn, příze krajková; —**zwirn,** nítě krajkové.
Klotzerbse, brách bohatý.
Klotzketten, kládní řetězy.
Knabenkraut *v.* Salep.
Knackmandeln, Krachmandeln, mandle v skořápce.
Knall-blei, Bleisalpeter, Bleinitrat, *plumbum fulminans seu nitratum, nitras plumbi, oxydum plumbi nitricum*, olovo třaskavé, dusičnan olovnatý; —**gold,** Ammoniakgold, goldsaures Ammoniak, Goldammoniür, *aurum fulminans, ammonium auricum, aurum ammoniatum, crocus auri*, zlato třaskavé, zlatan ammonatý; —**pulver,** *pulvis fulminans*, prášek třaskavý neb bouchací; —**quecksilber,** knallsaures Quecksilberoxyd, rtuť třaskavá, třaskan rtuťnatý; —**salz** *v.* Kali, chlorsaures; —**silber** neutrales, knallsaures Silberoxyd, Ammoniaksilberhalbsäure, *argentum fulminans, argentum oxydato-ammoniatum, ammoniacum argentatum*, stříbro třaskavé, stříbran ammonatý.
Knaulgras, *dactylis glomerata*, kluběnka uzlitá, palečník chocholatý, řiznačka obecná.
Kniebandschnallen, přesky podpínkové.
Knie-rauchröhren, dýmnice kolínkové; —**röhren,** trouby kolenové.
Knistergold *v.* Flittergold.
Knoblauch, *herba alliariae*, česnek, dryak selský; —**gamander** *v.* Lachenknoblauch; —**öl,** *oleum allii sativi*, olej česnekový, silice česneková; —**samen,** *semen alliariae*, semeno česnekové; —**wurzel,** *radix allii*, cibule česneková.
Knochen, schwarzgebrannte, Knochenschwarz, Knochenkohle, Spodium, Beinschwarz, *ebur ustum nigrum*, čerň kostní, kosť pálená, černé nic, uhel kostní, uhel živočišný; — **weißgebrannte,** Knochenerde, *ebur ustum album, terra animalis, ossa calcinata*, pálená kost bílá, země kostní.
Knochen-gallerte, Knochenleim, Gelatine, rosol kostní, huspenina kostní, klih kostní; —**mehl,** moučka kostní.
Knochenöl, olej kostní; — **brandiges** *v.* Hirschhornöl, stinkendes.
Knochen-säure *v.* Phosphorsäure; —**schwarz** *v.* Beinschwarz; —**stein** *v.* Beinbruch.
Knöpfe, knoflíky; — beinene, k. koštěné; — hölzerne mit Zwirn, Seide, Wolle oder Ähnlichem überzogen, k. dřevěné potažené nitěmi, hedvábím, vlnou n. p.; — hörnerne, k. rohové; — plattirte, k. pla-

tované (vykládané); — vergoldete, k. pozlacené; — versilberte, k. postříbřené.

Knopfrosen, Essigrosen, Zuckerrosen, *flores rosarum rubrarum*, květ růže cukrové.

Knoppern, *caliculae quercus, gallae hungaricae*, borky, dubinky, šišky dubové, kotvičky; —**extrakt,** výtah borkový neb dubinkový; —**terzen,** třetiny borkové, terce borkové.

Koaks, abgeschwefelte Steinkohlen, koak, koks, uhlina; —**ofen,** kamna na koak.

Kobalt, *cobaltum metallicum*, ďasík, kobalt; — oxydirtes *v.* Kobaltoxyd; —**acetat** *v.* Kobaltoxydul, essigsaures; —**arsen** *v.* Speiskobalt; —**arsenat,** *v.* Kobaltoxydul, arseniksaures; —**blau,** Chemischblau, *ultramarinum cobalti*, modř kobaltová neb ďasíková; —**blüthe,** Kobaltarsenik; *cobaltum arsenicicum*, květ kobaltový neb ďasíkový, arséničnan kobaltnatý; —**chlorür** *v.* Kobaltoxydul, salzsaures; — —**erz** *v.* Speiskobalt; —**grün,** Rinmannsgrün, zeleň rinmanská, kobaltová neb ďasíková; —**hydrochlorat** *v.* Kobaltoxydul, salzsaures; —**hyperoxyd** *v.* Kobaltoxyd; —**kalch** *v.* Kobaltoxydul; —**karbonat** *v.* Kobaltoxydul, kohlensaures; —**muriat** *v.* Kobaltoxydul, salzsaures; —**nitrat,** *v.* Kobaltoxydul, salpetersaures; —**oxyd,** *cobaltum oxydatum, oxydum cobalti*, kysličník kobaltitý.

Kobaltoxydul, Kobaltkalch, *cobaltum oxydulatum, calx cobalti*, kysličník kobaltnatý; — **arseniksaures,** Kobaltarsenat, Kobaltblüthe, *cobaltum arsenicicum, arsenas cobalti, flores cobalti*, arséničnan kobaltnatý, květ kobaltový; — **essigsaures,** Kobaltacetat, *cobaltum aceticum, acetas cobalti*, octan kobaltnatý; — **kohlensaures,** Kobaltkarbonat, *cobaltum carbonicum, carbonas cobalti*, uhličitan kobaltnatý; — **oxalsaures,** Kobaltoxalat, *cobaltum oxalicum, oxalas cobalti*, šťovan kobaltnatý; — **salpetersaures,** Kobaltsalpeter, Kobaltnitrat, *cobaltum nitricum, nitrum cobaltum, nitras cobalti*, dusičnan kobaltnatý, ledek kobaltový; — **salzsaures,** Kobaltchlorür, Kobaltmuriat, Chlorkobalt, hydrochlorsaures oder chlorwasserstoffsaures Kobaltoxydul, *cobaltum muriaticum, hydrochloras cobalti, murias cobalti, cobaltum hydrochloricum*, chlórid kobaltnatý; — **salzsaures flüssiges,** Kobaltmuriatlösung, sympathetische Tinte, *cobaltum hydrochloricum liquidum, liquor cobalti muriatici, atramentum sympatheticum*, roztok chlóridu kobaltnatého, sympathetický inkoust; — **sauerkleesaures** *v.* Kobaltoxydul, oxalsaures; — **schwefelsaures** oder vitriolsaures *v.* Kobaltvitriol.

Kobalt-salpeter *v.* Kobaltoxydul, salpetersaures; —**sauerkleesalz** *v.* Kobaltoxydul, oxalsaures; —**sulphat** *v.* Kobaltvitriol; —**ultramarin** *v.* Kobaltblau; —**vitriol,** schwefelsaures Kobaltoxydul, Kobaltsulphat, *vitriolum cobalti, cobaltum sulphuricum, sulphas cobalti, vitriolum roseum*, skalice červená neb kobaltová, síran kobaltnatý.

Kochenille, *coccionella, grana coccionellae*, kokcinela, kočinel, čer-

vec americký, kočenil; — **silbergraue,** *coccionella grisea,* kočenil stříbrošedý; — **schwarze,** *coccionella nigra,* kočenil černý.
Kochenilleammoniak, ammoniak kočinelový; — auf Seide, a. kočenilový na hedvábí; — auf Wolle, a. kočinelový na vlnu.
Kochenille-käfer, Marienkäfer, Samenkäfer, Herrgottsvöglein, *coccinella septempunctata,* bedruňky, slunéčka sedmitečková, kočenil český; —**lack,** lak kočenilový.
Koch-röhre, trouba k vaření; —**salz,** Küchensalz, salzsaures Natron, Chlornatrium, Natriumchlorid, Sodammriat, *sal muriaticus seu culinare, natrum hydrochloricum, chloretum natrii, murias sodae seu natricus, soda hydrochlorica, alkali minerale muriaticum,* sůl kuchyňská neb povarná, chlórid sodnatý; —**zucker** *v.* Bastardzucker.
Kockelskörner *v.* Fischkörner.
Kodein, *codeinum,* kodein, uspalina.
Kodille *v.* Berg.
Kodymrost, Kodymovo vyhřívadlo na vodu.
Kofferschloß, zámek ke kufru.
Kognak, kognac, koňak, kořalka koňacká, vínovice, kořalka vinná.
Kohle, gemischte, uhlí smíšené.
Kohlen-blau, modř uhelná; —**chlorid** *v.* Chlorkohlenstoff, anderthalb; —**hydriod** *v.* Jodoform; —**krücke,** Schüreisen, pohrabáč; —**platin** *v.* Platinmohr; —**schaufel,** lopata na uhlí, uhelní lopata; —**stickstoffsäure** *v.* Pikrinsäure; —**stoffschwefel,** Kohlensulfid, Schwefelkohlenstoff, Schwefelalkohol, *carburetum sulphuris, sulphidum carbonicum, sulphuretum carbonei, alkohol sulphuris,* sírouhlík, sirník uhličitý; —**sulfid** *v.* Kohlenstoffschwefel; —**superchlorür** *v.* Chlorkohlenstoff, anderthalb.
Kohlenwasserstoff, doppeltschwefelwasserstoffsaurer *v.* Merkaptan; — zweifünftel *v.* Naphthalin.
Kohlrabi in der Erde *v.* Unterkohlrabi; — ober der Erde *v.* Oberkohlrabi.
Kokkulin *v.* Pikrotoxin.
Kokons, zámotky, kokony.
Kokosnuß, *nuces cocos,* kokos, ořech indianský.
Kokosnußöl, *oleum nucum cocos,* olej kokosový; —**sodaseife,** *sapo olei nucum cocos cum soda,* mýdlo kokosové sodnaté.
Kokumbutter *v.* Mangostanöl.
Kolatschenblech, plech koláčový, plech na koláče.
Kolatschenschaufel, lopatka na koláče; — eckige, l. na koláče hranatá; — große, l. na koláče velká; — kleine, l. na koláče malá; — runde, l. na koláče okrouhlá.
Kolatschenthon, hlinka koláčová neb v koláčích.
Kolchicin, *colchicinum,* kolchicin, ocúnovina.
Kolherrinde, *cortex colher,* kůra kolherová.
Kolkothar, Todtenkopf, rothes Eisenoxyd, Kesselbraun, Eisenroth, Eisenkalk, Vitriolerde, Vitriolroth, *colcothar vitrioli, caput mortuum, fer-*

rum oxydatum rubrum, oxydum ferri rubrum, calx ferri, terra vitrioli, crocus martis adstringens, kolkotar, kaput mortuum, kysličník železitý červený, hněď kotlová, červeň vitriolová, červeň železná.

Kollinsonienwurzel, *radix collinsoniae*, kořen kollinsonový.

Kollodium, *collodium*, klihovka, kollodion, kollodium.

Kölnerwasser, Kölnischwasser, vodička kolínská; — extrafein, v. kolínská nejlepší; — fein, v. kolínská lepší; — mittelfein, v. kolínská naddobrá.

Kölnisch-braun, hněď kolínská; —**gelb,** žluť kolínská.

Kolocynthin, *colocynthinum*, hořčina kopvová neb kolokvintidová, kolocyntin.

Kolombium *v.* Tantal.

Kolonialzucker, cukr kolonialní neb osadnický.

Kolophonium, Geigenharz, *colophonium, pix colophonia*, kalafuna, smola řecká; — braunes, dunkles, kalafuna hnědá; — helles, durchsichtiges, kalafuna světlá, průhledná.

Koloquinten, Purgierparadiesäpfel, *colocynthides, poma colocynthidum*, kolokvintidy, kolokvinty, kopvy, cibule mořské neb řecké, tykvice zámořské, rajská jablka; —**extrakt,** *extractum colocynthidum*, výtah kolokvintidový neb kopvový; —**samen,** *semen colocynthidum*, semeno kolokvintidové neb kopvové, jadérka kolokvintová.

Kolumbin, *columbinum*, kolumbin, hořčina kolumbová.

Kolumbowurzel, *radix columbo*, kořen kolombový čili kolumbový; —**extrakt,** *extractum columbo*, výtah kolombový.

Komptonienwurzel, *radix comptoniae*, kořen postopčákový.

Konessirinde *v.* Oleanderrinde.

Königinnenwasser *v.* Salpeterschwefelsäure.

Königs-blau, šmolka královská; —**chinarinde** *v.* Chinarinde;

Königsfarrnwurzel, *radix osmundae regalis*, kořen podezřeňový; —**extrakt,** *extractum osmundae regalis*, výtah podezřeňový.

Königs-gelb, žluť královská; —**holz,** *lignum regium*, angl. *Royal wood*, dříví královské; —**kerze,** Himmelbrand, Kerzenkraut, Wollkraut, *herba verbasci seu candelae regis*, svíce královská, chvost volový, divizna, divoké koření.

Königskerzenblüthen, *flores verbasci, pulmonariae vaccarum, gordolobae sculanariae*, květ diviznový, thé diviznové.

Königs-liqueur, likér královský; —**mehl,** mouka královská; —**wasser,** salpetersaure Salzsäure, Goldscheidewasser, *aqua regis s. regia, acidum nitricomuriaticum*, lučavka královská, voda královská; —**weiss** *v.* Wismuthweiss.

Koniin, *coniinum*, bolehlavovina, koniin.

Konstantinquelle, Gleichenberger, voda Konstantinova Gleichenberská.

Kontrajerwa *v.* Bezoarwurzel.

Konzeptpapier, papír konceptní.

Kopaiva-balsam v. Balsam, kopaischer; **—öl,** *oleum copaivae*, olej kopaivový, silice kopaivová; **—kapseln,** *capsulae cum balsamo copaivae*, kloboučky kopaivové.

Kopal, Pankopal, *gummi copal*, kopál; — afrikanischer, *g. copal africanum*, k. africký; — Angola, *g. copal Angola*, k. angolský; — australischer, *g. copal australe*, k. australský; — Benguela, *g. copal Benguela*, k. benguelský; — Manilla, *g. cop. Manilla*, k. manillský; — ostindischer, *g. cop. ostindicum*, k. východoindský; — Salem, *g. cop. Salem*, k. salemský; — Sierra Leona, *g. cop. Sierra Leona*; k. sierraleonský; — westindischer, *g. cop. Indiae occidentalis*, k. západoindský; — Zangibar, *g. cop. Zangibar*, k. zangibarský.

Kopalcherinde, *cortex copalche*, kopalke, kůra kopalke.

Kopalesienrinde, *cortex copalesiae*, kopalesia, kůra kopalesová.

Kopallack, Kopalfirniß, *vernix copal*, lak kopálový, fermež kopálová, pokost kopalový; — **brauner,** l. kopálový hnědý; — **hellbrauner,** l. kopálový světlohnědý; — **weißer,** l. kopálový bílý.

Köper, kepr (látka bavlněná).

Kopf-kohl, zelí hlávkové, hlavatice; **—rübe** v. Weißrübe; **—salat,** arabischer braungelber, hlávkový salát arábský hnědožlutý; — asiatischer, weißgelber, hlávkový salát asiatský běložlutý; **—zellerie,** Knollenzellerie, celer hlávkový.

Kopiertinte, inkoust přejímací.

Korall, rother, rothe Korallenzinken, *corallium rubrum*, korál červený, kámen korálový červený; — **weißer,** Augenkorall, *corallium album*, *madrepora occulata*, korál bílý.

Korallen, *corallia*, korály; **—flechte,** Korallenmoos, Flechtenkoralle, *corallina officinalis*, *muscus corallinus*, koralina; **—wurzel** v. Zahnwurzel, Engelsüß.

Korbfeigen, fíky v koších.

Kordeln, kordle; **—spitzen,** krajky kordlové.

Kordovawachs (*cirage de Cordova*), vosk kordovský (na obuv).

Korduan, Cordovan, kordoban, kordovan, korduan; — glatter, k. hladký; — rauchschwarzer, k. černý; — türkischer, k. turecký.

Koriander, Schwindelkörner, *semen coriandri*, koryandr, anýz stěničný, semeno kyšnecové; — **kandirter,** koryandr ocukrovaný; — **schwarzer** v. Kümmel, schwarzer.

Korianderöl, *oleum coriandri*, silice koryandrová.

Koridalin, *coridalinum*, koridalin.

Korinthen, kleine Rosinen, zantische Weinbeeren, *passulae minores, corinthiacae*, řecké víno, hrozinky malé, viněnky zantické; — **fizilianische,** sizilianische Weinbeeren, Corinthen Lipari, viněnky sicilské.

Korinthenwein, víno viněnkové.

Korkbohrer, korkovrt.

Korke, Stöpsel, Pfropfen, *suberes*, *epistomia*, zátky korkové.

Kork-holz, Pantoffelholz, Sohlenholz, *lignum suberis*, korek, korka, dřevo pantoflové; — nicht wurmstichiges, korek nečervivělý; —**kohle,** Spanischschwarz, *nigrum hispanicum*, čerň španělská, uhlí z korky; —**säure,** *acidum subericum*, kyselina korková; —**sohlen,** podešve korkové.

Korn-auszug, žitná výražka; —**blumen,** *flores cyani*, *hermines*, *aubifoniae seu baptisecculae*, květ chrpový, modrákový, světlákový, sinokvětový neb nevazový; —**brand** *v.* Mutterkorn; —**branntwein,** Getreidebranntwein, Fruchtbranntwein, *spiritus frumenti*, kořalka samožitná; —**brodmehl,** žitná mouka chlebová.

Kornelldürlitze, Kornellkirschen *v.* Hornstrauch.

Körner, molukkische *v.* Purgierkörner.

Körnerlack *v.* Lack in Körnern.

Korn-kleien, žitné otruby; —**leder,** kůže zrnatá; —**pulver,** střelný prach zrnitý.

Kornrade, Kornnelke, Ackerkümmel, *herba githaginis*, *nigellastri seu lolii officinarum*, koukol, tetřice; —**samen,** *semen githaginis*, semeno koukolové; —**wurzel,** *radix githaginis*, kořen koukolový.

Kornrose *v.* Feldmohn.

Kossoblüthen, *cousso*, *flores cosso*, kosso, kusso.

Kostenkraut *v.* Ferkelkraut.

Kostwurz, bitterer, *radix costi amari*, kořen kostu hořkého, kost hořký; — **süßer,** *radix costi dulcis*, kořen kostu sladkého, kost sladký.

Kostwurzrinde, *cortex radicis costi*, kůra kořene kostového, kůra kostová.

Koth-bürste, kartáč na bláto; —**schaufel,** záblatník.

Kotton *v.* Kattun.

Kotze, houně.

Koumarin, Tonkakampfer, *cumarinum*, kumarin.

Kourbarilharz *v.* Anime.

Kraft-kraut *v.* Wurmfarrnkraut; —**mehl** *v.* Stärkmehl; —**nüsse** *v.* Pineolen.

Kraftwurzel, amerikanische *v.* Ginseng; — **indianische,** *radix ninsi seu ninsing*, ninsing.

Krähaugen *v.* Brechnuß.

Krähenfuß, ruellischer, krähenfußartiges Löffelkraut, *herba coronopi repentis seu nasturtii verrucosi*, řeřicha bradavičnatá.

Kramerienwurzel *v.* Ratanhia.

Kramerzwecken, cvočky kramářské.

Krammetbeeren *v.* Wachholderbeeren.

Krampfdistel, Eselsdistel, Krebsdistel, *herba onopordi*, *acanthii*, *cardui tomentosi seu spinae albae*, akant, trubil, trubilí, ostropes, osloprd; —**samen,** *semen cardui tomentosi*, semeno trubilové n. akantové; —**wurzel,** *radix cardui tomentosi*, kořen trubilový neb akantový.

Krän *v.* Meerrettig.
Kranz-blech, plech pletencový, plech na pletence; **—feigen,** fíky čili smokvy ve věncích, fíky navlíknuté, navlíkané; **—hobel,** hoblík věncový, věnec.
Krapp, Alisari, Färberröthe, Färberwurzel, *radix rubiae tinctorum seu alizari,* mořena, kořen mařenkový, mořenový n. brotcový, koření červené, alizari; — Avignoner, mořena avenionská; — elsaser, m. alsacká; — französischer, m. francouzská; — gemahlener, m. mletá; — holländischer o. seeländer, m. holandská; — smyrner o. levantiner, m. smyrnská neb levantská.
Krapplack, krystallisirter, lak mořenový hlacený; — für Maler, lak mořenový malířský.
Krapp-purpur, Oxylizarinsäure, purpur mořenový, kyselina oxylizarová; **—roth,** Alizarin, *alizarinum,* mořenovina, červeň mořenová, alizarin.
Kratzbürste, drátěná štětka.
Kratzelbeeren *v.* Brombeeren.
Kraus-distel *v.* Mannstreu; **—eisen,** cejn, cejnek.
Krauseműnze, *herba menthae crispae,* máta kadeřavá, kučeračka, balšínek, balšán kudrnatý; **—liqueur,** likér mátový n. balšínkový; **—öl,** *oleum menthae crispae,* silice balšínková neb máty kadeřavé; **—zelteln,** pekáčky mátové.
Krauskohl, Federkohlsamen, semeno kadeřákové, strapačkové n. kapusty kadeřavé č. strapaté.
Kräuter, Lieber'sche, thé liberské; **—alopp,** míza neb šťáva bylinná; **—bonbons,** bonbony neb cukerky bylinné; **—einschlag,** bylinná úprava; **—magenöl,** olej bylinný pro žaludek; **—pomade,** pomáda bylinná neb z bylin; **—seife,** mýdlo bylinné; **—zahnpulver,** rostlinný prášek na zuby.
Kravatte, nákrčník.
Kreatin, *kreatinum,* kreatin.
Kreatinin, *kreatininum,* kreatinin.
Krebs-augen, Krebssteine, *oculi seu lapides cancrorum,* oka račí, rakůvky, žernovky račí; **—distel** *v.* Krampfdistel; **—schwanz,** zadek račí; **—steine** *v.* Krebsaugen.
Kreide (kohlensaure Kalkerde), *creta alba,* křída bílá (uhličitan vápenatý); — Bologneser, k. boloňská; — dänische, k. dánská; — geschlemmte, Schlemmkreide, k. vyplavená; — Köllner, k. kolínská; — schwarze, Zeichnenschiefer, schwarzer Kreideschiefer, *creta nigra, nigrica fabrilis,* k. černá; — spanische *v.* Speckstein; — in Stangen, Stangenkreide, k. řezaná, v roubíčkách; — in Stücken, k. v kusech; — vicentiner, k. vlaská.
Kreidnelken *v.* Gewürznelken.
Kremserweiß, *cerussa cremesia, v.* Bleiweiß, Kremser.
Kreosot, *creosotum,* smudina, kreosot; — krystallisirtes *v.* Karbolsäure.

Kreosot-natron, natron kreosotový; **—wasser,** *aqua creosoti*, voda kreosotová.

Krepe, krep; **—tuch,** šátek krepový.

Kresse, Gartenkresse, *herba nasturtii hortensis seu lepidii sativi*, řeřícha zahradní, vesnovka.

Kressensamen, *semen nasturtii hortensis*, semeno řeřichy zahradní.

Kreuz-axt, kříž, teslík; **—band,** závěsa křížová.

Kreuzbeeren, Gelbbeeren, Kreuzdornbeeren, *baccae spinae cervinae*, fr. *graines d'Avignon*, bobule řešetlákové, řešetlačky, bobky aviňonské, zrna aviňonská; — persische, řešetlačky persické, bobule perské; — ungarische oder schwarze, *baccae spinae cervinae nigrae seu rhamni cathartici*, řešetlačky uherské neb černé.

Kreuz-beerextrakt, *extractum spinae cervinae*, výtah řešetlákový; **—blech,** plech křížový.

Kreuzblumen-wurzel, Bitteramsel, Bitterkraut, Kreuzwurzel, *radix polygalae amarae*, kořen vítodový, křížkový, pětiprsticový, vstavače menšího neb květu křížového; **—extrakt,** *extractum polygalae amarae*, výtah vítodový neb křížkový.

Kreuz-brunn, Marienbader, křížovka z Marianských lázní, křížovka marianská; **—dornbeeren** *v.* Kreuzbeeren; **—enzianwurzel,** *radix gentianae cruciatae*, kořen prostřelencový neb hadovníkový, kořen hořcový menší; **—häringe,** slanci křižáci.

Kreuzkraut *v.* Baldgreis; — gelbes *v.* Balantie.

Kreuzspitze, gestählte, špic křížový ocelovaný.

Kriechbohne, bob planý.

Kronchinarinde *v.* Chinarinde.

Kronen-blech, plech korunní; **—rasch,** raš korunní; **—tuch,** šátek korunkový.

Kronerbsen, Straußerbsen, hrách kytkovitý; **—wicke** *v.* Skorpionsenne.

Kropfklette, Spitzklette, Bettlerlaus, *herba lappae sive bardanae minoris seu xanthii*, lupen menší, durkoman, řepík menší.

Kropfkletten-samen, *semen lappae minoris*, semeno lupenu menšího, žebrácké vši; **—wurzel,** *radix lappae minoris seu xanthii*, kořen durkomanový neb lupenu menšího.

Kropf-pulver, prášek proti tlustému krku, prášek proti voleti; **—schwamm,** *spongia in fragmentis*, hubky pro vole; **—stein,** Schwammstein, *lapis spongiarum*, kámen houbový n. pro vole; **—wurzel** *v.* Braunwurzel, Engelsüß.

Krotonöl, *oleum crotonis seu tiglii*, olej krotonový neb tigliový.

Krumm-eisen, chromořezka; **—holzöl,** Templinöl, *oleum templinum*, olej templinský neb kosodřevinový; **—kümmel,** *semen hypecoi*, semeno hypekojské.

Kryptokariarinde *v.* Rinde, edle.

Krystall-firniß, pokost krystalový; **—glas,** sklo krystalové.

Krystallin *v.* Anilin.

Krystallsalz *v.* Steinsalz.

Kubeben, Kumuk, Kubebenpfeffer, Schwanzpfeffer, Schwindelkörner, *cubebae, piper caudatum seu cubebarum*, kubeby; —**extrakt,** ätherisches, *extractum cubebarum aethereum*, výtah kubebový étherový; —**öl,** *oleum cubebarum*, silice kubebová.

Kubebin, *cubebinum*, kubebin.

Küchensäge, pila kuchyňská; —**arm,** rameno k pile kuchyňské.

Küchensalz *v.* Kochsalz.

Küchenschellenkraut, Osterblume, *herba pulsatillae vulgaris, nolae culinaris, caudae vulpis seu sardoae*, kuchyňský zvonek, svaté koření, půlzlatník, koniklec, větrnice, růžička, boží fousky, černá zelina, denní sen, fousek; —**extrakt,** *extractum pulsatillae*, výtah koniklecový neb větrnicový.

Kuckucksblume *v.* Kardamine.

Kudbear *v.* Persio.

Kugel-blumenblätter, *folia globulariae*, list kulenkový; —**distel,** *herba echinopis, sphaerocephali seu crocodilii*, římský trn, domnělý bílý trn, bělotrn; —**lack,** venetianer Lack, Fernambuklack, *lacca in globulis seu globulata*, lakové kuličky, lak benátský, fernambukový neb kulový.

Kuh-blume *v.* Butterblume; —**bürste,** kartáč kravský; —**gewürz,** koření kravské neb pro krávy; —**haardecke,** houně z kravské srsti; —**haut,** kůže kravská, kravina; —**hörner,** rohy kravské neb kravčí; —**hornsamen** *v.* Bockshornsamen; —**kette,** řetízek kravský, vazák kravský; —**kraut** *v.* Bingelkraut.

Kuhleder, braunes, kravina hnědá; — **schweres,** wasserdichtes, k. těžká, nepromočitelná.

Kukubalkraut, Ohrlöffelkraut, *herba cucubali, viscaginis seu otitis*, silenka ušnice.

Kukuruz *v.* Mais.

Kulilaban-öl, *oleum culilabani*, silice kulilabanová neb kulilavanová; —**rinde,** Bitterzimmt, *cortex culilabani*, skořice kulilabanová, kulilavanová neb hořká.

Kumatsch, kumáč (bavlněná látka).

Kumin *v.* Kümmel; —**liqueur,** likér kmínový římský, likér kuminový; —**öl,** *oleum cumini*, silice kumínová neb kmínová římská.

Kümmel, Karbe, *semen carvi*, kmín, kmín luční; — **römischer,** Mutterkümmel, Haberkümmel, Kumin, *semen cumini*, kmín římský, dlouhý neb krámský; — **schwarzer,** Schwarzkümmel, schwarzer Koriander, Nardensamen, *semen nigellae seu melanthii*, kmín černý, semeno černuchové, koliandr římský.

Kümmel-branntwein, kořalka kmínová, kmínovka; —**geist,** líh kmínový; —**liqueur,** likér kmínový.

Kümmelöl, *oleum carvi*, olej kmínový, silice kmínová; — **römisches,** *oleum cumini*, silice kmínová římská, olej kminu římského.

Kümmel-rosoglio, rosolka kmínová; —**wasser**, *aqua carvi*, kmínka, voda kmínová.

Kummetbeschlag, kování na chomout; — glattes, k. hladké; — mit Rössel, k. s koníčkem.

Kummet-haken, háček do chomoutu; —**spitzen**, špičky k chomoutu, špičky chomoutní.

Kumuk v. Kubeben.

Kundaöl v. Karapaöl.

Kunigundenkraut v. Alpkraut.

Kupfer, *cuprum, venus, aes*, měď; — **gebranntes** oder geschwefeltes, einfach Schwefelkupfer, Kupfersulphurat, *aes ustum, cuprum sulphuratum, sulphuretum cupri*, měď pálená, sirník měďnatý; — **hammergahres**, měď vydělaná; — **oxydirtes** v. Kupferoxyd; — **oxydulirtes** v. Kupferoxydul.

Kupferacetat v. Grünspan, destillirter; — **basisches** v. Grünspan.

Kupfer-alaun, göttlicher Stein, *alumen cupricum, lapis divinus, cuprum aluminatum*, kamenec měděný, božský kámen, hlinitan měďnatý, aluminat měďnatý; —**ameisensalz** v. Kupferoxyd, ameisensaures.

Kupferammoniak v. Ammoniakkupfer; — **salzsaures** v. Kupfersalmiakblumen; — **schwefelsaures** v. Ammoniakkupfer.

Kupfer-arsenat, arsensaures Kupferoxyd, *cuprum arsenicicum, arsenas cupri*, arséničnan měďnatý; —**arsenik**, arseniksaures Kupferoxyd, *cuprum arsenicosum, arsenias cupricus*, arsénan měďnatý; —**asche**, Kupferoxyd, Kupferhammerschlag, Kupferkalch, Kupfermohr, *cinis aeris seu cupri, oxydum cupri, cuprum oxydatum, squama aeris, aethiops cupri*, popel měděný, kysličník měďnatý, okuje měděné, mouřenín měděný; —**blau** v. Bergblau; —**blech**, plech měděný.

Kupferchlorid v. Chlorkupfer; —**ammoniumlösung** v. Kupferoxydammoniak, salzsaures flüssiges.

Kupfer-chlorür, salzsaures Kupferoxydul, *cuprum hydrochloricum oxydulatum, oxydulum cupri muriatici, resina cupri, murias cupri oxydulati*, chlórid mědičnatý; —**cyanuret**, Cyankupfer, blausaures Kupferoxyd, *cyanuretum cupri, cuprum cyanatum, hydrocyanas cupri*, kyanid měďnatý; —**draht**, drát měděný; —**grün** v. Berggrün; —**hammerschlag** v. Kupferasche; —**joduret** v. Jodkupfer; —**kalch** v. Kupferasche; —**krystalle** v. Grünspan, destillirter; —**mohr** v. Kupferasche; —**muriatammoniakliquor** v. Kupferoxydammoniak, salzsaurer; —**nitroferrocyanid** v. Nitroprussidkupfer; —**oxalat** v. Kupferoxyd, oxalsaures.

Kupferoxyd v. Kupferasche; — **ameisensaures**, Kupferoxydformat, Kupferameisensalz, *cuprum formicicum, formas cupri*, mravenčan měďnatý; — **arseniksaures** v. Kupferarsenat; — **arsensaures** v. Kupferarsenik; — **blausaures** v. Kupfercyanuret; — **chlorwasserstoffsaures** v. Chlorkupfer; — **chromsaures**, Kupferoxydchromat, *cuprum chromicum, chromas cupri*, chróman měďnatý; — **chromsaures, ammoniakalisches**, Kupferoxydammoniakchromat, *ammo-*

nium cuprico-chromicum, chróman ammonato-měďnatý; — **cyanwasserstoffsaures** *v.* Kupfercyanuret; — **eisenblausaures**, einfaches Cyaneisenkupfer, *cuprum ferro-hydrocyanicum*, *ferro-hydrocyanas cupri*, *hydrocyanas ferri et cupri*, ferrokyanid měďnatý, hněď Hatchettova; — **essigsaures** basisches *v.* Grünspan; — — neutrales *v.* Grünspan, destillirter; — **hydrochlorsaures** *v.* Chlorkupfer; — **hydrocyansaures** *v.* Kupfercyanuret; — **hydrojodsaures** *v.* Jodkupfer; — **jodwasserstoffsaures** *v.* Jodkupfer; — **kohlensaures**, *cuprum carbonicum*, *carbonas cupri*, uhličitan měďnatý; — **kohlensaures natürliches**, Malachit, *carbonas cupri nativus*, *cinis viridis*, uhličitan dvojměďnatý, malachit; — **oxalsaures** oder sauerkleesaures, Kupferoxalat, *cuprum oxalicum*, *oxalas cupri*, šťovan měďnatý; — **phosphorsaures**, Kupferphosphat, *cuprum phosphoricum*, *phosphas cupri*, fosforečnan měďnatý; — **salpetersaures**, Kupfersalpeter, Venussalpeter, *cuprum nitricum*, *nitras cupri*, dusičnan měďnatý; — **salzsaures** *v.* Chlorkupfer; — **salzsaures ammoniakalisches** *v.* Kupfersalmiakblumen; — **sauerkleesaures** *v.* Kupferoxyd, oxalsaures; — **schwefelsaures** *v.* Kupfervitriol; — **schwefelsaures ammoniakalisches** *v.* Ammoniakkupfer.

Kupferoxydammoniak, salzsaures *v.* Kupfersalmiakblumen; — **salzsaures flüssiges**, *cuprum ammoniato-muriaticum liquidum*, *liquor cupri ammoniato-muriatici*, *aqua antimiasmatica*, chlórid měďnato-ammonatý tekutý, ammonatý roztok chlóridu měďnatého; — **schwefelsaures** *v.* Ammoniakkupfer.

Kupferoxydammoniakchromat *v.* Kupferoxyd, chromsaures ammoniakalisches.

Kupferoxydchromat *v.* Kupferoxyd, chromsaures.

Kupferoxydformat *v.* Kupferoxyd, ameisensaures.

Kupferoxydul, Kupfersafran, *cuprum oxydulatum*, *oxydulum cupricum*, *crocus veneris*, kysličník mědičnatý; — **salzsaures** *v.* Kupferchlorür.

Kupferphosphat *v.* Kupferoxyd, phosphorsaures.

Kupferroth, barva mědná neb měděná.

Kupfer-safran *v.* Kupferoxydul; —**salmiak** *v.* Ammoniakkupfer.

Kupfersalmiakblumen, salzsaures Kupferoxydammoniak, salzsaures Ammoniakkupferoxyd, *flores salis ammoniaci venerei*, *ammonium muriaticum cupricum*, *cuprum ammoniato-muriaticum*, *murias ammonico-cupricus*, květ salmiaku měďného, chlórid ammonato-měďnatý.

Kupfersalpeter *v.* Kupferoxyd, salpetersaures; —**salz**, blaues *v.* Kupfervitriol; —**sulphat** *v.* Kupfervitriol; —**sulphuret** *v.* Kupfer, gebranntes; —**vitriol**, schwefelsaures Kupferoxyd, Kupfersulphat, blaues Kupfersalz, Blaustein, Zyperitriol, blauer oder zyprischer Vitriol, *vitriolum cupri seu veneris*, *cuprum sulphuricum seu vitriolicum*, *sulphas cupricus*, *vitriolum coeruleum*, *cyprium*, *de Cypro seu hispanicum*, skalice modrá, síran měďnatý, nickaminek modrý,

kada, kamínek modrý, skalice cyperská nebo španělská; —**wasser** *v.* Eisenvitriol, schwarzer.
Kurassao-äpfel *v.* Pomeranzenäpfel, unreife; —**liqueur,** likér kurasaový; —**schalen,** *cortex curaçao,* kůra kurasaová.
Kurbelreiber, obrtlík klikový.
Kürbis-öl, *oleum cucurbitae,* olej tykvový; —**samen,** *semen cucurbitae,* semeno tykvové neb dýňové.
Kurkasöl, Höllenöl, Cicinöl, *oleum curcas, infernale seu cicinum* olej dávivcový, pekelný neb cicinový.
Kurkume, Gelbwurzel, Gilbwurzel, Gelbsuchtwurzel, gelber Ingber, *radix curcumae seu cyperi indici,* kurkuma, zázvor žlutý, šafrán indský, ostrýš indský, žlutalka; — Barbados, kurkuma barbadská; — Bengal, k. bengálská; — chinesische, k. čínská; — Java, k. javanská; — Madras, k. madraská.
Kusparinde, *cortex cuspae, china Novae-Andalusiae,* kůra kuspová, kyna novo-andaluská.
Kutiragummi *v.* Bassoragummi.
Kutrellosamen *v.* Ramtillasamen.
Kutschenlack, pokost kočární.
Kyan *v.* Cyan.

L.

Labkraut, gelbes, Waldstroh, Frauenbettstroh, Megerkraut, *herba galii lutei,* bylina syřišťová; — **weißes,** weißes Waldstroh, *herba galii albi,* povázka, přítula (pol. przytulia).
Lablabsamen *v.* Faselbohnen.
Labradorthee *v.* Jamesthee.
Lac-Dye, Lack-Lack, *lak-dye,* lak-lak.
Lachenknoblauch, Knoblauchsgamander, *herba scordii, mithridatia vera seu chamaedryos aquaticae,* česnek planý neb vodní, ožanka česneková.
Lachs, Salm, losos; — eingesalzener, l. nasolený neb tunný; — — harter, l. uzený; — marinirter, l. nakládaný; — in Oel fr. *saumon à l'huile,* l. v oleji.
Lack, blauer *v.* Lackmus; — **florentiner,** *lacca florentina,* laka florentská; — **in Körnern,** Körnerlack, Samenlack, Gummi-Lack in Körnern, *lacca in granis,* laka zrnitá neb v zrnech; — **roher** *v.* Stocklack; — **venezianer** *v.* Kugellack; — **wiener** *v.* Wienerlack.
Lackirerschwarz, čerň lakyrská.
Lackmus, Lackmoos, blauer Lack, *lacca musci, musica s. coerulea,* rudka modrá, lakmus, mláč; —**papier,** papír lakmusový neb mláčený; —**tinktur,** *tinctura laccae musicae,* tinktura lakmusová.

Lackpapier, wasserdichtes, lakovaný papír nepromokavý.
Lacrimae Christi, slze Kristovy (druh vína).
Ladanumharz, *gummi ladanum,* ledno, ladanum; — flüssiges, *ladanum liquidum,* l. kapalné; — gewundenes, *ladanum in tortibus,* l. kroucené; — in Massa, *ladanum in massa,* l. celistvé; — in Stangen, *ladanum in baculis,* l. v roubících.
Ladenschloß, kleines, malý zámek k truhlíku.
Lahn, láno; **—gold,** lánové zlato; **—silber,** lánové stříbro.
Lait antephelique, vodička na pihy.
Lakritzensaft, Süßholzsaft, Bärendreck, *succus liquiritiae,* lekořičina, lekořice; — abruzzer, l. abruzská; — kalabreser, l. kalabreská; — levantiner, l. levantská; — mährischer, l. moravská.
Lak-tolin, *lactolinum,* laktolin; **—tukarium** *v.* Lattigbitter.
Lama, lama (druh bohatých látek); **—wolle,** vlna vikuní.
Lamm-fell, berančina, kůže beránčí neb jehněčí, jehnětina; **—wolle,** vlna jehněčí.
Lamotte'sche Goldtropfen *v.* Schwefeläthergeist, eisenhaltiger.
Lampe, lampa, kahan; — argandische, l. argandská; — chemische, l. lučebnická neb chemická.
Lampendocht, knot lampový.
Lamprete, okatice, lampetra.
Landwolle, vlna venkovská.
Langhohlwurz *v.* Osterluzei, lange.
Lappenscheere, nůžky ploskaté.
Laserkraut-samen, Hirschwurzelsamen, *semen seselcos aethiopici seu laserpitii albi,* semeno lazurkové neb hladýšové; **—wurzel** *v* Enzian, weißer.
Lasting, lasting (látka vlněná).
Lasur-blau *v.* Bergblau; **—stein,** Meißnerblau, blauer Zeolith, Azurstein, *lapis lazuli, lapis armenus,* lazur, modřec, modř míšenská, kámen armenský, kámen lazurový.
Lattennagel, hřebík laťovný neb tesařský, laťovák, latník, latovník, latovec (*moravsky:* pořák); — halber, poloulatovník, poloulaťový hřebík.
Lattig, Gartenlattig, Gartensalat, *herba lactucae sativae,* locika zahradní, salát hlávkový neb kolovratský.
Lattigbitter, deutsches, *lactucarium germanicum,* šťáva lociková, locikovina německá; — **englisches,** *lactucarium anglicum,* locikovina anglická; — **französisches,** Tridace, *lactucarium gallicum,* locikovina francouzská.
Lattigsamen, *semen lactucae sativae,* semeno lociky zahradní, salátu hlávkového neb kolovratského.
Latwerge, *electuarium,* lektvař.
Laubgrün, grüner Zinnober, *cinnabaris viride,* zeleň listová, cinobr zelený; — dunkles, z. listová tmavá; — halbdunkles, z. listová polotmavá; — lichtes, z. listová světlá.

Laubsäge, obloučnice, obloučková pila.
Lauge, alkalische, zerflossenes Kali, Kaliöl, Weinsteinöl, *liquor kali carbonici, oleum tartari per deliquium, liquor nitri fixi,* louh alkalický, kali rozpuštěné, olej tartarový; — **ätzende** *v.* Ätzlauge; — **javellische** *v.* Wasser, javellisches.
Laugensalz, arsenikalisches flüchtiges *v.* Ammoniak, arsensaures; — **ätzendes** oder feuriges *v.* Kali, ätzendes; — **bernsteinsaures** flüchtiges *v.* Ammoniak, bernsteinsaures; — **blausaures,** *alkali coeruleum seu prussicum,* kyanid draselnatý, alkali modré; — **flüchtiges** *v.* Ammoniak, kohlensaures; — **mineralisches,** Mineralalkali, Natrum, spanische Soda, *soda hispanica seu cruda, alkali minerale,* alkali zemné neb mineralné, louhová sůl mineralná, sóda španělská, žíravina mineralná.
Lanssamen, mexikanischer *v.* Sabadillsamen.
Läusekörner, Steffenskörner, *semen staphidis agriae seu pituitariae,* semeno všivcové, hnidoší neb kapucínské, myší pepř, jádra všivcová, plané víno; — *v.* Fischkörner.
Lavalleinen, plátno lavalské.
Lavendel, *herba lavandulae*, lavandule, devandula, špikanard; —**blüthe,** *flores lavandulae seu spicae italicae,* květ lavandulový; —**öl,** Spiköl, *oleum lavandulae seu spicae,* silice lavandulová neb špikanardová, olej špikový neb špikanardový; —**wasser,** *aqua lavandulae,* voda lavandulová neb špikanardová.
Lavirtusch, tuš na zamývání.
Laxir-flachs *v.* Bergflachs; —**salz** *v.* Bittersalz.
Lazulinglanzstärke, škrob s lazulkou.
Lazur-schmalte, šmolka lazurová; —**stein** *v.* Lasurstein.
Lebensbaum, *folia seu herba arboris vitae,* zerav západní; —**holz,** *lignum arboris vitae,* dřevo zeravové.
Lebens-merkur *v.* Spießglanzoxydul, gefälltes salzsaures; —**pulver** *v.* Spießglanz, schweißtreibender martialischer.
Leber-aloe *v.* Aloe, leberartige; —**blümlein,** Leberkraut *v.* Edelleberkraut; —**distel** *v.* Zaunlattig; —**luftwasser** *v.* Hydrothionsäure; —**moos,** grünes, Hundsflechte, *herba cumatilis, muscus seu lichen cumatilis,* hávnatka bradavičnatá.
Leberthran, Medizinalthran, *oleum jecoris aselli,* tuk jaterní, rybí tuk léčivý, olej štikový neb rybí čistěný; —**seife,** fr. *savon d'huile de foie de morne,* mýdlo z tuku jaterního.
Leberwindblume *v.* Edelleberkraut.
Lebkuchen, Pfefferkuchen, fr. *pain d'épice,* perník.
Leccceröl *v.* Baumöl.
Leder, kůže; — gepreßtes, k. tlačená, lisovaná; — genarbtes, k. sražená; — lackirtes, k. lakovaná; — lohgares, rothgares, k. dubená; — rauhes, Rauchleder, k. neholená, huňatá; — verdichtetes, k. zhuštěná; — wasserdichtes, k. nepromokavá; — weißgares, Alaunleder, k. zámišová, kamencová.

Leder-chagrin, cápa nepravá; **—leinwand,** plátno kožovité; **—olein,** olein na kůži; **—pasta,** wasserdichte, pasta nepromočitelná na kůži; **—salbe,** mazadlo na kůži; **—zucker** *v.* Regliſſe, braune.

Legatin, Ligature, legatin (pevná látka).

Leibgummi, kopál životní.

Leim, *gluten,* fr. *colle forte,* angl. *glue,* klih; — Kölner, k. kolínský; — lichtbrauner, k. nahnědlý; — lichtgelber feiner, k. nažloutlý pěkný; — lichtgelber mittel, k. nažloutlý prostřední; — mährischer, k. moravský; — russischer, k. ruský; — schwarzer mittel, k. černý prostřední; — schwarzer ordinärer, k. černý sprostý; — weißer k. bílý.

Leim-leder, kůžen a klih; **—mistel** *v.* Mistel; **—pfanne,** pánvička na klih; **—seife** (falsch: Kernseife), mýdlo olejové k mazání, klihové; **—süß,** Leimzucker, Glycocoll, *glycocollum, saccharum gelatinium,* cukr klihový; **—tiegel,** kotlíček na klih; **—weiß,** běloba klihová.

Lein, Flachs, len.

Leindotter, Dotterkraut, Kameline, *herba camelinae,* lnice, lubilen, kazilen, tratilen, povázka ozimá, ryzec, dresnek, předlec; **—öl,** *oleum camelinae,* olej povázkový neb lnicový; **—samen,** *semen camelinae,* semeno lnicové, povázkové neb ryzcové.

Leinen-band, Zwirnband, stužka nitěná; **—damast,** damašek plátěný.

Lein-garn, lněná příze; **—gaze,** gaz lněný.

Leinkraut, Flachskraut, gelbes Löwenmaul, Frauenflachs, Flachsdotter, *herba linariae, antirrhini, urinalis, tubinariae seu osyris,* mezní čistec, květel, planý žabinec, len Matky Boží, vyžlín, zvěšinec, len Panny Marie, vrať se zase; **—blüthen,** *flores antirrhini,* květ čistcový, květelový neb len Matky Boží; **—salbe,** *unguentum linariae,* mast květelová, zvěšincová neb čistcová.

Leinkuchen, *placenta lini,* placky lněné, pokrutiny lněné.

Leinöl, *oleum lini,* olej lněný; **—geschwefeltes** *v.* Schwefelbalſam.

Leinölfirniß *v.* Firniß.

Leinsamen, Leinsaat, *semen lini,* semeno lněné; — Rigaer, semeno lněné rygavské.

Leinwand, Leinen, Linnen, Leinentuch, plátno; — appretirte, p. upravené; — bunte, gescheckte, p. strakaté, strakatina; — dichte, derbe, kernige, p. nadělané, ouděIné, dóražené; — feine, p. tenké; — gebleichte, p. bílené; — gemodelte, p. cinovaté neb cinkovaté; — gepreßte, p. stlačené; — gepuffte, p. tlučené; — gesteifte, p. kližené; — gestreifte, p. žíhované, pruhované, žíhanina, — gewichste, p. voskované; — gezogene, p. tažené; — grobe, p. hrubé, tlusté; — rohe, p. režné; — schüttere, p. řídké, hladové; — weißgarnichte, p. z bílé příze; — zwillichene, p. cvilinkové.

Leinwandhadern, hadry plátěné; — blaue, h. plátěné modré; — gemischte, h. plátěné míchané.

Leinwandprober, skoumač na plátno.

Lerchen=baumsamen, semeno modřínové; **—manna,** briançoner Manna, *manna laricina seu brigantina*, fr. *manne de Briançon*, mana modřínová čili brigantská; **—schwamm,** Löcherschwamm, *agaricus albus, boletus laricis*, agarik, houba modřínová, dřínová n. skřivánčí.

Leuchtstein, Hombergs, *phosphorus Hombergi*, světelný kámen Hombergův; **—Kantons,** *phosphorus Cantonii*, světelný kámen Kantonův; **—thierischer** *v.* Phosphor.

Leucidin *v.* Indigotin.

Levantine, levantin (hedvábná látka).

Levkoje dunkelrothe, levkoje tmavočervená; — lichtrothe, l. bledočervená; — rosenrothe, l. růžová; — weiße, l. bílá; **—blüthen** *v.* Goldlack.

Libavischer Geist, salzsaure Zinnlösung, Zinnmuriatlösung, Physik, Physikbad, *spiritus salis Libavii, liquor stanni muriatici, murias stanni liquidus, liquor Libavii*, líh Libavský, roztok chlóridu cíničitého, fysika, chlórid cíničitý voduatý.

Libidibi, libidibi.

Libret, libret (plátno knihové).

Lichensäure, Flechtensäure, Fumarsäure, Paramaleinsäure, Glauciumsäure, *acidum fumaricum, acidum paramaleinicum*, kyselina fumarová, kyselina lišejníková.

Licht, Kerze, svíce, svíčka; **—blume** *v.* Herbstzeitlose; **—blumen=honig,** *oxymel colchici*, med ocúnový; **—klemmer,** svěrátko na svíčky; **—putz,** Lichtschere, knotník, tratiknot; **—schirm,** stínidlo; **—sparer,** hospodářík, pacholík.

Liebäugel *v.* Ochsenzunge.

Liebesapfel, Paradiesapfel, *poma amoris seu paradisiaca, mala lycopersica*, jablka rajská.

Lieb=kraut *v.* Unserer Lieben Frauen Bettstroh; **—stöckel,** Badkraut, *herba levistici seu hipposelini*, libeček, vlstek, apich veliký; — **stöckelöl,** *oleum levistici*, silice libečková; **—stöckelwurzel,** *radix levistici*, kořen libečkový, vlstkový neb apichu velikého.

Ligninoxyd, salpetersaures *v.* Schießbaumwolle.

Lignon, Holzgeist, Holzalkohol, Methylenoxydhydrat, *spiritus pyroxylicus, bihydras methyleni*, lignon, hydrát kysličníku methylnatého, alkohol methylový, líh dřevěný.

Lilak *v.* Fliedersamen, spanischer.

Lilien=blüthen, weiße, *flores lilii albi*, květ lilium bílého, lilije bílé; **—konvallie** *v.* Maiblume; **—öl,** *oleum lilii*, olej lilijový; — **zwiebel,** *radix lilii albi*, cibule lilium bílého.

Limachinarinde *v.* Chinarinde.

Limettenöl, *oleum limettae*, silice limettová.

Limonade=gazeus, odlivek citronový; **—pulver,** prášek limonadový.

Limone *v.* Zitrone.

Limonienwurzel *v.* Behenwurzel, rothe.

Linden=blüthe, *flores tiliae,* květ lípový; **—kohle,** *carbo tiliae,* uhlí lípové.
Liniment, flüchtiges, *linimentum volatile,* mast těkavá.
Linon *v.* Battist.
Linsen, *semen lentis,* čočka, čočolka, šocovice.
Lippitzhonig, Lithauischer Honig, *mel polonicum,* med polský.
Liqueur, Breslauer, vratislavka, likér vratislavský; **—stöpfel,** kurze, zátky rosolkové krátké; — lange, z. ros. dlouhé.
Liquiritiensaft *v.* Süßholzsaft.
Liquor, bellostischer *v.* Quecksilberauflösung, salpetersaure; **— betäubender,** *v.* Äther, betäubender; — **schmerzstillender** *v.* Hoffmannsgeist.
Lisère, liser (hedvábná látka).
Lithensäure *v.* Harnsäure.
Lithion *v.* Lithiumoxyd. **—hydrochlorat** *v.* Lithiumoxyd, salzsaures; **—karbonat** *v.* Lithiumoxyd, kohlensaures; **—muriat** *v.* Lithiumoxyd, salzsaures; **—sulphat** *v.* Lithiumoxyd, schwefelsaures.
Lithiumoxyd, Steinalkali; *lithium oxydatum;* lithion, kysličník lithnatý; **—kohlensaures,** *lithion carbonicum, carbonas lithii,* uhličitan lithnatý; **—salzsaures,** Lithionmuriat, *lithion hydrochloricum, murias lithii,* chlórid lithnatý; **—schwefelsaures,** Lithionsulphat, *lithium sulphuricum, sulphas lithii,* síran lithnatý.
Lobelienwurzel, *radix lobeliae,* kořen chylanu čemového.
Loch=beutel, dláto čepovní; **—platte,** plát s dírou; **—säge,** zlodějka.
Löffel=bohrer, pernáč; **—kraut,** Löffelkresse, Scharbocksheil, *herba cochleariae,* lžičník, bylina lžiční; — englisches, Meerlöffelkraut, *herba cochleariae marinae,* lžičník anglický; — krähenfußartiges *v.* Krähenfuß, ruellischer; — wildes *v.* Hahnenfuß.
Löffelkraut=öl, *oleum cochleariae officinalis,* olej lžiční neb lžičníkový; **—samen,** *semen cochleariae,* semeno lžičníkové.
Loh=extrakt, tříslnice; **—terzen,** terce tříslové, třetiny dubené.
Lokomotivwinde, zdvihadlo k parovozům.
Lolch *v.* Schwindelhaber.
Lompen, Lumpenzucker (z anglického *lump* = bocheň, Klumpen), lompy (cukr bochňový), cukr lumpový.
Longshawls, dlouhé šály.
Lookharz, *resina look,* look, pryskyřice look.
Lopezwurzel, *radix lopeziana,* kořen lopezový.
Lorbeeren, *baccae lauri,* bobky.
Lorbeerblätter, *folia lauri,* list bobkový.
Lorbeeröl, destillirtes, Loeröl, *oleum laurinum destillatum,* olej bobkový destillovaný; — **ausgepreßtes,** *oleum laurinum expressum,* olej bobkový vytlačený, máslo bobkové.
Lorbeerweidenrinde, Baumwollenweidenrinde, Fieberweidenrinde, *cortex salicis laureae,* kůra mandlovková, vrby pětimužné neb hořké.

Lösch-kohle, hašené uhlí; **—korb,** košík k hašení; **—papier,** papír pijavý.
Lothgarn, příze lotová.
Löth-rohr, dmuchavka,; **—zinn,** cín letovací.
Löwenfuß *v.* Sinau.
Löwenmaul, gelbes *v.* Leinkraut; **—samen,** semeno hledíkové, lví, vlčí neb kapří huby.
Löwenzahn, Pfaffenröhrchen, Milchstöcklein, Kettenblume, *herba taraxaci, dentis leonis, seris urinariae seu altaraconis,* pleška, pampuliška, smetanka, kačinec, mléč; **—extrakt,** *extractum taraxaci,* výtah pampuliškový neb smetankový; **—wurzel,** *radix taraxaci seu dentis leonis,* kořen pampuliškový mlíčový čili smetankový.
Loxachinarinde *v.* Chinarinde.
Luccheseröl, ital. *oglio di Lucca,* olej lukský.
Luchs-fell, kůže rysí; **—stein** *v.* Donnerstein.
Ludwigs Eisentinktur, tartarisirte Eisentinktur, *tinctura Martis tartarisata,* Ludvigova tinktura železná, tartarovaná tinktura železná.
Luft-flügelbeschlag, kování na vyhlídku (špehýrek); **—wurzel** *v.* Angelikawurzel; **—zünder,** *pyrophorus,* pyrofor.
Luggold *v.* Flittergold.
Lumpen, Hadern, fr. *chiffons,* angl. *rags,* hadry.
Lungenenzian-kraut, Lungenblumenkraut, *herba pneumonanthes, gentianae coeruleae seu calathiamis,* přílit obecný, hořec modrý; **—wurzel,** *radix pneumonanthes seu gentianae coeruleae,* kořen přílitový neb hořcový modrý.
Lungenkraut, *herba pulmonariae seu symphyti maculosi,* plicník, hvězdoš.
Lungenmoos, Baumflechte, *lichen pulmonaceus, herba pulmonariae arboreae,* plícovník, plicník stromový; **—chokolade,** čokoláda plícovníková.
Lupine, Feigbohne, Wolfsbohne, *semen lupini,* hrách římský, škrkavičný neb vlčí, bob vlčí.
Lupine, blaue, vlčinec čili lupín modrý; — gelbe, vlčinec čili lupín žlutý.
Lupulin, *lupulinum,* chmelovina, lupulin.
Lusterhaken, hák na lustr.
Lustrine, Lustring, lustrin (hedbávná látka).
Luzerne, französische, spanischer oder italienischer Schneckenklee, *herba medicaginis circinatae,* lucinka francouzská.
Luzernkleesamen, semeno vojtěškové, lucinkové čili čudlekové; — echter französischer, s. pravé francouzské; — echter ungarischer, s. pravé uherské.
Luzien-kraut *v.* Bergwolverley; **—rinde,** *cortex sanctae Luciae, china montana seu martinicensis,* kůra sv. Lucie, kyna horská neb martinická; **—wasser** *v.* Salmiakgeist, bernsteinhaltiger.
Lykopodium *v.* Bärlappsamen.

M.

Maccaroni, makarony, makary, magrony; — lange, m. dlouhé; —**buchstaben,** m. písmenkové; —**sterne,** m. hvězdovité.

Macis v. Mazis.

Madrastuch, šátek madraský.

Magdblumenmettram v. Mutterkraut.

Magen-essenz, kapky pro žaludek; —**ferment** v. Pepsin; —**klee** v. Bitterklee; —**liqueur,** žaludková, likér žaludeční; —**wasser,** vodička žaludeční; —**wurz** v. Aronwurzel.

Magnesia, aufbrausende v. Magnesia, kohlensaure, — **baldriansaure,** Magnesiavalerianat, *magnesia valerianica, valerianas magnesiae,* valeran hořečnatý; — **brausende** v. Magnesia, kohlensaure; — **bromwasserstoffsaure** v. Brommagnesium; — **chlorwasserstoffsaure** v. Chlormagnesium; — **eisenblausaure,** Magnesiumeisencyanür, blausaure Eisenmagnesia, *magnesia ferrohydrocyanica, ferrohydrocyanas magnesiae,* ferrokyanid hořečnatý; — **essigsaure** v. Magnesiaacetat; — **gebrannte,** kalzinirte oder luftleere, Magniumoxyd, *magnesia usta seu calcinata, oxydum magnesii,* magnesia pálená, kysličník hořečnatý; — **hydrobromsaure** v. Brommagnesium; — **hydrochlorsaure** v. Chlormagnesium; — **hydrojodsaure** v. Jodmagnesium; — **jodwasserstoffsaure** v. Jodmagnesium; — **kalzinirte** v. Magnesia, gebrannte; — **kohlensaure** oder luftsaure, Sentinellpulver, Magnesiakarbonat, *magnesia carbonica seu alba, carbonas magnesiae, pulvis Sentinelli,* magnesia bílá, uhličitan hořečnatý; — **kohlensaure natürliche,** Magnesit, *magnesia carbonica nativa, carbonas magnesiae nativae,* uhličitan hořečnatý přirozený, magnesit; — **lufthaltige** v. Magnesia, kohlensaure; — **luftleere** v. Magnesia, gebrannte; — **milde** v. Magnesia, kohlensaure; — **phlogistisirte** v. Magnesia, eisenblausaure; — **phosphorsaure,** Magnesiaphosphat, phosphorsaure Bittererde, *magnesia phosphorica, phosphas magnesiae,* fosforečnan hořečnatý; — **reine** v. Magnesia, gebrannte; — **salpetersaure,** Magnesiasalpeter, Magnesianitrat, *magnesia nitrica, nitras magnesiae,* dusičnan hořečnatý; — **salzsaure** v. Chlormagnesium; — **schwefelsaure** v. Bittersalz; — **schwefelsaure ammoniakhaltige** v. Ammoniakmagnesia, schwefelsaure; —**vitriolsaure** v. Bittersalz; —**weinsteinsaure** oder tartarisirte Magnesiaweinstein, *magnesia tartarica, tartras magnesiae,* vínan hořečnatý; —**weiße** v. Magnesia, kohlensaure; —**zitronensaure,** Magnesiazitronensalz, *magnesia citrica, citras magnesiae,* citran hořečnatý obojetný.

Magnesia-acetat, essigsaure Magnesia, *magnesia acetica, acetas magnesiae,* octan hořečnatý; —**citrat** v. Magnesia zitronensaure; —**hydrobromat** v. Brommagnesium; —**hydrochlorat** v.

Chlormagnesium; —**karbonat** v. Magnesia, kohlensaure; — natürliches v. Magnesia, kohlensaure natürliche —**muriat** v. Chlormagnesium; —**nitrat** v. Magnesia, salpetersaure; —**phosphat** v. Magnesia, phosphorsaure; —**phosphat, ammoniakhaltiges**, phosphorsaure Ammoniakbittererde, *magnesia ammoniato-phosphorica, phosphas magnesiae et ammoniae*, fosforečnan dvojhořečnato-ammonatý; —**salpeter** v. Magnesia, salpetersaure; —**sulphat** v. Bittersalz; — ammoniakhaltiges v. Ammoniakmagnesia, schwefelsaure; —**tartrat** v. Magnesia, weinsteinsaure; —**valerianat** v. Magnesia, baldriansaure; —**vitriol** v. Bittersalz; —**weinstein** v. Magnesia, weinsteinsaure; —**zitronensalz** v. Magnesia, zitronensaure.

Magnesit, *magnesia carbonica nativa, carbonas magnesiae nativae*, magnesit, hořčíkovec, uhličitan hořečnatý přirozený.

Magnesium-bromid v. Brommagnesium; —**chlorid** v. Chlormagnesium; —**eisencyanür** v. Magnesia, eisenblausaure; —**jodid** v. Jodmagnesium; — **oxyd**, salzsaures v. Chlormagnesium.

Magnet, *lapis magnes*, magnet.

Magniumoxyd v. Magnesia, gebrannte.

Magnolien-rinde, *cortex magnoliae seu chinae virginianae*, kůra magnoliová neb šácholanová, china virginská; —**samen**, *semen magnoliae*, semeno magnoliové neb šácholanové.

Magsamen v. Mohn.

Mahagoni-braun, hněď mahagonová; —**holz**, Mahonyholz, *lignum mahagoni*, fr. *bois de Mahagoni ou d' Acajou*, dřevo mahagonové neb mahonové; —**rinde**, *cortex mahagoni*, kůra mahagonová neb mahonová.

Mahalebkerne, *nuclei mahaleb*, jádra mahalebková.

Maiblume, Lilienkonvallie, *flores convallariae majalis, liliorum convallium seu sternutatorii*, květ májový, konvalinový neb perlíčkový.

Maifisch v. Alose.

Maikens-häring, Jungfernhäring, Matjeshäring, slanec maikensový, panenský č. matjesový.

Mairübe, runde frühe weiße, májovka kulatá ranná bílá — runde gelbe; m. kulatá žlutá.

Mais, türkischer Weizen, Kukuruz, *semen mais seu mukkae, grana mais*, kukuřice, pšenice turecká neb indická, žito turecké.

Maishacke, motyčka na kukuřici.

Maitrank, májovina.

Mai-würmer, *meloes majales, vermes majales*, majky, chrousti májoví; —**wurzel** v. Schuppenwurzel.

Majolik, majolika.

Majoran, Wurstkraut, *herba majoranae*, majorán, marjánka, marjánek, majoranka, voněkras letní; — **kretischer** v. Wintermajeran; — **wilder** v. Dosten.

Majoranöl, *oleum majoranae*, silice majoránová čili marjánková.

Makassaröl, olej makazarový.

Makrele, Makren, fr. *maquereau*, makarela; — in Öl, fr. *maquereau à l'huile*, makarela v oleji (nakládaná).
Malachitgrün *v.* Berggrün.
Malackstein *v.* Schweinstein.
Malaga-rosinen, hrozinky malagské; **—trauben,** hrozny malagové; **—wein,** víno malagské.
Malakanuß *v.* Elefantenlaus, cstindische.
Malakowgeist, malakovka.
Malamborinde, *cortex malambo*, malambo, kůra malambová, kůra rozpylce granadského.
Maler-gold *v.* Musivgold; **—pinsel,** štětec malířský; **—silber** *v.* Musivsilber.
Malterhaue, hřeblo, vějačka.
Malteserschwamm, *fungus melitensis*, houba maltská.
Malvenblumen, Gänsepappel, Käspappel, Hasenpappel, *flores malvae sylvestris*, květ slézu lesního neb zaječího.
Malvenkraut, Gänspappelkraut, Hasenpappelkraut, Käsmalvenkraut, *herba malvae sylvestris seu anserinae*, sléz lesní neb zaječí.
Malz, *maltum*, slad.
Malzdörrblech, hvozdní plech na slad, plech k hvozdění sladu.
Manchester, Baumwollensammt, manžestr, aksamít bavlněný.
Mandoletti, mandoletky.
Mandel-kaffé, káva mandlová; **—kleie,** *furfur amygdalarum*, otruby mandlové, mouka mandlová; **—kuchen,** *placentae amygdalarum* pokrutiny mandlové.
Mandeln, bittere, *amygdalae amarae*, mandle hořké; — **süße,** *amygdalae dulces*, mandle sladké; — **überzuckerte,** mandle pocukrované.
Mandelöl, bitteres *v.* Bittermandelöl; — **süßes,** *oleum amygdalarum dulcium*, olej mandlový sladký.
Mandelseife, *sapo amygdalinus*, mýdlo mandlové.
Mangan, Manganesium, *manganum purum*, mangan, buřík, jermík; — **arsensaures,** Arsenikbraunstein, *manganum arsenicicum*, *arsenas manganae*, arséničnan manganatý; — **boraxsaures,** Braunsteinborax, Boraxweinstein, *manganum boracicum*, *boras manganae*, bóran manganatý; — **chlorwasserstoffsaures** *v.* Mangan, salzsaures; — **essigsaures,** Manganacetat, *manganum aceticum*, *acetas manganae*, octan manganatý; — **hydrochlorsaures** *v.* Mangan, salzsaures; — **hydrojodsaures** *v.* Jodmangan; — **kohlensaures,** *manganum carbonicum*, *carbonas manganae*, uhličitan manganatý; — **oxydirtes** *v.* Braunstein; — **phosphorsaures,** *manganum phosphoricum*, *phosphas manganae*, fosforečnan manganatý; — **salzsaures,** hydrochlorsaures oder chlorwasserstoffsaures, Manganmuriat, Chlormangan, Braunsteinsalz, Manganchlorür, *manganum hydrochloricum*, *murias manganae*, *chloretum manganii*, chlórid manganatý; — **schwefelsaures,** Mangansulphat, Manganvi-

triol, Braunsteinvitriol, *manganum sulphuricum*, *sulphas manganae*, *vitriolum manganii*, síran manganatý; — **zitronensaures**, Manganoxydulcitrat, *manganum citricum*, *citras manganae*, citran hořečnatý.

Mangan-acetat v. Mangan, essigsaures; —**bister**, hněď manganová, bistr manganový; —**chlorür** v. Mangan, salzsaures; —**eisenoxyd**, zitronensaures, *ferro-manganum citricum*, *citras ferro-mangani*, citran železito-hořečnatý; —**erz**, braunes v. Braunstein.

Manganesiumkalk v. Braunstein.

Mangan-hyperoxyd v. Braunstein; —**jodür** v. Jodmangan; —**muriat** v. Mangan, salzsaures; —**oxyd**, schwarzes v. Braunstein.

Manganoxydul, *manganum oxydulatum*, *oxydulum manganae*, kysličník manganatý; — **arsenikfaures** v. Mangan, arsensaures; — **boraxsaures** v. Mangan, boraxsaures; — **chlorwasserstoffsaures** v. Mangan, salzsaures; —**essigsaures** v. Mangan, essigsaures; — **hydrojodsaures** v. Jodmangan; — **jodwasserstoffsaures** v. Jodmangan; — **kohlensaures** v. Mangan, kohlensaures; — **phosphorsaures** v. Mangan, phosphorsaures; — **salzsaures** v. Mangan, salzsaures; — **schwefelsaures** o. vitriolsaures v. Braunstein; — **zitronensaures** v. Mangan, zitronensaures.

Manganoxydul-acetat v. Mangan, essigsaures; —**arsenat** v. Mangan, arsensaures; —**borat** v. Mangan, boraxsaures; —**citrat** v. Mangan, zitronensaures; —**hydrochlorat** v. Mangan, salzsaures; —**hydrojodat** v. Jodmangan; —**muriat** v. Mangan, salzsaures; —**phosphat** v. Mangan, phosphorsaures; —**sulphat** v. Braunstein.

Mangan-phosphat v. Mangan, phosphorsaures; —**stahl**, ocel manganová; —**überoxyd** v. Braunstein.

Manglebaumrinde, *cortex mangles*, kůra kořenovníková.

Mangold, Römischkohl, cvikla obecná, červená řepa, manholt červený.

Mangostan-öl, Kokumbutter, Brindaebutter, *oleum mangostanae*, olej mangostanový; —**rinde**, *cortex mangostanae*, kůra mangostanová.

Maniharz, *resina mani*, pryskyřice maniová.

Manihokwurzel, *radix manihot*, kořen manihotový.

Manisterörtel, sídlo ševcovské.

Manna, briançoner v. Lerchenmanna; — **kalabrische** oder gerace, *manna calabrina seu gerace*, mana kalabrinská, chléb nebeský; — **körnige** v. Aronel; — **ordinäre**, *manna communis*, mana obecná; — **röhrenförmige**, Röhrenmanna, *manna canellata seu capace*, mana v trubkách; — **in Thränen**, *manna in lacrimis*, mana v slzách.

Manna-gras, Mannaschwingelsamen, *semen graminis mannae*, semeno zblochanové n. trávy rosné, vrabčí proso; —**grütze**, Mannagraupen, Schwadengrütze, *polenta mannae*, krupice zblochanová neb manová; —**zucker**, Mannit, *mannitum*, cukr manový, manit.

Männernadeln, jehly pro mužské.

Mannheimerwasser, vodička manhaimská.

Mannstreu, Brachdistel, Krausdistel, Stechwurz, *radix eryngii, cardui voluntatis seu capituli Martis*, kořen máčkový, kotačkový, tojtový, větrníkový, řbuchanový, božího daru, mužské víry, vysokého bodláku neb zelí královského.
Mannit *v.* Mannazucker.
Mansakraut *v.* Kassineukraut.
Mantelzeug, sukno plášťové.
Manzinellenholz, dřevo mancinelové.
Marasquino-liqueur, likér maraskinový; **—öl,** olej maraskinový.
Marcelline, marselín (dykytovitá hedvábná látka).
Marder-fell, kůže kuní; **—wurzelholz,** Bitterschlangenholz, *lignum serpentinum*, dříví zmijovicové.
Margosaöl, Zederachöl, *oleum margosae seu zederachiae*, olej zederachový.
Marien-baderbrunn, voda marianská; **—balsam** *v.* Takamahak, bourbonisches; **—distel** *v.* Frauendistel; **—glas,** Frauencis, Frauenglas, Spiegelstein, Selenit, *glacies Mariae, lapis specularis*, led Matky Boží, kámen ledový neb měsíčný, sklo panenské, kamenné, kočičí neb ruské; **—käfer** *v.* Kochenillekäfer; **—nessel** *v.* Andorn weißer; **—siegel** *v.* Zaunrübenwurzel, schwarze; **—trank** *v.* Berg'-wolverley.
Markasit *v.* Wismuth.
Markpomade, pomáda morková.
Marktbrunn, Karlsbader, voda karlovarská z náměstí.
Marmelade, marmelada.
Marmor, mramor, marvan; **—holz,** Atlasholz, *lignum feroliae*, dřevo mramorové neb atlasové; **—tapeten,** čalouny mramorovité.
Marokin *v.* Saffian.
Maronen *v.* Kastanien.
Maschinen-garn, angl. *coton twist*, příze strojní neb mašinová; **—öl,** olej na stroje.
Maschinennägel, hřebíky mašinové; — extra große, h. nadvelké; — große, h. velké; — kleine, h. malé; — mittel, h. prostřední.
Maschinenriemen, řemeny ke strojům.
Maschinensäge, pila strojová; **—arm,** rameno k pile strojové.
Maschinen-stiefeleisen, polierte, mašinové podkovky leštěné; **—zeichnenpapier,** strojní papír ku kreslení.
Maslieben, Gänseblümchen, Tausendschönblüthen, *flores bellidis seu symphyti minimi*, květ sedmikrásový, stokrásový, chudobkový, kakuškový, cikánkový čili matečníku menšího.
Massikot *v.* Bleigelb.
Massoirinde, *cortex massoi seu oninius*, kůra massojová.
Mastix, Mastig, *gummi mastiches, resina lentisci*, mastyks, pryskyřice lentišková, klih římský; **—cement,** cement mastyksový; **—kraut** *v.* Amberkraut; **—lack,** *vernix mastichis*, lak mastyksový, pokost mastyksový; **—öl,** *oleum mastichis*, olej mastyksový.

Matikoblätter, *folia matico*, matiko, listy matiko.
Matrosenleinwand, plátno maytkové.
Mauer-kraut v. Glaskraut; —**pfeffer** v. Blattlos; —**pinsel,** Mauerweißpinsel, bělič, štětka k bílení zdí; —**prenanthe,** Hasenstrauch, *herba chondrillae*, radyk zední; —**salat** v. Zaunlattig.
Maul-beeren, *baccae mori*, moruše, jahody morušové; —**bohrer,** říčník; —**trommel,** Brummeisen, brumle, drndačka, bžundačka, ústní housličky; —**wurfskrautöl,** v. Wolfsmilch, kreuzblätterige.
Maurer-hammer, kladivo zednické; —**kellen,** zednická lžička, obhazovačka.
Mausdorn, Bruskn, Myrtendornwurzel, *radix rusci, myrtocanthae, chamaemyrti seu brusci*, kořen jehlice vlaské, myrtu lesního čili trnu myšího.
Mäuseholz v. Alfranken.
Mäusegift v. Arsenik, weißer gestoßener.
Maus-köpfelnägel v. Sohlennägel; —**öhrchen** v. Habichtskraut.
Mauzenkraut v. Hundsmelde.
Maynasharz v. Calophyllumharz.
Mazis, Mazisblüthe, Muskatenblüthe, *flores macis*, květ muskátový, maciz; —**blüthenöl,** *oleum macis*, silice macizová neb z květu muskatového; —**bohnen** v. Pichurimbohnen; —**nüsse,** Muskatnüsse, *nuces moschatae seu myristicae*, kuličky neb oříšky muskátové; —**nußöl, ätherisches,** *oleum nucis moschatae aethereum*, silice z kuliček muskátových; — **fettes,** Muskatbutter, Muskatbalsam, *oleum nucis moschatae expressum, balsamum nucistae*, olej z kuliček muskátových vytlačený, balšán muskátový, máslo muškátové.
Mechoakannawurzel, weiße Jalappenwurzel, weiße Rhabarberwurzel, *radix mechoacannae, rhei albi seu bryoniae indicae*, mechoakana, jalapový kořen bílý, rabarbara bílá.
Meditrinahaarwuchspomade, pomáda meditriny k sesílení vzrůstu vlasův.
Medizinalthran v. Leberthran.
Mediogarn, polovičná příze.
Medizinstöpsel, zátky lékárnické.
Meer-bacille, *herba crithmi, foeniculi marini seu anethi marini*, stračí nůžka mořská; —**bacillensamen,** *semen crithmi, foeniculi marini, anethi marini seu unguis aquilae*, fenykl mořský; —**beifuß** v. Meerwermuth; —**bälle,** *pilae marinae*, míče mořské. —**bohne,** Beunsnabel, *bellericus marinus, faba marina, umbilicus veneris*, bob mořský, pupeník; —**butt** v. Heilbutt; —**eiche,** Seeeiche, Blasentang, *quercus marina, fucus vesiculosus*, dubí mořské, chaluha bublinatá; —**harz** v. Asphalt; —**hirse** v. Steinsamen; —**kieferrinde,** *cortex pini maritimi*, kůra borovicová mořská neb sosnová mořská; —**kohl,** *herba soldanellae, s. brassicae marinae*, kapusta mořská, zelí mořské, soldanella; —**linsen** v. Wassermoos; —**löffelkraut** v. Löffelkraut, englisches; —**mäuse,** Seemäuse, *mures*

marini, myši mořské; —**moos** *v.* Korallenmoos; —**ohr**, *halyotis*, duhovanka; —**rettig**, Krän, *radix raphani rusticani seu armoraciae*, ředkev mořská, křen (rus. хрѣнъ, pol. chrzan); —**rettigöl**, *oleum cochleariae armoraciae*, olej křenový, silice křenová; —**salz**, Seesalz, Bay- oder Boysalz, *sal marinum*, sůl mořská neb jezerní; —**schaum**, *spuma marina*, *talcum lithomarga*, mořská pěna, pěnovka; —**senf**, *herba cakiles*, horčice mořská; —**stinz**, offizineller Stinz, *stincus marinus*, *s. officinalis*, *lacerta stincus*, *scincus officinalis*, scink, rybokož; —**wermuth**, Meerbeifuß, *herba absinthii maritimi*, pelyněk pomořský neb mořský; —**zwiebel**, *radix scillae s. squillae*, mořská cibule; —**zwiebelextrakt**, *extractum scillae*, výtah skilový.

Meesk *v.* Waldmeister.

Megelkraut *v.* Becherblume.

Megerkraut *v.* Labkraut, gelbes.

Mehl, *farina*, mouka; — mittelfeines, zábělka, mouka prostřední; — schwarzes, m. kruchová n. černá; — weißes feinstes, běl, výražka.

Mehl-beeren, Sporäpfel, *baccae sorbi alpinae*, mukyně; —**dorn** *v.* Weißdorn; —**pulver**, mouka prachová; —**schießpulver**, střelný prach moučný; —**stein**, tlačenka.

Meht, Meth, fr. *hydromel*, angl. *mead*, medovina, medovec, medek.

Meißel, fr. *ciseau*, angl. *chistel*, dláto, dlabadlo; —**örtelhefte**, rukověť na šídlo.

Meißnerblau *v.* Lasurstein.

Meister-wurz, schwarze *v.* Astrantie; —**wurzel**, Kaiserwurzel, Ostritzenmeisterwurzel, *radix ostruthii seu imperatoriae albae*, kořen všedobru horního, mistrův kořen.

Mekamborinde, *cortex mecambo*, mekambo, kůra mekambo.

Mekkabalsam *v.* Balsam von Mekka.

Mekonsäure, Mohnsäure, Opiumsäure, *acidum meconicum*, kyselina mekonová.

Melampyrin, *melampyrinum*, melampyrin.

Melas, Syrup, melas, syrup, syrop.

Melasse, melasa.

Melassenbranntwein, líh melasový.

Melde, mexikanische *v.* Jesuitenthee; — **stinkende** *v.* Hundsmelde.

Melilote, gelber Steinklee, Tonkokraut, *herba florens meliloti*, sv. Jana kadeře, komonice lékařská čili česká, kominka žlutá.

Melis (Zucker), melis; — fein, m. pěkný; — mittelfein, m. prostřední; — ordinär, m. sprostý.

Melisse, kanarische, *herba melissae canariensis*, včelník kanarský; — **offizinelle** *v.* Zitronenmelisse; — **türkische** oder weiße *v.* Drachenkopf.

Melissengeist, *spiritus melissae*, líh neb duch meduňkový.

Melissenöl, *oleum melissae*, silice meduňková; — **türkisches** *v.* Sirceöl.

Melonensamen, *semen melonum*, semeno melounové č. pipounové.
Menakon *v.* Titan.
Mengelwurzel *v.* Grindwurzel.
Menispermin *v.* Pikrotoxin.
Mennige, Meng, Bleizinnober, Bleihyperoxydul, rothes Bleioxyd, *minium, cinnabaris plumbi, hyperoxydulum plumbi, plumbum oxydatum rubrum, oxydum plumbi rubrum*, minium, suřík, kysličník olovnatý červený; — **braune,** braunes Bleioxyd, Bleihyperoxyd, *minium fuscum, plumbum oxydatum fuscum, plumbum hyperoxydatum*, minium hnědé, kysličník olovičitý; — **gelbe** *v.* Massikot; — **Klagenfurter,** minium celovcové; — **orange,** m. oranžové.
Menyanthin *v.* Inulin.
Merino, merino (látka vlněná); —**wolle,** vlna merinová, merino.
Merkaptan, Äthylmerkaptan, Äthylsulphhydrat, Schwefelwasserstoffweinäther, *mercaptanum, sulphhydras aethylicus*, merkaptan, sulfhydrat éthylnatý.
Merkur *v.* Quecksilber; — **ätzender** *v.* Ätzsublimat; — **lebendiger** *v.* Quecksilber; — **salpeterartiger** *v.* Quecksilber, salpetersaures; — **schwarzer** *v.* Quecksilberoxydul, schwarzes; — **schwefelsaurer** oder vitriolsaurer *v.* Quecksilber, schwefelsaures; — **sublimirter,** ätzender *v.* Ätzsublimat; — **süßer** *v.* Quecksilberchlorür; — **tartarisirter** *v.* Quecksilber, tartarisirtes.
Merkurialöl *v.* Spießglanzbutter.
Merkurialpulver, rothes, rother Präcipitat, rothes Quecksilberoxyd, rothes Ätzquecksilber, *pulvis principum, praecipitatum rubrum, hydrargyrum oxydatum rubrum, mercurius corallinus, arcanum corallinum, oxydum hydrargyri rubrum*, rtuťní prášek červený, précipitat červený, sedlina červená, kysličník rtuťnatý červený, rtutitec červený; — **schwarzes,** schwarzes Schwefelquecksilber, Mineralmohr, Quecksilbermohr, Schlafpulver, *hydrargyrum sulphuratum nigrum, aethiops mineralis, mercurius sulphuratus, pulvis hypnoticus*, rtuťní prášek černý, sirník rtutičnatý, mouřenín mineralný.
Merkurialwasser *v.* Quecksilberflüssigkeit, ätzende; — Charras'sches *v.* Quecksilberauflösung, salpetersaure.
Merkurialweinstein *v.* Quecksilberweinstein.
Merkuriuskraut *v.* Bingelkraut.
Merkur-jodid *v.* Jodquecksilber, rothes; —**jodür** *v.* Jodquecksilber, gelbes; —**korrosiv,** rother *v.* Merkurialpulver, rothes; — **nitrat** *v.* Quecksilberoxydul, salpetersaures.
Merkuroxyd, muriumsaures *v.* Ätzsublimat; — **salpetersaures** *v.* Quecksilberoxyd, salpetersaures.
Merkuroxydul, muriumsaures *v.* Kalomel; — **salpetersaures** *v.* Quecksilberoxydul, salpetersaures.
Merkuroxydulphosphat *v.* Quecksilberoxydul, phosphorsaures.
Merkur-phosphat *v.* Quecksilberoxyd, phosphorsaures; —**prussiat** *v.* Quecksilberoxyd, blausaures; —**salpeter** *v.* Quecksilberoxydul, salpeter-

saures; —**sulphat** *v.* Turbit, mineralischer; —**tartrat** *v.* Quecksilberoxydul, weinsteinsaures; —**thionid** *v.* Merkurialpulver, schwarzes; —**vitriol** *v.* Turbit, mineralischer.

Merville, plátno mervilské.

Mespeln, Mispeln, *fructus mespili*, mišpule, mišpulině.

Mespelsamen, *semen mespili*, semeno mišpulové.

Messer, dreischneidiges, nůž trojřízný.

Messing, mosaz, armotaj; — bristoler, m. bristolský.

Messing-blech, gewalztes, plech mosazový válený, žesť mosazná válená; —**draht,** drát mosazný; —**glocken,** zvonečky mosazné; —**lack,** blasser, lak mosazný bledý; —**platte,** deska mosazná.

Messolan, mesolan, mezulán.

Metallglocken, kovové zvonky.

Metall, geriebenes *v.* Bronze; —**gold** *v.* Blattgold; —**grau,** šeď kovová; —**platte,** plachetka kovová, deska kovová; —**saite,** struna kovová; —**seife,** mýdlo kovové; —**safran,** Spießglanzsafran, braunes Schwefelantimon, braunrothes Spießglanzoxyd, braunrother Spießglanzkalk; *crocus metallorum seu antimonii, oxydum stibii sulphuratum fuscum, oxydum stibii fuscum, hepar antimonii lotum, anodynum minerale, stibium oxydatum fuscum*, šafrán antimónový, kyslíkatý sirník antimónový hnědý; —**säge,** pila na kovy; —**tinte,** inkoust kovní.

Methylenoxydhydrat *v.* Lignon.

Mettram *v.* Mutterkraut.

Mexikanischer Thee *v.* Jesuitenthee.

Meyer, kleiner *v.* Vogelkraut; —**kraut,** goldenes *v.* Valantie.

Miere, rothe *v.* Hühnerdarm; — **weiße** *v.* Vogelkraut.

Mignonette, miňonet (střížná látka).

Milchen, Rainkohl, Ziegenkraut, *herba lapsanae*, kapustka pospolitá.

Milch-glas, sklo mléčné; —**häring,** slanec mléčný; —**säure,** *acidum lacticum*, kyselina mléčná; —**zucker,** Milchsalz, *saccharum lactis*, cukr mléčný, cukr švýcarský.

Militärlack, schwarzer, černý lak na kůži, lak vojenský černý.

Militärputzkreide, blaue, křída vojenská modrá; — weiße, k. vojenská bílá.

Millykerzen, svíčky lojovinové neb Millyové.

Milzkraut, Milzfarn, Steinfarren, kleines Hirschzungenkraut, *herba ceterach seu asplenii*, ceterák menší, kapradí skalní.

Mimosengummi *v.* Gummi, arabisches.

Mindereres Geist *v.* Ammoniak, essigsaures flüssiges.

Mineral-alkali *v.* Laugensalz, mineralisches; —**blau,** *coeruleum minerale*, modř mineralná čili nerostová; —**dünger,** mrva mineralná neb nerostová; —**geist** *v.* Schwefeläthergeist; —**gelb,** Kasslergelb, Montpelliergelb, Patentgelb, Parisergelb, Veronesergelb, Turnergelb, *citrinum minerale, casselanum, parisense seu veronense*, žluť mineralná, nerostová, kasselská, montpellierská, patentová, pařižská, veronská neb Turnerova; **—grün**, *viride minerale;* zeleň mineralná čili nerostová; **—Fermes**, rother Spießglanzschwefel, Karthäuserpulver, hydrothionsaures Spießglanzoxyd, rother Schwefelspießglanz, *kermes mineralis, alkermes minerale, sulphuretum stibii rubrum, pulvis carthusianorum, stibium oxydatum hydrothionicum, sulphur stibiatum rubrum,* kermes mineralný, červec mineralný, sirník antimónový beztvárný, prášek kartouzský; **—mohr** *v.* Merkurialpulver, schwarzes; **—purpur**, *v.* Goldpurpur; **—turpith**, *v.* Quecksilberpräcipitat, gelber; **—weiß**, Barytweiß, Neuweiß, Permanentweiß; běl mineralná, barytová, nová (síran barnatý); **—wasser**, voda mineralná, nerostní, léčitelná čili žídelní.

Minglet, minglet (látka bavlněná).

Minium *v.* Mennige.

Mirabellen, fr. *mirabelles*, mirabelky; — doppelte, m. zlatožluté, rysy; — gelbe, m. žluté; — rothe, m. červené.

Mirobalanen, *myrobalani*, myrobalany; — aschfarbene, *myrobalani emblicae*, m. šedivé; — bellirische, *myrobalani bellirici*, m. belerské; — braune, *myrobalani chebulae*, m. hnědé; — gelbe, *myrobalani citrini*, m. žluté; — schwarze oder indische, *myrobalani nigri seu indici*, m. černé čili indické.

Mishmee-Bitter *v.* Chynlenwurzel.

Mispeln *v.* Mespeln.

Mistel, Leimmistel, Vogelleimholz; *viscum album, lignum visci seu st. crucis*, jmél, jmelí, mélí, omelí.

Mithridat, *mithridatium, electuarium opiatum;* mithridat, letkvař opijová.

Mitisgrün, Wienergrün, *viride viennense*, zeleň mytišová neb vídeňská.

Mittel-garn, angl. *medio twist*, polovičná příze; **—leinwand**, pačesné plátno; **—schußgarn**, polovičná outková příze; **—tuch**, humpolecké sukno; **—werg**, pačesí, pačesek.

Möbel-lack, lak nábytkový čili na nábytek, pokost na nábytek; **—leinen**, plátno nábytkové.

Mocade, Moquette, mokád (plyšovitá látka).

Modegewürz *v.* Piment.

Moderateurlampenöl, olej pro úpravní lampy.

Mogadorgummi, *gummi mogador*, klovatina mogadorská.

Mohair, Moirées, mohér.

Mohargrassamen, *semen setariae germanicae*, semeno mucharové, mušcové čili béru německého.

Mohnhäundl, motyčka na mák.

Mohn, blauer, *semen papaveris*, mák modrý; — grauer, mák šedý; — wilder *v.* Feldmohn; **—köpfe**, Mohnkapseln, *capita papaveris*, makovičky nezralé, hlavičky makové; **—öl**, *oleum papaveris*, olej makový; **—saft** *v.* Opium; **—säure** *v*, Mekonsäure.

Mohr, martialischer oder eisenartiger *v.* Eisenoxydul; — **mineralischer** oder schlafmachender *v.* Schwefelquecksilber, schwarzes; — **tar-**

tarisirter, v. Quecksilber, tartarisirtes; — **vegetabilischer,** Pflanzenmohr, *aethiops vegetabilis*, mouřenín rostlinný, popel chaluhový.

Möhre, wilde, Karotte, Vogelnest, *radix dauci*, mrkvice polská, paštrnák lesní, kořen olesníkový neb hnízda ptačího či čápího.

Mohrenkümmel v. Ammeisamen.

Möhrenmus, Möhrrübenlatwerge, *succus dauci depuratus, roob dauci*, povidla mrkvicová.

Möhrensamen, *semen dauci sylvestris*, semeno mrkvicové; — **kretischer,** *semen dauci cretici*, semeno nevěsikové.

Moir, Mohr, Moor, moar.

Moirébband, stužka mohérová.

Moleskin, moleskin (anglická látka na vesty).

Molleton, Moleton, Molton, molton (látka vlněná).

Mollisrinde, *cortex mollis seu arvirae*, kůra pepřovcová neb vínobobová.

Molybdän, Wasserbleimetall, *molybdaenum purum*, molybdén, žestík; —**oxyd,** *molybdaenum oxydatum, oxydum molybdaenae*, kysličník molybdéničitý; —**phosphorsäure,** Phosphormolybdänsäure, *acidum phospho-molybdaenicum*, kyselina molybdéno-fosforečná; —**säure,** *acidum molybdaenicum*, kyselina molybdénová; —**sulphuret,** Schwefelmolybdän, Molybdänglanz, Wasserblei, *molybdaenum sulphuratum, lapis plumbarius*, sirník molybdéničitý, žestec, olověnka.

Monardenkraut, pensylvanischer Thee, Oswegothee, *herba monardae, herba theae pensylvanicae*, thé pensylvanské, zavrnutka nachová.

Monatradieschen, ředkvička měsíční; — langes, rothes, ř. m. dlouhá červená; — langes weißes, ř. m. dlouhá bílá; — rundes rothes champagner, ř. m. kulatá červená šampaňská; — rundes weißes kleinrautiges, ř. m. k. bílá maločtvrtáková.

Mönchs-kappe v. Eisenhütchen; —**pfeffer** v. Keuschlammsamen; —**rhabarber** v. Alpengrindwurzel.

Mond-milch v. Bergmilch; —**rautenkraut,** Geburtskraut, Hurengras, Jammerkraut, *herba lunariae, herba rutae jecorariae*, vratička obecná, zasevratec, vrať se zase; —**wage,** váhy senní.

Monesia, *monesia, extractum monesiae*, monesia, výtah monesiový.

Monesiarinde, *cortex monesiae*, kůra monesiová.

Montbeliard, montbeliard (druh plátna).

Montpelliergelb v. Mineralgelb.

Moorerde, Franzensbader, slatina františkolázeňská.

Moos, irländisches, Karagheen, *lichen seu muscus caragheen*, mech irlandský, mořský, žlutý n. cizozemský, karagheen; — **isländisches,** Heidegras, *lichen seu muscus islandicus*, mech islandský, lišejník islandský, plicník; — **schwedisches,** *lichen tartareus*, fr. *mousse de la Suède*, mech neb lišejník švédský.

Moos-beeren, *baccae oxycoccos*, klikvy, žoraviny, žeroviny, kamenky, brusnice ozimní; —**bitter,** *cetrarinum*, cetrarin, hořština lišejníku islandského; —**chokolade,** čokoláda lišejníková; —**extrakt,** *ex-*

tractum lichenis islandici, výtah z lišejníku islandského; —**gelé**, isländisches, huspenina lišejníková islandská; —**grün**, zeleň mechová; —**pasta**, isländische, pasta mechová islandská; —**pulver** *v.* Bärlappsamen.

Morcheln, Maurillen, *boletus esculentus*, *fungus esculentus*, smrže, smrhy, chřapáče.

Moreas, moreas (polohedvábná látka).

Morellensalz, *sal morellae*, sůl morellová.

Moringawurzel, *radix moringae*, kořen moringový.

Morlaix, Merlaise, fr. *soile de menage*, morlé.

Morphin, baldriansaures, *morphium valerianicum*, *valeras morphinae*, valeran morfinný; — **essigsaures**, Morphiumacetat, *morphium aceticum*, *acetas morphinae*, octan morfinný; — **mekonsaures**, *morphium meconicum*, *meconas morphinae*, mekonan morfinný; — **reines**, *morphium purum*, morfin, ospanlivina; — **salpetersaures**, *morphium nitricum*, *nitras morphinae*, dusičnan morfinný; — **salzsaures**, *morphium muriaticum*, *hydrochloras morphinae*, chlórovodan morfinný; — **schwefelsaures**, *morphium sulphuricum*, *sulphas morphinae*, síran morfinný.

Morphin-acetat *v.* Morphin, essigsaures; —**hydrochlorat** *v.* Morphin, salzsaures; —**mekonat** *v.* Morphin, mekonsaures; —**muriat** *v.* Morphin, salzsaures; —**nitrat** *v.* Morphin, salpetersaures; —**sulphat** *v.* Morphin schwefelsaures.

Mörser mit Stößel, hmoždíř s paličkou.

Mörserstößel, palice k hmoždířům.

Mortadellen, ital. *salami staggionati*, mortadely.

Moskovade, roher Zucker, *saccharum crudum*, cukr surový, moskovada.

Moschus *v.* Bisam.

Moschuswurzel *v.* Sumbulwurzel.

Mostrich *v.* Senf.

Mottenkraut *v.* Sumpfporst, Strohblümchen.

Moxa, Moxawolle, *moxa*, moxa (plsť pelunová).

Mückenschwamm *v.* Fliegenschwamm.

Mudarwurzel, *radix Mudarii*, kořen mudarový neb plchoplodový.

Mühl-beil, mährisches mit glatter Haube, šumberka moravská s hladkou čepičkou; — mit hoher Haube, šumberka s vysokou čepičkou; —**brunn**, Karlsbader, voda karlovarská mlýnská; —**haue**, kypřice; —**pfanne**, pánvice mlynářská; —**spindel**, vřeteno mlýnské; —**trieb**, vačka.

Mulegarn, angl. *mule twist*, příze vozní.

Müller-brettsäge, pila mlynářská; —**hacke**, linke, levička mlynářská; — rechte, pravička mlynářská; —**nadel**, jehla mlynářská; —**stahl**, oškrd, mlynářská océlka.

Multbeerenblätter, *folia chamaemori*, list moroškový.

Mumie, *mumia vera seu egyptica*, mumie pravá čili egyptská.

Münchnerlack, lak mnichovský.
Mund-leim, klih vizí; —**mehl,** Semmelmehl, mouka bělná, výražná, žemlová; —**wasser,** voda na ústa.
Münze, wilde v. Wassermünze.
Murexyd v. Ammoniak, purpursaures.
Murid, Murin v. Brom.
Muschel-gold, zlato třené; —**schalen** v. Austernschalen.
Muselin, Mousseline, mušlín, muslín.
Musiv-gold, Muschelgold, Malergold, doppelt Schwefelzinn, Zinnsulphid, Schwefelzinnoxyd, *aurum mosaicum seu musivum, sulfidum seu bisulphuretum stanni, stannum oxydatum sulphuratum,* zlato musivné neb malířské, sirník cíničitý; —**silber,** Malersilber, *argentummusivum,* stříbro musivné neb malířské.
Musk v. Bisam.
Muskatbalsam, Muskatbutter v. Mazisnußöl.
Muskatellerkraut v. Scharlachkraut.
Muskaten-blüthe v. Mazis; —**bohnen** v. Pichurimsbohnen; **nüsse** v. Mazisnüsse; —**öl** v. Mazisnußöl.
Muskatblüthenliqueur, likér muskátový.
Muslinet, Mousselinete, mušlinet.
Muster-blech, plech vzorní; —**draht,** federharter, drát vzorní tvrdý; — weicher, ď. měkký; —**müllerhacke,** vzorní sekyrka mlynářská.
Mutter-blätter v. Sennesbälglein; —**harz** v. Galbangummi; —**korn,** Kornbrand, *secale cornutum,* námel, svatojanské žito, náměleční k.
Mutterkorn-extrakt, *extractum secalis cornuti aquoso-spirituosum,* výtah námelový vodnatolíhový; —**öl,** *oleum secalis cornuti,* olej námelový.
Mutter-kraut, Mettram, Magdblumenmettram, *herba cum floribus matricariae seu parthenii,* římbaba, matečník, koření mateřské, marunka; —**kümmel** v. Kümmel, römischer; —**näglein** v. Nelkenmutter; —**pflaster,** nürnberger Pflaster, *emplastrum matris seu fuscum,* náplasť matečná, hnědá neb norimberská; —**schraube,** šroub s matičkou; —**zimmt** v. Zimmtrinde, malabarische.
Myrrhe, *myrrha, gummi myrrhae,* myrha, pryskyřice myrhová; — **auserlesene,** *myrrha electa,* myrha přebíraná; — **in Sorten,** *myrrha in sortis,* myrha nepřebíraná; — **zerflossene,** Myrrhenöl, *liquor myrrhae, oleum myrrhae per deliquium,* myrha kapalá, olej myrhový.
Myrrhen-eichel, Apothekernuß, *glans unguentaria,* bukvice turecká; —**extrakt,** *extractum myrrhae,* výtah myrhový.
Myrten-beeren, *baccae myrti,* jahůdky myrtové čili myrtusové, myrtinky; —**blätter,** *folia myrti,* list myrtový čili myrtusový; —**dorn** v. Mausdorn; —**gagel** v. Gagel.

N.

Nabel-kraut *v.* Sumpfvenusnabel; **—steine** *v.* Meerbohnen.
Nacht-kerze, gelbe französische Rapunzel, *radix oenotherae*, *onagrae seu rapunculi*, rapontika, řepka, kořen pupalkový; **—lichter,** svíčičky noční.
Nachtschatten, amerikanischer *v.* Kermesbeeren; **—kraut,** *herba solani*, lilek menší neb černý, psí hrozno.
Nacktdrüsenwurzel, *radix palmae Christi*, bambolky pětiprsticové.
Nadel-feile, pilník jehlový; **—kerbel,** Venuskamm, *herba scandicis seu pectinis veneris*, vochlice hřebenatá.
Nagel, hřebík, hřeb; **—bohrer,** hřebovník, perlíček.
Nägelein *v.* Gewürznelken.
Nagelkraut *v.* Becherblume, Egelkraut, Habichtskraut.
Nägleinwurzel *v.* Benediktenwurzel.
Näh-nadeln, šivačky, jehly k šití; **—seide,** hedvábí šicí; **—zwirn,** nitě šicí.
Nankeen, Nanquin, nankyn.
Nanquinnete, nankynet.
Nanquinseide, hedvábí nankynové.
Napell *v.* Eisenhütchen.
Napellin, *napellinum*, napelin.
Naphaöl *v.* Neroliöl.
Naphtha, Bergnaphtha, *naphtha montana*, nafta, nafta skalní, olej kamenný čili skalný nejčistší; — **essigsaure** *v.* Essigäther; — **gephosphorte** *v.* Phosphoräther; — **salpetrigte** *v.* Salpeteräther; — **salzsaure** *v.* Salzäther; — **schwefelsaure** *v.* Schwefeläther.
Naphthalin, Steinkohlenkampfer, *naphthalinum*, *hydrogenium tricarburetum*, naftalin, kafr kamenouhelný.
Naphtha-nitrat *v.* Salpeteräther; **—oxalat** *v.* Kleesäureäther; **—sulphat** *v.* Schwefeläther.
Narceïn, *narceïnum purum*, narceïn.
Narden-samen *v.* Kümmel, schwarzer; **—wurzel,** wilde *v.* Haselwurzel.
Narkotin, Opian, *narcotinum*, *opianum*, narkotin, opijan, mámivina; — **salzsaures,** hydrochlorsaures oder chlorwasserstoffsaures, Narkotinmuriat, *narcotinum muriaticum seu hydrochloricum*, *murias narcotinae*, chlórid narkotinný, chlórovodan opijanný.
Narzissenblüthen, gelbe Sternblumen, *flores narcissi sylvestris*, žlutý květ únorový, květ narcisový čili Josefovy hole.
Narzissenwurzel, *radix narcissi sylvestris*, cibulka narcisová.
Nativsaustern, nativky, ústřice nativní.
Natrium, *natrium*, *sodium*, natrium, sodík; **—bromid** *v.* Natron, hydrobromsaures.
Natriumchlorid *v.* Kochsalz; **—chlorgoldsaures** *v.* Goldoxydnatron salzsaures trockenes.

Natrium-eisencyanür v. Natron, eisenblausaures; —**goldchlorid** Goldoxydnatron, salzsaures trockenes; —**jodid** v. Jodnatrium; —**kieselfluorid** v. Fluorkieselsodium; —**nitroferrocyanid** v. Nitroprussidnatrium.

Natriumoxyd v. Natron; —**acetat** v. Natron, essigsaures; —**citrat** v. Natron, zitronensaures; —**sulphit** v. Natron, schwefligsaures.

Natriumpalladiumchlorür v. Palladiumnatronhydrochlorat.

Natron, ameisensaures, Sodaformiat, *natrum formicicum, formias sodae seu natricus*, mravenčan sodnatý; — **arseniksaures,** Sodaarsenik, Arseniksoda, *natrum arsenicicum, arsenias natricus*, arséničnan sodnatý, soda arsénová; — **ätzendes,** Ätznatron, Natriumoxyd, Natronhydrat, *natrum causticum, oxydum natricum, hydras sodae*, natron žíravé, hydrát kysličníku sodnatého; — **azotsaures** v. Natron, salpetersaures; — **baldriansaures,** Sodavalerat, *natrum valerianicum, valeras sodae*, valeran sodnatý; — **basisch-boraxsaures** v. Borax; gereinigter; — **basisch-kohlensaures** v. Soda, krystallisirte; — **benzoesaures,** Natronbenzoat, *natrum benzoicum, benzoas natricus seu sodae*, benzoan sodnatý; — **bernsteinsaures,** Bernsteinsoda, Sodasuccinat, *natrum succinicum, soda succinata, succinas sodae seu natricus*, jantaran sodnatý; — **bilinsaures** v. Natron, gallensaures; — **boraxsaures** doppeltes v. Borax, gereinigter; — **bromwasserstoffsaures** v. Natron, hydrobrom saures; — **chlorsaures,** Sodiumoxydchlorat, Sodachlorat, Natronchlorat, *natrum chloricum, chloras sodae, murias oxygenatus natricus*, chlórečnan sodnatý; — **chlorwasserstoffsaures** v. Kochsalz; — **choleïnsaures** v. Natron, gallensaures; — **chromsaures,** Natriumoxydchromat, *natrum chromicum, natrium oxydatum chromicum, chromas sodae seu natricus*, chróman sodnatý; — **doppeltborsaures** v. Borax, gereinigter; — **doppeltkohlensaures,** Natronbikarbonat, Soda zu Brausepulvern, *natrum carbonicum acidulum, bicarbonas sodae, natrum bicarbonicum, soda bicarbonica*, dvojuhličitan sodnatý, soda ku vřivým práškům; — **eisenblausaures,** Natriumeisencyanür, Cyaneisennatrium, blausaures Eisennatron, *natrum ferrohydrocyanicum, ferrohydrocyanas natricus*, ferrokyanid sodnatý; — **essigsaures,** essigsaure Soda, Natronacetat, Sodaacetat, Natriumoxydacetat, krystallisirte Blättererde, mineralisches Essigsalz, Essignatron, *natrum aceticum, soda acetata, acetas natricus seu sodae, natrium oxydatum aceticum, terra foliata tartari crystallisata, alkali minerale acetatum*, octan sodnatý, octová sůl mineralná; — **gallensaures,** choleïnsaures oder bilinsaures, Natroncholeïnat, Natronbilinat, Sodiumoxydcholeïnat, *natrum choleïnicum seu bilinicum, choleïnas natricus seu sodae, natrium oxydatum choleïnicum*, cholean sodnatý; — **gereinigtes** v. Soda, krystallisirte; — **hydrobromsaures** oder bromwasserstoffsaures, Bromnatrium, Bromsodium, Natriumbromid, Sodiumbromid, *natrum hydrobromicum, natrium bromatum, brometum natri seu sodae, hydrobromas natricus*, brómid sodnatý; — **hydro-**

chlorsaures *v.* Kochsalz; — **hydrocyansaures,** Cyannatrium, *natrum hydrocyanicum*, kyanid sodnatý; — **hydrojodsaures** *v.* Jodnatrium; — **hypophosphorigsaures** *v.* Natron, unterphosphorigsaures; — **jodsaures,** Sodiumoxydjodat, *natrum jodicum, jodas natricus seu sodae*, jódičnan sodnatý; — **jodwasserstoffsaures** *v.* Jodnatrium; — **kieselflußsaures** *v.* Fluorkieselsodium; — **kieselsaures** *v.* Kieselnatron; — **kleesaures** *v.* Natron, sauerkleesaures; —**kohlensaures einfaches** oder basisches *v.* Soda, krystallisirte; —**kohlensaures neutrales** *v.* Natron, doppeltkohlensaures; — **kohlensaures wasserfreies** *v.* Soda, kalzinirte; — **molybdänsaures,** Sodawasserblei, *natrum molybdaenicum, molybdas sodae seu natricus, soda molybdaenica*, molybdénan sodnatý; — **muriumsaures** *v.* Kochsalz; — **oxalsaures** *v.* Natron, sauerkleesaures; — **phosphormolybdänsaures,** *natrum phospho-molybdaenicum*, fosforo-molybdénan sodnatý; — **phosphorsaures,** Natronphosphat, Phosphorsode, Perlsalz, *natrum phosphoricum, phosphas sodae seu natricus, sal mirabile perlatum*, fosforečnan sodnatý, sůl perlová; — **pyrophosphorsaures,** *natrum pyrophosphoricum*, pyrofosforečnan sodnatý; — **reines** *v.* Natron, ätzendes; — **salpetersaures** *v.* Salpeter, würfligter; — **salzsaures** *v.* Kochsalz; — **santonsaures** *v.* Santoninnatron; — **sauerkleesaures,** oxal- oder kleesaures, Sodiumoxydoxalat, Sauerkleesoda, *natrum oxalicum, oxalas sodae seu natricus, soda oxalica, natrium oxydatum oxalicum*, šťovan sodnatý; — **scheelsaures,** wolframsaures, tungsteinsaures o. schwersteinsaures, *natrum scheelicum, wolframicum seu tunsticum, wolframas sodae seu natricus, scheelas sodae seu natricus, tunstas sodae seu natricus*, šélan sodnatý; — **schwefelsaures,** *v.* Glaubersalz; — **schwefelsaures saures,** *natrum sulphuricum acidum*, dvojsíran sodnatý; — **schwefligsaures,** Sodasulphit, Natriumoxydsulphit, *natrum sulphurosum, sulphis sodae s. natricus, natrium oxydatum sulphurosum*, siřičitan sodnatý; — **schwersteinsaures** *v.* Natron, scheelsaures; — **siliciumsaures** *v.* Kieselnatron; — **sukcinsaures** *v.* Natron, bernsteinsaures; — **tartarisirtes** *v.* Natron, weinsteinsaures; — **tungsteinsaures** *v.* Natron, scheelsaures; — **überkohlenstoffsaures** *v.* Natron, doppeltkohlensaures; — **unterphosphorigsaures** oder hypophosphorigsaures, Sodahypophosphit, *natrum hypophosphorosum, hypophosphis sodae seu natricus*, fosfornatan sodnatý; — **unterschwefelsaures,** Sodahyposulphat, *natrum hyposulphuricum, hyposulphas sodae seu natricus, soda hyposulphurica*, siřičnan sodnatý; — **unterschwefligsaures,** Sodahyposulphit, Antichlor, *natrum hyposulphurosum, hyposulphis sodae seu natricus, soda hyposulphurosa*, sirnatan sodnatý, antichlór, kazichlór; — **uransaures,** Uranoxydnatron, Natronuranat, *natrum uranicum, uranium oxydatum natronatum, uranas sodae seu natrii*, kysličník uranito-sodnatý, uranitan sodnatý; — **vitriolsaures** *v.* Glaubersalz; — **wasserblei-**

saures v. Natron, molybdänsaures; — **wasserstoffbromsaures** v. Natron, hydrobromsaures; — **wasserstoffchlorsaures** v. Kochsalz; — **wasserstoffjodsaures** v. Jodnatrium; — **weinsaures** v. Natron, weinsteinsaures; — **weinsteinsaures** oder weinsaures, weinsteinsaure Soda, Sodatartrat, Natrontartrat, Sodiumoxydtartrat, Natronweinstein, Sodaweinstein, *natrum tartaricum, soda tartarisata, tartras sodae seu natricus, natrium oxydatum tartaricum, tartareum natronatum*, vínan sodnatý; — **weinsteinsaures kalisches** v. Seignettesalz; — **wolframsaures** v. Natron, scheelsaures; — **zinnsaures,** Zinnoxydnatron, zinnsaure Soda, Natronzinnoxyd, *natrum stannicum, natrium oxydatum stannicum, soda stannata, oxydum stanni natronatum, stannas sodae seu natricus*, cíničitan sodnatý; — **zitronensaures,** Zitronensoda, Natriumoxydcitrat, *natrum citricum, soda citrata, natrium oxydatum citricum, citras natricus seu sodae*, citran sodnatý.

Natron-acetat v. Natron, essigsaures; —**alaun,** schwefelsaures Thonerdenatron, *alumen natronatum, sulphas aluminae et sodae, alumina natri sulphurica*, kamenec sodnatý, síran hlinito-sodnatý; —**ammoniak, phosphorsaures,** ammoniakalisches Natronphosphat, phosphorsaures Ammoniaknatron, Phosphorsalz, Harnsalz, *natrium phosphoricum ammoniacatum, phosphas natri et ammoniae, sal microcosmicum, sal urinae nativum*, fosforečnan sodnato-ammonatý, sůl fosforečná, sůl močová; —**arsenat** v. Natron, arseniksaures; —**benzoat** v. Natron, benzoesaures; —**bikarbonat** v. Natron, doppeltkohlensaures; —**bilinat** v. Natron, gallensaures; —**borat** v. Borax, gereinigter; —**chlorat** v. Natron, chlorsaures; —**choleïnat** v. Natron, gallensaures; —**chromat** v. Natron, chromsaures; —**doppelkarbonat** v. Natron, doppeltkohlensaures; —**essigsalz** v. Natron, essigsaures; —**ferroprussiat** v. Natron, eisenblausaures; —**formiat** v. Natron, ameisensaures; —**glas,** sklo sódové; —**goldoxydulhyposulphit** v. Goldoxydulnatron, unterschwefligsaures; —**hydrat** v. Natron, ätzendes; — **flüssiges** v. Natronlauge; —**hydrobromat** v. Natron, hydrobromsaures; —**hydrochlorat** v. Kochsalz; —**hypophosphit** v. Natron, unterphosphorigsaures; —**hyposulphat** v. Natron, unterschwefelsaures; —**hyposulphit** v. Natron, unterschwefligsaures; —**jodat** v. Natron, jodsaures; —**kali,** weinsteinsaures v. Seignettesalz; —**karbonat** v. Natron, kohlensaures; —**kiesel** v. Kieselnatron; —**kieselfluorat** v. Fluorkieselsodium; —**krystalle** v. Soda, krystallisirte; —**lauge,** *liquor natri caustici*, louh sódový; —**molybdat** v. Natron, molybdänsaures; —**muriat** v. Kochsalz; —**nitrat** v. Salpeter, würfligter; —**oxalat** v. Natron, sauerkleesaures; —**oxymuriat** v. Natron, chlorsaures.

Natronphosphat v. Natron, phosphorsaures; — **ammoniakalisches** v. Natronammoniak, phosphorsaures.

Natron-phosphormolybdat v. Natron, phosphormolybdänsaures; —**pyrophosphat** v. Natron, pyrophosphorsaures; —**salpeter** v. Salpeter, würfligter; —**salz,** hemiprismatisches, salajka č. soda polouhranolová; —**scheelat** *v.* Natron, scheelsaures; —**seife,** mýdlo sodnaté neb natronové; —**silikat** *v.* Kieselnatron; —**stannat** *v.* Natron, zinnsaures; —**sukcinat** *v.* Natron, bernsteinsaures; —**sulphat** *v.* Glaubersalz; —**sulphit** *v.* Natron, schwefligsaures; —**tartrat** *v.* Natron, weinsteinsaures; —**tungstat** *v.* Natron, scheelsaures; —**uranat** *v.* Natron, uransaures; —**valerianat** *v.* Natron, baldriansaures; —**vitriol** *v.* Glaubersalz; —**wasserglas** *v.* Kieselnatron; —**weinsalz** *v.* Seignettesalz; —**weinstein** *v.* Natron, weinsteinsaures; —**wolframat** *v.* Natron, scheelsaures; —**zinnoxyd** *v.* Natron, zinnsaures.

Natrum *v.* Laugensalz, mineralisches.

Natterknötterig, Natterwurzel, Schlangenwurzel, *radix bistortae*, kořen hadí, hadinčí, hadovčí, užovníkový čili husy čapaté.

Natterkopf, wilde Ochsenzunge, *herba echii seu buglossi agrestis*, hadí hlava, haděnec, volový jazyk planý, liščí čili vlčí ocas; —**wurzel,** *radix echii seu viperini*, kořen haděnčí čili hadí hlavy.

Naturpapier, papír přírodní.

Neapelgelb, neapolitanische Erde, Gialolino, *citrinum neapolitanum*, žluť neapolská.

Neapolitain, neapolitén.

Nelken *v.* Gewürznelken.

Nelken-blüthen, *flores tunicae*, květ karafiátový čili hvozdíkový; —**kassia** *v.* Nelkenzimmt; —**liqueur,** likér hřebíčkový; —**mutter,** Mutternäglein, Mutternelken, *anthophylli*, matka hřebíčková, hřebíček větší; —**öl,** *oleum caryophyllorum*, silice hřebíčková, olejík hřebíčkový; —**pfeffer** *v.* Piment; —**rinde** *v.* Nelkenzimmt; —**samen,** *semen dianthi*, semeno karafiátové čili hvozdíkové; —**wurzel** *v.* Benediktenwurzel; —**zimmt,** Nelkenkassia, Nelkenrinde, *cortex cassiae caryophyllatae*, kůra kasie hřebíčkové; —**zimmtöl,** *oleum cassiae caryophyllatae*, silice kasie hřebíčkové.

Nelumbosamen *v.* Bohnen, ägyptische.

Neroliöl, Orangen- oder Pomeranzenblüthenöl, *oleum seu essentia neroli, oleum naphae*, silice nerolová čili z květu pomorančího.

Nerven-essenz, esence k posilnění nervů; —**extrakt,** čivní výtah čili extrakt; —**tinktur,** Bestuscheff'sche *v.* Schwefeläthergeist, eisenhaltiger.

Nerzfell, kožka norčí, spratek norkový.

Nessel-garn, příze kopřivová; —**kraut** *v.* Brennessel; —**samen,** spanischer, *semen urticae romanae*, semeno kopřivy římské.

Nestelnadel, jehla k čepení.

Netzhaube, gestrickte Haube, čepec síťkový.

Neublau, Waschblau, *coeruleum novum*, modřidlo, modřilky, kamínky modré.

Neugelb, *citrinum novum*, žluť nová.

Neugewürz *v.* Piment.

Neugrün, *viride novum*, zeleň nová.

Neuhauserblau, modř jindřichohradecká.
Neunaugen, Brike, bryka, okatice.
Neunkraft *v.* Pestilenzwurzel.
Neu-roth, červeň nová; —**silber,** stříbro nové.
Neutraltinte, inkoust neutrálný.
Neuweiß *v.* Mineralweiß.
Neuwieder-blau, modř neuvídská; —**grün,** *viride neuwiediense,* zeleň neuvídská.
Neuzinnober *v.* Chromroth.
Nichts, graues, *v.* Tutie, graue; — **weißes** *v.* Almey.
Nickel, *niccolum,* nikl, broník, pochvistík; —**acetat** *v.* Nickeloxyd, essigsaures; —**chlorür** *v.* Nickeloxyd, salzsaures; —**halbsäure** *v.* Nickeloxyd; —**hydrochlorat** *v.* Nickeloxyd, salzsaures; —**karbonat** *v.* Nickeloxyd, kohlensaures; —**muriat** *v.* Nickeloxyd, salzsaures; —**nitrat** *v.* Nickeloxyd, salpetersaures; —**oxalat** *v.* Nickeloxyd, oxalsaures.
Nickeloxyd, Nickelhalbsäure, Nickelkalk, *niccolum oxydatum, oxydum niccoli, calx niccoli,* kysličník niklitý neb broničitý; — **chlorwasserstoffsaures** *v.* Nickeloxyd, salzsaures; — **essigsaures,** Nickelacetat, *niccolum aceticum, acetas niccoli*, octan nikelnatý; — **hydrochlorsaures** *v.* Nickeloxyd, salzsaures; — **kleesaures** *v.* Nickeloxyd, oxalsaures; — **kohlensaures,** Nickelkarbonat, *niccolum carbonicum, carbonas niccoli,* uhličitan nikelnatý; — **oxalsaures,** kleesaures oder sauerkleesaures, Nickeloxalat, *niccolum oxalicum, oxalas niccoli,* šťovan nikelnatý; — **salpetersaures,** Nickelnitrat, Nickelsalpeter, *niccolum nitricum, nitras niccoli,* dusičnan nikelnatý; — **salzsaures,** hydrochlorsaures oder chlorwasserstoffsaures, Nickelmuriat, Nickelchlorür, *niccolum muriaticum seu hydrochloricum, murias niccoli, chloretum niccoli, hydrochloras niccoli,* chlórid nikelnatý; — **sauerkleesaures** *v.* Nickeloxyd, oxalsaures; — **schwefelsaures** oder vitriolsaures, Nickelsulphat, Nickelvitriol, *niccolum sulphuricum seu vitriolicum, sulphas niccoli,* síran nikelnatý.
Nickel-salpeter *v.* Nickeloxyd, salpetersaures; —**sulphat** *v.* Nickeloxyd, schwefelsaures; —**vitriol** *v.* Nickeloxyd, schwefelsaures.
Nierenstein, Nervenstein, *lapis nephriticus,* nefrit, kámen ledvinový, ledvinec.
Nies-garbe *v.* Bertramgarbe; —**pulver,** *pulvis sternutatorius,* prášek kýchavý.
Nieswurzel, falsche, böhmische Christwurzel, *radix adonidis vernalis,* falešné kořeni černé, kořen slepého máku, hořké trávy, polní růžičky čili elleboru českého; — **schwarze,** Christwurzel, Schneerose, *radix hellebori seu ellebori nigri seu melampodii,* kořen čemeřice černé, elleboru černého, kýchavky černé, lekořky černé, čemerkový, červenkový čili andělkový, koření černé, koření sv. Ducha; — **weiße,** weißer Germer, *radix veratri albi, hellebori seu ellebori albi,* kořen elleboru bílého, kýchavice čili čemeřice bílé.

Nieswurzel-extrakt, schwarzer, *extractum radicis hellebori nigri,* výtah z kořene elleboru černého čili čemeřice černé; **—extrakt, weißer,** *extractum ellebori albi,* výtah z kořene elleboru bílého čili čemeřice bílé; **—tinktur,** *tinctura radicis hellebori nigri,* tinktura z kořene elleboru černého čili čemeřice černé.

Niet, Nietnagel, Schuhnagel, nýt, nejt, nejtek.

Nigritine, černilka.

Nikotianin, *nicotianinum,* nikotianin.

Nikotin, *nicotinum, tabacinum,* nikotin, tabacin, duchanina, tabákovina.

Ninsiwurzel, *radix ninsing,* ninsing, ninsi.

Nitrobenzol, fr. *essence de Mirban,* nitrobenzolum, nitrobenzid.

Nitroferrocyan-kupfer *v.* Nitroprussidkupfer; **—natrium** *v.* Nitroprussidnatrium.

Nitroglycerin *v.* Glonoin.

Nitrophänissäure, Pikrinsäure, *acidum nitrophenisicum seu picronitricum,* kyselina nitrofenesová, pikrová neb trinitrofénylnatá.

Nitroprussid-kupfer, Nitroferrocyankupfer, Kupfernitroferrocyanid, *cuprum nitroprussicum, nitroprussias cupricus,* nitroprusid měďnatý; **—natrium,** Nitroferrocyannatrium, Natriumnitroferrocyanid, *nitroprussias natricus, nitro-ferrocyanetum natri, natrum nitro-borussicum,* nitroprusid sodnatý.

Nitrylsäure *v.* Azotsäure.

Nobilta, nobilta.

Nonpareille, nonpareille (rukodílný výrobek).

Nürnbergerroth *v.* Bolus, gemeiner.

Nordhäuser Liqueur, likér nordhauský.

Nußbaumholz, dříví ořechové, ořešina; **—grund,** pokost ořechový, (pokostový) základ ořechový.

Nußblätterextrakt, *extractum juglandis foliorum,* výtah z listů ořechových.

Nüße, ägyptische *v.* Behennüße; **— aromatische** *v.* Muskatnüsse; **— griechische** *v.* Mandeln; **— indianische** *v.* Kokosnüße; **— kleine** indische *v.* Fischkörner; **— syrische** *v.* Pistazien; **—welsche,** *nuces regiae seu juglandes,* ořechy vlaské neb královské.

Nuß-geist, líh ořechový; **—knacker,** louskáček; **—öl,** *oleum nucum,* olej ořechový; **—pomade,** pomáda ořechová.

Nußschalen, *cortex nucis juglandis,* šlupky ořechové; **—extrakt,** *extractum corticis nucis juglandis,* výtah z šlupek ořechových.

Nuth-hobel, loutkář, dražebník; **—säge,** pila dražební.

Nymphenwurzel *v.* Seerosenwurzel.

O.

Obereisen, papřice.
Obergurt, svrchní popruh, náhřbetník, pohřbetník.
Obergurtschnallen, přesky náhřbetníkové č. na svrchní popruh.
Oberkohlrabi, Kohlrabi über der Erde, brukev, bředovka, kelruh, kedluben.
Oberleder *v.* Fahlleder.
Obersalzbrunn, schlesischer, solná voda slezská.
Oblaten, fr. *oublies*, angl. *wafers*, oplatky k pečetění.
Ocher, Ocker, *ochra*, ogr, ochr, okr; — **brauner,** *ochra fusca*, ochr hnědý; — **gelber** *v.* Satinober; — **orange,** *ochra aurantiaca*, ochr oranžový.
Ochsenbrechwurzel *v.* Hauhechel.
Ochsen-galle, eingedickte, *fel tauri inspissatum*, žluč volská zavařená; —**haut,** volovina, kůže volská; —**hörner,** rohy volské; —**ketten,** vazáky volské; —**schweife,** ocasy volské; —**zaumketten,** řetízky ohlávkové na voly; —**zugstrang,** prostraněk volský.
Ochsenzunge, gemeine oder wilde *v.* Natterkopf; — **geräucherte,** jazyk volský uzený.
Ochsenzungen-kraut, *herba buglossi seu anchusae*, volový jazyk, pilát lékařský; —**wurzel,** *radix buglossi seu anchusae*, kořen jazyku volového čili pilátu lékařského; — rothe *v.* Alkannewurzel, falsche.
Ockergelb *v.* Gelberde.
Odermennig *v.* Ackermennig.
Öfen, gußeiserne, kamna železná z litiny.
Ofen-bruch, grauer *v.* Tutia; —**farbe,** Ofenschwärze *v.* Graphit; — **gabel,** rasoška; —**hals,** kachel kamnový; —**röhren,** viereckige mit gefeilten Bändern, trouby k pečení čtyrhranné s pilovanými pásky; —**röste,** roště; — mit Rahmen, Kodymröste, r. v rámcích, kodymky.
Ofen-schuber, kamnové zástrčky čili šubry, kamnová šoupátka; —**thürl** aus Eisen, polirtes, dvířka do kamen železná leštěná; — aus Messing, platirtes, d. mosazná plátovaná; — ganz Gußbeschlag, dvířka kamnová z litiny kovaná; — unbeschlagenes, d. neokovaná.
Ohnblatt *v.* Blattlos.
Ohrbohrer, nebozéz ušatý.
Ohren-brecherschwamm *v.* Hollunderschwamm; —**liqueur,** schweizer, ušní likér švýcarský; —**pillen,** pilulky ušní.
Ohr-gehänge, náušnice; —**löffelkraut** *v.* Kukubalkraut.
Öl der holländischen Chemiker, *v.* Elaylchlorür; — **des ölbildenden Gases** *v.* Elaylchlorür; — **Dippels** *v.* Hirschhornöl, ätherisches; — **holländisches** *v.* Elaylchlorür; — **philosophisches** *v.* Philosophenöl; — **rothes,** *oleum rubrum*, olej červený; —

russisches v. Birkenöl; — **sicyonisches** v. Olivenöl; — **thierisches ätherisches** v. Hirschhornöl, ätherisches; — **thierisches brenzliches** v. Hirschhornöl, stinkendes.

Ölbaum-harz v. Elemi; —**rinde,** Olivenrinde, *cortex oleae,* kůra olivová.

Oleander, wilder v. Weiderich; —**rinde,** Konessirinde, *cortex profluvii, antidysentericus seu conessi,* kůra bobkovnicová čili růže bobkové.

Olein, *oleinum,* olein.

Öl-farbe, barva olejová čili olejná; —**firniß,** *vernix,* pokost olejový; —**grün,** Ölneugrün, zeleň olejná.

Olibanum v. Weihrauch.

Olium v. Vitriolöl.

Oliven, eiserne, olivy železné; — grüne (Frucht), olivky zelené; — messingene, o. mosazné; — pakfongene, o. pankfongové; —**baumrinde** v. Ölbaumrinde; —**holz,** dřevo olivové; —**öl,** gewöhnliches v. Baumöl.

Öl-kreidestifte, farbige, tužky olejové barevné; —**kuchen,** pokrutiny, báby, bochnice, opelky, záboje; —**magsamen** v. Mohn; —**nitzwurzel** v. Elsenich; —**nüsse** v. Behennüße; —**ruß,** saze olejné; —**samen** v. Sesamsamen; —**seife,** mýdlo olejové; —**süß** v. Glycerin; —**weiß,** běloba olejná; — **zucker,** *oleosacchara,* cukr olejový.

Ombré, ombré (látka střížná).

Önantäther, önanthsaures oder fitinsaures Äthyloxyd, *aether oenanthicus,* éther énanthový, tresť énanthová neb vinná, énanthan éthylnatý.

Önyloxydhydrat v. Aceton.

Operment v. Arsenik, gelber.

Opian, Narkotin, *opianum, narcotinium,* opian, narkotin; —**säure** v. Mekonsäure.

Opium, *opium,* opium, opij, spánek; —**extrakt,** *extractum opii,* výtah opijový; —**säure** v. Mekonsäure; —**wasser,** *aqua opii,* voda opijová čili opiumová.

Opobalsam v. Balsam von Mekka.

Opodeldok, seifenhaltiges Kampherliniment, *opodeldok, linimentum saponato-camphoratum, sapo ammoniacalis camphoratus,* opodeldok, nátěř mýdlo-kafrová, mýdlo ammoniakové kafrové.

Opoponax v. Panax.

Opuntie, indische Feigenblätter, *folia opuntiae,* list nopálový.

Orangen v. Apfelsinen.

Orangenblüthen-öl v. Neroliöl; —**wasser,** *aqua naphae seu aurantiorum,* fr. *eau de fleurs d'orange,* voda z květu pomarančového.

Orangen-liqueur, likér oranžový; —**öl** v. Pomeranzenöl; —**schalen** v. Pomeranzenschalen.

Oranienöl v. Bergamottöl.

Organdis, organdis (látka bavlněná).
Organsinseide, hedbáví osnovné.
Oricelle *v.* Orseille.
Orientale, oriental (látka bavlněná).
Orientine, orientin (látka bavlněná).
Originalgrün, zeleň originalní.
Orkannetwurzel *v.* Alkannewurzel.
Orlean, orlean.
Orlean, Roucou, Ruku, Arnotte, Bechet, Anotte, *orellana, orleana, bixa,* orlean, žluť orleanská, ruku; — in Bast, orlean v lýčí; — in Körben, orlean v koších.
Orseille, Oricelle, Roccelle, Perelle, Orchel, *lichen roccellae,* orseil, orsilie, orsela, oricel.
Osemund, angl. *osborn-iron,* osmund (druh švédského železa).
Osmazom, *osmazonum,* osmazom, jichovina.
Osmium, *osmium purum,* osmium, voník; **—oxyd,** *osmium oxydatum, oxydum osmiac,* kysličník osmičitý.
Ossa sepiae *v.* Fischbein, weißes.
Oster-blume *v.* Küchenschellenkraut; **—luzeikraut,** *herba aristolochiae,* podražec, smradlavý traňk, vlkové jablko, hořký traňk, kokorňák.
Osterluzeiwurzel, lange, wahre oder wälsche, Langhohlwurz, Heilblatt, Bruchwurz, *radix aristolochiae longae seu verae,* kořen podražce čili kokorňáku dlouhého; — **runde,** Gebärmutterwurzel, Rundhohlwurz, *radix aristolochiae rotundae,* kořen podražce čili kokorňáku okrouhlého.
Ostermehl, velikonoční mouka.
Ostritzenmeisterwurzel *v.* Meisterwurzel.
Oswegothee *v.* Monardenkraut.
Otterbalg, kůže vydří čili vydrová.
Oxal-äther, kleesaures Äthyloxyd, Kleenaphtha, *aether oxalicus, oxalas aethylicus seu aethericus, naphtha oxalica,* štovan éthylnatý; **—säure** *v.* Kleesäure.
Oxamid, *oxamidum,* oxamid.
Oxyakanthin, *oxyacanthinum,* oxyakantin; — **salzsaures,** hydrochlorsaures oder chlorwasserstoffsaures, *oxyacanthinum hydrochloricum seu muriaticum, hydrochloras seu murias oxyacanthiae,* chlórid n. chlórovodan oxyakantinný.
Oxy-azotäther *v.* Salpeteräther; **—bromsäure** *v.* Bromiumsäure; **—chlorsäure,** überoxydirte Chlorsäure, Überchlorsäure, *acidum hyperchloricum, perchloratum seu chloricum oxydatum,* kyselina chlóristá; **—jodine** *v.* Jodsäure; **—lizarinsäure** *v.* Krapppurpur; **—thionsäure** *v.* Schwefelsäure, englische.

P.

Packhadern, feine, hadry řežné pěkné; — grobe, h. řežné hrubé; — ordinäre h. křečné sprosté.

Pack-lack, pečetní vosk nejsprostší; **—leinen,** Packleinwand, Packtuch, plátno řežné čili křečné; **—nadel,** Sacknadel, jehla sešívací, hrubá jehla k šití pytlů, jehla na pytle; **—papier,** papír obálkový, obalovací nebo na obálky.

Paillelack, *lacca straminea seu palide flava,* lak slámobarvý čili bledožlutý.

Pakfong, Neusilber, pakfong, stříbran, novokov, argentan, nové stříbro; **—blech,** plech pakfongový; **—draht,** drát pakfongový.

Pakoswolle *v.* Alpakoswolle.

Palisanderholz, dřevo palisandrové.

Palladium, *palladium,* palladík, pallad; — **salpetersaures,** Palladiumnitrat, *palladium nitricum, nitras palladii,* dusičnan palladnatý; — **salzsaures** *v.* Chlorpallad.

Palladium-chlorür *v.* Chlorpallad; **—nitrat** *v.* Palladium, salpetersaures; **—natronhydrochlorat,** Chlorpalladiumnatrium, Natriumpalladiumchlorür, *palladium hydrochloricum natronatum, hydrochloras palladii et sodae,* chlórid paladičito-sodnatý.

Palma-Christi *v.* Rizinuskörner.

Palmarosaöl, Geraniumöl, *oleum geranii seu palma rosa,* silice čapínosová růžovonná.

Palmbutter, *butyrum galamahense,* tuk palmový.

Palmendistelblätter *v.* Hülsenblätter.

Palm-öl, *oleum palmae, butyrum galamahense,* olej palmový, máslo galamské, tuk palmový; **—wachs** *v.* Pflanzenwachs; **—weidenrinde,** *cortex salicis capreae,* kůra jívová, hyvová, yvová neb rokytová.

Panax, Opoponax, *opoponax, gummi opoponacis,* opoponax, klí panaxové; **—laserwurzel,** *radix panacis chironii seu panacis heraclii,* kořen hladýše archangelského; **—wurzel** *v.* Ginseng.

Pankopal *v.* Kopal.

Pantherhaut, pardalovina, kůže pardalová.

Pantoffelholz *v.* Korkholz.

Papagei-grün, zeleň papoušková; **—kraut,** *herba amaranthi tricoloris seu papagalli,* laskavec trojbarvý.

Papaverin, *papaverinum,* papaverin.

Papeline, papelin (hladká látka).

Papier, papír; — blasenziehendes, Vesikatorpapier, p. vesikatorový; — bunt bedrucktes, p. strakatý; — gefärbtes, p. barvený; — geleimtes, p. klížený, klejovaný; — marmorirtes, p. mramorovaný.

Papierblumen, květiny papírové; **—samen,** semeno suchokvětové.

Papier-bordüren, bordury papírové; **—maché**, Papierteig, papírovka; **—zigarren**, doutníky papírové, cigary papírové.

Pappel-blüthen *v.* Baummalvenblüthen; **—knospen**, *oculi populi*, poupata topolová; **—knospenpomade**, pomáda z poupat topolových; **—knospenöl**, olej z poupat topolových; **—rinde**, *cortex populi*, kůra topolová; **—salbe**, *unguentum populeum*, mast topolová.

Pappendeckel, fr. *carton*, angl. *pasteboard*, slepenka, lepenka.

Paprika, *v.* Pfeffer, spanischer.

Paraborinde, *cortex parabo*, parabo, kůra parabo.

Paradies-äpfel *v.* Adamsäpfel; **—holz** *v.* Adlerholz; **—körner**, Guineapfeffer, *grana paradisi*, *maniguetta seu meleguetta*, *piper Guineae*, zrna čili jadérka rajská, pepř guinejský.

Paraffin, *paraffinum*, paraffin; **—fett**, belgisches, tuk paraffinový belgický, mazadlo paraffinové.

Paraguaythee, Südseethee, *folia paraguayae*, *herba apaluchines*, thé paraguajské, listy cesminy dávivé.

Parakressenkraut, *herba spilanthes oleracei*, *folia spilanthes oleracei*, plamatka zelná.

Paramaleinsäure *v.* Lichensäure.

Paramattas, paramata.

Para-morphin, Thekain, paramorfin, thekain; **—nüsse**, ořechy amerikánské.

Paratadorinde, *cortex paratado*, paratado, kůra paratado.

Paratartersäure *v.* Traubensäure.

Pareira *v.* Grieswurzel.

Parfümseife, mýdlo voňavé.

Parillinsäure *v.* Sassaparilin.

Pariparabowurzel, *radix pariparabo*, kořen pariparabo, pariparabo.

Pariser-blau, *coeruleum parisiense*, modř pařížská; **—gelb**, *v.* Mineralgelb,; **—grün**, zeleň pařížská; **—lack**, lak pařížský; **—roth**, červeň pařížská; **—schwarz**, Frankfurterschwarz, čerň pařížská, čerň frankfurtská.

Pariskraut *v.* Einbeere.

Parmesankäse, parmezán, sýr parmský.

Parquett-federhobel, hoblík s pérem na parkety; **—nuthhobel**, dražebník parketový.

Passauerhacke, pasovská sekera.

Pastellfarben, Farbenstifte, pastely, tužky barevné.

Pastilles de Vichy, caltičky Vichské.

Pastinak-samen, *semen pastinacae sativae seu claphobosci*, semeno dřenkové čili paštrnákové; **—wurzel**, *radix pastinacae sativae*, kořen dřenkový čili paštrnákový.

Patchouly-kraut, *herba patchouly*, patchouly, patšuly, pačuly; **—öl**, *oleum patchouly*, silice patchoulová.

Patent-eisen, železo patentní; —**gelb** *v.* Mineralgelb; —**schlösser,** unaufsperrbare, výsadní zámky s dvěma klíčky; —**schrot,** Villacher, patentní broky bělácké; —**wagenfett,** belgisches, patentní kolomaz belgická.

Paternoster, Rosenkranz, Rosarie, fr. *chapelet, rosaire,* růženec, paternoster.

Patschuly *v.* Patchouly.

Pech, burgundisches oder gelbes, *pix burgundica,* pryskyřice burgundská; — **griechisches** *v.* Kolophonium; — **schwarzes,** Schusterpech, *pix nigra,* smola černá čili ševcovská; — **weißes,** *pix alba,* smola bílá.

Pech-kohle, Gagat, schwarzer Bernstein, *gagata, succinum nigrum,* gagata, jantar černý, uhlí smolovité; —**leinwand,** plátno smolené; —**öl,** *pix liquida,* olej smolný neb dehtový; —**papier** *v.* Gichtpapier.

Pechurim *v.* Pichurimbohnen.

Peitsche, bič.

Peitschenstock, bičiště, žiliště.

Pekkothee, *thea pecco,* thé pekčánské, čaj pekčánský.

Pelo di diavolo, fr. *peau de diable,* kůže čertová (bavlněný satinet); — **nero,** Pelseide, hedbáví pelové.

Pelosin, Cissampelin, *pelosinum, cissampelinum,* pelosin, cissampelin.

Penidzucker , Gerstenzucker, *saccharum penidium,* rampoušky cukrové, cukr ječmenný.

Pepsin, Magenferment, *pepsinum,* pepsin.

Pereiriarinde, *cortex pereiriae,* pereiria, kůra pereiriová.

Perelle *v.* Orseille.

Pergament, fr. *parchemin,* angl. *parchment,* pargamén, pergament, lupeny bělpuchové; —**leim,** klih pargaménový; —**papier** *v.* Velinpapier.

Perkale, perkal (bavlněná látka).

Perl-asche, draslo perlové; —**bohnen,** boby perlové.

Perlen, perle; — birnförmige, p. hruškovité; — bleichfarbige, p. bledobarvé; — fast runde, p. skoro kulovaté; — flachsblüthige, p. lnokvěté; — ganz runde, p. zcela kulaté; — gelbliche, p. nažloutlé; — grünlichte, p. zelenavé; — occidentalische, *perlae seu margaritae occidentales,* p. evropské; — orientalische, *perlae seu margaritae orientales,* p. orientalské; — schwärzlichte, p. černavé; — silberfarbene, p. stříbrovité; — unechte, p. nepravé; — walzenförmige, p. válcovité; — weiße, p. bílé.

Perlen-branntwein, kořalka perlová, perlovka; —**hirse** *v.* Meerhirse; —**materie** *v.* Antimonsäurehydrat; —**salz** *v.* Natron, phosphorsaures.

Perlgraupen, *hordeum perlatum,* krupky perlové.

Perlmutter, Perlmutterschalen, *mater perlarum, nacra margaritarum,* fr. *nacre de perle*, angl. *pearl shell*, matka perlová, perleť, perlovina; —**knöpfe**, knoflíky perleťové.

Perl-sago, sago perlové; —**thee**, Imperialthee, *thea in globulis*, čaj perlový nebo imperialní; —**weiß**, běloba perlová.

Permament-gelb, Barytgelb, gelber Ultramarin, chromsaurer Baryt, *ultramarinum citrinum, baryta chromica, chromas barytae*, žluť barytová, ultramarin žlutý, chróman barnatý, žluť permamentní; —**weiß** *v.* Mineralweiß.

Pernambukholz *v.* Fernambukholz.

Persicoliqueur, likér persikový neb hořkomandlový.

Persio, Kudbear, rother Indigo, *cudbear*, persio, kudbear, indych červený.

Pertram *v.* Bertram.

Perubalsam *v.* Balsam, peruvianischer.

Pestilenz-kraut *v.* Geisraute; —**wurzel**, Neunkraft, Schweißwurzel, *radix petasitidis seu tussilaginis majoris*, kořen koňského kopyta většího čili devětsilu velkého.

Pestwurzelblätter *v.* Kakalienblätter.

Peterkraut *v.* Glaskraut.

Peterling, Petersilie, *herba petroselini seu apii hortensis*, petržel, petružel, apich zahradní; —**öl**, *oleum petroselini*, silice petruželová; —**samen**, *semen petroselini*, semeno petruželové; —**wurzel**, *radix petroselini*, kořen petruželový.

Peters-korn *v.* Speltreis; —**kraut** *v.* Glaskraut.

Petinet, petinet (tkanina síťovitá).

Petroleum *v.* Steinöl.

Peucedanin, *peucedaninum*, peucedanin, smldníkovina.

Pfaffen-hütchen, Pfaffenkappen, Spindelbaum, Spillbaumfrüchte, *fructus evonymi seu tetragoniae*, čepičky kněžské čili kapucínské, kvadrátky; —**pint** *v.* Aronwurzel; —**röhrchen** *v.* Löwenzahn.

Pfanne, gefußte, pánev s nožkami; — langgestielte, p. s dlouhým držadlem.

Pfeffer, äthiopischer, *piper aethiopicum*, pepř éthiopický; — **afrikanischer** *v.* Paradieskörner; — **brasilianischer** *v.* Pfeffer, spanischer; — **gemeiner** *v.* Pfeffer, schwarzer; — **guineischer** *v.* Paradieskörner; — **jamaikanischer** oder indischer *v.* Piment; — **japanischer**, *piper japonicum*, pepř japanský; — **kajenner**, *piper cajenne*, pepř kajennský; — **langer**, Fliegenpfeffer, *piper longum*, pepř dlouhý čili muchový; — **schwarzer**, *piper nigrum*, pepř černý čili obecný; — **spanischer** oder türkischer, Paprika, Beisbeere, *fructus capsici annui, piper hispanicum*, pepř španělský, turecký čili červený, pepřika; — **weißer**, *piper album*, pepř bílý.

Pfeffer-gurken, Znaimer, opepřené okurky znojmské (nakládané); —**kraut** *v.* Bohnenkraut; —**kuchen**, Lebkuchen, fr. *pain d'épice*, marcipán, perník, peruník.

Pfeffermünze, *herba menthae piperitae*, máta peprná.

Pfeffermünz-liqueur, likér peprnomátový; **—öl,** *oleum menthae piperitae,* silice peprnomátová, olej peprníkový; **—zelteln,** Pfeffermünzkuchen, *rotulae menthae piperitae,* kotoučky peprnomátové.

Pfeffer-öl, *oleum piperis,* silice pepřová; **—rohr,** rákos pepřová; **—schwamm,** *agaricus piperatus,* ryzec huňatý, ovčí neb kravský, čirůvka kravská; **—surrogat,** surogat neb důstavek pepřový.

Pfeifen-erde, hlína lulková č. dýmková; **—kopf,** lulka; — Ulmer, ulmovka, lulka ulmská; **—strauch** *v.* Jasminblüthe; **—thon,** hlinka lulková.

Pfeilwurzel, *radix sagittariae,* kořen šípenkový, střílovkový, ušicový čili jazyku hadího, koření šípové neb sv. Valentina; **—mehl** *v.* Arrow-Root.

Pfennigkraut *v.* Egelkraut.

Pferd-bohnen, boby koňské, koňáky; **—bürste,** kartáč koňský, kartáč na koně.

Pferde-decke, doppelte, přikrývka koňská dvojitá; — ungarische, hůně uherská; **—fenchel** *v.* Roßfenchel; **—geschirrlack,** lak na pochvy; **—halfterketten** mit Feder, koňské vazáky s pérem; — mit Knebl, k. vazáky s roubíkem; **—kamm,** hřeben koňský, knoták; — mit Adler, h. s orlíčkem; — mit Löwen, h. s lvíčkem; **—mundstück,** caňk; — mit Rosen, c. s vysedlinou (růžemi); — ordinär gebogenes, c. sprostý kroucený; — verkehrt gebogenes, c. zpět kroucený; **—samen** *v.* Wasserfenchel; **—schwamm,** *spongia pro, equis,* houba koňská; **—schwefel,** Roßschwefel, *sulphur caballinum* síra koňská.

Pfiffelnägel, schweizer, švýcarské cvoky do podpatků.

Pfingstrose *v.* Gichtrose.

Pfirsich, broskev, břeskev; **—äther,** éther broskvový, tresť broskvová; **—blätteröl,** *oleum foliorum persicorum,* silice z listů broskvových; **—blüthen,** *flores persicorum,* květ broskvový čili břeskvový; **—branntwein,** kořalka broskvová, broskvovice; **—kerne,** *nuclei persicorum,* jádra broskvová; **—kerneöl,** *oleum nucleorum persicorum,* silice z jader broskvových.

Pflanzen-leim, Kleber, *glutenum siccum,* klih rostlinný, lep; **—mohr** *v.* Mohr, vegetabilischer; **—mooszelteln,** rostlinné cukerky z mechu; **—papier,** ostindisches, rostlinný papír východoindický.

Pflaster, *emplastrum,* mázka, přílepek, náplast, flastr; — **englisches,** *emplastrum anglicum,* náplast anglická; — **Nürnberger** *v.* Mutterpflaster.

Pflaumen, damascener, damasceny, slívy uherské; **—geist,** kořalka slívová, líh slívový; **—mus,** povidla švestková.

Pflug-eisen, čeříslo, plužní železo, krojidlo; **—radelreifen,** obroučky na plužně; **—scharblech,** radlice.

Pfriemenkraut *v.* Färberginster.

Pfropfe, Korke, Stöpsel, *suberes, epistomia,* zátky korkové.

Pfundleder, Sohlleder, libernice, podešvice.

Pfundlederabfälle, odpadky libernicové.
Pfundsohlleder, podešvice liberní.
Phäoretin, *phacoretinum*, féoretin.
Pharaofeige *v.* Adamsfeige.
Phen *v.* Benzin; **—säure** *v.* Karbolsäure.
Phenyloxalsäure *v.* Benzoesäure.
Philosophenöl, Ziegelöl, *oleum philosophorum seu latcritium*, olej filosofův, cihlový čili lékařský.
Phlöorhizin, *phlocorhizinum*, fléorhizin, hrušovina.
Phocensäure *v.* Baldriansäure.
Phosphor, thierischer Leuchtstein, *phosphorus animalis seu urinac*, fosfor, kostík; — **amorpher,** *phosphorus amorphus*, fosfor beztvárný neb červený; — **Homberg'scher** *v.* Kali, salzsaures.
Phosphor-ammoniak *v.* Ammoniak, phosphorsaures; **—äther,** gephosphorter oder phosphorischer Äther, *acther phosphoratus*, éther fosforovaný; **—chlorid** *v.* Chlorphosphor; **—kupfersalz** *v.* Kupferoxyd, phosphorsaures; **—molybdänsäure** *v.* Molybdänphosphorsäure; **—naphtha** *v.* Phosphoräther; **—pasta,** Phosphorteig, těsto kostíkové; **—salmiak** *v.* Ammoniak, phosphorsaures; **—salz** *v.* Natronammoniak, phosphorsaures.
Phosphorsäure, Knochensäure (irrthümlich Harnsäure), Urinsäure, *acidum phosphoricum seu ossium;* kyselina fosforečná neb kostičná; — **glasartige,** trockene oder geschmolzene, *acidum phosphoricum glaciale, siccum seu fusum*, kyselina fosforečná sklovitá; — **unvollkommene,** phosphorige Säure, *acidum phosphorosum*, kyselina fosforová.
Phosphorsäureäther, *acther phosphoricus*, éther fosforový (éther sirkový).
Phosphor-soda *v.* Natron, phosphorsaures; **—weinstein** *v.* Kali, phosphorsaures; **—wolframsäure** *v.* Wolframsäure, phosphorsaure.
Photogen, fotogen.
Photometer, fotometer, světloměr.
Physik, Physikbad *v.* Libavischer Geist.
Pichurim-bohnen, Magisbohnen, Muskatenbohnen, *fabae pichurim*, pichurymy, pechurymy, boby muškátové; **—rinde,** *cortex pichurim*, kůra pichurymová.
Pignolen *v.* Pinien.
Piknometer, piknometr (nástroj k ustanovení hutnoty nerostů).
Pikrinsäure, Bittersäure, Kohlenstickstoffsäure, Nitrophänissäure, Trinitrophenylsäure, Karbazotsäure, *acidum picronitricum, amarum, nitroxanticum, nitrophenisicum seu carbazoticum*, kyselina pikrová neb trinitrofénylnatá.
Pikro-lichenin, *picrolicheninum*, pikrolichenin, hořčina lišejníková; **—mel,** Gallensüß, Gallenzucker, pikromel, hořkosladina; **—toxin,** Kokkulin, Menispermin, *picrotoxinum, cocculinum, menisperminum*, pikrotoxin, kokkulin, menispermin, chebulovina.

Piloten-schuh, okovec, střevíc na jehlu; —**nägel**, plechováky.
Pilsner Thon *v.* Stangenthon.
Piment, Nelkenpfeffer, englisch Gewürz, Amömlein, Modegewürz, neue Würze, jamaikanischer oder indischer Pfeffer, *semen amomi*, *piper jamaicense*, pimenta, nové kořenf, všechochuf, pepř jamaický, pepř židovský; —**öl**, *oleum pimentae seu amomi*, silice pimentová; —**surrogat**, surogat neb důstavek pimentový.
Pimpernell *v.* Bibernell.
Pimpernuß *v.* Pistazie.
Pimpinell *v.* Bibernell, weißer.
Pinien, Pignolen, Zirbelnüsse, *nuces pinearum*, *pineoli*, pinelky, pineoly; — **indianische** *v.* Purgierkörner; — **von Barbados** *v.* Purgiernüsse.
Pinienöl, *oleum piniae*, olej pineolový neb pinelkový.
Pinksalz, salzsaures Zinnoxydammoniak, Zweifachchlorzinnammoniak, *stannum muriatico-ammoniatum*, *murias seu hydrochloras stanni et ammoniae*, sůl pinková, chlórid cíničito-ammonatý.
Pinsel, fr. *pinceau*, angl. *pencil*, štětec, penzlík; —**stiel**, štětiště, násadka na štětku, držátko na štětec.
Piperin, *piperinum*, pepřovina, pepřina, piperin.
Piquée, piké (tkanina bavlněná).
Pistazien, Pimpernüße, syrische Nüße, *nuces pistaciae*, *pistaciae*, pistacie, klokočková jádra, klokočky; —**gallen** *v.* Terpentingalläpfel.
Pitoyachinarinde *v.* Chinarinde.
Pittakal, pittakal, modrosmolina.
Plafonddekorazionen, dekorace na strop.
Plaid, Plaiding, pléd.
Pläßwolle, vlna s lisinek.
Platin, weißes Gold, *platinum*, platina, platík; — **salzsaures** *v.* Chlorplatin; — **schwarzes** *v.* Platinmohr.
Platinammoniakhydrochlorat *v.* Platinsalmiak.
Platinchlorid *v.* Chlorplatin; —**ammoniak** *v.* Platinsalmiak; —**natrium** *v.* Platinnatriumchlorid.
Platin-kohle *v.* Platinmohr; —**lösung**, *platinum solutum*, *platinum muriaticum solutum*, *liquor chloreti platini*, roztok platinový, roztok chlóridu platičitého; —**mohr**, Kohlenplatin, schwarzes Platin, *aethiops platini*, *carbo platini*, *nigrum platini*, čerň platinová, mouřenín platinový, uhlí platinové; —**muriat** *v.* Chlorplatin; —**natriumchlorid**, Sodachloroplatinat, *platinum natronato-muriaticum*, *natrum hydrochloricum platinatum*, *chloroplatinas natricus*, chlórid platičito-sodnatý.
Platinoxyd, **salzsaures** *v.* Chlorplatin; — **schwefelsaures** *v.* Platinsulphat.
Platinoxyd-ammoniak, salzsaures *v.* Platinsalmiak; —**muriat** *v.* Chlorplatin; —**natron**, salzsaures *v.* Platinnatriumchlorid; —**sulphat** *v.* Platinsulphat.

Platin-salmiak, salzsaures Platinoxydammoniak, Ammoniumplatinchlorid, *sal ammoniacum platinae, platinum ammoniato-muriaticum, ammonium hydrochloricum platinatum, chloroplatinas ammoniae*, salmiak platinový, chlórid ammonato-platičitý; —**schwamm**, *platinum spongiosum*, houba platinová; —**schwarz** *v.* Platinmohr; —**sodiumchlorid** *v.* Platinnatriumchlorid; —**suboxyd** *v.* Platinmohr; —**sulphat**, schwefelsaures Platinoxyd, Platinvitriol, *platinum sulphuricum, sulphas platinae, vitriolum platinae*, síran platičitý, skalice platinová.

Plattblau *v.* Plattindigo.

Plattenhobel, plátovák.

Platt-erbse *v.* Ackernuß; —**garn**, Stoppgarn, příze prošívací.

Plattilles, rohe *v.* Cholets.

Platt-indigo, *indigo in tabulis*, indych v tabulkách neb tabulkový; —**lack** *v.* Schellack; —**seide**, hedvábí vyšívací.

Platz-gold *v.* Knallgold; —**pulver**, *pulvis fulminans seu tonitruans*, prach praskavý neb třaskavý; —**silber** *v.* Knallsilber.

Plüsch, Plüschsammt, plyš, aksamít planý.

Pockenwurzel *v.* Chinawurzel, orientalische.

Pockholz, Pockenholz *v.* Franzosenholz; — **weißes** oder blaßgelbes *v.* Heiligenholz, wahres.

Pokel, brak.

Pokgerebarinde, *cortex pocgerebae*, pokgereba, kůra pokgerebová.

Polackenleinwand, plátno polské.

Poley, Poleyminze, Gartenpoley, Flöhkraut, *herba pulegii seu menthae rubrae*, polej, polejka, máta červená; — **kretischer** *v.* Berglavendel, kretische.

Poleyöl, *oleum pulegii*, silice polejková.

Polier-eisen, dláto hladěcí; —**feile**, pilník hladěcí; —**papier**, Reißpapier, Schmirgelpapier, papír hladěcí; —**roth**, červeň lešticí, prášek krevelový; —**schiefer**, Trippel, trupel, trypl; —**steine**, kameny hladěcí; —**stroh** *v.* Schachtelhalm.

Poliment, poliment, rus. гладка.

Politur, Tischlerpolitur, leštidlo truhlářské, politura.

Pollet, talířek malířský.

Pollmehl, mouka kruchová, šrotová.

Polternüsse, chřapáče, velké ořechy vlaské.

Polychrestsalz *v.* Doppelsalz; — **Glaser'sches** *v.* Doppelsalz; — **Seignettisches** *v.* Seignettesalz.

Poly-chrom, Äskulin, polychrom, éskulin; —**galin**, Senegin, *polygalinium, seneginium*, polygalin, senegin.

Pomeranzen, *fructus aurantiorum*, pomoranče; — **süße** *v.* Apfelsinen; — **unreife**, Kurassaoäpfel, *fructus aurantiorum immaturi, aurantia curassaviensia, poma aurantiorum immatura*, pomoranče nezralé, pomerančátka.

Pomeranzenblätter, Orangeblätter, *folia aurantiorum, folia na-*

phae, listy pomorančové; —**blüthen**, *flores aurantiorum seu naphae*, květ pomorančí; —**blüthenöl** *v.* Neroliöl; —**geist**, líh pomorančí; —**liqueur**, likér pomorančí; —**münze** *v.* Zitronenmünze.

Pomeranzenöl, bitteres, *oleum aurantiorum amarorum*, silice pomorančová hořká; — **süßes**, *oleum aurantiorum dulcium*, silice pomorančová sladká.

Pomeranzenschalen, *cortex aurantiorum*, kůra pomorančová; — — **kandirte** oder überzuckerte, *cortex aurantiorum conditus*, *conditum seu confectum aurantiorum*, kůra pomorančí pocukrovaná neb do cukru zadělaná.

Pomeranzen-schalenöl, *oleum corticum aurantiorum*, silice z kůry pomorančí; —**wasser**, *v.* Orangewasser.

Pomeranzenblüthenwasser, *aqua aurantiorum*, *oranium seu naphae*, voda pomorančí.

Pomesinen *v.* Apfelsinen.

Pomade, pomáda.

Ponax *v.* Panaxgummi.

Porphyr, Purpur, porfyr, brunát; —**oxin**, *porphyroxinum*, porfyroxin.

Porre, Wälschlauch, por zahradní.

Porst *v.* Sumpfporst.

Portlandcement, cement portlandský.

Portugalloöl, *oleum portugallo*, silice portugalová.

Portulak, Burzelkraut, *herba portulacae*, šrucha, kuřínoha; —**samen**, *semen portulacae*, semeno šruchové čili kuřínohové.

Porzellan, porcelán, porculán; —**gut**, porculánovina, směs porculánová; —**kitt**, tmel porculánový neb na porculán.

Postpapier, papír poštovní čili panský.

Pothos, Drachenwurzel, *radix dracontii foetidi*, kořen ďáblíkový n. ještěrový.

Potloth *v.* Graphit.

Potpourri, potpuri (vonná směs).

Pottasche, *v.* Kali, kohlensaures rohes, — **böhmische**, weiße, draslo české bílé; — **gereinigte** *v.* Kali, kohlensaures basisches; — **illyrische**, d. illyrské; —**rohe** *v.* Kali, kohlensaures rohes; — **russische**, blaustichige, d. ruské, zamodralé; — **ungarische**, blaue, d. uherské modré.

Pottaschen-salz *v.* Kali, kohlensaures basisches; —**vitriol** *v.* Doppelsalz, —**weinstein** *v.* Kali, weinsteinsaures.

Pou de soie, pou de soie (vysl. pu d' soa, látka hedvábná).

Präcipitat des Kassius *v.* Goldpurpur; — **gelber** *v.* Turpith, mineralischer; — **grauer** *v.* Quecksilberoxyd, Saunders graues; — **rother** *v.* Merkurialpulver, rothes; — **weißer** *v.* Quecksilber, salzsaures ammoniakhaltiges.

Pragersteine, kameny pražské k hladění, hladěcí kameny na stříbro.

Pratzenwinde, hever, vyzdvihadlo.
Preiselbeeren, *baccae vitis idaeae*, brusnice, červenice, borůvky červené, brusinky; —**blätter,** *folia vitis idaeae*, list brusnicový čili kyhankový.
Preßblech, plech lisovní.
Preßhefe, kvasnice tuhé, droždí lisované.
Preßschwamm *v.* Wachsschwamm.
Preußisch-blau *v.* Berlinerblau; —**roth,** *v.* Braunroth.
Primaschußgarn, příze outková první jakosti.
Primel *v.* Schlüsselblume.
Prinzeßbohnen, Salatbohnen, boby knížecí neb salátové.
Prinzkopfsalat, salát hlávkový knížecí.
Prismenhobel, hoblík hranolový.
Probier-nadel, jehla zkušební neb zkušovací; —**stein,** Streichstein, Goldstein, Kieselschiefer, lydischer Stein, *lapis lydius*, kámen prubířský čili zlatnický, buližník černý, kámen lydský.
Procedées auf Tage's, pařížské kůžičky na kulečník hole.
Provenceröl, Aixeröl, *oleum provinciale*, olej provencký č. aixký.
Prunellen, Brunellen, fr. *prunes de Brignoles*, prunely; —**salz** *v.* Salpeterkügelchen.
Pudelwaage, váhy pudlové, váhy na pudl.
Puder, Haarpuder, pudr na vlasy; — französischer, pudr francouský.
Puglieseröl *v.* Baumöl.
Pulassarrinde, Alixienrinde, *cortex pulassari seu alyxiae*, kůra pulasarová neb vraskounová.
Pulver *v.* Schießpulver; — **antimonialisches** *v.* Kalkphosphat, spießglanzhaltiges; — **des Grafen von Palm** *v.* Magnesia, kohlensaure; — **englisches** *v.* Spießglanzoxydul, gefälltes salzsaures; — **karthäuser** *v.* Mineralkermes; — **Kriel's schlafmachendes** *v.* Schwefelquecksilber, schwarzes; — **von Sentinelly** *v.* Magnesia, kohlensaure; — **sympathetisches,** *pulvis sympatheticus*, prášek sympatetický; — **wiener,** *lapis causticus cum calce*, prášek vídeňský.
Pumpernickel, Elbogner, pumperník Loketský.
Punsch, punč.
Punschessenz, holländische, punčovina holandská; — russische p. ruská.
Punschmassa, punčmassa.
Purgier-flachs *v.* Bergflachs; —**kassie,** Rohrkassie, *cassia fistula*, kasia počisťovací čili černá, kasia fistula, skořice lusková.
Purgierkörner, Granatillkörner, moluktische Körner, *grana tilli, tiglii seu molucca*, zrna tigliová neb molucká; — **große** *v.* Rizinuskörner; — **kleine** *v.* Springkörner.
Purgier-körneröl, *oleum crotonis tiglii*, olej tigliový; —**kraut** *v.* Gnadenkraut; —**lein** *v.* Bergflachs; —**paradiesäpfel** *v.* Ko-

loquinten; —**pillen,** pilule počistivé; —**salz** *v.* Bittersalz; —**wurz** *v.* Jalappenwurzel.

Purpur-amid *v.* Ammoniak, purpursaures; —**braun,** hnědˇ nachová; —**lack,** lak nachový; —**niederschlag** *v.* Goldpurpur; —**schnecke,** nachovec.

Putzkamm, kraple.

Putzkreide, Militärputzkreide, křída vojenská, křída k cídění; —**blaue,** k. vojenská modrá; — **weiße,** k. vojenská bílá.

Putzpulver, englisches, anglický prášek k cídění; —**stein** *v.* Bimsstein.

Puzzolanerde, Puzzolane, puzolana.

Pyro-essigsäure *v.* Holzessig; —**gallussäure,** *acidum pyrogallicum,* kyselina smahloduběnková čili pyrogallová.

Pyrogensäure, Ameisensäure, *acidum pyrogenicum seu formicarum,* kyselina mravenčí.

Pyroholzäther *v.* Methylenoxydhydrat.

Pyroxylin, Schießbaumwolle, *pyroxylinum,* pyroxylin, bavlna střelná.

Pyrophor, Luftzünder, pyrofor.

Pyrrhopin, Sanguinarin, *pyrrhopinum, sanguinarinum, chelerythrinum,* pyrrhopin sanguinarin, chelerythrin.

Q.

Quadrateisen, železo čtvercové.

Quajak-gummi, *gummi seu resina quajaci sive ligni sancti,* pryskyřice kvajaková; —**holz** *v.* Franzosenholz; —**rinde,** Franzosenholzrinde, Pockenholzrinde, *cortex quajaci,* kůra kvajaková; —**seife,** *sapo quajacinus, quajacum alcalisatum,* mýdlo kvajakové.

Quarz, krystallisirter, Bergkrystall, *lapis crystalli, crystallus montana,* prohleden.

Quassia *v.* Fliegenholz.

Quassienholzextrakt, Fliegenholzextrakt, *extractum ligni quassiae,* výtah kvasiový neb hořkoňový.

Quassiin, Quassiabitter, *quassiinum,* kvasiin, hořkoňovina.

Quecken-honig, *mellago graminis,* med pýrový; —**wurzel,** Hundsgras, Graswurzel, *radix graminis,* kořen pýrový.

Quecksilber, lebendiger Merkur, *mercurius vivus, hydrargyrum, argentum vivum,* rtuť, živé stříbro; — **alkalisches,** alkalischer Merkur, *hydrargyrum alcalisatum, mercurius alcalisatus, aethiops absorbens,* rtuť alkalisovaná, mouřenín alkalický; — **ammoniakalisches salpetersaures** *v.* Quecksilberoxyd, salpetersaures ammoniakalisches; — **ammoniakhaltiges salzsaures** *v.* Quecksilber, salzsaures ammoniakhaltiges; — **ätzendes** *v.* Ätzsublimat; — **auflösliches** *v.* Quecksilberoxydul, schwarzes; — **benzoegesäuertes** *v.* Quecksilberoxydul, benzoesaures; — **blausaures** *v.* Quecksilberoxyd, blausaures; — **chlorinsaures** *v.* Kalomel; — **essigsaures** *v.* Quecksilberoxydul, essigsaures; — **gelbes niedergeschlagenes** *v.* Quecksilberpräcipitat, gelber; — **geschwefeltes spießglanzhaltiges** *v.* Schwefelspießglanzquecksilber; — **graues niedergeschlagenes** *v.* Quecksilberoxyd, Saunders; — **Hahnemanns, lösliches** *v.* Quecksilberoxydul, schwarzes; — **mildes salzsaures** *v.* Kalomel; — **niedergeschlagenes gelbes** *v.* Quecksilberpräcipitat, gelber; — **niedergeschlagenes graues** *v.* Quecksilberoxyd, Saunders; — **niedergeschlagenes rothes** *v.* Merkurialpulver, rothes; — **niedergeschlagenes weißes** *v.* Quecksilber, salzsaures ammoniakhaltiges; — **oxydirtes** *v.* Quecksilberoxyd; — **oxydulirtes** *v.* Quecksilberoxydul; — **phosphorsaures** *v.* Quecksilberoxydul, phosphorsaures; — **phosphorsaures oxydirtes** *v.* Quecksilberoxyd, phosphorsaures; — **präcipitirtes gelbes** *v.* Quecksilberpräcipitat, gelber; — **präcipitirtes graues** *v.* Quecksilberoxyd, Saunders; — **präcipitirtes rothes** *v.* Merkurialpulver, rothes; — **präcipitirtes weißes** *v.* Quecksilber, salzsaures ammoniakhaltiges; — **salpetersaures,** salpeterartiger Merkur, salpetersaures Quecksilberoxydul, Quecksilbernitrat, Merkursalpeter, *hydrargyrum nitricum, mercurius nitrosus, hydrargyrum oxydulatum nitricum, nitras hydrargyri, nitrum mercurii,* dusičnan rtutičnatý; — **salpetersaures ammoniakhaltiges** *v.* Quecksilberoxyd, salpetersaures ammoniakalisches; — **salzsaures ammoniakhaltiges,** chlorwasserstoffsaures Ammoniakquecksilberoxyd, basisches Ammoniumquecksilberchlorid, unlöslicher weißer Quecksilberpräcipitat, weißer Präcipitat, Schminkquecksilberweiß, Chlorquecksilberammonium, *hydrargyrum ammoniato-muriaticum, murias hydrargyri ammoniacalis, mercurius praecipitatus albus, hydrochloras ammonicus cum oxydo hydrargyrico,* chlórid rtutnato-ammonatý, précipitat bílý nerozpustný; — **salzsaures ätzendes** *v.* Ätzsublimat; — **salzsaures mildes** *v.* Kalomel; — **schwefelsaures** *v.* Quecksilberpräcipitat, gelber; — **spießglanzhaltiges geschwefeltes** *v.* Schwefelspießglanzquecksilber; — **sublimirtes** *v.* Ätzsublimat; — **sulphurisirtes rothes** *v.* Zinnober; — **sulphurisirtes schwarzes** *v.* Merkurialpulver, schwarzes; — **tartarisirtes,** Weinsteinmohr, tartarisirter Mohr, tartarisirter Merkur, *hydrargyrum tartarisatum, aethiops tartarisatus, mercurius tartarisatus,* rtuť tartarovaná, mouřenín tartarový; — **versüßtes** *v.* Kalomel; — **vitriolsaures** *v.* Quecksilberpräcipitat, gelber; — **weinsteinsaures** *v.* Quecksilberoxydul, weinsteinsaures; — **weißes niedergeschlagenes** *v.* Quecksilber, salzsaures ammoniakhaltiges.

Quecksilberacetat *v.* Quecksilberoxydul, essigsaures.

Quecksilberauflösung, salpetersaure, Quickwasser, Charras'sches Merkurialwasser, bellostischer Liquor, *liquor hydrargyri nitrici oxydati, aqua mercurialis Charras, liquor Bellostii,* roztok dusičnanu rtuťnatého, voda portukovací; — **salzsaure ätzende** v. Quecksilberflüssigkeit, ätzende.

Quecksilber-benzoesalz v. Quecksilberoxydul, benzoesaures; —**blende** v. Zinnober; —**bromid** v. Bromquecksilber; —**bromür,** Halbbromquecksilber, bromwasserstoffsaures Quecksilberoxydul, Quecksilberoxydulhydrobromat, *hydrargyrum bromatum, brometum hydrargyrosum, hydrobromas hydrargyrosus,* brómid rtutičnatý; —**chloret** v. Kalomel.

Quecksilberchlorid v. Ätzsublimat; —**ammoniak** v. Quecksilber, salzsaures ammoniakhaltiges.

Quecksilber-chlorür v. Kalomel; —**cyanid** v. Quecksilberoxyd, blausaures; —**essigsalz** v. Quecksilberoxydul, essigsaures; —**flüssigkeit, ätzende,** Merkurialwasser, Ätzquecksilberflüssigkeit, Sublimatwasser, phagedänisches Wasser, *liquor hydrargyri muriatici, liquor mercurialis, aqua phagedaenica seu divina,* roztok chlóridu rtukuatého roztok sublimátu, voda leptavá čili božská.

Quecksilberjodid v. Jodquecksilber, rothes; — **arsenikalisches,** Arsenquecksilberjodid, *hydrargyrum jodatum arsenicatum, jodetum hydrargyricum et arsenicum,* jódid arséno-rtuťnatý.

Quecksilber-jodür v. Jodquecksilber, gelbes; —**lösung** v. Quecksilberauflösung; —**mohr** v. Merkurialpulver, schwarzes.

Quecksilberniederschlag, gelber v. Quecksilberpräcipitat, gelber; — **grauer** v. Quecksilberoxyd, Saunders; — **rother** v. Merkurialpulver, rothes; — **salzsaurer** oder weißer v. Quecksilber, salzsaures ammoniakhaltiges.

Quecksilbernitrat v. Quecksilber, salpetersaures.

Quecksilberoxyd, ammoniakalisches salpetersaures v. Quecksilberoxyd, salpetersaures ammoniakalisches; — **ammoniakalisches salzsaures** v. Quecksilber, salzsaures ammoniakalisches; — **ätzendes salzsaures** v. Ätzsublimat; — **basisch schwefelsaures** v. Quecksilberpräcipitat, gelber; — **blausaures,** Quecksilberoxydhydrocyanat, Cyanquecksilber, Quecksilbercyanid, Quecksilberprussiat, *hydrargyrum hydrocyanicum, cyanuretum hydrargyri, mercurius prussicus, borussias hydrargyri,* kyanid rtuťnatý; — **bromwasserstoffsaures** v. Bromquecksilber; — **chlorwasserstoffsaures** v. Ätzsublimat; — — **cyanwasserstoffsaures** v. Quecksilberoxyd, blausaures; — **essigsaures,** *hydrargyrum aceticum oxydatum, acetas hydrargyri,* octan rtuťnatý; — **gelbes gefälltes** v. Quecksilberpräcipitat, gelber; — **graues** v. Quecksilberoxyd, Saunders; — **hydrochlorsaures** v. Ätzsublimat; — **hydrojodsaures** v. Jodquecksilber, rothes; — **knallsaures** v. Knallquecksilber; — **mildes salzsaures** v. Kalomel; — — **phosphorsaures,** Quecksilberoxydphosphat, *hydrargyrum phosphoricum oxydatum, phosphas hydrargyri, mercurius praecipitatus roseus, rosa mineralis,* fosforečnan rtuťnatý, précipitát růžový, růže minerální; — **rothes** v. Merkurialpulver, rothes; — **salpetersaures,** Quecksilberoxydnitrat, ätzender Quecksilbersalpeter, *hydrargyrum nitricum oxydatum, nitras hydrargyri oxydati, oxydum hydrargyri* *nitricum, nitrum mercuriale corrosivum*, dusičnan rtuťnatý; — **salpetersaures ammoniakalisches**, aschgraues Quecksilberpulver, *hydrargyrum ammonio-nitricum, pulvis mercurii cinereus, hydrargyrum cinereum Blackii*, dusičnan rtuťnato-ammonatý; — **salpetersaures flüßiges** *v.* Quecksilberauflösung, salpetersaure; — **salzsaures ätzendes** *v.* Ätzsublimat; — **salzsaures ammoniakhaltiges** *v.* Quecksilber, salzsaures ammoniakhaltiges; — **salzsaures mildes** *v.* Kalomel; — **Saunders graues**, grauer Präcipitat, *hydrargyrum cinereum Saunderi, praecipitatus cinereus, mercurius griseus*, Saunderův šedý kysličník rtuťnatý, précipitat šedý; — **schwefelsaures** *v.* Quecksilberpräcipitat, gelber; — **süßes salzsaures** *v.* Kalomel; — **vollkommenes** *v.* Merkurialpulver, rothes; — **vollkommenes salzsaures** *v.* Ätzsublimat; — **weißes gefälltes** *v.* Quecksilber, salzsaures ammoniakhaltiges.

Quecksilberoxydammoniak, salzsaures *v.* Quecksilber, salzsaures ammoniakhaltiges; — **salzsaures lösliches** *v.* Alembrothsalz.

Quecksilberoxydhydro-bromat *v.* Bromquecksilber; —**chlorat** *v.* Ätzsublimat; —**cyanat** *v.* Quecksilberoxyd, blausaures; —**jodat** *v.* Jodquecksilber, rothes.

Quecksilberoxydmuriat *v.* Ätzsublimat.

Quecksilberoxydnitrat *v.* Quecksilberoxyd, salpetersaures; —**auflösung** *v.* Quecksilberauflösung, salpetersaure.

Quecksilberoxydphosphat *v.* Quecksilberoxyd, phosphorsaures.

Quecksilberoxydul *v.* Quecksilberoxydul, schwarzes; — **benzoesaures**, Quecksilberoxydulbenzoat, *hydrargyrum benzoicum oxydulatum, benzoas hydrargyrosus*, benzoan rtutičnatý; — **bromwasserstoffsaures** *v.* Quecksilberbromür; — **chlorwasserstoffsaures** *v.* Kalomel; — **essigsaures**, Quecksilberacetat, *hydrargyrum aceticum oxydulatum, acetas hydrargyrosus*, octan rtutičnatý; — **geschwefeltes** *v.* Merkurialpulver, schwarzes; — **hydrobromsaures** *v.* Quecksilberbromür; — **hydrochlorsaures** *v.* Kalomel; — **hydrojodsaures** oder jodwasserstoffsaures *v.* Jodquecksilber, gelbes; — **Moskati's** oder graues, *hydrargyrum cinereum Moscati, hydrargyrum oxydulatum cinereum, mercurius Moscati*, kysličník rtutičnatý šedý neb Moskatiho; — **phosphorsaures**, Merkuroxydulphosphat, Quecksilberphosphat, *hydrargyrum phosphoricum oxydulatum, mercurius phosphoricus, phosphas hydrargyri, oxydulum hydrargyri phosphoricum*, fosforečnan rtutičnatý; — **salpetersaures** *v.* Quecksilber, salpetersaures; — **salpetersaures gelöstes**, Quecksilberoxydulnitratlösung, *liquor hydrargyri nitrici oxydulati, nitras hydrargyrosus dissolutus*, roztok dusičnanu rtutičnatého; — **salzsaures** *v.* Kalomel; — **schwarzes**, Hahnemanns auflösliches Quecksilber, Schwarzquecksilberoxydulat, schwarzer Turpith, schwarzer Merkur, *hydrargyrum oxydulatum nigrum, mercurius solubilis Hahnemanni, oxydulum hydrargyri, turpethum nigrum, mercurius niger solubilis, aethiops mineralis per se*, černý kysličník rtutičnatý, černý turpit; — **wein-**

steinsaures, Merkurtartrat, Quecksilberweinstein, Quecksilbertartrat, *hydrargyrum tartaricum, tartras mercurii, tartarus mercurialis, tartras hydrargyri*, vínan rtutičnatý.
Quecksilberoxydul-acetat v. Quecksilberoxydul, essigsaures; **—benzoat** v. Quecksilberoxydul, benzoesaures.
Quecksilberoxydulhydro-bromat v. Quecksilberbromür; **—chlorat** v. Kalomel; **—jodat** v. Jodquecksilber, gelbes.
Quecksilberoxydulmuriat v. Kalomel.
Quecksilberoxydulnitrat v. Quecksilber, salpetersaures; **—lösung** v. Quecksilberoxydul, salpetersaures gelöstes.
Quecksilberoxydulphosphat v. Quecksilberoxydul, phosphorsaures.
Quecksilberpanacee v. Kalomel; **— rothe** v. Merkurialpulver, rothes.
Quecksilberphosphat v. Quecksilberoxydul, phosphorsaures.
Quecksilberpräcipitat, gelber, mineralischer Turpith, Mineralturpeth, basisch schwefelsaures Quecksilberoxyd, vitriolsaures Quecksilber, Quecksilbervitriol, gelber Präcipitat, Quecksilbersulphat, Merkursulphat, *mercurius praecipitatus flavus, turpethum minerale seu flavum, hydrargyrum sulphuricum basicum, hydrargyrum vitriolatum, vitriolum hydrargyricum, mercurius emeticus, sulphas hydrargyri seu mercurii*, précipitát žlutý, turpit minerální neb žlutý, síran trojrtutnatý; **— grauer** v. Quecksilberoxyd, Saunders; **— rother** v. Merkurialpulver, rothes; **— weißer löslicher** v. Alembrothsalz; **— weißer unlöslicher** v. Quecksilber, salzsaures ammoniakhaltiges.
Quecksilberprussiat v. Quecksilberoxyd, blausaures.
Quecksilbersalbe, gelbe, *unguentum hydrargyri citrinum*, mast rtutní žlutá; **— graue,** graue Salbe, *unguentum cinereum*, šedivá mast rtutěná.
Quecksilbersalpeter v. Quecksilber, salpetersaures; **— ätzender** v. Quecksilberoxyd, salpetersaures.
Quecksilber-schminke v. Quecksilber, salzsaures ammoniakhaltiges; **—seife,** *sapo mercurialis*, mýdlo rtutní.
Quecksilbersublimat v. Ätzsublimat; **— versüßter** v. Kalomel.
Quecksilber-sulphat v. Quecksilberpräcipitat, gelber; **—tartrat** v. Quecksilberoxydul, weinsteinsaures; **—vitriol** v. Quecksilberpräcipitat, gelber; **—weinstein** v. Quecksilberoxydul, weinsteinsaures.
Quellsalz, sůl pramenná.
Quendel, Feldkümmel, Feldpoley, Feldthymian, wilder Thymian, *herba serpylli*, mateří douška, žádovník; **— römischer** v. Thymian.
Quendel-geist, *spiritus serpylli*, líh mateřídouškový; **—öl,** *oleum serpylli*, silice mateřídoušková.
Querzitron, Querrinde, Färbereiche, *cortex quercus tinctoriae*, kvercitron, kůra dubu barvířského.
Quesbie v. Hollunder.
Quick-gold, pozlátko sprosté; **—wasser** v. Quecksilberauflösung, salpetersaure.
Quinette, kinet (druh kamelotu).

Quinoïlin *v.* Chinoliuin.
Quinsiholz *v.* Fliegenholz.
Quirinöl, *oleum quirinae,* olej kvirinový.
Quitten, *fructus cydoniorum,* kdoule; —**branntwein,** kdoulovice, kořalka kdoulová; —**körner,** *semen cydoniorum,* semeno kdoulové, jádra kdoulová; —**lattwerge,** *pulpa cydoniorum,* povidla kdoulová; —**schleim,** *mucilago seminis cydoniorum,* sliz kdoulová; —**sulz,** rosol kdoulový.

R.

Rabelswasser, saurer Schwefeläther, Hallersches Elixir, *aqua Rabelii, aether sulphuricus acidus, elixir Halleri,* voda Rabelova, kyselý éther sirkový, Hallerovy kyselé kapky.
Rabenei *v.* Bovist.
Radesperre, Spannkette, Hemmschuh, nákolník, závírka, čubka, hamovník, střevíc pod kolo.
Radgarn, příze hrubá čili křečná.
Radirgummi, pružec vyškrabací.
Radreifen, leichte, povozní obruče lehké, obruče na kolo, — **schwere,** těžké povozní obruče.
Raffinade (Zucker), rafinada, cukr přečistěný.
Ragout, souměska, ragut.
Rahm-eisen, železo rámové; —**nagel,** rámovák, rámový hřebík; —**platten,** pláty rámcové; —**sägblätter,** pilky truhlářské; — — doppelt gehärtete, truhlářské pilky dvakrát kalené; — einfach gehärtete, truhlářské pilky jednou kalené; —**schliessen,** Rahmspangen, sponky na rámy.
Raigras, ausdauerndes, jílek ozimý; — **englisches,** jílek anglický, metlice anglická; —**französisches,** Wiesenhafer, metlice francouzská, ovsíř vyvýšený, oves francouzský; — **italienisches,** jílek vlaský, metlice vlaská.
Rainblume *v.* Strohblume.
Rainfarrn, Revierblume, Wurmkraut, *herba tanaceti,* vrátič, vratička; —**blüthen,** *flores tanaceti,* květ vrátičový; —**öl,** *oleum tanaceti,* silice vrátičová; —**samen,** *semen tanaceti,* semeno vrátičové.
Rain-kohl *v.* Milchen; —**weide** *v.* Hartriegel.
Rak *v.* Arak.
Rakozywasser, Kissinger, voda Rakozyová kisingská.
Ramtillasamen, Kutrellesamen, Thellaesamen, *semen ramtilla,* semeno ramtillové, kutrelové neb mastňákové.
Ranunkelmohn, kleiner, mák pryskyřníkovitý malý.
Rapatelle, rapatel (žíňovina na sýta).
Rapétabak, tabák strouhaný.

Raps, řepka; —**düngerkuchen**, řepkové pokrutiny k hnojení; —**futterkuchen**, řepkové pokrutiny ku krmení; —**saat** *v.* Rübsamen.
Rapunzel, *radix rapunculi*, kořen zervový čili řepy plané; —**gelbe französische** *v.* Nachtkerze.
Rapunzelglockenblumenwurzel, *radix rapunculi esculenti*, kořen rozponkový, řepka lesní.
Rasch, raš (látka vlněná).
Rasir-seife, mýdlo k holení; —**stein**, kámen k holení.
Ratanhia, Kramerienwurzel, *radix ratanhiae*, ratanhia, kořen ratanhiový; —**rinde**, *cortex radicis ratanhiae*, kůra kořenu ratanhiového, kůra ratanhiová.
Ratanhiawurzelextrakt, *extractum ratanhiae*, výtah ratanhiový.
Ratten-gift, weißer gestossener Arsenik, jed na krysy čili německé myši; —**pillen**, pilulky na německé myši čili krysy; —**pulver**, prášek na německé myši čili krysy.
Rattine, ratin (látka vlněná).
Räucher-essenz, *essentia fumalis*, tresť nakuřovací čili kadivá; —**essig**, ocet kadivý čili nakuřovací.
Räucherkerzen, rothe, *candellae fumales rubrae*, františky čili trocišky červené, kadítka červená; — **schwarze**, *candellae fumales nigrae*, františky černé, kadítka černá.
Räucherpulver, *pulvis fumalis*, prášek nakuřovací čili kadivý.
Rauch-leder, rauhes Leder, kůže neholená, huňatá; —**pfanne**, pánev na podkouření, kuřidlo; —**röhren**, gerade, dýmnice rovné, trouby dýmové rovné; —**tabak**, tabák kuřlavý.
Rauhbank-griff, držadlo k mackovi; —**hobel**, veliký hoblík, macek.
Rauhhobel, ubírák, hrubý hoblík.
Rauke, Sophienrauke, Besenkraut, *herba sophiae chirurgorum*, hulevník veloďělný, dřevec.
Raukekohl, Senfkohl, *herba erucae sativae*, roketa; —**samen**, *semen erucae sativae*, semeno roketové.
Raukensamen, *semen sophiae chirurgorum*, semeno dřevcové.
Rauschbeere, *herba empetri*, šicha, bahnovka.
Rauschbeerensamen, *semen empetri*, semeno šichové čili bahnovkové.
Rausch-gelb *v.* Arsenik, gelber; —**gold**, Knittergold, šumicha, legitka.
Raute, Weinraute, *herba rutae hortensis*, routa domácí čili zahradní.
Rautenöl, *oleum rutae*, silice routová.
Reagenzpapier, blaues, gelbes und rothes, *charta exploratoria coerulea, flava et rubra*, papír reagovací, papír skoumavý modrý, žlutý a červený.
Realgar *v.* Arsenik, rother.
Reben-doldenwurzel, *radix oenanthes*, kořen haluchový; —**schwarz**, čerň révová.
Rechen, hrábě; —**bohrer**, Ohrbohrer, hrabovník.
Rechnentafelschwämme, houby k tabulkám.

Regalpapier, papír regální čili graduální.
Regenwürmer, *lumbrici siccati, vermes terrae,* dešťovky čili žížaly sušené; **—salz,** *sal lumbricorum volatile,* sůl dešťovková neb žížalová.
Reglisse, braune, Leberzucker, *pasta liquiritiae,* fr. *pâte de reglisse,* pasta lekořicová, těsto lekořicové; — **weiße,** *pasta altheae,* fr. *pâte de Guimauve,* pasta ibišková, těsto ibiškové.
Rehhaut, Rehfell, srnčina, kůže srnčí.
Reibahle, šídlo hranaté, šídlo třecí.
Reib-schale, míska třecí, číška třecí; — von Glas mit Ausguß u. Pistill, míska třecí skleněná s výlevem a paličkou; — von Porzellan, m. třecí porculánová; — von Serpentin, m. třecí hadcová; — **stein,** třecí kámen; **—zündhölzchen,** sirky třecí.
Reifeneisen, železo obručové čili na obruče; — gewalztes, obručové železo válené.
Reif-messer, poříz; — breites p. široký; — feinpolirtes, p. jemně hlazený; — gerades, p. rovný; — krummes, p. ohnutý; — schmales, p. úzký; **—zange,** natahač, kleště natahovací; **—zieher,** potahlík.
Reindel, rendlík.
Reis, *granae oryzae,* rýže, rejže; — ägyptischer, r. egyptská: — arakanischer, r. arakanská; — arakanischer Bruch, r. arakánská drobotinná; — arakanischer Vorlauf, r. arakanská přední; — fioret, r. fioretská; — javaneser, r. javánská; — javaneser Tafel, r. javánská tabulní; — karoliner, r. karolinská; — Mailänder, *v.* milánská; — Mantuaner, r. mantuánská; — Moulmain, r. mulménská; — neapolitaner, r. neapolská; — Ostiglianer, r. ostiliánská; — piemontesischer, r. piemontská; — Rangouner, r. rangunská; — Veroneser, r. veronská; — westindische, r. západoindická.
Reis-besen, Strohbesen, ital. *granate di saggina*, štětka rýžová, koště rýžové, rýžovina; **—mehl,** mouka rýžová.
Reiß-ahle, šídlo rýsovací; **—blei,** *v.* Graphit; **—brett,** deska rýsovací; **—feder,** péro rýsovací; **—kluppe** von Messing, skřípec rýsovací mosazný; **—kohle** von Lindenholz, *carbo tiliae,* lípové uhlí rýsovné; **—zange,** kleště štípací, kleště vytahovací; **—zeug,** rýsovadlo; — mit Scharnier, r. s přehybem; — ohne Scharnier, r. bez přehybu; — mit Nadelspitze, r. se špicí jehelní.
Reitstange, auf Fenster, přívory na okna.
Retiradenschloß mit Riegel, zámek k záchodu se závorkou.
Reibeisen, struhadlo.
Remigienrinde, *cortex remigiae,* kůra remijská, kyna remijská.
Reps *v.* Rübsamen; **—kuchen,** pokrutiny.
Reseda-öl, *oleum resedae,* silice rezedková; **—samen,** semeno rezedkové.
Restitutionsfluid, fluid náražní (pro koně).
Retorte mit Tubus, křivule s tubusem; — ohne Tubus, k. bez tubusu.

Rettig, schwarzer, *radix raphani nigri seu hortensis*, ředkev černá čili zimní; —**bonbons,** celtíky ředkvové.

Rhabarber, *radix rhei*, rabarbara, rebarbora; — **chinesische,** indische oder dänische, *radix rhei chinensis, indici sive danici*, rabarbara čínská, indická neb dánská; — **französische,** *radix rhabarbari gallici*, rabarbara francouzská; — **österreichische,** *radix rhei australis*, rabarbara rakouská; — **russische,** bucharische oder moskovitische, *radix rhei rossici, bucharici seu moscovitici*, rabarbara ruská, bucharská nebo moskevská; — **schwarze** *v.* Jalappenwurzel; — **weiße** *v.* Mechoakannawurzel.

Rhabarber-extrakt, wässeriger, *extractum rhei aquosum*, výtah rabarbarový vodnatý.

Rhabarberin, *rhabarbarinum*, reveňovina, rabarbarin.

Rhapontik, thrazische oder pontische Rhabarber, *radix rapontici veri*, rabarbara turecká.

Rheinfarrn, weißer *v.* Bertramgarbe.

Rhodankalium *v.* Kali, schwefelblausaures.

Rhodium, *rhodium metallicum*, rhodium, ruměník.

Ricinus *v.* Rizinus.

Riebeisen, struhadlo.

Riechsalz, englisches, *sal anglicum volatile*, alkali těkavé.

Riegel, wälscher zum Anschlagen, závorka vlašská k přibití; — zum Einstemmen, z. k zadlabání.

Riemenleder, kůže na řemeny.

Riemer-nadel, jehla sedlářská neb řemenářská; —**örtel,** šídlo sedlářské neb řemenářské.

Riesenspergel, kolenec obrovský.

Rinde, brasilianische zusammenziehende oder adstringirende, *cortex adstringens brasiliensis*, kůra svraskavá brasilská. — **edle,** Kryptokariarinde, *cortex cryptocariae pretiosae*, kůra kryptokaryová; — **karibäische** oder jamaikanische, *cortex caribaeus seu jamaicensis*, kůra karybejská neb jamaická; — **magellanische** *v.* Winter'sche Rinde; — **malabarische,** Manglerinde, *cortex malabaricus, mangles seu rhizophorae*, kůra malabarská neb kořenovníková; — **von Barbatimao,** Barbatimaorinde, *cortex barbatimao*, kůra barbatimao; — **Winter'sche falsche** *v.* Zimmt weißer.

Rinds-haut, hovězina, hovězí kůže; —**talg,** lůj hovězí.

Ringelblume, Kalendula, Goldblume Gilke, Todtenblume, Warzenkraut, *herba calendulae*, pampalík, měsíček, nehtík, krusíček, kalendule.

Ringelblumen-blüthen, *flores calendulae*, květ měsíčkový čili kalendulový; —**extrakt,** *extractum calendulae*, výtah měsíčkový, krusíčkový čili kalendulový.

Rinmannsgrün, zeleň rinmanská, kysličník zinečnato-kobaltnatý.

Rinnenblech, plech na žlaby.

Rips, Ribs, Rebs, rips (pevná tkanina).

Rispenweiderig v. Weiderich, gelber.
Rissagon v. Kassumuniar.
Rittersporn-blumen, *flores calcatrippae seu consolidae regalis*, květ ostrožkový, stračkový, ostruhy rytířské, nožky stračí čili svalníku královského; **—samen,** semeno svalníku královského čili ostrožky anglické.
Rizinus-körner, Kastornüsse, große Purgierkörner, Wunderbaumsamen, *semen ricini vulgaris seu cataputiae majoris*, semena skočcová č. dryjáku babího, jádra skočcová, psí mušky; **—öl,** Kastoröl, *oleum ricini, palmae Christi seu de Cherva*, olej skočcový, rycínový č. dryjáku babího.
Rocelle v. Orseille.
Rochellesalz v. Seignettesalz.
Rocksdrops, cukroviny ovocné.
Rocou v. Orlean.
Röffelfeile, pilník křivý.
Rogenhäring, slanec jikrnatý.
Roggen, Korn, žito.
Roheisen, železo surové, surovina; — graues, surovina šedivá; — weißes, surovina bílá.
Rohleder, kůže syrová čili nevydělaná.
Rohr, spanisches, rákoska, rákos španělská; **—büchse,** zděř.
Röhren-blech, plech na trouby; **—heft,** rukověť k troubám; **—manna** v. Manna, röhrenförmige.
Rohr-hobel, hoblík rourní; **—kassia** v. Purgierkassia; **—nagel,** rákosník, hřeb rákosní; **—zucker,** brauner Zucker, cukr třtinový.
Rohzucker, cukr syrový.
Rolldamast, damašek svinutý.
Rolle, kladka.
Rollen-bohrer, vrtadlo s kotoučem; **—messing,** mosaz svinutý neb v kotoučích; **—tombak,** tombak svinutý neb v kotoučích; **—zinn,** cín svinutý.
Rollgerste v. Gerstengraupen.
Romey v. Kamille.
Römischkohl v. Mangold.
Roqueforter Käse, Rochekäse, sýr rokfortský.
Rosa-blech, fr. *rouge de Portugal, rouge d'assiette*, červeň na plíškách; **—krapplack,** růžový lak mořenový; **—lack,** *lacca rosacea*, lak růžový; **—moldaulachs,** růžový losos vltavský.
Rosen-balsam, fr. *pastrinage de rose*, růžový balšán; **—blätter,** damascener, *flores rosarum damascenarum*, květ růžový.
Rosenholz, *lignum rhodium*, dřevo růžové; **—öl,** *oleum ligni rhodii*, silice z dřeva růžového.
Rosen-honig, *mel rosarum*, med růžový; **—infusion,** *mucharum rosarum*, nálev růžový; **—kohl,** růžovec; **—kranz,** Paternoster, růženec; **—krautöl,** Rosengeraniumöl, *oleum geranii*, silice čapí-

nosu růžovonného, silice růžovcová; —**liqueur**, likér růžový; —**öl**, Rosenessenz, Athar, *oleum rosarum*, silice růžová, olejček růžový, olej růžový; —**pommade**, pomáda růžová; —**schwamm**, Schlafäpfel, *spongia cynosbati*, *fungus bedeguar seu rosarum*, houba růžová; —**wasser**, *aqua rosarum*, voda růžová; —**wurzel**, *radix rhodiae*, kořen růžový, kořen rozchodníku růžového; —**zucker**, *conserva rosarum*, cukr růžený.

Rosettenkupfer, měď rosetová neb růžová.

Rosinen, große, Zibeben, *passulae majores*, *uvae passae seu zibebae*, hrozinky veliké, cibeby, cecky kozí; — **kleine** *v.* Korinthen.

Rosmarin, Gartenrosmarin, *herba rosmarini seu anthos*, rosmarina, rosmarýn; — **wilder** *v.* Sumpfporst.

Rosmarin-apfel, jablko rosmarinové; —**geist**, líh rozmarinový; —**öl**, Anthosöl, *oleum anthos seu rosmarini*, silice rosmarinová; —**seife**, fr. *savon de rosmarin*, mýdlo rosmarinové.

Rosoglio, rosolka.

Roß-aloe, Caballinaloe, *aloe caballina*, aloe koňské; —**fenchel** *v.* Wasserfenchel.

Roßhaar, Pferdehaar, srsť konská, žíně; — gesponnenes, žíně předené; — ganz langes, ž. dlouhé; — halblanges, ž. polodlouhé.

Roß-haut, Roßleder, kůže koňská, konina; —**huf** *v.* Huflattig.

Roßkastanien, *nuces seu fructus hippocastani*, kaštany divoké, plané neb koňské, maďalky; —**rinde**, *cortex hippocastani*, kůra maďalová čili kaštanu divokého.

Roß-kümmel *v.* Berglaserkrautsamen; —**leder**, lohgares, konina dubená; —**leinwand** *v.* Kavalins; —**schwefel**, grauer Schwefel, *sulphur caballinum seu griseum*, síra koňská; —**wurzel** *v.* Eberwurzel.

Rostgelb, žluť rezová.

Rostopschin, rostopšinka, rostopšín; —**öl**, silice rostopšínová.

Rost-papier *v.* Polierpapier; —**pfanne**, pánev k pražení; —**stäbe**, hole roštové, mříže roštové.

Roth, englisches *v.* Engelroth; — **florentiner** *v.* Lack, florentiner; — **Nürnberger** *v.* Bolus, gemeiner; — **persisches** oder indisches, *terra persica seu indica*, *rubrum persicum seu indicum*, červeň perská neb indická, hlinka perská neb indická; — **preußisches**, *rubrum prussicum*, *terra prussica*, červeň pruská, hlinka pruská; — **spanisches** *v.* Saflorroth.

Rotheisenstein, faseriger *v.* Blutstein.

Röthel in Stangen, Röthelstein, Rothstein, Stangenröthel, *creta rubra*, *rubrica fabrilis*, rudka červená, hrudka čili hlinka tesařská.

Rothenzian *v.* Enzian, gelber.

Rothholz, Bimasholz, Brasilienholz, Braunholz, *lignum rubrum seu brasilianum*, pryzila červená, červené dřevo barvířské, pryzila bimaská, brezalka červená; — gemahlenes, pryzila červ. mletá; — geschnittenes, pryz. červ. rašplovaná.

Roth-kali v. Kaliumeisencyanid; **—kohl,** červené zelí; **—laufskraut** v. Storchschnabel; **—öl,** *oleum rubrum*, olej červený; **—salz** v. Kalk, holzsaurer.

Rothstifte, tužky červené; — ohne Holz, t. č. bez dřeva; — in Weichholz, t. č. v dřevě měkkém; — in Zedernholz, t. č. v dřevě cedrovém.

Rottenstein v. Trippel.

Rouanne, ruan (lněná tkanina).

Roucou v. Orlean.

Rouleaubeschlag, kování na válec k záslonám.

Royalzucker, cukr královský.

Rübe, schwedische, *ruta baga*, řípa švédská.

Rüben-kohlwurzel, *radix rapae sativae*, kořen kapusty řepné; **—samen,** *semen dauci sativi*, semeno mrkvové; **—syrup,** syrop řepový.

Rubin-glas, unechte Rubine, rubíny skleněné, sklo rubínové; **—schwefel** v. Arsenik, rother.

Rüböl, Repsöl, *oleum seminis napi, oleum napi*, olej řepicový čili řepkový; — raffinirtes, řepkový olej čistěný, přepouštěný čili rafinovaný; — rohes, řepkový olej surový.

Rübsamen, Rapssaat, Reps, *semen napi seu bunialis*, semeno řepicové, řepkové, řepné čili olejkové.

Rückgurtschnalle, přeska na náhřbetník.

Ruhr-beeren v. Hornstrauch; **—kraut** v. Wohlverleih, falscher; **—rinde** v. Simarubarinde.

Ruhrwurzel v. Blutwurzel; — **amerikanische** v. Ipekakuanha.

Ruku v. Orlean.

Rum, jamaikanischer, rum jamaický; **—äther,** Rumessenz, *aether butyricus alcoholisatus*, tresť rumová, éther rumový.

Rumpfleder, ostarek, kůže ostarková.

Rundeisen, železo kulaté; — dláto ušaté.

Rund-hohlwurz v. Osterluzei, runde; **—ofen,** kamna kulatá; **—stab-hobel,** kruhlák; **—stahl,** ocel oblá.

Runkelrübe, Mangold, Dickrübe, Burgunderrübe, Gerstenrübe, *radix betae seu ciclae*, kvaka, cvikla, řepa burgundská, burgundka, kořen burákový.

Runkelrüben-kaffé, káva kvaková, cviklová čili řepová; **—samen,** *semen betae seu ciclae*, semeno kvakové, cviklové, burákové či burynové; **—syrup,** syrup burákový čili řepový; **—zucker,** cukr kvakový, cviklový čili burákový.

Ruprechtskraut v. Storchschnabel.

Ruß v. Kienruß.

Russischbitter, kořalka hořká ruská.

Rüsterrinde v. Ulmenrinde.

S.

Sabadillin, *sabadillinum*, *veratrinum*, kýchavkovina, sabadilin, veratrin.

Sabadill-samen, Lausſamen, *semen sabadillae*, semeno všivcové, kapucínské čili sabadilové; —**säure** *v.* Veratrumsäure.

Sabina, Sabinenkraut, Sevenbaum, *herba sabinae*, *frondes sabinae*, chvojka klášterská, zahradní, rajská čili rýnská, netata, možucha, ratolesti břínkové čili sabinové; —**öl**, *oleum sabinae*, silice sabinová, silice z chvojky klášterské.

Saccharometer, cukroměr.

Sacchette, fr. *tel sacchette*, sašet (bílé plátno).

Sächsischblau *v.* Schmalte.

Säckelkraut *v.* Hirtentasche.

Sackelpapier, papír na pytlíky.

Sack-leinen, Sackleinwand, pytlovina, plátno pytlové; —**nadel**, jehla hrubá, jehla na pytle; —**tuch**, šátek kapesní.

Sadebaum *v.* Sabina.

Saffian, Marokin, marokanisches Leder, safián, marokin, kůže marokanská.

Saflor, gemeiner, Färbersafler, falscher Safran, *flores carthami*, světlice, šafrán divý čili planý, žlutice; — **wilder**, schwarze Fleckblume, *herba jaceae nigrae seu carthami sylvestris*, charpa luční.

Saflorroth, Saflorextrakt, Saflorkarmin, Spanischroth, Karthamin, *carthamininum*, červeň neb červenina světlicová čili španělská, výtah světlicový, karmín světlicový, světlicovina, karthamin.

Safran, *crocus*, šafrán; — elegirter, š. přebíraný; — falscher *v.* Safler, gemeiner; — französischer, š. francouzský; — naturiller, š. nepřebíraný čili naturální; — spanischer, š. španělský.

Safran-extrakt, *extractum croci*, výtah šafránový; —**spitzen**, Safranblumen, Fluminell, Feminel, špičky šafránové, feminel, fluminel.

Saft, spanischer *v.* Lakritzensaft.

Saftgrün *v.* Blasengrün; — **gereinigtes**, Chemischgrün, zeleň šťávná čistěná, zeleň lučební.

Sagapen, Sagapengummi, Serapingummi, *sagapenum*, *gummi serapinum seu sagapeni*, sagapén, pryskyřice sagapénová.

Säge, pila; —**arm** sammt Knopf, rameno k pile s knoflíkem; —**blatt**, plech pilový; —**feile**, pilník na pilky.

Sago, *granula sagu*, *grana sago*, ságo; — brauner, ságo hnědé; — ostindischer, Tapioka, ságo východoindické, tapioka, kroupy indické; — **weißer**, ságo bílé; — **westindischer**, ságo západoindické.

Saidschützersalz *v.* Bittersalz.

Saite, struna.

Salami, Veroneser, salami veroneské.

Salap, westindischer *v.* Arrowroot.

Salat, kleiner grüner holländischer zum Treiben, salát nízký zelený holandský k pučení; **—bohnen,** Prinzeßbohnen, boby salátové, fasole salátové; **—gurken,** okurky na salát; **—öl** *v.* Aixeröl; — **rübe,** bluthrethe, řipa na salát tmavočervená.

Salbe, graue *v.* Quecksilbersalbe.

Salbei, *herba salviae*, šalvěj, list šalvějový, thé šalvějové; **—extrakt,** *extractum salviae*, výtah šalvějový; **—öl,** *oleum salviae*, silice šalvějová.

Salbenrinde, *cortex unguentarius*, kůra jilmová americká.

Salep, Salap, Knabenkrautwurzel, Händleinwurzel, *radix salep, salap seu orchidis verae*, sálep, bambolky vstávačové, muďatkové, kukačkové neb žežhulkové.

Saliter *v.* Salpeter.

Salizin, *salicium*, vrbovina, salicin.

Salmiak, salzsaures Ammoniak, Ammoniaksalz, Chlorammonium, *sal ammoniacum, ammonium muriaticum, chloretum ammonii*, salmiak, sůl ammoniaková, chlórid ammonatý, solnovodičnatan ammonatý, sůl čpavková, čpavkovec; — **äpfelsaurer** *v.* Ammoniak, äpfelsaures; — **bernsteinsaurer** *v.* Ammoniak, bernsteinsaures; — **eisenhaltiger** *v.* Ammoniak, salzsaures eisenhaltiges; — **essigsaurer** *v.* Ammoniak, essigsaures; — **feuerbeständiger** oder fixer *v.* Chlorkalcium; — **flüssiger** *v.* Ammoniak, essigsaures flüssiges; — **martialischer** *v.* Ammoniak, salzsaures eisenhaltiges; — **phosphorsaurer** *v.* Ammoniak, phosphorsaures; — **salpeterartiger** *v.* Ammoniak, salpetersaures; — **vitriolischer** *v.* Ammoniak, schwefelsaures; — **weinsteinsaurer** *v.* Ammoniak, weinsteinsaures.

Salmiakbernsteinsalz *v.* Ammoniak, bernsteinsaures.

Salmiakblumen, gereinigtes salzsaures Ammoniak, krystallisirter oder Braunschweiger Salmiak, *flores salis ammoniaci, ammonium muriaticum depuratum, sal ammoniacum brunswicense*, květ salmiakový, chlórid ammonatý čistěný, salmiak čistěný, hlacený neb brunšvický; — **kupferartige** *v.* Kupfersalmiakblumen; — **martialische** *v.* Ammoniak, salzsaures eisenhaltiges.

Salmiak-borax *v.* Ammoniak, boraxsaures; **—eisen** *v.* Ammoniak, salzsaures eisenhaltiges.

Salmiakgeist, kohlenstoffsaure Ammoniaklösung, *spiritus salis ammoniaci simplex, liquor ammonii carbonici*, líh salmiakový neb čpavkový obyčejný, roztok uhličitanu ammonatého; — **ätzender,** flüssiges, wässeriges oder ätzendes Ammoniak, tropfbares Ammoniak, *spiritus salis ammoniaci caustici, ammonium liquidum seu causticum, liquor ammoniaci caustici*, líh salmiakový žíravý, ammoniak tekutý, vodnatý, žíravý neb kapalný, voda ammoniová; — **bernsteinhaltiger,** Luzienwasser, *liquor ammonii succinici, spiritus cornu* *cervi succinatus, aqua Luciae*, kapky salmiaku jantarového, tekutý jantaran ammonatý, voda sv. Lucie; — **geschwefelter** v. Schwefelgeist, Beguins rauchender; — **weingeisthaltiger** oder versüßter v. Ammoniumweingeist.

Salmiak-phosphorsalz v. Ammoniak, phosphorsaures; —**salpeter** v. Ammoniak, salpetersaures; —**salz**, flüchtiges v. Ammoniak, kohlensaures; —**spiritus** v. Salmiakgeist; —**vitriol** v. Ammoniak, schwefelsaures; —**weingeist** v. Ammoniumweingeist; —**weinstein** v. Kali, weinsteinsaures ammoniakalisches.

Salniter v. Salpeter.

Salomonssiegel v. Weißwurzel.

Salonkerzen, svíčky salonní.

Salpeter, ammoniakalischer v. Ammoniak, salpetersaures; — **antimonialischer** v. Kali, salpetersaures spießglanzhaltiges; — **brennender** v. Ammoniak, salpetersaures; — **kalkartiger** v. Kalk, salpetersaurer; — **kubischer** v. Salpeter, würfliger; — **raffinirter**, gereinigtes salpetersaures Kali, Kalinitrat, salpetersaures Kaliumoxyd, *nitrum depuratum, kali nitricum depuratum, nitras kalicus, kalium oxydatum nitricum, sal nitrum*, ledek čistěný, dusičnan draselnatý, ledek draselnatý; — **roher** oder ostindischer, Kalisalpeter, *nitrum crudum seu ostindicum*, ledek surový neb východoindický; — **würfliger** oder kubischer, salpetersaures Natron, Natronnitrat, Sodanitrat, Natronsalpeter, Sodasalpeter, *nitrum cubicum, natrum nitricum, nitras natricus, nitrum sodae*, ledek kostkový, dusičnan sodnatý, ledek sodnatý.

Salpeter-äther, salpetrigsaures Äthyloxyd, Äthernitrat, Naphthanitrat, salpetersaurer Äther, Oxyazetäther, *aether nitricus, nitras aethericus, naphtha nitrica*, éther ledkový, dusan éthylnatý, nafta ledková; —**geist, versüßter**, Salpeterätherweingeist, *spiritus nitri dulcis, liquor anodynus nitrosus, aether nitricus spirituosus*, líh ledkový oslazený; —**kochsalzsäure** v. Königswasser; —**küchelchen**, Salpeterzelteln, Salpeterkuchen, Prunellensalz, *nitrum tabulatum, sal prunellae, rotulae nitri, crystallus mineralis, kali nitricum tabulatum*, kotoučky ledkové, caltičky ledkové, sanitr roztopený; —**naphtha** v. Salpeteräther; —**salmiak** v. Ammoniak, salpetersaures; —**salzsäure** v. Königswasser.

Salpetersäure, gewöhnliche, verdünnte, Scheidewasser, Salpetergeist, *acidum nitricum tenue, aqua fortis, spiritus nitri*, kyselina dusičná obyčejná, hlodavka, ledkovka, lučavka, silná voda; — **konzentrirte** v. Azotsäure; — **rauchende**, *acidum nitricum fumans*, kyselina dusičná dýmavá; — **reine** oder chemisch-reine, *acidum nitricum purum*, kyselina dusičná čistá neb bezvodá.

Salpeterschwefelsäure, Königinnenwasser, *acidum sulphurico-nitricum, aqua reginae*, kyselina dusičná se sirkovkou, lučavka královnina.

Salwei v. Salbei.

Salz v. Kochsalz; — **abführendes** v. Bittersalz; — **alchemistisches** v. Boraxsäure; — **Braunschweiger** v. Glaubersalz; — **englisches** oder epsomer v. Bittersalz; — **in Fässeln**, sůl v bečkách; — **gegrabenes** v. Bergsalz; — **gemeines** v. Kochsalz; — **Hombergisches** v. Boraxsäure; — **Karlsbader**, *sal thermarum*, sůl karlovarská; — **mikrokosmisches** v. Natronammoniak, phosphorsaures; — **Mindereres** v. Ammoniak, essigsaures; — **narkotisches** v. Boraxsäure; — **phosphorisches** v. Natron, ammoniak-phosphorsaures; — **Saidschützer** v. Bittersalz; — **schwefliges** v. Kali, schwefligsaures; — **Seidlitzer** v. Bittersalz; — **Seignettisches** v. Seignettesalz; — **in Stöckeln**, Stöckelsalz, sůl v hrudkách, sůl homolová; — **der Weisheit** v. Alembrothsalz.

Salzabfälle, solné odpadky.

Salzäther, Salznaphtha, Chlorwasserstoffäther, Äthylchlorür, Chloräthyl, *aether muriaticus, naphtha muriatica, hydrochloras naphthae*, tresť solná lehká, chlórid éthylnatý, tresť chlórovodíková, éther solný; — **alkoholisirter** v. Salzgeist, versüßter.

Salzäthergeist v. Salzgeist, versüßter.

Salzgeist v. Salzsäure, rauchende; — **Libavs rauchender** v. Libavischer Geist; — **versüßter**, Salzäthergeist, chloräthериger Weingeist, *spiritus salis dulcis, spiritus muriatico-aethereus, alcohol muriaticum*, líh solný oslazený, alkohol solný.

Salz-glas v. Glasgalle; —**naphtha** v. Salzäther.

Salzöl v. Salzsäure, rauchende; —**geist** v. Salzgeist, versüßter.

Salzquelle, Franzensbader, solovka františkolázeňská.

Salzsäure v. Salzsäure, rauchende; — **chemisch-reine**, *acidum muriaticum purum*, kyselina solná neb chlórovodíková bezvodá; — **rauchende** oder gemeine, Hydrochlorsäure, Salzöl, rauchender Salzgeist, Chlorwasserstoffsäure, *acidum muriaticum seu hydrochloricum fumans, oleum salis, spiritus salis fumans*, kyselina solná neb chlórovodíková dýmavá, solovka; — **salpetersaure** v. Königswasser; — **überoxydirte** v. Bleichwasser.

Salzstein v. Steinsalz.

Samen-käfer v. Kochenillekäfer; —**lack** v. Lack in Körnern.

Sämischleder, kůže zámišová, zámiš, jircha, *pol.* zamesz, *rus.* замша.

Samiusstein, samische Erde, *lapis samius, terra samia*, hlinka samová.

Sammet, aksamit; — geblümter, a. květovaný; — gepreßter oder Utrechter, a. lisovaný neb utrechtský; — gerissener o. geschnittener, a. řezaný neb stříhaný; — leichter, a. lehký; — schwerer, a. těžký; — ungerissener o. ungeschnittener, a. nestříhaný.

Sammet-band, aksamitka, stužka aksamitová; —**blumensamen**, semeno aksamitníkové, afrikánové čili květu umrlčího; —**pappelkraut**, gelbes Pappelkraut, *herba abutili*, podslunečník dvojrohý; —**schwarz** v. Beinschwarz.

Sandarach v. Arsenik, rother.

Sandarak, Wachholderharz, *sandaraca, gummi sandarac, resina juniperi,* sandaraka, pryskyřice zervová č. jalovcová; —**lack,** *vernix sandaracae,* lak sandarakový, pokost sandarakový.

Sandbeeren, *baccae arbuti,* bobule jadinové, jadinky; —**rinde,** *cortex arbuti,* kůra jadinová čili planiková.

Sandegge v. Karex.

Sandelholz, Santelholz, blaues v. Griesholz; — **gelbes,** gelber Sandel, Ambraholz, *lignum santalinum citrinum,* dřevo santalové žluté, santal žlutý; — **gemahlenes,** santal mletý; — **rothes,** *lignum santalinum rubrum,* dřevo santalové červené, santal červený; — **rothes dunkles,** s. červený tmavý; — **rothes englisches,** Kalliaturholz, *lig. sant. anglicum,* s. červený anglický, dřevo kaliaturové; — **rothes lichtes,** s. červený světlý; — **violettes,** *lignum santalinum violatum,* dřevo santalové fialové, santal fialový.

Sandelholzöl, *oleum ligni santali,* silice santalová.

Sandix v. Bleigelb.

Sand-riedgras v. Karex; —**ruhrkraut** v. Strohblümchen; —**schaufel,** lopata obyčejná, lopata na písek; —**traube** v. Bärentraube.

Sangalette, sangalet (lněné plátno).

Sanguinarin v. Pyrrhopin.

Sanikel, Schernäckel, Wundsanikel, Heil aller Schäden, *herba saniculae seu diapensiae,* sanikl, žankl, žengleje, žindava, zanykl, ráček živý nebo černý; — **schwarze** v. Astrantie.

Santalin, *santalinum,* santalin.

Santelholz v. Sandelholz.

Santonin, *santoninum,* santonin; —**natron,** santonsaures Natron, *santoninum natronatum, natrum santonicum,* santonan sodnatý; —**tabletten,** *rotulae santonini,* caltičky santoninové, kotoučky santoninové.

Sapanholz, Japanholz, *lignum sappan seu japanense,* dřevo sapanové.

Sapotill-körner, *grana sapotillae,* semeno zapotové, zrna zapotilová; —**rinde,** *cortex sapotae seu sapotillae,* kůra zapotilová.

Sardelle, Genueser, sardele janovská.

Sardine, sardinka, sleď sardinská.

Sarkokolla v. Fleischleim.

Sassafras-holz, Fenchelholz, *lignum sassafras, foeniculi seu paname,* dřevo sasafrasové, fenyklové čili kaštové; —**öl,** *oleum sassafras,* silice sasafrasová; —**rinde,** *cortex ligni sassafras,* kůra sasafrasová.

Sassagummi, falscher Tragant, *gummi sassa, gumi pseudo-tragante,* klovatina sassa, nepravý tragant, sassa.

Sassaparille, Sarsaparillwurzel, Heckrebenwurzel, *radix sarsaparillae seu sarsae, sassaparilla,* sasaparila, sarsaparila, kořen réví vlaského, koření zámořské; — **böhmische** v. Karex.

Sassaparillin *v.* Smilacin.
Sassolin *v.* Boraxsäure.
Satin, satin, samít.
Satinglo, satinglo.
Satinober, gelber Ocher, Geldocker, Amberger Gelb, *terra ochra aurea,* satinobr, okr zlatý, žluť amberská.
Satintapeten, čalouny satinové.
Sattlerahle, šídlo sedlářské; —**texel,** flacher, teksla sedlářská plochá.
Saturei *v.* Bohnenkraut.
Saturnzucker *v.* Bleizucker.
Satzmehl *v.* Stärkmehl.
Sau-bohnen, boby koňské č. sviňské; —**brot** *v.* Erdscheibe.
Saudistel, *herba sonchi,* mléč hladký, bodlák sviňský.
Sauerampfer, *herba acetosae,* šťovík, štíp kobylí, kyseláč, kyselák, pol. szcawik, rus. щовъ; — **römischer,** *herba acetosae romanae seu rotundifoliae,* šťovík štítnatý.
Sauerampfer-samen, *semen acetosae,* semeno šťovíkové; —**wurzel,** *radix acetosae,* kořen šťovíkový.
Sauerblei, glasiges *v.* Bleiglas.
Sauerbrunnen, Biliner, kyselka, kyselice čili voda bělinská; — **Gießhübler,** k. kysiblská, kysiblovka; — **Libwerder,** k. libverdská; — **Rohatschowitzer,** k. rohačovická, rohačovka.
Sauer-datteln *v.* Tamarinden; —**dornrinde,** *v.* Berberisrinde; —**stoffäther,** *v.* Acetal; —**honig,** Essighonig, Essigmeth, *oxymel,* zkyslý med, octomed, ocet medový; —**klee,** Hasenkohl, Alleluja, Buchampfer, *herba acetosellae seu lujulae,* jetel kyselý nebo zaječí, aleluja, modrohlávek, salát zaječí, šťavel, kysánek, zelí zaječí; — **kleebleisalz** *v.* Bleioxyd, kleesaures; **kleesalz** *v.* Kleesalz; — **kleesoda** *v.* Natron, sauerkleesaures.
Saugtutten, ssavičky.
Säulen-leuchter, svícen sloupcový; —**ofen,** achteckiger, kamna sloupcová osmihranná.
Saumfalter, lemovadlo.
Saunders graues Quecksilberoxyd *v.* Quecksilberoxyd, Saunders graues.
Sauohr *v.* Wegerig.
Säure, antimonige *v.* Spießglanzoxyd, gewaschenes; — **arsenige** *v.* Arsenik, weißer; — **erythrische,** Alloxan, *acidum ossierythricum, alloxan,* kyselina erythrová, alloxan; — **hypophosphorige,** oder unterphosphorige, *acidum hypophosphorosum,* kyselina fosfornatá; — **phenige** *v.* Karbolsäure; — **philosophische** *v.* Ammoniak, salzsaures eisenhaltiges; — **phosphorige** *v.* Phosphorsäure, unvollkommene; — **salicylige,** *acidum salicylosum,* kyselina salicylnatá; — **salpetrichte,** chlorhaltige *v.* Königswasser; — **salzichte** *v.* Salzsäure; — **schwefelarsenige** *v.* Arsenik, gelber; — **selenige,** unvollkommene Selensäure, *acidum selenosum,* kyselina seléničitá;

— **spießglanzige** v. Spießglanzoxyd, gewaschenes; — **sulphurarsenige** v. Arsenik, gelber; — **Tennands** v. Bleichwasser; — **unterphosphorige** v. Säure, hypophosphorige; — **zuckerige**, *acidum saccharicum*, kyselina cukrová.

Saustein, Stinkkalk, Stinkstein, *lapis suillus*, kámen sviňský, vápenec smrdutý, smrdák, sviník.

Savoyerkohl, zelí vlaské čili savoyské.

Schabehobel, hoblík strouhací.

Schabeisen, škrabadlo, plíšek strouhací.

Schabenkraut v. Strohblümchen.

Schabziegerklee v. Ägyptenkraut.

Schachtelhalm, Schafthalm, *herba equiseti majoris*, přeslička, plivačka, duvok, chvošť, stolička, skřib.

Schaffelle, ganzwollige, ovčiny plnovlné; — **halbwollige**, Kürschnerfelle, ovčiny polovlné neb kožešnické.

Schafgarbe, Garbenkraut, Feldgarbe Schafrippe *herba millefolii*, řebříček, žebříček, myší ocásek, ovčí žebro.

Schafgarben-blüthen, *flores millefolii*, květ řebříčkový; —**extrakt**, *extractum millefolii*, výtah řebříčkový; — **öl**, *oleum millefolii*, silice řebříčková.

Schaf-käsel, syreček ovčí; —**leder**, kůže ovčí; —**rippe** v. Schafgarbe; —**schwingel**, mrkva čili kostřava ovčí.

Schafwolle, vlna ovčí; — einschürige, v. jednostřížná; — zweischürige v. dvoustřížná.

Schakarill v. Kaskarillrinde.

Schalblech, plech na stoličku.

Schamkraut v. Hundsmelde.

Scharblech, plech ruchadlový.

Scharbocksheil v. Löffelkraut.

Scharfhobel, Schrubbhobel, hoblík ostrý, ubírák hrubý.

Scharfkraut, blauer Kleber, *herba asperuginis*, ostrolistec, ostré zelí, lepík.

Scharlach-beeren v. Kermes; —**komposizion** v. Rosasäure; —**kraut**, Scharlei, Muskatellerkraut, *herba hormini sclareae, herba centum galli seu matrisalviae*, šalvěj polní vonná, pikát, šalvějka planá, kadidlník, chlapí duše; —**nessel**, stinkender Ziest, *herba urticae inertis, lamii sylvatici foetidi, galeopsidis, stachydis sylvaticae*, čistec lesní.

Schärpe, šerpa.

Schaufelstiel, násada na lopaty, lopatiště.

Schaum-kraut v. Kardamine; —**löffel**, opěnováček neb šumováček, opěnovačka, šumovačka.

Scheckel, Schecken, strakatina (strakaté plátno).

Scheel v. Wolfram; —**erz** v. Wolframerz.

Scheele's, Grün, schwedisches Grün, *viride Scheelicum*, zeleň Šélská.

Scheelium, Wolframium, *scheelium*, *wolframium*, šél, wolfram, chvořík.

Scheelsäure v. Wolframsäure; — **phosphorsaure** v. Phosphorwolframsäure.
Scheerwolle, ostřižky postřihačké.
Scheibendraht, drát mosazný.
Scheibenring, kroužek terčovní.
Scheibtruhe, kolečko, radvanec, táček, samokol; — beschlagene, kolečko okované; — große k. velké; — kleine, k. malé; — leichte, k. lehké; — extrastarke, k. nadsilné.
Scheidewasser v. Salpetersäure.
Scheinhaken (Ecke), eiserner, rohovník neb růžek železný.
Scheinhaken-beschlag, ordinärer zu 2- und 4-flügeligem Fenster, rohovní kování obyčejné na 2- a 4-křídlové okno; —**schraube,** šroub do rohovníku.
Scheißkraut v. Bingelkraut.
Schellack, Tafellack, *gummi laccae in tabulis*, šelak, lak lupkový; — **Block-,** š. celistvý; — **blonder,** š. světlý; — **Blut-,** š. krvobarvý; — **brauner,** š. hnědý; — **kirschrother,** š. třešňový; — **leberfarbener,** š. játrobarvý; — **oranger,** š. pomorančový; — **weißer** oder gebleichter, *gummi laccae depuratum album*, š. bílý.
Schellackfirniß v. Tischlerpolitur.
Schelle, rolnička, racháček.
Schellkraut, Schwalbenkraut, *herba chelidonii majoris seu hirundinariae*, vlaštovičník větší, nebeský dar, celidonia, celidon; — **kleines** v. Hahnenfuß.
Schellkraut-extract, *extractum chelidonii*, výtah celidonový; — **wurzel,** *radix chelidonii majoris*, kořen celidonový čili vlaštovičníku většího, koření májové.
Scherbenkobalt v. Fliegengift.
Schere, Scheere, nůžky.
Schereisen, želízka holicí.
Schernäckel v. Sanikel.
Schetterleinen v. Glanzleinen.
Schieferbraun, hnědť lupková; — geschlemmtes, hnědť lupková proplavená.
Schiefer-decknagel, břidličník, hřebík do křidlice; —**nagel,** skřidličník, hřebík skřidliční; —**schwarz,** čerň skřidličná n. břidličnatá.
Schieferstifte, Griffel, roubíky břidlicové; — gefärbte schwache, r. břidličné malované slabé; — große ordinäre, r. břidličné velké sprosté; — kleine, r. břidlicové malé; — mit Papier, ř. břidlicové papírem obalené.
Schiefer-tafel, tabulka břidličná, skřidličná; —**weiß,** Englischweiß, *cerussa lammellata, armentum album, schifera alba, album anglicanum*, běl čili běloba lupková, břidličnatá neb anglická.

Schien-eisen, železo šínové; —**nagel,** Schopfnagel, hřebík šínový, hlavizna, šínovec.
Schierhaken, pohrabáč.
Schierling, gefleckter, Erdschierling, Fleckschierling, *herba cicutae seu conii*, bolehlav blamatý, kropenatý čili větší.
Schierlingextrakt, *extractum cicutae seu conii maculati*, výtah bolehlavový.
Schießbaumwolle, *pyroxylinum*, střelní bavlna, pyroxylin.
Schießpulver, *pulvis tormentarius*, prach střelní; — feines, prach ručniční; — grobes, prach do děl.
Schießpulverthee, Gumpowderthee, thé prachové, neb gumpowderské.
Schiff-hacke, loděnice; —**hobel,** hoblík loďkový; —**ketten,** řetězy lodní; —**klammern,** žabky lodní; —**theer** *v.* Holztheer.
Schilder zu Thürschlössern, štítky k zámkům na dvéře.
Schildkraut *v.* Helmkraut.
Schildkrot, Schildplatt, *testae testudinum*, želvina, želvová skořepina, želvovice.
Schilfrohr, rákosí.
Schill, Seebars, candát, lupice, morák.
Schiller-taffet, dykyta měňavá; —**wein,** víno měňavé.
Schindelnägel mit Schaufel und Köpfel, šindeláky s lopatkami a hlavičkami, hřebíky šindelní; — **sächsische,** š. saské.
Schindelzieheisen, výtah (nůž, kterým skulinu v šindeli řezají).
Schinken, kýta uzená, šunka.
Schlaf-äpfel *v.* Rosenschwamm; —**pulver,** prášek spánkový; —**kraut** *v.* Tollkirsche.
Schlag-eisen, železná past, myší klepec; —**gold** *v.* Knallgold; —**hacke,** porážka; —**kraut,** Feldzypresse, Ackergünsel, Erdkiefer, *herba chamepitys seu ivae arthitricae*, cypřiš polní, borynka, borovička malá, iva, yva čili hyva; —**leistenhobel,** lištovník; —**leistenschraube,** šroub do poklopky.
Schlag-lineal, přiložné pravídko; —**loth,** pajka, letovadlo.
Schlangen-bälge *v.* Viperhäute; —**fett,** *axungia serpentum*, sádlo hadí; —**gurke,** lange grüne, dyně hadí čili hadyně dlouhatá zelená; —**häute** *v.* Viperhäute; —**holz,** *lignum colubrinum seu serpentarium*, dřevo hadí; —**knoblauch** *v.* Allermannsharnisch, langer; —**krautwurzel** *v.* Natterknötterigwurzel, —**nüsse,** Ahowai, *semen ahowai*, ahowai, ořechy hadí; —**osterluzei,** virginische Schlangenwurzel, *radix serpentariae virginianae seu colubrinae*, kořen podražce hadího neb virginského; —**wurzel,** indische, *radix mungos seu serpentum*, hadí kořen indický, kořen hadovkový.
Schlehblumen, *flores acaciae nostratis*, květ trnkový.
Schlehen, getrocknete, *baccae acaciae*, trnky sušené.
Schlehendornrinde, *cortex acaciae*, kůra trnková.
Schleierleinwand, plátno pavučníkové.
Schleiferstein, kámen brusířský, šlejfířák.

Schleifstein, Nehwizder, brus čili brousek nehvízdský; — Kamnitzer, b. kamenický; — Libomischler, b. libomyšelský.
Schleimzucker, cukr slizový.
Schleiß-federn, peří drané; **—messer,** dračkář, loučník.
Schlemmkreide v. Kreide, geschlemmte.
Schlicht-axt, širočina; **—feile,** pilník hladký; — Fischersche, pilník vyhlazený Fischerovský.
Schlicht-hobel, hladicí hoblík, hladík, šlichtovník; **—mond,** příhladič, hoblík přihladěcí.
Schließeisen, železo svírací.
Schließeneisen, železo na kleště.
Schließ-lein, Dorschlein, len mlatcový slepý; **—säge,** Schweifsäge, schmale Spannsäge, cinkovka, pilka cinkovní, pila k čípkům.
Schlittenschellen, rolničky k saním.
Schlittschuhe, kůsle, želízka.
Schloß, zámek; — zum Einstemmen ohne Drucker, z. k zadlabání bez kliky; — schmales zur Glasthüre, z. úzký na skleněné dvéře; — zum Anschlagen, stumpfes, z. k přibití kusý; — überbautes, z. překrytý.
Schloß-blech, plech zámeční; **—brunn,** Karlsbader, zámecká voda Karlovarská.
Schlosser-blech, plech zámečnický; **—messing,** mosaz zámečnická.
Schloß-häring v. Hohlhäring; **—nagel,** hřebík k zámku čili zámkový.
Schlüsselblumen, *flores primulae veris seu paralyseos,* květ petrklíčový, prvosenkový čili bukvice bílé; **—kraut,** Primel, Himmelsschlüssel, *herba primulae veris seu paralyseos,* petrklíč, prvosenka, podleštka, kropáček, bylina dravá, šlakovní čili mrtvičná, bukvice bílá, prvnička.
Schlutten v. Judenkirschen.
Schmack v. Sumach.
Schmalleder, Fahlleder, kůže výrostková, hovězice výrostková.
Schmalte, blaue Farbe, blaue Stärke, Sächsischblau, Böhmischblau, smalta, šmolka.
Schmalz, máslo vyvařené; **—blume** v. Butterblume.
Schmeerwurzel v. Jungfernwurzel.
Schmelz, šmelc, smalt, litíky, perličky skleněné; **—glas,** leskovní sklo.
Schmelztiegel, kelímek, tyglík; — von getriebenem Blech, k. z plechu tlučený; — Eisen, k. železný; — Glas, k. skleněný; — Graphit, k. tuhový; — hessischer, k. hesický; — Passauer, Ipser, k. pasavský, ipeský.
Schmerbel v. Guter Heinrich.
Schmetten-käse, sýr smetanový; **—löffel,** sběračka.
Schmiedeisen, železo kované neb kovářské; — böhmisches, ž. kované české; — mährisches, ž. kované moravské.

Schmiedepech, smola kovářská.
Schmied-formen, dýmnice kovářské; **—hammer,** gestählter, kovářské kladivo ocelované; **—kohle,** uhlí kovářské.
Schmier-bürste, kartáč k natírání n. k mazání, mazáček; **—käse,** Brinsekäse, brynza, sýr mazavý; **—leder,** schwarze Thranjuchten, kůže špikovaná, juchty tránové černé; **—seife** *v.* Seife, weiche.
Schminkbohne, türkische oder wälsche Bohne, bob neb hrách turecký čili vlaský, fazol obecný, hrách ledvinkový.
Schminke, weiße *v.* Wismuthweiß.
Schmink-läppchen *v.* Farbläppchen; **—quecksilberweiß** *v.* Quecksilber, salzsaures, ammoniakhaltiges; **—wasser,** fr. *eau cosmetique,* voda k líčení; **—wurzel** *v.* Weißwurzel.
Schmirgel, *lapis smiridis,* kámen pulířský, šmergl, smyrek; **—papier,** Reftpapier, Polierpapier, papír pulerovací, papír šmirglový.
Schmucktombak, tombak šperkový.
Schnalle, přeska, přaska; — schwarze, flache, ovale, p. černá, plochá, polokulatá; — schwarze hohe, p. černá vysoká; — weiße, p. bílá.
Schnapps, čapčurka, breberka, kořalička.
Schnecke, slimák, hlemýžď.
Schnecken, schwäbische, plže švábské; **—band,** závěsa kotoučková; **—bohrer,** špičák; **—klee,** italienischer oder spanischer *v.* Luzerne, französische.
Schneerosen-blätter, *herba rhododendri chrysanthi,* listy pěnišníku ryzokvětého; **—wurzel** *v.* Nieswurzel.
Schneideisen, železo řezací, ceju.
Schneider-bügeleisen, cihlička krejčovská; **—scheere,** nůžky krejčovské.
Schneidkluppe, skřipec, ladyška.
Schnell-loth, pajka plechařská nebo rychlá; **—schare,** plech na pospěšáky; **—wage,** přezmen, rychlováha, mincíř, ražní váha.
Schnepfe, cvrčala, sluka.
Schnepfendreck, lejno cvrčalové, trus slučí.
Schnitzbank, pořeznice, osní stolice, struhací stolice.
Schnitzer, řezák, řezáč; **—heft,** násadka na řezák.
Schnupftabak, tabák šňupavý.
Schnupftuch, Sacktuch, Taschentuch, šátek kapesní.
Schnürband, šněrovadlo.
Schnürchen-perkal, perkál šňurkovaný; **—vapeur,** vapér šňurkovaný.
Schnürnadel, šněrovací jehla, návlečka, ženkle.
Schnurwurzel, *radix anticholericae,* kořen jarlínový.
Schocke, böhmische, plátno kopové.
Scholle, platýs.
Schöllkraut *v.* Schellkraut.
Schönefrau *v.* Tollkirsche.
Schönschreibebuch, knížka na krasopis.

Schöpflöffel, naběračka.
Schöpfen-haut, Hammelfell, skopovice, skopovina, kůže skopová; —**talg**, lůj skopový.
Schotenklee, *herba loti sylvestris*, štírovník, bylina štírová čili roupová, pazourek kočičí, ledenec obecný, stručina.
Schrägmaß, šejdrák.
Schränkeisen, rozvěrák, šraňkovník.
Schraubbock, utahovák, šroubovadlo; —**schlüssel**, klíč k šroubovadlu.
Schraube, šroub, vrtule.
Schrauben-bohrer, kančík, nebozéz na šrouby, vintovník, nebozízek šroubový; —**schlüssel**, klíč šroubovní, klika, rozvírák, klíč na šroubování; —**zieher**, vývrtka.
Schraub-knecht, pacholek (šroubovní); —**stock**, svírák, šroubovna; — großer, svěrák velký; — kleiner, s. malý; — mittel, s. prostřední.
Schraubzwinge, stužidlo, šaršant, žom.
Schreckkörner, *v.* Gichtrosensamen.
Schreib-faulenzer, vložka linovaná; —**papier**, papír psací.
Schrenzpapier, papír režný neb prožíravý, šrenc.
Schropphobel, uběrák.
Schrotmeisel, Blockmeisel, útinka.
Schröte, Villacher, broky bělácké.
Schrotwage, krokvice.
Schubriegel, závlačka; — eiserner zum Aufschlagen, z. železná k přibití; — zum Einlassen, z. k zapuštění; — mit Messingknopf, z. s mosazným knoflíkem; — langer zum Aufschlagen, z. dlouhá k přibití; — zum Einstemmen, z. k zadlabání; — kurzer, querer, z. krátká, příční; — starker mit Kapsel, z. silná s čepem.
Schuh-ahle, šídlo ševcovské; —**nagel**, cvok do střevíců.
Schultintenzeug von Blech französisches, kalamář plechový francouzský; — mit Lederüberzug, k. koží potažený; — von Buchsbaumholz, k. ze dřeva zimostrazového; — von Horn, k. rohový č. koštěný.
Schupfenschloß, zámek ke kolně.
Schuppenflechte *v.* Wandflechte.
Schuppen-tilgungsöl, olej proti šupinám; —**wurzel**, Maiwurzel, Zahnwurzel, *radix squamariae, dentariae majoris seu anblati*, kořen šupinový, podbílkový, smetaníkový, bezlístkový, zubu babího čili byliny zubové.
Schüreisen, Kohlenkrücke, pohrabáč.
Schurwolle, serbische, střížná vlna srbská.
Schurzackelwolle, jednostřížná vlna cápová, střížná vlna uherská.
Schüsselblech, plech mísový.
Schußgarn, příze outková.
Schuster-beißzange, štípací kleště ševcovské; —**draht**, dratev;

—falzzange, cvikadlo ševcovské; **—feile,** pilník ševcovský; — **hammer,** kladivo ševcovské; **—hanf,** konopí čili česání ševcovské; **—kleister,** Schusterpappe, maz ševcovský, čiriz; **—kneif,** knejp ševcovský, kraják ševcovský; **—pech,** schwarzes Pech, smola ševcovská čili černá; **—raspel,** struhák ševcovský; **—stahl,** ocílka ševcovská; **—zwecken,** cvoky ševcovské.

Schüttgelb, žluť mízová, žlutidlo mízové.

Schüzzit *v.* Strontian, schwefelsaurer natürlicher.

Schwabenpulver, *pulvis arsenicosus,* prášek na šváby.

Schwadengrütze *v.* Mannagrütze.

Schwalben-kraut *v.* Schellkraut; **—wurzel,** Hundswürger, *radix vincetoxici seu hirundinariae,* kořen vlaštovičníkový čili tolitový.

Schwamm, *spongia marina,* houba mořská; — **gebrannter** *v.* Schwammkohle; — **malteser** *v.* Malteserschwamm; — **mineralischer** *v.* Bergmilch.

Schwamm-alaun *v.* Alaun, gebrannter; **—kohle,** gebrannte Schwämme, *carbo spongiarum, spongiae ustae,* uhlí houbové, houby pálené; **—stein,** Kropfstein, *lapis spongiarum,* hubkový kámen; **—zucker,** cukr houbový.

Schwanen-boy, Schwanboy, švanpaj, švonopaj (bavlněná látka); **—salz** *v.* Seignettesalz.

Schwanzpfeffer *v.* Kubeben.

Schwarz-ball *v.* Kienruß; **—beeren** *v.* Heidelbeeren; **—blech,** plech černý; **—kieferſamen,** semeno borovice černé; **—kohle,** uhlí černé, černouhlí, uhlí kamené; **—kümmel** *v.* Kümmel, schwarzer; **—kupfer,** měď černá; **—quecksilberoxydulat** *v.* Quecksilberoxydul, schwarzes; **—wurz** *v.* Beinwell.

Schwefel, gediegener, Jungfernschwefel, *sulphur nativum seu virgineum,* síra samorodná; — **gefällter** *v.* Schwefelmilch; — **gereinigter** *v.* Schwefelblüthe; — **gezogener,** Schwefelfaden, *filum sulphuris,* nit sirná; — **grauer** *v.* Roßschwefel; — **natürlicher** *v.* Schwefel, gediegener; — **präcipitirter** *v.* Schwefelmilch; — **in Stangen,** Stangenschwefel, *sulphur citrinum, commune seu in baculis,* síra obyčejná, roubíková čili hranolová.

Schwefel-alkohol, Schwefelkohlenstoff, *sulphuretum carbonei, alcohol sulphuris,* sirník uhličitý, sírouhlík.

Schwefelammonium, flüssiges *v.* Ammoniak, schwefelwasserstoffsaures.

Schwefelantimon *v.* Spießglanz; **—braunes** *v.* Metallsafran; — **fünffaches** *v.* Goldschwefel.

Schwefelantimon-kalcium *v.* Spießglanzschwefelkalk; **—kali** *v.* Spießglanzleber.

Schwefelantimonniederschlag, doppelter *v.* Goldschwefel; — **einfacher** *v.* Mineralkermes.

Schwefelantimonquecksilber *v.* Schwefelspießglanzquecksilber.

Schwefelarsen, dreifach *v.* Arsenik, gelber; — **zweifach** *v.* Arsenik, rother.

Schwefeläther, Schwefelnaphtha, Vitrioläther, schwefelsaurer oder vitriolsaurer Äther, Ätherinhydrat, Äthyloxyd, *aether sulphuricus, naphtha vitrioli, aether vitrioli, sulphas aethericus, liquor Frobenii*; éther, nafta sirková, kysličník éthylnatý, éther sirkový; — **alkoholisirter** *v.* Schwefelätbergeist; — **saurer** *v.* Rabelswasser.

Schwefeläthergeist, Schwefelätherweingeist, Ätherweingeist, Hoffmannstropfen, Hoffmannsgeist, schmerzstillender Liquor, versüßter Vitriolgeist, alkoholisirter Schwefeläther, Mineralgeist, *spiritus sulphurico-aethereus, spiritus vini aethereus, liquor anodynus Hoffmanni, spiritus vitrioli dulcis, liquor mineralis anodynus,* lih sirkový oslazený, kapky Hoffmannské, lih Hoffmannský; — **eisenhaltiger,** eisenhaltiger Ätherweingeist, Eisenäther, Bestuscheff'sche Nerventinktur, Lamottesche Goldtropfen, versüßter eisenhaltiger Vitriolgeist, *spiritus sulphurico-aethereus martiatus, aether martialis spirituosus, aether martiatus, tinctura nervina Bestuscheffii, tinctura aurea de Lamotte, liquor anodynus martialis,* lih sirko-étherový železnatý, éther železnatý lihový, éther železnatý, Bestuševská tinktura nervová, Lamottovy kapky zlaté.

Schwefel-balsam, geschwefeltes Leinöl, Schwefelleinöl, *balsamum sulphuris, oleum lini sulphuratum,* balsam sirný, lněný olej sirný; —**baryum,** Baryumsulphür, *baryum sulphuratum, sulphuretum barii, baryta sulphurata,* sirník barnatý; —**bernsteinöl,** Bernsteinschwefelbalsam, *oleum succini sulphuratum, balsamum sulphuris succinatum,* jantarový olej neb balsam sirný; —**blausäure,** *acidum sulpho-hydrocyanicum,* rodanovodík, sírocyanovodík, síropsotnina; —**blei,** Bleiglanz, *plumbum sulphuratum,* sirník olovnatý, leštěnec; —**blüthe,** Schwefelblumen, gereinigter oder sublimirter Schwefel, *flores sulphuris, sulphur depuratum seu sublimatum,* květ sirkový, síra čistěná čili sublimovaná; —**chlorür** *v.* Chlorschwefel.

Schwefelcyan-allyl *v.* Senföl; —**kalium** *v.* Kali, schwefelblausaures; —**sinapin,** Sinapin, *sulfosinapisinum, sinapinum,* sulfosinapisin, sinapin.

Schwefel-einschlag, plátno sirné; —**eisen,** geschwefeltes Eisen, Eisenschwefel, Stahlschwefel, *ferrum sulphuratum, sulphuretum ferri seu chalybis,* sirník železnatý; —**geist,** Beguin's rauchender *v.* Ammoniak, schwefelwasserstoffsaures; —**gelb** *v.* Arsenik, gelber natürlicher; —**hölzchen,** sirky; —**jod** *v.* Jodschwefel; —**kadmium** *v.* Kadmiumgelb; —**kalcium** *v.* Schwefelkalk.

Schwefelkali *v.* Schwefelleber; — **antimonialisches** *v.* Spießglanzleber.

Schwefelkalk, geschwefelte Kalkerde, Kalciumsulphurat, Kalkschwefelleber, Schwefelkalcium, Hydrothionschwefelkalk, Kalkleber, *calx sulphurata, calcaria sulphurata, sulphuretum calcii, sulphur calcis, calx hydrothionica sulphurata, hepar calcis,* sirník vápenatý, játra vápenná; — **spießglanzhaltiger** *v.* Spießglanzschwefelkalk.

Schwefel-kohle, uhlí sirnaté; —**kohlenstoff** *v.* Schwefelalkohol; —**kupfer,** einfaches *v.* Kupfer, gebranntes.

Schwefelleber, Schwefelkalium, Hydrothionschwefelkali, Kalischwefelleber, Schwefelseife, *hepar sulphuris, kali sulphuratum, sulphuretum kalii, sapo sulphuris,* játra sirková, sirník draslíkový; — **antimonialische** *v.* Spießglanzleber; — **flüchtige** *v.* Ammoniak, schwefelwasserstoffsaures.

Schwefelleberbaryt *v.* Schwefelbaryum.

Schwefelmerkur, rother *v.* Zinnober; — **schwarzer** *v.* Merkurialpulver, schwarzes.

Schwefel-milch, Schwefelmagisterium, Schwefelniederschlag, *lac sulphuris, sulphur praecipitatum,* mléko sirkové; —**mittelsalz** *v.* Kali, schwefligsaures; —**molybdän** *v.* Molybdänsulphuret; —**naphtha** *v.* Schwefeläther; —**niederschlag** *v.* Schwefelmilch; —**öl,** Beguins *v.* Ammoniak, schwefelwasserstoffsaures; —**präcipitat** *v.* Schwefelmilch.

Schwefelquecksilber, rothes *v.* Zinnober; — **schwarzes** *v.* Merkurialpulver, schwarzes; — **spießglanzhaltiges** *v.* Schwefelspießglanzquecksilber.

Schwefelsalmiak *v.* Ammoniak, schwefelsaures.

Schwefelsalz, mineralalkalisches *v.* Natron, schwefligsaures; — **Stahls** *v.* Kali, schwefligsaures.

Schwefelsäure, englische oder weiße, Schwefelsäurehydrat, englisches oder weißes Vitriolöl, Oxythionsäure, *acidum sulphuricum anglicum, oleum vitrioli anglicum seu album,* kyselina sirková anglická neb bílá, hydrát kyseliny sirkové; — **rauchende,** Nordhäuser, böhmische, sächsische oder konzentrirte, braunes Vitriolöl, *acidum sulphuricum fumans, bohemicum, saxonicum seu concentratum, acidum vitriolicum, oleum vitrioli fuscum seu fumans,* kyselina sirková dýmavá, nordhauská, česká, saská, schnaná neb hnědá, vitriol dýmavý; — **verdünnte,** Alaungeist, Vitriolgeist, verdünntes Vitriolöl, *acidum sulphuricum dilutum, spiritus aluminis seu vitrioli, oleum vitrioli tenue,* kyselina sirková rozředěná, vodka sirková; — **versüßte** *v.* Schwefeläthergeist; — **versüßte eisenhaltige** *v.* Schwefeläthergeist, eisenhaltiger; — **weingeistige** *v.* Rabelswasser.

Schwefelsäurehydrat *v.* Schwefelsäure, englische.

Schwefelseife, fr. *savon de sulfure,* mýdlo sirné.

Schwefelspath *v.* Baryt, schwefelsaurer.

Schwefelspießglanz *v.* Spießglanz, roher; — **orangefarbener** *v.* Goldschwefel; — **präparirter** *v.* Spießglanz, präparirter; — **rother** *v.* Mineralkermes.

Schwefelspießglanz-halbsäure *v.* Spießglanzleber; —**hydrat** *v.* Mineralkermes; —**kali** *v.* Spießglanzleber; —**quecksilber,** Spießglanzmohr, spießglanzhaltiges Schwefelquecksilber, *hydrargyrum stibiato-sulphuratum, aethiops antimonialis, sulphuretum hydrargyri stibiatum,* sirník rtutičnato-antimónový, mouřenín antimónový.

Schwefel-steinöl, geschwefeltes Steinöl, *oleum petrae sulphuratum,* *balsamum sulphuris barbadense*, kamený olej sirný, balsám sirný barbadský; —**terpentinöl**, geschwefeltes Terpentinöl, Terpentinschwefelbalsam, *oleum terebinthinae sulphuratum, balsamum sulphuris terebinthinatum*, olej terpentýnový sirný, terpentýnový balsám sirný; —**wachholderöl** *v.* Wachholderschwefelbalsam.

Schwefelwasserstoff-ammoniak *v.* Ammoniak, schwefelwasserstoffsaures; —**säure** *v.* Hydrothionsäure; —**schwefel** *v.* Schwefelmilch; —**schwefeläthyl** *v.* Merkaptan.

Schwefelwasserstoffwasser, *hydrogenium sulphuratum aquosum*, voda sírovodíková; — **säuerliches** *v.* Bleiprobe, Hahnemannsche.

Schwefel-wasserstoffweinäther *v.* Merkaptan; —**weinstein,** vitriolisirter *v.* Kali, schwefligsaures; —**wurzel** *v.* Haarstrang; —**zink** *v.* Blende.

Schwefelzinn, doppeltes *v.* Musivgold; —**oxyd** *v.* Musivgold.

Schweif-sägblatt, pilka do vykružovačky; —**säge,** vykružovačka.

Schwein-brod *v.* Erdscheibe; —**fett,** *axungia porci, adeps suilla*, sádlo vepřové; —**furtergrün,** *viride schweinfurtense*, zeleň sviňobrodská čili švcinfurtská; —**pulver,** prášek pro svině.

Schweins-balsam *v.* Bergzuckerbalsam; —**borsten,** štětiny.

Schweinstein, Igelstein, Malackstein, *lapis porcinus, lapis hystricinus, lapis malaccensis, bezoar porci*, kámen ježový, kámen malacký, bezoar prasečí.

Schweinszähne, Eberzähne, *dentes apri*, kly vepřové, zuby vepřové.

Schweiß-kraut *v.* Bingelkraut; —**tuch,** plátno nepropotitelné; —**wolle,** vlna vemenní; —**wurzel** *v.* Pestilenzwurzel.

Schweizer-hosensamen, semeno švýcarkové; —**kaffé,** káva švýcarská; —**käse,** sýr švýcarský; —**kräuteröl,** bylinný olej švýcarský; —**zucker** *v.* Milchzucker.

Schwererde *v.* Baryterde; — **ätzende** *v.* Ätzbaryt; — **ätzende salzsaure** *v.* Baryt, salzsaurer.

Schwererde-acetat *v.* Baryt, essigsaurer; —**muriat** *v.* Chlorbaryum; —**salpeter** *v.* Baryt, salpetersaurer; —**salz** *v.* Chlorbaryum; —**sulphat** *v.* Baryt, schwefelsaurer; —**vitriol** *v.* Baryt, schwefelsaurer.

Schwerspath *v.* Baryt, schwefelsaurer.

Schwerstein *v.* Wolframerz; —**metall** *v.* Wolfram; —**säure** *v.* Wolframsäure.

Schwert-bohnen, šavličky; —**wurzel, gelbe** *v.* Ankerwurzel.

Schwindel-beeren *v.* Kandelbeeren; —**haber,** Lolchsamen, *semen lolii*, semeno jilkové, opilkové, šmatouchové, koukolu myšího čili vlaského; —**körner** *v.* Koriander, Kubeben; —**wurzel** *v.* Gemswurzel.

Scillitin, *scillitinum*, scillitin.

Sebesten *v.* Brustbeeren, schwarze.

Sebipirarinde, *cortex sebipirae*, sebipira, kůra sebipirová, kůra okožcová.

Sedativ-borax v. Boraxweinstein; —**salz** v. Boraxsäure; —**weinstein** v. Kali, boraxsaures.
Sedum v. Donnerbart.
See-bacille v. Meerbacille; —**bälle** v. Meerbälle; —**bars** v. Schill; —**eiche** v. Meereiche; —**fenchel** v. Meerbacille; —**gras**, Wasserriemen, *zostera marina*, řása jezerní, vocha mořská, pásemnice; —**hundsthran**, trán tuleňový; —**kohl** v. Meerkohl; —**krebs**, Hummer, rak mořský, humr; —**kuhstein**, Wallfischohr, *lapis manati*, *auris ceti*, *lapis tiburionis*, kámen mořské krávy, velrybí ucho; —**mäuse** v. Meermäuse; —**nuß** v. Stachelnuß; —**pferdzähne**, Wallroßzähne, *dentes equi marini seu hippopotami*, zuby hrochové, kly mrožové; —**rose**, Wassernymphe, Seemummel, Seeblumen, *flores nymphae albae seu nenupharis*, květ vodní růže bílé, lilium vodního, lekna bílého, tašky bílé čili stulíku bílého; —**rosenwurzel**, *radix nymphacae seu nenupharis*, kořen vodní růže, lilium vodního, leknový čili stulíkový; —**salz**, Meersalz, Baysalz, Beysalz, *sal marinum*, sůl jezerní, samosádka; —**schwamm**, *spongia marina*, houba mořská; —**tang**, Seeeiche, *quercus marina*, *fucus vesiculosus*, dubí mořské, chaluha bublinatá; —**zunge**, jazyk mořský.
Segars, Cigaren, doutníky.
Segelleinwand, Segeltuch, fr. *toile à voile*, angl. *sail cloth*, plachtovina, plachtina, parusina, plátno plachetní.
Seide, hedvábí, hedbáví; — asiatische, h. asiatské; — bengalische, h. bengalské; — chinesische, h. čínské neb kytajské; — dunstschwarze, h. nejčernější; — französische, h. francouzské; — gedrehte, h. svinuté neb kroucené; — gekochte, h. vařené; — genueser, h. janovské; — geschleissene, h. drané; — halbgekochte, h. polovařené; — hindostanische, h. hindostanské; — japanische, h. žapanské; — melukische, h. molucké; — mongolische, h. mongolské; — naukynsche, h. naukynské; — orientalische, h. orientalské; — pedemonter, h. pedemontské; — rohe, h. surové; — spanische, h. španělské; — tonkinsche, h. tonkynské; — türkische, h. turecké; — unfilirte, nesoukané.
Seidelbastrinde v. Kellerhals.
Seiden-atlas, atlas hedvábný; —**band**, tkanice, stužka neb pentle hedvábná; —**moiré**, moaré hedvábné; —**papier**, papír hedvábní; —**schnur**, hedvábek, hedbávek; —**spitzen**, krajky hedvábné; —**stoff**, hedbávina; —**zwirn**, Seidenfaden, nit hedbávná.
Seidlitz-pulver, prášek zaječický; —**salz** v. Bittersalz.
Seidschützer Bitterwasser, voda zaječická; — **Salz** v. Bittersalz.
Seife, alikantische oder spanische, *sapo alicantinus seu hispanicus*, mýdlo alikantské čili španělské; — **aromatische**, *s. aromaticus*, m. vonné; — **braune**, m. hnědé; — **Dippel's** chemische, *s. chemicus Dippelii*, m. Dipelovo lučební; — **durchsichtige** m. prosvítavé; — **enkaustische**, m. enkaustické; — **französische**, m. francouzské; — **gemeine**, Talgseife, *sapo vulgaris*, m. obyčejné,

lojové, domácí; — **grüne,** *s. viridis,* m. zelené; — **harte,** Natronseife, *s. sodae,* m. tvrdé, sodové; — **helmontsche,** mýdlo helmontské; — **marmorirte,** *s. marmoratus,* m. marmorované; — **Marseillesche,** m. marseilské č. marsiliánské; — **mediciuische,** *s. medicus,* m. lékařské; — **punische,** m. punické; — **schwarze,** *s. niger,* m. černé; — **venetianische,** Ölseife, *s. venetus,* m. benátské; — **weiche,** Schmierseife, Kaliseife, *s. kalinus,* m. mazavé, draselné; — **weiße,** *s. albus,* m. bílé.

Seifen-geist, Seifenspiritus, *spiritus saponis seu saponatus,* líh mýdlový, mýdelný; —**kraut,** *herba saponariae,* mydlice, mydlička; —**kugeln,** koule mýdlové, mýdlo kulovaté; —**nüsse,** Seifenbeeren, *nuces saponariae,* oříšky mydelníkové; —**salbe,** mast mydlná.

Seifensiederlauge *v.* Ätzlauge.

Seifenstein *v.* Speckstein.

Seifenwurzel, gewöhnliche, *radix saponariae,* kořen mydlicový čili mýdlový; — **geschälte,** k. myd. oloupaný; — **levantiner,** *radix saponariae levanticae* kořen mydlicový levantský čili šatru mydlicového; — **weiße,** *radix saponariae albae,* kořen mydlicový bílý.

Seifenwurzelextrakt, *extractum saponariae,* výtah mydlicový.

Seignettesalz, weinsaures Natronkali, Natronweinstein, weinsaures Kalinatron, Rochellesalz, Sodaweinstein, Polychrestsalz, Schwanensalz, *sal Seignetti, kali natronato-tartaricum, tartarus natronatus, tartras kalico-natricus, sal rochellense, sal polychrestum,* sůl Seignettova, vínan draselnato-sodnatý.

Seilerhanf, Boleguefer, konopí provaznické boloňské.

Selen, *selenium,* selén, luník.

Selenit *v.* Marienglas.

Selensäure, *acidum selenicum,* kyselina selénová; — **unvollkommene** *v.* Säure, selenige.

Sellerie, celer; —**eppich** *v.* Wassereppich.

Selterswasser, kyselka čili voda seleterská.

Semmelmehl, Mundmehl, mouka bělná č. žemlová.

Senegalgummi, *gummi senegal,* klovatina senegalská, senegal.

Senegaramsel, Senegakreuzblume, Senegawurzel, Klapperschlangenwurzel, *radix senegae,* kořen senegový, senega.

Senegawurzelextrakt, *extractum senegae,* výtah senegový.

Senegin *v.* Polygalin.

Senesblätter *v.* Sennesblätter.

Senf, Kremser Mostrich, fr. *moutarde,* hořčice kremžská.

Senföl, *oleum sinapis,* olej hořčicový čili hořčičný; —**ätherisches** Senfsamenöl, Schwefelcyan-Allyl, *oleum sinapeos, oleum sinapeos aethereum,* silice hořčicová, sulfokyanid allylnatý.

Senfsamen, gelber oder weißer, *semen sinapis albae,* hořčičné semeno žluté nebo bílé; — **schwarzer** oder grüner, *semen sinapis* *nigrae seu viridis*, horčičné semeno černé nebo zelené, semeno černohorčičné.

Sennesbälglein, Mutterblätter, *folliculi sennae*, senesové lusky.

Sennesblätter, alexandriner, *folia sennae alexandrinae*, listy senesové aleksanderské, sena alexanderská, senes alexanderský; — **falsche** oder böhmische *v.* Blasenstrauchblätter; — **ostindische,** *folia sennae ostindicae*, sena východoindická, senes východoindský.

Sennesblätterextrakt, *extractum foliorum sennae liquidum*, výtah senesový tekutý.

Sense, kosa; — händige, k. ruční; — spannige, k. pídní; — mit Strohmesserzeichen, k. znamenaná dvěma kosíři; — mit Hammerlzeichen, k. znamenaná kladívkem; — zur Gestellsense, k. hrabičná.

Sensen-draht, struna; —**gerüst,** Hackenzeug, hrabice, kosiště.

Sentinellpulver *v.* Magnesia, kohlensaure.

Serapingummi *v.* Sagapengummi.

Serpentinstein, *lapis serpentinus*, hadec.

Servietten-leinwand, russische, ruské plátno na ubrousky, kraš; —**presse,** lis na ubrousky.

Sesam-öl, Gergelimöl, *oleum sesami*, olej sasamový; —**samen,** ägyptischer Ölsamen, *semen sesami*, *vangloe seu digitalis orientalis* semeno sasamové.

Setzhammer, kyjanka.

Sevenbaum *v.* Sabina.

Shawls, šály.

Shawltücher, šátky šálové.

Shirting, širting.

Sichel, srp; — mit Adler- und Eichelzeichen, srp znamenaný orlem a žaludem; — mit Posthorn- und Mondzeichen, srp znamenaný poštovskou trubkou a měsíčkem.

Sichelheft, rukověť k srpu.

Sieb, síto, řešeto, říčice; — drahtenes, s. drátové; — haarenes, s. žíněné; — schütteres, s. řídké.

Sieben-fingerkraut *v.* Sumpffingerkraut; —**gezeit** *v.* Ägyptenkraut; —**zeitsamen** *v.* Bockshornsamen.

Sieb-flor, flor sítový; —**tuch,** Sieblcinwand, Beuteltuch, plátenko, pytlina.

Siegel-erde *v.* Bolus; —**wachs,** Siegellack, Petschierwachs, *lacca seu cera sigillata*, vosk pečetní čili španělský, lak pečetní.

Siegmarswurzel, Siegwurzel *v.* Allermannsharnisch, runder.

Siennererde *v.* Erde, sienner.

Sikkativlack, sikativ (lak rychle schnoucí).

Silau-fenchel, *semen seselcos pratensis*, semeno koromačové; —**kraut,** *herba seselcos pratensis*, koromač; —**wurzel,** falsche Bärwurzel, *radix seselcos pratensis*, kořen koromačový.

Silber, *argentum*, stříbro; — **ätzendes** *v.* Höllenstein; — **brennendes** *v.* Höllenstein; — **flüssiges** *v.* Quecksilber; — **geessigtes**

v. Silberoxyd, essigsaures; — **geschlagenes**, *argentum foliatum*, stříbřítko pravé; — **lebendiges** *v.* Quecksilber; — **oxydirtes** *v.* Silberoxyd; — **salzsaures** *v.* Hornsilber.

Silber-acetat *v.* Silberoxyd, essigsaures; —**ammonium, oxydirtes** *v.* Knallsilber; —**ätzstein** *v.* Höllenstein; —**blätter** *v.* Silber, geschlagenes; —**chlorid** *v.* Hornsilber; —**distel** *v.* Frauendistel; —**essigsalz** *v.* Silberoxyd, essigsaures; —**glätte** *v.* Bleiglätte.

Silberglätt-essig *v.* Bleiessig; —**pflaster**, Diachylonpflaster, *emplastrum diachylon*, náplast klejtová neb diachylová.

Silber-grau, šeď stříbrná; —**halbsäure** *v.* Silberoxyd; —**höllenstein** *v.* Höllenstein; —**kalk** *v.* Silberoxyd; —**knallsäure** *v.* Knallsilber; —**kraut** *v.* Gänsekraut; —**krystalle** *v.* Silbersalpeter; —**muriat** *v.* Hornsilber.

Silbernitrat *v.* Silbersalpeter; — **geschmolzenes** *v.* Höllenstein.

Silberoxyd, *argentum oxydatum*, *oxydum argenti*, *calx argenti*, kysličník stříbrnatý; — **ätzendes** *v.* Höllenstein; — **chlorwasserstoffsaures** *v.* Hornsilber; — **chromsaures**, Silberoxydchromat, *argentum chromicum*, *chromas argenti*, chróman stříbrnatý; — **essigsaures**, Silberoxydacetat, Silberacetat, Essigsilbersalz, Silberessigsalz, *argentum aceticum*, *oxydum argenti acetatum*, *acetas argenti*, octan stříbrnatý; — **knallsaures**, neutrales *v.* Knallsilber; — **kohlensaures**, Silberoxydkarbonat, *argentum carbonicum*, *carbonas argenti*, uhličitan stříbrnatý; — **muriumsaures** *v.* Hornsilber; — **phosphorsaures**, Silberoxydphosphat, *argentum phosphoricum*, *phosphas argenti*, fosforečnan stříbrnatý; — **salpetersaures** *v.* Silbersalpeter; — **salpetersaures gegossenes** *v.* Höllenstein; — **salzsaures** *v.* Hornsilber; — **schwefelsaures** oder vitriolsaures, Silbersulphat, Silbervitriol, Silberoxydsulphat, *argentum sulphuricum seu vitriolicum*, *sulphas argenti*, *vitriolum lunae*, *oxydum argenti sulphuricum*, síran stříbrnatý.

Silberoxyd-acetat *v.* Silberoxyd, essigsaures; —**ammoniak** *v.* Knallsilber; —**chromat** *v.* Silberoxyd, chromsaures; —**hydrochlorat** *v.* Hornsilber; —**karbonat** *v.* Silberoxyd, kohlensaures; —**muriat** *v.* Hornsilber; —**nitrat** *v.* Silbersalpeter; —**phosphat** *v.* Silberoxyd, phosphorsaures; —**sulphat** *v.* Silberoxyd, schwefelsaures.

Silberpapier, papír postříbřený.

Silbersalpeter, salpetersaures Silberoxyd, Silbernitrat, salpetersaures Silber, Silberkrystalle, *nitrum argenti*, *oxydum argenti nitricum*, *nitras argenticus*, *argentum nitricum*, *crystalli argenti*, dusičnan stříbrnatý krystalovaný; — **geschmolzener** *v.* Höllenstein.

Silber-schlagloth, pajka stříbrnická; —**stein** *v.* Höllenstein; — **stoff**, silberner Brokat, stříbrohlav; —**sulphat** oder Silbervitriol *v.* Silberoxyd, schwefelsaures.

Silenensamen, semeno silenkové.

Silicium, Kiesel, *silicium*, křemík; —**oxyd** *v.* Kieselsäure.

Simaruba-holz, *lignum simarubae*, dřevo simarubové; —**rinde** *cortex simarubae*, kůra simarubová.
Sinapin *v.* Schwefelcyansinapin.
Sinau, Löwenfuß, Güldengänserich, Frauenmantel, *herba alchemillae, herba pedis leonis seu heliotrosi*, kontryhel, kondolík, hvězdoš, arcisléz, arcislní, žindava, žádava, lvová stopa, husínůžka, kloboučky; —**wurzel,** *radix alchemillae*, kořen kontryhelový, hvězdošový, arcislézový čili žádavový.
Sinngrün, *herba vincae pervincae*, barvínek, brčál menší, brněj, zimozelen, zimostráz, zelenec.
Sintokrinde, *cortex sintoc*, kůra sintoková.
Sireeöl, türkisches Melissenöl, *oleum syrae seu melissae turcicae*, silice siree, silice vousatky sašínové, silice melisová turecká.
Skabiosa *v.* Ackerskabiose.
Skammonium, *scammonium, succus convolvuli scammoniae, diagrydium*, skammonium; — **geschwefeltes,** *diacrydium sulphuratum*, skamonium sirkované.
Skammoniumharz, *resina scammonii*, pryskyřice skammoniová.
Skoparin, *scoparinum*, skoparin.
Skorpione, getrocknete, *scorpiones siccatae*, štírové sušení.
Skorpion-öl, *oleum scorpionum*, olej štírový; —**schwanz** *v.* Sonnenwende; —**sennesblätter,** Kronwickenblätter, *folia coluteae scorpioidis*, listy čičorečky štírové.
Skorzonerawurzel, Gartenhaferwurzel, *radix scorzonerae hispanicae*, kořen hadímordový, kozelčí čili černý.
Skrophel-kraut *v.* Braunwurzel; —**seife,** mýdlo proti krticím.
Sliwowitz, syrmier, slivovice sremská; — ungarische, s. uherská.
Smillacin, *smillacinum, parillinum, sarsaparillinum*, smilacin, parilin, sasaparilin.
Smyrnenkrautwurzel, *radix Smyrnii seu oleris atri*, kořen smyrnový, petružele macedonské čili tromínu černého.
Soda, alexandriner, soda alexandrinská; — **alikantsche,** soda čili salajka alikantská; — **ätzende** *v.* Ätznatron; — **basisch-kohlensaure** *v.* Soda, krystallisirte; — **benzoegesäuerte** *v.* Natron, benzoesaures; — **bernsteingesäuerte** *v.* Natron, bernsteinsaures; — **doppelt-kohlensaure** *v.* Natron, doppelt-kohlensaures; — **egyptische,** s. egyptská; — **englische,** soda anglická; — **essigsaure** *v.* Natron, essigsaures; — **französische,** s. franzouzská; — **gephosphorte** *v.* Natron phosphorsaures; — **gereinigte** *v.* Soda, krystallisirte; — **kalzinirte** oder entwässerte, kohlensaures wasserfreies Natron, *soda calcinata, natrum carbonicum calcinatum*, soda čili salajka kalcinovaná, pálená čili bezvodná; — **kartagener,** s. kartagenská; — **kaustische** *v.* Ätznatron; — **kieselsaure** *v.* Kieselnatron; — **krystallisirte** od. gereinigte, basisches oder einfach kohlensaures Natron, Natronkrystalle, Sodakrystalle, Natronkarbonat, Sodakarbonat, Mineralalkali, Sodamephit, Seesalz, *soda crystalli-*

sata seu depurata, natrum carbonicum crystallisatum, *crystalli natri seu sodae, carbonas natricus seu sodae, alkali minerale, sal sodae*, soda čili salajka krystalovaná, uhličitan sodnatý, krystaly natronové neb sodové; — **levantiner**, s. levantská; — **molybdänsäurehaltige** v. Natron, molybdänsaures; — **raffinirte** oder reine v. Soda, krystallisirte; —**salpetersäurehaltige** v. Salpeter, würfliger; — **salzsaure oxygenirte** v. Natron, chlorsaures; — **sauerkleegesäuerte** v. Natron, sauerkleesaures; — **schottische**, soda šotská; — **schwefelsaure** v. Glaubersalz; — **spanische**, Barille, rohe Soda, *soda hispanica, barilla, soda impura seu cruda, natrum impurum*, soda španělská neb surová, barilla, salajka surová; — **tartarisirte** v. Natron, weinsteinsaures; — **vitriolsaure** v. Glaubersalz.

Soda-acetat v. Natron, essigsaures; —**arsenik** v. Natron, arseniksaures; —**benzoat** v. Natron, benzoesaures; —**bernsteinsalz** v. Natron, bernsteinsaures; —**bilinat** v. Natron, gallensaures; —**borat** v. Borax, gereinigter; —**chlorat** v. Natron, chlorsaures; —**chloroplatinat** v. Platinnatriumchlorid; —**choleïnat** v. Natron, gallensaures; —**chromat** v. Natron, chromsaures; —**citrat** v. Natron, zitronensaures; — **formiat** v. Natron, ameisensaures; —**goldoxydmuriat** v. Goldoxydnatron, salzsaures; —**hydrat** v. Ätznatron.

Sodahydro-bromat v. Natron, hydrobromsaures; —**chlorat** v. Kochsalz; —**jodat** v. Jodnatrium.

Sodahypo-phosphit v. Natron, unterphosphorigsaures; —**sulphat** v. Natron unterschwefelsaures; —**sulphit** v. Natron, unterschwefligsaures.

Soda-jodat v. Natron, jodsaures; —**karbonat** v. Soda, krystallisirte.

Sodakiesel v. Kieselnatron; —**fluorat** v. Fluorkieselsodium.

Soda-krystalle v. Soda, krystallisirte; —**mephit** v. Soda, krystallisirte; —**molybdat** v. Natron, molybdänsaures; —**muriat** v. Kochsalz; —**nitrat** v. Salpeter, würfliger; —**oxalat** v. Natron, sauerkleesaures; —**oxymuriat** v. Natron, chlorsaures; —**phosphat** v. Natron, phosphorsaures; —**phosphit** v. Natron, unterphosphorigsaures; —**phosphomolybdat** v. Natron, phosphormolybdänsaures; —**pyrophosphat** v. Natron, pyrophosphorsaures; —**salpeter** v. Natronsalpeter; —**salz** v. Soda, krystallisirte; —**scheelat** v. Natron, scheelsaures; —**silikat** v. Kieselnatron; —**stannat** v. Natron, zinnsaures; — **succinat** v. Natron, bernsteinsaures; —**sulphat** v. Glaubersalz; — **sulphit** v. Natron, schwefligsaures; —**tartrat** v. Natron, weinsteinsaures; —**tunstat** v. Natron, scheelsaures; —**valerat** v. Natron, baldriansaures; —**vitriol** v. Glaubersalz.

Soda-wasser, voda sodová; —**wasserblei** v. Natron, molybdänsaures.

Soda-weinstein v. Seignettesalz; —**wolframat** v. Natron, scheelsaures.

Sodium v. Natrium; —**bromid** v. Natron, hydrobromsaures; —**chlorid** v. Kochsalz; —**eisencyanür** v. Natron, eisenblausaures; —**jodid**

v. Jodnatrium; —**oxyd** v. Natron; —**oxyd, basisch boronsaures** v. Borax, gereinigter.

Sodiumoxyd-chlorat v. Natron, chlorsaures; —**choleinat** v. Natron, gallensaures; —**oxalat** v. Natron, sauerkleesaures; —**tartrat** v. Natron, weinsteinsaures.

Sohlen-leder, Pfundleder, podešvice; —**nägel,** Mauskopfel, cvoky do podešvů obyčejné; —**schräubel,** šroubky do podešvů.

Sohlleder, französisches, podešvice francouské; — italienisches, p. vlašské; — Mastrichter, p. mastrichtské; — schweizer, p. švýcarské.

Solanin, *solaninum*, solalin, lilkovina.

Solaröl, olej solarový.

Sommerendivie, braune, endyvie letní hnědá.

Sommer-malvensamen, semeno slizu letního; —**rapssamen,** neuseeländer, semeno letní řepky novozélandské; —**rettig,** runder, schwarzer, letní ředkev kulatá černá; —**röthe,** Keimröthe, mořena letní neb ranná; —**wolle,** vlna jará.

Sonnen-blumensamen, *semen helianthi seu flos solis*, semeno slunečničné; —**kraut** v. Zichorie; —**thau,** Jungfernblüthe, *herba rorellae seu roris solis*, rosa sluneční, bylina sluneční, rosnatka, rosník čili rosička; —**wende,** Skorpionsschwanz, Warzenkraut, *herba heliotropii majoris*, otočník, bradavičník.

Sonnenwende-öl, öliges, *oleum heliotropii oleosum*, olej otočníkový; — **spirituoses** oder geistiges, *oleum heliotropii spirituosum*, silice otočníková.

Soodbrod v. Johannisbrot.

Sophienrauke v. Rauke.

Soymidarinde, *cortex soymidae*, kůra soymidová, soymida.

Spagat, špagát, motouz; — grauer, šp. šedý; — weißer, šp. bílý.

Spaliernägel, hřebíky kartáčové; — **verzinnte,** h. kart. pocínované

Spallettbeschlag, kování na okenici.

Spangrün v. Grünspan.

Spanischbitter, kořalka hořká španělská; —**öl,** *oleum amarum hispanicum*, hořký olej španělský.

Spanische Fliegen v. Kanthariden.

Spanisch-lack, spanischer Spirituslack, Sandaraklack, *vernix sandaracae*, pokost španělský, sandarakový čili líhový španělský, lak sandarakový; —**rohr,** Stuhlrohr, Rottang, rákos; —**roth** v. Saflorroth; —**schwarz** v. Korkkohle; —**thee,** thé španělské; —**wachs** v. Siegellack; —**weiß** v. Wismuthweiß.

Spann-hacke, ungarische breite, szeget; —**leisten,** lišty napínací; —**säge,** pilka probírací, probíračka.

Spargel, *asparagus officinalis*, špargl, hromové koření, hromostřel, hromový výstřelek, sosenka, chřest, hromek.

Spargel-erbsen, čtverokarpec, hrách čtverhranolusknatý; —**kerne,** Ulmer, chřestové bobule ulmské; —**klee,** medisches Heu, *herba me-*

dicaginis, vojtěška, čudlek, lucinka; —**kohl** *v.* Brokkoli; —**wurzel**, *radix asparagi*, kořen chřestový čili šparglový.

Sparherd mit Platten, Bratröhre und Kupferwanne, sporník s plotnami, troubami a měděným kamnovcem; — mit Eisenwanne, sporník s železným kamnovcem; — ohne Wanne, sporník bez kamnovce.

Sparherd-füsse, nohy k sporníkům; —**musterthürel**, vzorní dvířka železná k plotnám.

Sparherdthürel, dvířka železná k plotnám; — doppelte, d. k plotnám dvojitá; — einfache, d. k plotnám jednoduchá.

Sparherdtöpfe, hrnky sporníkové.

Sparrnagel, hřebík trámový neb krokevní, nárožník.

Spatel, lopatka, špatule; — länglicher, kopisť.

Späterbsen, hrách pozdní.

Speck, slanina; — geräucherter, s. uzená.

Speck-bückling, uzený slaneček špekový; —**glanzwichse**, špekové leštidlo na boty; —**hackel**, sekáček na povidla; —**lilie** *v.* Geisblatt; —**melde** *v.* Bingelkraut; —**stein**, spanische Kreide, Seifenstein, Fettstein, Talgstein, *lapis lameus seu steatites, creta hispanica*, tuček, tučnec, mastnec, břila, křída španělská čili krejčovská.

Speichelwurzel *v.* Bertramwurzel.

Speiselöffel, feine, lžíce pěkné; — Hořowicer, l. hořovské; — leichte, l. lehké; — mittel, l. prostřední; — Neudecker, l. neudecké; — schwere, l. silné.

Speise-öl *v.* Mixeröl; —**pulver**, prášek potravní.

Speiskobalt, Kobaltarsen, Arsenkobalt, *cobaltum arsenatum*, buřinec, arsenid kobaltnatý.

Speltweizen *v.* Dinkel.

Sperberbeeren *v.* Ebereschenbeeren.

Spermacet *v.* Wallrath.

Spermacetöl, Wallrathöl, *oleum spermacceti*, olej vorvaninný n. spermacetový.

Sperrhaken, haspra; —**haft**, hasprová babka, hasprové očko.

Sperr-horn, rohatina; —**kette**, zavírka, řetěz zavírací.

Spiauter *v.* Zink.

Spick *v.* Lavendel; —**indischer**, *nardus indica, spica indica, radix spicae nardi*, nardus indianský, kořen klasu zámořského č. nardu indického.

Spick-lavendel *v.* Lavendel; —**nadel**, jehla protykací, špikovací čili na slaniny, špikovadlo; —**öl** *v.* Lavendelöl.

Spiegel-damast, damašek zrcadlový; —**glas**, sklo zrcadelní; —**stein** *v.* Marienglas; —**taffet**, dykyta zrcadlová.

Spielkarten, karty hrací.

Spiesglanz, Spießglanzkönig, Spießglanzmetall, *stibium purum, regulus antimonii seu stibii, antimonium metallicum*, antimón, surmík neb strabík čistý; — **alkoholisirter** *v.* Spießglanz, präparirter; — **eisenhaltiger** *v.* Spießglanz, schweißtreibender martialischer; — **gebrannter** v. Spießglanzasche; — **gelber oxydulirter** v. Spießglanzblumen; — **geschwefelter** v. Spießglanz, roher; — **grauer** v. Spießglanzasche; — **hydrothionsaurer** oxydulirter v. Mineralkermes; — **martialischer** v. Spießglanz, schweißtreibender martialischer; — **oxydirter** v. Spießglanzoxyd; — **präparirter**, alkoholisirter oder geschlemmter, *stibium sulphuratum nigrum praeparatum, antimonium praeparatum seu alcoholisatum, alcohol antimonii seu stibii*, antimón preparovaný, surmík preparovaný; — **roher**, Schwefelspießglanz, Spießglas, Spießglanzerz, Schwefelantimon, *antimonium crudum, stibium sulphuratum nigrum, sulphuretum stibii, lupus metallorum*, antimón hrubý, surma, straba, sklenec hrubý, kámen hřibčí, ruda koňská, sirník antimónový; — **salzsaurer basischer** v. Spießglanzoxydul, salzsaures gefälltes; — **salzsaurer flüssiger** v. Spießglanzbutter; — **schwefelwasserstoffter** v. Mineralkermes; — **schweißtreibender martialischer**, eisenhaltiger schweißtreibender Spießglanzkalk, martialischer Bezoar, Lebenspulver, *stibium oxydatum martiatum, bezoardicum martiale, pulvis vitalis, oxydum stibii martiatum, antimonium diaphoreticum martiale*, kysličník antimónový železnatý, prášek životní, bezoar železnatý, antimónové vápno železnaté pro pocení; — **sulphurisirter** v. Spießglanz, roher; — **ungewaschener schweißtreibender** v. Spießglanzoxyd, ungewaschenes schweißtreibendes; — **verglaster oxydulirter** v. Spießglanzglas; — **vollkommener oxydirter** v. Spießglanzoxyd, gewaschenes; — **zinnhaltiger schweißtreibender** v. Spießglanzoxyd, jovialisches.

Spießglanz-asche, Antimoniumasche, graues Spießglanzoxyd, grauer oxydirter Spießglanz, gebrannter Spießglanz, Spießglanzkalk, *cinis stibii seu antimonii, oxydum stibicum, stibium oxydatum griseum, antimonium seu stibium ustum, calx antimonii*, popel surmíkový neb antimónový, kysličník antimónový šedý, sirník antimónový pálený neb pražený; —**ätzliquor** v. Spießglanzbutter; —**blumen**, Antimoniumblumen, sublimirtes oder gelbes Spießglanzoxyd, *flores stibii seu antimonii, stibium oxydatum sublimatum seu flavum*, květ surmíkový čili antimónový, kysličník antimónový sublimovaný neb žlutý; —**butter**, Spießglanzöl, Spießglanzätzliquor, Chlorspießglanz, Merkurialöl, flüßiges salzsaures Spießglanzoxyd, salzsaure Spießglanzflüßigkeit, Chlorantimon, Antimonperchlorid, *butyrum antimonii, oleum antimonii seu stibii, liquor antimonii seu stibii muriatici, antimonium muriaticum, stibium muriaticum liquidum, murias antimonii seu stibii liquidus, liquor chloreti stibii*, máslo antimónové neb surmíkové, olej antimónový neb surmíkový, roztok chlóridu antimóničného, chlórid antimóničný; —**chlorid** v. Spießglanzoxydul, salzsaures gefälltes; —**flüßigkeit**, salzsaure v. Spießglanzbutter; —**glas**, glasartiges Spießglanzoxyd, *vitrum antimonii seu stibii, oxydum stibii vitreum, stibium oxydatum vitratum, hyacinthus sti-*

bii, sklo antimónové neb surmikové, jacint antimónový; —**goldschwefel** v. Goldschwefel.

Spießglanzhalbsäure v. Spießglanzoxyd, gewaschenes; — **halbverglaste** v. Metallsafran; — **salzsaure** v. Spießglanzoxydul, salzsaures gefälltes; — **verglaste** v. Spießglanzglas.

Spießglanzkalk v. Spießglanzasche; — **braunrother** v. Metallsafran; — **eisenhaltiger** v. Spießglanz, schweißtreibender martialischer; — **geschwefelter** v. Spießglanzschwefelkalk; — **grauer** v. Spießglanzasche; — **jovialischer** v. Spießglanzoxyd, jovialisches; — **martialischer** v. Spießglanz, schweißtreibender martialischer; — **schweißtreibender** v. Spießglanzoxyd, gewaschenes; — **verglaster** v. Spießglanzglas; — **weißer** v. Spießglanzoxyd, gewaschenes; — **zinnhaltiger schweißtreibender** v. Spießglanzoxyd, jovialisches.

Spießglanzkermes v. Mineralkermes.

Spießglanzkönig v. Spießglanz; — **medizinischer**, Antimonrubin, Spießglanzrubin, medizinischer Spießglanzsafran, Craanens Fieberpulver, *regulus antimonii medicinalis*, *rubinus antimonii*, *crocus antimonii medicinalis*, *febrifugum Craanii*, sklovitý sirný kysličník antimónový, lékařský král antimónový, rubín antimónový, lékařský šafrán antimónový, Craanův prášek protizimniční.

Spießglanzleber, Schwefelantimonkali, Antimonialschwefelleber, Hydrothionschwefelspießglanzkali, Schwefelspießglanzkali, antimonialische Schwefelleber, *hepar antimonii*, *hepar sulphuris antimonii*, *kali sulphurato stibiatum*, játra antimóničná, siran draselnato-antimóničný; — **kalkerdige** v. Spießglanzschwefelkalk.

Spießglanzmetall v. Spießglanz; — **geschwefeltes** v. Spießglanz, rohes.

Spießglanz-mohr v. Schwefelspießglanzquecksilber; — **öl** v. Spießglanzbutter.

Spießglanzoxyd, braunrothes v. Metallsafran; — **gelbes** v. Spießglanzblumen; — **geschwefeltes braunrothes** v. Mineralkermes; — **geschwefeltes pomeranzenfarbenes** v. Goldschwefel; — **gewaschenes** oder weißes, schweißtreibender Spießglanz, Antimonkalk, antimonige Säure, Antimonsäure, Spießglanzsäure, Spießglanzweiß, Spießglanzhalbsäure, *stibium oxydatum ablutum seu album*, *antimonium diaphoreticum album*, *calx antimonii alba*, *acidum stibicum*, *cerussa antimonii*, *album antimonii*, *oxydum antimonii album*, kysličník antimónový bílý, kyselina antimóničná, běl antimónová neb surmiková, bělelka, prášek antimónový bílý; — **glasartiges** v. Spießglanzglas; — **graues** v. Spießglanzasche; — **hydrothionigsaures** v. Mineralkermes; — **hydrothionsaures schwefelhaltiges** v. Goldschwefel; — **jovialisches**, zinnhaltiger schweißtreibender Spießglanz, jovialischer Bezoar, *oxydum stibii stannatum*, *antimonium diaphoreticum joviale*, *bezoar joviale*, *stibium oxydatum stannatum*, kysličník antimónový cínatý, bezoar cínatý; — **kalisches weinsteinsaures** v. Brechweinstein; —

muriumsaures v. Spießglanzbutter; — **pomeranzenfarbenes geschwefeltes** v. Goldschwefel; — **rothsulphurisirtes** v. Mineralkermes; — **salzsaures flüssiges** v. Spießglanzbutter; — **sublimirtes** v. Spießglanzblumen; — **vollkommenes** v. Spießglanzoxyd, gewaschenes; — **weinsteinsaures kalisches** v. Brechweinstein; — **weißes** v. Spießglanzoxyd, gewaschenes; — **weißes ungewaschenes,** antimonialischer Bezoar, *stibium oxydatum non ablutum, antimonium diaphoreticum non ablutum, bezoar antimonialis,* kysličník antimónový bílý nepraný, bezoar antimónový.

Spießglanzoxydul, salzsaures gefälltes, basisches Spießglanzoxydulmuriat, weißes Spießglanzoxydul, Lebensmerkur, Algarothpulver, Brechpulver, englisches Pulver, *stibium muriaticum praecipitatum, mercurius vitae, pulvis algarothi, pulvis emeticus, pulvis anglicus, turpethum antimonii,* chlórid antimónový, prášek algarotový, prášek dávivý, prášek anglický, turpít antimónový neb surmíkový.

Spießglanzoxydulmuriat basisches v. Spießglanzoxydul, salzsaures gefälltes.

Spießglanz-pulver, weißes v. Spießglanzoxyd, weißes; —**rubin** v. Spießglanzkönig, medizinischer.

Spießglanzsafran v. Metallsafran; — **medizinischer** v. Spießglanzkönig, medizinischer.

Spießglanz-salpeter v. Kali, salpetersaures spießglanzhaltiges; —**säure** v. Spießglanzoxyd, gewaschenes.

Spießglanzschwefel v. Goldschwefel; — **rother** v. Mineralkermes.

Spießglanzschwefelkalk, Hoffmanns geschwefelter Antimonialkalk, Hydrothionspießglanzschwefelkalk, Kalkspießglanzschwefelleber, Schwefelantimonkalcium, Antimonsupersulphidkalcium, *calcaria sulphurato-stibiata, calx antimonii Hoffmanni, hepar calcis antimoniatum, sulphuretum calcariae et stibii,* sirník vápenato-antimóničný, sirková játra vápno-antimónová, Hofmanovo vápno antimóno-sirkové.

Spießglanz-seife, *sapo stibiatus vel antimoniatus,* mýdlo antimónové či surmíkové; —**tinktur,** aufgelöste Spießglanzseife, *tinctura seu essentia antimonii Jacobi, liquor saponis stibiati,* tinktura antimónová, rozpuštěné mýdlo antimónové, roztok mýdla antimónového; —**weinstein** v. Brechweinstein; —**weiß** v. Spießglanzoxyd, gewaschenes.

Spießglas v. Spießglanz.

Spigelie, amerikanisches Wurmkraut, *herba spigeliae,* kalanka.

Spiköl v. Lavendelöl.

Spillbaumsamen v. Pfaffenhütchen.

Spinat, englischer v. Geduldampfer; —**samen,** *semen spinaciae,* semeno špinákové čili špenátové.

Spindelbaumöl, *oleum evonymi,* olej brslenový.

Spiräasäure v. Säure, salicylige.

Spiritus v. Weingeist; — **alkoholisirter** v. Alkohol; — **kaustischer flüchtiger** v. Salmiakgeist, ätzender; — **Libav's rauchen-**

der v. Libavischer Geist; — **Mindererš** v. Ammoniak, essigsaures flüssiges; — **Nabels** v. Nabelswasser; — **rheinischer** v. Brandwein, rheinischer.

Spirituslack, rother, pokost líhový červený, lak líhový červený.

Spiroylwasserstoffsäure v. Säure, salicylige.

Spitzbohrer, nebozez špičatý, špičák.

Spitzen, krajky, cípky; — geklöppelte, k. pletené; — genähte, k. šité; — gewirkte, k. tkané.

Spitz-haue, špic, špičák, steněř, nosatec čili nosák; —**klette** v. Kropfklette; —**köpfel,** hochgestempfte, cvoky do podešvů vysoko stoupované; —**nüsse** v. Stachelnüsse; —**scheere,** nůžky špičaté; —**wegerich,** Hunderippe, Dreiaderkraut, *herba plantaginis minoris, trinerviae seu quinquenerviae,* jitrocel menší čili špičatý, skorocél špičatý, kopice menší, jazyk beraní, jazýček husí, beranec; —**zange,** kleště špičaté na drát.

Spodium v. Beinschwarz.

Sporäpfel, Mehlbeeren, *baccae sorbi alpinae,* mukyně.

Spreizhaken, eiserner, rozpírací hák železný; — innerer, h. rozpírací vnitřní.

Sprengpulver, prach do skal, prach skalní, prach k trhání skal.

Spring-gurke v. Balsamapfel; —**körner,** kleine Purgierkörner, kleine Treibkörner, Wolfsmilchsamen, Kataputien, *semen cataputiae minoris, semen euphorbiae,* semeno skočce menšího čili pryšce křížmolistého; —**kraut,** gelbes v. Balsamine, gelbe.

Springkrautsamen v. Springkörner.

Spritzleder, boční kůže, bočnice.

Sprossen v. Rosenkohl.

Sprotte, Breitling, fr. *sardine sorée,* sledík.

Sprudel, Karlsbader, vřídlová voda karlovarská; —**salz,** Karlsbader, sůl vřídelní karlovarská; —**stein,** Bruchstein, *lapis osteocollae,* vývarek čili nákyp karlovarský; —**zelteln,** caltičky vřídelní.

Spunde, zátky čepní.

Spundhobel, hoblík špuntovní, špuntovník.

Stab-eisen, železo holové, prutové čili v holích; —**hobel,** okrouhlík; —**wurz** v. Abrand.

Stachel-beeren, Klosterbeeren, angrešt, srstky, chlupatky, chlupaté aneb/o zelené jahody, měchounky; —**nüsse,** Wassernüsse, *nuces aquaticae, tribuli aquatici,* kotvice, vodní ořechy čili kaštany.

Stahl, ocel; — damascirter, ocel damaskovaný.

Stahlblech, plech ocelový.

Stahl, Innenberger in Stangen, ocel innenberský holový; — Schwarzenberger, o. švarcenberský; — ordinärer, o. sprostá; — Schwarzenberger Müllermock, o. švarcenberská mlynářská.

Stahl-brunn, Stahlwasser, *aqua martialis,* voda železitá, ocelka; —**draht,** drát ocelový; —**feder,** péro ocelové, zpruha ocelová; —**feile,** pilník na ocel; —**feile,** gefeilter Stahl, *limatura cha-*

lybis, oceliny; —**grau**, šedʼ ocelová; —**kugeln** *v.* Eisenweinstein; —**pulver**, prášek na ocel; —**rouge**, červeň ocelní.

Stahl's vitriolisirter Weinstein *v.* Ammoniak, schwefelsaures.

Stahl-saite, struna ocelová; —**salz** *v.* Eisenvitriol, grüner; —**schwefel** *v.* Schwefeleisen; —**weinstein** *v.* Eisenweinstein.

Stall-halfterketten, řetízky ohlávkové na koně; —**lampe**, lampička do chléva.

Stamin *v.* Etamin.

Stammveigeln, französische, francouzské fialky.

Stampiglienblau, modř na pečetidla, modř štampiliová.

Stangen-eisen, železo holové; —**kreide** *v.* Kreide; —**lack**, Stocklack, roher Lack, *lacca in baculis seu in ramulis*, laka v prutech roubíková čili hůlková, lak krušcový; —**leinwand**, plátno stůčkové; —**pomade**, pomáda v proutkách čili proutková; —**röthel**, *v.* Röthel; —**schwefel**, Schwefel in Stangen, *sulphur citrinum*, síra roubíková; —**thon**, weißer pilsner Thon, hlinka roubíková nebo v roubíkách, plzeňská hlinka bílá; —**zinn**, cín prutový, cín v prutech.

Stanniol, Zinnfolie, *folia stanni*, staniol, listy čili lupeny cínové, šalbice.

Stärke, blaue *v.* Schmalte; — **weiße**, škrob bílý.

Stärkesyrup, Fruchtsyrup, syrup škrobový neb ovocný.

Stärkmehl, Kraftmehl, Satzmehl, Amiden, *farina amyli*, moučka škrobová; — **amerikanisches** *v.* Arrowroot.

Staubgrün, zeleň prašná.

Stearin, lojovina, stearin; —**kerze**, svíce lojovinná čili stearinová; —**säure**, Talgsäure, Untermargarylsäure, *acidum stearicum*, kyselina stearová.

Stechapfel-extrakt, *extractum stramonii*, výtah durmanový; —**kraut**, *herba stramonii seu daturae*, durman, mašlák, bujačka, kravák, ztřeštěný lilek, bodlavé jablko, ježková palice, panenská okurka; —**samen**, *semen daturae seu stramonii*, semeno máslové čili durmanové, mák vojenský.

Stech-eichelblätter *v.* Hülsenblätter; —**korndistel** *v.* Frauendistel; —**palmenblätter** *v.* Hülsenblätter; —**wurz** *v.* Mannstreu; —

Steckerbsen, hrách sázený; —**nadel**, špendlík; —**rübe**, kolník; —**rübenkohl**, kapusta kolníková.

Steffensförner *v.* Läuseförner.

Stegreifen, steirische, obruče kočárové štyrské.

Steifleinewand, Steifschetter, plátno klížené.

Steiglederschnalle, přeska k řemenu třemenému.

Stein, armenischer *v.* Lasurstein; — **bologneser** *v.* Baryt, schwefelsaures; — **der Chirurgen** *v.* Ätzstein; — **göttlicher** *v.* Kupferalaun; — **höllischer** *v.* Höllenstein; — **lydischer** *v.* Probierstein; — **samischer** *v.* Samiusstein; — **von Malacka** *v.* Schweinstein.

Stein=alkali *v.* Lithiumoxyd; —**beerenkraut** *v.* Bärentraube.
Steinbrech, rother *v.* Filipendelwedel; — **weißer,** Keilkraut, *herba saxifragae albae,* lomikamen bílý, traňk májový čili májovcový.
Stein=brechwurzel, *radix saxifragae,* kořen lomikamenový, roupové koření; —**druckttinte,** inkoust kamenopisný; —**farren** *v.* Milzkraut; —**ferment,** droždí tvrdé; —**flachs** *v.* Asbest; —**gut,** kamenina; —**gutteller,** talíř kamenný.
Steinkarren, beschlagener, hřebenáč okovaný; — unbeschlagener, ordinärer, h. neokovaný sprostý.
Steinkeil, klín kameny.
Steinklee, blauer *v.* Ägyptenkraut; — **gelber** *v.* Melilot.
Steinkohle, uhlí kamenné; — **abgeschwefelte,** uhlina.
Steinkohlen=kampfer *v.* Naphthalin; —**öl,** *oleum lithantracis,* olej kamenouhelný.
Steinkohlentheer, dehet kamenouhelný; — **präparirter,** d. kamenouhelný připravovaný.
Stein=kopfsalat, früher brauner, salát tvrdohlávkový ranný hnědý; —**kresse** *v.* Golzmilz; —**mark** *v.* Wundererde, sächsische; —**mergel** *v.* Wundererde, sächsische; —**moos,** *lichen saxatilis, herba hepaticae saxatilis, usnea cranii humani,* mech skalní, terčovka podčerná; —**nüsse,** kamenáče, kostláky.
Steinöl, amerikanisches, *petroleum americanum,* kamenný č. skalný olej americký, petroleum americké; — **geschwefeltes** *v.* Schwefelsteinöl; — **rothes,** Bergbalsam, Bergöl, rothes Erdöl, *oleum petrae rubrum, petroleum rubrum,* olej kamenný červený; — **schwarzes,** *oleum petrae nigrum, oleum de Gabian,* kamenný olej černý, olej gabianský; — **weißes,** *oleum petrae album,* kamenný olej bílý.
Stein=pappe, Steinpapier, lepenka kamenitá; —**peterlein** *v.* Bibernell, weißer; —**säge,** pila na kámen čili kamenořezná; —**salz,** Krystallsalz, *sal gemmae,* sůl kamenná; —**samen,** Steinhirse, Meerhirse, *semen milii solis seu lithospermi,* semeno kamýkové, vrabí símě, semeno vrabčí, jahly zámořské, proso zámořské; —**schlägel,** palička na kameni; —**schwamm** *v.* Krepfstein; —**thee,** Theekuchen, Ziegelthee, čaj neb thé v cihličkách, cihličky čajové; — **wurzel** *v.* Ackermennig; —**leberkraut** *v.* Waldmeister.
Stellatücher, šátky stellové.
Stell=falzhobel, falcovník stavěcí; —**gradhobel,** hoblík rovný stavěcí; —**maß,** rejsek tupý.
Stemmeisen, dláto, dlabadlo, vyražec; —**heft,** držátko k dlátu.
Stemmhobel, hoblík dlabací.
Stemmzeug für Tischler, dláta truhlářská.
Stendelwurzel, *radix satyrii,* bambolky vemenníkové neb cepetčí.
Steppenfuchsfell, korsačina, kůže lišky stepní.
Steppseide, hedbáví prošívací čili štepovné.
Sterblings=leder, kůže zdechlinná; —**schafleder,** ovčina zdech-

linná; —**wolle**, vlna zdechlinná, vlna se scíplých neb s padlých ovcí.
Sternanis, Badian, *semen anisi stellati seu badiani*, badyán, anýz čínský anebo indianský, koření hvězdičkové.
Sternanis-öl, Badianöl, *oleum anisi stellati, oleum badiani*, silice badyánová; —**rinde**, *cortex anisi stellati seu badiani*, kůra badyánová.
Stern-distel, Sternflockenblume *v.* Kalcitrape; —**klee**, jetel hvězdovitý.
Steyerisches Eisen, Steiermärkisches Eisen, železo štýrské.
Stib *v.* Spießglanz.
Stiboxyd *v.* Spießglanzoxyd; —**kali**, weinsaures *v.* Brechweinstein.
Stibthionid *v.* Goldschwefel.
Stibthionür *v.* Mineralkermes.
Stich-säge, zlodějka; —**wurzel** *v.* Bergwohlverley.
Stickstoff-kohle *v.* Blutkohle; —**säure** *v.* Salpetersäure.
Stickwurzel, Stickrübe *v.* Zaunrübe.
Stiefeleisen, podkovka.
Stiefeleisennägel, podkovníčky.
Stiefel-schaft, Stiefelumschlag, holínka; —**wichse**, Wichse, leštidlo na boty.
Stiefmütterchen *v.* Dreifaltigkeitskraut.
Stier-haut, býkovina, kůže býčí; —**fetten**, vazáky býkové.
Stink-eidechse *v.* Meerstinz; —**kalk** *v.* Saustein; —**öl** *v.* Hirschhornöl, stinkendes; —**stein** *v.* Saustein.
Stinz, offizineller *v.* Meerstinz.
Stöchasblumen, *flores stoechadis*, květ plesnivcový arábský čili lavandule chocholaté, květ stechasový.
Stöckelsalz, sůl v hrudkách.
Stockerbsen, hrách kulatý, polní n. ladvíkový.
Stockfisch *v.* Kabliau; —**thran**, *oleum morhuae*, tuk č. trán treskový.
Stock-hacke, pařeznice, kňovatka; —**haue**, klučovnice; —**lack** *v.* Stangenlack; —**malven** *v.* Baummalvenblüthe.
Stöpsel, Korke, Pfropfe, zátky, čípky; —**zieher**, vyvrtáček, dlátko pupkové.
Storax, gemeiner, *styrax calamita seu vulgaris, scobs storacina*, storax, styrax obecný, kadidlo černé; — **flüssiger**, Storaxbalsam, *storax liquida, balsamum storacis*, storax kapalný.
Storchschnabel, Ruprechtskraut, Rothlaufskraut, *herba geranii, herba gratiae Dei seu rostrum ciconiae*, čapínůsek smrdutý, milost boží.
Stoß-bank, hoblík veliký, macek; —**blech**, plech kačírkový.
Stößelring, prstenec.
Stoß-hacke, dlabačka, dlátovka; —**säge**, zlodějka.
Stracchino, stracchino (velmi chutný sýr).
Strafetindraht, drát strafetínový.
Stramin, stramin (střížná látka).

Stramonin, Daturin, *stramoninium*, *daturium*, stramoniu, daturin, durmanovina.

Straßenräumer, Straßenrechen, škrabačka silničná, hřeblo.

Strauß-erbsen, Kronerbsen, hrách korunní; **—feder,** pštrosí péro.

Streckeisen, gewalztes, tažené železo válené.

Streich-maß, rejsek, cirklice; **—stein** *v.* Probierstein.

Streifhobel, hoblík rýhovací.

Streupulver *v.* Bärlappsamen.

Streusand, posýpě, posýpátko; — blauer, p. modré; — schwarzer, p. černé.

Strickbaumwolle, bavlna k pletení.

Stricknadel, drát k pletení; — kurze, d. krátký; — lange, d. dlouhý.

Strickzwirn, nitě k pletení.

Striegel, hřbelec, drápačka; — feiner englischer, hřbelec pěkný anglický; — ordinärer, h. sprostý; — schwarzlackirter, h. černě lakovaný; — verzinnter od. weißer, h. pocínovaný.

Stroh-besen, Reisbesen, ital. *granate di saggina*, štětka rýžová čili slaměná; **—blümchen,** Rainblumen, Schabenkraut, Katzenpfötchen, Mottenkraut, Sandruhrkrautblüthen, *flores stoechadis citrinae*, *flores immortales*, květ ouplavičníkový, plesnivcový, smilový, radostkový čili protěže píseční; **—blume,** květina slaměná; **—bückling,** uzený slaneček v slámě.

Strohfeile, pilník hrubý; — dreieckige, p. tříhranný; — flache, p. plochý; — halbrunde, p. okrouhlý; — runde, p. kulatý.

Strohmesser, englisches, kosíř anglický, kosa na řezanku, řezačka; — gerades, kosíř rovný; — krummes, kosíř křivý.

Stroh-papier, papír slaměný; **—zigarren,** doutníky slaměné, cigary slaměné.

Strontian, ätzender Strontian, Strontiumoxyd, *strontiana caustica*, *strontium oxydatum*, *oxydum strontii*, strontian, kysličník strontnatý, hydrát strontnatý, žíravý strontian; — **azotsaurer** *v.* Strontian, salpetersaurer; **—chlorwasserstoffsaurer** *v.* Chlorstrontium; — **essigsaurer,** Strontianacetat, essigsaures Strontiumoxyd, *strontiana acetica*, *acetas strontii*, *strontium oxydatum aceticum*, octan strontnatý; — **hydrochlorsaurer** *v.* Chlorstrontium; — **hydrojodsaurer** *v.* Jodstrontium; — **jodwasserstoffsaurer** *v.* Jodstrontium, — **kaustischer** *v.* Strontian; — **kohlensaurer,** kohlensaures Strontiumoxyd, Strontiankarbonat, *strontiana carbonica*, *strontium oxydatum carbonicum*, *carbonas strontii*, uhličitan strontnatý; — **krystallisirter** *v.* Strontian; — **muriumsaurer** *v.* Chlorstrontium; — **reiner** *v.* Strontian; — **salpetersaurer** oder azotsaurer, Strontiannitrat, Strontiumoxydnitrat, *strontiana nitrica*, *nitras strontii*, *strontium oxydatum nitricum*, *nitrum strontii*, dusičnan strontnatý, ledek strontnatý; — **salzsaurer** *v.* Chlorstrontium; — **schwefelsaurer** oder vitriolsaurer, Strontiansulphat, Strontianvitriol, *strontiana sulphurica*, *sulphas strontii*, *vitriolum strontii*, *strontium oxydatum sulphuricum*, síran strontnatý; — **schwefelsaurer natürlicher**, Cölestin, Schützit, *strontiana sulphurica nativa*, přirozený síran strontnatý, célestin.

Strontian-acetat *v.* Strontian, essigsaurer; —**erde** *v.* Strontian; —**hydrat** *v.* Strontian; —**hydrochlorat** *v.* Chlorstrontium; — **hydrojodat** *v.* Jodstrontium; —**karbonat** *v.* Strontian, kohlensaurer; —**muriat** *v.* Chlorstrontium; —**nitrat** *v.* Strontian, salpetersaurer; —**salz** *v.* Chlorstrontium; —**sulphat** *v.* Strontian, schwefelsaurer; —**vitriol** *v.* Strontian, schwefelsaurer; —**wasser**, voda strontnatá.

Strontinchlorid *v.* Chlorstrontium.

Strontiumjodid *v.* Jodstrontium.

Strontiumoxyd *v.* Strontian; — **essigsaures** *v.* Strontian, essigsaurer; — **kohlensaures** *v.* Strontian, kohlensaurer.

Strontiumoxydnitrat *v.* Strontian, salpetersaurer.

Strufbutt, Flunder, flundr, flet, kambala holandská.

Struk, struk (vlněná látka).

Strumpfgarn, příze punčochová.

Strychnin, reines Strychnin, Tetanin, Vauquelin, *strychnium purum*, *tetaninium*, *Vauquelinium*, strychnin, tetanin, vauquelin, kulčibovina; — **bromwasserstoffsaures** *v.* Bromstrychnin; — **chlorwasserstoffsaures** *v.* Strychnin, salzsaures; — **eisenblausaures** *v.* Strychnineisencyanür; — **essigsaures**, Strychninacetat, *strychnium aceticum*, *acetas strychnii*, octan strychninný; — **hydrobromsaures** *v.* Bromstrychnin; — **hydrochlorsaures** *v.* Strychnin, salzsaures; — **jodwasserstoffsaures** *v.* Jodstrychnin; — **kampfersaures**, Strychninkamphorat, *strychnium camphoricum*, *camphoras strychnii*, kamforan strychninný; — **oxalsaures**, kleesaures oder sauerkleesaures, Strychninoxalat, *strychnium oxalicum*, *oxalas strychnii*, šťovan strychninný; — **phosphorsaures**, Strychninphosphat, *strychnium phosphoricum*, *phosphas strychnii*, fosforečnan strychninný; — **salpetersaures**, Strychninnitrat, *strychnium nitricum*, *nitras strychnicus*, dusičnan strychninný; — **salzsaures**, hydrochlorsaures oder chlorwasserstoffsaures, Chlorstrychnin, Strychninchlorid, Strychninmuriat, Strychninhydrochlorat, *strychnium muriaticum*, *hydrochloricum seu chloratum*, *murias strychnii*, *hydrochloras strychnii*, chlórid strychninný; — **schwefelsaures**, Strychninsulphat, *strychnium sulphuricum*, *sulphas strychnii*, síran strychninný.

Strychnin-acetat *v.* Strychnin, essigsaures; —**bromid** *v.* Bromstrychnin; —**chlorid** *v.* Chlorstrychnin; —**eisencyanür**, Cyaneisenstrychnin, eisenblausaures Strychnin, *hydrocyanas ferro-strychnicus*, *strychnium ferro-hydrocyanicum*, ferrokyanid strychninný; —**hydrobromat** *v.* Bromstrychnin; —**hydrochlorat** *v.* Strychnin, salzsaures; — **jodid** *v.* Jodstrychnin; —**kamphorat** *v.* Strychnin, kampfersaures; —**muriat** *v.* Strychnin, salzsaures; —**nitrat** *v.* Strychnin, salpeter-

saures; —**oxalat** v. Strychnin, oxalsaures; —**phosphat** v. Strychnin, phosphorsaures; —**sulphat** v. Strychnin, schwefelsaures.
Stuckaturgips, sádra štukatorská.
Stück-kohle, uhlí v kusech; —**messing,** mosaz kusová.
Stuhlrohr v. Spanischrohr.
Sturmhut v. Eisenhütchen.
Stutz, tažnice, tažná ručnice.
Styracin, zimmtsaurer Zimmtalkohol, *styracinum*, styracin, metacinnamein.
Styrax v. Storax.
Suakingummi, *gummi Suakin*, klovatina suakinská.
Suberylsäure, Korksäure, *acidum subericum*, kyselina korková.
Sublimat, ätzender v. Ätzsublimat; — **süßer** v. Kalomel.
Sublimatwasser v. Quecksilberflüssigkeit, ätzende.
Südseethee v. Paraguaythee.
Sukcinsäure v. Bernsteinsäure.
Sukkade, kandirte v. Cedern, kandirte.
Sukkotrinaloe v. Aloe, sukkotrinische.
Sukkus v. Lakritzensaft.
Sultanfeigen, fíky sultánské.
Sultaninen, Sultaninrosinen, sultaninky, sultánky.
Sumach, Schmack, *herba seu folia sumach*, sumach, škumpina; —**samen,** Schmackstrauchsamen, *semen sumach seu rhois coriariae*, semeno sumachové neb škumpové.
Sumatrakampferöl v. Borneokampferöl.
Sumbulharz, *resina sumbuli*, pryskyřice sumbulová.
Sumbulwurzel, Moschuswurzel, *radix sumbuli*, kořen sumbulový, kořen pížmový.
Sumpfbinsen-samen, *semen scirpi majoris seu junci maximi*, semeno šřípiny jezerní; —**wurzel,** *radix scirpi majoris seu junci maximi*, kořen šřípiny jezerní.
Sumpf-enzian v. Tarantwurzel; —**fingerkraut,** Siebenfingerkraut, *herba comari seu pentaphylli aquatici*, zábělník bahní, pětilístek červený; —**läusekraut,** Sumpfrodel, *herba pedicularis aquaticae seu fistulariae*, všivec bahní; —**porst,** Porst, Wanzenkraut, wilder Rosmarin, Mottenkraut, *herba ledi palustris seu rosmarini sylvestris*, rojovník bahní, rozmarin planý; —**venusnabel,** Nabelkraut, *herba cotyledonis aquaticae*, pupečník.
Superphosphat v. Kalk, saurer phosphorsaurer.
Suppentafel, tabulka polívková.
Surenrinde, Cedrelarinde, China von Giava, *cortex sureni seu cedrelae febrifugae, china de Giava*, kůra česnekovníková, china žavánská.
Süßdolde v. Kerbel, spanischer.
Süßholz, gemeines, *radix liquiritiae seu glycirrhizae*, dřevo

sladké, kořen sladký čili lekořicový; — **geschnittenes**, d. sladké řezané; — **wildes** *v.* Engelsüß.

Süßholz-paste, brauner Lederzucker, braune Reglise, *pasta liquiritiae*, pasta lekořicová; —**saft** *v.* Lakritzensaft; —**zucker** *v.* Glyzyrrhizin.

Süß-klee *v.* Esparsette; — **mandelöl** *v.* Mandelöl, süßes; — **nachtschatten** *v.* Alfranken; —**wurzel** *v.* Süßholz.

Sylvan *v.* Tellur.

Syrup, Melas, *syrupus*, syrup, melas; — hamburger, s. hamburský; — inländischer, s. tuzemský.

Syrupmehl, Bastarde, moučka syrupová, bastarda.

T.

Tabak, *herba nicotianae*, tabák; — **brasilianischer**, tabák brasilský; — **havaneser**, t. havánský; — **indianischer**, *herba lobeliae inflatae*, chylan nafouklý, tabák indický; — **Kanasta**, kanasta, knastr; — **karolinischer**, t. karolinský; — **luisianischer**, t. luisiánský; — **martinique**, t. martinický; — **marylandscher**, t. marylandský; — **portoriko**, t. portorický; — **türkischer**, t. turecký; — **ungarischer**, t. uherský; — **virginischer**, t. virginský; — **Warinas**, varinas, tabák varinavský.

Tabak-extrakt, *extractum nicotianae*, výtah tabákový; —**kamphor** *v.* Nikotianin.

Tabakspfeifenkopf, lulka; — Köllnischer, lulka kolínská; — porzellaneuer, porculánka, lulka porculánová; — türkischer, lulka turecká; — Ulmer, ulmovka, lulka ulmská.

Tabin, Tabinet, Tabis, tabin (grodeturková dykyta).

Tabioka *v.* Tapiokka.

Tafelbesteck, stolní nože a vidličky; — mit Hirschbeinheft, stolní nože a vidličky s rukovětí z jelení kosti; — mit Holzheft, stolní nože a vidličky s rukovětí dřevěnou.

Tafel-glas, sklo tabulové; —**indigo**, *indigo tabulatum*, indych tabulový neb v tabulkách; —**lack** *v.* Schellack; —**messing**, mosaz tabulní, plech mosazný; —**öl** *v.* Aixeröl.

Taffent, Taffet, Tafft, dykyta, tykyta; — **streifiger**, d. žíhovaná.

Taffetband, pentle dykytová.

Taffiabranntwein *v.* Rum.

Tag und Nacht *v.* Glaskraut.

Takamahak, *gummi tacamahaca*, takamahaka, pryskyřice takamahaka; — **bourbonisches**, grüner Balsam, Marienbalsam, *tacamahaca bourbonensis, balsamum viride seu Mariae*, takamahaka burbonská, balsam zelený čili mariánský; — **ostindisches**, takamahaka východoindická; — **westindisches**, takamahaka západoindická.

Takinöl *v.* Kabbigöl.
Talciumoxyd *v.* Magnesia, gebrannte.
Talg, Unschlitt, *sebum*, lůj; — **chinesischer** *v.* Wachs, chinesisches; — **geläuterter**, lůj přepouštěný; — **malabarischer** *v.* Wachs, malabarisches.
Talg-licht, Talgkerze, svíce lojová, svíčka lojová; — **säure** *v.* Stearinsäure; —**seife** *v.* Seife, gemeine; —**stein**, *talcum venetum*, mastnek, lojník.
Tallikoonahöl *v.* Karapaöl.
Tamarinden, Sauerdatteln, indianische Datteln, *tamarindi, fructus tamarindorum, dactyli indici*, tamarindy, datle lesní čili indické.
Tamariskenblätter, *folia tamarisci*, listy tamaryškové; —**holz**, *lignum tamarisci*, dřevo tamaryškové; —**rinde**, *cortex tamarisci*, kůra tamaryšková; —**rindenöl**, *oleum tamarisci*, silice tamaryšková.
Tambuchrinde, *cortex tambuch*, kůra tambuchová, tambuch.
Tamis, Tammys, Tames, tamín.
Tamuswurzel, schwarze *v.* Zaunrübenwurzel, schwarze.
Tang, blasenförmiger *v.* Seetang.
Tangelkraut, Tangelmoos, Cypressenmoos, *herba musci erecti seu cathartici, herba selaginis, muscus catharticus*, vranec, mech počistivý.
Tannen-baumstahl, ocel jedlová; —**harz**, Waldrauch, *resina pini, olibanum sylvestre*, pryskyřice borová, kadidlo selské; —**knospen**, Tannensprossen, *turiones abietis, gemmae abietis*, pupeny jedlové neb smrkové, oka jedlová neb smrková; —**samen**, semeno jedlové neb smrkové; —**zäpfchen**, Tannenkätzchen, *strobuli abietis, coni abietis*, šišky jedlové.
Tannin *v.* Gerbestoff; —**blei** *v.* Bleioxyd, eichengelbsaures.
Tantal, Kolombium, *tantalum metallicum, columbium*, tantal.
Tapete, čaloun; — satinirte, č. satinovaný (atlasovitý); — velutirte, č. aksamítovitý.
Tapetenlack, pokost čalounový.
Tapiokka, Tapiokasago, *tapiocca, sago tabiocca*, tapiokka, sago tapiokka.
Tappé-Zucker, fr. *sucre tapé*, stlačený cukr moučkový.
Tarantwurzel, Sumpfenzian, *radix swertiae*, kořen ďubankový, hořec potoční, kořen hořce potočního.
Tarbot, marinirter, tarbot marinovaný.
Taragranaten, granátky tárové.
Tarlatan, tarlatan (látka střížná).
Täschelkraut *v.* Hirtentasche.
Taschenmesser, kudla; — dickschaliges, kudla se silnou střenkou.
Taschentuch, Schnupftuch, šátek kapesní.
Taubnessel, Bienenstrauch, *herba lamii albi seu urticae mortuae*, kopřiva mrtvá neb hluchá, hluchavka, bazalika planá, žihlava

mrtvá; — **gelbe,** Gelbnessel, *herba lamii lutei seu galeobdoli,* hluchá neb mrtvá kopřiva žlutá, hluchavka žlutá.

Taufstein, *lapis baptistes,* křtinec, křestný kámen, staurolit.

Tausendblüthen=öl, *oleum milleflorum,* fr. *huile de mille fleurs,* silice tisícokvětová; —**wasser,** fr. *eau de mille fleurs,* voda tisícokvětová.

Tausendfüsse, Kellerasseln, *millepedes, aselli,* stonožky, svinky.

Tausendguldenkraut, Erdgalle, Laurin, *herba centaurii minoris, febrifugae seu fel terrae,* zeměžluč menší, hlístník, tisícové kořeni; —**extrakt,** *extractum centaurii minoris,* výtah zeměžlučový.

Tausend=knöterig *v.* Blutkraut; —**schön** *v.* Maßliebchen.

Taxusholz *v.* Eibenholz.

Teichgräberschaufel, lopata rybnikářská.

Tekamezchinarinde *v.* Chinarinde.

Tellur, Sylvan, *tellurium purum,* tellur, zemník.

Templinöl *v.* Krummholzöl.

Tendernieten, nýtky k tendrům.

Tennchinarinde *v.* Chinarinde.

Terlicces, Tarlices, Terliggi, Terlizzi, terlis, tarlis (druh cvilinku).

Ternachawurzel, *radix ternacha,* ternacha, kořen ternachový.

Terpentin, cyprischer oder von Chio, *terebinthina cypria seu de Chio,* terebintina cyperská čili chijská; — **dicker,** terebintina hustá, terpentyn hustý; — **gekochter,** *terebinthina cocta,* terebintina vyvařená, terpentyn vyvařený; — **gemeiner,** *terebinthina vulgaris,* terebintina obecná, šuškar obecný; — **kanadischer** *v.* Balsam, kanadischer; — **karpathischer** *v.* Balsam, karpathischer; — **Straßburger,** *terebinthina argentoratensis seu abietina,* terebintina štrasburská čili jedlová; — **Venetianer,** Lerchenterpentin, *terebinthina veneta seu laricina,* terebintina benátská čili modřínová, gloret.

Terpentin=firniß, *vernix terebinthinae,* pokost terpentynový; —**galläpfeln,** Pistaziengallen, *gallae pistaciae,* halky terebintové, karoba gindejská.

Terpentinöl, ätherisches, Terpentingeist, *oleum terebinthinae aethereum,* silice terpentynová; — **gemeines,** *oleum terebinthinae,* olej terpentynový; — **geschwefeltes** *v.* Schwefelterpentinöl.

Terpentin=schwefelbalsam *v.* Schwefelterpentinöl; —**seife,** fr. *savon de térébenthine,* mýdlo terpentynové.

Terra cotta, terra kotta.

Terzen, ausgestoßene, třetiny, terce čili tereny vyražené; — wiener doppelt eingesetzte, třetiny neb terce vídeňské dvakrát dubené; — wiener einfach eingesetzte, t. vídeňské jednou dubené.

Terzen=abfälle, odpadky třetinové neb tercové; —**häute,** Lohgare, terce koželužské, třetiny koželužské; —**rücken,** zadky tercové neb třetinové.

Tetanin *v.* Strychnin.
Teufelsabbiß-kraut, Abbißkraut, *herba morsus diaboli seu jaccae nigrae*, čertkus, ďáblův kus; **—wurzel,** *radix morsus diaboli seu succinae*, kořen čertkusový, hlízní, kavasový čili ďáblova kusu, sv. Petra koření.
Teufels-dreck *v.* Asand, stinkender; **—kirschen** *v.* Judenkirschen; **—milch** *v.* Wolfsmilch, kleine; **—wurzel,** Tollkrautwurzel, *radix belladonnae*, kořen rulíkový.
Texel, flacher, teksla ploská; — hohler, t. vyhloubená; — englischer, t. anglická.
Thaunüßchen *v.* Pignolen.
Thee, blankenheimer *v.* Hanfnesselkraut; — **brasilianischer,** *herba theae brasiliensis*, thé brasilské; — **griechischer** *v.* Salbei; — **kanadischer,** Gaultherienblätter, *folia Gaultheriae*, thé kanadské, listy libavkové; — **chinesischer,** čaj kytajský, thé čínské; — — **europäischer,** *herba veronicae*, čaj evropský; — **grüner,** *thea viridis*, čaj zelený, thé zelené; — **Gumpowder,** Schießpulverthee, thé gumpowderské; — **Haysan,** čaj hejsanský, thé hejsanské; — **Haysanchin,** Hysonskin, thé hysonskynské; — **imperial,** thé čili čaj imperialní; — **kurillischer,** *herba chamaenerii*, čaj kurylský; — **Lieberscher,** *herba galeopsis*, thé liberské; — **mexikanischer** *v.* Jesuitenthee; — **Pecco,** *thea pecco*, thé pekko, čaj z Pekko; — **pennsylvanischer** *v.* Monardenkraut; — **russischer,** čaj ruský, thé ruské; — **schwarzer,** čaj černý, thé černé; — **Souchong,** čaj suchongský, thé suchongské; — — **spanischer,** thé španělské, čaj španělský; — **von Gongouha** *v.* Kassinenkraut.
Theekuchen, Steinthee, Ziegelthee, plosky čajové, thé kamené, čaj cihlový, cihličky čajové.
Theer, *pix liquida*, dehet; **—öl,** olej dehtový; **—seife,** fr. *savon de goudron*, mýdlo dehtové; **—wasser,** *aqua picea*, voda dehtová.
Thein, Caffein, *theeïnum, caffeïnum, coffeïnum*, thein, kaffein.
Thellasamen *v.* Ramtillasamen.
Thenard'sblau, *coeruleum Thenardi*, modř Thenardova.
Theobromin, *theobrominum*, teobromin.
Theresienbrunn, Karlsbader, voda Terezianská karlovarská.
Theriak, *theriaca, electuarium theriaca seu anodynum*, teriak, dryák, letkvař dryáková čili protibolná; **—wurzel** *v.* Angelikawurzel, Baldrian, greßer.
Thibet, Tibet, tibet (látka vlněná).
Thibetin, tibetin.
Thierheilpulver, léčivý prášek pro dobytek.
Thierkohle *v.* Blutkohle.
Thieröl, Dippel's gereinigtes *v.* Hirschhornöl, ätherisches; — **stinkendes** *v.* Hirschhornöl, stinkendes.
Thon, armenischer *v.* Bolus, armenischer; — **brauner** *v.* Um-

braun; — **Karlsbader**, hlinka karlovarská; — **Pilsner** v. Stangenthon.

Thonerde v. Aluminiumoxyd; — **chlorwasserstoffsaure** v. Chloraluminium; —**essigsaure** v. Alaunerde, essigsaure; — **hydrochlorsaure** v. Chloraluminium; — **salpetersaure** v. Alaunerde, salpetersaure; — **salzsaure** v. Chloraluminium; — **schwefelsaure** v. Alaunerde, schwefelsaure.

Thonerde-acetat v. Alaunerde, essigsaure; —**ammoniak**, schwefelsaures v. Ammoniakalaun; —**kali**, schwefelsaures v. Alaun, gemeiner; —**muriat** v. Chloraluminium; —**natron**, schwefelsaures v. Natronalaun; —**nitrat** v. Alaunerde, salpetersaure; —**sulphat** v. Alaunerde, schwefelsaure.

Thornagel, vratník, brannák, vratovák.

Thränengras, Hiobsthränen, *semen lacrimae Jobi*, semeno slzovkové.

Thran, Fischthran, *axungia ceti*, rybí tuk, tukovina, trán; —**juchten** v. Schmierleder.

Thrydacium v. Lattigbitter.

Thunfisch, marinirter, fr. *thon marinée*, tuňák marinovaný, bahníček neb blatníček nakládaný.

Thürband, závěsa, pant (u dveří).

Thürelheft, rukověť ke dvířkám.

Thürenzuziehknopf, přitahovací knoflík ke dvéřím.

Thürhobel, hoblík dveřní.

Thürnuth-hobel, dražebník dveřní, loutkář; —**stellhobel**, dražebník dveřní stavěcí.

Thürschloß mit Drucker, zámek krytý s klikou.

Thurisrinde v. Thymiamrinde.

Thürschloßschilde, štítky k zámkům.

Thymian, römischer Quendel, *herba thymi seu serpylli romani*, thym vonný, tymian, mateřídouška římská čili vlaská, demut; — **französischer**, *herba thymi gallici*, thym francouzský, tymian francouský; — **kretischer**, *herba thymi cretici*, thym kretský, tymian kretský; — **wilder** v. Quendel.

Thymian-öl, *oleum thymi*, silice tymianová čili thymová; —**rinde**, Weihrauchrinde, *cortex thymiamatis seu narcaphthi*, kůra ambroňová čili tymianová.

Thymseide, kretische, Thymdotter, Quendelwolle, *herba epithymi cretici seu cuscutae thymi*, kokotice menší.

Tiefhammer, kladivo vypuklé.

Tiegel, hessischer, kelímek hesický; — Ypser, k. ipsecký; — Passauer, k. pasavský; — von Graphit, k. tuhový; — von Platin, k. platinový.

Tigerfell, tygřina.

Timakwurzel, *radix timac*, timak, kořen timakový.

Timor-holz v. Schlangenholz; —**rinde**, *cortex timor seu ligni colubrini*, kůra dřeva hadího neb kulčiby hadí.

Timotheusgras, bojínek luční.
Tinkal *v.* Borax, rohér.
Tinte *v.* Dinte.
Tinten-pulver, *pulvis atramenti*, prášek inkoustový; —**radirgummi**, pružec vymazující inkoust, pryž na inkoust; —**species**, smíšenina inkoustová.
Tischler-bleistifte, tužky truhlářské; —**hacke**, sekera truhlářská; —**hammer**, kladivo truhlářské; —**nagel**, hřeb truhlářský; —**politur**, Politur, Schellakfirniß, *vernix laccae*, leštidlo truhlářské, politura, pokost šelakový; —**raspel**, struhák truhlářský; —**rutscher**, brus truhlářský, ležák; —**schnitzer**, žabka truhlářská.
Tischtuch, šátek stolní.
Titan, *titanium*, titan, chasoník.
Titan-grün, zeleň titanová čili chasoníková; —**säure**, Titanoxyd, *acidum titanicum*, *oxydum titanicum*, kyselina titaničitá, kysličník titaničitý.
Toddalirinde, ostindische Chinarinde, *cortex toddaliae*, kůra kamokorová, china východoindická.
Todten-blume *v.* Ringelblume; —**kopf** *v.* Kolkothar.
Toilette-schwamm, houba toaletní; —**seife**, mýdlo toaletní.
Toiltapeten, čalouny plátěné.
Toll-äpfel, *mala insana*, *poma sodomitica*, jablka sodomská; —**kirschen**, Tollbeeren, Wolfskirschen, Giftkirschen, *baccae belladonnae seu solani majoris sive furiosi*, třešně bláznivé čili vlčí, višně běsné, jahody vlčí, bobule rulíkové; —**kraut**, Wolfskirschenkraut, Belladonnakraut, Schöne Frau, *herba belladonnae seu solani majoris sive furiosi*, rulík, lilek větší, bláznový čili pošetilý, němnice, čertův blázníček.
Tollkrautextrakt, *extractum belladonnae*, výtah rulíkový.
Tollwurzel, *radix belladonnae*, kořen rulíkový, němnicový čili lilku většího.
Tolubalsam *v.* Balsam, tolutanischer.
Tombak, Prinzmetall, tombák, měď bílá, běloměď, pakfong; —**blech**, plech tombakový; —**draht**, drát tombachový.
Tonka-bohnen, aromatische Bohnen, *fabae tonca seu de Tonca*, tonka, boby tonkové; —**kampfer**, *cumarinum*, kumarin.
Tonkokraut *v.* Melilote.
Topas, *lapis topazius*, topas.
Topf, papinianischer, hrnec papinský, rychlovar.
Töpferblei *v.* Graphit.
Torf, rašelina, zyb; —**myrte** *v.* Gagel; —**tinte**, inkoust zybový.
Tormentillwurzel *v.* Blutwurzel.
Torschen *v.* Weißrübe.
Toskin, toskin.
Tournesol *v.* Farbeläppchen.
Träberbranntwein, kořalka mlátová.

Traganth, *gummi tragacanthae,* tragant; — **auserlesener,** *tragacantha electa,* tragant vybíraný; — **falscher** *v.* Saffagummi; — **ordinärer,** *tragacantha communis,* tragant sprostý; — **in Sorten,** *tragacantha in sortis,* tragant prostřední čili nepřebíraný.

Traganthwurzel, *radix astragali seu glandulae,* kořen kozince bezprutého čili trní kozlového.

Trauben-äther, trest hroznová, éther hroznový; —**blätter** *v.* Weintraubenblätter; —**gurke,** kleine frühe, okurka hroznovitá malá ranná; —**kerne,** *grana acini,* zrna vinná, semeno vinné; —**kirschenrinde** *v.* Ahlkirschenrinde; —**kraut,** merikanisches *v.* Jesuitenthee; —**kropf** *v.* Erdrauch; —**öl,** angl. *grape-oil,* olej hroznový; —**säure,** Paratartersäure, Vogesensäure, *acidum uvicum seu paratartaricum,* kyselina hroznová; —**zucker,** *saccharum grumosum,* cukr hroznový.

Trauerflor, černý pavučník.

Treibkörner *v.* Springkörner.

Trense, einfache, udidlo jednoduché; — mit doppelten Ringen, udidlo s dvouma kroužky; — polierte, udidlo hlazené; — polnische mit einem Ringe, u. polské s kroužkem.

Tresse, kaloun.

Tressenseide *v.* Floretseide.

Trichter, nálevka.

Tricot, Tricoté, triko, trikoté.

Triebe, rozvory; — kurze, r. krátké; — lange, r. dlouhé.

Triebel, klub, honič, dohánka.

Trippel, Polierschiefer, Rottenstein, *lapis tripolis seu terra tripolitana,* trupel, trypel, hruda tripolitanská; — **geschlemmter,** t. proplavený; — **in Kugeln,** t. v kuličkách, kuličky tryplové.

Trommel-blech, plech bubnový; —**messing,** mosaz bubnová.

Tropfen, eisenhaltige Hoffmannische *v.* Schwefeläther, eisenhaltiger; — **Haller's saure** *v.* Rabelswasser; — **Hoffmannsche** *v.* Hoffmannsgeist.

Truden-beutel *v.* Bovist; —**mehl** *v.* Bärlappsamen.

Trüffel, Erdmerchel, Schweinetrüffel, *tuber cibarium, tubera esculenta,* homolika, smrže, ořešák, tartofle; —**pasteten,** Straßburger, paštiky lanýžové štrasburské.

Truhenschloß, zámek k truhle.

Tschikalhaut, hříběčina, kůže hříběcí.

Tschokkowurzel, *radix tschokko,* čokko, kořen čokko.

Tuch, sukno; — bläuliches, s. namodralé; — graues, koumár, sukno šedé.

Tuchmacherkardenblumen *v.* Weberkardenblumen.

Tuchschere, nůžky postřihačské.

Tuff, Tuffstein, *lapis osteocollae, ammosteos seu sabulosus,* tuf, sedra.

Tüffel, tyfl (látka vlněná).

Tüll, tyl (krajkovitá tkanina).

Tulpen-baumrinde, *cortex lyriodendri*, kůra lilijovniková; — **zwiebel,** Harlemer, tulipánová cibule harlemská.
Tungstein v. Wolfram.
Tüpfelfarren v. Engelsüß.
Türkischgarn, Rothgarn, příze turecká čili červená.
Turnergelb v. Mineralgelb.
Turnesolläppchen v. Farbeläppchen.
Turnips v. Weißrübe.
Turpith, mineralischer oder merkurialischer v. Quecksilberpräcipitat, gelber; — **schwarzer** v. Quecksilberoxydul, schwarzes; — **weißer** oder vegetabilischer v. Turpithwindenwurzel.
Turpithwindenwurzel, *radix turpethi*, kořen turpitový, turpit bílý.
Tusch, chinesischer, *atramentum chinense*, tuš čínská, čerň čínská; —**schale,** miska na tuš.
Tutie, graue, Ofenbruch, *tutia grysea seu alexandrina*, *spodium graecorum*, *nihilum gryseum*, tucie šedá, škraloup pecní, nic šedé.
Tutti frutti, tutti frutti.
Tuwabaumkörner v. Rizinuskörner.
Twist, tvist, příze bavlněná.
Tyroler-bohrer, feiner, nebozéz tyrolský pěkný; —**glocken,** zvonky tyrolské (kovové); —**grün** v. Berggrün.

U.

Überchlorsäure v. Oxychlorsäure.
Überschiebhobel, hoblík přestrkačný.
Ubram v. Gundelrebe.
Uhr-federsäge, pilka z hodinového péra; —**gewichte,** závaží k hodinám; —**glas,** sklo na hodinky; —**kette,** řetízek k hodinkám.
Uhrmacher-messing, mosaz hodinářská; —**öl,** olej hodinářský.
Uhr-schlüssel, klíček k hodinám; —**zeiger,** ručičky k hodinám.
Ulmarsäure v. Säure, salicylige.
Ulmenrinde, Rüsterrinde, Ypernrinde, *cortex ulmi*, kůra jilmová čili břestová.
Ultramarin, blauer, Ultramarinblau, Azurblau, *ultramarinum*, ultramarin, modř ultramarinová, modralka; — **gelber** v. Permanentgelb; — **grüner,** Ultramaringrün, *ultramarinum viride*, ultramarin zelený, zeleň ultramarinová.
Ultramarinkugeln, kuličky ultramarinové, ultramarin v kuličkách.
Umbraun, Umber, Umbra, *terra umbra*, hnědel rozdrolivý, hlinka hnědá; — **dunkles,** hnědel tmavý; — **holländisches,** h. holandský; — **köllnisches,** köllner Erde, *terra coloniensis*, *umbra coloniensis*, h. kolínský, hlinka kolínská; — **lichtes,** hnědel světlý.

Ungarisches Wasser, fr. *eau de la reine de Hongrie*, voda uherská.
Ungarischgrün *v.* Berggrün.
Universalpflaster auf Wunden, universální náplasť na rány.
Unschlitt, Talg, *sebum*, lůj; — **geläuterter,** l. přepouštěný.
Unschlitt-hacke, sekyrka na lůj; —**kerze,** svíčka lojová, lojovice.
Unter-kohlrabi, Kohlrabi in der Erde, Erdrübe, Dorschen, dumlík, tuřín; —**lage,** linierte, vložka linkovaná.
Unter-lagsscheibe, kotouč podkladní, šejble; —**trense,** stíhlo podkladní.
Untermargarylsäure *v.* Stearinsäure.
Unzenohrenwurzel, *radix Orelhae d'Oncae* kořen povízelky vaječnolisté.
Uranchlorid *v.* Uranoxyd, salzsaures.
Urannitrat *v.* Uranoxyd, salpetersaures.
Uranocher, žlutinec.
Uranoxyd, Urangelb, *uranium oxydatum*, *oxydum uranii*, kysličník uranitý, žluť uranová; — **kohlensaures,** Uranoxydkarbonat, *uranium carbonicum*, *carbonas uranii*, uhličitan uranitý; — **natronhaltiges** *v.* Natron, uransaures; — **salpetersaures,** Urannitrat, *uranium nitricum*, *nitras uranii*, dusičnan uranitý; — **salzsaures** oder chlorwasserstoffsaures, Uranchlorid, *uranium muriaticum seu hydrochloricum*, *murias uranii*, *hydrochloras uranii*, chlórid uranitý.
Uranoxyd-karbonat *v.* Uranoxyd, kohlensaures; —**muriat** *v.* Uranoxyd, salzsaures; —**natron** *v.* Natron, uransaures; —**nitrat** *v.* Uranoxyd, salpetersaures.
Uranoxydul, schwarzes, *uranium oxydulatum nigrum*, kysličník uranatý černý.
Urin-alaun *v.* Ammoniakalaun; —**salz** *v.* Natron, phosphorsaures; —**säure** *v.* Harnsäure.
Uruku *v.* Orlean.

V.

Vachelleder, kraviny.
Vahrenkraut *v.* Tollkraut.
Valantie, goldenes Meyerkraut, gelbes Kreuzkraut, *herba valantiae, asperulae aureae seu cruciatae*, mařinka zlatá.
Valerian-äther, Baldrianäther, baldriansaures Äthyloxyd, *aether valerianicus*, éther valerový, valeran éthylnatý; —**säure,** *acidum valerianicum seu delphinicum*, kyselina valerová, delfinová čili kozlíková.
Valonen, levantinische Knoppern, valonky, borky levantské.
Vanadinsäure, *acidum vanadinicum*, kyselina vanadová.

Vanadium, *vanadium*, vanadium, vanadík.
Vanille, Vaniglie, *vanilla, siliqua vanillae, araci aromatici*, vanila, vanilie; —**liqueur,** likér vanilový, vanilka.
Vanillenchokolade, čokoláda vanilková.
Vapeur, vapér.
Vativerwurzel, *radix ivarancusae*, ivarankusa.
Vauquelin *v.* Strychnin.
Veilchen, Viole, Märzviole, Märzveilchen, *flores violae*, květ violkový, fiolový čili fialkový.
Veilchenöl, ätherisches, *oleum violarum aethereum*, silice violková neb fialková; — **öliges,** *oleum violarum oleosum*, olej violkový čili fialkový.
Veilchen-schwamm *v.* Weidenschwamm; —**syrup,** *syrupus violarum*, syrup violkový; —**wurzel** *v.* Violenwurzel.
Veilreben *v.* Jasminblüthen.
Velinpapier, Pergamentpapier, papír panenský, velinový čili pergamenový.
Velourtapete, gepreßte, čaloun aksamítový lisovaný.
Velpel, velpel (aksamítovitá látka).
Velveteens, velveteeny (druh manžestru).
Velvets, velvety (nejlepší manžestr).
Venetianerlack *v.* Kugellack.
Venetianischroth, červeň benátská.
Ventilbohrer, nebozez kátrový.
Venusgeist *v.* Essigsäure.
Venushaar *v.* Frauenhaar; — **gelbes** *v.* Widerthon, goldener; — **schwarzes** *v.* Frauenhaar schwarzes.
Venus-kamm *v.* Nadelkerbel; —**krystalle** *v.* Grünspan, destillirter; —**nabel** *v.* Meerbohnen; —**salpeter** *v.* Kupferoxyd, salpetersaures.
Veratrin, Sabadillin, Elleborin, *veratrinium, sabadillinium, elleborinum*, veratrin, sabadilin, elleborin; — **essigsaures,** Veratrinacetat, *veratrinium aceticum, acetas veratrinae*, octan veratrinný.
Veratrumsäure, Sabadillsäure, *acidum veratricum*, kyselina veratrová.
Verdauungszelteln, pokroutky zažívací, caltičky zažívací.
Vergolder-lack, pokost k pozlacování; —**kloben,** kloub pozlacovačský.
Vergoldungs-flüssigkeit, vodička pozlacovací; —**salz,** sůl pozlacovací.
Vermicelli, vermičely (nitové nudle).
Vermillon *v.* Zinnober, chinesischer.
Veroneser-gelb *v.* Mineralgelb; —**grün** *v.* Kaadnergrün.
Verplatinirungsflüssigkeit, voda poplatinovací.
Verschlagnägel, hřebíky bednové, prkeňáky s kulatými hlavičkami.
Versilberungs-flüssigkeit, vodička postřibřovací; —**salz,** sůl postřibřovací.

Verwaschpinsel im Schwanenkiel, štětec promývací v brku labutím.
Vesikatorpapier, blasenziehendes Papier, *charta vesicatoria*, papír vesikatorský neb puchýřivý.
Vexirschloß, zámek škádlivý.
Vichy-Zeltchen, *pastilli digestivi Dacetii*, fr. *pastilles sel de Vichy*, caltičky Vichské.
Vieh-Nähr- und Heilpulver, Korneuburger, krmný a léčivý prášek korneuburský pro dobytek.
Viehsalz, sůl pro dobytek.
Vielgut *v.* Bergpetersilie.
Viereisen, dláto koutové.
Viertel-stabhobel, hoblík na laloky; —**zinn,** čtvrtkový cín.
Violenblüthen, blaue *v.* Veilchen; — **gelbe** *v.* Goldlack.
Violenwurzel, florentiner, Veilchenwurzel, *radix ireos florentinae*, kořen fialkový čili kosatce florentínského, fialník, kořen fíkový; — **gemeine,** *radix ireos nostratis*, kořen kosatce obecného čili lilium modrého.
Violettlack, lak fialový.
Vipern-fett, *axungia viperarum*, sádlo užovčí; —**häute,** *exuviae viperarum seu serpentum*, kůže hadí čili užovková; —**knochen,** Vipernrückgrath, *ossa viperarum*, *spina dorsi viperarum*, kostičky neb obratla hadí; —**schnüre,** šňůrky hadí.
Visetholz, ungarisches oder albaneser Gelbholz, dřevo visetové, fisetové, rujové čili žluté uherské aneb albanské, viset, fiset.
Visirmaß, shlední míra.
Vitriol, Admonter, skalice admontská; — **ammoniakalischer** *v.* Ammoniak, schwefelsaures; — **blauer** *v.* Kupfervitriol; — **cyprischer** *v.* Kupfervitriol; — **dreiadler** *v.* Eisenvitriol; — **einadler** *v.* Eisenvitriol; — **englischer** *v.* Eisenvitriol; — **Goslaer** *v.* Augenstein; — **grüner** *v.* Eisenvitriol; — **kobaltischer** *v.* Kobaltvitriol; — **kupferartiger** *v.* Kupfervitriol; — **Linzer** *v.* Eisenvitriol; — **Londoner** *v.* Eisenvitriol; — **magnesischer** *v.* Bittersalz; — **römischer** *v.* Eisenvitriol; — **salzburger** *v.* Eisenvitriol; — **schwarzer** *v.* Eisenvitriol; — **spanischer** *v.* Kupfervitriol; — **ungarischer** *v.* Eisenvitriol; — **weißer** *v.* Augenstein; — **zweiadler** *v.* Eisenvitriol; — **zyprischer** *v.* Kupfervitriol.
Vitriol-äther *v.* Schwefeläther; —**blumen,** philosophische *v.* Boraxsäure; —**brechsalz** *v.* Augenstein; —**erde** *v.* Kolkothar.
Vitriolgeist *v.* Schwefelsäure, verdünnte; — **eisenhaltiger versüßter** *v.* Schwefelsäthergeist, eisenhaltiger.
Vitriolnaphtha *v.* Schwefeläther.
Vitriolöl, böhmisches, *acidum sulphuricum bohemicum*, kyselina sírková česká, sírkovka česká, kyselina skaličná; — **englisches** oder weißes *v.* Schwefelsäure, englische; — **nordhäuser** oder braunes, rauchende Schwefelsäure, *acidum sulphuricum fumans*, *oleum sulphuris*, kyselina sírková dýmavá, sírkovka dýmavá, olium; —

sächsisches, *acidum sulph. saxonicum,* kyselina sírková saská, sírkovka saská; — **verdünntes** *v.* Schwefelsäure, verdünnte; — **weißes** *v.* Schwefelsäure, englische.

Vitriol-roth *v.* Kolkothar; —**salz,** narkotisches *v.* Boraxsäure; —**säure** *v.* Schwefelsäure; —**silbersalz** *v.* Silberoxyd, schwefelsaures; —**spiritus,** versüßter *v.* Schwefeläthérweingeist; —**weinstein** *v.* Doppelsalz; —**zink** *v.* Augenstein.

Vogelbeeren *v.* Ebereschenbeeren; —**branntwein,** jeřabinka.

Vogelkirschenrinde *v.* Ahlkirschenrinde.

Vogelkraut, weiße Miere, weißer Hühnerdarm, kleiner Meyer, *herba alsines, morsus gallinae seu ornithogalli,* kuřímor, plevel, slunečnička, ptačinec, žabí čili kuří střevce, kuřístřevce menší, žabinec; — **gelbes** *v.* Baldgreis.

Vogelleim, *viscus aucupatorius,* lep čili klej na ptáky; —**holz** *v.* Mistel.

Vogelnest *v.* Möhre.

Vogelsfuß, Vogelsklaue, *herba ornithopodii seu pedis avis,* ptačínoha, ptačí nůžka; —**wurzel,** *radix ornithopodii seu pedis avis,* kořen ptačí nohy.

Vogesensäure *v.* Traubensäure.

Vollhäring, slanec plný.

Vorfeile, pilník vyrovnávací, vyrovnávač.

Vorhang-haken, hák oponový; —**mousselin,** mušlín na záslony; —**ringel,** kroužek oponový; —**rose,** růže oponová; —**schraube,** šroub oponový; —**spange,** sponka oponová; —**stange,** hůlka k oponě.

Vorlegschlösser, visací zámky; — feine Wiener, v. z. pěkné vídeňské; — ordinäre, v. z. sprosté; — runde Wiener, v. z. kulaté vídeňské.

Vorreiber, obrtlík; — doppelter, o. dvojitý; — einfacher, o. jednoduchý; — eiserner ord., o. železný obyčejný; — messingener feiner, o. mosazný pěkný.

Vorreitketten, Vorspannketten, řetězy přípřežné.

Vorschlaghammer, kladivo mlatební, stranovník.

W.

Wacholderbeeren, Krammetbeeren, *baccae juniperi,* jalovec, jalovčinky, borovinky, borovičková zrna; —**saft,** *roob juniperi,* šťáva jalovcová čili borovičková, syrup jalovcový.

Wacholder-branntwein, kořalka jalovcová, jalovčinka, borovička; —**galläpfel,** virginische, *gallae juniperi virginianae,* halky jalovce virginského; —**geist,** líh jalovcový; —**holz,** Kaddigholz, *lignum juniperi,* dřevo jalovcové čili borovičkové; —**liqueur,**

likér jalovcový; **—öl,** *oleum juniperi*, silice jalovcová čili borovičková.

Wacholderschwefelbalsam, Schwefelwacholderöl, *oleum juniperi sulphuratum, balsamum sulphuris juniperatum*, jalovcový olej sirkovaný.

Wachs, chinesisches, chinesischer Talg, *cera chinensis, sebum chinense*, vosk čínský, lůj čínský; — **gelbes** in Scheiben, *cera citrina*, vosk žlutý v kotoučích; — **grünes,** Grünspanwachs, *cera viridis seu aeruginea*, vosk zelený; — **japanisches,** Baumwachs, *cera japonica, cera arborea*, vosk japanský, vosk stromový; — **lithauisches,** vosk litecký; — **malabarisches,** malabarischer Talg, Pineytalg, *cera malabarica, sebum malabaricum*, vosk malabárský, lůj malabárský; — **schwarzes** in Würfeln, *cera nigra*, vosk černý kostkový neb v kostkách; — **spanisches** *v.* Siegelwachs; — **weißes,** *cera alba*, vosk bílý.

Wachs-kraut *v.* Seifenkraut; **—leinwand,** Wachstuch, plátno voskované, klejanka, voštanka; **—licht,** Wachskerze, svíce vosková, voskovice; **—öl,** *oleum cerae*, olej voskový; **—papier,** *charta cerata*, papír voskovaný.

Wachspflaster, *emplastrum cereum*, náplasť vosková; — **grünes** *v.* Wachs, grünes.

Wachs-salbe, *ceratum*, masť vosková, voskenec; **—schwamm,** Preßschwamm, *spongia cerata s. praeparata*, houba voštěná; **—seife,** mýdlo voskové; **—stöckel,** sloupek neb točenec voskový; **—taffent,** fr. *taffetas ciré*, tykyta voskovaná.

Wachtelweizen *v.* Ackerbrand.

Wagebalken, polierter, váhové rameno (klejchy) leštěné, bidelec, hřídel váhový, váhadlo; — **schwarzer,** rameno váhové černé; — **mit Fläschen,** rameno váhové se skřípcem.

Wagketten, řetízky k váhám.

Wagenfederstahl, ocel na péra k vozům.

Wagen-fett, belgisches, kolomaz belgická; **—gummi,** kopál vozní; **—kerzen,** svíčky k vozům; **—schleifen,** zádržky k vozům; **—schmiere,** Wagenfett, kolomaz; **—schwämme,** houby na vozy; **—juchten,** cuchty vozové.

Wageschalen, mísky váhové, věsky.

Wagner-hobelbank, hoblovací stolice kolářská; **—spitzhacke,** špičák kolářský.

Waid, *herba isatis*, boryt, uřet, vejt, letňák, koření barvířské; **—asche,** Weedasche, *cineres infectorii, alumen catinum seu faecum*, popel barvivý.

Waikwurzel, *radix Waikouri*, vaikouri, kořen vaikový.

Waldhahnenfuß *v.* Windröschen.

Wald-meister, Sternleberkraut, Meeske, Waldmeistermesserig, *herba matrisylvae, hepaticae stellatae seu asperulae*, mařinka vonná, mařena planá, svízel voňavý, božcové koření; **—rauch,** Fichtenharz, Bauernweihrauch, *olibanum sylvestre*, pryskyřice smrková, kadidlo lesní čili selské; —**rebe** *v.* Brennkraut; —**säge**, pila lesní; —**stroh** *v.* Labkraut, gelbes; —**wollöl**, Fichtennadelöl, olej jehličný.

Walkererde, Walkerthon, *talcum fullonum*, hlína valchářská, valchovka.

Wallfisch-barden *v.* Fischbein; —**dreck** *v.* Amber, grauer; —**ohr** *v.* Seekuhstein; —**ruthe**, *priapus ceti*, pyj velrybí; —**thran**, trán velrybí.

Wallis, Wales, valis (lehká látka vlněná).

Wall-nüsse, welsche Nüsse, *fructus juglandis, nuces juglandes, nuces regiae*, ořechy vlaské, křapáče, chřapáče, kameňáče; —**nußöl**, *oleum nucum juglandum*, olej ořechový.

Wallrath, Spermaceti, *cetaceum, sperma ceti, ambra alba*, vorvanina, spermacet, ambra bílá, chám, špik kytový; —**öl** *v.* Spermacetöl.

Wallroßzähne *v.* Seepferdzähne.

Wallwurzel *v.* Beinwell.

Wälschlauch, Porre, por zahradní, ořechovec.

Wand-flechte, Schuppenflechte, *lichen parietinus seu flavus*, terčovka zdní, lišejník žlutý; —**hakeln**, háčky zední; —**kraut** *v.* Glaskraut; —**nagel**, hřebík hákový.

Wanzen-kraut *v.* Sumpfporst; —**pulver**, prášek na stínky; —**wasser**, voda pro štěnice.

Warzenkraut *v.* Ringelblume.

Warzenmilchkraut, Warzenzichorie, *herba zacinthae seu cichorii verrucarii*, mlečík bradavičnatý; —**samen**, *semen zacinthae seu cichorii verrucarii*, semeno zacintové čili mlečíkové.

Wasch-blau *v.* Neublau; —**blaupapier** *v.* Anilinpapier; —**pulver**, prášek mycí; —**schwamm** *v.* Badeschwamm; —**wurzel** *v.* Seifenwurzel, gewöhnliche.

Wasser, alkalisches, reines flüchtiges *v.* Ammoniak, ätzendes; — **antimiasmatisches** *v.* Kupferoxydammoniak, salzsaures flüssiges; — **destillirtes**, *aqua destillata*, voda překapaná čili destilovaná; — **Fachinger**, kyselka fachingská; — **geschwefelwasserstofftes** *v.* Schwefelwasserstoffwasser; — **Goulardisches**, oder bleiessigtes, verdünnter Bleiessig, *aqua saturnina seu vegeto-mineralis Goulardi*, vodička Goulardová; — **javellisches**, *aqua Javelli*, louh javellský; — **orientalisches** (zum Haarwuchs), voda orientálská (k sesílení vzrůstu vlasů); — **phagedänisches** *v.* Quecksilberflüssigkeit, ätzende; — **Rabels** *v.* Rabelswasser; — **ungarisches**, *aqua Hungariae*, voda uherská, líh rosmarinový; — **Wunizer**, voda vunická.

Wasserampferwurzel, Wassermengewurzel, Wasserrhabarber, *radix britannicae, hydrolapathi seu rhei aquatici*, kořen šťovíku vodního, rabarbara vodní, kořen pleticbový.

Wasserblei v. Graphit; **—metall** v. Molybdän; **—salmiak** v. Ammoniak, molybdänsaures; **—säure** v. Molybdänsäure.

Wasser-bohnen, ägyptische Bohnen, *fabae aquaticae seu aegyptiacae*, boby egyptské neb vodní; **—bungenkraut** v. Bachbungen.

Wasserdost v. Alpkraut; **— gelber** v. Zweizahn.

Wasserdürrwurzel v. Zweizahn.

Wassereppich, Sellerieeppich, wilder Sellerie, *herba apii seu bellinii*, celer planý, apich bahnivý čili obecný, miřík bahní; **—samen,** *semen apii*, semeno miříkové čili apichu bahního; **—wurzel,** *radix apii*, kořen miříkový čili apichu bahnivého.

Wasser-fenchel, Roßfenchel, Pferdesamen, *semen phellandrii seu foeniculi aquatici*, kmín vodní, fenykl vodní čili koní, semeno kopru vodního; **—garn,** angl. *water twist*, příze vodní; **—glas** v. Kali, kieselsaures trockenes; **—hanf** v. Alpkraut; **—klee** v. Bitterklee; **—kresse** v. Brunnenkresse.

Wasserkürbissamen, Wassermelonensamen v. Arbusensamen.

Wasser-moos, Meerlinsen, Entengrün, *herba lentis palustris seu muscus palustris*, okřehek menší, mech vodní, tráva žabí, plešina vodní; **—münze,** wilde Münze, *herba menthae aquaticae*, vodní balšán, planý balšán; **—nuß** v. Stachelnuß; **—nymphe** v. Seerose; **—pfeffer** v. Bitterling; **—riemen** v. Seegras; **—rohr,** trouba vodní; **—rübensamen,** semeno vodnicové; **—schierling,** Giftwütherich, Wütherich, Wüthschierling, *herba cicutae aquaticae*, bolehlav pravý neb velký, měsíčník, hořká neb psí mrkev, vztekla, hořká krev, rozpuk jízlivý, ropuka; **—schwertlilienwurzel** v. Ankerwurzel.

Wasserstoff-blausäure v. Blausäure; **—bromsäure** v. Bromwasserstoffsäure; **—chloräther** v. Salzäther; **—chlorsäure** v. Salzsäure rauchende; **—cyansäure** v. Blausäure.

Wasserstoff-eisenbleioxyd v. Bleioxyd, eisenblausaures; **— eisen-cyanürkali** v. Kali, eisenblausaures gelbes.

Wasserstoffjodsäure v. Hydrojodsäure.

Wasserviolenwurzel v. Blumenbinsenwurzel.

Wasserwegerichwurzel v. Froschlöffelwurzel.

Watte, vata.

Wau, Färberresede, Gelbkraut, Harnkraut, *herba luteolae*, rýt obecný, falešný hledík, žlutinka.

Webenleinwand, široké plátno.

Weberdistelwurzel, Weberkarde, Bubenstengel, *radix dipsaci seu cardui fullonum*, kořen štětkový, drápačový čili bádelový.

Weberkardenblumen, Weberdistelblumen, Tuchmacherkardenblumen, *flores dipsaci seu cardui fullonum*, květ štětkový, drápačový čili bádelový.

Weftgarn, bavlněná příze útková.

Wegdorn, glatter v. Faulbaum.

Wegerig, großer, Sauohr, breites oder großes Wegerichkraut, *herba* *plantaginis*, *herba arnoglossi seu plantaginis majoris*, jitrocél větší, skorocél větší, ranocél větší, babka, babí ucho, celník; — **kleiner** oder schmaler, Spitzwegerich, Hunderippe, *herba plantaginis minoris*, *herba costae caninae seu equinae*, *herba lanceolae*, jitrocél špičatý neb menší, ranocél č. skorocél špičatý.

Wegerig-samen, *semen plantaginis*, semeno jitrocélové, skorocélové neb ranocélové; —**wurzel**, *radix plantaginis*, kořen jitrocélový, skorocélový čili ranocélový.

Wegetritt *v.* Blutkraut.

Wegsenf, gelbes Eisenkraut, *herba erysimi*, *verbenae foeminae seu irionis*, hulevník obecný, horčice planá.

Wegwart *v.* Zichorie.

Weich-blei, olovo měkké; —**dost**, Wirbeldost, *herba clinopodii majoris seu ocimi sylvestris*, stořišek obecný, čistice, klinopad; —**pflaster**, flastr, mázka n. náplasť obměkčující.

Weichsel-branntwein, višňovka, kořalka višňová; —**geist**, višňovice, líh višňový; —**liqueur**, likér višňový.

Weidenrinde, *cortex salicis*, kůra vrbová; — **extrakt**, *extractum salicis*, výtah z kůry vrbové.

Weidenschwamm, Veilchenschwamm, *boletus salicis*, *fungus salicis*, *boletus suaveolens*, houba vrbová, choroš libovonný.

Weiderich, Feuerkraut, wilder Oleander, Antoninskraut, kurillischer Thee, *herba lysimachiae chamaeneri seu sancti Antonii*, vrbice, vrbovka, vrbka; — **gelber**, Rispenweiderig, *herba lysimachiae luteae*, tvrdé koření, vrbina žlutá; — **rother**, Blutkraut, *herba salicariae seu lysimachiae purpureae*, kyprej, vrbina brunátná, krvavnice.

Weihernüsse *v.* Stachelnüsse.

Weihrauch, *gummi olibanum*, kadidlo, olibanum; — **elegirter**, *olibanum electum*, kadidlo přebírané; — **natureller**, *olibanum in sortis*, kadidlo nepřebírané.

Weihrauchrinde *v.* Thymianrinde.

Weimuthskiefersamen, semeno sosny hladké čili vejmutové, semeno vejmutovkové.

Wein-alkohol *v.* Alkohol; —**äther** *v.* Schwefeläther.

Weinbeeren *v.* Korinthen; — **große** *v.* Rosinen, große; — **fizilianische** *v.* Korinthen, sizilianische; — **zantische** *v.* Korinthen.

Weinbeeröl *v.* Önanthäther.

Weinessig, *acetum vini*, ocet vinný; —**säure** *v.* Essigsäure.

Weinfuselöl *v.* Önanthäther.

Weingeist, Spiritus, *spiritus vini*, líh; —**alkoholisirter** *v.* Alkohol; — **ammoniakalischer** *v.* Ammoniumweingeist; — **chloräther-haltiger** *v.* Salzgeist, versüßter; — **gereinigter**, absoluter, rektifizirter oder wasserfreier, *spiritus vini rectificatus seu absolutus*, líh bezvodný neb rektifikovaný; — **hochgrädiger**, líh vysokostupňový; — **höchstrektifizirter** *v.* Alkohol; — **kleesaurer** *v.* Oxaläther; — **rektifizirter** *v.* Weingeist, gereinigter; — **rheini-**

scher v. Branntwein, rheinischer; — **salpetersaurer** v. Salpeteräther; — **tartarisirter** v. Alkohol; —**vitriolisirter** v. Rabelswasser; — **wasserfreier** v. Weingeist, gereinigter.

Weingeist-firniß, pokost lihový; —**säure** v. Essigsäure.

Weinhefe, kvasnice vinné, droždí vinné.

Weinhefenspiritus v. Branntwein, rheinischer.

Weinmesser, žabka vinařská.

Wein-näglein v. Berberbeeren; —**öl,** süßes (schwefelsaures Ätherin), *oleum vini dulce*, vinný olej sladký; —**probe** v. Hahnemann's Bleiprobe; —**raute,** Raute, *herba rutae hortensis*, routa zahradní neb domácí.

Weinrautenöl, *oleum rutae*, olej routový.

Wein-salz v. Weinstein; —**säure** v. Weinsteinsäure; —**spiritus** v. Weingeist.

Weinstein v. Weinstein, roher; — **alkalisirter** v. Kali, weinsteinsaures; — **ammoniakalischer** v. Kali, weinsteinsaures ammoniakalisches; — **boraxsaurer** v. Boraxweinstein; — **eisenartiger** v. Eisenweinstein; — **essigsalziger** v. Essigsalz; — **gereinigter** v. Weinsteinkrystalle; — **geschwefelter** v. Kali, schwefligsaures; — **gestählter** v. Eisenweinstein; — **krystallisirter** v. Weinsteinkrystalle; — **löslicher** v. Boraxweinstein; — **martialischer** v. Eisenweinstein; — **merkurialischer** v. Quecksilberoxydul, weinsteinsaures; — **natronisirter** v. Seignettesalz; — **neutraler** v. Kali, weinsteinsaures; — **phosphorisirter** v. Kali, phosphorsaures; — **roher,** Weinsalz, *tartarus crudus*, kámen vinný syrový, vinštíř; — **roher rother,** *tartarus ruber*, vinný kámen červený; — **roher weißer,** *tartarus albus*, vinný kámen bílý; — **rother** v. Weinstein, roher; — **salmiakartiger** v. Kali, weinsteinsaures ammoniakalisches; — **sauerkleesalziger** v. Kleesalz; — **Seignettes löslicher** v. Seignettesalz; — **sodaenthaltender** v. Seignettesalz; — **spießglanzhaltiger** v. Brechweinstein; — **stahlartiger** v. Eisenweinstein; — **Stahl's vitriolisirter** v. Ammoniak, schwefelsaures; — **tartarisirter** v. Kali, weinsteinsaures; — **unreiner** v. Weinstein, roher; — **vitriolisirter** v. Doppelsalz; — **vitriolisirter saurer** v. Doppelsalz, saures; — **weinsalziger** v. Kali, weinsteinsaures; — **weißer,** *tartarus albus*, vinný kámen bílý; — **wolframsaurer** v. Kali, wolframsaures; — **zubereiteter** v. Weinsteinkrystalle.

Weinstein-alkali v. Kali, kohlensaures basisches o. reines; —**ammoniak** v. Kali, weinsteinsaures ammoniakalisches; —**arsenik** v. Kali, arsensaures; —**borax** v. Boraxweinstein.

Weinsteinerde, geblätterte v. Essigsalz; — **zerflossene** v. Kaliacetatlösung.

Weinstein-geist, brandiger v. Weinsteinsäure, brenzliche; —**kali** v. Kali, kohlensaures basisches; —**kalk** v. Kalk, weinsteinsaurer; —**krystalle,** gereinigter oder krystallisirter Weinstein, Weinsteinrahm, zweifachweinsaures Kali Kaliweinsäure, saures weinsteinsaures Kali, *crystalli* *tartari, tartarus depuratus, cremor tartari, kali bitartaricum seu tartaricum acidulum, bitartras kalicus*; vinný kámen čistěný, dvojvínan draselnatý; —**kugeln,** eisenhaltige *v.* Eisenweinstein; —**laugensalz** *v.* Kali, kohlensaures basisches; —**mohr** *v.* Quecksilber, tartarisirtes; —**öl,** kohlensaure Kalilösung, alkalische Lauge, *oleum tartari per deliquium, liquor kali carbonici, lixivium tartari,* olej tartarový, roztok uhličitanu draselnatého.

Weinsteinrahm, präparirte Weinsteinkrystalle, *cremor tartari,* vinný kámen mletý; —**auflöslicher** *v.* Boraxweinstein; — **flüchtiger** *v.* Kali, weinsteinsaures ammoniakalisches.

Weinstein-salmiak *v.* Ammonium, weinsteinsaures; —**salpeter** *v.* Salpeter; —**salz** *v.* Kali, kohlensaures basisches.

Weinsteinsäure, Weinsäure, *acidum tartaricum, sal acidus tartari,* kyselina vinná, vínovka; — **brenzliche,** Brenzweinsäure, brandiger Weinsteingeist, *acidum pyrotartaricum, acidum tartari empyreumaticum, spiritus tartari simplex, liquor pyro-tartaricus,* kyselina smáhlovinná.

Weinsteinspiritus *v.* Weinsteinsäure, brenzliche.

Weintrauben-blätter, *folia vitis, herba vitis,* listy vinné; — **kerne,** Weintraubensteine, *grana acini, semen acini,* zrna vinná, semeno vinné.

Weinwurzel *v.* Nelkenwurzel.

Weirauch *v.* Weihrauch.

Weiß, englisches *v.* Schieferweiß; — **kremnitzer** *v.* Kremserweiß; — **spanisches** *v.* Wismuthweiß.

Weißblech, plech pocínovaný neb bílý; — Josefihütter, p. p. z hutí Josefských; — Rothenhammer, p. p. rotenhámský; — Rottauer, p. p. rotavský.

Weißblechstürzen, pokličky z bílého plechu.

Weißblei, běl olovná.

Weißdornbeeren, Mehldornbeeren, *baccae oxyacanthae seu spinae albae,* hlohyně, hlůžky, jahody hlohové.

Weißerlensamen, semeno lipaliskové neb olše bílé.

Weißgarn, příze bílá.

Weisheitssalz *v.* Alembrothsalz.

Weißkraut, braunschweiger, großes spätes bílé zelí brunšvické velké pozdní; — erfurter frühes blutrothes, b. z. erfurtské ranné krvobarvé; — holländisches, fein schwarzrothes, b. z. holandské tmavočervené; — kleines frühes, b. z. malé ranné.

Weiß-leder, jircha, zámyš; —**mehl,** výražka, mouka bělná; — **metall,** mosaz bílá; —**pappelharz,** *resina populi albi,* pryskyřice lindová; —**pinsel,** Maurerpinsel, štětka bělicí nebo zednická; —**pockenholz** *v.* Heiligenholz, wahres; —**rübe,** Torschen, Turnips, Unterkohlrabi, Kopfrübe, dumlík, tuřín.

Weißtannen-öl, Edeltannenöl, *oleum abietis,* olej jedlový; —**samen,** semeno jedlové.

Weißwurzel, Salomonssiegel, Schminkwurzel, Weißwurzzau..e, *radix polygonati, sigilli Salomonis seu convallariae,* kořen kokorňákový, kokořiku menšího neb babíkrovkový, pečeť Šalomounova.
Weizen, *triticum,* pšenice; — türkischer *v.* Mais.
Weizenkleien, otruby pšeničné; — feine, o. p. drobné; — grobe, o. p. velké; — mittlere, o. p. prostřední.
Weizen-mehl, mouka pšeničná; —**stärke,** škrob pšeničný.
Wellenzapfen, čep hákový neb lopatní.
Welter's Bitter *v.* Pikrinsäure.
Wendelbeeren *v.* Johannisbeeren, schwarze.
Werg, Heede, Kodille, koudel; —**garn,** příze koudelná, pačesná neb vochličková; —**leinwand,** plátno koudelné, plátno klukové.
Werinuasamen *v.* Ramtillsamen.
Werk-blei, olovo rudné neb surové; —**stahl,** Kernstahl, ocel jadrná.
Wermuth, *herba absinthii seu alsinae fortis,* pelyněk, pelunka, polýnek, chlebníček; — **pontischer** oder römischer, *herba absinthii pontici seu romani,* pelyněk pontský, římský čili panenský, šedivek, nechrast neb nechresť.
Wermuth-branntwein, kořalka pelunková; —**extrakt,** *extractum absinthii,* výtah pelunkový; —**geist,** líh pelunkový; —**öl,** *oleum absinthii,* silice pelyňková; —**salz** *v.* Kali, kohlensaures basisches; —**wein,** víno pelyňkové, burčák.
Werfendornrinde *v.* Kreuzdornrinde.
Werstenbeeren *v.* Kreuzbeeren.
Wespeln *v.* Mispeln.
Wetz-gimpf, krbec, krbek; —**kübel,** toulec.
Wetzsteine, bairische, brousky bavorské, mramoráky; — italienische, b. vlaské, rampáky; — mährische, b. moravské; — steyrische, b. štyrské; — trautenauer, b. trutnovské.
Wichse, leštidlo.
Wichsleinwand, plátno voskované.
Wickbohnen *v.* Lupinen.
Wickensamen *v.* Ackerwickensamen.
Widderfell, beranina; — ungarisches, beranina uherská.
Widderwolle, vlna beraní.
Widergiftwurzel *v.* Bezoarwurzel.
Widerhaltkette, nádržník, nášijek, držení.
Wiederthon, goldener, Goldhaar, Jungfernhaar, gelbes Venushaar, Hexenwiederruf, *herba adianthi aurei seu polytrichi, muscus capillaris,* ploník, mnohovlasec; — **weißer** *v.* Erdspinnenkraut.
Wiedertod *v.* Mondrautenkraut.
Wiegenmesser, sekáček kolíbavý.
Wienergrün *v.* Mitisgrün.
Wiener Kalk, vápno vídeňské.
Wiener-lack, lak vídeňský; —**roth** *v.* Karmoisinlack; —**weiß,** běl vídeňská.

Wieselfell, kůže kolčavčí, kolčavčina.
Wiesen-bertram v. Bertramgarbe; **—enzian,** gelber v. Chlora; — **flachs** v. Bergflachs; **—fuchsschwanz,** psárka čili ocáskovec luční; **—geisbart** v. Bocksbart; **—hafer** v. Raygras, französisches; **—kleesamen,** weißer, semeno jetele plazivého; **—kopfwurzel** v. Bibernell, schwarzer; **—kressenkraut** v. Brunnenkressenkraut; — **kümmel** v. Kümmel; **—pimpinelle** v. Becherblume; **—quelle,** Franzensbader, voda luční františkolázeňská; **—rispengras,** lipnice luční; **—safran** v. Herbstzeitlose; **—schaumkraut** v. Kardamine; **—schwingel,** mrvka luční, kostřava luční; **—wolle,** Wollgras, *herba linagrostis*, suchopeř, vlňanka, vlnice, suché peří.
Wild-aurin v. Gnadenkraut; **—hafer** v. Lolchsamen.
Winaadchinarinde, *cortex chinae Winaadae, china de Winaad*, kyna vynaadská, kůra obsílová.
Winde, Hebewinde, zdvihák, stojaté vratidlo, stožár, klanýř, podjem.
Winden-saft, purgierender v. Skammonium; **—samen,** semeno svlačcové.
Windröschen, Waldhähnen, Aprilblume, Gukuksblume, *herba ranunculi albi*, sasanka hájní, pohanina bílá, růžička hájní.
Windsorsseife, mýdlo vindsorské.
Windwasser, *aqua foetida*, voda smradlavá.
Winkel, eiserner, úhel železný; **—eisen,** einzölliges, železo do úhlu jednocoulové; **—haken,** koutník, úhelnice, porožník; — **lineal,** uhelník; **—maaß,** Winkeleisen, Winkelhaken, úhelnice, koutnice.
Winterbeeren v. Moosbeeren.
Winterbeerrinde, *cortex prini*, kůra zimoplodová.
Winterendivie, endivie, štěrbák.
Winterendiviensamen, *semen endiviae*, semeno štěrbákové neb endiviové.
Wintergrün, Holzmangeld, *herba pyrolae rotundifoliae*, hruštička, limonka, jabloňka, hruštice; **—blätter** v. Epheu; **—öl** v. Gaultheriaöl.
Winter-kraut, zelí ozimé; **—majoran,** kretischer Majoran, *herba majoranae creticae seu mari cretici*, dobromysl kretská, majoran kretský; **—raps,** řepka zimní; **—rettig,** Erfurter langer, schwarzer, erfurtská ředkev podzimni dlouhá, černá; **—salat,** ozimý salát.
Wintersche Rinde, Winterzimmt, Magellanische Rinde, *cortex Winteranus seu magellanicus*, kůra Winterová, magellanská čili rozpylcová; — **falsche** v. Zimmt, weißer.
Winter-wolle, vlna zimní; **—zwiebel,** ewige Zwiebel, cibule ozimá neb věčná.
Winzerl, kudlička.
Wirbeldost v. Weichdost.
Wirsing, Herzkohl, krauser Kapusten, srdcatka; — Frankfurter niedriger früher gelber, s. frankfurtská nízká ranná žlutá; — Wiener ganz

früher, s. videňská ranná; — Ulmer früher, s. ulmská ranná; — Ulmer großer später, s. ulmská velká pozdní.

Wirthschaftstapeten, čalouny hospodářské.

Wischer, von grauem Papier, těrky papírové, šedé; — von rosa Papier, t. papírové růžové; — von Leder oder Kork, t. kožené neb korkové.

Wischfetzen, výtirky, výtěrky; — extralange, v. největší; — feine, v. pěkné; — mittelfeine, v. prostřední.

Wismuth, Markasit, Aschblei, Bismuth, *bismuthum, marcasita, plumbum cinereum*, vizmut, bismut, markasita, kalík; — **niedergeschlagenes** *v.* Wismuthweiß; — **oxydirtes** *v.* Wismuthblumen; — **präcipitirtes** *v.* Wismuthweiß.

Wismuth-acetat *v.* Wismuthoxyd, essigsaures; — **asche,** Markasitasche, Wismuthoxydul, *cinis bismuthi seu marcasitae, oxydulum bismuthi*, popel vizmutový čili markasitový, kysličník vizmutičitý; — **blumen,** Wismuthoxyd, Wismuthkalk, *flores marcasitae seu bismuthi, oxydum bismuthicum, calx bismuthi*, květ markasitový čili vizmutový, kysličník vizmutový; — **butter** *v.* Wismuthchlorid; — **chlorid,** Wismuthbutter, Chlorinmarkasit, Wismuthöl, *bismuthum chloratum, butyrum bismuthi, chloretum marcasitae, oleum bismuthi*, chlórid vizmutový neb bismutový, máslo vizmutové, olej markasitový, roztok vizmutový; — **essigsalz** *v.* Wismuthoxyd, essigsaures; — **kalk** *v.* Wismuthweiß; — **karbonat** *v.* Wismuthoxyd, kohlensaures; — **magisterium** *v.* Wismuthweiß; — **niederschlag** *v.* Wismuthweiß; — **nitrat** *v.* Wismuthweiß; — **öl** *v.* Wismuthchlorid.

Wismuthoxyd *v.* Wismuthblumen; — **baldriansaures,** Wismuthoxydvalerat, *bismuthum valerianicum, valeras bismuthi*, valeran vizmutový; — **basisch-salpetersaures** *v.* Wismuthweiß; — **essigsaures,** Wismuthacetat, Wismuthessigsalz; *bismuthum aceticum, acetas bismuthi seu marcasitae, oxydum bismuthi acetici*, octan vizmutový; — **kohlensaures,** Wismuthkarbonat, *bismuthum carbonicum, carbonas bismuthi seu marcasitae, oxydum bismuthi carbonici*, uhličitan vizmutový; — **salpetersaures** *v.* Wismuthweiß; — **salzsaures** *v.* Wismuthchlorid; — **weißes** *v.* Wismuthweiß.

Wismuthoxydmuriat *v.* Wismuthchlorid.

Wismuth-oxydul *v.* Wismuthasche; — **präcipitat** *v.* Wismuthweiß; — **salpeter** *v.* Wismuthweiß; — **schminke** *v.* Wismuthweiß; — **weiß,** spanisches Weiß, weiße Schminke, Wismuthniederschlag, salpetersaures Wismuthoxyd, Wismuthnitrat, Wismuthmagisterium, Wismuthsalpeter, Königsweiß, Wismuthpräcipitat, *album bismuthi, marcasitae seu hispanicum, cosmeticum clavii, bismuthum nitricum, bismuthum praecipitatum album, oxydum bismuthi nitricum, nitras bismuthicus seu marcasitae, magisterium marcasitae seu bismuthi, nitrum bismuthi, marcasita alba*, běloba vizmutová neb španělská, bílé líčidlo, dusičnan vizmutový, běl královská.

Wispeln *v.* Mespeln.

Witherit, natürlicher kohlensaurer Baryt, *baryta carbonica nativa*, vitherit, uhličitan barnatý přirozený.

Wohlgemut v. Boretsch, Dosten.

Wohlverleih, falscher, Ruhrkraut, *herba conyzae*, zlatý traňk prostřední, blešník ouplavičný.

Wolfram, Tungsteinmetall, Scheel, Schwersteinmetall, *wolframium, tungstenium, scheelium, wolframium metallicum*, volfram, šél, těžík, chvořík; —**erz,** Scheelerz, Eisenscheel, Eisen-Schwerstein, Schwerstein, wolframsaures Eisenoxydul-Manganoxydul, *wolframum, minera wolframica*, volfram, šélan železnato-manganatý, chvorec.

Wolframphosphorsäure v. Wolframsäure, phosphorsaure.

Wolframpottasche v. Kali, wolframsaures.

Wolframsäure, Scheelsäure, Tungsteinsäure, *acidum wolframicum, scheelicum seu tungstenicum*, kyselina volframová čili šélová; — **phosphorsaure,** Phosphorwolframsäure, Wolframphosphorsäure, *acidum phospho-wolframicum*, kyselina šélo-fosforečná.

Wolfram-soda v. Natron, scheelsaures; —**stahl,** ocel volframová.

Wolfs-andorn v. Zigeunerkraut; —**beere** v. Einbeere; —**bohne** v. Donnerbart, Lupine; —**fell,** kůže vlčí, vlčina; —**fett,** *axungia lupi*, sádlo vlčí; —**fuß** v. Zigeunerkraut; —**kirsche** v. Tollkirsche.

Wolfsmilch, gemeine, Eselsmilch, *herba esulae seu tithymali*, pryšec obecný, uličenec polní, chvojka větší, hadí neb vlčí mléko, rupík; — **kleine,** Teufelsmilch, Zypressenwolfsmilchwurzel, *radix esulae minoris, rhabarbari rusticori seu cupressini officinalis*, kořen kolovratcový, kolovratce cypřišového čili pryšce chvojky.

Wolfs-milchsamen, Maulwurfskrautsamen, kleine Springkörner, *semen cataputiae minoris seu lathyridis majoris*, semeno pryšce křižmolistého čili skočce menšího; —**rauch** v. Bovist; —**trappkraut** v. Ballote, wollige; —**wurzel** v. Giftheil; —**zähne,** *dentes lupi*, zuby vlčí.

Wolle, Schafwolle, vlna, ovčí vlna; — albaneser, v. albánská; — böhmische, v. česká; — einschürige, v. jednostřižná neb zimní; — feine, v. pěkná, tenká; — flamantiner, v. flamantinská; — futterige, unreine, v. nečistá; — gefilzte, v. plstěná; — gewaschene, gereinigte, v. praná, čistěná; — grobe, v. hrubá; — hochfeine, v. nejpěknější; — hochmittel, v. nadprostřední; — mittel, v. prostřední; — ordinäre, v. sprostá; — philosophische v. Zinkweiß; — preußische, v. pruská; — rohe, fette, v. surová, mastná; — rothe, v. červená; — schillhaarige, v. stonkovatá; — ungarische, v. uherská; — verschnittene, v. zastřížená; — zweiwüchsige, hungerige, v. umořená, hladová; — zweischürige, v. dvoustřižná neb podzimní.

Woll-band, stužka, pentle vlněná; —**blume** v. Königskerze; — **garn,** příze vlněná; —**gras** v. Wiesenwolle; —**haar,** vlnovlas; —**krampe,** Wollkratze, hýžle čili krample na vlnu; —**kraut** v. Königskerze; —**musselin,** fr. *mousseline de laine*, mušlin vlněný; —**sackzwillich,** cvilink pro žoky na vlnu; —**seife,** mýdlo vlněné.

Wunder-äpfel v. Balsamäpfel; —**baumsamen** v. Rizinuskörner; — **erde,** sächsische, Steinmark, Steinmergel, *terra miraculosa Saxoniae, marga saxatilis, lithomarga,* dřenek, hlinka saská; —**holzrinde** v. Eschenrinde; —**rinde,** surinamsche Wurmrinde, surinamsche Geoffreenrinde, *cortex geoffraeae surinamensis,* kůra hlístová surinamská; — **salz,** Glaubersches v. Glaubersalz.

Wundkraut v. Ehrenpreis; — **heidnisches** v. Goldruthe.

Wundodermennig v. Ackermennig.

Wund-salbe, mast na rány; —**sanikel** v. Sanikel; —**schwamm** v. Bovist.

Würfel-kohle, uhlí kostkové; —**lineal,** pravídko krychlové.

Wurfschaufel, vějka, věječka, lopata opalací neb vějecí.

Wurmfarrnwurzel v. Farrnkrautwurzel.

Wurmkraut v. Rainfarrn; — **amerikanisches** v. Spigelie; — **böhmisches** v. Fadenkraut.

Wurm-mehl v. Bärlappsamen; —**meldensamen,** *semen chenopodii anthelmintici,* semeno merlíku protihlístního, semeno hlístové; —**moos** v. Wurmrundkopf; —**öl, Chabert's,** *oleum Chaberti,* Chabertův olej škrkavičný.

Wurmrinde, jamaikanische Geoffreenrinde, *cortex geoffraeae jamaicensis seu cabbagii,* kůra hlístová jamaická; — **surinamsche** v. Wunderrinde.

Wurmrundkopf, Wurmkonferve, korsikanisches Wurmmoos, *corallina corsicana, muscus helminthochortos, muscus corsicanus,* puchratka hlistomorná, mech korsický.

Wurmsamen, Zittwersamen, *semen cinae, santonici, contra seu hagiospermi,* semeno škrkavičné čili cicvárové; — **barbarischer,** afrikanischer (irrthümlich: amerikanischer), *semen cinae barbaricum seu africanum,* semeno škrkavičné barbarské čili africké; — **indischer** oder orientalischer, *sem. cinae indicum,* sem. škrkavičné indické; — **kandirter,** sem. škrkavičné čili cicvárové pocukrované; — **levantiner,** aleppischer oder alexandriner, *sem. cinae levanticum,* sem. škrkavičné levantské, alepské čili alexanderské; — **spanischer,** *sem. cinae hispanicae,* sem. škrkavičné španělské; — **ungarischer,** *sem. cinae hungaricum, sem. tanaceti,* semeno škrkavičné uherské, semeno vrátyčové.

Wurmsamen-bitter v. Cinin; —**extrakt,** ätherischer, *extractum seminis cinae aethereum,* étherový výtah ze semene škrkavičného, výtah cicvárový.

Wurmsamenöl, *oleum seminis cinae,* silice cicvárová, silice ze semena škrkavičného; — **mexikanisches,** oder amerikanisches, *oleum chenopodii,* silice merlíková, silice hlístová.

Wurmzeltchen, *rotulae contra vermes,* caltičky čili koláčky pro červy.

Würste, uzenky; — Braunschweiger, u. brunšvické; —Frankfurter, u. frankfurtské; — Mainzer, u. mohučské; — salzburger, u. solnohradské.

Wurstkraut *v.* Bohnenkraut, Majoran.
Würze, neue *v.* Piment.
Wurzel, chinesische bittere *v.* Chynlenwurzel.
Wurzelpetersilie, frühe, petružel kořennohojná ranná.
Wütherich, Wüthschierling *v.* Wasserschierling.

X.

Xantogen, Kohlensulfid, Schwefelkohlenstoff, *sulphuretum carbonei, sulphidum carbonicum, carburetum sulphuris, xanthogenium,* sirouhlík, sirník uhličitý, xantogen.
Xylit *v.* Holzgeist.
Xyloaloe *v.* Aloeholz.
Xylostein, *xylosteinum,* xylostein.

Y.

Ysop, *herba hyssopi,* hysop; **—öl,** *oleum hysopi,* silice hysopová.
Yttriumoxyd, *yttrium oxydatum, oxydum yttriae,* kysličník yternatý.

Z.

Zachariasblumen *v.* Kornblumen.
Zackelwolle, vlna cápová.
Zaffer, *terra zaffra,* cafra.
Zahn-cement, cement zubní; **—erbsen** *v.* Pfingstrosensamen; **—harz,** pryskyřice zubní.
Zahnhobel, hoblík zoubkovatý, zubovník, dráček; **—eisen,** zoubkovaná želízka do hoblíků.
Zahn-kitt, tmel na zuby; **—kraut** *v.* Bilsenkraut.
Zahnleistenhobel, lištovník zoubkovaný.
Zahn-pasta, těsto neb pasta zubní; **—pulver,** zubí prášek; **—schnecken,** *dentalia,* mořské zuby.
Zahnwurzel, Korallenwurzel, *radix dentariae bulbiferae, antidysentericae seu corallariae,* kořen zubový, kyčelnicový, konopáčový, babího zubu čili zubové byliny; **— große** *v.* Schuppenwurzel.
Zaineisen, cánovka.
Zange, kleště.
Zapfen-bänder, opásky čepové; **—bohrer,** nebozez čepovní, čepovník; **—feile,** pilník na čípky; **—holz** *v.* Faulbaum; **—kraut,**

Doppelzunge, Halskraut, *herba uvulariae, bislinguae seu Bonifaciae*, listnatec čípkový, bylina čípková, čípka.
Zaraliqueur, likér zaderský.
Zaserblume v. Eispflanze.
Zauber=kraut, Alraunkraut, *herba mandragorae*, pokřín, mandragora, alroun; —**wurzel** v. Alraunwurzel.
Zaumflecken, fábory k ohlávkám; — mit Figuren, f. k ohlávkám ozdobné.
Zaumschnalle, přeska ohlávková.
Zaun=blume v. Erdspinnenkraut; —**kirschen** v. Hundskirschen.
Zaunlattig, Leberdistel, Mauersalat, *herba lactucae sylvestris seu scariolae*, locyka lesní; —**samen,** *semen scariolae*, semeno locyky lesní.
Zaunrübe, Gichtrübe, Stickrübe, Hundsrübe, *radix bryoniae*, denní řepa, zemská tykvice, kořen osechový, posedový, černoposedový čili záplotníkový.
Zaunrüben=beeren, *baccae bryoniae*, jahody posedové neb záplotníkové; —**samen,** *semen bryoniae*, semeno posedové neb záplotníkové; —**wurzel, schwarze,** Mariensiegel, Jungfernwurzel, schwarze Tamuswurzel, *radix bryoniae nigrae, radix sigilli Mariae, radix tami*, kořen posedu černého, pečeť panny Marie, kořen panenský neb smldincový.
Zaunwinde, *herba convolvuli seu sepium*, otáčka, svlačec větší, opletník plotní.
Zaunwindenwurzel, *radix convolvuli*, kořen otáčkový, svlačce většího čili opletníku plotního.
Zebragallerte, *hippocolla, hockiak*, klih zebrový neb koňský, klih z oslí kůže.
Zederachöl v. Margosaöl.
Zeder=holz, *lignum cedri*, dřevo cedrové neb cedryšové; —**manna,** *manna cedrina*, mana cedrová.
Zedoarwurzel v. Zittwer.
Zedro=balsam v. Balsam karpatischer; —**öl** v. Zitronenöl.
Zehrwurzel v. Aronwurzel.
Zeichnenkohle, uhlí kreslící.
Zeichnenkreide, rothe v. Stangenröthel; — **schwarze** v. Kreide, schwarze.
Zeichnenrequisitenschatulle, skřínka na kreselní nářadí.
Zeichnen=schiefer v. Kreide, schwarze; —**tinte,** chemische Tinte, inkoust rejsovní neb lučební; —**vorlagen,** vzorky ku kreslení.
Zeischenkraut v. Berufkraut.
Zeitlose v. Herbstzeitlose.
Zellerie v. Sellerie.
Zelteln, gemischte, cukrové pekáčky.
Zenglisamen v. Sternanis.
Zensingwurzel v. Ginseng.

Zentnerkürbiß, amerikanischer, obrovská tykev americká.
Zentrumbohrer, vrták čepový.
Zeolith, blauer *v.* Lasurstein.
Zernmbet *v.* Kaffunnuniar.
Zettelgarn, třísně, třásně.
Zeylon-moos, *fucus amylaccus, muscus amylaceus,* mech ceylonský, puchratka lišejníkovitá; **—zimmt** *v.* Zimmt, echter.
Zibeben *v.* Rosinen, große.
Zibeth, *zibethum,* zibet, zibetkovina.
Zichorie, böhmische, cikorie česká, kafíčko české.
Zichoriensamen, Wegwartsamen, *semen cichorii, custos viae seu troxini,* semeno cikorkové, čekankové, podražníkové čili kozího cecku menšího.
Zichorienwurzel, Wegwart, Hundläufte, Blausonnenwirbel, Sonnenkraut, *radix cichorii sylvestris, custos viae seu troxini,* kořen cikorkový, čekankový, podražníkový čili kozího cecku menšího.
Zickelfell, kožka kozlecí.
Ziegelthee, Theekuchen, Steinthee, cihličky čajové, placky čajové, thé kamené.
Ziegenkäse, sýr kozí.
Ziegenwolle, vlna kozí.
Zigajawolle, banater, vlna zigajská banátská.
Zigarrenzünder, zápalka na doutníky.
Zimmermannsohrsäge, pila tesařská.
Ziegelöl *v.* Philosophenöl.
Ziegen-bart *v.* Baummoos; **—fell,** kůže kozí, kozinka, kozlovice.
Ziegenhaar, srst kozí; — **levantinisches** oder persisches *v.* Kameelhaar.
Ziegen-leder, kůže kozí; **—talg,** lůj kozí.
Ziehpflaster, flastr, mázka, náplast vytahovací.
Ziest, stinkender *v.* Scharlachnessel; — **weißer** *v.* Gliedkraut.
Zigeunerkraut, Wolfsfuß, Wolfsandorn, *herba marubii aquatici seu lycopi,* vlčí noha, karbinec obecný.
Zimmeraxt, násečnice, oštěpačka, hlavatka.
Zimmt, bitterer *v.* Kulilabanrinde; — **chinesischer,** indischer, englischer, französischer oder sinesischer, Zimmtkassia, *cinnamomum chinense, cassia cinnamomea,* skořice čínská, indická, anglická, francouzská neb kasiová; — **echter,** zeylonischer, brauner, holländischer oder orientalischer, *cassia vera, cinnamomum acutum seu ceylonicum,* skořice pravá, ceylonská, hnědá, holandská neb orientalská; — **javanischer,** Kanehl, *cinnamomum javense,* skořice javanská; — **malabarischer** oder westindischer *v.* Zimmtrinde, malabarische; — **schwarzer** *v.* Nelkenzimmt; — **weißer,** weißer Kanehl, *canella alba, cortex Winteranus spurius,* skořice bílá, koření vonné, kůra winterská nepravá; — **Winterscher** oder magellanischer *v.* Winters Rinde.

Zimmt-alkohol, zimmtsaurer v. Styracin; —**blüthen,** Zimmtblumen, Zimmtnägelchen, Zimmtkelche, Kassiabeeren, *flores cassiae*, květ skořicový; —**öl,** *oleum florum cassiae*, silice z květu skořicového.

Zimmt-geist, *spiritus cinnamomi*, líh skořicový, kapky skořicové; —**kassia** v. Zimmt, chinesischer; —**kassienöl** v. Zimmtöl, chinesisches; —**liqueur,** likér skořicový.

Zimmtöl, chinesisches, Kassiaöl, *oleum cinnamomi chinensis, ol. cassiae*, silice skořicová čínská, silice kasiová; — **echtes** od. ceylonisches, *oleum cinnamomi zeylanici*, silice skořicová pravá čili ceylonská; — **javaneser,** *ol. cinnamomi javanensis*, silice skořicová javanská.

Zimmtrinde, malabarische, Mutterzimmt, Holzkassia, *cassia lignea, cassia malabarica, xylocassia, lignum cassiae, cortex cinnamomi malabarici*, skořice dřevová, skořice malabarská neb západoindická, dřevo skořicové.

Zimmt-rosoglio, rosolka skořicová; —**säure,** Cynnamylsäure, *acidum cynnamylicum*, kyselina skořicová; —**wasser,** vodička skořicová.

Zink, Spiauter, *zincum*, zinek; — **oxydirter weißer** v. Zinkweiß.

Zink-acetat v. Zinkoxyd, essigsaures; —**asche,** Zinkgrau, graues Zinkoxyd, *cinis zinci*, popel zinkový, šeď zinková, kysličník zinečnatý šedý; —**blech,** plech zinkový; —**blumen** v. Zinkweiß; —**bromid** v. Bromzink; —**butter,** Zinkchlorid, Chlorzink, Zinkmuriat, salzsaures, chlorwasserstoffsaures oder hydrochlorsaures Zinkoxyd, *butyrum zinci, chloretum zinci, murias zinci, zincum muriaticum seu hydrochloricum, hydrochloras zinci*, máslo zinkové, chlórid zinečnatý; —**cyanid** v. Cyanzink; —**eisencyanür** v. Zinkoxyd, eisenblausaures; —**gelb,** žluť zinková; —**glas,** sklenel; —**grau,** šeď zinková; —**hydrochlorat** v. Zinkbutter; —**jodat** v. Zinkoxyd, jodsaures; —**jodid** v. Jodzink; —**kalk** v. Zinkweiß.

Zinkkarbonat v. Zinkoxyd, kohlensaures; — **unreines** v. Galmei.

Zink-laktat v. Zinkoxyd, milchsaures; —**mehl** v. Almey; —**muriat** v. Zinkbutter; —**nitrat** v. Zinkoxyd, salpetersaures.

Zinkoxyd v. Zinkweiß; — **baldriansaures,** Zinkvalerat, *zincum valerianicum, valeras zinci*, valeran zinečnatý; — **blausaures** v. Cyanzink; — **blausaures eisenhaltiges** v. Zinkoxyd, eisenblausaures; — **bromwasserstoffsaures** v. Bromzink; — **chlorwasserstoffsaures** v. Zinkbutter; — **cyanwasserstoffsaures** v. Cyanzink; — **eisenblausaures,** Cyaneisenzink, Zinkeisencyanür, Ferrocyanzink, *zincum ferro-hydrocyanicum, hydrocyanas zinci et ferri, cyanuretum zinci et ferri*, ferrokyanid zinečnatý; — **essigsaures,** Zinkacetat, *zincum aceticum, acetas zinci*, octan zinečnatý; — **gerbsaures** oder tanninsaures, Zinktannat, *zincum tannicum, tannas zinci*, tříslan zinečnatý; — **graues** v. Zinkasche; — **hydrobromsaures** v. Bromzink; — **hydrochlorsaures** v. Zinkbutter; — **hydrocyansaures** v. Cyanzink; — **hydrojodsaures** v. Jodzink; — **jodsaures,** Zinkjodat, *zincum jodicum seu jodinicum, jodas zinci*, jódičnan zinečnatý; — **jodwasserstoffsaures** *v.* Jodzink; — **kieselsaures,** *zincum silicicum, silicas zincicus*, křeman zinečnatý; — **kohlensaures,** Zinkkarbonat, *zincum carbonicum, carbonas zinci*, uhličitan zinečnatý; — **milchsaures,** Zinklaktat, *zincum lacticum, lactas zinci*, mléčnan zinečnatý; — **salpetersaures,** Zinknitrat, Zinksalpeter, *zincum nitricum, nitras zinci, nitrum zinci*, dusičnan zinečnatý; — **salzsaures** *v.* Zinkbutter; — **schwefelsaures** *v.* Augenstein; — **tanninsaures** *v.* Zinkoxyd, gerbsaures; — **weißes** *v.* Zinkweiß.

Zinkoxyd-acetat *v.* Zinkoxyd, essigsaures; —**ammoniak,** cyanwasserstoffsaures oder blausaures *v.* Cyanzinkammonium; —**ferrohydrocyanat** *v.* Zinkoxyd, eisenblausaures.

Zinkoxydhydro-bromat *v.* Bromzink; —**chlorat** *v.* Zinkbutter; — **cyanat** *v.* Cyanzink; —**jodat** *v.* Jodzink.

Zinkoxyd-jodat *v.* Zinkoxyd, jodsaures; —**karbonat** *v.* Zinkoxyd, kohlensaures; —**laktat** *v.* Zinkoxyd, milchsaures; —**muriat** *v.* Zinkbutter; —**nitrat** *v.* Zinkoxyd, salpetersaures; —**prussiat** *v.* Cyanzink; —**sulphat** *v.* Augenstein; —**tannat** *v.* Zinkoxyd, gerbsaures; —**valerianat** *v.* Zinkoxyd, baldriansaures.

Zink-prussiat *v.* Cyanzink; —**salpeter** *v.* Zinkoxyd, salpetersaures; — **spath,** zinkovec; —**sulphat** *v.* Augenstein; —**tannat** *v.* Zinkoxyd, gerbsaures; —**valerianat** *v.* Zinkoxyd, baldriansaures; —**vitriol** *v.* Augenstein.

Zinkweiß, Zinkblumen, Zinkkalk, weisses Zinkoxyd, philosophische Wolle, *album zinci, flores zinci, calx zinci, oxydum zinci, zincum oxydatum, nihilum verum, lana philosophica*, běloba zinková, květ zinkový, kysličník zinečnatý bílý, pravé nic, vlna filosofická; — **grund,** základní běl zinková (v oleji utřená).

Zinn, *stannum*, cín; — **gepulvertes** *v.* Zinnfeile; — **geschlagenes** *v.* Zinnfolie; — **ostindisches,** Bankazinn, cín východoindický neb bancký; — **in Stangen,** Stangenzinn, *stannum in bacillis*, cín prutový čili v prutech; — **oxydirtes** *v.* Zinnoxyd; — **oxydulirtes** *v.* Zinnasche.

Zinn-acetat *v.* Zinnoxydul, essigsaures; —**asche,** Zinnkalk, Zinnoxydul, *cinis Jovis seu stanni, calx stanni, stannum oxydulatum, oxydulum stanni*, popel cínový, kysličník cínatý; —**auflösung,** salzsaure *v.* Libavischer Geist; —**blech,** Weißeisen, plech bílý, plech pocínovaný; —**blumen** *v.* Zinnoxyd; —**butter** *v.* Zinnchlorid.

Zinnchlorid, doppelt Chlorzinn, salzsaures, hydrochlorsaures, chlorwasserstoffsaures oder murinumsaures Zinnoxyd, Zweifachchlorzinn, Zinnbutter, Hornzinn, *bichloretum stanni, stannum muriaticum seu hydrochloricum oxydatum, stannum bichloratum, murias stanni oxydati, oxydum stanni muriaticum, butyrum stanni, stannum corneum*, chlórid cíničitý, máslo cínové, cín rohový; — **flüssiges** *v.* Libavischer Geist.

Zinn-chlorür *v.* Zinnsalz; —**essigsalz** *v.* Zinnoxydul, essigsaures; —**feile,** Zinnpulver, *limatura stanni, pulvis stanni, stannum li-*

matum, odpilky cínové, piliny cínové; —**folie,** Blattzinn, Stanniol, Zinnblätter, *folia stanni*, *stanniolum*, *stannum foliatum*, staniol, lupeny cínové, folie cínová.

Zinniensamen, semeno zinkové.

Zinn-kalk *v.* Zinnasche; —**komposizion,** komposice cínová; —**krystalle** *v.* Zinnoxydul, schwefelsaures; —**lösung,** salzsaure *v.* Libavischer Geist; —**muriat** *v.* Zinnsalz.

Zinnober, *cinnabaris*, rumělka, cinobr, sirník rtuťnatý červený; **chinesischer,** rumělka čínská; — **gemahlener,** r. mletá; — **grüner,** Laubgrün, zeleň listová č. cinobrová; — **künstlicher,** rumělka strojená (pálená); — **natürlicher,** Bergzinnober, r. přirozená nebo horní; — **rother,** cinobr červený.

Zinnoxyd, Zinnblumen, Zinnsäure, Zinnweiß, *stannum oxydatum*, *oxydum stanni*, *flores stanni*, *acidum stanni*, kysličník cíničitý, květ cínový, kyselina cíničitá, běloba cínová; — **graues** *v.* Zinnasche; — **salzsaures** *v.* Zinnchlorid.

Zinnoxyd-ammoniak, salzsaures *v.* Pinksalz; —**muriat** *v.* Zinnchlorid; —**natron** *v.* Natron, zinnsaures.

Zinnoxydul *v.* Zinnasche; — **chlorwasserstoffsaures** *v.* Zinnsalz; — **essigsaures,** Zinnacetat, Mynsichts Zinnsalz, *stannum aceticum*, *acetas stanni*, *sal Jovis Mynsichti*, octan cínatý, Mynsichtova sůl cínová; — **hydrochlorsaures** *v.* Zinnsalz; — **phosphorsaures,** Zinnoxydulphosphat, Zinnphosphorsalz, *stannum phosphoricum*, *phosphas stanni*, *oxydulum stanni phosphoricum*, fosforečnan cínatý; — **salzsaures** *v.* Zinnsalz; — **schwefelsaures** oder vitriolsaures, Zinnsulphat, Zinnvitriol, *stannum sulphuricum oxydulatum*, *sulphas stanni*, *vitriolum stanni*, *oxydulum stanni sulphuricum*, síran cínatý, skalice cínová.

Zinnoxydul-acetat *v.* Zinnoxydul, essigsaures; —**hydrochlorat** *v.* Zinnsalz; —**phosphat** *v.* Zinnoxydul, phosphorsaures; —**sulphat** *v.* Zinnoxydul, schwefelsaures.

Zinn-pulver *v.* Zinnfeile; —**säure** *v.* Zinnoxyd.

Zinnsalz, Zinnchlorür, chlorwasserstoffsaures oder salzsaures Zinnoxydul, Einfachchlorzinn, Jupitersalz, Zinnoxydulhydrochlorat, Zinnoxydulmuriat, *sal stanni*, *chloretum stannosum*, *stannum muriaticum oxydulatum*, *sal Jovis*, *hydrochloras seu murias oxyduli stanni*, *oxydulum stanni muriaticum*, sůl cínová, chlórid cínatý; — **Mynsichts** *v.* Zinnoxydul, essigsaures.

Zinn-sauergold *v.* Goldpurpur; —**schwefel** *v.* Musivgold; —**solution** *v.* Libavischer Geist; —**sulphat** *v.* Zinnoxydul, schwefelsaures; —**sulphid** *v.* Musivgold; —**vitriol** *v.* Zinnoxydul, schwefelsaures; —**weiß** *v.* Zinnoxyd.

Zirbel-kieferterpentin *v.* Balsam, karpathischer; —**nüsse** *v.* Pinien.

Zirkel, kružidlo.

Zirkon, Hyacinth, natürliche kieselsaure Zirkonerde, *lapis hyacinthus*, cirkón, jacint, přirozený křemran cirkonitý.

Zirmetsamen *v.* Bergkümmel.

Zisererbsen *v.* Kichererbsen.

Zitronat, kandirte v. Cedern, kandirte. [limonové.
Zitrone, Limonie, *fructus citri*, citron, limon, jablko citronové neb
Zitronen-holz, *lignum citri*, dřevo citronové; **—kerne,** Zitronensamen, *semen citri, semen limonum*, semeno citronové neb limonové, zrna citronová; **—krautöl,** *oleum lemongrasse*, olej citrovonný; **—limette** v. Zitrone; **—liqueur,** likér citronový; **—melisse,** Gartenmelisse, offizinelle Melisse, *herba melissae, citronellae seu melittis Plinii*, melisa, meduňka, dubravník, rojovník, včelník, thé rojovníkové, včelanka.
Zitronenmelissen-geist, zusammengesetzter v. Karmeliterwasser; **—öl,** *oleum melissae*, silice melisová, meduňková čili rojovníková.
Zitronen-münze, Balsammünze, Pomeranzenmünze, *herba menthae balsaminae*, máta luční; **—öl,** Zedroöl, *oleum citri, oleum limonum seu cedro, essentia citri*, silice citronová; **—saft,** *succus citri*, šťáva čili moučka citronová; **—säure,** Zitronensalz, *acidum citricum seu limonicum, sal citri essentiale*, kyselina citronová.
Zitronenschalen, *cortex citri*, kůra citronová; — trockene, k. c. suchá; — überzuckerte, k. c. pocukrovaná.
Zitronen-soda v. Natron, zitronensaures; **—weinstein** v. Kali, zitronensaures.
Zittwer, langer, lange Zedoarwurzel, *radix zedoariae longae*, kořen citvarový dlouhý, zázvor citvarový; — **runder,** runde Zedoarwurzel, *radix zedoariae rotundae*, kořen citvarový kulatý.
Zittwersamen v. Wurmsamen.
Zitze, Chits, cic (katun tenký).
Zizzenkraut v. Milchen.
Zobelfell, kůže soboli.
Zoll-gewichte, závaží celná; **—lineal,** pravídko s rozdělením coulů; **—stab,** měřítko palcové.
Zottenblume v. Bitterklee.
Zucker, *saccharum*, cukr; — Bastern, bastry; — in Broden, cukr v bochnících; — gestoßener, cukr tlučený; — gewundener, cukr točený; — Halblompen, pololompy; — in Hüten, cukr v homolích; — Lompen, lompy; — Melis, feinster, melis nejpěknější; — — feiner, m. pěkný; — — mittelfeiner, m. nadprostřední; — — mittel, m. prostřední; — — ordinärer, m. sprostý; — Raffinad, cukr čistěný, rafinada; — roher, cukr surový.
Zucker-äther v. Ameisenäther; **—branntwein** v. Rum; **—erbsen,** große frühe, cukrový hrách velký časný; **—form,** klobouk na cukr, forma na cukr; **—kand,** *saccharum candisatum*, cukrkand, cukr hlatěný; **—papier,** papir od cukru neb na cukr, papir cukerní; **—rosen** v. Knopfrosen; **—rübe,** cukrovka; **—rübensamen,** semeno burákové; **—säure** v. Kleesäure; **—säure,** *acidum saccharicum*, kyselina cukrová; **—syrup,** *syrupus saccharinus*, syrup cukrový, zhustlina cukrová.
Zuckerwurz, *radix sisari seu chervillae*, kořínky cukrové, kořen sevlákový; — **arabische** v. Erdmandeln.
Zuckerzeltlein, caltičky, koláčky čili syrečky cukrové.

Zügelschnalle, přeska otěžní neb uzdová.
Zug-haut, schwarze, tažná kůže černá; —**strang,** prostraněk.
Zunderschwamm v. Feuerschwamm.
Zündhölzchen, sirky, žehavky.
Zündhütchen, zápalky, kapslíky.
Zungenwurzel, rothe v. Alkannewurzel.
Zupfseide, hedvábí n. hedbáví třepané.
Zürgelbaum-holz, *lignum celtis*, dřevo břestovcové, dřevo železné; —**rinde,** *cortex celtis*, kůra břestovcová neb železného dřeva.
Zwebste v. Hollunder.
Zwecken, große, cvoky velké; — kleine, c. malé; — mittel c. prostřední.
Zweidrittelcyankupfer v. Cyankupfer.
Zweifach Chlorzinn v. Zinnchlorid; —**ammoniak** v. Pinksalz.
Zweifach-Schwefelarsen v. Arsenik, rother; —**Schwefelmolybdän** v. Molybdänsulphuret; —**Wasserstoffkarburet** v. Benzin.
Zweifünftelkohlenwasserstoff v. Naphthalin.
Zweizahn, gelber Wasserdost, Wasserhanf, Wasserdürrwurz, *herba bidentis, verbesinae seu cannabinae aquaticae*, dvouzub čili dvouzubka; —**blumen,** *flores bidentis seu verbesinae*, květ dvouzubkový.
Zwergbohne, fazol nízký.
Zwergerbsen, französische, frühe, nízký hrách francouzský ranný; — grünbleibende, nízký hrách věčně zelený.
Zwerg-hacke, tesla, teslík; —**holunderbeeren** v. Attichbeeren; — **kirschen** v. Hundskirschen.
Zwetschken, türkische getrocknete, turecké švestky sušené; —**mus,** *pulpa prunorum*, povidla švestková.
Zwickholzblüthen v. Geisblattblüthen.
Zwieback, suchary.
Zwiebel, *radix cepae*, kořen cibulový.
Zwiebel, braunschweiger dunkelrothe, cibule brunšvická tmavočervená; — ewige, Winterzwiebel, c. věčná n. zimní; — römische v. Meerzwiebel; — spanische weiße, c. španělská bílá.
Zwiebelysop v. Behnenkraut.
Zwillich, Zwilch, cvilink, cvilich, dvojtkanina, plátno pohanské.
Zwirn, nitě; —**band** v. Leinenband; —**gradel,** gradl nitěný; — **knöpfe,** knoflíky nitěné; —**rips,** rips nitěný; —**seide** v. Drehseide.
Zwischgold, zlatostříbří.
Zwitterkäfer v. Maiwürmer.
Zypervitriol v. Kupfervitriol.
Zyperwurzel, lange, wilder langer Galgant, europäische Zypergraswurzel, *radix cyperi longi*, planý galgan dlouhý; — **runde,** asiatische Zypergraswurzel, *radix cyperi rotundi*, planý galgan okrouhlý.
Zypressen-kraut, *herba abrotani montani, santolinae seu cupressi*, cypřiš, svatolina, kupres; —**moos** v. Tangelkraut; —**öl,** *oleum cupressi*, silice cypřišová čili kupresová; —**wolfsmilch** v. Wolfsmilch, kleine.
Zypriotte, zyprische Seide, hedvábí cyperské.

Seznam názvů latinských.

Verzeichnis der lateinischen Benennungen.

A.

Acetal, Sauerstoffäther.
Acetas aethericus, Essigäther.
— aluminicus, Alaunerde, essigsaure.
— ammoniae, Ammoniak, essigsaures.
— ammoniae liquidus, Ammoniak, essigsaures flüssiges.
— argenti, Silberoxyd, essigsaures.
— baryticus, Baryt, essigsaurer.
— bismuthi, Wismuthoxyd, essigsaurer.
— calcis, Kalk, essigsaurer.
— chininicus, Chinin, essigsaures.
— cinchonini, Cinchonin, essigsaures.
— cobalti, Kobaltoxydul, essigsaures.
— cupricus, Grünspan.
— ferri, Eisenoxyd, essigsaures.
— hydrargyri, Quecksilberoxyd, essigsaures.
— hydrargyrosus, Quecksilberoxydul, essigsaures.
— kalicus, Essigsalz.
— lixiviae solutus, Essigweinstein, zerflossener.
— magnesiae, Magnesiaacetat.
— manganae, Mangan, essigsaures.
Acetas marcasitae, Wismuthoxyd, essigsaures.
— morphinae, Morphin, essigsaures.
— natricus, Natron, essigsaures.
— niccoli, Nickeloxyd, essigsaures.
— plumbi, Bleizucker.
— sodae, Natron, essigsaures.
— stanni, Zinnoxydul, essigsaures.
— strontii, Strontian, essigsaures.
— strychnii, Strychnin, essigsaures.
— veratrinae, Veratrin, essigsaures.
— zinci, Zinkoxyd, essigsaures.

Aceton, Aceton.

Acetum, Essig.
— camphoratum, Kampferessig.
— commune, Essig.
— concentratum, Essig, concentrirter.
— destillatum, Essig, destillirter.
— glaciale, Bleigeist.
— lithargyri, Bleiessig.
— philosophicum, Bleigeist.
— plumbicum, Bleiessig.
— saturni, Bleiessig.
— vini, Weinessig.

Acidum aceticum, Essigsäure.

Acidum aceticum dilutum, Essig, concentrirter.
— aceticum purum, Bleigeist.
— acetosellae, Kleesäure.
— aethalicum, Cetylsäure.
— alcoholicum, Bleigeist.
— amarum, Bittersäure.
— arsenicicum, Arsensäure.
— arsenicosum, Arsenik, weißer.
— auri, Goldoxyd.
— azoticum, Azotsäure.
— benzoicum, Benzoesäure.
— boracicum seu boricum, Boraxsäure.
— borussicum, Blausäure.
— bromicum, Bromiumsäure.
— butyricum, Buttersäure.
— caincicum, Kainkasäure.
— carbazoticum, Pikrinsäure.
— carbolicum, Karbolsäure.
— cetylicum, Cetylsäure.
— chinovicum, Chinovasäure.
— chloricum, Chlorsäure.
— chloricum oxydatum, Oxychlorsäure.
— cinchonicum, Chinasäure.
— cinnamylicum, Zimmtsäure.
— citricum, Zitronensäure.
— coerulei berolinensis, Blausäure.
— cyanuricum, Cyanursäure.
— delphinicum, Valeriansäure.
— filicicum, Filixsäure.
— formicarum, Ameisensäure.
— fumaricum, Fumarsäure.
— gallicum, Galläpfelsäure.
— hippuricum, Hippursäure.
— hydrobromicum, Bromwasserstoffsäure.
— hydrochloricum, Salzsäure.
— hydrocyanicum, Blausäure.
— hydrojodicum, Hydrojodsäure.
— hydro-silico-fluoratum, Kieselfluorwasserstoffsäure.
— hydrosulphuratum, Hydrothionsäure.
Acidum hydrothionicum, Hydrothionsäure.
— hyperchloricum, Oxychlorsäure.
— hypocarbonicum, Kleesäure.
— hypophosphorosum, Säure, hypophosphorige.
— jodicum, Jodsäure.
— lacticum, Milchsäure.
— limonicum, Zitronensäure.
— malicum, Äpfelsäure.
— meconicum, Mekonsäure.
— molybdaenicum, Molybdänsäure.
— muriaticum fumans, Salzsäure, rauchende.
— muriaticum purum, Salzsäure, chemisch-reine.
— muriaticum oxygenatum, Bleichwasser.
— nitricomuriaticum, Königswasser.
— nitricum concentratum, Azotsäure.
— nitricum fumans, Salpetersäure, rauchende.
— nitricum purum, Salpetersäure, chemischreine.
— nitricum tenue, Salpetersäure, gewöhnliche.
— nitrophenisicum, Nitrophenissäure.
— nitroxanticum, Pikrinsäure.
— ossierytricum, Säure erythrische.
— ossium, Phosphorsäure.
— oxalicum, Kleesäure.
— oxybromatum, Bromiumsäure.
— paramaleinicum, Lichensäure.
— paratartaricum, Traubensäure.
— perchloratum, Oxychlorsäure.
— phenylosum, Karbolsäure.
— phospho-molybdaenicum, Phosphormolybdänsäure.
— phosphoricum, Phosphorsäure.
— phosphoricum glaciale, siccum seu fusum, Phosphorsäure, glasartige.

Acidum phosphorosum, Phosphorsäure, unvollkommene.
— picronitricum, Nitrophänissäure.
— pinguedinis animalis, Fettsäure.
— prussicum, Blausäure.
— pyroaceticum, Holzessig.
— pyrogallicum, Pyrogallussäure.
— pyrogenicum, Ameisensäure.
— pyrolignosum, Holzessig.
— pyrotartaricum, Weinsteinsäure, brenzliche.
— saccharicum, Zuckersäure.
— salicylosum, Säure, salicylige.
— scheelicum, Wolframsäure.
— sebacicum, Fettsäure.
— selenicum, Selensäure.
— selenosum, Säure, selenige.
— silicico-hydrofluoricum, Kieselfluorwasserstoffsäure.
— silicicum, Kieselsäure.
— stanni, Zinnoxyd.
— stearicum, Stearinsäure.
— stibicum, Spießglanzoxyd, gewaschenes.
— subericum, Korksäure.
— succinicum, Bernsteinsäure.
— sulphohydrocyanicum, Schwefelblausäure.
— sulphurico-nitricum, Salpeterschwefelsäure.
— sulphuricum anglicum seu album, Schwefelsäure, englische.
— sulphuricum fumans, bohemicum, saxonicum seu concentratum, Schwefelsäure, rauchende.
— sulphuricum tenue seu dilutum, Schwefelsäure, verdünnte.
— tannicum, Gerbestoff.
— tartaricum, Weinsteinsäure.
— tartari empyreumaticum, Weinsteinsäure, brenzliche.
— titanicum, Titansäure.
— tungstenicum, Wolframsäure.
— uricum, Harnsäure.
— uvicum, Traubensäure.
— valerianicum, Valeriansäure.
Acidum veratricum, Veratrumsäure.
— vitriolicum, Schwefelsäure, rauchende.
— wolframicum, Wolframsäure.
— zooticum, Blausäure.
Aconitinum, Akonitin.
Acor benzoicus, Benzoesäure.
Adeps suilla, Schweinsfett.
Aegagropilae, Gemsenkugeln.
Aerugo cruda, Grünspan, gemeiner.
— destillata seu crystallisata, Grünspan, destillirter.
Aes, Kupfer.
— ustum, Kupfer, gebranntes.
Aesculinum, Äskulin.
Aethal, Cetyloxydhydrat.
Aether aceticus, Essigäther.
— aceticus alcoholisatus, Essigäthergeist.
— anaestheticus, Äther, betäubender.
— benzoicus, Benzoeäther.
— butyricus, Butteräther.
— butyricus alcoholisatus, Rumäther.
— cantharidatus, Äther, blasenziehender.
— chloratus, Chloräther.
— formicicus, Ameisenäther.
— hydrobromicus, Bromäthyl.
— hydrochloricus, Chloräthyl.
— hydrocyanicus, Cyanwasserstoffäther.
— hydrojodicus, Jodwasserstoffäther.
— martialis spirituosus, Schwefeläthergeist, eisenhaltiger.
— martiatus, Schwefeläthergeist, eisenhaltiger.
— muriaticus, Chloräthyl.
— nitricus, Salpeteräther.
— nitricus spirituosus, Salpetergeist, versüßter.
— oenanthicus, Önanthäther.
— oxalicus, Kleesäurenaphtha.
— phosphoratus, Phosphoräther.

Aether phosphoricus, Phosphorsäureäther.
— sulphuricus, Schwefeläther.
— sulphuricus acidus, Rabelswasser.
— valerianicus, Valerianäther.
— vesicans, Äther, blasenziehender.
— vitrioli, Schwefeläther.
Aethiops absorbens, Quecksilber, alkalisches.
— antimonialis, Schwefelspießglanzquecksilber.
— cupri, Kupferasche.
— martialis, Eisenoxydul, schwarzes.
— mineralis, Merkurialpulver, schwarzes.
— platini, Platinmohr.
— tartarisatus, Quecksilber, tartarisirtes.
— vegetabilis, Mohr, vegetabilischer.
Agaricus albus, Lerchenschwamm.
— mineralis, Bergmilch.
— muscarius, Fliegenpilz.
— piperatus, Pfefferschwamm.
— quercinus, Feuerschwamm.
Alabastrum, Alabaster.
Album anglicanum, Schieferweiß.
— antimonii, Spießglanzoxyd, gewaschenes.
— bismuthi, Wismuthweiß.
— hispanicum, Wismuthweiß.
— marcasitae, Wismuthweiß.
— zinci, Zinkweiß.
Albuminum, Albumin.
Alcahest Glauberi, Kali, kohlensaures basisches.
Alcohol aceti, Bleigeist.
— ammoniatus, Ammoniumweingeist.
— antimonii, Spießglanz, präparirter.
— muriaticum, Salzgeist, versüßter.
— stibii, Spießglanz, präparirter.
— sulphuris, Schwefelalkohol.
Alcohol vini absolutum, Alkohol, absoluter.
Alizarinum, Krapproth.
Alkali ammoniacale siccum, Ammoniak, kohlensaures.
— coeruleum, Laugensalz, blausaures.
— lignorum, Kali, kohlensaures rohes.
— minerale, Laugensalz, mineralisches.
— minerale acetatum, Natron, essigsaures.
— minerale muriaticum, Kochsalz.
— prussicum, Laugensalz, blausaures.
— tartari, Kali, kohlensaures basisches.
— volatile arsenicatum, Ammoniak, arsensaures.
— volatile oxalicum, Ammoniak, kleesaures.
— volatile phosphoratum, Ammoniak, phosphorsaures.
— volatile succinicum, Ammoniak, bernsteinsaures.
— volatile tartaricum, Ammoniak, weinsteinsaures.
Alkermes minerale, Mineralkermes.
Alloxan, Säure, erythrische.
Aloe caballina, Roßaloe.
— capensis, Aloe vom Kap.
— depurata seu lota, Aloe, gereinigte.
— hepatica seu barbadensis, Aloe, leberartige.
— lucida, Aloe, durchsichtige.
— soccotrina, Aloe, sockotrinische.
Alumen ammoniacale, Ammoniakalaun.
— catinum seu faecum, Waidasche.
— chromatum, Chromalaun.
— cupricum, Kupferalaun.
— depuratum, Alaun, gereinigter.
— fusum, Alaunerde, schwefelsaure.

Alumen martiatum, Eisenoxydkali, schwefelsaures.
— natronatum, Natronalaun.
— plumosum, Asbest.
— romanum, Alaun, römischer.
— urinae, Ammoniakalaun.
— ustum, Alaun, gebrannter.
— vulgare seu album, Alaun, gemeiner.

Alumina, Aluminiumoxyd.
— acetica, Alaunerde, essigsaure.
— ammoniato-sulphurica, Ammoniakalaun.
— hydrochlorica, Chloraluminium.
— muriatica, Chloraluminium.
— natri sulphurica, Natronalaun.
— nitrica, Alaunerde, salpetersaure.
— sulphurica, Alaunerde, schwefelsaure.

Aluminium, Aluminium.
— oxydatum, Aluminumoxyd.

Amara-dulcis, Alfranken.

Ambra alba, Wallrath.
— flava, Bernstein.
— grisea seu ambrosiaca, Amber, grauer.
— liquida, Amber, flüssiger.
— nigra, Amber, schwarzer.

Ammoniacum argentatum, Knallsilber.

Ammonium aceticum, Ammoniak, essigsaures.
— aceticum liquidum, Ammoniak, essigsaures flüssiges.
— arsenicum, Ammoniak, arsensaures.
— auricum, Knallgold.
— bichromicum, Ammoniak, chromsaures.
— bitartaricum, Ammoniak, weinsteinsaures übersaures.
— boracicum, Ammoniak, boraxsaures.
— carbonicum, Ammoniak, kohlensaures.

Ammonium carbonicum pyrooleosum, Hirschhornsalz.
— causticum, Ammoniak, ätzendes.
— citricum martiatum, Eisenoxydammoniakcitrat.
— cuprico-chromicum, Kupferoxyd, chromsaures ammoniakalisches.
— cyanatum, Cyanammonium.
— fosforicum, Ammoniak, phosphorsaures.
— hydrobromicum, Ammoniak, hydrobromsaures.
— hydrochloricum, Chlorammonium.
— hydrochloricum platinatum, Platinsalmiak.
— hydrocyanicum, Cyanammonium.
— hydrofluoratum, Ammoniak, flußsaures.
— hydrojodicum, Jodammonium.
— hydrosulphuratum, Ammoniak, schwefelwasserstoffsaures.
— hydrothionicum, Ammoniak, schwefelwasserstoffsaures.
— jodicum, Ammoniak, jodsaures.
— liquidum, Ammoniak, ätzendes.
— molybdaenicum, Ammoniak, molybdänsaures.
— muriaticum, Chlorammonium.
— muriaticum cupricum, Kupfersalmiakblumen.
— muriaticum depuratum, Salmiakblumen.
— muriaticum martiatum, Ammoniak, salzsaures eisenhaltiges.
— nitricum, Ammoniak salpetersaures.
— oxalicum, Ammoniak, kleesaures.
— purpuricum, Ammoniak, purpursaures.
— scheelicum, Ammoniak, wolframsaures.
— succinicum, Ammoniak, bernsteinsaures.

Ammonium sulphuricum, Ammoniak, schwefelsaures.
— sulphuricum martiatum, Ammoniak, schwefelsaures eisenhaltiges.
— sulphurosum, Ammoniak, schwefligsaures.
— tartaricum, Ammoniak, weinsteinsaures.
— tartaricum acidulum, Ammoniak, weinsteinsaures übersaures.
— uricum, Ammoniak, harnsaures.
— wolframicum Ammoniak, wolframsaures.
Amygdalae amarae, Mandeln, bittere.
— dulces, Mandeln, süße.
— terrae, Erdmandeln.
Amygdalinum, Amygdalin.
Amylum enulae, Alantin.
— jodatum, Jodamylum.
— marantae, Arrow-Root.
Anacardium occidentale, Elefantenlaus, westindische.
— orientale, Elefantenlaus, ostindische.
Anemoninum, Anemonin.
Anilinum, Anilin.
Anisas chininicus, Chinin, anissaures.
Anodynum minerale, Metallsafran.
Anthophylli, Nelkenmutter.
Anthracokali, Anthrakokali.
— sulphuratum, Anthrakokali, geschwefeltes.
Antimonium alcoholisatum, Spießglanz, präparirter.
— bisulphuratum praecipitatum, Goldschwefel.
— crudum, Spießglanz, roher.
— diaphoreticum album, Spießglanzoxyd, gewaschenes.
— diaphoreticum joviale, Spießglanzoxyd, jovialisches.
— diaphoreticum martiale, Spießglanz, schweißtreibender martialischer.
Antimonium diaphoreticum non ablutum, Spießglanzoxyd, weißes ungewaschenes.
— metallicum, Spießglanz.
— muriaticum, Spießglanzbutter.
— praeparatum, Spießglanz, präparirter.
— ustum, Spießglanzasche.
Aqua acetatis ammonii, Ammoniak, essigsaures flüssiges.
— ammonii, Ammoniak, ätzendes.
— amygdalarum amararum, Bittermandelwasser.
— antimiasmatica, Kupferoxydammoniak, salzsaures flüssiges.
— aurantiorum, Orangenblüthenwasser.
— Binelli, Binelliswasser.
— carmelitana, Karmeliter Wasser.
— carvi, Kümmelwasser.
— chlorinica, Bleichwasser.
— concharum, Austernwasser.
— creosoti, Kreosotwasser.
— destillata, Wasser, destillirtes.
— divina, Quecksilberflüssigkeit, ätzende.
— foetida, Windwasser.
— fortis, Salpetersäure, gewöhnliche.
— Goulardi, Bleiwasser.
— Hungariae, Wasser, ungarisches.
— hydrosulphurata, Hydrothionsäure.
— hydrosulphurata acidula, Bleiprobe Hahnemann'sche.
— Javelli, Wasser Javellisches.
— laurocerasi, Kirschlorbeerwasser.
— lavandulae, Lavendelwasser.
— lithargyri, Bleiwasser.
— martialis, Stahlbrunn.
— melissae composita, Karmeliter Wasser.
— mercurialis Charras, Quecksilberauflösung, salpetersaure.
— naphae, Orangenblüthenwasser.
— opii, Opiumwasser.
— oranium, Pomeranzenwasser.

Aqua oxymuriatica, Bleichwasser.
— phagedaenica, Quecksilberflüssigkeit, ätzende.
— picea, Theerwasser.
— plumbica, Bleiwasser.
— Rabelii, Rabelswasser.
— reginae, Salpeterschwefelsäure.
— regis, Königswasser.
— rosarum, Rosenwasser.
— sanctae Luciae, Ammoniaksuccinatflüssigkeit.
— saphirina, Augenwasser.
— saturnina, Wasser, Goulardisches.
— vegeto - mineralis Goulardi, Wasser, Goulard'sches.
Aquila alba, Kalomel.
Araci aromatici, Vanille.
Arbutinum, Arbutin.
Arcanum corallinum, Merkurialpulver, rothes.
— duplicatum, Doppelsalz.
— tartari, Essigsalz.
Argentum, Silber.
— aceticum, Silberoxyd, essigsaures.
— carbonicum, Silberoxyd, kohlensaures.
— chromicum, Silberoxyd, chromsaures.
— cyanatum, Cyansilber.
— foliatum, Silber, geschlagenes.
— fulminans, Knallsilber.
— jodatum, Jodsilber.
— muriaticum, Hornsilber.
— musivum, Musivsilber.
— nitricum, Silbersalpeter.
— nitricum fusum, Höllenstein.
— oxydato-ammoniatum, Knallsilber.
— oxydatum, Silberoxyd.
— phosphoricum, Silberoxyd, phosphorsaures.
— sulphuricum seu vitriolicum, Silberoxyd, schwefelsaures.
— vivum, Quecksilber.
Argilla vitriolica, Alaunerde, schwefelsaure.
Argillium, Aluminium.
— oxydatum, Alaunerde.
Armentum album, Schieferweiß.
Armoniacum, Ammoniakgummi.
Arrow-root, Arrow-Root.
Arsenas cobalti, Kobaltoxydul, arseniksaures.
— cupri, Kupferarseniat.
— manganae, Mangan, arseniksaures.
— quinicus, Chinin, arsensaures.
Arsenias ammoniae, Ammoniak, arsensaures.
— kalicus, Kali, arsensaures.
— natricus, Natron, arseniksaures.
Arsenicum album, Arsenik, weißer.
— album pulveratum, Arsenik, weißer gestoßener.
— bromatum, Bromarsenik.
— citrinum, Arsenik, gelber.
— citrinum nativum, Arsenik, gelber natürlicher.
— dephlogisticatum, Arsensäure.
— jodatum, Jodarsenik.
— jodatum liquidum, Jodarsen, flüssiges.
— metallicum, Fliegengift.
— muriaticum, Chlorarsen.
— persulphuratum, Arsenik, gelber natürlicher.
— rubrum, Arsenik, rother.
— sulphuratum citrinum, Arsenik, gelber.
— sulphuratum rubrum, Arsenik, rother.
Arsenis cupricus, Kupferarsenik.
— kalicus, Kali, arseniksaures.
Asa dulcis, Benzoe.
Asarinum, Asarin.
Asbestus, Asbest.
Aselli, Kellerasseln.
Asparaginum, Asparagin.
Asphaltum, Asphalt.
Assa dulcis, Benzoe.
— foetida, Asand, stinkender.

Atramentum chinense, Tusch, chinesischer.
— sympatheticum, Kobaltoxydul, salzsaures flüssiges.
Atropinum, Atropin.
Aurantia immatura seu curassaviensia, Pomeranzen, unreife.
Auricula Judae, Hollunderschwamm.
Auripigmentum, Arsenik, gelber, natürlicher.
Auris ceti, Seekuhstein.
Auro-kalium cyanatum, Cyangoldkalium.
Aurum, Gold.
— ammoniatum, Knallgold.
— foliatum, Blattgold.
— fulminans, Knallgold.
— hydrocyanicum, Cyangold.
— hydrocyanicum kalicum, Cyangoldkalium.
— jodatum seu hydrojodicum, Jodgold.
— mosaicum seu musivum, Musivgold.
Aurum muriaticum, Chlorgold.
— muriaticum natronatum, Goldoxydnatron, salzsaures.
— muriaticum solutum, Goldlösung.
— oxydatum, Goldoxyd.
— oxydulatum subsulphurosum natronatum, Goldoxydulnatron, unterschwefligsaures.
— potabile Stahlii, Goldtinktur.
— substannicum, Goldpurpur.
Avena excorticata, Hafergrütze.
Axungia, anseris, Gänsefett.
— aschiae, Äschenfett.
— castorei, Biberfett.
— ceti, Thran.
— equi e collo, Kammfett.
— lupi, Wolfsfett.
— porci, Schweinsfett.
— serpentum, Schlangenfett.
— taxi, Dachsfell.
— viperarum, Vipernfett.
— vitri, Glasgalle.

B.

Baccae acaciae, Schlehen, getrocknete.
— alkekengi, Judenkirschen.
— arbuti, Sandbeeren.
— aucupariae, Ebereschenbeeren.
— belladonnae, Tollkirschen.
— berberidis, Berberbeeren.
— bryoniae, Zaunrübenbeeren.
— caprifolii, Geisblattbeeren.
— corni foeminae, Hundsdürlitze.
— ebuli, Attichbeeren.
— fragariae, Erdbeeren.
— frangulae, Faulbaumbeeren.
— juniperi, Wachholderbeeren.
— lauri, Lorbeeren.
— ligustri, Hartriegelbeeren.
— mori, Maulbeeren.
— myrti, Myrtenbeeren.
Baccae myrtillorum, Heidelbeeren.
— oxyacanthae, Weißdornbeeren.
— oxycoccos, Moosbeeren.
— paridis, Einbeeren.
— phytolaccae, Kermesbeeren.
— rhamni cathartici, Kreuzbeeren, ungarische.
— rhamni frangulae, Faulbaumbeeren.
— ribium nigrorum, Johannisbeeren, schwarze.
— ribium rubrorum, Johannisbeeren, rothe.
— rubi idaei, Himbeeren.
— rubi nigri, Brombeeren.
— sambuci, Hollunder.
— solani majoris, Tollkirschen.
— sorbi alpinae, Sporäpfel.

Baccae sorbi aucupariae, Ebereschenbeeren.
— sorbi torminalis, Darmbeeren.
— spinae albae, Weißdornbeeren.
— spinae cervinae, Kreuzbeeren.
— spinae nigrae, K. ungarische.
— viburni, Kandelbeeren.
— vitis idaeae, Preiselbeeren.
— xylostei, Hundskirschen.
Balsamum acouchiu, Akouchibalsam.
— arakusiri, Akouchibalsam.
— bicuhy, Bikuhybalsam.
— canadense, Balsam, kanadischer.
— carpathicum, B. karpathischer.
— de Carthagena, B. toluanischer.
— de Mecca, B. von Mekka.
— copaivae, B. kopaischer.
— Eustachii, B. toluanischer.
— gileadense, B. von Mekka.
— hedwigiae balsamiferae, Bergscher.
zuckerbalsam.
— hungaricum, Balsam, ungarischer.
— indicum, B. peruvianischer.
— lithaunicum, Birkenöl.
— Mariae, Takamahak, bourbonisches.
— nucistae, Muskatnußöl, fettes.
— peruvianum, Balsam, peruvianischer.
— saturni, Bleiessig.
— storacis, Borax, flüssiger.
— St. Thomae, B. toluanischer.
— sulphuris, Schwefelbalsam.
— sulphuris barbadense, Schwefelsteinöl.
— sulphuris succinatum, Schwefelbernsteinöl.
— sulphuris terebinthinatum, Schwefelterpentinöl.
— tolutanum, Balsam, toluanischer.
— verum, B. peruvianischer.
— viride, Takamahak, bourbonisches.
Barilla, Soda, spanische.
Baryta acetica, Baryt, essigsaurer.
Baryta boracica, Baryt, boraxsaurer.
— carbonica, Baryt, kohlensaurer.
— carbonica nativa, Witherit.
— caustica, Ätzbaryt.
— chlorica, Baryt, chlorinsaurer.
— chromica, Permanentgelb.
— hydrica, Ätzbaryt, krystallisirtes.
— hydrofluorica, Baryt, fluorwasserstoffsaurer.
— hydrojodica, Baryt, hydrojodsaurer.
— hyposulphurica, Baryt, hydroschwefelsaurer.
— muriatica, Chlorbaryum.
— nitrica, Baryt, salpetersaurer.
— sulphurata, Schwefelbaryum.
— sulphurica nativa, Baryt, schwefelsaurer.
— vitriolata, Baryt, schwefelsaurer.
Baryum oxydatum, Ätzbaryt.
— sulphuratum, Schwefelbaryum.
Bebeerinum, Bebeerin.
— muriaticum, Bebeerin, salzsaures.
— sulphuricum, Bebeerin, schwefelsaures.
Bedeguar, Bedeguar.
Bellericus marinus, Meerbohnen.
Benzinum seu benzolum, Benzin.
Benzoas cinchonini, Cinchonin, benzoesaures.
— hydrargyrosus, Quecksilberoxydul, benzoesaures.
— kalicus, Kali, benzoesaures.
— natricus seu sodae, Natron, benzoesaures.
Berberinum, Berberin.
— muriaticum, Berberin, salzsaures.
— sulphuricum, Berberin, schwefelsaures.
Beryllium oxydatum, Beryllerde.
— oxydatum carbonicum, Berylliumoxyd, kohlensaures.
— oxydatum hydricum, Berylliumoxyd, wasserhaltiges.

Bezetta coerulea et rubra, Farbeläppchen, blaue und rothe.
Bezoar, Bezoar.
— antimonialis, Spießglanzoxyd, weißes ungewaschenes.
— germanicum, Gemsenkugeln.
— joviale, Spießglanzoxyd, joviaLisches.
— porci, Schweinstein.
Bezoardicum martiale, Spießglanz, schweißtreibender martialischer.
Bibrometum hydrargyri, Bromquecksilber.
Bicarbonas kalicus, Kali, kohlensaures neutrales.
— sodae, Natron, doppeltkohlensaures.
Bichloretum stanni, Zinnchlorid.
Bichromas ammoniae, Ammoniak, chromsaures.
— kalicus, Kali, chromsaures rothes.
Bihydras methyleni, Lignon.
Binitrobenzid, Binitrobenzid.
Bioxalas kalicus, Kleesalz.
Bismuthum, Wismuth.
— aceticum, Wismuthoxyd, essigsaures.
— carbonicum, Wismuthoxyd, kohlensaures.
— chloratum, Wismuthchlorid.
— nitricum, Wismuthweiß.
— oxydatum muriaticum, Wismuthchlorid.
— praecipitatum album, Wismuthweiß.
— valerianicum, Wismuthoxyd, baldriansaures.
Bisulphas kalicus seu potassae, Doppelsalz, saures.
Bisulphuretum stanni, Musivgold.
Bitartras ammoniae, Ammoniak, weinsteinsaures übersaures.
— kalicus, Weinsteinkrystalle.
Bitumen judaicum, Asphalt.
Bixa, Orlean.
Boletus cervinus, Hirschbrunst.
Boletus esculentus, Morcheln.
— igniarius, Feuerschwamm.
— laricis, Lerchenschwamm.
— salicis, Weidenschwamm.
— suaveolens, Weidenschwamm.
Bolus alba, Bolus, weißer.
— armena, Bolus, armenischer.
— norimbergensis, Bolus, gemeiner.
— rubra in globulis, rother in Kugeln.
Bombax, Baumwolle.
Boracium crystallisatum, Bor.
Boras ammoniae, Ammoniak, boraxsaures.
— barytae, Baryt, boraxsaures.
— kalicus, Kali, boraxsaurer.
— manganae, Mangan, boraxsaures.
— natricus, Borax, gereinigter.
— sodae, Borax, gereinigter.
Borax calcinata seu usta, Borax, gebrannter.
— cruda seu nativa, Borax, roher.
— raffinata, depurata seu veneta, Borax, gereinigter.
Borium crystallisatum, Bor.
Borussias hydrargyri, Quecksilberoxyd, blausaures.
— potassae, Kali, blausaures.
Bovista, Bovist.
Bromas ferri, Eisenoxyd, bromsaures.
— kalicus, Kali, bromsaures.
Brometum cadmii, Bromkadmium.
— calcariae, Bromkalcium.
— hydrargyricum, Bromquecksilber.
— hydrargyrosum, Quecksilberbromür.
— kalii, Bromkalium.
— magnesiae, Brommagnesium.
— natri seu sodae, Natron, hydrobromsaures.
— strychnii, Bromstrychnin.
— zinci, Bromzink.
Bromhydras zincicus, Bromzink.
Bromidum formylae, Bromoform.
Bromoformium, Bromoform.
Bromum, Brom.

Bromum chloratum, Bromchlorür.
— jodatum, Bromjodür.
Bromuretum arsenici, Bromarsenik.
— ferri, Bromeisen.
Brucinum hydrochloricum seu muriaticum, Brucin, salzsaures.
— nitricum, Brucin, salpetersaures.
— purum, Brucin.
— sulphuricum, Brucin, schwefelsaures.

Butyrum antimonii, Spießglanzbutter.
— arsenici, Chlorarsen.
— bismuthi, Wismuthchlorid.
— cacao, Cacaobutter.
— galamahense, Palmbutter.
— stanni, Zinnchlorid.
— zinci, Zinkbutter.

C.

Cacao, Cacao.
— saccharata, Chokolade.
Cadmium, Kadmium.
— bromatum, Bromkadmium.
— carbonicum, Kadmiumoxyd, kohlensaures.
— hydrochloricum, Chlorkadmium.
— nitricum, Kadmiumoxyd, salpetersaures.
— sulphuratum, Kadmiumgelb.
— sulphuricum, Kadmiumoxyd, schwefelsaures.
— vitriolatum, Kadmiumoxyd, schwefelsaures.
Caffeinum citricum, Kaffein, zitronensaures.
— purum, Kaffein, reines.
— valerianicum, Kaffein, valeriansaures.
Calcaria acetica, Kalk, essigsaurer.
— bimalica, Kalk, äpfelsaurer.
— caustica, Ätzkalk.
— chinica, Kalk, chinasaurer.
— chlorato-bromata, Bromchlorkalcium.
— chlorica, Kalk, chlorsaurer.
— fluorica, Flußspath.
— hydrobromica, Kalk, hydrobromsaurer.
— hydrojodica, Jodkalcium.
— hypochlorosa, Chlorkalk.

Calcaria hypophosphorosa, Kalk, unterphosphorigsaurer.
— muriatica, Chlorkalcium.
— nitrica, Kalk, salpetersaurer.
— oxalica, Kalk, kleesaurer.
— oxymuriatica, Kalk, chlorsaurer.
— phosphorica, Kalk, phosphorsaurer.
— phosphorica acidula, Kalk, saurer phosphorsaurer.
— phosphorica stibiata, Kalk, phosphorsaurer spießglanzhaltiger.
— pura, Kalk, reiner.
— pyrolignosa seu pyroacetica, Kalk, holzsaurer.
— sulphurata, Schwefelkalk.
— sulphurato-stibiata, Spießglanzschwefelkalk.
— sulphurica, Gips, gebrannter.
— tartarica, Kalk, weinsteinsaurer.
— usta, Ätzkalk.
Calcium bromatum, Kalk, hydrobromsaurer.
— chloratum, Chlorkalcium.
— oxydatum, Kalciumoxyd.
— oxydatum aceticum, Kalk, essigsaurer.
— oxydatum bimalicum, Kalk, äpfelsaurer.
— oxydatum chinicum, Kalk, chinasaurer.

Carbonas niccoli, Nickeloxyd, kohlensaures.
— plumbi, Bleioxyd, kohlensaures.
— sodae, Soda, krystallisirte.
— strontii, Strontian, kohlensaurer.
— uranii, Uranoxyd, kohlensaures.
— zinci, Zinkoxyd, kohlensaures.
— zinci impurus, Galmei.
Carbonitras kalicus, Kali, pikrinsaures.
Carbonium perchloratum, Chlorkohlenstoff, anderthalb.
Carburetum sulphuris, Kohlenstoffschwefel.
Cardamomum excorticatum, Kardamomen, ausgehülste.
— longum, Kardamomen, lange.
— majus seu javanense, Kardamomen, große.
— maximum, Bandakardamomen.
— medium, Kardamomen, mittlere.
— minus, Kardamomen, kleine.
— rotundum, Kardamomen, runde.
Caricae, Feigen.
Carminium coeruleum, Karmin, blauer.
— rubrum, Karmin, rother.
Carobbe, Johannisbrot.
Carpobalsamum, Balsamkörner.
Carthaminium, Karthamin.
Carucuru, Chicaroth.
Caryophylli aromatici, Gewürznelken.
Cascarillinum, Kaskarillin.
Cassia caryophyllata, Nelkenzimmt.
— cinnamomea, Zimmt, chinesischer.
— fistula, Purgierkassie.
— lignea, Zimmtrinde, malabarische.
— malabarica, Zimmtrinde, malabarische.
— vera, Zimmt, echter.
Castoreum anglicum, Bibergeil, englisches.
— moscoviticum, Bibergeil, moskauisches.
Castoreum suedicum, Bibergeil, schwedisches.
Causticum argenti, Höllenstein.
Cera aeruginea, Wachs, grünes.
— alba, Wachs, weißes.
— arborea, Baumwachs.
— chinensis, Wachs, chinesisches.
— citrina, Wachs, gelbes.
— japonica, Wachs, japanisches.
— malabarica, Wachs, malabarisches.
— nigra, Wachs, schwarzes.
— sigillata, Siegelwachs.
— viridis, Wachs, grünes.
Ceratum, Wachssalbe.
Cerium, Cer.
— sulphuricum, Cer, schwefelsaures.
Cerussa alba, Bleiweiß.
— antimonii, Spießglanzoxyd, gewaschenes.
— cremesia, Kremserweiß.
— lamellata, Schieferweiß.
— nigra, Graphit.
Cetaceum, Wallrath.
Cetina, Wallrath.
Cetrarinum, Cetrarin.
Chamaeleon minerale, Kali, mangansaures.
Charta antirheumatica, Gichtpapier.
— aurea, Goldpapier.
— cerata, Wachspapier.
— exploratoria, Reagenzpapier.
— vesicatoria, Vesikatorpapier.
Chelerythrinum, Pyrrhopin.
Chelidoninum, Chelidonin.
Chica, Chicaroth.
China ahomalies, Chinarinde, Huamalis.
— ahunucco, Ch. Huanoco.
— atacamez, Ch. Tekamez.
— bicolor, Ch. Tekamez.
— bitoya, Ch. Tekamez.
— calysaya, Königschinarinde.
— carthagena, Chinarinde, gelbe.
— de Giava, Surenrinde.
— de Pomeroon, Juribalirinde.

China de Winaad, Winaadchinarinde.
— flava, Chinarinde, gelbe.
— fusca, Ch. Huamalis.
— guamalics, Ch. Huamalis.
— guanucco, Ch. Huanucco.
— huamalies, Ch. Huamalis.
— huanocco, Ch. Huanucco.
— jaen, Ch. Tenn.
— Lima, Limachinarinde.
— loxa, Loxachinarinde.
— montana seu martinicensis, Luzienrinde.
— Novae-Andalusiae, Kusparinde.
— pitoya, Chinarinde, Tekamez.
— regia, Königschinarinde.
— rubra, Chinarinde, rothe.
— tecamez, Ch. Tekamez.
— tenn, Ch. Tenn.
— yuanocco, Ch. Huanucco.
Chinas calcis, Kalk, chinasaurer.
— chininicus, Chinin, chinasaures.
Chinidinum, Chinidin.
Chininium aceticum, Chinin, essigsaures.
— anisicum, Chinin, anissaures.
— arsenicicum, Chinin, arsensaures.
— chinicum, Chinin, chinasaures.
— citricum, Chinin, zitronensaures.
— ferro-citricum, Chinineisenoxyd, zitronensaures.
— ferrohydrocyanicum, Chinin, eisenblausaures.
— ferro-hydrojodicum, Chininferrohydrojodat.
— ferro-valerianicum, Chinineisenoxyd, baldriansaures.
— lacticum, Chinin, milchsaures.
— muriaticum, Chinin, salzsaures.
— nitricum, Chinin, salpetersaures.
— phosphoricum, Chinin, phosphorsaures.
— purum, Chinin.
— succinicum, Chinin, bernsteinsaures.
Chininium sulphuricum, Chinin, schwefelsaures.
— sulphuricum neutrale, Chinin, schwefelsaures neutrales.
— tannicum, Chinin, gerbsaures.
— tartaricum, Chinin, weinsteinsaures.
— valerianicum, Chininvalerat.
— vitriolicum, Chinin, schwefelsaures.
Chinoidinum, Chinoidin.
Chinolinium, Chinolinin.
Chloraetherin, Elaylchlorür.
Chloras barytae, Baryt, chlorinsaurer.
— calcicus, Kalk, chlorsaurer.
— calicus, Kali, chlorsaures.
— sodae, Natron, chlorsaures.
Chloretum ammonii, Salmiak.
— auri, Chlorgold.
— auri et sodae, Goldoxydnatron, salzsaures.
— auri solutum, Goldlösung.
— barii, Chlorbaryum.
— bromii, Bromchlorür.
— cadmiae, Chlorkadmium.
— calcariae, Chlorkalcium.
— calcariae bromatae, Bromchlorkalcium.
— cupricum, Chlorkupfer.
— ferri, Chloreisen.
— hydrargyri, Kalomel.
— hydrargyricum, Ätzsublimat.
— kalii, Chlorkalium.
— magnesiae, Chlormagnesium.
— manganii, Mangan, salzsaures.
— marcasitae, Wismuthchlorid.
— natrii, Kochsalz.
— niccoli, Nickeloxyd, salzsaures.
— stannosum, Zinnsalz.
— sulphuris, Chlorschwefel.
— zinci, Zinkbutter.
Chloroformum, Chloroform.
Chloroplatinas ammoniae, Platinsalmiak.
— natricus, Platinnatriumchlorid.

Chlorum aquosum, Bleichwasser.
— jodatum, Chlorjod.
Chloruretum arsenici, Chlorarsen.
— palladii, Chlorpallad.
Chocolata, Chokolade.
Choleïnas natricus seu sodae, Natron, gallensaures.
Chromas argenti, Silberoxyd, chromsaures.
— barytae, Permanentgelb.
— cupri, Kupferoxyd, chromsaures.
— kalicus, Kali, chromsaures gelbes.
— natricus, Natron, chromsaures.
— plumbi, Chromgelb.
— plumbi basicus, Chromroth.
— sodae, Natron, chromsaures.
Chromium kalico - sulphuricum, Chromalaun.
— oxydulatum, Chromgrün.
Cicutinium, Cicutin.
— sulphuricum, Cicutin, schwefelsaures.
Cinchonidinum, Cinchonidin.
— sulphuricum, Cinchonidin, schwefelsaures.
Cinchoninum, Cinchonin.
— aceticum, Cinchonin, essigsaures.
— benzoicum, Cinchonin, benzoesaures.
— muriaticum seu hydrochloricum, Cinchonin, salzsaures.
— sulphuricum seu vitriolicum, Cinchonin, schwefelsaures.
— tannicum, Cinchonin, gerbsaures.
Cineres infectorii, Waidasche.
— perlati seu clavellati, Kali, kohlensaures rohes.
Cininum, Cinin.
Cinis acris, Kupferasche.
— antimonii, Spießglanzasche.
— bismuthi, Wismuthasche.
— cupri, Kupferasche.
— Jovis seu stanni, Zinnasche.
— marcasitae, Wismuthasche.
— plumbi seu saturni, Bleiasche.
— stibii, Spießglanzasche.
Cinis viridis, Kupferoxyd, kohlensaures natürliches.
— zinci, Zinkasche.
Cinnabaris, Zinnober.
— antimonii, Antimonial-Zinnober.
— chromii, Chromroth.
— plumbi, Mennige.
Cinnamomum acutum seu ceylonicum, Zimmt, echter.
— amarum, Kulilabaurinde.
— chinense, Zimmt, chinesischer.
— indicum, Zimmt, indischer.
— javense, Zimmt, javanischer.
— malabaricum, Zimmtrinde, malabarische.
Cissampelinum, Pelosin.
Citras ammoniae et ferri, Eisenoxydammoniakcitrat.
— caffeïnae, Kaffein, zitronensaures.
— chininicus, Chinin, zitronensaures.
— ferri, Eisenoxyd, zitronensaures.
— ferro-chininicus, Chinineisenoxyd, zitronensaures.
— ferro-mangani, Manganeisenoxyd, zitronensaures.
— kalicus, Kali, zitronensaures.
— magnesiae, Magnesia, zitronensaure.
— manganae, Mangan, zitronensaures.
— natricus seu sodae, Natron, zitronensaures.
— plumbi, Bleioxyd, zitronensaures.
Citrinum casselanum, Mineralgelb.
— chromicum, Chromgelb.
— minerale, Mineralgelb.
— neapolitanum, Neapelgelb.
— novum, Neugelb.
— parisiense, Mineralgelb.
— veronense, Mineralgelb.
Cobaltum aceticum, Kobaltoxydul, essigsaures.
— arsenatum, Speiskobalt.
— arsenicicum, Kobaltblüthe.

Cobaltum carbonicum, Kobaltoxydul, kohlensaures.
— crystallisatum, Fliegengift.
— hydrochloricum, Kobaltoxydul, salzsaures.
— hydrochloricum liquidum, Kobaltoxydul, salzsaures flüssiges.
— metallicum, Kobalt.
— muriaticum, Kobaltoxydul, salzsaures.
— nitricum, Kobaltoxydul, salpetersaures.
— oxalicum, Kobaltoxydul, oxalsaures.
— oxydatum, Kobaltoxyd.
— oxydulatum, Kobaltoxydul.
— sulphuricum, Kobaltvitriol.
Coccionella grisea, Kochenille, silbergraue.
— nigra, Kochenille, schwarze.
— septempunctata, Kochenillekäfer.
Cocculi indici, Fischkörner.
— levantici seu piscatoriae, Fischkörner.
Cocculinum, Pikrotoxin.
Coccus baphicus, Kermes.
— ilicis, Kermes.
Codeinum, Kodein.
Coeruleum anglicum, Berlinerblau.
— berolinense, Berlinerblau.
— minerale, Mineralblau.
— montanum, Bergblau.
— novum, Neublau.
— parisiense, Pariserblau.
— prussicum, Berlinerblau.
— Thenardi, Thenardsblau.
Colchicinum, Kolchicin.
Colcothar vitrioli, Kolkothar.
Colla piscium, Hausenblase.
Collodium, Kollodium.
Colocynthides, Koloquinten.
Colocynthinum, Kolocynthin.
Colophonium, Kolophonium.
Columbinum, Kolumbin.
Columbium, Tantal.
Conditum aurantiorum, Pomeranzenschalen, kandirte.
— radicis zingiberis, Ingber, eingemachter.
Confectum aurantiorum, Pomeranzenschalen, kandirte.
Coni abietis, Tannenzäpfchen.
— lupuli, Hopfen.
— pini, Fichtenknospen.
Coniinum, Koniin.
Conserva rosarum, Rosenzucker.
Corallina corsicana, Wurmmoos.
— officinalis, Korallenflechte.
Corallinum album, Korall, weißer.
— rubrum, Korall, rother.
Coria piscium, Fischhaut.
Coridalinum, Koridalin.
Cornu cervi praeparatum, Hirschhorn, pulverisirtes.
— raspatum, Hirschhorn, geraspeltes.
— ustum, Hirschhorn, gebranntes.
Cortex acaciae, Schlehendornrinde.
— adansoniae digitatae, Affenbaumrinde.
— adstringens brasiliensis, Rinde, brasilianische zusammenziehende.
— alcornoque, Alkornoquerinde.
— alni, Erlenrinde.
— alni nigrae, Faulbaumrinde.
— alstoniae, Alstonienrinde.
— alyxiae, Pulassarrinde.
— Angelinae, Angelinrinde.
— angusturae verae, Angusturarinde, echte.
— anisi stellati, Sternanisrinde.
— antidysentericus, Oleanderrinde.
— Araliae spinosae, Aralienrinde.
— arbuti, Sandbeerenrinde.
— aroirae, Mollisrinde.
— aurantiorum, Pomeranzenschalen.
— aurantiorum conditus, Pomeranzenschalen, kandirte.
— autur, Auturrinde.

Cortex avorni, Faulbaumrinde.
— badiani, Sternanisrinde.
— bahobab, Affenbaumrinde.
— barbatimao, Rinde von Barbatimao.
— bélahé Bélahérinde.
— berbeeru, Berbeerurinde.
— berberis, Berberisrinde.
— betulae, Birkenrinde.
— buxi, Buchsrinde.
— cabbagii, Wurmrinde.
— cail-cedrae, Cailcedenrinde.
— capparis, Kappernrinde.
— caprifolii, Geisblattrinde.
— caramatae, Karamatarinde.
— carapae, Karaparinde.
— caribaeus, Rinde, karibäische.
— cascarillae, Kaskarillrinde.
— cassiae caryophyllatae, Nelkenzimmt.
— celtis, Zürgelbaumrinde.
— chabarro, Alkornoquerinde.
— chamelaeae, Kellerhals.
— chinae calysaya, Königschinarinde.
— — de Carthagena, Chinarinde, gelbe.
— — flavus, Chinarinde, gelbe.
— — fuscus, Huamalischinarinde.
— — huamalies, Huamalischinarinde.
— — huanocco, Huanocochinarinde.
— — jaen, Tennchinarinde.
— — Lima, Limachinarinde.
— — Loxa, Loxachinarinde.
— — pitoya, Tekamezchinarinde.
— — regius, Königschinarinde.
— — ruber, Chinarinde, rothe.
— — tecamez, Tekamezchinarinde.
— — tenn, Teunchinarinde.
— — virginianae, Magnolienrinde.
— — Winaadae, Winaadchinarinde.
— — yuanocco, Huanocochinarinde.
Cortex cinnamomi malabarici, Zimmtrinde, malabarische.
— citri, Zitronenschalen.
— colher, Kolherrinde.
— conessi, Oleanderrinde.
— copalche, Kopalcherinde.
— copalesiae, Kopalesienrinde.
— cryptocariae pretiosae, Rinde, edle.
— culilabani, Kulilabanrinde.
— curaçao, Kurassaoschalen.
— cuspae, Kusparinde.
— ebuli, Attichrinde.
— eucaciae, Enkazienrinde.
— fagi, Buchenrinde.
— fedegosae, Fedegoserinde.
— frangulae, Faulbaumrinde.
— fraxini, Eschenrinde.
— garou, Kellerhals.
— geoffracae jamaicensis, Wurmrinde.
— geofracae surinamensis, Wunderrinde.
— granatorum, Granatäpfelschalen.
— hippocastani, Roßkastanienrinde.
— jamaicensis, Rinde, jamaikanische.
— jubabao, Jubabarinde.
— juremae, Juremarinde.
— juribali, Juribalirinde.
— ligni colubrini, Timorrinde.
— ligni sassafras, Sassafrasrinde.
— lyriodendri, Tulpenbaumrinde.
— magellanicus, Winter'sche Rinde.
— magnoliae, Magnolienrinde.
— mahagoni, Mahagonirinde.
— malabaricus, Rinde, malabarische.
— malambo, Malamborinde.
— malicorii, Granatäpfelschalen.
— mangles, Manglebaumrinde.
— mangostanae, Mangostanrinde.
— massoi, Massoirinde.
— mecambo, Mekamborinde.
— mezerei, Kellerhals.
— mollis, Mollisrinde.
— monesiae, Monesiarinde.

Cortex monspeliacus, Kellerhals.
— narcaphthi, Thymianrinde.
— nucis juglandis, Nußschalen.
— oleae, Ölbaumrinde.
— oninius, Massoirinde.
— parabo, Paraborinde.
— paratado, Paratadorinde.
— pereiriae, Pereiriarinde.
— pichurim, Pichurimrinde.
— pini, Fichtenlohe.
— pini maritimi, Meerkieferrinde.
— pocgerebae, Pekgerebarinde.
— populi, Pappelrinde.
— prini, Winterbeerrinde.
— proflavii, Oleanderrinde.
— pruni padi, Ahlkirschenrinde.
— pulassari, Pulassarrinde.
— quajaci, Franzosenholzrinde.
— quercus, Eichenrinde.
— quercus tinctoriae, Querzitron.
— radicis costi, Kostwurzrinde.
— radicis granati, Granatäpfelbaumwurzelrinde.
— radicis ratanhiae, Ratanhiawurzelrinde.
— remigiae, Remigienrinde.
— rhizophorae, Rinde, malabarische.
— salicis, Weidenrinde.
— salicis capreae, Palmenweidenrinde.
— salicis fragilis, Bruchweidenrinde.
— salicis laureae, Lorbeerweidenrinde.
— sanctae Luciae, Luzienrinde.
— sapotae seu sapotillae, Sapotillrinde.
— sebipirae, Sebipirarinde.
— simarubae, Simarubarinde.
— sintoc, Sintokrinde.
— soymidae, Soymidarinde.
— sureni, Surenrinde.
— tamarisci, Tamariskenrinde.
— tambuch, Tambuchrinde.
— thuris, Thymianrinde.
— thymiamatis, Thymianrinde.
— timor, Timorrinde.

Cortex toddaliae, Toddalirinde.
— ulmi, Ulmenrinde.
— unguentarius, Salbenrinde.
— Winteranus, Winter'sche Rinde.
— Winteranus spurius, Zimmt, weißer.
Cosmeticum clavii, Wismuthweiß.
Cousso, Kossoblüthen.
Cremor tartari, Weinsteinrahm.
— tartari solubilis, Boraxweinstein.
— tartari volatilis, Kali, weinsteinsaures ammoniakalisches.
Creosotum, Kreosot.
Creta alba, Kreide.
— hispanica, Speckstein.
— nigra, Kreide, schwarze.
— plumbi, Bleioxyd, kohlensaures.
— rubra, Röthel in Stangen.
Crocus, Safran.
— antimonii, Metallsafran.
— antimonii medicinalis, Spießglanzkönig, medizinalischer.
— auri, Knallgold.
— martis, Eisenoxydhydrat.
— martis adstringens, Kolkothar.
— metallorum, Metallsafran.
— solis, Goldoxyd.
— veneris, Kupferoxydul.
Crystalli aeris, Grünspan, destillirter.
— argenti, Silbersalpeter.
— barytae, Ätzbaryt, krystallisirtes.
— natri, Soda, krystallisirte.
— plumbi, Bleioxyd, salpetersaures.
— sodae, Soda, krystallisirte.
— tartari, Weinsteinkrystalle.
— tartari chalibeati, Eisenweinstein.
— veneris, Grünspan, destillirter.
Crystallus mineralis, Salpeterküchelchen.
— montana, Quarz, krystallisirter.
Cubebae, Kubeben.
Cubebinum, Kubebin.
Cudbear, Persio.
Cumarinum, Koumarin.

Cuprum, Kupfer.
— aceticum neutrale, Grünspan, destillirter.
— aluminatum, Kupferalaun.
— ammoniato-muriaticum, Kupfersalmiakblumen.
— ammoniato-muriaticum liquidum, Kupferoxydammoniak, salzsaures flüssiges.
— arsenicicum, Kupferarseniat.
— arsenicosum, Kupferarsenik.
— caementatorium, Cementkupfer.
— carbonicum, Kupferoxyd, kohlensaures.
— chromicum, Kupferoxyd, chromsaures.
— cyanatum, Cyankupfer.
— ferrohydrocyanicum, Kupfer, eisenblausaures.
— formicicum, Kupferoxyd, ameisensaures.
— hydrochloricum oxydatum, Chlorkupfer.
— hydrochloricum oxydulatum, Kupferchlorür.
— jodatum, Jodkupfer.
— nitricum, Kupferoxyd, salpetersaures.
— nitroprussicum, Nitroprussidkupfer.
— oxalicum, Kupferoxyd, oxalsaures.

Cuprum oxydatum, Kupferasche.
— oxydulatum, Kupferoxydul.
— phosphoricum, Kupferoxyd, phosphorsaures.
— praecipitatum, Cementkupfer.
— subaceticum, Grünspan.
— sulphuratum, Kupfer, gebranntes.
— sulphuricum, Kupfervitriol.
— sulphuricum-ammoniatum, Ammoniakkupfer.
— vitriolicum, Kupfervitriol.
Cyanetum ferri et kalii, Kali, eisenblausaures gelbes.
— kalii, Cyankalium.
Cyanhydras zincicus, Cyanzink.
Cyanureto-cyanetum ferri, Berlinerblau.
Cyanuretum ammoniae, Cyanammonium.
— ammoniae et zinci, Cyanzinkammonium.
— auri, Cyangold.
— cupri, Kupfercyanuret.
— hydrargyri, Quecksilberoxyd, blausaures.
— kali-auricum, Cyangoldkalium.
— kalii et ferri, Kali, eisenblausaures gelbes.
— zinci et ferri, Zinkoxyd, eisenblausaures.

D.

Dactyli, Datteln.
— indici, Tamarinden.
Dactylus idaeus, Donnerstein.
Daphninum, Daphnin.
Daturinium, Daturin.
Delphinium, Delphinin.
Dentalia, Zahnschnecken.
Dentes apri, Schweinszähne.

Dentes equi marini, Seepferdzähne.
— hippopotami, Seepferdzähne.
— lupi, Wolfszähne.
Dextrinum, Dextrin.
Diacrydium sulphuratum, Skammonium, geschwefeltes.
Digitalium, Digitalin.
Dulcis amara, Alfranken.

E.

Ebur ustum album, Elfenbein, gebranntes weißes.
— ustum nigrum, Beinschwarz.
Elaterinum, Elaterin.
Elaterium, Elaterium.
Elatinum, Elaterin.
Elaylum chloratum, Elaylchlorür.
Electrum, Bernstein.
Electuarium, Latwerge.
— anodynum, Theriak.
— opiatum, Mithridat.
— theriaca, Theriak.
Elixir Halleri, Rabelswasser.
Elleborinum, Elleborin.
Emetina, Emetin.
Emetinium officinale, Brechwurzelextrakt.
Emplastrum adhaesivum, Heftpflaster.
— anglicum, Englischpflaster.
— cereum, Wachspflaster.
— dyachylon, Diachylonpflaster.
— matris seu fuscum, Mutterpflaster.
— saturninum, Bleipflaster.
Ergotinum, Ergotin.
Essentia antimonii Jacobi, Spießglanztinktur.
— bergamottae, Bergamottöl.
— citri, Zitronenöl.
— fumalis, Räucheressenz.
Euphorbium anglicum, Euphorbiengummi, englisches.
— indicum, Euphorbiumgummi, indisches.
Extractum absinthii, Wermutextrakt.
— aconiti, Eisenhütchenextrakt.
— aloës, Aloeextrakt.
— angelicae, Angelikawurzelextrakt.
— angusturae, Angusturarindenextrakt.
— arnicae, Bergwohlverleikrautextrakt.
Extractum artemisiae, Beifußextrakt.
— belladonnae, Tollkrautextrakt.
— bardanae, Klettenwurzelextrakt.
— calami, Kalmusextrakt.
— calendulae, Ringelblumenextrakt.
— cannabis indicae, Hanfextrakt.
— campechianum, Blauholzextrakt.
— cardui benedicti, Kardobenediktenextrakt.
— cascarillae, Kaskarillrindenextrakt.
— centaurii minoris, Tausendguldenkrautextrakt.
— chamomillae, Kamillenextrakt.
— chelidonii, Schellkrautextrakt.
— chinae, Chinaextrakt.
— cicutae, Schierlingextrakt.
— coffeae, Kafféextrakt.
— colocynthidum, Koloquintenextrakt.
— columbo, Kolumbowurzelextrakt.
— conii maculati, Schierlingextrakt.
— corticis adstringentis brasiliensis, Rindenextrakt, brasilianisches zusammenziehendes.
— corticis nucis juglandis, Nußschalenextrakt.
— corticis quercus, Eichenrindenextrakt.
— croci, Safranextrakt.
— cubebarum aethereum, Kubebenextrakt.
— digitalis, Fingerhutkrautextrakt.
— dulcamarae, Alfrankenextrakt.
— ellebori albi, Nieswurzelextrakt.
— enulae, Alantwurzelextrakt.
— farfarae, Huflattigextrakt.
— filicis maris aethereum, Farnkrautextrakt.
— foliorum sennae liquidum, Sennesblätterextrakt.
— frangulae corticis, Faulbaumrindenextrakt.

Extractum fumariae, Erdrauchextrakt.
— gentianae, Enzianextrakt.
— gratiolae, Gnadenkrautextrakt.
— helenii, Alantwurzelextrakt.
— hyosciami, Bilsenkrautextrakt.
— ipecacuanhae, Brechwurzelextrakt.
— jalappae, Jalappenextrakt.
— juglandis foliorum, Nußblätterextrakt.
— lactucae virosae, Giftlattigextrakt.
— lichenis islandici, Moosextrakt.
— ligni fernambuci, Fernambukholzextrakt.
— ligni quassiae, Quassienholzextrakt.
— lupulinae, Hopfenextrakt.
— marrubii albi, Andornextrakt.
— Martis pomatum, Äpfeleisenextrakt.
— mezerei, Kellerhalsextrakt.
— millefolii, Schafgarbenextrakt.
— monesiae, Monesia.
— myrrhae, Myrrhenextrakt.
— nicotianae, Tabakextrakt.
— nucis vomicae, Brechnußextrakt.
— opii, Opiumextrakt.
— osmundae regalis, Königsfarrnwurzelextrakt.

Extractum plumbi, Bleiessig.
— polygalae amarae, Kreuzblumenextrakt.
— pulsatillae, Küchenschellenkrautextrakt.
— quajaci, Franzosenholzextrakt.
— radicis hellebori nigri, Nieswurzelextrakt.
— ratanhiae, Ratanhiawurzelextrakt.
— rhei aquosum, Rhabarberextrakt.
— rhois toxicodendri, Giftsumachextrakt.
— salicis, Weidenrindenextrakt.
— salviae, Salbeiextrakt.
— saponariae, Seifenwurzelextrakt.
— scillae, Meerzwiebelextrakt.
— secalis cornuti aquoso-spirituosum, Mutterkornextrakt.
— seminis cinae aethereum, Wurmsamenextrakt, ätherisches.
— senegae, Senegawurzelextrakt.
— spinae cervinae, Kreuzbeerenextrakt.
— stramonii, Stechapfelextrakt.
— taraxaci, Löwenzahnextrakt.
— trifolii fibrini, Bitterkleeextrakt.
— valerianae, Baldrianextrakt.

Exuviae viperarum seu serpentum, Vipernhäute.

F.

Fabae aegyptiacae, Bohnen, ägypt.
— aquaticae, Wasserbohnen.
— cacao, Cacao.
— febrifugae, Ignatiusbohnen.
— macis, Pichurimbohnen.
— marinae, Meerbohnen.
— pichurim, Pichurimbohnen.
— St. Ignati, Ignatiusbohnen.
— tonca, Tonkabohnen.

Farina amyli, Stärkmehl.
— lycopodii, Bärlappsamen.
— melampyri, Ackerbrandmehl.
— solani tuberosi, Kartoffelmehl.

Febrifugum Craanii, Spießglanzkönig, medizinischer.

Fel tauri inspissatum, Ochsengalle, eingedickte.
— vitri, Glasgalle.

Ferrochnininium hydrojodicum, Chininferrohydrojodat.

Ferrohydrocyanas cupri, Kupfer, eisenblausaures.
— kalicus, Kali, eisenblausaures, gelbes.
— magnesiae, Magnesia, eisenblausaure.

Ferrohydrocyanas natricus, Natron, eisenblausaures.
Ferro-kali oxalicum, Eisenoxyd-kali, oxalsaures.
— sulphuricum, Eisenoxydkali, schwefelsaures.
— tartaricum, Eisenweinstein.
Ferrokalium cyanatum, Kali, eisenblausaures gelbes.
— cyanatum rubrum, Kali, eisenblausaures rothes.
Ferromanganum citricum, Manganeisenoxyd, zitronensaures.
Ferrum, Eisen.
— aceticum, Eisenoxyd, essigsaures.
— bromatum, Bromeisen.
— carbonicum oxydulatum, Eisenoxydul, kohlensaures.
— carbonicum saccharatum, Eisenoxydul, kohlensaures zuckerhaltiges.
— citricum, Eisenoxyd, zitronensaures.
— cyanatum et sesquicyanatum, Berlinerblau.
— hydrocyanicum, Cyaneisen.
— hydrojodicum, Jodeisen.
— jodatum Jodeisen.
— jodicum oxydatum, Eisenoxyd, jodsaures.
— jodicum oxydulatum, Eisenoxydul, jodsaures.
— lacticum, Eisenoxydul, halbmilchsaures.
— malicum, Eisenoxyd, äpfelsaures.
— malicum impurum, Äpfeleisenextrakt.
— muriaticum oxydatum, Eisenoxyd, salzsaures.
— muriaticum oxydulatum, Chloreisen.
— nitricum, Eisenoxyd, salpetersaures.
— oxalicum, Eisenoxyd, oxalsaures.
— oxydatum, Eisenoxyd.
Ferrum oxydatum citrinum, Eisenoxydhydrat.
— oxydatum hydratum, Eisenoxydhydrat.
— oxydatum rubrum, Kolkothar.
— oxydulatum hydrobromicum, Bromeisen.
— oxydulatum nigrum, Eisenoxydul, schwarzes.
— phosphoricum oxydatum, Eisenoxyd, phosphorsaures.
— phosphoricum oxydulatum, Eisenoxydul, phosphorsaures.
— pulveratum, Eisenfeile.
— pyroaceticum, Eisenoxyd, salzsaures.
— pyrophosphoricum ammoniato-citricum, Eisenoxyd, pyrophosphorsaures mit zitronsaurem Ammoniak.
— sesquibromicum, Eisenoxyd, bromsaures.
— sesquichloratum sublimatum, Eisenblumen.
— sulphuratum, Schwefeleisen.
— sulphuricum, Eisenoxydul, schwefelsaures.
— sulphuricum calcinatum, Eisenvitriol, gebranntes.
— sulphuricum oxydatum, Eisenoxyd, schwefelsaures.
— tannicum, Eisenoxyd, gerbsaures.
— tartaricum oxydatum, Eisenoxyd, weinsteinsaures.
— tartaricum oxydulatum, Eisenoxydul, weinsteinsaures.
— vitriolicum, Eisenoxydul, schwefelsaures.
Ficus sycomorus, Adamsfeige.
Filicinium, Filixsäure.
Filum sulphuris, Schwefel, gezogener.
Flavum chromicum, Chromgelb.
Flores acaciae nostratis, Schlehenblumen.
— aeris, Grünspan, destillirter.
— alceae roseae, Baummalven.

Flores altheae, Altheeblüthen.
— antimonii, Spießglanzblumen.
— antirrhini, Leinkrautblüthen.
— aquilegiae, Ackeley.
— arnicae, Bergwolverleiblüthen.
— arsenici, Arsenik, weißer.
— aubifoniae, Kornblumen.
— aurantiorum, Pomeranzenblüthen.
— balaustiorum, Granatäpfelblüthen.
— baptiseculae, Kornblumen.
— bechii, Huflattigblüthe.
— bellidis, Masliebchenblumen.
— benzoes, Benzoesäure.
— betonicae, Betonienblüthe.
— bidentis, Zweizahnblumen.
— bismalvae, Altheeblüthen.
— bismuthi, Wismuthblumen.
— boracis, Boraxsäure.
— boraginis, Boretschblüthen.
— buglossi veri, Boretschblüthen.
— calcatrippae, Rittersporublumen.
— calendulae, Ringelblumen.
— calendulae mineralis, Ammoniak, salzsaures eisenhaltiges.
— caltheae palustris, Butterblumen.
— caprifolii, Geisblattblüthen.
— cardaminis, Kardaminenblüthen.
— cardaminis majoris, Kapuzinerkressenblumen.
— cardui fullonum, Weberkardenblumen.
— cardunculi, Artischokenblumen.
— carthami, Saflor, gemeiner.
— caryophyllorum, Gartennelken.
— cassiae, Zimmtblüthen.
— chamomillae nobilis seu romanae, Kamille, edle.
— chamomillae vulgaris, Kamille, gemeine.
— cheiri, Goldlack.
— clematidis rectae, Brennkrautblumen.
— cobalti, Kobaltoxydul, arseniksaures.
— colchici, Herbstzeitlosenblüthe.

Flores consolidae regalis, Rittersporublumen.
— convallariae majalis, Maiblumen.
— coronariae, Gartennelken.
— cosso, Kossoblüthen.
— costae, Ferkelkrautblüthen.
— cuculi, Kardaminenblüthe.
— cyani, Kornblumen.
— dipsaci, Weberkardenblumen.
— ebuli, Attichblüthen.
— farfarae, Huflattigblüthe.
— filipendulae, Filipendelwedelblumen.
— flammulae jovis, Brennkrautblumen.
— gordolobae, Königskerzenblüthen.
— hermines, Kornblumen.
— immortales, Strohblümchen.
— jasmini sylvestris, Jasminblüthen.
— lanariae, Königskerzenblüthen.
— lavandulae, Lavendelblüthe.
— leontostomi, Ackeley.
— lilii albi, Lilienblüthen, weiße.
— liliorum convallium, Maiblumen.
— lupuli, Hopfen.
— malicorii, Granatäpfelblüthen.
— malvae arboreae, Baummalven.
— malvae sylvestris, Malvenblumen.
— marcasitae, Wismuthblumen.
— martiales, Eisenblumen.
— martis, Ammoniak, salzsaures eisenhaltiges.
— millefolii, Schafgarbenblüthen.
— macis, Mazis.
— naphae, Pomeranzenblüthen.
— narcissi sylvestris, Narzissenblüthen.
— nasturtii indici, Kapuzinerkressenblumen.
— nasturtii pratensis, Kardaminenblüthe.
— nenupharis, Seerosenblumen.
— nymphaeae albae, Seerosenblumen.

Flores paeoniae, Gichtrose.
— papaveris, Feldmohnblumen.
— papposi, Artischockenblumen.
— paralyseos, Schlüsselblumen.
— persicorum, Pfirsichblüthen.
— phalangii ramosi, Erdspinnenkrautblüthen.
— philadelphi, Jasminblüthen.
— Plinii, Feldmohnblumen.
— primulae veris, Schlüsselblumen.
— ptarmicae, Bertramgarbenblüthe.
— pulmonariae vaccarum, Königskerzenblüthen.
— quirinae, Huflattigblüthe.
— rhoeados, Feldmohnblumen.
— rosarum damascenarum, Rosenblätter, damascener.
— rosarum rubrarum, Knopfrosen.
— sacrae, Betonienblüthe.
— salis ammoniaci, Salmiakblumen.
— salis ammoniaci martiales, Ammoniak, salzsaures eisenhaltiges.
— salis ammoniaci venerei, Kupfersalmiakblumen.
— sambuci, Hollunderblüthe.
— spicae italicae, Lavendelblüthe.
— stanni, Zinnoxyd.
— sternutatorii, Maiblumen.
— stibii, Spießglanzblumen.
— stoechadis, Stöchasblumen.
— stoechadis citrinae, Strohblümchen.
— succini, Bernsteinsäure.
— sulphuris, Schwefelblüthe.
— symphyti minimi, Maslieb chen.
— syringae albae, Jasminblüthen.
— tanaceti, Rainfarrnblüthen.
— tanaceti albi, Bertramgarbenblüthe.
— Theophrasti, Feldmohnblumen.
— tiliae, Lindenblüthe.
— tunicae, Nelkenblüthen.
— verbasci, Königskerzenblüthen.
— verbesinae, Zweizahnblumen.
— violae, Veilchen.
— vitrioli philosophici, Boraxsäure.

Flores zinci, Zinkweiß.
Flos aluminis, Asbest.
Fluas calcareus, Flußspath.
Fluor mineralis, Flußspath.
Fluoretum kalii, Kali, fluorwasserstoffsaures.
Folia alni, Erlenblätter.
— aquifolii, Hülsenblätter.
— arboris vitae, Lebensbaum.
— aurantiorum, Pomeranzenblätter.
— bucco, Bukkoblätter.
— buxi, Buchsbaumblätter.
— cacaliae, Kakalienblätter.
— caprifolii, Geißblattblätter.
— carobbae, Karobbablätter.
— chamaemori, Multbeerenblätter.
— coluteae, Blasenstrauchblätter.
— coluteae srorpioidis, Skorpionsennesblätter.
— fraxini, Eschenblätter.
— Gaultheriae, Thee, kanadischer.
— globulariae, Kugelblumenblätter.
— gongonhae, Kassinenkraut.
— Guaco, Guacoblätter.
— ilicis aquifolii, Hülsenblätter.
— indi, Blätter, indianische.
— lauri, Lorbeerblätter.
— laurocerasi, Kirschlorbeerblätter.
— ligustri, Hartriegelblätter.
— malabathri, Blätter, indianische.
— matico, Matikoblätter.
— myrti, Myrtenblätter.
— naphae, Pomeranzenblätter.
— opuntiae, Opuntie.
— ornithoglossae, Eschenblätter.
— paraguayae, Paraguaythee.
— sennae, Sennesblätter.
— stanni, Stanniol.
— spilanthes oleracei, Parakressenkraut.
— sumach, Sumach.
— tamarisci, Tamariskenblätter.
— taxi, Eibenbaumblätter.
— vitis, Weintraubenblätter.
— vitis idaeae, Preiselbeerenblätter.
Folliculi sennae, Sennesbälglein.

Formas cupri, Kupferoxyd, ameisensaures.
Formias sodae seu natricus, Natron, ameisensaures.
Formylum chloratum, Chloroform.
Frondes sabinae, Sabina.
Fructus ananas, Ananas.
— aurantiorum immaturi, Pomeranzen, unreife.
— aurantiorum maturi, Pomeranzen, reife.
— cabahincae, Kabahinkafrüchte.
— capsici annui, Pfeffer, spanischer.
— cerasorum acidi siccati, Kirschen, saure getrocknete.
— citri, Zitrone.
— corni, Hornstrauchbeeren.
— cydoniorum, Quitten.
— cynosbati, Hagebutten.
Fructus evonymi, Pfaffenhütchen.
— hippocastani, Roßkastanien.
— juglandis, Wallnüsse.
— mespili, Mespeln.
— momordicae, Balsamäpfel.
— sinici, Apfelsinen.
— tamarindorum, Tamarinden.
— tetragoniae, Pfaffenhütchen.
Fucus amylaceus, Zeylonmoos.
— vesiculosus, Meereiche.
Fuligo splendens, Flammruß.
Fungus chirurgorum, Bovist.
— cynosbati, Bedeguar.
— esculentus, Morcheln.
— melitensis, Malteserschwamm.
— rosarum seu bedeguar, Rosenschwamm.
— salicinus, Weidenschwamm.
— sambuci, Hollunderschwamm.
Furfur amygdalarum, Mandelkleie.

G.

Gagata, Pechkohle.
Galbanum alkalisatum, Galbanseife.
— in granis, Galbangummi in Körnern.
— in placentis, Galbangummi in Kuchen.
Gallae aleppenses, Galläpfeln.
— hungaricae, Knoppern.
— juniperi virginianae, Wacholdergalläpfeln, virginische.
Gallae pistaciae, Terpentingalläpfeln.
Gallus indicum, Bablah.
Gelatinium, Gelatine.
Gemmae abietis, Tannenknospen.
— pini, Fichtenknospen.
— populi, Pappelknospen.
Gentianinum, Gentianin.
Gilla Theophrasti, Augenstein.
Glacies Mariae, Marienglas.
Glandes quercus, Eicheln.
— quercus tostae pulveratae, Eichelkaffé.
— terrestres, Ackernüße.
Glandes unguentariae, Behennüsse.
Globuli tartari martiati, Eisenweinsteinkugeln.
Glonoinum, Glonoin.
Gluten, Leim.
— carnis, Fleischleim.
Glutenum siccum, Kleber.
Glycerinum, Glycerin.
Glycium oxydatum, Beryllerde.
— oxydatum hydratum, Berylliumoxyd, wasserhaltiges.
Glycocollum, Leimsüß.
Glycyrrhizinium, Glycyrrhizin.
Gossypium, Baumwolle.
Grana acini, Traubenkerne.
— balsami, Balsamkörner.
— coccionellae, Kochenille.
— gnidii, Kellerhalskörner.
— kermes, Kermes.
— mais, Mais.
— maniguetta, Paradieskörner.
— meleguetta, Paradieskörner.
— molucca, Purgierkörner.

Grana moschata, Abelmosch.
— **paradisi**, Paradieskörner.
— **sago**, Sago.
— sapotillae, Sapotillkörner.
— tiglii, Purgierkörner.
Graphites, Graphit.
Guacinum, Guacin.
Gummi ammoniacum, Ammoniakgummi.
— animae, Anime.
— arabicum, Gummi, arabisches.
— **asae** foetidae, Asand, stinkender.
— asphaltum, Asphalt.
— barbaricum, Gummi, barbarisches.
— bdellium, Bdellium.
— benzoes, Benzoe.
— camphorae, Kampfer.
— carannae, Karanne.
— cedri, Cedernharz.
— cerasorum, Kirschharz.
— copal, Kopal.
— dammar, Dammarharz.
— elasticum, Gummi, elastisches.
— elemi, Elemi.
— embavi, Embavigummi.
— galbani, Galbangummi.
— euphorbii, Euphorbiengummi.
— galda, Galdagummi.
— gambiense, Kino.
— gedda, Geddagummi.
— gettania, Guttapercha.
— guttae, Gummigutt.

Gummi hederae, Epheuharz.
— kikekunemalo, Kikekunemalogummi.
— kino, Kino.
— laccae in tabulis, Schellack.
— ladanum, Ladanumharz.
— ligni sancti, Quajakgummi.
— mastiches, Mastix.
— mimosae, Arabisches Gummi.
— mogador, Mogadorgummi.
— myrrhae, Myrrhe.
— olibanum, Weihrauch.
— opoponacis, Panax.
— ostindicum, Gummi, ostindisches.
— pallidum, Anime.
— pseudo-tragante, Sassagummi.
— quajaci, Quajakgummi.
— retorridum, Anime.
— rubrum, Gummi, rothes.
— sagapeni, Sagapen.
— sandarac, Sandarak.
— sarcocollae, Fleischleim.
— sassa, Sassagummi.
— senegal, Senegalgummi.
— serapinum, Sagapen.
— Suakin, Suakingummi.
— tacamahaca, Takamahak.
— toridonense, Bassoragummi.
— tragacanthae, Tragauth.
Guttapercha, Guttapercha.
— tuban, Guttapercha.
Gypsum, Gips.
— calcinatum, Gips, gebrannter.
— crudum, Gips, roher.

H.

Haematoxylinum, Hämatoxylin.
Halyotis, Meerohr.
Hepar antimonii, Spießglanzleber.
— antimonii lotum, Metallsafran.
— arsenicalis, Kali, arsenikfaures.
— calcis, Schwefelkalk.
— calcis antimonii, Spießglanzschwefelkalk.
— sulphuris, Schwefelleber.

Hepar sulphuris antimonii, Spießglanzleber.
Herba abrotani, Abrand.
— abrotani montani, Zypressenkraut.
— absinthii maritimi, Meerwermuth.
— absinthii pontici seu romani, Wermuth, pontischer.

Herba absinthii vulgaris, Wermuth, gemeiner.
— abutili, Sammetpappelkraut.
— acanthi, Bärenklaue.
— acetosae, Sauerampfer.
— acetosae romanae seu rotundifoliae, Sauerampfer.
— acetosellae, Sauerklee.
— acmellae, Akmelle.
— aconiti, Eisenhütchen.
— adianthi aurei, Wiederthon, goldener.
— adianthi nigri, Frauenhaar, schwarzes.
— adulterina, Alpkraut.
— aegyptiaca, Ägyptenkraut.
— agrimoniae, Ackermennig.
— alchemillae, Sinau.
— alliariae, Knoblauch.
— alsinae fortis, Wermuth.
— alsinanthemos, Helmkraut.
— alsines, Vogelkraut.
— altaraconis, Löwenzahn.
— altheae, Altheekraut.
— amaranthi tricoloris, Papageikraut.
— ambrosioidis, Jesuitenthee.
— anagallidis, Hühnerdarm, rother.
— anchusae, Ochsenzungenkraut.
— anethi, Dill.
— anethi marini, Meerbacille.
— anserinae, Gänsekraut.
— anthos, Rosmarin.
— antirrhini, Leinkraut.
— apalachines, Paraguaythee.
— aparines, Klebkraut.
— apii, Wassereppich.
— — asinini, Kerbel.
— — hortensis, Peterling.
— — montani, Bergpetersilie.
— apostemicae, Ackerskabiose.
— arboris vitae, Lebensbaum.
— argentinae, Gänsekraut.
— aristolochiae, Osterluzeikraut.
— arnicae, Bergwolverlei.
— arnoglossi, Wegerig, großer.

Herba artemisiae, Beifuß.
— ascyronis, Hartheu.
— asperuginis, Scharfkraut.
— asperulae, Waldmeister.
— asperulae aureae, Walantie.
— asplenii, Milzkraut.
— atriplicis odoratae, Jesuitenthee.
— atriplicis olidae, Hundsmelde.
— — rubrae, Gartenmelde.
— auriculae muris, Habichtskraut.
— baccharis, Dürrwurzel.
— ballotae lanatae, Ballote, wollige.
— balsami palustris, Wassermünze.
— balsaminae luteae, Balsamine, gelbe.
— balsamitae, Balsamkraut.
— barbae Jovis, Hauslauch.
— barbareae, Barbenkraut.
— bardanae minoris, Kropfklette.
— basilici, Basilienkraut.
— beccabungae, Bachbungen.
— bechionidis, Huflattig.
— belladonnae, Tollkraut.
— bellinii, Wassereppich.
— berulae, Bachbungen.
— betonicae, Betonie.
— bidentis, Zweizahn.
— bis linguae, Zapfenkraut.
— boni Henrici, Guter Heinrich.
— Bonifaciae, Zapfenkraut.
— boraginis, Beretsch.
— — minoris, Klebkraut.
— botryos mexicanae, Jesuitenthee.
— brancae ursi, Bärenklaue.
— brassicae, Meerkohl.
— buglossi, Ochsenzungenkraut.
— — agrestis, Natterkopf.
— bugulae, Güldengünsel.
— bursae pastoris, Hirtentasche.
— cakiles, Meersenf.
— calaminthae, Bergmünze.
— calathiamis, Lungenenziankraut.
— calcitrapae, Calcitrape.
— calendulae, Ringelblume.
— caltheae palustris, Butterblume.

Herba camelinae, Leindotter.
— camphoratae, Kampferkraut.
— candeliae regis, Königskerze.
— cannabini aquatici, Alpkraut.
— cannabis indicae, Hanf, indischer.
— capilli cynocephali, Dill.
— capillorum veneris, Frauenhaar.
— capraginis, Geisraute.
— cardaminis, Kardamine.
— — majoris, Kapuzinerkresse.
— cardui benedicti, Kardobenedikten.
— — stellati, Calcitrape.
— — tomentosi, Krampfdistel.
— carthami sylvestris, Safler, wilder.
— cassines, Kassinenkraut.
— cassythae, Flachsseide.
— catariae, Katzenmünze.
— caudae vulpis, Küchenschellenkraut.
— cedronellae, Drachenkopf.
— centaurei benedicti, Kardobenedikten.
— centaurii lutei, Chlora.
— centaurii minoris, Tausendguldenkraut.
— centum galli, Scharlachkraut.
— centummorbiae, Egelkraut.
— centumnodiae, Blutkraut.
— cepaeae, Bachbungen.
— cerefolii, Gartenkerbel.
— cerefolii hispanici, Kerbel, spanischer.
— cervariae nigrae, Bergpetersilie.
— cervicariae majoris, Glockenblume, nesselblätterige.
— cervicariae minoris, Glockenblume, geknaulte.
— ceterach, Milzkraut.
— chaerophylli sylvestris, Kerbel.
— chamaecisti, Gundelrebe.
— chamaedryos, Gamander.
— chamaedryos aquaticae, Lachenknoblauch.

Herba chamaepitys, Schlagkraut.
— chamaenerii, Thee, kurillischer.
— chelidonii majoris, Schellkraut.
— chelidonii minoris, Hahnenfuß.
— chenopodii ambrosioidis, Jesuitenthee.
— chenopodii rubri, Gartenmelde.
— chondrillae, Mauerprenanthe.
— chondrillae veterum, Chondrille.
— chrysosplenii, Golzmilz.
— cichorii verrucarii, Warzenmilchkraut.
— cicutae, Schierling, gefleckter.
— cicutae aquaticae, Wasserschierling.
— cicutariae odoratae, Kerbel, spanischer.
— cingularae, Bärlappkraut.
— circeae, Hexenkraut.
— citronellae, Zitronenmelisse.
— clematidis rectae, Brennkraut.
— clinopodii majoris, Weichdost.
— cochleariae, Löffelkraut.
— cochleariae marinae seu britannicae, Löffelkraut, englisches.
— columbaris, Eisenhart.
— comari, Sumpffingerkraut.
— concordiae, Ackermennig.
— conii, Schierling, gefleckter.
— consolidae mediae, Güldengünsel.
— consolidae minoris, Brunelle.
— consolidae sarracenicae, Goldruthe.
— convolvuli, Zaunrinde.
— conyzae, Wohlverleih, falscher.
— conyzae majoris, Dürrwurzel.
— coronopi repentis, Krähenfuß, ruellischer.
— corrigiolae, Blutkraut.
— costae caninae seu equinae, Wegerig, kleiner.
— cortusae Mathioli, Bergsanikel.
— costae, Ferkelkraut.

Herba cotyledonis aquaticae, Sumpfvenusnabel.
— crithmi, Meerbacille.
— crocodilii, Kugeldistel.
— crucialis, Klebkraut.
— crysta gallinacei. Bernfkraut.
— cucubali, Kukubalkraut.
— cuculi, Kardamine.
— cum floribus matricariae, Mutterkraut.
— cumatilis, Leebermoos, grünes.
— Cunigundae, Alpkraut.
— cunilae, Bohnenkraut.
— cupressi, Zypressenkraut.
— cuscutae majoris, Flachsseide.
— cuscutae thymi, Thymseide, kretische.
— cynoglossae, Hundszunge.
— daturae, Stechapfelkraut.
— dentis caballini, Bilsenkraut, schwarzes.
— dentis leonis, Löwenzahn.
— diapensiae, Sanikel.
— digitalis, Fingerhutkraut.
— digitalis minimae, Gnadenkraut.
— doronici germanici, Bergwolverlei.
— dracunculi, Kaiserfalat.
— echii, Natterkopf.
— echinopis, Kugeldistel.
— empetri, Rauschbeere.
— endiviae, Endivie.
— epithymi cretici, Thymseide.
— equiseti majoris, Schachtelhalm.
— ericae, Heidekraut.
— erigerontis, Baldgreis.
— erucae sativae, Raukekohl.
— erysimi, Wegsenf.
— esulae, Wolfsmilch, gemeine.
— eupatorii, Alpkraut.
— eupatorii veterum, Ackermennig.
— euphrasiae, Augentrost.
— fabae porcinae, Bilsenkraut, schwarzes.
— farfarae, Huflattig.
— febrifugae, Tausendguldenkraut.

Herba febrifugae aquaticae, Bitterklee.
— fel terrae, Tausendguldenkraut.
— ferrariae, Eisenhart.
— ficariae, Hahnenfuß.
— filaginis, Fadenkraut.
— filii ante patrem, Huflattig.
— filipendulae, Filipendelwedel.
— fistulariae, Sumpfläusekraut.
— flammulae jovis, Brennkraut.
— florens meliloti, Melilote.
— foeniculi, Fenchel.
— foeniculi marini, Meerbacille.
— fragariae, Erdbeerkraut.
— fumariae, Erdrauch.
— galegae, Geißraute.
— galeobdoli, Taubnessel, gelbe.
— galeopsidis, Scharlachnessel.
— galeopsis grandiflorae, Hanfnesselkraut.
— galii albi, Labkraut, weißes.
— — lutei, Labkraut, gelbes.
— gayubae, Bärentraube.
— genipi albi, Genipkraut.
— genistae tinctoriae, Färberginster.
— gentianae coeruleae, Lungenenzianfraut.
— geranii, Storchschnabel.
— gingidii, Gartenkerbel.
— githaginis, Kornrade.
— graminis porcini, Blutkraut.
— gratiae Dei, Storchschnabel.
— gratiolae, Gnadenkraut.
— haemorrhoidici, Hahnenfuß.
— hederae, Ephenblätter.
— hederae terrestris, Gundelrebe.
— helichrysi tragi, Goldschopf.
— heliotropii majoris, Sonnenwende.
— heliotrosi, Sinau.
— helxines, Glaskraut.
— hemionitis, Hirschzunge.
— hepaticae nobilis, Edelleberkraut.
— — saxatilis, Steinmoos.

Herba hepaticae stellatae, Waldmeister.
— herculaniae, Berufkraut.
— herniariae, Bruchkraut.
— hieracii sonchitis, Ackergänsedistel.
— hipposelini, Liebstöckel.
— hirundinariae, Schellkraut.
— hormini sclareae, Scharlachkraut.
— hydrogeri, Baldgreis.
— hyosciami albi, Bilsenkraut, weißes.
— — nigri, Bilsenkraut schwarzes.
— hyperici, Hartheu.
— hyssopi, Ysop.
— ignis, Becherflechte.
- impatientis, Balsamine, gelbe.
— intibi augusti, Giftlattig.
— irionis, Wegsenf.
— isatis, Waid.
— ivae arthriticae, Schlagkraut.
— jaceae, Dreifaltigkeitskraut.
— jaceae nigrae, Safler, wilder.
— judaicae, Berufkraut.
— jujonis lacrymae, Eisenhart.
— lactucae sativae, Lattig.
— lactucae sylvestris, Zaunlattig.
— lactucae virosae, Giftlattig.
— lamii albi, Taubnessel.
— — lutei, Taubnessel gelbe.
— — sylvatici foetidi, Scharlachnessel.
— — Mariae, Andern, weißer.
— lapathi unctuosi, Guter Heinrich.
— lappae minoris, Kreppflette.
— lapsanae, Milchen.
— lapullae hepaticae, Ackermennig.
— laurentinae, Güldengünsel.
— lavandulae, Lavendel.
— ledi palustris, Sumpfporst.
- lentis palustris, Wassermoos.
— lepidii sativi, Kresse.
— levistici, Liebstöckel.
— linagrostis, Wiesenwelle.
— linariae, Leinkraut.
— linguae bovinae, Boretsch.

Herba linguae caninae, Hundszunge.
— lini cathartici, Bergflachs.
— linguae cervinae, Hirschzunge.
— linodesmi, Flachsseide.
— lobeliae inflatae, Tabak, indianischer.
— lolii officinarum, Kornrade.
— lonchitidis, Hirschzunge.
— loti sylvestris, Schotenklee.
— loti urbanae, Ägyptenkraut.
— lujulae, Sauerklee.
— lunariae, Mondrautenkraut.
— lupuli cretici, Dosten, kretischer.
— luteolae, Wau.
— lycopi, Zigeunerkraut.
— lycopodii, Bärlappkraut.
— lysimachiae chamaeneri, Weiderich.
— lysimachiae lutaeae, Weiderich, gelber.
— lysimachiae purpureae, Weiderich, rother.
— majoranae, Majoran.
— majoranae creticae, Wintermajoran.
— malvae anserinae, Malvenkraut.
— malvae sylvestris, Malvenkraut.
— mandragorae, Zauberkraut.
— mansa, Kassinenkraut.
— mari cretici, Wintermajoran.
— mari veri seu syriaci, Amberkraut.
— marmorellae, Ackermennig.
— marubii albi, Andorn, weißer.
— marubii aquatici, Zigeunerkraut.
— matricariae, Mutterkraut.
— matrisalviae, Scharlachkraut.
— matrisylvae, Waldmeister.
— medicaginis, Spargelklee.
— medicaginis ciscinatae, Luzerne, französische.
— melanphyllos, Bärenklaue.
— meliloti coeruleae, Ägyptenkraut.
— melissae, Zitronenmelisse.

Herba melissae canariensis, Melisse, kanarische.
— melissae turcicae, Drachenkopf.
— melittis Plinii, Zitronenmelisse.
— menthae aquaticae, Wassermünze.
— menthae balsaminae, Zitronenmünze.
— menthae crispae, Krauseminze.
— menthae graecae, Balsamkraut.
— menthae piperitae, Pfeffermünze.
— menthae rubrae, Poley.
— mercurialis, Bingelkraut.
— mercurii sanguis, Eisenhart.
— mesembryanthemi crystallini, Eispflanze.
— millefolii, Schafgarbe.
— millefolii aquatici, Federkraut.
— milleforae, Hartheu.
— millegranae, Blutkraut.
— mithridatia vera, Lachenknoblauch.
— moldavicae, Drachenkopf.
— monardae, Monardenkraut.
— morellae, Brunelle.
— morsus diaboli, Teufelsabbißkraut.
— morsus gallinae, Vogelkraut.
— musci arborei, Baummoos.
— musci cathartici, Tangelkraut.
— musci clavati, Bärlappkraut.
— myrrhydis, Kerbel, spanischer.
— myrti brabanticae, Gagel.
— napelli, Eisenhütchen.
— nasturtii aquatici, Brunnenkressenkraut.
— nasturtii hortensis, Kresse.
— nasturtii indici, Kapuzinerkresse.
— nasturtii petraei, Holzmilz.
— nasturtii pratensis, Kardamine.
— nasturtii verrucosi, Krähenfuß, ruellischer.
— nepetae, Katzenmünze.
— nicotianae, Tabak.

Herba nigellastri, Kornrade.
— nolae culinaris, Küchenschellenkraut.
— noli me tangere, Balsamine, gelbe.
— nummulariae, Egelkraut.
— ocimi citrati, Basilienkraut.
— ocimi silvestris, Weichdost.
— ocularia, Augentrost.
— onobrychis, Esparsette.
— onopordi, Krampfdistel.
— ophthalmica, Augentrost.
— oreoselini, Bergpetersilie.
— origani cretici, Dosten, kretischer.
— origani vulgaris, Dosten.
— ornithogalli, Vogelkraut.
— ornithopodii, Vogelsfuß.
— osyris, Leinkraut.
— otitis, Kukubalkraut.
— ovariae, Balsamkraut.
— paliuri, Judendorn.
— papagalli, Papageikraut.
— pappae, Waldgreis.
— paralyseos, Schlüsselblumenkraut.
— paridis, Einbeerkraut.
— parietariae, Glaskraut.
— parthenii, Mutterkraut.
— patchouly, Patchoulykraut.
— patientiae, Geduldampfer.
— pectinis veneris, Nadelkerbel.
— pedicularis aquaticae, Sumpfläusekraut.
— pedis asini, Huflattig.
— pedis avis, Vogelsfuß.
— pedis leonis, Sinau.
— pedis ursini, Bärlappkraut.
— pentaphylli, Fingerkraut.
— pentaphylli aquatici, Sumpffingerkraut.
— perforatae, Hartheu.
— peristeri, Eisenhart.
— persicariae hydropiperis, Bitterling.
— pes caninus, FroschepRich.
— petrellae, Waldgreis.

Herba petroselini, Peterling.
— phalangii ramosi, Erdspinnenkraut.
— phytolaccae, Kermesbeere.
— pilosellae, Habichtskraut.
— pimpinellae, Becherblume.
— pinguiculae, Fettkraut.
— plantaginis majoris, Wegerig, großer.
— plantaginis minoris, Wegerig, kleiner.
— pneumonanthes, Lungenenzian-kraut.
— polii cretici, Berglavendel.
— polii montani, Bergpolei.
— polygoni, Blutkraut.
— polytrichi, Widerthon, goldener.
— populaginis, Butterblume.
— portulacae, Portulak.
— potentillae, Fingerkraut.
— prasii, Andorn, weißer.
— primulae veris, Schlüsselblumenkraut.
— procampylon, Abrand.
— prunellae, Brunelle.
— ptarmicae, Bertramgarbe.
— pulegii, Poley.
— pulmonariae, Lungenkraut.
— pulmonariae arboreae, Lungenmoos.
— pulo, Kassinenkraut.
— pulsatillae vulgaris, Küchenschellenkraut.
— pyrolae, Wintergrün.
— quadrifoliae, Einbeerkraut.
— querculae, Gamander.
— querculae turcicae, Jesuitenthee.
— quinquefolii, Fingerkraut.
— quinquenerviae, Spitzwegerich.
— ranunculi albi, Windröschen.
— ranunculi palustris, Krescheprich.
— raphani aquatici, Brunnenkressenkraut.
— rhododendri chrysanthi, Schneerosenblätter.
— rhois toxicodendri, Giftsumach.

Herba rorellae seu roris solis, Sonnenthau.
— rosmarini, Rosmarin.
— rosmarini silvestris, Sumpfporst.
— rostrum ciconiae, Storchschnabel.
— Ruperti, Storchschnabel.
— rutae agrestis, Erdrauch.
— rutae caprariae, Geisraute.
— rutae hortensis, Raute.
— rutae jecorariae, Mondrautenkraut.
— sabdariffae, Ibischjabdariff.
— sabinae, Sabina.
— salicariae, Weiderich, rother.
— salviae, Salbei.
— sanctae Mariae, Balsamkraut.
— sancti Antonii, Weiderich.
— sanguinariae, Blutkraut.
— sanguisorbae, Becherblume.
— saniculae, Sanikel.
— saniculae montanae, Bergsanikel.
— santolinae, Zypressenkraut.
— saponariae, Seifenkraut.
— sardoae, Küchenschellenkraut.
— saturejae, Bohnenkraut.
— saxifragae albae, Steinbrech, weißer.
— saxifragae rubrae, Filipendelwedel.
— scabiosae, Ackerskabiose.
— scandicis, Nadelkerbel.
— scariolae, Zaunlattig.
— scolopendrii, Hirschzunge.
— scordii, Lachenknoblauch.
— scordotis, Helmkraut.
— scrophulariae, Braunwurzel.
— scrophulariae minoris, Hahnenfuß.
— sedi majoris, Hauslauch.
— sedi minoris, Blattlos.
— selaginis, Taugelkraut.
— sempervivi, Hauslauch.
— senecionis, Baldgreis.
— sepium, Zaunwinde.

Herba seris urinariae, Löwenzahn.
— serpylli, Quendel.
— serpylli romani, Thymian.
— serratulae, Farbedistel.
— sesceleos pratensis, Silaufenchelkraut.
— sideritidis, Berufkraut.
— sii palustris alteri, Wasserschierling.
— sinapi aquatici, Brunnenkressenkraut.
— sisymbrii aquatici, Brunnenkressenkraut.
— solani, Nachtschattenkraut.
— solani majoris, Tollkraut.
— solani quadrifolii, Einbeerkraut.
— solani racemosi, Kermesbeere.
— soldanellae, Meerkohl.
— sonchi, Saudistel.
— sophiae chirurgorum, Raute.
— sorbastrellae, Becherblume.
— spartii minoris, Färberginster.
— sphaerocephali, Kugeldistel.
— spicae creticae, Dosten, kretischer.
— spigeliae, Spigelie.
— spilanthes oleracei, Parakressenkraut.
— spinae albae, Krampfdistel.
— stachydis silvaticae, Scharlachnessel.
— stramonii, Stechapfelkraut.
— sumach, Sumach.
— symphyti maculosi, Lungenkraut.
— symphyti minoris, Brunelle.
— tabinariae, Leinkraut.
— tanaceti, Rainfarrn.
— taraxaci, Löwenzahn.
— taxi baccatae, Eibenbaumblätter.
— tertianariae, Helmkraut.
— teucrii cretici, Berglavendel.
— theae brasiliensis, Thee, brasilianischer.
— theae pensylvanicae, Monardenkraut.
— thorinae, Geisraute.

Herba thymi, Thymian.
— thymi cretici, Thymian, kretischer.
— thymi gallici, Thymian, französischer.
— tithymali, Wolfsmilch, gemeine.
— trachelii, Glockenblume, nesselblätterige.
— tribuli terrestris, Burzeldorn.
— trientalis, Helmkraut.
— trifolii fibrini, aquatici seu paludosi, Bitterklee.
— trifolii pratensis, Klee, englischer.
— trinerviae, Spitzwegerich.
— trinitatis, Dreifaltigkeitskraut.
— trissaginis, Gamander.
— turcae, Bruchkraut.
— ulvae versae, Einbeerkraut.
— ungulae caballinae, Huflattig.
— urinalis, Leinkraut.
— urticae, Brennnessel.
— urticae inertis, Scharlachnessel.
— urticae mortuae, Taubnessel.
— uvae ursi, Bärentraube.
— uvulariae, Zapfenkraut.
— valantiae, Valantie.
— veneris, Eisenhart.
— verbasci, Königskerze.
— verbenae, Eisenhart.
— verbenae foeminae, Wegsenf.
— verbesinae, Zweizahn.
— vermicularis, Blattlos.
— veronicae, Ehrenpreis.
— veronicae aquaticae, Bachbungen.
— vincae pervincae, Sinngrün.
— violae tricoloris, Dreifaltigkeitskraut.
— virgae aureae, Goldruthe.
— viscaginis, Kukubalkraut.
— vitis, Weintraubenblätter.
— vitrariae, Einbeerkraut.
— vulvariae, Hundsmelde.
— xanthii, Kropfklette.
— zacinthae, Warzenmilchkraut.

Hirundines medicinales, Blutigel.
Hordeum excorticatum seu mundatum, Gerstengraupen.
— perlatum, Perlgraupen.
Hyacinthus stibii, Spießglanzglas.
Hydrargyrum, Quecksilber.
— aceticum oxydatum, Quecksilberoxyd, essigsaures.
— aceticum oxydulatum, Quecksilberoxydul, essigsaures.
— alkalisatum, Quecksilber, alkalisches.
— ammonio-nitricum, Quecksilberoxyd, salpetersaures ammoniakalisches.
— benzoicum oxydulatum, Quecksilberoxydul, benzoesaures.
— bibromatum, Bromquecksilber.
— borussicum, Quecksilberoxyd, blausaures.
— bromatum, Quecksilberbromür.
— cinereum Blackii, Quecksilberoxyd, salpetersaures ammoniakalisches.
— cinereum Saunderi, Quecksilberoxyd, Saunders graues.
— corrosivum sublimatum, Ätzsublimat.
— hydrocyanicum, Quecksilberoxyd, blausaures.
— jodatum arsenicatum, Quecksilberjodid, arsenikalisches.
— jodatum flavum, Jodquecksilber, gelbes.
— jodatum rubrum, Jodquecksilber, rothes.
— muriaticum corrosivum, Ätzsublimat.
— muriaticum mite, Kalomel.
— nitricum, Quecksilber, salpetersaures.
— nitricum oxydatum, Quecksilberoxyd, salpetersaures.
— oxydatum rubrum, Merkurialpulver, rothes.
— oxydulatum, Quecksilberoxydul.
Hydrargyrum oxydulatum cinereum, Quecksilberoxydul, Moskati's.
— oxydulatum muriaticum, Kalomel.
— oxydulatum nitricum, Quecksilber, salpetersaures.
— phosphoricum oxydatum, Quecksilberoxyd, phosphorsaures.
— phosphoricum oxydulatum, Quecksilberoxydul, phosphorsaures.
— stibiato-sulphuratum, Schwefelspießglanzquecksilber.
— sulphuratum nigrum, Merkurialpulver, schwarzes.
— sulphuricum basicum, Quecksilberpräcipitat, gelber.
— tartaricum, Quecksilberoxydul, weinsteinsaures.
— tartarisatum, Quecksilber, tartarisirtes.
— vitriolatum, Quecksilberpräcipitat, gelber.
Hydras barytae, Ätzbaryt, krystallisirter.
— beryllii, Berylliumoxyd, wasserhaltiges.
— ferricus, Eisenoxydhydrat.
— glycinae, Berylliumoxyd, wasserhaltiges.
— kalicus, Kali, ätzendes.
— sodae, Ätznatron.
Hydrobromas ammoniae, Ammoniak, hydrobromsaures.
— cadmii, Bromkadmium.
— calcis, Bromkalcium.
— ferri, Bromeisen.
— hydrargyrosus, Quecksilberbromür.
— kalicus, Bromkalium.
— magnesiae, Brommagnesium.
— natricus, Natron, hydrobromsaures.
— strychnii, Bromstrychnin.
— zinci, Bromzink.

Hydrochloras *v.* Murias.
— aluminae, Chloraluminium.
— ammonicus cum oxydo hydrargyrico, Quecksilber, salzsaures ammoniakhaltiges.
— argenti, Hornsilber.
— auricus, Chlorgold.
— brucinae, Brucin, salzsaures.
— cadmiae, Chlorkadmium.
— chininicus, Chinin, salzsaures.
— cinchonini, Cinchonin, salzsaures.
— cupri, Chlorkupfer.
— cobalti, Kobaltoxydul, salzsaures.
— ferri, Eisenoxyd, salzsaures.
— ferrosus, Chloreisen.
— lithii, Chlorlithium.
— magnesiae, Chlormagnesium.
— morphinae, Morphium, salzsaures.
— naphthae, Salzäther.
— niccoli, Nickeloxyd, salzsaures.
— oxyacanthiae, Oxyakanthin, salzsaures.
— oxydi hydrargyri, Ätzsublimat.
— oxyduli stanni, Zinnsalz.
— palladii, Chlorpallad.
— palladii et sodae, Palladiumnatronhydrochlorat.
— platinae, Chlorplatin.
— plumbi basici, Chlorblei, basisches.
— stanni et ammoniae, Pinksalz.
— strontii, Chlorstrontium.
— strychnii, Chlorstrychnin.
— uranii, Uranoxyd, salzsaures.
— zinci, Zinkbutter.
Hydrocyanas ammoniae, Cyanammonium.
— auri, Cyangold.
— cupri, Cyankupfer.
— ferri, Cyaneisen.
— ferri et cupri, Kupfer, eisenblausaures.
— ferro-chininicus, Chinin, eisenblausaures.
— ferro-strychnicus, Strychnineisencyanür.
Hydrocyanas kalicus, Cyankalium.
— zinci, Cyanzink.
— zinci et ammoniae, Cyanzinkammonium.
— zinci et ferri, Zinkoxyd, eisenblausaures.
Hydroferrocyanas plumbi, Bleioxyd, eisenblausaures.
Hydrofluoras ammoniae, Ammoniak, flußsaures.
— barytae, Baryt, fluorwasserstoffsaures.
— kalicus, Kali, fluorwasserstoffsaures.
Hydrogenium sulphuratum aquosum, Schwefelwasserstoffwasser.
— tricarburetum, Naphthalin.
Hydrojodas *v.* Jodetum.
— ammoniae, Jodammonium.
— auri, Jodgold.
— calcis, Jodkalium.
— cupri, Jodkupfer.
— ferri, Jodeisen.
— ferrochininicus, Chininferrohydrojodat.
— kalii, Jodkalium.
— manganae, Jodmangan.
— oxyduli hydrargyri, Jodquecksilber, gelbes.
— plumbi, Jodblei.
— sodae, Jodnatrium.
— strychnii, Jodstrychnin.
— zinci, Jodzink.
Hydrojodinas barytae, Baryt, hydrojodsaurer.
Hydrosilicofluoras natricus, Fluorkieselsodium.
— potassae, Fluorkieselkalium.
Hydrosulphuretum ammoniatum, Ammoniak, schwefelwasserstoffsaures.
Hyoscyaminum, Hyoscyamin.
Hyperchloras kalicus, Kali, überchlorsaures.
Hypermanganas kalicus, Kali, übermangansaures.

Hyperoxydulum plumbi, Mennige.
Hyperoxydum plumbi, Bleioxyd, braunes.
Hypochloras calcis, Chlorkalk.
Hypochloris kalicus, Kali, unterchlorigsaures.
Hypophosphis calcis, Kalk, unterphosphorigsaurer.
— kalicus, Kali, unterphosphorigsaures.
Hypophosphis sodae seu natricus, Natron, unterphosphorigsaures.
Hyposulphas barytae, Baryt, hyposchwefelsaurer.
— sodae seu natricus, Natron, unterschwefelsaures.
Hyposulphis auri et sodae, Goldoxydulnatron, unterschwefligsaures.
— sodae seu natricus, Natron, unterschwefligsaures.
Hyraceum dasjespis, Dachsketh.

J.

Ichthyocolla, Hausenblase.
Ilicinum, Ilicin.
Indigo, Indigo.
— in tabulis, Plattindigo.
— praecipitata, Indigokarmin.
Indigotinium, Indigotin.
Inulinum, Alantin.
Iridium, Iridium.
Jodas ammoniae, Ammoniak, jodsaur.
— ferricus, Eisenoxyd, jodsaures.
— ferrosus, Eisenoxydul, jodsaures.
— kalicus, Kali, jodsaures.
— natricus, Natron, jodsaures.
— sodae, Natron, jodsaures.
— zinci, Zinkoxyd, jodsaures.
Jodetum amyli, Jodamylum.
— arsenici, Jodarsenik.
Jodetum hydrargyricum, Jodquecksilber, rothes.
— hydrargyricum et arsenicum, Quecksilberjodid, arsenikalisches.
— magnesiae, Jodmagnesium.
— manganae, Jodmangan.
— strontii, Jodstrontium.
— strychnii, Jodstrychnin.
Jodium chloratum, Chlorjod.
Jodoformum, Jodoform.
Jodum, Jod.
— bromatum, Bromjodür.
Joduretum barytae, Baryt, hydrojodsaurer.
— sulphuris, Jodschwefel.
Jonium, Kadmium.
Jujubae, Brustbeeren, rothe.

K.

Kali aceticum, Essigsalz.
— anthrazothionicum, Kali, schwefelblausaures.
— arsenicicum, Kali, arsensaures.
— arsenicosum, Kali, arseniksaures.
— benzoicum, Kali, benzoesaures.
— bicarbonicum, Kali, kohlensaures neutrales.
— bichromicum, Kali, chromsaures rothes.
Kali bisulphuricum, Doppelsalz, saures.
— bitartaricum, Weinsteinkrystalle.
— boracicum, Kali, boraxsaures.
— borussicum, Cyankalium.
— bromicum, Kali, bromsaures.
— carboazoticum, Kali, pikrinsaures.
— carbonicum acidulum, neutrale

seu crystallisatum, Kali, kohlensaures neutrales.

Kali carbonicum crudum, Kali, kohlensaures rohes.

— carbonicum purum, Kali, kohlensaures basisches.

— carbonitricum, Kali, pikrinsaures.

— causticum alcoholicum, Ätzkalilösung, alkoholische.

— causticum fusum, Ätzkali, geschmelzenes.

— causticum purum, Kali, ätzendes.

— chloratum, Kali, unterchlorigsaures.

— chloricum seu chlorinicum, Kali, chlorsaures.

— chromicum, Kali, chromsaures gelbes.

— chromicum acidum seu rubrum, Kali, chromsaures rothes.

— chromium sulphuricum, Chromalaun.

— citricum, Kali, zitronensaures.

— delphinicum, Kali, baldriansaures.

— ferrohydrocyanicum, Kali, eisenblausaures gelbes.

— ferrohydrocyanicum rubrum, Kali, eisenblausaures rothes.

— hydrobromicum, Bromkalium.

— hydrocyanicum ferratum flavum, Kali, eisenblausaures gelbes.

— hydrocyanicum ferratum rubrum, Kali, eisenblausaures rothes.

— hydrocyanicum fusum, Cyankalium, geschmolzenes.

— hydrocyanicum purum, Cyankalium.

— hydrofluoricum, Kali, fluorwasserstoffsaures.

— hydrojodicum, Jodkalium.

— hydro-silico-fluoricum, Fluorkieselkalium.

— hyperchloricum, Kali, überchlorsaures.

Kali hypermanganicum, Kali, übermangansaures.

— hypochlorosum, Kali, unterchlorigsaures.

— hypophosphorosum, Kali, unterphosphorigsaures.

— jodinicum, Kali, jodsaures.

— manganicum, Kali, mangansaures.

— methylosulphuricum, Kali, methylschwefelsaures.

— molybdaenicum, Kalimolybdat.

— muriaticum, Chlorkalium.

— muriaticum oxygenatum, Kali, chlorsaures.

— natronato-tartaricum, Seignetsalz.

— nitricum depuratum, Salpeter, raffinirter.

— nitricum stibiatum, Kali, salpetersaures spießglanzhaltiges.

— nitricum tabulatum, Salpeterküchelchen.

— nitroxanticum, Kali, pikrinsaures.

— oxalicum, Kleesalz.

— phocenicum, Kali, baldriansaures.

— phosphoricum, Kali, phosphorsaures.

— picronitricum, Kali, pikrinsaures.

— rhodanatum, Kali, schwefelblausaures.

— scheelicum, Kali, wolframsaures.

— silicicum liquidum seu solutum, Kali, kieselsaures flüssiges.

— silicicum siccum, Kali, kieselsaures trockenes.

— stibioso-tartaricum, Brechweinstein.

— subcarbonicum, Kali, kohlensaures basisches.

— succinicum, Kali, bernsteinsaures.

— sulphocyanhydricum, Kali, schwefelblausaures.

Kali sulphomethylicum, Kali, methylschwefelsaures.
— sulphurato-stibiatum, Spießglanzleber.
— sulphuratum, Schwefelleber.
— sulphuricum, Doppelsalz.
— sulphuricum acidulum, Doppelsalz, saures.
— sulphuricum ferricum, Eisenoxydkali, schwefelsaures.
— sulphurosum, Kali, schwefligsaures.
— tartari, Kali, kohlensaures basisches.
— tartaricum, Kali, weinsteinsaures.
— tartaricum acidulum, Weinsteinkrystalle.
— tartaricum ammoniacatum, Kali, weinsteinsaures ammoniakalisches.
— tartaricum boraxatum, Boraxweinstein.
— tartaricum stibiatum, Brechweinstein.
— valerianicum, Kali, baldriansaures.
— vitriolatum, Doppelsalz.
— wolframicum, Kali, wolframsaures.
Kalias silicicus liquidus, Kali, kieselsaures flüssiges.
Kali-ferrum oxalicum, Eisenoxydkali, oxalsaures.
Kalium, Kalium.
— cyanatum, Cyankalium.
— cyanatum fusum, Cyankalium, geschmolzenes.
— fluoratum, Kali, fluorwasserstoffsaures.
— jodatum, Jodkalium.
— oxydatum bisulphuricum, Doppelsalz, saures.
— oxydatum hypermanganicum, Kali, übermangansaures.
— oxydatum nitricum, Salpeter, raffinirter.
— oxydatum purum, Kali, ätzendes reines.
— oxydatum silicatum, Kali, kieselsaures trockenes.
— oxydatum sulphuricum, Doppelsalz.
— silico-fluoratum, Fluorkieselkalium.
Kermes mineralis, Mineralkermes.
— tinctorius, Kermes.
Kino africanum, Kino, afrikanisches.
— americanum, K. amerikanisches.
— asiaticum, K. asiatisches.
— australe, K. neuholländisches.
— occidentale, K. amerikanisches.
— orientale, K. ostindisches.
Kreatinum, Kreatin.
Kreatininum, Kreatinin.
Kyanol, Anilin.

L.

Lac ammoniacale, Ammoniakmilch.
— lunae, Bergmilch.
— sulphuris, Schwefelmilch.
Lacca carmini, Karminlack.
— coerulea, Lackmus.
— florentina, Lack, florentiner.
— globulata, Kugellack.
— in baculis seu in ramulis, Stangenlack.
— in granis, Lack in Körnern.
Lacca in tabulis, Schellack.
— musci, Lackmus.
— palido flava, Paillelack.
— rosacea, Rosalack.
— sigillata, Siegelwachs.
— straminea, Paillelack.
— veneta, Kugellack.
Lacerta stincus, Meerstinz.
Lactas chininicus, Chinin, milchsaures.

Lactas ferri, Eisenoxydul, halbmilchsaures.
— zinci, Zinkoxyd, milchsaures.
lactolinum, Laktolin.
Lactucarium, Lattigbitter.
Lana philosophica, Zinkweiß.
Lapides cancrorum, Krebsaugen.
Lapis ammosteus, Tuff.
— armeneus, Lasurstein.
— baptistes, Taufstein.
— belemnitis, Donnerstein.
— bezoar de Goa, Bezoar von Goa.
— bezoar occidentalis, Bezoar, okzidentalischer.
— bezoar orientalis, Bezoar, orientalischer.
— calaminaris, Galmei.
— carpionis, Karpfensteine.
— causticus, Ätzstein.
— causticus cum calce, Pulver, wiener.
— ceraunius, Donnerstein.
— corneus, Hornstein.
— crystalli, Quarz, krystallisirter.
— divinus, Kupferalaun.
— haematites, Blutstein.
— hyacinthus, Zirkon.
— hystricinus, Schweinstein.
— infernalis, Höllenstein.
— judaicus, Judenstein.
— lameus seu steatites, Speckstein.
— lazuli, Lasurstein.
— lunaris, Höllenstein.
— lydius, Probierstein.
— lyncis, Donnerstein.
— magnes, Magnet.
— malaccensis, Schweinstein.
— manati, Seekuhstein.
— nephriticus, Nierenstein.
— obsidianus, Beutellenstein.
— osteocollae, Tuff.
— plumbarius, Molybdänsulphurat.
— porcinus, Schweinstein.
— pumicis, Bimsstein.
— sabulosus, Tuff.
— samius, Samiusstein.
Lapis sanguineus, Blutstein.
— serpentinus, Serpentinstein.
— smiridis, Schmirgel.
— specularis, Marienglas.
— spongiarum, Schwammstein.
— spurius, Braunstein.
— suillus, Saustein.
— syricus, Judenstein.
— tiburionis, Seekuhstein.
— topazius, Topas.
— tripolis, Trippel.
Leucidinium, Indigotin.
Lichen caragheen, Moos, irländisches.
— cumatilis, Lebermoos, grünes.
— islandicus, Moos, isländisches.
— parietinus seu flavus, Wandflechte.
— pulmonarius seu pulmonaceus, Lungenmoos.
— pyxidatus, Becherflechte.
— roccellae, Orseille.
— saxatilis, Steinmoos.
— tartareus, Moos, schwedisches.
Lignum aceris, Ahornholz.
— agallochi, Adlerholz.
— aloës, Adlerholz.
— arboris vitae, Lebensbaumholz.
— balsamitae, Balsamholz.
— benedictum, Franzosenholz.
— brasilianum, Rothholz.
— buxi, Buchsbaumholz.
— campechiense, Blauholz.
— cassiae, Zimmtrinde, malabarische.
— cedrelae, Calcedraholz.
— cedri, Zederholz.
— celtis, Zürgelbaumholz.
— citri, Zitronenholz.
— citrinum, Gelbholz.
— colubrinum, Schlangenholz.
— ebenum, Ebenholz.
— fernambuci, Fernambukholz.
— feroliae, Marmorholz.
— foeniculi, Sassafrasholz.
— japanense, Sapanholz.

Lignum juniperi, Wachelderholz.
— mahagoni, Mahagoniholz.
— nephriticum, Griesholz.
— paname, Sassafrasholz.
— quajaci, Franzosenholz.
— quassiae, Fliegenholz.
— quercus, Eichenholz.
— regium, Königsholz.
— rhodium, Rosenholz.
— rubrum, Rothholz.
— sanctae crucis, Mistel.
— sanctum, Heiligenholz.
— santalinum, Sandelholz.
— sappan, Sapanholz.
— sassafras, Sassafrasholz.
— serpentarium, Schlangenholz.
— serpentinum, Marderwurzelholz.
— simarubae, Simarubaholz.
— suberis, Korkholz.
— tamarisci, Tamariskenholz.
— taxi, Eibenholz.
— visci, Mistel.
Limatura chalybis, Stahlfeile.
— stanni, Zinnfeile.
Linimentum saponato-camphoratum, Opodeldok.
— volatile, Liniment, flüchtiges.
Liquor acetatis tri-plumbici, Bleiessig.
— ammonii, Ammoniak, ätzendes.
— ammonii acetici, Ammoniak, essigsaures flüssiges.
— ammonii carbonici, Salmiakgeist.
— ammonii carbonici pyrooleosi, Hirschhorngeist.
— ammonii foeniculatus, Fenchelsalmiakgeist.
— ammonii spirituosus, Ammoniumweingeist.
— ammonii succinici, Ammoniaksuccinatflüssigkeit.
— ammonii sulphurati, Ammoniak, schwefelwasserstoffsaures.
— anaestheticus, Äther, betäubender.
Liquor anodynus Hoffmanni, Schwefeläthergeist.
— anodynus martialis, Schwefeläthergeist, eisenhaltiger.
— anodynus nitrosus, Salpetergeist, versüßter.
— anodynus vegetabilis, Essigäthergeist.
— antimonii muriatici, Spießglanzbutter.
— arsenici, Chlorarsen.
— Bellostii, Quecksilberauflösung, salpetersaure.
— chloreti platini, Platinlösung.
— chloreti stibii, Spießglanzbutter.
— cobalti muriatici, Kobaltoxydul, salzsaures flüssiges.
— cupri ammoniato - muriatici, Kupferoxydammoniak, salzsaures flüssiges.
— digestivus, Essigweinstein, zerflossener.
— ferri pyrolignosi, Eisenoxyd holzsaures.
— Frobenii, Schwefeläther.
— fumans Beguini, Ammoniak, schwefelwasserstoffsaures.
— hepaticus, Hydrothionsäure.
— hollandicus, Chloräther.
— hydrargyri muriatici, Quecksilberflüssigkeit, ätzende.
— hydrargyri nitrici oxydati, Quecksilberauflösung, salpetersaure.
— hydrargyri nitrici oxydulati, Quecksilberoxydul, salpetersaures gelöstes.
— kali acetici, Essigweinstein, zerflossener.
— kali carbonici, Lauge, alkalische.
— kali caustici, Ätzlauge.
— kali silicici, Kali, kieselsaures flüssiges.
— Libavii, Libavischer Geist.
— mercurialis, Quecksilberflüssigkeit, ätzende.

Liquor Mindereri, Ammoniak, essigsaures flüssiges.
— mineralis anodynus, Schwefeläthergeist.
— myrrhae, Myrrhe, zerflossene.
— natri caustici, Natronlauge.
— nitri fixi, Lauge, alkalische.
— natri silici, Kieselnatron, aufgelöstes.
— plumbi acetici basici, Bleiessig.
— probatorius Hahnemanni, Bleiprobe, Hahnemannische.
— pyro-tartaricus, Weinsteinsäure, brenzliche.
— saponis stibiati, Spießglanztinktur.
— silicum, Kali, kieselsaures flüssiges.
— stanni muriatici, Libavischer Geist.
— stibii muriatici, Spießglanzbutter.
— superjodureti arsenici, Jodarsen, flüssiges.
Liquor tartari, Essigweinstein.
— terrae foliatae, Essigweinstein, zerflossener.
Lithargyrum argenti, Bleiglätte.
— auri, Bleiglätte.
Lithion, Lithiumoxyd.
— carbonicum, Lithiumoxyd, kohlensaures.
— hydrochloricum, Lithiumoxyd, salzsaures.
Lithium oxydatum, Lithiumoxyd.
Lithomarga, Wundererde, sächsische.
Lixivium ammoniacale foeniculatum, Fenchelsalmiakgeist.
— minerale seu sodae, Ätznatronlauge.
— tartari, Weinsteinöl.
Lumbrici siccati, Regenwürmer.
Lunea cornea, Hornsilber.
Lupulinum, Lupulin.
Lupus metallorum, Spießglanz, roher.
Lycopodium, Bärlappsamen.

M.

Magisterium antimonii diaphoretici, Antimonsäurehydrat.
— auri rubrum, Goldpurpur.
— bismuthi, Wismuthweiß.
— marcasitae, Wismuthweiß.
— plumbi, Bleioxyd, kohlensaures.
Magnesia acetica, Magnesiaacetat.
— alba, Magnesia, kohlensaure.
— ammoniato-phosphorica, Magnesiaphosphat.
— ammoniato-sulphurica, Ammoniatmagnesia, schwefelsaure.
— carbonica, Magnesia, kohlensaure.
— carbonica nativa, Magnesia, kohlensaure natürliche.
— citrica, Magnesia, zitronensaure.
Magnesia ferrohydrocyanica, Magnesia, eisenblausaure.
— hydrobromica, Brommagnesium.
— hydrochlorinica, Chlormagnesium.
— hydrojodica, Jodmagnesium.
— muriatica, Chlormagnesium.
— nitrica, Magnesia, salpetersaure.
— phosphorica, Magnesia, phosphorsaure.
— sulphurica, Bittersalz.
— tartarica, Magnesia, weinsteinsaure.
— usta, Magnesia, gebrannte.
— valerianica, Magnesia, baldriansaure.
Magnesium bromatum, Brommagnesium.

Magnesium chloratum, Chlormagnesium.
— jodatum, Jodmagnesium.
Mala insana, Tolläpfel.
— lycopersica, Liebesapfel.
Malas calcis, Kalk, äpfelsaurer.
— ferri, Eisenoxyd, äpfelsaures.
— plumbi, Bleioxyd, äpfelsaures.
Maltum, Malz.
Mandibulae lucii piscis, Hechtzähne.
Manganas kalicus, Kali, mangansaures.
Manganesium nigrum, Braunstein.
Manganum aceticum, Mangan, essigsaures.
— arsenicicum, Mangan, arsenik-saures.
— boracicum, Mangan, borax-saures.
— carbonicum, Mangan, kohlen-saures.
— citricum, Mangan, zitronen-saures.
— hydrochloricum, Mangan, salz-saures.
— hydrojodicum, Jodmangan.
— hyperoxydatum, Braunstein.
— oxydatum nigrum seu nativum, Braunstein.
— oxydulatum, Manganoxydul.
— phosphoricum, Mangan, phosphorsaures.
— purum, Mangan.
— sulphuricum, Mangan, schwefelsaures.
Manna brigantina, Lerchenmanna.
— calabrina, Manna, kalabrische.
— cannelata, Manna, röhrenförmige.
— cedrina, Zedermanna.
— communis, Manna, ordinäre.
— granulosa seu electa, Arenel.
— in lacrimis, Manna in Thränen.
— laricina, Lerchenmanna.
— metallorum, Kalomel.
Mannitum, Mannazucker.
Marcasita, Wismuth.
— alba, Wismuthweiß.
Marga saxatilis, Wundererde, sächsische.
Margaritae occidentales, Perlen, okzidentalische.
— orientales, Perlen, orientalische.
Mars solubilis, Eisenweinstein.
Massicot citrinum, Bleioxyd, gelbes.
Mater perlarum, Perlmutter.
Materia perlata, Antimonsäurehydrat.
Meconas morphinae, Morphin, mekonsaures.
Mel, Honig.
— polonicum, Lippitzhonig.
— rosarum, Rosenhonig.
— virgineum, Jungfernhonig.
Melampyrinum, Melampyrin.
Mellago graminis, Queckenhonig.
Meloes majales, Maiwürmer.
Menisperminum, Pikrotoxin.
Mephitum saturni, Bleioxyd, kohlensaures.
Mercaptanum, Äthylsulphhydrat.
Mercurius alkalisatus, Quecksilber, alkalisches.
— corallinus, Merkurialpulver, rothes.
— corrosivus sublimatus, Ätzsublimat.
— dulcis sublimatus, Kalomel.
— emeticus, Quecksilberpräcipitat, gelber.
— griseus, Quecksilberoxyd, Saunders graues.
— Moscati, Quecksilberoxydul, Moskati's.
— niger solubilis, Quecksilberoxydul, schwarzes.
— nitrosus, Quecksilber, salpetersaures.
— phosphoricus, Quecksilberoxydul, phosphorsaures.
— praecipitatus roseus, Quecksilberoxyd, phosphorsaures.

Mercurius prussicus, Quecksilberoxyd, blausaures.
— sublimatus, Ätzsublimat.
— sulphuratus, Merkurialpulver, schwarzes.
— virgineus, Jungfernquecksilber.
— vitae, Spießglanzoxydul, gefälltes salzsaures.
— vivus, Quecksilber.
— zooticus, Quecksilberoxyd, blausaures.
Merda daemonis, Asand, stinkender.
Merulius lacrymans, Aderschwamm.
Methylosulphas kalicus, Kali, methylschwefelsaures.
Millepedes, Kellerasseln.
Minera wolframica, Wolframerz.
Minium, Mennige.
— flavum, Bleioxyd, gelbes.
— fuscum, Bleioxyd, braunes.
Mishme Teeta, Chyulenwurzel.
Mithridatium, Mithridat.
Molybdaenum oxydatum, Molybdänoxyd.
— purum, Molybdän.
— sulphuratum, Molybdänsulphuret.
Molybdas ammoniacalis, Ammoniak, molybdänsaures.
— kalicus, Kalimolybdat.
— sodae seu natricus, Natron, molybdänsaures.
Monesia, Monesia.
Morphium aceticum, Morphin, essigsaures.
— meconicum, M. mekonsaures.
— muriaticum, M. salzsaures.
— nitricum, M. salpetersaures.
— purum, M. reines.
— sulphuricum, M. schwefelsaures.
— valerianicum, M. baldriansaures.
Moschus, Bisam.
Moxa, Moxa.
Mucharum rosarum, Roseninfusion.
Mucilago seminis cydoniorum, Quittenschleim.
Mumia vera seu egyptica, Mumie.
Mures marini, Meermäuse.
Murias aethericus, Chloräthyl.
— aluminae, Chloraluminium.
— ammoniaci, Chlorammonium.
— ammoniaco-cupricus, Kupfersalmiakblumen.
— ammonii martiati, Ammoniak, salzsaures eisenhaltiges.
— antimonii liquidus, Spießglanzbutter.
— argenti, Hornsilber.
— arsenici, Chlorarsen.
— auri, Chlorgold.
— aurico-natricus, Goldoxydnatron, salzsaures.
— barytae, Chlorbaryum.
— bebirinae, Bebeerin, salzsaures.
— berberinae, Berberin, salzsaures.
— brucinae, Brucin, salzsaures.
— cadmiae, Chlorkadmium.
— calcicus, Chlorkalcium.
— chininicus, Chinin, salzsaures.
— cinchonini, Cinchonin, salzsaures.
— cobalti, Kobaltoxydul, salzsaures.
— cupri, Chlorkupfer.
— cupri oxydulati, Kupferchlorür.
— ferri, Eisenoxyd, salzsaures.
— ferri sublimatus, Eisenblumen.
— hydrargyri, Ätzsublimat.
— hydrargyri ammoniacalis, Quecksilber, salzsaures ammoniakhaltiges.
— hydrargyri oxydulati, Kalomel.
— kalicus oxygenatus, Kali, chlorsaures.
— kalii, Chlorkalium.
— lithii, Chlorlithium.
— manganae, Mangan, salzsaures.
— narcotinae, Narkotin, salzsaures.
— niccoli, Nickeloxyd, salzsaures.
— oxyacanthiae, Oxyakanthin, salzsaures.
— oxyduli stanni, Zinnsalz.
— oxygenatus natricus, Natron, chlorsaures.
— palladii, Chlorpallad.

Murias platinae, Chlorplatin.
— plumbi, Hornblei.
— plumbi basici, Chlorblei, basisches.
— sodae seu natricus, Kochsalz.
— stanni et ammoniae, Pinksalz.
— stanni liquidus, Libavischer Geist.
— stanni oxydati, Zinnchlorid.
— stibii liquidus, Spießglanzbutter.
— strontii, Chlorstrontium.
— strychnii, Chlorstrychnin.
— uranii, Uranoxyd, salzsaures.
— zinci, Zinkbutter.
Muscus amylaceus, Zeylonmoos.
Muscus arboreus, Baummoos.
— capillaris, Widerthon, goldener.
— caragheen, Moos, irländisches.
— islandicus, Moos, isländisches.
— catharticus, Tangelkraut.
— corallinus, Korallenflechte.
— corsicanus, Wurmrundkopf.
— cumatilis, Lebermoos, grünes.
— foeniculaceus, Baummoos.
— helminthochortos, Wurmrundkopf.
— palustris, Wassermoos.
Myrrha electa, Myrrhe, auserlesene.
— in sortis, M. in Sorten.
Myxae, Brustbeeren, schwarze.

N.

Nacra margaritarum, Perlmutter.
Napellinum, Napellin.
Naphtha aceti, Essigäther.
— benzoica, Benzoeäther.
— formicica, Ameisenäther.
— hydrobromica, Bromäthyl.
— montana, Bergnaphtha.
— muriatica, Salzäther.
— nitrica, Salpeteräther.
— oxalica, Kleesäurenaphtha.
— vitrioli, Schwefeläther.
Naphthalinum, Napthalin.
Narceïnum purum, Narceïn.
Narcotinum, Narkotin.
— muriaticum seu hydrochloricum, Narkotin, salzsaures.
Nardus indica, Spick, indischer.
Natrium, Natrium.
— bromatum, Natrum, hydrobromsaures.
— jodatum, Jodnatrium.
— oxydatum aceticum, Natron, essigsaures.
— oxydatum choleïnicum, Natron, gallensaures.
— oxydatum chromicum, Natron, chromsaures.
Natrium oxydatum citricum, Natron, zitronensaures.
— oxydatum oxalicum, Natron, sauerkleesaures.
— oxydatum purum, Ätznatron.
— oxydatum stannicum, Natron, zinnsaures.
— oxydatum sulphurosum, Natron, schwefligsaures.
— oxydatum tartaricum, Natron, weinsteinsaures.
Natron *v.* Natrum.
— carbonicum calcinatum, Soda, kalzinirte.
Natrum aceticum, Natron, essigsaures.
— arsenicicum, Natron, arsenicksaures.
— aurico-hydrochloricum, Goldoxydnatron, salzsaures.
— benzoicum, Natron, benzoesaures.
— biboricum, Borax, gereinigter.
— bicarbonicum, Natron, doppeltkohlensaures.
— bilinicum, Natron, gallensaures.
— carbonicum acidulum, Natron, doppeltkohlensaures.

Natrum carbonicum depuratum, Soda, krystallisirte.
— causticum, Natron, ätzendes.
— chloricum, Natron, chlorsaures.
— choleïnicum, Natron, gallensaures.
— chromicum, Natron, chromsaures.
— citricum, Natron, zitronensaures.
— ferrohydrocyanicum, Natron, eisenblausaures.
— formicicum, Natron, ameisensaures.
— hydrobromicum, Natron, hydrobromsaures.
— hydrochloricum, Kochsalz.
— hydrochloricum platinatum, Platinnatriumchlorid.
— hydrocyanicum, Natron, hydrocyansaures.
— hypophosphorosum, Natron, unterphosphorigsaures.
— hyposulphuricum, Natron, unterschwefelsaures.
— hyposulphurosum, Natron, unterschwefligsaures.
— impurum, Soda, spanische.
— jodicum, Natron, jodsaures.
— molybdaenicum, Natron, molybdänsaures.
— nitricum, Salpeter, würfliger.
— nitro-borussicum, Nitroprussidnatrium.
— oxalicum, Natron, sauerkleesaures.
— phospho-molybdaenicum, Natron, phosphomolybdänsaures.
— phosphoricum, Natron, phosphorsaures.
— phosphoricum ammoniacatum, Natronammoniak, phosphorsaures.
— pyrophosphoricum, Natron, pyrophosphorsaures.
— santonicum, Santoninnatron.
— scheelicum, Natron, scheelsaures.
— silico-hydrofluoricum, Fluorkieselsodium.
— silicicum, Kieselnatron.

Natrum stannicum, Natron, zinnsaures.
— succinicum, Natron, bernsteinsaures.
— sulphuricum, Glaubersalz.
— sulphuricum acidum, Natron, schwefelsaures saures.
— sulphuricum calcinatum, Glaubersalz, kalzinirtes.
— sulphurosum, Natron, schwefligsaures.
— tartaricum, Natron, weinsteinsaures.
— tunsticum, Natron, scheelsaures.
— uranicum, Natron, uransaures.
— valerianicum, Natron, baldriansaures.
— wolframicum, Natron, scheelsaures.
Niccolum Nickel.
— aceticum, Nickeloxyd, essigsaures.
— carbonicum, Nickeloxyd, kohlensaures.
— muriaticum, Nickeloxyd, salzsaures.
— nitricum, Nickeloxyd, salpetersaures.
— oxalicum, Nickeloxyd, oxalsaures.
— oxydatum, Nickeloxyd.
— sulphuricum, Nickel, schwefelsaures.
Nicotianinum, Nikotianin.
Nicotinum, Nikotin.
Nigrica fabrilis, Kreide, schwarze.
Nigrum francfurtense, Frankfurterschwarz.
— hispanicum, Korkkohle.
— platini, Platinmohr.
Nihilum album, Alme y.
— griseum, Tutie, graue.
— verum, Zinkweiß.
Nitras aethericus, Salpeteräther.
— aluminae, Alaunerde, salpetersaure.
— ammoniae, Ammoniak, salpetersaures.

Nitras argenti fusus, Höllenstein.
— argenticus, Silbersalpeter.
— baryticus, Baryt, salpetersaurer.
— bismuthicus, Wismuthweiß.
— brucinae, Brucin, salpetersaures.
— cadmiae, Kadmiumoxyd, salpetersaures.
— calcariae, Kalk, salpetersaurer.
— chininicus, Chinin, salpetersaures.
— cobalti, Kobaltoxydul, salpetersaures.
— cupri, Kupferoxyd, salpetersaures.
— ferri, Eisenoxyd, salpetersaures.
— hydrargyri, Quecksilber, salpetersaures.
— hydrargyri oxydati, Quecksilberoxyd, salpetersaures.
— hydrargyrosus dissolutus, Quecksilberoxydul, salpetersaures gelöstes.
— kalicus, Salpeter, raffinirter.
— magnesiae, Magnesia salpetersaure.
— marcasitae, Wismuthweiß.
— morphinae, Morphin, salpetersaures.
— natricus, Salpeter, würfliger.
— niccoli, Nickeloxyd, salpetersaures.
— palladii, Palladium, salpetersaures.
— plumbi, Bleioxyd, salpetersaures.
— strontii, Strontian, salpetersaurer.
— strychnicus, Strychnin, salpetersaures.
— ureae, Harnstoff, salpetersaurer.
— zinci, Zinkoxyd, salpetersaures.
Nitrobenzolum, Nitrobenzol.
Nitroferrocyanetum natri, Nitroprussidnatrium.
Nitroglycerinum, Glonoin.
Nitroprussias cupricus, Nitroprussidkupfer.
— natricus, Nitroprussidnatrium.
Nitrum antimoniatum, Kali, salpetersaures spießglanzhaltiges.
— argenti, Silbersalpeter.
Nitrum bismuthi, Wismuthweiß.
— cadmiae, Kadmiumoxyd, salpetersaures.
— cobaltum, Kobaltoxydul, salpetersaures.
— crudum seu ostindicum, Salpeter, roher.
— cubicum, Salpeter, würfliger.
— depuratum, Salpeter, raffinirter.
— flammans, Ammoniak, salpetersaures.
— martiale, Eisenoxyd, salpetersaures.
— mercuriale corrosivum, Quecksilberoxyd, salpetersaures.
— mercurii, Quecksilberoxyd, salpetersaures.
— quadrangulare, Chilisalpeter.
— saturninum, Bleioxyd, salpetersaures.
— sodae, Salpeter, würfliger.
— stibiatum, Kali, salpetersaures spießglanzhaltiges.
— strontii, Strontian, salpetersaurer.
— tabulatum, Salpeterkügelchen.
— zinci, Zinkoxyd, salpetersaures.
Nuces aquaticae, Stachelnüsse.
— avellanae, Haselnüsse.
— behen, Behennüsse.
— carozza, Karozzanüsse.
— castaneae, Kastanien.
— cocos, Kokosnüsse.
— coryli, Haselnüsse.
— hippocastani, Roßkastanien.
— juglandes, Wallnüsse.
— lampertianae, Haselnüsse.
— moschatae, Mazisnüsse.
— myristicae, Mazisnüsse.
— pinearum, Pinien.
— pistaciae, Pistazien.
— regiae, Wallnüsse.
— saponariae, Seifennüsse.
— vomicae, Brechnüsse.
Nuclei persicorum, Pfirsichkerne.
— mahaleb, Mahalebkerne.
Nucula terrestris, Erdkastanie.

O.

Ochra aurantiaca, Ocher, orange.
— fusca, Ocher, brauner.
— de Sienna, Erde, sienner.
— plumbaria, Bleioxyd, gelbes.
Oculi populi, Pappelknospen.
Oleïnum, Oleïn.
Oleum abietis, Weißtannenöl.
— absinthii, Wermuthöl.
— allii sativi, Knoblauchöl.
— amarum anglicum, Bitteröl, englisches.
— amarum hispanicum, Bitteröl, spanisches.
— amomi, Pimentöl.
— amygdalarum amararum aethereum, Bittermandelöl.
— amygdalarum dulcium, Mandelöl, süßes.
— anethi, Dillöl.
— angelicae, Angelikawurzelöl.
— animale aethereum seu Dippelii, Hirschhornöl, ätherisches.
— animale foetidum, Hirschhornöl, stinkendes.
— anisi, Anisöl.
— anisi stellati, Sternanisöl.
— anthos, Rosmarinöl.
— antimonii, Spießglanzbutter.
— arnicae, Bergwolverleiöl.
— arrundelae, Arrundelöl.
— arsenici, Chlorarsen.
— asphalti, Asphaltöl.
— aurantiorum amarorum, Pomeranzenöl, bitteres.
— aurantiorum dulcium, Pomeranzenöl, süßes.
— badiani, Sternanisöl.
— balatinum, Behennußöl.
— been, Behennußöl.
— benzoes, Benzoeöl.
— bergamottae, Bergamottöl.
— betulinum, Birkenöl.
— bismuthi, Wismuthchlorid.

Oleum cacao, Cacaobutter.
— cadinum, Kadeöl.
— cajaputi, Kajaputöl.
— calami, Kalmusöl.
— camelinae, Leindotteröl.
— camphorae, Kampferöl.
— camphorae chinense, Kampferöl, chinesisches.
— camphorae sumatranae, Borneokampferöl.
— cannabis, Hanföl.
— capiviae, Balsam, kopaischer.
— carapae, Karapaöl.
— cardamomi, Kardamomöl.
— carvi, Kümmelöl.
— caryophyllorum, Nelkenöl.
— cascarillae, Kaskarillrindenöl.
— cassiae, Zimmtöl, chinesisches.
— cassiae caryophyllatae, Nelkenzimmtöl.
— cautschouki, Kautschuköl.
— cedro, Zitronenöl.
— cerae, Wachsöl.
— Chaberti, Chabert's Wurmöl.
— chamomillae, Kamillenöl.
— chamomillae romanae, Kamillenöl, römisches.
— chenopodii, Wurmsamenöl, mexikanisches.
— de Cherva, Rizinusöl.
— cicinum, Höllenöl.
— cinnamomi chinensis, Zimmtöl, chinesisches.
— — javensis, Zimmtöl, javaneser.
— — zeylanici, Zimmtöl, echtes.
— citri, Zitronenöl.
— cochleariae, Löffelkrautöl.
— cochleariae armoraciae, Meerrettigöl.
— copaivae, Kopaivaöl.
— coriandri, Korianderöl.
— corticis pruni padi, Ahlkirschrindenöl.

Oleum corticum aurantiorum, Pomeranzenschalenöl.
— crotonis, Krotonöl.
— cubebarum, Kubebenöl.
— cucurbitae, Kürbisöl.
— culilabani, Kulilabanöl.
— cumini, Kümmelöl, römisches.
— cupressi, Zypressenöl.
— curcas, Kurkasöl.
— estragonis, Estragenöl.
— evonymi, Spindelbaumöl.
— filicis maris, Farnkrautöl.
— fagi, Buchecknöl.
— florum cassiae, Zimmtblüthenöl.
— foeniculi, Fenchelöl.
— foetidum, Hirschhornöl, stinkendes.
— foliorum persicorum, Pfirsichblätteröl.
— de Gabian, Steinöl, schwarzes.
— galbani, Galbanöl.
— Gaultheriae, Gaultheriaöl.
— geranii, Palmarosaöl.
— heliotropi oleosum, Sonnenwendöl, öliges.
— heliotropi spirituosum, Sonnenwendöl, geistiges.
— hollandicum, Elayichlerür.
— humuli, Hopfenöl.
— hyosciami, Bilsenkrautöl.
— hyperici, Johannisöl.
— hyssopi, Ysopöl.
— infernale, Höllenöl.
— jasmini, Jasminöl.
— jecoris aselli, Leberthran.
— juniperi, Wachelderöl.
— kikekunemalo, Kikekunemaloöl.
— laterinum, Philosophenöl.
— laurinum destillatum, Lorbeeröl, destillirtes.
— laurinum expressum, Lorbeeröl, ausgepreßtes.
— laurocerasi, Kirschlerbeeröl.
— lavandulae, Lavendelöl.
— lemon-grasse, Zitronenkrautöl.
— levistici, Liebstöckelöl.

Oleum ligni rhodii, Rosenholzöl.
— ligni santali, Sandelholzöl.
— lilii, Lilienöl.
— limettae, Limettenöl.
— limonum, Zitronenöl.
— lini, Leinöl.
— lini sulphuratum, Schwefelbalsam.
— lithantracis, Steinkohlenöl.
— macis, Mazisblüthenöl.
— majoranae, Majeranöl.
— mangostanae, Mangostanöl.
— margosae, Margosaöl.
— mastichis, Mastixöl.
— melissae, Zitronenmelissenöl.
— melissae turcicae, Sireeöl.
— menthae crispae, Krauseminzöl.
— — piperitae, Pfefferminzöl.
— milleflorum, Tausendblüthenöl.
— millefolii, Schafgarbenöl.
— momordicae, Balsamäpfelöl.
— morhuae, Stockfischthran.
— moscoviticum, Birkenöl.
— myrrhae per deliquium, Myrrhe, zerflossene.
— naphae, Nereliöl.
— napi, Rüböl.
— neroli, Nereliöl.
— nucis moschatae aethereum, Mazisnußöl, ätherisches.
— nucis moschatae expressum, Mazisnußöl, fettes.
— nucleorum persicorum, Pfirsichkernöl.
— nucum cocos, Kokosnußöl.
— nucum juglandum, Wallnußöl.
— olivarum, Baumöl.
— origani cretici, Dostenöl, kretisches.
— origani vulgaris, Dostenöl.
— ossium, Hirschhornöl, stinkendes.
— ovorum, Eieröl.
— palmae, Palmöl.
— palmae Christi, Rizinusöl.
— palmae rosa, Palmarosaöl.
— papaveris, Mohnöl.

Oleum patchouly, Patchoulyöl.
— petrae album, Steinöl, weißes.
— petrae americanum, Steinöl, amerikanisches.
— petrae nigrum, Steinöl, schwarzes.
— petrae rubrum, Steinöl, rothes.
— petrae sulphuratum, Schwefelsteinöl.
— petroselini, Peterlingöl.
— philosophorum, Philosophenöl.
— pimentae, Pimentöl.
— pinhoen, Brechöl.
— pini rubrum, Kienöl.
— piniae, Pinienöl.
— piperis, Pfefferöl.
— plumbi, Bleiessig.
— portugallo, Portugalloöl.
— provinciale, Provenceröl.
— pulegii, Poleyöl.
— quirinae, Quirinöl.
— resedae, Resedaöl.
— ricini, Rizinusöl.
— rosarum, Rosenöl.
— rosmarini, Rosmarinöl.
— rubrum, Öl, rothes.
— rutae, Rautenöl.
— sabinae, Sabinaöl.
— salis, Salzsäure, rauchende.
— salviae, Salbeiöl.
— sassafras, Sassafrasöl.
— saturejae, Bohnenkrautöl.
— scorpionum, Skorpionöl.
— secalis cornuti, Mutterkornöl.
— seminis cinae, Wurmsamenöl.
— seminis napi, Rüböl.
— serpylli, Quendelöl.
— sesami, Sesamöl.
— sinapeos aethereum, Senföl, ätherisches.
— sinapis, Senföl.
— spermacceti, Spermacetöl.
— spicae, Lavendelöl.
— stibii, Spießglanzbutter.
— succini, Bernsteinöl.
Oleum succini sulphuratum, Schwefelbernsteinöl.
— sulphuris, Vitriolöl, nordhäuser.
— sulphuris Beguini, Ammoniak, schwefelwasserstoffsaures.
— syrae, Sireeöl.
— tamarisci, Tamariskenrindenöl.
— tanaceti, Rainfarnöl.
— tartari per deliquium, Weinsteinöl.
— templinum, Krummholzöl.
— terebinthinae, Terpentinöl.
— terebinthinae sulphuratum, Schwefelterpentinöl.
— thymi, Thymianöl.
— tiglii, Krotonöl.
— valerianae, Baldrianöl.
— vini dulce, Weinöl, süßes.
— violarum aethereum, Veilchenöl, ätherisches.
— violarum oleosum, Veilchenöl, öliges.
— vitrioli anglicum seu album, Schwefelsäure, englische.
— — fuscum seu fumans, Schwefelsäure, rauchende.
— — tenue seu dilutum, Schwefelsäure, verdünnte.
— winter-green, Gaultheriaöl.
— zederachiae, Margosaöl.
Olibanum electum, Weihrauch, elegirter.
— in sortis, Weihrauch, natureller.
— sylvestre, Waldrauch.
Opianum, Narkotin.
Opobalsamum, Balsam von Mekka.
— siccum, Balsam, trockener.
Opodeldok, Opodeldok.
Opoponax, Panax.
Orellana, Orlean.
Osmazomum, Osmazomum.
Osmium purum, Osmium.
— oxydatum, Osmiumoxyd.
Ossa calcinata, Knochen, weißgebrannte.
— de corde cervi, Hirschkreuze.

Ossa sepiae, Fischbein, weißes.
— viperarum, Viperknochen.
Ostrea edulis, Auster.
Oxalas aethericus, Oxaläther.
— aethylicus seu aethericus, Kleesäureäther.
— ammonicus, Ammoniak, kleesaures.
— calcis, Kalk, kleesaurer.
— cobalti, Kobaltoxydul, oxalsaures.
— cupri, Kupferoxyd, oxalsaures.
— ferri, Eisenoxyd, oxalsaures.
— ferri et kali, Eisenoxydkali, oxalsaures.
— niccoli, Nickeloxyd, oxalsaures.
— plumbi, Bleioxyd, kleesaures.
— sodae seu natricus, Natron, sauerkleesaures.
— strychnii, Strychnin, oxalsaures.
Oxamidum, Oxamid.
Oxyacanthinum, Oxyakanthin.
— hydrochloricum seu muriaticum, Oxyakanthin, salzsaures.
Oxydulum chromicum, Chromgrün.
— cupri muriatici, Kupferchlorür.
— bismuthi, Wismuthasche.
— cupricum, Kupferoxydul.
— ferri carbonicum, Eisenoxydul, kohlensaures.
— ferri lacticum, Eisenoxydul, halbmilchsaures.
— ferri nigrum, Eisenoxydul, schwarzes.
— ferri phosphoricum, Eisenoxydul, phosphorsaures.
— hydrargyri, Quecksilberoxydul, schwarzes.
— hydrargyri phosphoricum, Quecksilberoxydul, phosphorsaures.
— manganae, Manganoxydul.
— plumbi griseum, Bleiasche.
— stanni, Zinnasche.
— stanni muriaticum, Zinnsalz.
— stanni phosphoricum, Zinnoxydul, phosphorsaures.
Oxydulum stanni sulphuricum, Zinnoxydul, schwefelsaures.
Oxydum aluminicum, Aluminiumoxyd.
— antimonii album, Spießglanzoxyd, gewaschenes.
— argenti, Silberoxyd.
— argenti acetatum, Silberoxyd, essigsaures.
— argenti muriaticum, Hornsilber.
— argenti nitricum, Silbersalpeter.
— argenti nitricum fusum, Höllenstein.
— argenti sulphuricum, Silberoxyd, schwefelsaures.
— auri, Goldoxyd.
— barycum, Ätzbaryt.
— bismuthi acetici, Wismuthoxyd, essigsaures.
— bismuthi carbonici, Wismuthoxyd, kohlensaures.
— bismuthi nitricum, Wismuthweiß.
— bismuthicum, Wismuthblumen.
— calcis, Kalk, reiner.
— cetylicum, Cetyloxydhydrat.
— cobalti, Kobaltoxyd.
— cupri, Kupferasche.
— cupri viride, Grünspan.
— ferri fuscum, Eisenoxydhydrat.
— ferri muriaticum, Eisenoxyd, salzsaures.
— ferri nitricum, Eisenoxyd, salpetersaures.
— ferri rubrum, Kolkothar.
— ferri sulphuricum, Eisenoxyd, schwefelsaures.
— glycerilicum, Glyceriloxyd.
— hydrargyri nitricum, Quecksilberoxyd, salpetersaures.
— hydrargyri rubrum, Merkurialpulver, rothes.
— magnesii, Magnesia, gebrannte.
— mangani nigrum, Braunstein.
— molybdaenae, Molybdänoxyd.
— natricum, Natron, ätzendes.

Oxydum niccoli, Nickeloxyd.
— osmiae, Osmiumoxyd.
— plumbi album, Bleioxyd, kohlensaures.
— plumbi citrinum, Bleioxyd, gelbes.
— plumbi nitricum, Knallblei.
— plumbi rubrum, Mennige.
— plumbi semivitreum, Bleiglätte.
— plumbi vitreum, Bleiglas.
— silicicum, Kieselsäure.
— stanni, Zinnoxyd.
— stanni muriaticum, Zinnchlorid.
— stanni natronatum, Natron, zinnsaures.
— stibicum, Spießglanzasche.
— stibii fuscum, Metallsafran.
— stibii martiatum, Spießglanz, schweißtreibender martialischer.
Oxydum stibii stannatum, Spießglanzoxyd, jovialisches.
— stibii sulphuratum aurantiacum, Goldschwefel.
— stibii sulphuratum fuscum, Metallsafran.
— stibii vitreum, Spießglanzglas.
— strontii, Strontian.
— titanicum, Titansäure.
— uranii, Uranoxyd.
— yttriae, Yttriumoxyd.
— zinci, Zinkweiß.
— zinci nativum, Galmei.
Oxymel, Sauerhonig.
— colchici, Lichtblumenhonig.
Oxymurias barytae, Baryt, chlorinsaurer.

P.

Palladium, Palladium.
— hydrochloricum, Chlorpallad.
— hydrochloricum natronatum, Palladiumnatronhydrochlorat.
— nitricum, Palladium, salpetersaures.
Palmulae, Datteln.
Panis porcinus, Erdscheibe.
Paraffinum, Paraffin.
Papaverinum, Papaverin.
Parillinum, Smillacin.
Passulae majores, Rosinen, große.
— minores seu corinthiacae, Korinthen.
Pasta altheae, Reglisse, weiße.
— liquiritiae, Süßholzpasta.
Pastilli digestivi Dacetii, Vichyzeltchen.
Pelosinum, Pelosin.
Pepsinum, Pepsin.
Perchloretum carbonei, Chlorkohlenstoff, anderthalb.
Perlae occidentales, Perlen, okzidentalische.
— orientales, Perlen, orientalische.
Petroleum album, Steinöl, weißes.
— americanum, Steinöl, amerikanisches.
— nigrum, Steinöl, schwarzes.
— rubrum, Steinöl, rothes.
Peucedaninum, Peucedanin.
Phaeoretinum, Phäoretin.
Phlocorhizinum, Phlöorhizin.
Phosphas ammonicus, Ammoniak, phosphorsaures.
— argenti, Silberoxyd, phosphorsaures.
— calcis, Kalk, phosphorsaurer.
— calcis stibiata, Kalk, phosphorsaurer spießglanzhaltiger.
— chinini, Chinin, phosphorsaures.
— ferricus, Eisenoxyd, phosphorsaures.
— ferrosus, Eisenoxydul, phosphorsaures.

Phosphas hydrargyri, Quecksilberoxydul, phosphorsaures.
— kalicus, Kali, phosphorsaures.
— magnesiae, Magnesia, phosphorsaure.
— — et ammoniae, Magnesiaphosphat, ammoniakhaltiges.
— manganae, Mangan, phosphorsaures.
— natri et ammoniae, Natronammoniak, phosphorsaures.
— natricus, Natron, phosphorsaures.
— plumbi, Bleioxyd, phosphorsaures.
— sodae, Natron, phosphorsaures.
— sodo-ammoniacus, Natronammoniak, phosphorsaures.
— stanni, Zinnoxydul, phosphorsaures.
— strychnii, Strychnin, phosphorsaures.
Phospho-molybdas natricus seu sodae, Natron, phosphormolybdänsaures.
Phosphorus animalis seu urinae, Phosphor.
— Cantonii, Leuchtstein, Kantons.
— Hombergi, Leuchtstein, Hombergs.
— ruber seu amorphus, Phosphor, amorpher.
— superchloratus, Chlorphosphor.
Picrolicheninum, Pikrolichenin.
Picronitras kalicus, Kali, pikrinsaures.
Picrotoxinum, Pikrotoxin.
Pilae marinae, Meerbälle.
Pimenta, Piment.
Pineoli, Pinien.
Piper aethiopicum, Pfeffer, äthiopischer.
— album, Pfeffer, weißer.
— brasilianum, Pfeffer, spanischer.
— cajenne, Pfeffer, kajenner.
— capsicum, Pfeffer, spanischer.
— caryophyllatum, Piment.
— caudatum, Kubeben.
Piper cubebarum, Kubeben.
— Guineae, Paradieskörner.
— hispanicum, Pfeffer, spanischer.
— jamaicense, Piment.
— japonicum, Pfeffer, japanischer.
— indicum, Piment.
— longum, Pfeffer, langer.
— nigrum, Pfeffer, schwarzer.
— turcicum, Pfeffer, türkischer.
Piperinum, Piperin.
Pistacia, Pistazien.
Pix alba, Pech, weißes.
— burgundica, Pech, burgundisches.
— colophonia, Kolophonium.
— liquida seu navalis, Holztheer.
— nigra, Pech, schwarzes.
Placenta amygdalarum, Mandelkleie.
— lini, Leinkuchen.
Platinum, Platin.
— ammoniato-muriaticum, Platinsalmiak.
— hydrochloricum seu muriaticum, Chlorplatin.
— muriaticum solutum, Platinlösung.
— natronato-muriaticum, Platinnatriumchlorid.
— solutum, Platinlösung.
— spongiosum, Platinschwamm.
— sulphuricum, Platinsulphat.
Plumbum aceticum, Bleizucker.
— bichromicum, Chromroth.
— carbonicum, Bleioxyd, kohlensaures.
— chloratum, Hornblei.
— chromicum, Chromgelb.
— cinereum, Wismuth.
— citricum, Bleioxyd, zitronensaures.
— falsum, Graphit.
— ferrohydrocyanicum, Bleioxyd, eisenblausaures.
— fulminans, Knallblei.
— hyperoxydatum, Bleioxyd, braunes.

Plumbum jodatum, Jodblei.
— limatum, Blei, gefeiltes.
— malicum, Bleioxyd, äpfelsaures.
— metallicum, Blei.
— muriaticum, Hornblei.
— muriaticum basicum, Chlorblei, basisches.
— nitratum, Knallblei.
— nitricum, Bleioxyd, salpetersaures.
— oxalicum, Bleioxyd, kleesaures.
— oxydatum, Bleioxyd.
— oxydatum citrinum, Bleioxyd, gelbes.
— oxydatum fuscum, Bleioxyd, braunes.
— oxydatum rubrum, Mennige.
— oxydatum semivitreum, Bleiglätte.
— oxydatum vitreum, Bleiglas.
— oxydulatum griseum, Bleiasche.
— phosphoricum, Bleioxyd, phosphorsaures.
— scriptorium, Graphit.
— sulphuratum, Schwefelblei.
— sulphuricum seu vitriolatum, Bleioxyd, schwefelsaures.
— sulphurosum, Bleioxyd, schwefligsaures.
— tannicum, Bleioxyd, eichengerbsaures.
— ustum, Bleiasche.
Polenta mannae, Mannagrütze.
Polygalinium, Polygalin.
Poma amoris Liebesapfel.
— aurantia sinensia, Apfelsinen.
— aurantiorum immatura, Pomeranzen, unreife.
— colocynthidum, Koloquinten.
— paradisiaca, Liebesapfel.
— sodomitica, Tollapfel.
Pompholyx, Almey.
Pomum Adami, Adamsapfel.
Porcelliones, Kellerasseln.
Porphyroxinum, Porphyroxin.
Potassa acetata, Essigsalz.
Potassa arsenicata, Kali, arsenik-saures.
— cruda, Kali, kohlensaures rohes.
— depurata, Kali, kohlensaures, basisches.
— liquida, Ätzlauge.
— phosphorica, Kali, phosphorsaures.
Potassinum tartaricum, Kali, weinsteinsaures.
— vitriolicum, Doppelsalz.
Praecipitatum auri Cassii, Goldpurpur.
Praecipitatus albus, Quecksilber, salzsaures ammoniakhaltiges.
— cinereus, Quecksilberoxyd Saunders.
— flavus, Quecksilberpräcipitat, gelber.
— niger, Quecksilberoxydul, schwarzes.
— ruber, Merkurialpulver, rothes.
Priapus cervi, Hirschruthe.
— ceti, Wallfischruthe.
Prussias zinci et ammoniae, Cyanzinkammonium.
Pulpa cassiae, Kassienmark.
— cydoniorum, Quittenlattwerge.
— prunorum, Zwetschkenmus.
Pulvis aërophorus, Brausepulver.
— Algarothi, Spießglanzoxydul, gefälltes salzsaures.
— anglicus, Spießglanzoxydul, gefälltes salzsaures.
— antimonialis compositus, Kalk, phosphorsaurer spießglanzhaltiger.
— arsenici, Arsenik, weißer gestoßener.
— atramenti, Tintenpulver.
— cardinalis, Chinapulver.
— carthusianorum, Mineralkermes.
— comitissae, Chinapulver.
— Doveri, Dover'sches Pulver.
— emeticus, Spießglanzoxydul, salzsaures gefälltes.
— encausticus, Dintenpulver.
— equorum, Drüsenpulver.

Pulvis febrifugus, Chinapulver.
— fulminans, Knallpulver.
— fumalis, Räucherpulver.
— hypnoticus, Merkurialpulver, schwarzes.
— Jacobi febrifugus, Kalk, phosphorsaurer spießglanzhaltiger.
— Jamesii, Kalk, phosphorsaurer spießglanzhaltiger.
— jesuiticus, Chinapulver.
— lycopodii, Bärlappsamen.
— mercurii cinereus, Quecksilberoxyd, salpetersaures ammoniakalisches.
— principum, Merkurialpulver, rothes.
— Sentinelli, Magnesia, kohlensaure.
— stanni, Zinnfeile.
— sternutatorius, Niespulver.
Pulvis sympatheticus, Pulver, sympathetisches.
— tormentarius, Schießpulver.
— tonitruans seu fulminans, Platzpulver.
— vitalis, Spießglanz, schweißtreibender martialischer.
Pumex, Bimsstein.
Purpura auri, Goldpurpur.
— Cassii, Goldpurpur.
— mineralis, Goldpurpur.
— vegetabilis, Karmin, rother.
Purpuras ammoniae, Ammoniak, purpursaures.
Pyroacetas calcis, Kalk, holzsaurer.
Pyromachus, Feuerstein.
Pyrophorus, Luftzünder.
Pyroxylinum, Schießbaumwolle.
Pyrrhopinum, Pyrrhopin.

Q.

Quajacum alcalisatum, Quajakseife.
Quassia, Fliegenholz.
Quassiinum, Quassiin.
Quercus marina, Seetang.
Quina v. China.
Quirinacum, Opium.

R.

Radix acanthii, Krampfdistelwurzel.
— acetosae, Sauerampferwurzel.
— acori palustris, Ankerwurzel.
— acori veri, Kalmus.
— adonidis vernalis, Nieswurzel, falsche.
— agaves, Agawewurzel.
— alcannae spuriae, Alkannewurzel, falsche.
— — verae, Alkannewurzel, echte.
— alchemillae, Sinauwurzel.
— alismatis, Froschlöffelwurzel.
— alizari, Krapp.
— allii, Knoblauchwurzel.
— allii anquini, Allermannsharnisch, langer.
Radix altaraconis, Löwenzahnwurzel.
— altheae, Altheewurzel.
— ambutuae, Grieswurzel.
— anacampseros, Donnerbart.
— anblati, Schuppenwurzel.
— anchusae, Ochsenzungenwurzel.
— angelicae, Angelikawurzel.
— anserinae, Gänsekrautwurzel.
— anthorae, Giftheil.
— anticholericae, Schnurwurzel.
— antidysentericae, Zahnwurzel.
— apii, Wassereppichwurzel.
— arenariae, Karex.
— ari seu aronis, Aronwurzel.
— ari aethiopici, Kalla.

Radix aristolochiae longae seu verae, Osterluzeiwurzel, lange.
— — rotundae, Osterluzeiwurzel, runde.
— armoraciae, Meerrettig.
— arnicae, Bergwolverleiwurzel.
— artemisiae, Beifußwurzel.
— arthanitae, Erdscheibe.
— asari, Haselwurzel, europäische.
— asparagi, Spargelwurzel.
— asphodeli, Affodill.
— astragali, Tragantwurzel.
— astrantiae, Astrantie.
— athamanticae, Bärenfenchel.
— auriculae muris, Habichtskrautwurzel.
— bacilli regii, Affodill.
— barbae caprinae, Bocksbartwurzel.
— bardanae, Klettenwurzel.
— bardanae minoris, Kropfklettenwurzel.
— behen rubri, Behenwurzel, rothe.
— belladonnae, Tollwurzel.
— benedictae, Benediktenwurzel.
— betae, Runkelrübe.
— bezoardicae, Bezoarwurzel.
— bistortae, Natterknöttering.
— boni Henrici, Guter Heinrichswurzel.
— britannicae, Wasserampferwurzel.
— brusci, Mausdorn.
— bryoniae, Zaunrübe.
— bryoniae indicae, Mechoakannawurzel.
— bryoniae nigrae, Jungfernwurzel.
— buglossi, Ochsenzungenwurzel.
— bulbocastani, Erdkastanie.
— caapebae, Caapebawurzel.
— caincae, Kainkawurzel.
— calagualae, Calagualawurzel.
— calami, Kalmus.
— calcitrapae, Calcitrapewurzel.
Radix cannae indicae, Blumenrohrwurzel.
— capituli Martis, Mannstreu.
— cardopatiae, Eberwurzel.
— cardui fullonum, Weberdistelwurzel.
— cardui stellati, Calcitrapewurzel.
— cardui tomentosi, Krampfdistelwurzel.
— cardui veneris, Kardendistel.
— cardui voluntatis, Mannstreu.
— caricis, Karex.
— carlinae, Eberwurzel.
— caryophyllatae, Benediktenwurzel.
— cassumunar, Kassumuniar.
— cepae, Zwiebel.
— cervariae albae, Enzian, weißer.
— cervicariae nigrae, Hirschwurzel.
— chamaebalanus, Erdscheibe.
— chamaemyrti, Mausdorn.
— chameleonis albi, Eberwurzel.
— chelidonii majoris, Schellkrautwurzel.
— chervillae, Zuckerwurz.
— chinae orientalis, Chinawurzel, orientalische.
— chynlen, Chynlenwurzel.
— cichorii, Zichorienwurzel.
— ciclae, Runkelrübe.
— cinerariae, Aschenkrautwurzel.
— colchici, Herbstzeitlosenwurzel.
— collinsoniae, Kollinsonienwurzel.
— colubrinae, Schlangenosterluzei.
— columbo, Kolumbowurzel.
— comptoniae, Komptonienwurzel.
— consolidae majoris, Beinwell.
— consolidae rubrae, Blutwurzel.
— contrajervae, Bezoarwurzel.
— convallariae, Weißwurzel.
— convolvuli, Zaunwindenwurzel.
— corallariae, Zahnwurzel.
— costi amari, Kostwurz, bitterer.
— costi dulcis, Kostwurz, süßer.
— costi nigri, Angelikawurzel.

Radix crassulae majoris, Donnerbart.
— cupressini officinalis, Wolfsmilch, kleine.
— curcumae, Kurkume.
— custos viae, Zichorienwurzel.
— cyclaminis, Erdscheibe.
— cynoglossae, Hundszungenwurzel.
— cyperi esculenti, Erdmandeln.
— cyperi indici, Kurkume.
— cyperi longi, Zyperwurzel, lange.
— cyperi rotundi, Zyperwurzel, runde.
— dauci, Möhre, wilde.
— dentariae bulbiferae, Zahnwurzel.
— dentariae majoris, Schuppenwurzel.
— dentis canis, Hundszahn.
— dentis leonis, Löwenzahnwurzel.
— dictamni albi, Diptam.
— dipsaci, Weberdistelwurzel.
— dracontii foetidi, Pethos.
— dracunculi aquatici, Drachenwurzel.
— dracunculi minoris, Aronwurzel.
— dulcinis, Erdmandeln.
— echii, Natterkopfwurzel.
— elaphobosci, Pastinakwurzel.
— ellebori albi, Nieswurzel, weiße.
— ellebori nigri, Nieswurzel, schwarze.
— enulae, Alantwurzel.
— eryngii, Mannstreu.
— esulae minoris, Wolfsmilch, kleine.
— eupatorii, Alpkrautwurzel.
— fabariae, Donnerbart.
— farfarae, Huflattigwurzel.
— filicis maris, Farrnkrautwurzel.
— filiculae dulcis, Engelsüß.
— filipendulae, Filipendelwedelwurzel.
— foeniculi, Fenchelwurzel.
— foeniculi porcini, Haarstrang.

Radix foeniculi ursini, Bärenfenchel.
— fragariae, Erdbeerwurzel.
— fraxinellae, Diptam.
— galangae, Galgant.
— gentianae albae, Enzian, weißer.
— gentianae coeruleae, Lungenenzianwurzel.
— gentianae cruciatae, Kreuzenzianwurzel.
— gentianae nigrae, Hirschwurzel.
— gentianae rubrae, Enzian, rother.
— Georgianae, Baldrian, großer.
— ginseng, Ginseng.
— githaginis, Kernradewurzel.
— gladioli, Allermannsharnisch, runder.
— gladioli lutei, Ankerwurzel.
— glandulae, Tragantwurzel.
— glycirrhizae, Süßholz, gemeines.
— graminis, Queckenwurzel.
— graminis rubri seu majoris, Karex.
— gratiolae, Gnadenkrautwurzel.
— helenii, Alantwurzel.
— hellebori albi, Nieswurzel, weiße.
— hellebori nigri, Nieswurzel, schwarze.
— herbae sulphuratae, Haarstrang.
— hermodactyli, Hermedatteln.
— hirundinariae, Schwalbenwurzel.
— hydrolapathi, Wasserampferwurzel.
— illecebri, Donnerbart.
— imperatoriae albae, Meisterwurzel.
— ipecacuanhae, Ipekakuanha.
— ipecacuanhae albae, Ipekakuanha, weiße.
— ireos florentinae, Veilchenwurzel, florentiner.
— ireos nostratis, Veilchenwurzel, gemeine.
— ireos palustris, Ankerwurzel.

Radix ixinae, Eberwurzel.
— iwarancusae, Iwarankusawurzel.
— jaborandi, Jaborandiwurzel.
— jalappae, Jalappenwurzel.
— junci effusi, Flatterbinsenwurzel.
— junci floridi, Blumenbinsenwurzel.
— junci maximi, Sumpfbinsenwurzel.
— lagophthalmi, Benediktenwurzel.
— lapathi acuti, Grindwurzel.
— lapathi alpini, Alpengrindwurzel.
— lappae majoris, Klettenwurzel.
— lappae minoris, Kropfklettenwurzel.
— levistici, Liebstöckelwurzel.
— lilii albi, Lilienzwiebel.
— limonii statici, Behenwurzel.
— linguae caninae, Hundszungenwurzel.
— liquiritiae, Süßholz, gemeines.
— lobeliae, Lobelienwurzel.
— lopeziana, Lopezwurzel.
— malinathallae, Erdmandeln.
— mandragorae, Alraunwurzel.
— manihot, Manihotwurzel.
— mechoacannae, Mechoakannawurzel.
— mei, Bärenfenchel.
— melampodii, Nieswurzel, schwarze.
— moringae, Moringawurzel.
— morsus diaboli, Teufelsabbißwurzel.
— mudarii, Mudarwurzel.
— mungos, Schlangenwurzel, indische.
— myrtacanthae, Mausdorn.
— narcissi silvestris, Narzissenwurzel.
— nardi rusticae, Haselwurzel, europäische.
— nempharis, Seerosenwurzel.
— ninsi seu ninsing, Kraftwurzel.
— nymphaeae, Seerosenwurzel.
— oculi leporis, Benediktenwurzel.

Radix oenanthes, Rebendeldenwurzel.
— oenotherae, Nachtkerze.
— oleris atri, Smyrnenkrautwurzel.
— olsnitii, Elsenich.
— onagrae, Nachtkerze.
— ononidis, Hauhechelwurzel.
— orchidis verae, Salep.
— Orelhae d'Oncae, Unzenohrenwurzel.
— oreoselini, Bergpetersilienwurzel.
— ornithopodii, Vogelsfußwurzel.
— osmundae, Königsfarrnwurzel.
— ostruthii, Meisterwurzel.
— oxylapathi, Grindwurzel.
— paeoniae, Gichtrosenwurzel.
— palmae Christi, Nacktdrüsenwurzel.
— panacis chironii, Panaxlaserwurzel.
— pareirae bravae, Grieswurzel.
— pariparabo, Pariparabowurzel.
— pastinacae, Pastinakwurzel.
— patientiae, Grindwurzel.
— pedis avis, Vogelsfußwurzel.
— pentaphylli, Fingerkrautwurzel.
— petasitidis, Pestilenzwurzel.
— petroselini, Peterlingwurzel.
— peucedani, Haarstrang.
— phu pontici, Baldrian, großer.
— pilosellae, Habichtskrautwurzel.
— pimpinellae, Becherblumenwurzel.
— pimpinellae italicae, Bibernell, schwarzer.
— pimpinellae albae, Bibernell, weißer.
— plantaginis, Wegerigwurzel.
— pneumonanthes, Lungenenzianwurzel.
— podagrariae, Angelikawurzel.
— polemonii, Baldrian, kleiner.
— polygalae amarae, Kreuzblumenwurzel.
— polygonati, Weißwurzel.
— polypodii, Engelsüß.

Radix potentillae, Fingerkrautwurzel.
— pseudoacori, Ankerwurzel.
— pseudorhei, Alpengrindwurzel.
— pyrethri romani seu veri, Bertram, römischer.
— pyrethri communis, Bertram.
— quinquefolii, Fingerkrautwurzel.
— rapae sativae, Rübenkohlenwurzel.
— raphani nigri seu hortensis Rettig, schwarzer.
— raphani rusticani, Meerrettig.
— rapunculi, Rapunzel.
— rapunculi esculenti, Rapunzelglockenblumenwurzel.
— ratanhiae, Ratanhiawurzel.
— restae bovis, Hauhechelwurzel.
— rhabarbari rusticori, Wolfsmilch, kleine.
— rhei seu rhabarbari, Rhabarber.
— rhei albi, Mechoakannawurzel.
— rhei aquatici, Wasserampferwurzel.
— rhei monachorum, Alpengrindwurzel.
— rhodiae, Rosenwurzel.
— rubiae tinctorum, Krapp.
— rusci, Mausdorn.
— sagittariae, Pfeilwurzel.
— salep seu salap, Salep.
— saponariae, Seifenwurzel.
— sarsaparillae seu sarsae, Sassaparille.
— sassaparillae bohemicae, Karex.
— satyrii, Stendelwurzel.
— saxifragae, Steinbrechwurzel.
— scillae, Meerzwiebel.
— scirpi majoris, Sumpfbinsenwurzel.
— scorzonerae hispanicae, Skorzonerawurzel.
— scrophulariae, Braunwurzel.
— selini palustris, Elsenich.
— senegae, Sengaramsel.

Radix septemfolii, Blutwurzel.
— seris urinariae, Löwenzahnwurzel.
— serpentariae virginianae, Schlangenosterluzei.
— serpentum, Schlangenwurzel, indische.
— serratulae, Farbedistelwurzel.
— seseleos pratensis, Silaufenchelwurzel.
— seseli, Bergglaserwurzel.
— sigilli mariae, Jungfernwurzel.
— sigilli Salomonis, Weißwurzel.
— sigilli mariae, Zaunrübenwurzel, schwarze.
— sileris, Bergglaserwurzel.
— sisari, Zuckerwurz.
— smyrnii, Smyrnenkrautwurzel.
— soulin, Chynlenwurzel.
— spicae nardi, Spick, indischer.
— spiritus sancti, Angelikawurzel.
— squamariae, Schuppenwurzel.
— squillae, Meerzwiebel.
— succisae, Teufelsabbißwurzel.
— sumbuli, Sumbulwurzel.
— swertiae, Tarantwurzel.
— symphyti, Beinwell.
— tami, Zaunrübenwurzel, schwarze.
— taraxaci, Löwenzahnwurzel.
— telephii, Donnerbart.
— ternacha, Ternachawurzel.
— theriacariae, Baldrian, großer.
— thysselini, Elsenich.
— timae, Timakwurzel.
— tithymali maritimi, Hundskohlwurzel.
— tormentillae, Blutwurzel.
— tragoselini, Bibernell, weißer.
— triosteospermi, Beinsamenwurzel.
— troxini, Zichorienwurzel.
— tschokko, Tschokkewurzel.
— turpethi, Turbitwindenwurzel.
— tussilaginis majoris, Pestilenzwurzel.
— ulmariae, Bocksbartwurzel.
— urinariae, Hauhechelwurzel.

Radix valerianae majoris seu hortensis, Baldrian, großer.
— valerianae minoris seu silvestris, Baldrian, kleiner.
— victorialis longae, Allermannsharnisch, langer.
— victorialis rotundae, Allermannsharnisch, runder.
— vincetoxici, Schwalbenwurzel.
— viperini, Natterkopfwurzel.
— vulgaginis, Haselwurzel.
— Waikouri, Waikwurzel.
— xanthii, Kropfklettenwurzel.
— zedoariae longae, Zittwer, langer.
— zedoariae luteae, Kassumuniar.
— zedoariae rotundae, Zittwer, runder.
— zingiberis albi, Ingber, weißer.
— zingiberis vulgaris, Ingber, brauner.
Rasura succini, Bernsteingruß.
Realgar, Arsenik, rother.
Regulus antimonii, Spießglanz.
— antimonii medicinalis, Spießglanzkönig, medizinischer.
— stibii, Spießglanz.
Resina alouchi, Alouchiharz.
— ammoniaci, Ammoniakgummi.
— animae, Anime.
— calophylli, Callophyllumharz.
— caoutchouc, Federharz.
— cedri, Cedernharz.
— cupri, Kupferchlorür.
— dammar, Dammarharz.
— elemi, Elemi.
— elemi bengalensis, Guggul.
— gemour, Gemeurharz.
— jalappae, Jalappenharz.
— juniperi, Sandarak.
— lentisci, Mastix.
— kino, Kino.
Resina ligni sancti, Guajakgummi.
— look, Lookharz.
— lutea Novi Belgii, Gelbharz.
— mani, Maniharz.
— mexicanae, Harz, mexikanisches.
— pini, Tannenharz.
— pini alba, Gallipot.
— populi albi, Weißpappelharz.
— quajaci, Franzosenholzharz.
— scammonii, Skammoniumharz.
— sumbuli, Sumbulharz.
Rhabarbarinum, Rhabarberin.
Rhodanetum potassii, Kali, schwefelblausaures.
Rhodium metallicum, Rhodium.
Roob dauci, Möhrenmus.
— ebuli, Attichmus.
— juniperi, Wacholderbeerensaft.
— ribium, Johannisbeerenmus.
— sambuci, Hollundermus.
Rosa mineralis, Quecksilberoxyd, phosphorsaures.
Rotulae contra vermes, Wurmzeltchen.
— menthae piperitae, Pfeffermünzzelteln.
— nitri, Salpeterküchelchen.
— sacchari variae seu coloratae, Brustkuchen, bunte.
— santonini, Santonintabletten.
Rubinus antimonii, Spießglanzkönig, medizinischer.
— arsenici, Arsenik, rother.
Rubrica fabrilis, Röthel in Stangen.
Rubrum anglicum, Braunroth.
— berolinense, Berlinerroth.
— chromii, Chromroth.
— persicum seu indicum, Roth, persisches.

S.

Sabadillinum, Sabadillin.
Saccharum, Zucker.
— acerinum, Ahornzucker.
— candisatum, Zuckerkand.
— crudum, Moskovade.
— gelatinium, Leimsüß.
— grumosum, Traubenzucker.
— hordei, Gerstenzucker.
— lactis, Milchzucker.
— liquiritiae, Glycyrrhizin.
— penidium, Penidzucker.
— Saturni, Bleizucker.
Sagapenum, Sagapen.
Sago tabiocca, Tapiokka.
Sal absinthii, Kali, kohlensaures basisches.
— acetosellae, Kleesalz.
— acidus tartari, Weinsteinsäure.
— alkali vegetabile, Kali, kohlensaures basisches.
— alkali volatile, Ammoniak, kohlensaures.
— alkali volatile succinicum, Ammoniak, bernsteinsaures.
— alembroth, Alembrothsalz.
— amarum, Bittersalz.
— ammoniacum, Chlorammonium.
— ammoniacum arsenicale, Ammoniak, arsensaures.
— ammoniacum boracis, Ammoniak, boraxsaures.
— ammoniacum brunswicense, Salmiakblumen.
— ammoniacum cupri, Ammoniakkupfer.
— ammoniacum martiatum, Ammoniak, salzsaures eisenhaltiges.
— ammoniacum nitrosum, Ammoniak, salpetersaures.
— ammoniacum phosphoricum, Ammoniak, phosphorsaures.
Sal ammoniacum platinae, Platinsalmiak.
— ammoniacum sulphureum, Ammoniak, schwefligsaures.
— ammoniacum tartaricum, Ammoniak, weinsteinsaures.
— ammoniacum vitriolicum, Ammoniak, schwefelsaures.
— ammoniacum volatile, Ammoniak, kohlensaures.
— ammoniacus aceti, Ammoniak, essigsaures.
— anglicanum, Bittersalz.
— anglicum volatile, Riechsalz, englisches.
— arcanum duplicatum, Doppelsalz.
— auri, Chlorgold.
— auri philosophicum, Doppelsalz, saures.
— catharticum, Bittersalz.
— chalybis, Eisenoxydul, schwefelsaures.
— citri essentiale, Zitronensäure.
— cornu cervi volatile, Hirschhornsalz.
— culinare, Kochsalz.
— de duobus, Doppelsalz.
— digestivum, Chlorkalium.
— egranum, Egersalz.
— febrifugum, Chlorkalium.
— ferri acetosum, Eisenoxyd, essigsaures.
— ferri muriaticum, Eisenoxyd, salzsaures.
— fossilis seu montanus, Bergsalz.
— Fridericianus, Glaubersalz.
— gemmae, Steinsalz.
— Glauberi, Glaubersalz.
— Jovis, Zinnsalz.
— Jovis Mynsichti, Zinnoxydul, essigsaures.

Sal lixiviae sanguinis, Kali, eisenblausaures gelbes.
— lumbricorum volatile, Regenwürmersalz.
— marinum, Seesalz.
— martis, Eisenvitriol.
— microcosmicum, Natronammoniak, phosphorsaures.
— mirabile, Glaubersalz.
— mirabile perlatum, Natron, phosphorsaures.
— morellae, Morellensalz.
— muriaticum oxydatum, Kali, chlorsaures.
— muriaticus, Kochsalz.
— neutrum sulphuris, Kali, schwefligsaures.
— nitrum depuratum, Salpeter, raffinirter.
— oxalicum, Kleesalz.
— polychrestum, Seignettesalz.
— polychrestum antimoniale, Kali, salpetersaures spießglanzhaltiges.
— polychrestum Glaseri, Doppelsalz.
— prunellae, Salpeterküchelchen.
— rochellense, Seignettesalz.
— sapientiae, Alembrothsalz.
— Saturni, Bleizucker.
— sedativum Hombergi, Boraxsäure.
— seidlicensis, Bittersalz.
— Seignetti, Seignettesalz.
— sodae, Soda, krystallisirte.
— stanni, Zinnsalz.
— succini, Bernsteinsäure.
— tartari, Kali, kohlensaures basisches.
— thermarum carolinarum, Karlsbadersalz.
— urinae nativum, Natronammoniak, phosphorsaures.
— volatile narcoticum, Boraxsäure.
— vomitorium, Augenstein.
Salicium, Salizin.

Sandaraca, Sandarak.
Sandaracha graecorum, Arsenik, rother.
— mineralis, Arsenik, weißer.
Sanguinarium, Pyrrhopin.
Sanguis draconis in baculis, Drachenblut in Stangen.
— — in granis, Drachenblut in Körnern.
— — in massa, Drachenblut in Masse.
— — in placentis, Drachenblut in Kuchen.
— — in tabulis, Drachenblut in Tafeln.
Santalinum, Santalin.
Santalum coeruleum, Griesholz.
Santoninum, Santonin.
— natronatum, Santoninnatron.
Sapa aceti, Essigextrakt.
Sapo albus, Seife, weiße.
— alikantus seu hispanicus, Seife, alikantische.
— ammoniacalis camphoratus, Opodeldok.
— amygdalinus, Mandelseife.
— antimoniatus, Spießglanzseife.
— aromaticus, Seife, aromatische.
— chemicus Dippelii, Seife, Dippels chemische.
— ferri, Eisenseife.
— galbani, Galbanseife.
— gummi guttae, Gummiguttseife.
— Helmontii, Helmontsseife.
— jalappinus, Jalappenseife.
— kalinus, Kaliseife.
— marmoratus, Seife, marmorirte.
— medicus, Seife, medizinische.
— mercurialis, Quecksilberseife.
— montanus, Bergseife.
— niger, Seife, schwarze.
— olei nucum cocos cum soda, Kokosnußölsodaseife.
— guajacinus, Guajakseife.
— sodae, Natronseife.
— stibiatus, Spießglanzseife.
— sulphuris, Schwefelleber.

Sapo venetus, Seife, venetianische.
— viridis, Seife, grüne.
— vitri, Braunstein.
— vulgaris, Seife, gemeine.
Sarcocolla, Fleischleim.
Sarsaparillinum, Smillacin.
Sassaparilla, Sassaparille.
Saturnus, Blei.
— corneus, Hornblei.
Scammonium, Skammonium.
Scheelas ammoniae, Ammoniak, wolframsaures.
— kalicus, Kali, wolframsaures.
— sodae seu natricus, Natron, scheelsaures.
Scheelium, Scheelium.
Schifera alba, Schieferweiß.
Scillitinum, Scillitin.
Scincus officinalis, Meerstinz.
Scobs storacina, Storax, gemeiner.
Scoparinum, Skoparin.
Scorpiones siccatae, Skorpione, getrocknete.
Sebestenae, Brustbeeren, schwarze.
Sebum, Talg.
— chinense, Wachs, chinesisches.
— malabaricum, Wachs, malabarisches.
Secale cornutum, Mutterkorn.
Selenium, Selen.
Semen abelmoschi, Abelmosch.
— acanthii, Krampfdistelsamen.
— acetosae, Sauerampfersamen.
— aegoceros, Bockshornsamen.
— agni casti, Keuschlammsamen.
— ahowai, Schlangennüsse.
— alliariae, Knoblauchsamen.
— ammeos veri seu cretici, Ammeisamen.
— amomi, Piment.
— anethi, Dillsamen.
— anethi dulcis, Aniesfenchel.
— anethi marini, Meerbacillensamen.
— anguriae, Arbusensamen.
— anisi stellati, Sternanis.
Semen anisi vulgaris, Anis.
— apii, Wassereppichsamen.
— aquilegiae, Ackeleysamen.
— atriplicis, Gartenmeldensamen.
— auriculae leporis, Durchwachssamen.
— badiani, Sternanis.
— bardanae minoris, Kropfklettensamen.
— bedegarimae, Frauendistelsamen.
— betae, Runkelrübensamen.
— betulae, Birkensamen.
— bryoniae, Zaunrübensamen.
— buniadis, Rübsamen.
— bupleuri, Durchwachssamen.
— calcitrapae, Calcitrapesamen.
— camelinae, Leindottersamen.
— canariense, Kanariensamen.
— cannabis, Hanfsamen.
— cardui benedicti, Kardobenediktensamen.
— cardui hortensis, Artischockensamen.
— cardui mariae, Frauendistelsamen.
— cardui stellati, Calcitrapesamen.
— cardui tomentosi, Krampfdistelsamen.
— carvi, Kümmel.
— cataputiae majoris, Rizinuskörner.
— cataputiae minoris, Springkörner.
— centaurei benedicti, Kardobenediktensamen.
— cerefolii, Gartenkerbelsamen.
— cervariae nigrae, Hirschwurzelsamen.
— chenopodii anthelmintici, Wurmmeldensamen.
— ciceris, Kichererbsen.
— cichorii, Zichoriensamen.
— cichorii verrucarii, Warzenmilchkrautsamen.
— ciclae, Runkelrübensamen.
— cinae, Wurmsamen.

Semen cinae africanum, Wurmsamen, afrikanischer.
— cinae barbaricum, Wurmsamen, barbarischer.
— cinae hispanicae, Wurmsamen, spanischer.
— cinae hungaricum, Wurmsamen, ungarischer.
— cinae indicum, Wurmsamen, indischer.
— cinae levanticum, Wurmsamen, levantischer.
— cismae, Chichensamen.
— citri, Zitronenkerne.
— citrulli, Arbusensamen.
— coccognidii, Kellerhalskörner.
— cochleariae, Löffelkrautsamen.
— colchici, Herbstzeitlosensamen.
— custos viae, Zichoriensamen.
— colocynthidum, Koloquintensamen.
— contra, Wurmsamen.
— coriandri, Koriander.
— crithmi, Meerbacillensamen.
— cucumeris, Gurkensamen.
— cucurbitae, Kürbissamen.
— cucurbitae citrulli, Arbusensamen.
— cuminellae, Ammeisamen.
— cumini, Kümmel.
— cydoniorum, Quittenkörner.
— cynarae, Artischockensamen.
— cynoides, Flöhsamen.
— cynosbati, Hagebutten.
— daturae, Stechapfelsamen.
— dauci cretici, Möhrensamen, kretischer.
— dauci sativi, Rübensamen.
— dauci silvestris, Möhrensamen, wilder.
— dianthi, Nelkensamen.
— digitalis orientalis, Sesamsamen.
— elaphobosci, Durchwachssamen.
— empetri, Rauschbeerensamen.
— endiviae, Endiviensamen.

Semen erucae sativae, Rankekohlsamen.
— flos solis, Sonnenblumensamen.
— foeniculi, Fenchelsamen.
— foeniculi aquatici, Wasserfenchel.
— foeniculi dulcis, cretici seu florentini, Anisfenchel.
— foeniculi marini, Meerbacillensamen.
— foeniculi montani, Bergseselsamen.
— fraxini, Eschensamen.
— foeni graeci, Bockshornsamen.
— githaginis, Kornradesamen.
— graminis mannae, Mannagrassamen.
— granatorum, Granatäpfelsamen.
— gratia Dei gallis, Durchwachssamen.
— hagiospermi, Wurmsamen.
— helianthi, Sonnenblumensamen.
— hyosciami, Bilsenkrautsamen.
— hypecoi, Krummkümmel.
— isophylli, Durchwachssamen.
— junci floridi, Blumenbinsensamen.
— junci maximi, Binsensamen.
— lablab, Faselbohnen.
— lacrimae Jobi, Thränengras.
— lactucae sativae, Lattigsamen.
— lactucae virosae, Giftlattigsamen.
— lappae minoris, Kropfklettensamen.
— laserpitii albi, Laserkrautsamen.
— lathyridis majoris, Springkörner.
— lentis, Linsen.
— lepidii sativi, Kressensamen.
— lilae, Fliedersamen.
— limonum, Zitronenkerne.
— linguae avis, Eschensamen.
— lini, Leinöl.
— lithospermi, Steinsamen.
— lolii, Schwindelhaber.

Semen lupini, Lupine.
— lycopodii, Bärlappsamen.
— magnoliae, Magnoliensamen.
— mais, Mais.
— melampyri, Ackerbrandsamen.
— melanthii, Kümmel, schwarzer.
— milii, Hirse.
— milii solis, Steinsamen.
— melonis aquatici, Arbusensamen.
— melonum, Melonensamen.
— mespili, Mespelsamen.
— mukkae, Mais.
— napi, Rübsamen.
— nasturtii hortensis, Kressensamen.
— nelumbo, Bohnen, ägyptische.
— nigellae, Kümmel, schwarzer.
— oreoselini, Bergpetersiliensamen.
— nigellastri, Kernradesamen.
— paeoniae, Gichtrosensamen.
— papaveris, Mohn.
— pastinacae sativae, Pastinaksamen.
— perfoliatae, Durchwachssamen.
— petroselini, Peterlingsamen.
— phalangii ramosi, Erdspinnenkrautsamen.
— phellandrii, Wasserfenchel.
— plantaginis, Wegerigsamen.
— portulacae, Portulaksamen.
— psylii, Flöhsamen.
— pulicariae, Flöhsamen.
— ramtilla, Ramtillasamen.
— raphanistri, Hederichsamen.
— rhois coriariae, Sumachsamen.
— ricini vulgaris, Rizinuskörner.
— sabadillae, Sabadillsamen.
— santonici, Wurmsamen.
— scariolae, Zaunlattigsamen.
— scirpi majoris, Sumpfbinsensamen.
— sesami, Sesamsamen.
— seseleos aethiopici, Laserkrautsamen.
— seseleos massiliensis, Bergseselsamen.

Semen seseleos pratensis, Silaufenchel.
— setariae germanicae, Mohargrassamen.
— sesli, Berglaserkrautsamen.
— sesli cretici, Bergkümmel.
— sileris, Berglaserkrautsamen.
— sinapis albae, Senfsamen weißer.
— sinapis nigrae seu viridis, Senfsamen, schwarzer.
— sophiae chirurgorum, Raukensamen.
— spinaciae, Spinatsamen.
— staphidis agriae, Läusekörner.
— stramonii, Stechapfelsamen.
— sumach, Sumachsamen.
— syringae, Fliedersamen, spanischer.
— tanaceti, Rainfarrnsamen.
— tordylii, Bergkümmel.
— trifolii alpestris, Alpenklee.
— tritici vaccinii, Ackerbrandsamen.
— troxini, Zichoriensamen.
— unguis aquilae, Meerbacillensamen.
— urticae, Brennnesselsamen.
— urticae romanae, Nesselsamen, spanischer.
— vangloe, Sesamsamen.
— viciae sativae, Ackerwickensamen.
— xanthii, Kropfklettensamen.
— zacinthae, Warzenmilchkrautsamen.
Seneginium, Polygalin.
Serum lactis aluminosum, Alaunmolken.
Sevum cervinum, Hirschunschlitt.
— ovillum seu verveciuum, Hammeltalg.
Silicas kalicus, Kali, kieselsaures trockenes.
— natricus, Kieselnatron.
— sodae, Kieselnatron.
— zincicus, Zinkoxyd, kieselsaures.
Silicium, Kiesel.

Silicium oxydatum, Kieselerde.
Siliqua bablah, Bablah.
— dulcis, Johannisbrot.
— vanillae, Vanille.
Sinapinum, Schwefelcyansinapin.
Smalta, Schmalte.
Smillacinum, Smillacin.
Soda acetata, Natron, essigsaures.
— bicarbonica, Natron, doppeltkohlensaures.
— boraxata, Borax, gereinigter.
— calcinata, Soda, kalzinirte.
— citrata, Natron, zitronensaures.
— cruda, Soda, spanische.
— crystallisata, Soda, krystallisirte.
— depurata, Soda, krystallisirte.
— hispanica, Soda, spanische.
— hydrochlorica, Kochsalz.
— hyposulphurica, Natron, unterschwefelsaures.
— hyposulphurosa, Natron, unterschwefligsaures.
— impura, Soda, spanische.
— molybdaenica, Natron, molybdänsaures.
— oxalica, Natron, sauerkleesaures.
— silicica, Kieselnatron.
— stannata, Natron, zinnsaures.
— succinata, Natron, bernsteinsaures.
— sulphurica, Glaubersalz.
— tartarisata, Natron, weinsteinsaures.
— vitriolata, Glaubersalz.
Sodium, Natrium.
Sol, Gold.
Solainum, Solanin.
Spathum fusibile, Flußspath.
Species altheae, Eibischthee.
— pectorales, Brustthee.
Sperma ceti, Wallrath.
Spica indica, Spick, indischer.
Spina dorsi viperarum, Vipernknochen.
Spiritus aceti, Bleigeist.
Spiritus acetico-aethereus, Essigäthergeist.
— acetidulcificatus, Essigäthergeist.
— aluminis, Schwefelsäure, verdünnte.
— cinnamomi, Zimmtgeist.
— cornu cervi, Hirschhorngeist.
— cornu cervi succinatus, Ammoniaksuccinatflüssigkeit.
— e faecibus vini, Branntwein, rheinischer.
— formicarum, Ameisengeist.
— frumenti, Kornbranntwein.
— melissae, Melissengeist.
— Mindereri, Ammoniak, essigsaures flüssiges.
— muriatico-aethereus, Salzgeist, versüßter.
— nitri, Salpetersäure, gewöhnliche.
— nitri dulcis, Salpetergeist, versüßter.
— pyroaceticus, Aceton.
— pyrolignosus, Holzessig.
— pyroxylicus, Lignon.
— salis ammoniaci caustici, Salmiakgeist, ätzender.
— salis ammoniaci dulcificatus, Ammoniumweingeist.
— ammoniaci foeniculatus, Fenchelsalmiakgeist.
— ammoniaci simplex, Salmiakgeist.
— salis dulcis, Salzgeist, versüßter.
— salis fumans, Salzsäure, rauchende.
— salis Libavii, Libavischer Geist.
— saponis seu saponatus, Seifengeist.
— serpylli, Quendelgeist.
— sulphuratus Beguini, Ammoniak, schwefelwasserstoffsaures.
— sulphurico-aethereus, Schwefeläthergeist.
— sulphurico-aethereus martia-

tus, Schwefeläthergeist, eisenhaltiger.
Spiritus tartari simplex, Weinsteinsäure, brenzliche.
— vini, Weingeist.
— vini absolutus, Weingeist, absoluter.
— vini aethereus, Schwefeläthergeist.
— vini camphoratus, Kampferspiritus.
— vini gallici, Franzbranntwein.
— vini rectificatissimus, Alkohol.
— vini rhenani, Branntwein, rheinischer.
— vitrioli, Schwefelsäure.
— vitrioli dulcis, Schwefeläthergeist.
— volatilis vinosus, Ammoniumweingeist.
Spodium graecorum, Tutie, graue.
Spongia cerata seu praeparata, Wachsschwamm.
— cynosbati, Rosenschwamm.
— in fragmentis, Kropfschwamm.
— marina, Badeschwamm.
— usta, Schwammkohle.
Spuma auri seu argenti, Bleiglätte.
— marina, Meerschaum.
Squama aeris, Kupferasche.
Stannas sodae seu natricus, Natron, zinnsaures.
Stanniolum, Zinnfolie.
Stannum, Zinn.
— aceticum, Zinnoxydul, essigsaures.
— bichloratum, Zinnchlorid.
— corneum, Zinnchlorid.
— foliatum, Zinnfolie.
— hydrochloricum oxydatum, Zinnchlorid.
— in bacillis, Stangenzinn.
— limatum, Zinnfeile.
— muriatico-ammoniatum, Pinksalz.
— muriaticum oxydatum, Zinnchlorid.
Stannum muriaticum oxydulatum, Zinnsalz.
— oxydatum, Zinnoxyd.
— oxydatum sulphuratum, Musivgold.
— oxydulatum, Zinnoxydul.
— phosphoricum, Zinnoxydul, phosphorsaures.
— sulphuricum oxydulatum, Zinnoxydul, schwefelsaures.
Stercus diaboli, Asand, stinkender.
Stibium hydrothionicum sulphuratum, Goldschwefel.
— muriaticum liquidum, Spießglanzbutter.
— muriaticum praecipitatum, Spießglanzoxydul, salzsaures gefälltes.
— oxydatum ablutum seu album, Spießglanzoxyd, gewaschenes.
— oxydatum flavum seu sublimatum, Spießglanzblumen.
— oxydatum fuscum, Metallsafran.
— oxydatum griseum, Spießglanzasche.
— oxydatum martiatum, Spießglanz, schweißtreibender martialischer.
— oxydatum non ablutum, Spießglanzoxyd, weißes ungewaschenes.
— oxydatum stannatum, Spießglanzoxyd, jovialisches.
— oxydatum vitratum, Spießglanzglas.
— oxydulatum hydrothionicum, Mineralkermes.
— purum, Spießglanz.
— sulphuratum nigrum, Spießglanz, roher.
— sulphuratum nigrum praeparatum, Spießglanz, präparirter.
— tartaricum kalisatum, Brechweinstein.
— ustum, Spießglanzasche.
Stincus marinus seu officinalis, Meerstinz.

Stipites diervillae, Diervillenstengel.
— dulcamarae, Alfranken.
— solani lignosi, Alfranken.
Stramoninium, Stramonin.
Strobuli abietis, Tannenzäpfchen.
— lupuli, Hopfen.
— pini, Fichtenknospen.
Strontiana acetica, Strontian, essigsaurer.
— carbonica, Strontian, kohlensaurer.
— caustica, Strontian.
— hydrojodica, Jodstrontium.
— muriatica seu hydrochlorica, Chlorstrontium.
— nitrica, Strontian, salpetersaurer.
— sulphurica, Strontian, schwefelsaurer.
— sulphurica nativa, Cölestin.
Strontium oxydatum, Strontian.
— oxydatum aceticum, Strontian, essigsaurer.
— oxydatum carbonicum, Strontian, kohlensaurer.
— oxydatum nitricum, Strontian, salpetersaurer.
— oxydatum sulphuricum, Strontian, schwefelsaurer.
Strychnium aceticum, Strychnin, essigsaures.
— bromatum, Bromstrychnin.
— camphoricum, Strychnin, kampfersaures.
— ferro-hydrocyanicum, Strychnineisencyanür.
— hydrochloricum, Chlorstrychnin.
— hydrojodicum, Jodstrychnin.
— muriaticum, Chlorstrychnin.
— nitricum, Strychnin, salpetersaures.
— oxalicum, Strychnin, oxalsaures.
— phosphoricum, Strychnin, phosphorsaures.
— purum, Strychnin.
Strychnium sulphuricum, Strychnin, schwefelsaures.
Styracinum, Styracin.
Styrax calamita seu vulgaris, Storax, gemeiner.
— liquida, Storax, flüssiger.
Subacetas cupri, Grünspan.
Subbisulphuretum stibii, Goldschwefel.
Subcarbonas kalicus, Kali, kohlensaures basisches.
Sublimatum corrosivum, Ätzsublimat.
— dulce, Kalomel.
— ferri, Eisenblumen.
Substannas auri, Goldpurpur.
Subsulphis auri et sodae, Goldoxydulnatron, unterschwefligsaures.
Succinas ammoniae, Ammoniak, bernsteinsaures.
— ammonii liquidus, Ammoniaksuccinatflüssigkeit.
— chininicus, Chinin, bernsteinsaures.
— kalicus, Kali, bernsteinsaures.
— sodae seu natricus, Natron, bernsteinsaures.
Succinum, Bernstein.
— nigrum, Pechkohle.
Succus acaciae nostratis, Akaziensaft, böhmischer.
— acaciae verae seu aegyptiacae, Akaziensaft, ächter.
— alkermes, Kermessaft.
— catechu, Katechu.
— citri, Zitronensaft.
— convolvuli scammoniae, Skammonium.
— dauci depuratus, Möhrenmus.
— hypocistidis, Hypozistensaft.
— liquiritiae, Lakritzensaft.
— liquiritiae anisatus, Anislakritz.
— mediens, Asand, stinkender.
— rubi idaei, Himbeersaft.
— viridis, Blasengrün.

Sulfosinapisinum, Schwefelcyansinapin.
Sulphas aethericus, Schwefeläther.
— aluminae, Alaunerde, schwefelsaure.
— aluminae et sodae, Natronalaun.
— aluminico-kalicus, Alaun, gemeiner.
— ammoniae, Ammoniak, schwefelsaures.
— ammoniato-aluminicus, Ammoniakalaun.
— ammoniocupricus, Ammoniakkupfer.
— argenti, Silberoxyd, schwefelsaures.
— baryticus, Baryt, schwefelsaurer.
— bebirinae, Bebeerin, schwefelsaures.
— berberinae, Berberin, schwefelsaures.
— brucinae, Brucin, schwefelsaures.
— cadmiae, Kadmiumoxyd, schwefelsaures.
— cereri, Cer, schwefelsaures.
— chinini, Chinin, schwefelsaures.
— chromo-kalicus, Chromalaun.
— cicutinae, Cicutin, schwefelsaures.
— cinchonicus, Cinchonin, schwefelsaures.
— cinchonidinae, Cinchonidin, schwefelsaures.
— cobalti, Kobaltvitriol.
— cupricus, Kupfervitriol.
— ferricus, Eisenoxyd, schwefelsaures.
— ferro-ammoniacalis, Ammoniak, schwefelsaures eisenhaltiges.
— ferrosus, Eisenoxydul, schwefelsaures.
— hydrargyri, Quecksilberpräcipitat, gelber.

Sulphas kalicus, Doppelsalz.
— magnesiae ammoniacalis, Ammoniakmagnesia, schwefelsaure.
— manganae, Mangan, schwefelsaures.
— mercurii, Quecksilberpräcipitat, gelber.
— morphinae, Morphin, schwefelsaures.
— natricus, Glaubersalz.
— niccoli, Nickel, schwefelsaures.
— platinae, Platinsulphat.
— plumbi, Bleioxyd, schwefelsaures.
— sodae, Glaubersalz.
— stanni, Zinnoxydul, schwefelsaures.
— strontii, Strontian, schwefelsaures.
— strychnii, Strychnin, schwefelsaurer.
— zincicus, Augenstein.
Sulphhydras aethylicus, Äthylsulphhydrat.
Sulphidum carbonicum, Kohlenstoffschwefel.
— stanni, Musivgold.
Sulphis ammoniae, Ammoniak, schwefligsaures.
— kalicus, Kali, schwefligsaures.
— plumbi, Bleioxyd, schwefligsaures.
— sodae seu natricus, Natron, schwefligsaures.
Sulphocyanhydras kalicus, Kali, schwefelblausaures.
Sulphomethylas kalicus, Kali, methylschwefelsaures.
Sulphur antimonii praecipitatum, Goldschwefel.
— auratum, Goldschwefel.
— caballinum seu griseum, Roßschwefel.
— calcis, Schwefelkalk.
— chloratum, Chlorschwefel.
— citrinum commune seu in baculis, Schwefel in Stangen.

Sulphur depuratum seu sublimatum, Schwefelblüthe.
— jodatum, Jodschwefel.
— nativum, Schwefel, gediegener.
— praecipitatum, Schwefelmilch.
— stibiatum aurantiacum, Gold-
— schwefel.
— stibiatum rubrum, Mineralkermes.
— vegetabile, Bärlappsamen.
— virgineum, Schwefel, gediegener.
Sulphuretum ammoniae liquidum, Ammoniak, schwefelwasserstoffsaures.
— arsenici citrinum, Arsenik, gelber.
— arsenici nativum, Arsenik, gelber natürlicher.
— arsenici rubrum, Arsenik, rother.
— barii, Schwefelbaryum.
— cadmiae, Kadmiumgelb.
— calcariae et stibii, Spießglanzschwefelkalk.
Sulphuretum calcii, Schwefelkalk.
— carbonei, Schwefelalkohol.
— chalybis, Schwefeleisen.
— cupri, Kupfer, gebranntes.
— ferri, Schwefeleisen.
— hydrargyri nigrum, Merkurialpulver, schwarzes.
— hydrargyri stibiatum, Schwefelspießglanzquecksilber.
— kalii, Schwefelleber.
— stibii, Spießglanz, roher.
— stibii rubrum, Mineralkermes.
Summitates hyperici, Hartheu.
— origani vulgaris, Dosten.
Superchloretum phosphori, Chlorphosphor.
Superphosphas calcis, Kalk, saurer phosphorsaurer.
Syrupus, Syrup.
— rubi idaei, Himbeersyrup.
— saccharinus, Zuckersyrup.
— violarum, Veilchensyrup.

T.

Tabacinum, Nikotin.
Tacamahaca bourbonensis, Takamahak, bourbonisches.
Talcum lithomarga, Meerschaum.
— venetum, Talkstein.
Tamarindi, Tamarinden.
Tannas chininicus, Chinin, gerbsaures.
— cinchonini, Cinchonin, gerbsaures.
— ferri, Eisenoxyd, gerbsaures.
— plumbicus, Bleioxyd, eichengerbsaures.
— zinci, Zinkoxyd, gerbsaures.
Tanninum purum, Gerbestoff.
Tantalum metallicum, Tantal.
Tapiocca, Tappiokka.
Tartaras potassae boraxatus, Boraxweinstein.
Tartareum natronatum, Natron, weinsteinsaures.
Tartarus acetatus, Essigsalz.
— albus, Weinstein, weißer.
— ammoniacalis, Kali, weinsteinsaures ammoniakalisches.
— antimoniatus, Brechweinstein.
— arsenicalis, Kali, arsensaures.
— boraxatus, Boraxweinstein.
— calcareus, Kalk, weinsteinsaurer.
— citratus, Kali, zitronensaures.
— crudus, Weinstein, roher.
— depuratus, Weinsteinkrystalle.
— emeticus, Brechweinstein.
— ferratus, Eisenweinstein.
— ferratus in globulis, Eisenweinsteinkugeln.
— fluoratus, Kali, fluorwasserstoffsaures.

Tartarus mercurialis, Quecksilberoxydul, weinsteinsaures.
- natronatus, Seignettesalz.
- phosphoratus, Kali, phosphorsaures.
— ruber, Weinstein, rother.
— solubilis, Kali, weinsteinsaures ammoniakalisches.
— stibiatus, Brechweinstein.
— succinatus, Kali, bernsteinsaures.
— tartarisatus, Kali, weinsteinsaures.
— vitriolatus, Doppelsalz.
— vitriolatus acidus, Doppelsalz, saures.
— vitriolatus Stahlii, Ammoniak schwefelsaures.
— vitriolatus volatilis, Kali, schwefligsaures.
Tartras ammonicus, Ammoniak, weinsteinsaures.
— calcicus, Kalk, weinsteinsaurer.
— chininicus, Chinin, weinsteinsaures.
— ferricus, Eisenoxyd, weinsteinsaures.
— ferrosus, Eisenoxydul, weinsteinsaures.
— hydrargyri, Quecksilberoxydul, weinsteinsaures.
— kalico-ferricus, Eisenweinstein.
— kalico-natricus, Seignettesalz.
— kalicus, Kali, weinsteinsaures.
— magnesiae, Magnesia, weinsteinsaure.
— mercurii, Quecksilberoxydul, weinsteinsaures.
— sodae seu natricus, Natron, weinsteinsaures.
Tellurium, Tellur.
Terebinthina argentoratensis seu abietina, Terpentin, Straßburger.
— canadensis, Balsam, kanadischer.
— carpathica, Balsam, karpathischer.
— cocta, Terpentin, gekochter.
Terebinthina cypria seu de Chio, Terpentin, cyprischer.
— veneta seu laricina, Terpentin, venetianer.
— vulgaris, Terpentin, gemeiner.
Terra aluminosa pura, Alaunerde.
— amara salita, Chlormagnesium.
— anglica grisea, Erde, englische zum Poliren.
— animalis, Knochen, weißgebrannte.
— argillacea, Aluminiumoxyd.
— catechu, Katechu.
— citrina, Gelberde.
— coerulea, Eisenblau.
— coloniensis, Umbraun, kölnisches.
— foliata tartari, Essigsalz.
— foliata tartari crystallisata, Natron, essigsaures.
— japonica, Katechu.
— miraculosa Saxoniae, Wundererde, sächsische.
— ochra aurea, Satinober.
— persica seu indica, Roth, persisches.
— ponderosa aërata, Baryt, kohlensaurer.
— ponderosa boraxata, Baryt, boraxsaurer.
— ponderosa nitrata, Baryt, salpetersaurer.
— prussica, Roth, preußisches.
— samia, Saminsstein.
— de Sienna, Erde, sienner.
— sigillata, Bolus.
— silicica, Kieselerde.
— tripolitana, Trippel.
— umbra, Umbraun.
— vitrioli, Kolkothar.
— vitrioli dulcis, Braunroth.
— zaffra, Zaffer.
Testae ostrearum seu concharum, Austernschalen.
— testudinum, Schildkrot.
Tetaninium, Strychnin.
Thea cassines, Kassinenkraut.
— imperialis, Kaiserthee.

Thea in globulis, Perlthee.
— pecco, Thee, Pecco.
— viridis, Thee, grüner.
Theeinum, Thein.
Theobrominum, Theobromin.
Theriaca, Theriak.
Tincal, Borax, roher.
Tinctura antimonii Huxhamii, Huxhamsche Spießglanztinktur.
— antimonii Jacobi, Spießglanztinktur.
— arnicae, Bergwohlverleitinktur.
— aurea de Lamotte, Schwefeläthergeist, eisenhaltiger.
— cantharidum, Kantharidentinktur.
— ferri acetici Klaprothii, Eisentinktur, Klaproths essigsaure.
— laccae musicae, Lackmustinktur.
— Martis tartarisata, Ludwigs Eisentinktur.
— nervina Bestuscheffii, Schwefeläthergeist, eisenhaltiger.
— radicis hellebori nigri, Nieswurzeltinktur.
— succini, Bernsteintinktur.
— sulphuris volatilis, Ammoniak, schwefelwasserstoffsaures.
Titanium, Titan.
Tragacantha communis, Traganth, ordinärer.
— electa, Traganth, auserlesener.
— in sortis, Traganth in Sorten.
Tragemata, Datteln.
Tribuli aquatici, Stachelnüsse.
Tuber cibarium, Trüffel.
Tubera esculenta, Trüffel.
Tungstenium, Wolfram.
Tunstas sodae seu natricus, Natron, scheelsaures.
Turiones abietis, Tannenknospen.
— pini, Fichtenknospen.
Turpethum album, Quecksilber, salzsaures ammoniakhaltiges.
— antimonii, Spießglanzoxydul, salzsaures gefälltes.
— flavum, Quecksilberpräcipitat, gelber.
— minerale, Quecksilberpräcipitat, gelber.
— nigrum, Quecksilberoxydul, schwarzes.
Tutia alexandrina seu grisea, Tutie, graue.

U.

Ultramarinum, Ultramarin, blauer.
— citrinum, Permanentgelb.
— cobalti, Kobaltblau.
— viride, Ultramarin, grüner.
Umbilicus veneris, Meerbohne.
Umbra coloniensis, Umbraun, kölnisches.
Unguentum cinereum, Quecksilbersalbe.
— hydrargyri citrinum, Quecksilbersalbe, gelbe.
— linariae, Leinkrautsalbe.
— populeum, Pappelsalbe.
Uranas sodae seu natrii, Natron, uransaures.
Uranium carbonicum, Uranoxyd, kohlensaures.
— hydrochloricum, Uranoxyd, salzsaures.
— muriaticum, Uranoxyd, salzsaures.
— oxydatum, Uranoxyd.
— oxydatum natronatum, Natron, uransaures.
— oxydulatum, Uranoxydul, schwarzes.
Uras ammoniae, Ammoniak, harnsaures.

Urea nitrica, Harnstoff, salpetersaurer.
— pura, Harnstoff.
Ureum crystallisatum, Harnstoff.
Usnea cranii humani, Steinmoos.
Uvae passae, Rosinen, große.

V.

Valeras bismuthi, Wismuthoxyd, baldriansaures.
— caffeïnae, Kaffein, valeriansaures.
— chininico-ferri, Chinineisenoxyd, baldriansaures.
— chininicus, Chininvalerat.
— magnesiae, Magnesia, baldriansaure.
— morphinae, Morphin, baldriansaures.
— sodae, Natron, baldriansaures.
— zinci, Zinkoxyd, baldriansaures.
Valerianas kalicus, Kali, baldriansaures.
Vanadium, Vanadium.
Vanilla, Vanille.
Vauquelinium, Strychnin.
Venus, Kupfer.
Veratrinum, Sabadillin.
— aceticum, Veratrin, essigsaures.
Vermes majales, Maiwürmer.
— terrae, Regenwürmer.
Vernix copal, Kopallack.
— dammar, Dammarlack.
— laccae, Tischlerpolitur.
— lini, Firniß.
— mastichis, Mastixlack.
— sandaracae, Sandaraklack.
— succini, Bernsteinlack.
— terebinthinae, Terpentinfirniß.
Vesica moschi, Bisambeutel.
Vinum adustum, Branntwein.
— ribium, Johannisbeerenwein.
Viride aeris, Grünspan.
— chromicum, Chromgrün.
— islebiense, Eislebnergrün.
— minerale, Mineralgrün.
Viride novum, Neugrün.
— Scheelicum, Scheele's Grün.
— schweinfurtense, Schweinfurtergrün.
— viennense, Mitisgrün.
Viscum album, Mistel.
— quercinum, Eichenmistel.
Viscus aucupatorius, Vogelleim.
Vitriolum album, Augenstein.
— barii, Baryt, schwefelsaurer.
— cadmii, Kadmiumoxyd, schwefelsaures.
— cobalti, Kobaltvitriol.
— coeruleum, cupri seu cyprium, Kupfervitriol.
— ferri, Eisenoxydul, schwefelsaures.
— hispanicum, Kupfervitriol.
— hydrargyricum, Quecksilberpräcipitat, gelber.
— lunae, Silberoxyd, schwefelsaures.
— mangauii, Mangan, schwefelsaures.
— martis, Eisenvitriol.
— platinae, Platinsulphat.
— plumbi seu saturni, Bleioxyd, schwefelsaures.
— roseum, Kobaltvitriol.
— stanni, Zinnoxydul, schwefelsaures.
— strontii, Strontian, schwefelsaurer.
— veneris, Kupfervitriol.
— viride, Eisenvitriol.
Vitrum antimonii, Spießglanzglas.
— plumbi, Bleiglas.
— saturni, Bleiglas.
— stibii, Spießglanzglas.

W. X. & Y.

Wolframas ammoniae, Ammoniak, wolframsaures.
— kalicus, Kali, wolframsaures.
— sodae seu natricus, Natron, scheelsaures.
Wolframium, Scheelium.
Wolframum, Wolframerz.
Xanthogenium, Xantogen.
Xylobalsamum, Balsamholz.
Xylocassia, Zimmtrinde, malabarische.
Xylosteinum, Xylestein.
Yttrium oxydatum, Yttriumoxyd.

Z.

Zibebae, Rosinen, große.
Zibethum, Zibeth.
Zincum, Zink.
— aceticum, Zinkoxyd, essigsaures.
— carbonicum, Zinkoxyd, kohlensaures.
— ferro-hydrocyanicum, Zinkoxyd, eisenblausaures.
— hydrobromicum, Bromzink.
— hydrochloricum, Zinkbutter.
— hydrocyanicum, Cyanzink.
— hydrocyanicum ammoniatum, Cyanzinkammonium.
— hydrojodicum, Jodzink.
— jodatum, Jodzink.
Zincum jodicum, Zinkoxyd, jodsaures.
— lacticum, Zinkoxyd, milchsaures.
— muriaticum, Zinkbutter.
— nitricum, Zinkoxyd, salpetersaures.
— oxydatum, Zinkweiß.
— silicicum, Zinkoxyd, kieselsaures.
— sulphuricum, Augenstein.
— tannicum, Zinkoxyd, gerbsaures.
— valerianicum, Zinkoxyd, baldriansaures.
— vitriolatum, Augenstein.
Zizyphi, Brustbeeren, rothe.
Zostera marina, Seegras.

Seznam názvů českých.

Verzeichnis der böhmischen Benennungen.

A.

acetal, Sauerstoffäther.
adamovka, Adamsäpfel.
agarik, Lerchenschwamm.
agat černý, Bouteillenstein.
ahovai, Schlangennüsse.
akant, Bärenklaue.
akonitin, Akonitin.
akorum pravé, Kalmus.
aksamít, Sammet.
— drognetový, Drognetsammt.
— dvojitý, Doppelsammt.
— květovaný, Sammt, geblümter.
— lehký, Sammt, leichter.
— lisovaný, Sammt, gepreßter.
— nestřihaný, Sammt, ungerissener.
— planý čili polohedvábný, Burschet.
— řezaný, Sammt, gerissener.
— střihaný, Sammt gerissener.
— šatný, Kleidersammt.
— těžký, Sammt, schwerer.
— utrechtský, Sammt, Utrechter.
— žebrácký, Bettlersammt.
aksamítka, Sammetband.
akštejn, Bernstein.
alabastr, Alabaster.
albumin, Albumin.
aleluja, Sauerklee.
alius, Aloe.
alizari, Krapp.
alizarin, Krapproth.
alkali modré, Laugensalz, blausaures.
— zemné čili minerálné, Laugensalz, mineralisches.
alkanna nepravá, Alkannewurzel, falsche.
— pravá neb východní, Alkannewurzel, echte.
alkermes, Kermesbeere.
alkohol, Alkohol.
— cetylový, Cetyloxydhydrat.
— čpavkový, Ammoniumweingeist.
— methylový, Lignon.
— octový, Bleigeist.
— solný, Salzgeist, versüßter.
alkoholmeter, Alkoholmeter.
allaš, Doppelkümmelwasser, russisches.
alloxan, Säure, erythrische.
aloe koňské, Roßaloe.
— čistěné, Aloe, gereinigte.
— předhorské čili skvělé, Aloe vom Kap.

aloe průhledné, Aloe, durchsichtige.
— rudé čili barbadské, Aloe, leberartige.
— sokotorské, Aloe, sockotrinische.
alouchy, Alouchiharz.
alroun, Zauberkraut.
alumia, Aluminiumoxyd.
aluminat měďnatý, Kupferalaun.
alumium, Aluminium.
amalgam, Amalgam.
ambra bílá, Wallrath.
— černá, Amber, schwarzer.
— kapalá, Amber, flüssiger.
— šedivá, Amber, grauer.
— žlutá, Bernstein.
ambrožka, Augentrost.
amiant, Asbest.
ammoniak, Ammoniakgummi.
— kapalný, Salmiakgeist, ätzender.
— kočenilový, Kochenilleammoniak.
— vodnatý čili tekutý, Ammoniak, ätzendes.
— žíravý, Ammoniak, ätzendes.
amygdalin, Amygdalin.
ananas, Ananas.
anemonin, Anemonin.
angrešt, Stachelbeeren.
angustura, Angusturarinde.
anilin, Anilin.
anima, Anime.
anjelíček vlaský, Bärenklaue.
anšova, anšovis, anšous, Anschovis.
antichlór, Natron, unterschwefligsaures.
antimón čistý, Spießglanz.
— hrubý, Spießglanz, roher.
— preparovaný, Spießglanz, präparirter.
antrakokali, Anthrakokali.
— sirné, Anthrakokali, geschwefeltes.
anýz, Anis.
— čínský čili indiánský, Sternanis.
— stěničný, Koriander.
anýzan chininný, Chinin, anissaures.
anýzová, Anisbranntwein.
anýzovka, Anisbranntwein.
apich bahní č. obecný, Wassereppich.
— veliký, Liebstöckel.
— zahradní, Peterling.
arak, Arrak.
arančiny, Arancini.
arbutin, Arbutin.
arcisléz čili arcislní, Sinau.
argentan, Packfong.
armotaj, Messing.
arrak batavský, Arrak de Batavia.
— goanský, Arrak de Goa.
arsén kovový, Fliegengift.
arsénan draselnatý, Kali, arsenigsaures.
— měďnatý, Kupferarsenik.
arséničnan ammonatý, Ammoniak, arsensaures.
— draselnatý, Kali, arsensaures.
— chininný, Chinin, arsensaures.
— kobaltnatý, Kobaltblüthe.
— manganatý, Mangan, arsensaures.
— měďnatý, Kupferarsenat.
— sodnatý, Natron, arseniksaures.
arsenid kobaltnatý, Speiskobalt.
artyčok obecný, Artischocke, gemeine.
— španělský, Kardunartischocke.
asa smrdutá, Asand, stinkender.
— vonná, Benzoe.
asarin, Asarin.
asbest, Asbest.
asparagin, Asparagin.
atlas bavlněný, Atlas, baumwollener.
— hedbávný, Atlas, seidener.
— lněný, Atlasdrell.
— šenilový, Chenilleatlas.
— turecký, Atlas, türkischer.
atropin, Atropin.
auripigment, Arsenik, gelber natürlicher.
austric, Auster.
azor, Azor.

B.

babí ucho, Wegerig.
babka, Dengelambos, Dengeleisen.
— hasprová, Sperrhakenheft.
babky chmelné, Hopfensetzlinge.
babulah, Bablah.
baborka, Kartoffel.
báby, Ölkuchen.
badyán, Sternanis.
bahníček marinovaný, Thunfisch, marinirter.
bahnovka, Rauschbeere.
balsamína čili balsaminka žlutá, Balsamine, gelbe.
balsamka, Balsamapfel.
balsám akonchi, Akonchibalsam.
— arakusiri, Akonchibalsam.
— bikuhy, Bikuhybalsam.
— gileadský čili z Gileadu, Balsam von Gilead.
— indický, Balsam, peruvianischer.
— jantarový sirný, Schwefelbernsteinöl.
— jeruzalemský, Balsam, jerusalemer.
— kanadský, Balsam, kanadischer.
— kapucínský, Balsam, Kapuziner.
— karpatský, Balsam, karpathischer.
— kartagenanský, Balsam, tolnanischer.
— kopaiva čili kabahu, Balsam, kopaischer.
— kudrnatý, Krauseminze.
— mariánský, Takamahak, bourbonisches.
— mekčanský čili z Mekky, Balsam von Mekka.
— muskátový, Mazisnußöl, fettes.
— olovný, Bleiessig.
— Panny Marie, Balsamkraut.
— perský na rány, Fleischleim.
— peruanský čili indický, Balsam, peruvianischer.
— planý, Wassermünze.
— pro děti, Balsam für Kinder.
balsám řecký neb Panny Marie, Balsamkraut.
— rostlinný na vlasy, Haarbalsam, vegetabilischer.
— růžový, Rosenbalsam.
— sirný, Schwefelbalsam.
— sirný barbadský, Schwefelsteinöl.
— suchý, Balsam, trockener.
— sviňský, Schweinsbalsam.
— tatranský, Balsam, karpatischer.
— toluanský Balsam, tolnanischer.
— uherský, Balsam, ungarischer.
— terpentinový sirný, Schwefelterpentinöl.
— vodní, Wassermünze.
— zelený, Takamahak, bourbonisches.
— zemní, Erdbalsam.
— z Jericha, Balsam von Jericho.
balšínek, Krauseminze.
bambolky cepetčí, Stendelwurzel.
— kukačkové, Salep.
— mukatkové, Salep.
— pětiprsticové, Nacktdrüsenwurzel.
— vstavačové, Salep.
— žežhulkové, Salep.
barborka, Barbenkraut.
barevnice, Farbekasten.
barež, Barege.
barchan čili barkan, Barchent.
barchent na podšívku, Futterbarchent.
— na haleny, Kittelbarchent.
— na šaty, Kleiderbarchent.
barchet veselský, Bombasin.
barilla, Soda, spanische.
barva červená tělná, Feinlack.
— dikavá, Eisengrün.
— dubová k spodnímu nátěru, Eichenholzgrund.
— horová, Berggrün.
— kozí, Färberginster.
— mědná čili mědčná, Kupferroth.

barva natěrací, Anstrichfarbe.
— okrová cementová, Cementocker.
— olejová čili olejná, Ölfarbe.
barvičky v schránkách, Farben in Kästchen.
barvínek, Sinngrün.
barvy medové, Honigfarben.
baryt, Ätzbaryt.
— boraksový, Baryt, boraxsaurer.
— žíravý, Ätzbaryt.
bastarda, Bastarde.
bastry, Bastardzucker.
batist, Battist.
bavlna, Baumwolle.
— koudelní neb pačesní, Hedebaumwolle.
— k pletení, Strickbaumwolle.
— lněná, Flachsbaumwolle.
— střelní, Schießbaumwolle.
bavlnavka, Baumwollenbast.
bazalka, bazilička citronová, Basilienkraut.
bazilka neb bazalka planá, Bingelkraut.
bažant, Fasan.
bdellium, Bdellium.
bebirin, Beberin.
bedrník obecný, zahradní čili luční, Bedherblume.
bedruňky, Kochenillekäfer.
běl antimonová, Spießglanzoxyd, gewaschenes.
— barytová, Mineralweiß.
— jelení, Hirschunschlitt.
— královská, Wismuthweiß.
— mineralná, Mineralweiß.
— nerostová, Mineralweiß.
— nová, Mineralweiß.
— olovná, Bleiweiß.
— surmíková, Spießglanzoxyd, gewaschenes.
— vídeňská, Wienerweiß.
— zinková základní, Zinkweißgrund.
běláček, Behne, weiße.
bělahé, Bélahérinde.
bělelka, Spießglanzoxyd, gewaschenes.
bělič, Mauerpinsel.
běloba anglická čili břidličnatá, Schieferweiß.
— benátská, Bleiweiß, venetianer.
— cínová, Zinnoxyd.
— čistá, Bleioxyd, kohlensaures.
— hamburská, Bleiweiß, hamburger.
— holandská, Bleiweiß, holländer.
— janovská, Bleiweiß, genueser.
— k nátěru spodnímu, Bleiweißgrund.
— kremžská, Bleiweiß, kremser.
— lupková, Schieferweiß.
— olejná, Ölweiß.
— perlová, Perlweiß.
— pražská čili tyrolská, Bleiweiß, prager oder tyroler.
— půdová, Bleiweißgrund.
— španělská, Wismuthweiß.
— vizmutová, Wismuthweiß.
— v oleji utřená, Bleiweiß, gerieben es in Öl.
— zinková, Zinkweiß.
bělokost, Elfenbein.
bělokruše, Bleiglätte.
bělolist, Fadenkraut.
běloměď, Tombak.
bělotrn, Kugeldistel.
bělozářka, Erdspinnenkraut.
benzin, Benzin.
benzoan cinchoninný, Cinchonin, benzoesaures.
— draselnatý, Kali, benzoesaures.
— éthylnatý, Benzoeäther.
— rtutičnatý, Quecksilberoxydul, benzoesaures.
— sodnatý, Natron, benzoesaures.
benzoe, benzoin, Benzoe.
benzol, Benzin.
berančina, Lammfell.
beranec, Spitzwegerich.
beranina, Widderfell.
berbeeru, Berbeerurinde.

berberin, Berberin.
beril, Berill.
berkan, Berkan.
betily, Bethilles.
betonika, Betonie.
bezinky, Hollunderbeeren.
bezoar antimónový, Spießglanzoxyd, weißes ungewaschenes.
— cínatý, Spießglanzoxyd, joviaisches.
— německý, Gemsenkugel.
— prasečí, Schweinstein.
— východní, Bezoar, orientalischer.
— západní, Bezoar, okzidentalischer.
— z Goy, Bezoar von Goy.
— železnatý, Spießglanz, schweißtreibender martialischer.
bezovina, Hollundermus.
bičiště, Peitschenstock.
bidelec váhový, Wagebalken.
bindas obecný, Hirschzunge.
binitrobenzid, Binitrobenzid.
biskot, Biscuit.
biskupka, Bischofessenz.
bismut, Wismuth.
bistr, Bister.
— manganový, Manganbister.
blahobarvek, Chromocher.
blankytňák, Eisenblau.
blatníček nakládaný, Thunfisch, marinirter.
blatouch, Butterblume.
blavanka, Berlinerblau.
blázníček čertův, Tollkraut.
bledna čistěná, Borax, gereinigter.
— nečistá, Borax, roher.
— pálená, Borax, gebrannter.
bledník, Bor.
blešník ouplavičný, Wohlverleih, falscher.
blednovka, Boraxsäure.
blín bílý, Bilsenkraut, weißes.
— černý, Bilsenkraut, schwarzes.
blínovina, Hyoscyamin.
blisk, Flittergeld.
blivačka, Schachtelhalm.

blondy, Blonden.
blýština, Glimmer.
boa, Boy.
bob bílý, Bohne weiße.
— egyptský Wasserbohne.
— holandský, Bohne, holländische.
— koňský, Saubohne.
— mořský, Meerbohne.
— nízký, Bohne, niedrige.
— obecný, Bohne, gemeine.
— planý, Kriechbohne.
— salátový, Salatbohne.
— strakatý, Bohne, scheckige.
— sviňský, Saubohne.
— turecký čili vlaský, Schminkbohne.
— vlčí, Lupine.
— vodní, Wasserbohne.
bobál, Kartoffel.
bobinet, Bobbinet.
bobky, Lorbeeren.
— aviňonské, Kreuzbeeren.
boborolky, baborolky, Judenkirschen.
bobrek, Bitterklee.
bobrovina, Kastorin.
bobule alkermesové, Kermesbeeren.
— chřestové ulmské, Spargelkerne, ulmer.
— jalinové, Sandbeeren.
— kozílistové, Geisblattbeeren.
— krušinové, Faulbaumbeeren.
— lýkovcové, Kellerhalskörner.
— řešetlákové, Kreuzbeeren.
— rulíkové, Tollkirschen.
— vranovčí, Einbeeren.
boby knížecí, Prinzeßbohnen.
— koňské, Pferdbohnen.
— muškátové, Pichurimbohnen.
— perlové, Perlbohnen.
— sv. Ignacia, Ignatiusbohnen.
— tonkové, Tonkabohnen.
bočnice, Spritzleder.
bodláček, Kardebenedikten.
bodlák poželnaný, Kardebenedikten.
— sviňský, Saudistel.
— vlaský, Artischocke, gemeine.

bochnice, Ölkuchen.
bojínek luční, Timotheusgras.
bokovník, bokovák, Bauchkette.
ból armenský, Bolus, armenischer.
— bavorský neb norimberský, Bolus, gemeiner.
— bílý, Bolus, weißer.
— červený v kuličkách, Bolus, rother in Kugeln.
bolehlav blamatý, kropenatý čili větší, Schierling, gefleckter.
— pravý čili velký, Wasserschierling.
bolehlavovina, Koniin.
boleočko, Butterblume.
bonbony, Bonbons.
— bylinné, Kräuterbonbons.
— prsní čili pro prsa, Brustbonbons.
bór krystalovaný, Bor.
bóran ammonatý, Ammoniak, boraxsaures.
— barnatý, Baryt, boraxsaurer.
— draselnatý, Kali, boraxsaures.
— manganatý, Mangan, boraxsaures.
borax barytový, Baryt, boraxsaurer.
— čistěný čili benátský, Borax, gereinigter.
— nečistý, Borax, roher.
— pálený, Borax, gebrannter.
— salmiakový, Ammoniak, boraxsaures.
— tartarový, Boraxweinstein.
bordury, Borduren.
— papírové, Papierborduren.
borky levantské, Valonen.
borneén, Borneokampferöl.
borovička, Wachholderbranntwein.
— malá, Schlagkraut.
borovinky, Wachholderbeeren.
borůvky, Heidelbeeren.
borynka, Schlagkraut.
boryt, Waid.
bouchaveček, Glaskraut.
borák, brutnák, Boretsch.
borky, Knoppern.
borůvky červené, Preiselbeeren.
boura, Floretseide.
brada kozí, Färberginster.
bradavičník, Sonnenwende.
brak, Povel.
brambor, Kartoffel.
branník, Thornagel.
brantal, Eggezinke.
brčál menší, Sinngrün.
breberka, Schnapps.
břečtan, Epheublätter.
— zemský, Gundelrebe.
bředovka, Oberkohlrabi.
břekyně, Darmbeeren.
břesk, Heidekraut.
břeskev, Pfirsich.
brezalka v. pryzila.
břidličník, Schieferdecknagel.
bříla, Speckstein.
bristol, Bristel.
brko, Federkiel.
— anglické, Federkiel, englisches.
— hamburské, kalené čili neprozračné, Federkiel, hamburgisches.
— holandské čili prozračné, Federkiel, holländisches.
— tažené, Federkiel, gezogenes.
bruěj, Sinngrün.
brokát, Brokat.
broky běláčké, Schrote, villacher.
— ptačí, Dunst.
bróm, Brom.
brómičnan draselnatý, Kali, bromsaures.
— železitý, Eisenoxyd, bromsaures.
brómid ammonatý, Ammoniak, hydrobromsaures.
— arsénový, Bromarsenik.
— draselnatý, Bromkalium.
— éthylnatý, Bromwasserstoffäther.
— formylový, Bromoform.
— hořečnatý, Brommagnesium.
— kademnatý, Bromkadmium.
— rtutičnatý, Quecksilberbromür.
— rtuťnatý, Bromquecksilber.

brómid sodnatý, Natron, hydrobromsaures.
— strychninný, Bromstrychnin.
— vápenatý, Bromkalcium.
— zinečnatý, Bromzink.
— železnatý, Bromeisen.
brómkalcium, Kalk, hydrobromsaurer.
brómoform, Bromoform.
brómovodan vápenatý, Kalk, hydrobromsaurer.
bronik, Nickel.
bronz bledožlutý, Bronze, bleichgelbe.
— měděný, Kupferbronze.
— ohnivě žlutý, Bronze, hochgelbe.
— stříbrný, Silberbronze.
— zelený, Bronze, grüne.
broskev, Pfirsich.
broskovice, Pfirsichbranntwein.
brotan, Abraud.
brucin, Brucin.
brudín, Brom.
brukev, Oberkohlrabi.
brumble, Maultrommel.
brunát, Porphyr.
brunátník, Braunstein.
brus, brousek, Schleifstein.
brus truhlářský, Tischlerrutscher.
brusinky, brusnice, Preiselbeeren.
brusnice ozimní, Meeresbeeren.
bryka, Brick.
bryuza, Schmierkäse.
bubínek na kávu, Kaffeetrommel.
budra, Gundelrebe.
bufy, Buffbohnen.
bujačka, Stechapfelkraut.
bukáč, Butterblume.
buku čili bocho-listy, Buckoblätter.
bukvice, bukve, Buchsamen.
bukvice bílá, Schlüsselblumenkraut.
— červená, Betonie.
— turecká, Myrrhenreichel.
bulva, Kartoffel.
bulyžník, Kieselschiefer.
burčák, Wermuthwein.
burel, Braunstein.
burgundka, Runkelrübe.
buřík, Mangan.
buřina bílá, Andorn, weißer.
buřinec, Speiskobalt.
buršet, Burschet.
bůsy, Glasperlen.
bůvolina, Büffelhäute.
býkovina, Stierhaut.
bylina čípková, Zapfenkraut.
— dnavá, Schlüsselblumenkraut.
— hlízní, Ackerskabiose.
— hlízní, Braunwurzel.
— holubí, Eisenhart.
— hroznová meksikánská, Jesuitenthee.
— jestřábí, Habichtskraut.
— kejlová, Bruchkraut.
— lžíční, Löffelkraut.
— mrtvičná, Schlüsselblumenkraut.
— penízková, Egelkraut.
— psotníková, Dreifaltigkeitskraut.
— roupová, Schotenklee.
— sklenní, Glaskraut.
— sladkohořká, Alfranken.
— slunečná, Sonnenthau.
— sv. Jana, Beifuß.
— sv. Kunigundy, Alpkraut.
— syřišťová, Labkraut, gelbes.
— šlakovní, Schlüsselblumenkraut.
— štírová, Schotenklee.
— trojičná, Dreifaltigkeitskraut.
— vítězná, Huflattig.
bzďucha, Bovist.
bžundačka, Maultrommel.

C.

cafra, Zaffer.
caltičky cicvárové, Wurmzeltchen.
— cukrové, Zuckerzeltlein.
— ledkové, Salpeterküchelchen.
— pro červy, Wurmzeltchen.
— santoninové, Santonintabletten.
— Vichské, Vichyzelteln.
— vřídelní, Sprudelzelteln.
candát, Schill.
caňk, Pferdemundstück.
— s vysedlinou (s růžemi) Pferdemundstück mit Rosen.
— sprostý kroucený, Pferdemundstück, ordinär gebogenes.
— zpět kroucený, Pferdemundstück, verkehrt gebogenes.
cánovka, Zaineisen.
cápa, Chagrinleder.
— nepravá, Lederchagrin.
cápovina, Widderfell, ungarisches.
cecky kozí, Rosinen, große.
cedítko, Durchschlag.
cedrovky pocukrované, Cedera, kandirte.
cejn, Schneideisen.
cejn, cejnek, Krauseisen.
celer hlávkový, Kopfzellerie.
— planý, Wassereppich.
célestin, Strontian, schwefelsaurer natürlicher.
celidon, celidonia, Schellkraut.
celidonie menší, Hahnenfuß.
celík, Goldruthe.
celník, Wegerig.
celtíky ředkvové, Rettigbonbons.
cement bečovský čili český, Cement, hochpetscher.
— kufštejnský, Cement, kufsteiner.
— portlandský, Cement, Portland.
— mastixový, Mastixcement.
— zubní, Zahncement.
cer, Cer.
cesminovina, Ilicin.
ceterák menší, Milzkraut.
ceterák větší, Hirschzunge.
cetky, Flittergeld.
cetrarin, Cetrarin.
cibeby, Rosinen große.
cibule česneková, Knoblauchwurzel.
— květná, Blumenzwiebel.
— lilium bílého, Lilienzwiebel.
— mořská, Meerzwiebel.
— mořská čili řecká, Koloquinte.
— tulipánová harlemská, Tulpenzwiebel, harlemer.
— zimní neb věčná, Winterzwiebel.
cibulky jesenkové, Herbstzeitlosenwurzel.
— kandíkové, Hundszahn.
— naháčkové, Herbstzeitlosenwurzel.
— ocúnové, Herbstzeitlosenwurzel.
cic, Chits.
cicimky, Brustbeeren, rothe.
cídidlo, Striegel.
cigary papírové, Papierzigarren.
— slaměné, Strohzigarren.
cihlička, Bügeleisen.
— čajová, Steinthee.
— krejčovská, Schneiderbügeleisen.
— pro ženské, Frauenbügeleisen.
cihla háková, Falzziegel.
cikánka, Champignon.
cikorie česká, Zichorie, böhmische.
cikutin, Cicutin.
cín balvanový, Blockzinn.
— bancký, Bankazinn.
— čtvrtkový, Viertelzinn.
— krutový, Blakzinn.
— letovací, Löthzinn.
— prutový čili v prutech, Stangenzinn.
— rohový, Zinnchlorid.
— svinutý, Rollenzinn.
— v balíčkách, Ballenzinn.
— východoindický, Zinn, ostindisches.

cinchonidin, Cinchonidin.
cinchonin, Cinchonin.
cíničitan sodnatý, Natron, zinnsaures.
cinin, Cinin.
cinkovka, Schließsäge.
cinobr antimónový, Antimonialzinnober.
— červený, Zinnober, rother.
— zelený, Zinnober, grüner.
cirklice, Streichmaß.
cirkon, Zirkon.
císařík, Kaiserfalat.
cissampelin, Pelosin.
citran ammonato-železitý, Eisenoxydammoniakcitrat.
— draselnatý, Kali, zitronensaures.
— hořečnatý obojetný, Magnesia, zitronensaure.
— chininný, Chinin, zitronensaures.
— kaffeinný, Kaffein, zitronensaures.
— olovnatý, Bleioxyd, zitronensaures.
— sodnatý, Natron, zitronensaures.
— železito-chininný, Chinineisenoxyd, zitronensaures.
— železito-hořečnatý, Manganeisenoxyd, zitronensaures.
— železitý, Eisenoxyd, zitronensaures.
citron, Zitrone.
citronáty pocukrované, Cedern, kandirte.
cizrna, Kichererbsen.
cuchta vozová, Wagenzuchte.
cukerky, Bonbons.
— bylinné, Kräuterbonbons.
— prsní čili pro prsa, Brustbonbons.
— rostlinné z mechu, Pflanzenmooszelteln.
cukr, Zucker.
— bastrový, Bastern.
— bochňový, Lompen.
— burákový, Runkelrübenzucker.
cukr cviklový, Runkelrübenzucker.
— čistěný, Raffinade.
— fialový, Feigelzucker.
— houbový, Schwammzucker.
— hroznový, Traubenzucker.
— javorový čili babykový, Ahornzucker.
— ječmenný, Gerstenzucker.
— kanárský, Kanarienzucker.
— klihový, Leimsüß.
— královský, Royalzucker.
— kvakový, Runkelrübenzucker.
— ledovatý, Kandis.
— lekořicový, Glycyrrhizin.
— lumpový, Lompen.
— manový, Mannazucker.
— melisový nejpěknější, Melis, feinster.
— — pěkný, Melis, feiner.
— — nadprostřední, Melis, mittelfeiner.
— — sprostý, Melis, ordinärer.
— mléčný, Milchzucker.
— moučkový stlačený, Tappézucker.
— olejový, Ölzucker.
— olovný, Bleizucker.
— omáčkový, Alantzucker.
— osadnický čili koloniální, Kolonialzucker.
— ovocní anglický, Früchtenzucker, englischer.
— pejrový, Graswurzzucker.
— pololumpový, Halblompen.
— raffinadový, Raffinade.
— růžový, Rosenzucker.
— slizový, Schleimzucker.
— surový, Rohzucker.
— švýcarský, Milchzucker.
— tlučený, Zucker, gestoßener.
— točený, Zucker, gewundener.
— třtinový, Rohrzucker.
— tukový, Glycerin.
— v bochnících, Zucker in Broden.
— v homolích, Zucker in Hüten.
— žlutý, Bastern.

cukrátka ibišová, Eibischzelteln.
— pro katar čili nádchu, Katarrhzelteln.
cukrkand, Kandis.
cukroměr, Saccharometer.
cukroviny ovocné, Reckstdrops.
cukrovka, Zuckerrübe.
cvikadlo ševcovské, Schusterfalzzange.
cvikla, Runkelrübe.
cvilink, Zwillich.
— halenový, Kittelzwillich.
— na peřiny, Bettzwillich.
— na podšívku, Futterzwillich.
— pro žoky na vlnu, Wollsackzwillich.
cvočky kramářské, Kramerzwecken.
cvoky do podešvů obyčejné, Sohlennägel.
— do podešvů vysoko stoupované, Spitzköpfel, hochgestempfte.
— do podpatků, Absatznägel.
— do podpatků švýcarské, Pfiffelnägel.
— do střevíců, Schuhnägel.
— malé, Zwecken, kleine.
— prostřední, Zwecken, mittlere.
— ševcovské, Schusterzwecken.
— velké, Zwecken, große.
cvrčala, Schnepfe.
cyanid, *v.* kyanid.
cypřiš, Zypressenkraut.
— polní, Schlagkraut.

Č.

čabr, Bohnenkraut.
čaj císařský, Kaiserthee.
— černý, Thee, schwarzer.
— čínský, Thee, chinesischer.
— evropský, Thee, europäischer.
— gumpovderský, Thee, gumpowder.
— hejsanský, Thee, Haysan.
— hysonskinský, Thee, Haysanchin.
— imperiální, Thee, imperial.
— karavanský, Karavanenthee.
— kurylský, Thee, kurillischer.
— kytajský, Thee, chinesischer.
— Liberský, Thee, Liberischer.
— pekčanský, Pekkothee.
— perlový, Perlthee.
— ruský, Thee, russischer.
— suchongský, Thee, Souchong.
— španělský, Thee, spanischer.
— v cihličkách, Steinthee.
— zelený, Thee, grüner.
čaloun aksamítový lisovaný, Velourtapete, gepreßte.
— aksamítovitý, Tapete, velutirte.
— dřevový, Holztapete.
— hospodářský, Wirthschaftstapete.
čaloun lesklý, Glacétapete.
— mramorovitý, Marmortapete.
— plátěný, Teiltapete.
— satinovaný (atlasovitý) Tapete, satinirte.
čapčurka, Schnapps.
čapínůsek smrdutý, Storchschnabel.
čarovník, čarovnice, Hexenkraut.
čečelka, Linsen.
čechřice vonná, Kerbel, spanischer.
čep hákový čili lopatní, Wellenzapfen.
čepec síťkový, Netzhaube.
čepičky kněžské čili kapucínské, Pfaffenhütchen.
— s rybím tukem lékařským, Kapseln mit Leberthran.
čepovník, Zapfenbohrer.
čeřislo, Pflugeisen.
čermel, Ackerbrand.
čerň brunšvická, Braunschweigerschwarz.
— čínská, Tusch, chinesischer.
— frankfurtská, Frankfurterschwarz.

čerň knihtiskařská, Buchdruckerschwärze.
— kostní, Beinschwarz.
— lakyrská, Lackirerschwarz.
— pařížská, Pariserschwarz.
— platinová, Platinmohr.
— révová, Rebenschwarz.
— skřidličná čili břidličnatá, Schieferschwarz.
— slonová, Elfenbeinschwarz.
— španělská, Korkkohle.
— tiskařská, Druckerschwärze.
černejš, Ackerbrand.
černice, Heidelbeeren.
černidlo tiskařské, knihařské čili tlačitelské, Druckerschwärze.
černilka, Nigritine.
černobýl, Beifuß.
černohlávek, Brunelle.
černokvět, Hexenkraut.
černouhlí, Schwarzkohle.
čertkus, Teufelsabbißkraut.
červec americký, Kochenille.
— mineralný, Mineralkermes.
červeň anglická, Braunroth.
— barviková, Chromroth.
— benátská, Venetianischroth.
— berlínská, Berlinerroth.
— čínská, Chineserroth.
— chrómová, Chromroth.
— indická, Indischroth.
— indychová, Indigoroth.
— karmazínová, Berlinerroth.
— lešticí, Polierroth.
— mořenová, Krapproth.
— na pliškách, Rosablech.
— nová, Neuroth.
— ocelní, Stahlrouge.
— pařížská, Pariserroth.
— perská čili indická, Roth, persisches.
— pokryvačská, Dachroth.
— pruská, Roth preußisches.
— saflorová, Karthamin.
— světlicová, Saflorroth.
— španělská, Saflorroth.
— vitriolová, Kolkothar.
červeň zlatní, Goldrouge.
— železná, Kolkothar.
červenice, Preiselbeeren.
červenina krevní, Globulin.
červenina světlicová, Saflorroth.
červilák, Butterblume.
česání ševcovské, Schusterhanf.
česnek, Knoblauch.
— planý čili vodní, Lachenknoblauch.
čičoretky, Heidelbeeren.
čika, Chicaroth.
činky, Handteln.
činotek, Drillich.
činovatina, Doppelleinwand.
čípka, Zapfenkraut.
čípky, Spitzen.
čiřidlo. Ackerbrand.
čiriz, Schusterkleister.
čirůvka kravská, Pfefferschwamm.
čistec, Berufkraut.
— lesní, Scharlachnessel.
— mezní, Leinkraut.
čistice, Weichdorst.
čočka, Linsen.
čokko, Tschokkowurzel.
čokoláda homéopatická, Chokolade, homöopatische.
— lišejníková, Moosschokolade.
— madridská, Chokolade, madrider.
— milánská, Chokolade, mailänder.
— parní, Dampfchokolade.
— plicovníková, Lungenmooschokolade.
— římská, Chokolade, römische.
— turínská, Chokolade, turiner.
— vanilová, Vanillchokolade.
— vídeňská, Chokolade, wiener.
— zdravotní, Gesundheitschokolade.
čpár čertův, Bärlappkraut.
čpavkovec, Salmiak.
čtverokarpec, Spargelerbsen.
čubet lékařský, Kardobenedikten.
čubka, Radsperre.
— kočárová, Kaleschhemmschuh.
— povozní, Fuhrmannshemmschuh.
čudlek, Spargelklee.

D.

ďábelky, Diavolini.
ďáblův kus, Teufelsabbiß.
dafnin, Daphnin.
damara, Dammarharz.
damascena, Pflaume, damascener.
damašek hedvábný, Damast, seidener.
— plátěný, Damast, leinener.
— polohedvábný, Damast, halbseidener.
— svinutý, Rolldamast.
— vlněný, Damast, wollener.
— zrcadlový, Spiegeldamast.
dar nebeský, Schellkraut.
datle neb daktyle, Datteln.
— lesní čili indické, Tamarinden.
daturin, Daturin.
dávovina, Emetin.
decimálky, Dezimalwagen.
dehet, Theer.
— březový, Birkenöl.
— dřevový čili lodní, Holztheer.
— kamenouhelný, Steinkohlentheer.
— z dřevěného uhlí, Holzkohlentheer.
dekorace na strop, Plafonddekorazionen.
delén, Delain.
delfinan draselnatý, Kali, baldriansaures.
delfinin, Delphinin.
demuf, Thymian.
den a noc, Glaskraut.
děravec, Harthen.
deryzka, Klebkraut.
deska kovová, Metallplatte.
— mosazná, Messingplatte.
— olověná, Bleiplatte.
— rýsovací, Reißbrett.
— železná, Eisenplatte.
deškovník, Brettnagel.
dešťovky, Regenwürmer.
devandula, Lavendel.
devětsil čili devěsil, Huflattig.
dextrin, Dextrin.
diakulum, Diachylonpflaster.
digitalin, Digitalin.
diptam kretský, Dosten, kretischer.
dividivi, Bablah.
divizna, Königskerze.
dlabačka, Stoßhacke.
dláta truhlářská, Stemmzeug für Tischler.
dláto čili dlabadlo, Stemmeisen.
dláto čepovní, Lochbeutel.
— duté, Hohleisen.
— hladící, Poliereisen.
— koutové, Viereisen.
— na hlubinu, Hohlmeißel.
— pěstní, Balleisen.
— pupkové, Stöpselzieher.
— rovné, Flacheisen.
— ušaté, Rundeisen.
dlátovka, Stoßhacke.
dlažky břichaté, Bauchplatten.
dmuchavka, Löthrohr.
dobromysl, Dosten.
— kretská, Wintermajeran.
dohánka, Triebel.
douška mateří, Quendel.
doutníky, Cigarren.
— papírové, Papierzigarren.
— slaměné, Strohzigarren.
dracoun, Flittergold.
dráče, Berberbeeren.
dráček, Zahnhebel.
dračkář, Schleißmesser.
dradór, Drape d'or.
dragouncel, Kaisersalat.
drápačka, Striegel.
draslík, Kalium.
draslo arsénové, Kali, arsenigsaures.
— české bílé, Pottasche, böhmische weiße.
— čistěné, Kali, kohlensaures basisches.
— illyrské, Pottasche, illyrische.
— octové, Essigsalz.

draslo perlové, Perlasche.
— ruské zamodralé, Pottasche, russische blaustichige.
— surové, Kali, kohlensaures rohes.
— uherské modré, Pottasche, ungarische blaue.
— žíravé, Kali, ätzendes.
— žíravé slité, Ätzkali, geschmolzenes.
drát, Draht.
— čepčářský, Karkassendraht.
— do postelí, Bettendraht.
— karkasový, Karkassendraht.
— k pletení, Stricknadel.
— k rákosování, Rohrdraht.
— měděný, Kupferdraht.
— mosazný, Messingdraht, Scheibendraht.
— na háčky, Haftendraht.
— na péra, Federdraht.
— ocelový, Stahldraht.
— pakfongový, Packfongdraht.
— strafetínový, Strafetindraht.
— svorní, Banddraht.
— tombakový, Tombakdraht.
— vlasný, Haarnadel.
— vzorní měkký, Musterdraht, weicher.
— — tvrdý, Musterdraht, federharter.
— zlatý, Golddraht.
— železný, Eisendraht.
— železný k rákosování, Eisendraht zum Berohren.
dratev, Schusterdraht.
dražebnice, Falzziegel.
dražebník, Falzhobel.
— dveřní, Thürnuthhobel.
— — stavěcí, Thürnuthstellhobel.
— parketový, Parquetnuthhobel.
dřenek, Wundererde, sächsische.
dresnek, Leindotter.
dresva, Hornstein.
dřevec, Ranke.
— boží, Abrand.
dřevěnky, dřeváky, Holzschuhe.
dřevinka, Abrand.
dřevník, Abrand.
dřevo aloesové, Adlerholz.
— amarantové, Amaranthholz.
— anghikové, Anghikaholz.
— atlasové, Marmorholz.
— balšánové, Balsamholz.
— borovičkové, Wachelderholz.
— břestovcové, Zürgelbaumholz.
— cedrové, Zedernholz.
— citronové, Zitronenholz.
— červené barvířské, Rothholz.
— česnekovníkové, Calcedraholz.
— fenyklové, Sassafrasholz.
— fisetové, Visetholz.
— francouzské, Franzosenholz.
— fustikové, Gelbholz.
— hadí, Schlangenholz.
— hebenové, Ebenholz, rothes.
— hořkeňové, Fliegenholz.
— chynikové blamaté, Chinaholz, geflecktes.
— chynikové žilované, Chinaholz, geadertes.
— jalovcové, Wachelderholz.
— kaliaturové, Kalliaturholz.
— kaštanové, Kastanienholz.
— kašťové, Sassafrasholz.
— královské, Königsholz.
— kvajakové, Franzosenholz.
— kvasiové, Fliegenholz.
— mahagonové čili mahonové, Mahagoniholz.
— mancinellové, Manzinellenholz.
— mramorové, Marmorholz.
— muší, Fliegenholz.
— myší, Alfranken.
— olivové, Olivenholz.
— ořechové, Nußbaumholz.
— orličí, Adlerholz.
— palisandrové, Palisanderholz.
— pantoflové, Korkholz.
— rajské, Adlerholz.
— rujové, Visetholz.
— růžové, Rosenholz.

dřevo santalové čili sandalové, Sandelholz.
— sapanové, Sapanholz.
— sasafrasové, Saſſafrasholz.
— simarubové, Simarubaholz.
— skořicové, Zimmtrinde, malabariſche.
— sladké, Süßholz, gemeines.
— svaté, Franzoſenholz.
— svaté pravé, Heiligenholz, wahres.
— tamaryškové, Tamariskenholz.
— tisové, Eibenholz.
— visetové, Wiſetholz.
— zeravové, Lebensbaumholz.
— zimostrazové čili zimozelové, Buchsbaumholz.
— žluté barvířské, Gelbholz.
— zmijovicové, Mardenwurzelholz.
— železné, Zürgelbaumholz.
— žluté uherské č. albánské, Wiſetholz.
dřevomorka, Aderſchwamm.
dřínky, Hornſtrauchbeeren.
dříšťalky, Berberbeeren.
dříšťalovina, Berberin.
drchnička červená, Hühnerdarm, rother.
drnavec, Glaskraut.
drndačka, Maultrommel.
droket, Droguet.
droždí lisované, Preßhefe.
— tvrdé, Steinferment.
— vinné, Weinhefe.
drtky rohové, Hornſpäne.
dryak, Theriak.
— sedlský, Knoblauch.
držák, držadlo, Bruſtkette.
— k mackovi, Rauhbankgriff.
držátko k dlátu, Stemmeiſenheft.
— na štětec, Pinſelſtiel.
držení, Widerhaltkette.
duběnky alepické, Galläpfel, aleppiſche.
— čínské, Galläpfel, chineſiſche.
— halepské čili černé, Galläpfel, aleppiſche.
duběnky indické, Bablah.
— istriánské, Galläpfel, iſtrianiſche.
— smyrnské, Galläpfel, ſmyrniſche.
dubí mořské, Meereiche.
dubice, Gerberlohe.
dubinky, Knoppern.
dubovka, Feuerſchwamm.
dubovky, Galläpfeln.
dubravník, Zitronenmeliſſe.
duhovanka, Meerohr.
duch meduňkový, Meliſſengeiſt.
duchanina, Nikotin.
ďumbír, Ingber.
dumlík, Weißrübe.
duplikát, Doppelſalz.
durkoman, Kropfklette.
durman, Stechapfelkraut.
durmanovina, Daturin.
dusan éthylnatý, Salpeteräther.
dusičnan aluminitý, Alaunerde, ſalpeterſaure.
— ammonatý, Ammoniak, ſalpeterſaures.
— barnatý, Baryt, ſalpeterſaurer.
— brucinný, Brucin, ſalpeterſaures.
— draselnatý, Salpeter, raffinirter.
— draselnatý antimónový, Kali, ſalpeterſaures ſpießglanzhaltiges.
— hlinitý, Alaunerde, ſalpeterſaure.
— hořečnatý, Magneſia, ſalpeterſaure.
— chininný, Chinin, ſalpeterſaures.
— kademnatý, Kadmiumoxyd, ſalpeterſaures.
— kobaltnatý, Kobaltoxydul, ſalpeterſaures.
— měďnatý, Kupferoxyd, ſalpeterſaures.
— močovinný, Harnſtoff, ſalpeterſaurer.
— morfinný, Morphin, ſalpeterſaures.
— nikelnatý, Nickeloxyd, ſalpeterſaures.

dusičnan olovnatý, Bleioxyd, salpetersaures.
— palladnatý, Palladium, salpetersaures.
— rtutičnatý, Quecksilber, salpetersaures.
— rtutnato-ammonatý, Quecksilberoxyd, salpetersaures ammoniakalisches.
— rtutnatý, Quecksilberoxyd, salpetersaures.
— sodnatý, Salpeter, würfliger.
— stříbrnatý, Höllenstein.
— stříbrnatý krystalovaný, Silbersalpeter.
— strontnatý, Strontian, salpetersaurer.
— strychninný, Strychnin, salpetersaures.
— uranitý, Uranoxyd, salpetersaures.
— vápenatý, Kalk, salpetersaurer.
— vizmutový, Wismuthweiß.
— zinečnatý, Zinkoxyd salpetersaures.
— železitý, Eisenoxyd, salpetersaures.
důstavek kávový, Kaffésurrogat.
— pepřový, Pfeffersurrogat.
— pimentový, Pimentsurrogat.
duše chlapí, Schartachkraut.
dutohlavka poháratá, Becherflechte.
duvok, Schachtelhalm.
dužnina skořicová čili kasiová, Kassiemmark.
dvířka do kamen, Ofenthüre.
— kamnová z litiny kovaná, Ofenthürl, ganz Gußbeschlag.
— ke kamnům i s popelníkem, Heizthürl sammt Aschenkammer.
— ke komínu, Kaminthürl.
— k popelníku, Aschenthürl.
— k popelníku dvojitá, Aschenthürl, doppeltes.
— k popelníku jednoduchá, Aschenthürl, einfaches.
— mosazná platovaná, Ofenthürl aus Messing plattirtes.
dvířka násadní do kamen, Ofensatzthürl.
— neokovaná, Ofenthürl, unbeschlagenes.
— vzorní železná k plotnám, Sparherdmusterthürl.
— železná k plotnám, Sparherdthürl.
— — dvojitá, Sparherdthürl, doppelte.
— — jednoduchá, Sparherdthürl, einfache.
— železná leštěná, Ofenthürl aus Eisen polirtes.
dvoják, Doppelhebel.
dvojbóran sodnatý, Borax, gereinigter.
dvojchróman ammonatý, Ammoniak, chromsaures.
— draselnatý, Kali, chromsaures rothes.
dvojinkoust přejímací fialový, Doppelcopirtinte, violette.
dvojsíran draselnatý, Doppelsalz, saures.
— sodnatý, Natron, schwefelsaures saures.
dvojtkanina, Zwillich.
dvojuhličitan draselnatý, Kali, kohlensaures neutrales.
— sodnatý, Natron, doppeltkohlensaures.
dvojvínan ammonatý, Ammoniak, weinsteinsaures übersaures.
— draselnatý, Weinsteinkrystalle.
dvouzubka čili dvouzub, Zweizahn.
dykyta, Taffent.
— bavlněná, Baumwollentaffet.
— brillantová, Brillanttaffet.
— dvojitá, Doppeltaffet.
— hlazená neb leštěná, Glanztaffet.
— ječmínková, Gerstenkornmuster.
— měňavá, Schillertaffet.
— na podušky, Kissentaffet.
— podšívková, Futtertaffet.

dykyta zrcadlová, Spiegeltaffet.
— žíhovaná, Taffent, streifiger.
dýmadlo příruční, Handblasbalg.
dýmnice, Rauchröhren.
dýmnice kolenové, Knierauchröhren.
— kovářské, Schmiedformen.
— rovné, Rauchröhren, gerade.
dyně hadí, Schlangengurke.

E.

elaterin, Elaterin.
elaterium, Elaterium.
elatin, Elaterin.
elektroměr, Elektrometer.
elektronoš, Elektrophor.
elemi, Elemi.
— bengalské, Guggul.
elleborin, Elleborin.
email, Email.
emertis, Emertis.
emetin, Emetin.
énanthan éthylnatý, Önanthäther.
endyvie, Endivie.
— letní hnědá, Sommerendivie, braune.
enkacia, Entazienrinde.
ergotin, Ergotin.
esence k posilnění nervů, Nervenessenz.
eskulin, Äskulin.
español, Espagnolet.
estopily, Estopilles.
estragon, Kaiserfalat.
etamin, Etamin.
— lesklý, Glanzetamin.
éthal, Äthal.
éther, Schwefeläther.
— ananasový, Ananasäther.
— benzoový, Benzoeäther.
— brómový, Bromäthyl.
— broskvový, Pfirsichäther.
— énanthový, Önanthäther.
— fosforovaný, Phosphoräther.
— fosforový, Phosphorsäureäther.
— hroznový, Traubenäther.
— hruškový, Birnäther.
éther chlórovodíkový, Chloräthyl.
— chlórový, Chloräther.
— jablkový, Äpfeläther.
— jahodový, Erdbeerenäther.
— kantaridový, Äther, blasenziehender.
— kyanovodíkový, Cyanwasserstoffäther.
— kyslíkový, Acetal.
— ledkový, Salpeteräther.
— malinový, Himbeerenäther.
— máslový, Butteräther.
— meruňkový, Aprikosenäther.
— mravenčí, Ameisenäther.
— octový, Essigäther.
— octový lihový, Essigäthergeist.
— omamující, Äther, betäubender.
— pryskýřkový, Äther, blasenziehender.
— puchýřivý, Äther, blasenziehender.
— rumový, Rumäther.
— sirkový, Schwefeläther.
— sirkový kyselý, Rabelewasser.
— solný lehký, Salzäther.
— šťavelový, Kleesäureäther.
— valerový, Baldrianäther.
— železnatý, Schwefeläthergeist, eisenhaltiger.
euforbium anglické, Euphorbiengummi, englisches.
— indické, Euphorbium, indisches.
everlasting, Everlasting.
extrakt *v.* výtah.
— čivní, Nervenextrakt.

F.

fábory k obhlávkám, Zaunstecken.
falcovka, Falzziegel.
falcovník karnýsový, Karniesfalzhobel.
— stavěcí, Stellfalzhobel.
farin, Farin.
fasovačka, Einfaßband.
fayans, Fayence.
fazol nízký, Zwergbohne.
— obecný, Schminkbohne.
— salátový, Salatbohne.
felba, Felbel.
feminel, Safranspitzen.
fenegrek, Bockshornsamen.
fenykl, Fenchel.
— anýzový, Anisfenchel.
— florentský, Anisfenchel.
— horský, Bergseselsamen.
— koní, Wasserfenchel.
— kretský, Anisfenchel.
— řecký, Anisfenchel.
— sladký, Anisfenchel.
— vlašský, Anisfenchel.
— vodní, Wasserfenchel.
féoretin, Phäoretin.
ferandin, Ferrandine.
fermež damarová, Dammarlack.
— guttaperčová, Guttaperchafirniß.
— jantarová, Bernsteinlack.
— kaučuková, Kautschukfirniß.
— lněná, Firniß.
fernambuk, Fernambukholz.
ferrikyanid draselnatý, Kali, eisenblausaures rothes.
ferrokyanid draselnatý, Kali, eisenblausaures gelbes.
— chininný, Chinin, eisenblausaures.
— hořečnatý, Magnesia, eisenblausaure.
— měďnatý, Kupfer, eisenblausaures.
— olovnatý, Bleioxyd, eisenblausaures.
— sodnatý, Natron, eisenblausaures.
ferrokyanid strychninný, Strychnineisencyanür.
— zinečnatý, Zinkoxyd, eisenblausaures.
fez, Fez.
fialník, Veilchenwurzel, florentiner.
fíkovka, Feigenkaffé.
fíky egyptské č. morušové, Adamsfeigen.
— navlíkané, Kranzfeigen.
— v koších, Feigen in Körben.
— ve věncích, Feigen in Kränzen.
— sultánské, Sultanfeigen.
filicin, Filixsäure.
filuš, Filenche.
fiset, Fisetholz.
fláderka, Fladerpinsel.
flanel, Flanell.
flastr, Pflaster.
— obměkčující, Weichpflaster.
fléorhizin, Phlöorhizin.
flet, Strufbutt.
flór, Flor.
— síťový, Siebflor.
floraus, Florence.
florentin, Florentine.
fluid nárazní, Restitutionsfluid.
fluminel, Safranspitzen.
flundr, Strufbutt.
fluorbaryum, Baryt, fluorwasserstoffsaurer.
fluorid ammonatý, Ammoniak, flußsaures.
— barnatý, Baryt, fluorwasserstoffsaurer.
— draselnatý, Kali, fluorwasserstoffsaures.
— vápenatý, Flußspath.
fluorkalium, Kali, fluorwasserstoffsaures.
fluorokřeman draselnatý, Fluorkieselkalium.
— sodnatý, Fluorkieselsodium.

fosforečnan draselnatý, Kali, baldriansaures.
folie cínová, Zinnfolie.
forma na cukr, Zuckerform.
fosfor, Phosphor.
— beztvárný čili červený, Phosphor, amorpher.
fosforečnan ammonatý, Ammoniak, phosphorsaures.
— cínatý, Zinnoxydul, phosphorsaures.
— draselnatý, Kali, phosphorsaures.
— dvojhořečnato-ammonatý, Magnesia-Phosphat, ammoniakhaltiges.
— hořečnatý, Magnesia, phosphorsaure.
— chininný, Chinin, phosphorsaures.
— manganatý, Mangan, phosphorsaures.
— měďnatý, Kupferoxyd, phosphorsaures.
— olovnatý, Bleioxyd, phosphorsaures.
— rtutičnatý, Quecksilberoxydul, phosphorsaures.
— rtuťnatý, Quecksilberoxyd, phosphorsaures.
— sodnato-ammonatý, Natronammoniak, phosphorsaures.
fosforečnan sodnatý, Natron, phosphorsaures.
— stříbrnatý, Silberoxyd, phosphorsaures.
— strychninný, Strychnin, phosphorsaures.
— vápenatý, Kalk, phosphorsaurer.
— vápenatý antimónový, Kalk, phosphorsaurer spießglanzhaltiger.
— vápenatý kyselý, Kalk, saurer phosphorsaurer.
— železitý, Eisenoxyd, phosphorsaures.
— železnatý, Eisenoxydul, phosphorsaures.
fosfornatan draselnatý, Kali, unterphosphorigsaures.
— sodnatý, Natron, unterphosphorigsaures.
— vápenatý, Kalk, unterphosphorigsaurer.
fosforomolybdénan sodnatý, Natron, phosphormolybdänsaures.
fotogen, Photogen.
fotometer, Photometer.
fousek, Küchenschellenkraut.
fousky boží, Küchenschellenkraut.
františky, Räucherkerzen.
frys, Fries.
fulardy, Foulards.
fysika, Libavischer Geist.

G.

gagata, Pechkohle.
galbán bochníkový, Galbangummi in Kuchen.
— zrnatý, Galbangummi in Körnern.
galda, Galdagummi.
galgán, Galgant.
— planý dlouhý, Zyperwurzel, lange.
— planý okrouhlý, Zyperwurzel, runde.
galipot, Galipot.
ganty, Gantes.
garancina, Garancine.
gaz, Gaze.
— bavlněný, Baumwollengaze.
— lněný, Leingaze.
gelatin, Gelatine.
gemur, Gemourharz.
gentianin, Gentianin.
germysety, Germusets.
gilety, Gilets.
ginseng, Ginseng.

globulin, Globulin.
glonoin, Glonoin.
gloret, Terpentin, venetianer.
glosaret, Glossaret.
glycerin, Glycerin.
— čistý, Glycerin-Crême.
glycyrhicin, Glycyrrhizin.
golgas, Golgas.
grabovky, Grabowken.
gradl, Gradel.
— nítěný, Zwirngradel.
gradinopl, Gros de Naples.
granátky tárové, Taragranaten.
grodeturka, Gros de Naples.
gryset, Etamin.
guacin, Guacin.
guako, Guacoblätter.
guggul, Guggul.
gummi ammoniakum, Ammoniakgummi.
— červené, Gummi rothes.
— mořské, Bernstein.
gumovky, Gummischuhe.
gutta, Gummigutt.
— percha, Guttapercha.
gvano, Guano.

H.

hace kokotí, Flachsseide.
háček do chomoutu, Kummethaken.
háčky k zapínání, Hafteln.
— na pochvy neb šlahouny, Geschirrhaken.
— zední, Wandhakeln.
hadec, Serpentinstein.
haděnec, Natterkopf.
hadříčky barvivé modré a červené, Farbeläppchen.
— k líčení, Farbeläppchen.
hadry, Hadern.
— kartonnové, haličské bílé a polobílé, Katunhadern, galizische weiße und halbweiße.
— kartounové hornorakouské, Kattunhadern, oberösterreichische.
— plátěné míchané, Leinwandhadern, gemischte.
— plátěné modré, Leinwandhadern blaue.
— prostředně bílé, Hadern, mittelweiße.
— řežné čili křečné pěkné, hrubé, sprosté, Packhadern, feine, grobe, ordinäre.
— uherské nejlepší bílé, Hadern, ungarische primaweiße.
hadyně, Schlangengurke.
hák na lustr, Lusterhaken.
— oponový, Vorhanghaken.
— rozpírací železný, Spreizhaken, eiserner.
— rozpírací vnitřní, Spreizhaken, innerer.
hálky, Galläpfel.
— jalovce virginského, Wachholdergalläpfel, virginische.
— terebintové, Terpentingalläpfel.
haluchy, Ackernüße.
haman, Haman.
hamovník, Radespere.
haras, Kameelgarn.
haspra, Sperrhaken.
hedváb polní, Flachsseide.
hedvábí, Seide.
— asiatské, Seide, asiatische.
— bengalské, Seide, bengalische.
— burmové, Bourreseide.
— cyperské, Zypriette.
— čínské, Seide, chinesische.
— drané, Seide, geschlossene.
— floretové, Floretseide.
— francouzské, Seide, französische.
— hindostanské, Seide, hindostanische.
— husetové, Housetteseide.

hedvábí janovské, Seide, Genueser.
— k prošívání, Steppseide.
— kroucené, Seide, gedrehte.
— kytajské, Seide, chinesische.
— molucké, Seide, moluckische.
— mongolské, Seide, mongolische.
— nankynské, Seide, nankinische.
— na podšívku, Futterseide.
— nejčernější, Seide, dunstschwarze.
— nesoukané, Seide, unfilirte.
— niťové, Drehseide.
— orientalské, Seide, orientalische.
— osnovné, Organsinseide.
— pedemontské, Seide, pedemontische.
— pelové, Pelo nero.
— polovařené, Seide, halbgekochte.
— poloviční, Halbseide.
— prošívací, Steppseide.
— surové, Seide, rohe.
— svinuté, Seide, gedrehte.
— šicí, Nähseide.
— španělské, Seide, spanische.
— štepovné, Steppseide.
— tonkynské, Seide, tonkinische.
— třepané, Zupfseide.
— turecké, Seide, türkische.
— vařené, Seide, gekochte.
— vyšívací, Plattseide.
— zadní, Floretseide.
— žapanské, Seide, japanische.
hel, Grünspan.
helmík, Helmkraut.
hématoxylin, Hämatoxylin.
hemelín, Eisenhütchen.
hever, Pratzenwinde.
hladík, Schlichthobel.
hlava dračí, Drachenkopf.
— hadí, Natterkopf.
hlavatice, Kopfkohl.
hlavatka, Bandhacke.
hlaveň vykládaná, Gewehrlauf, damascirter.
hlavěnka červená, Gelbruthe.
hlavičky makové, Mohnköpfe.
hlavizna, Schiennagel.

hledík falešný, Wau.
hlemýžď, Schnecke.
hlína v. hlinka.
hliník, Aluminium.
hlinitan měďnatý, Kupferalaun.
hlinka anglická k hladění, Erde, englische zum Poliren.
— arménská, Bolus, armenischer.
— běličská čili bílicí, Bleichererde.
— bílá, Erde, weiße.
— dýmková, Pfeifenerde.
— fayencová, Fayence.
— hnědá, Umbraun.
— karlovarská, Thon, Karlsbader.
— koláčová čili v koláčích, Kolatschenthon.
— kolínská, Umbraun, kölnisches.
— lulková, Pfeifenthon.
— modrá, Eisenblau.
— pečetní, Bolus.
— perská neb indická, Roth, persisches.
— plzeňská bílá, Stangenthon.
— pruská, Roth, preußisches.
— roubíková čili v roubíkách, Stangenthon.
— samová, Samiusstein.
— saská, Wundererde, sächsische.
— tesařská, Röthel in Stangen.
— valchářská, Walkererde.
— vlaská, Erde, italienische.
— žlutá, Gelberde.
hlístník, Tausendguldenkraut.
hlíznatka, Erdkastanie.
hlízník, Ackerskabiosa.
hlodavka, Salpetersäure, gewöhnliche.
hlohyně, Weißdornbeeren.
hluchavka, Taubnessel.
— žlutá, Taubnessel, gelbe.
hlůžky, Weißdornbeeren.
hmoždíř ku střelbě, Feuerpöller.
— s paličkou, Mörser mit Stößel.
hněď barvíková, Chrombraun.
— flădrová, Fladerbraun.

hněď Hatchettova, Kupferoxyd, eisenblausaures.
— chrómová, Chrombraun.
— kaselská, Kasslerbraun.
— kolínská, Kölnischbraun.
— kotlová, Kolkothar.
— lupková, Schieferbraun.
— mahagonová, Mahagonibraun.
— nachová, Purpurbraun.
— sagová, Bister.
hnědel holandský, Umbraun, holländisches.
— kolínský, Umbraun, kölnisches.
— světlý, Umbraun, lichtes.
— tmavý, Umbraun, dunkles.
— vláknovitý, Blutstein.
hnědeň nachová, Purpurbraun.
hnědouhlí, Braunkohle.
hnidák, Dürrwurzel.
hnidošovina, Delphinin.
hnojovka, Guano.
— rybí norvežská, Fischguano, norwegischer.
hoblík, Hobel.
— dlabací, Stemmhobel.
— dražební, Fügehobel.
— dveřní, Thürhebel.
— dvojitý, Doppelhobel.
— fasonový, Façenhobel.
— hladicí, Schlichthobel.
— hranolový, Prismenhobel.
— hrubý, Rauhhobel.
— k falcování, Falzhobel.
— křivolaký, Hohlhobel.
— loďkový, Schiffhobel.
— na fidibusy, Fidibushobel.
— na laloky, Viertelstabhobel.
— ostrý, Scharfhobel.
— pěstní, Fausthobel.
— přestrkačný, Überschiebhobel.
— přihladěcí, Schlichtmondhobel.
— rourní, Rohrhobel.
— rovný stavěcí, Stellgradhobel.
— rýhovací, Streifhobel.
— s pérem, Federhobel.
hoblík s pérem na parkety, Parquettfederhobel.
— strouhací, Schabehobel.
— špuntovní, Spundhobel.
— veliký, Rauhbankhobel.
— věncový, Kranzhobel.
— vybírací, Ausputzhobel.
— vydlabací, Ausgrundhobel.
— výžlabní, Hohlkehlhobel.
— zoubkovatý, Zahnhobel.
hojník, Berufkraut.
hole roštové, Roststäbe.
— zábradlové, Geländerstäbe.
holínka, Stiefelschaft.
holubec, Bergblau.
homolika, Trüffel.
honič, Triebel.
hořalka, Branntwein.
— francouzská, Kognac.
hořcovina, Gentianin.
hořček, Bittersalz.
horčice estragonová, Estragonsenf.
— kremžská, Senf, Kremser.
— mořská, Meersenf.
— planá, Wegsenf.
— sedlská, Bauernsenf.
hořčíkovec, Magnesit.
hořčín hranolový, Bittersalz.
hořčina kolumbová, Kolumbin.
— kopvová čili kolokvintidová, Kolocynthin.
— lišejníková, Pikrolichenin.
— lišejníku islandského, Moosbitter.
hořec modrý, Lungenenziankraut.
— potoční, Tarantwurzel.
hořká anglická, Englischbitter.
— heřmánková, Kamillenbitter.
— ruská, Russischbitter.
— španělská, Spanischbitter.
hořkomandlovina, Amygdalin.
hořkoňovina, Quassiin.
hořkosladina, Pikromel.
hořkosladká, Alfranken.
hořkovka, Bitterwasser.
horohaše, Blutkraut.

hospodářík, Lichtsparer.
houba bezová, Hollundersschwamm.
— domácí, Adersschwamm.
— dubová, Feuerschwamm.
— jelení, Hirschbrunst.
— koňská, Pferdeschwamm.
— lazební, Badeschwamm.
— maltská, Malteserschwamm.
— mineralná, Bergmilch.
— modřínová, dřínová čili skřivánčí, Lerchenschwamm.
— mycí, Badeschwamm.
— na vozy, Wagenschwamm.
— pepřová, Pfefferschwamm.
— platinová, Platinschwamm.
— růžová, Bedeguar.
— toaletní, Toiletteschwamm.
— voštěná, Wachsschwamm.
— vrbová, Weidenschwamm.
houby pálené, Schwammkohle.
— k tabulkám, Rechnentafelschwämme.
houně, Kotze.
— z kravské srsti, Kuhhaardeckel.
housličky ústní, Maultrommel.
hovězice výrostková, Schmalleder.
hověziny, Rindshäute.
hrábě, Rechen.
— zahradní, Gartenrechen.
hrabice, Sensengerüst.
hrabovník, Rechenbohrer.
hrách anglický raní, Erbsen, englische ganz frühe.
— bohatý, Klotzerbsen.
— cukrový, Zuckererbsen.
— čtverhranoluštnatý, Spargelerbsen.
— kapucínský hollandský velký, Kapuzinererbsen holländische große.
— korunní, Straußerbsen.
— kulatý, polní čili ladvíkový, Steckerbsen.
— kytkovitý, Kronerbsen.
— nízký, Zwergerbsen.
— sázený, Steckerbsen.
— pozdní, Späterbsen.
hrách římský, škrkavičný čili vlčí, Lupine.
— španělský velký pozdní, Erbsen, spanische große späte.
— turecký, vlaský čili ledvinkový, Schminkbohne.
hrachory, Ackernüsse.
hřbílko, Striegel.
hřeb truhlářský, Tischlernagel.
hřebelec, Striegel.
hřeben koňský, Pferdekamm.
— rohový, Kamm, hornener.
— slonokostní, K. elfenbeinener.
— zimostrázový, K. buchsbaumener.
— želvinový, K. schildkrotener.
hřebenáč, Steinkarren.
hřebeny kohoutí marinované, Hahnenkämme, marinirte.
hřebíček, Gewürznelken.
— větší, Nelkenmutter.
hřebík, hřeb, Nagel.
hřebíky bednové, Verschlagnägel.
— branné, Eggennägel.
— do křídlice, Schieferdecknägel.
— do závěsy, Bandnägel.
— hákové, Wandnägel.
— kartáčové, Spaliernägel.
— kované, Nägel, geschmiedete.
— krokevní, Sparrnägel.
— krycí, Decknägel.
— laťovné, Lattennägel.
— mašinové, Maschinennägel.
— — malé, Maschinennägel, kleine.
— — nadvelké, Maschinennägel, extragroße.
— — prostřední, Maschinennägel, mittel.
— — velké, Maschinennägel, große.
— na lepenku, Dachpappnägel.
— podkovní, Hufnägel.
— poloulaťové, Lattennägel, halbe.
— rámové, Rahmnägel.
— rákosní, Rohrnägel.
— skřidliční, Schiefernägel.
— šindelní, Schindelnägel.
— šinové, Schienennägel.

hřebíky trámové, Sparrnägel.
— tesařské, Lattennägel.
— upevňovací, Heftnägel.
— vrátní, Decknägel.
— zámkové čili k zámku, Schloßnägel.
hřeblo, Malterhaue.
hřebovník, Nagelbohrer.
hřečka, Heidekorn.
hříbě, Bogensäge.
hříběčina, Tschikalhaut.
hříbek jelení, Hirschbrunst.
hřídel váhový, Wagebalken.
hrnec břichatý na ohniště, Bauchherdtopf.
— na ohniště, Herdtopf.
— papinský, Topf, papinianischer.
— plechový pocínovaný, Blechtopf, verzinnter.
— sporníkový, Sparherdtopf.
hromostřel čili hromek, Spargel.
hromostřesk, Hauslauch.
hrotovník, Kammbohrer.
hrozinky malagské, Malagarosinen.
— malé, Korinthen.
— veliké, Rosinen, große.
hrozno psí, Nachtschattenkraut.
hrozny malagové, Malagatrauben.
hruda tripolitanská, Trippel.
hrudka červená čili tesařská, Röthel in Stangen.
— zelená, Kaadnergrün.
hrunavka, Kaadnergrün
hrušník, Birnmost.
hrušky sušené, Birnen, getrocknete.
hrušovina, Phlorrhizin.
hruštice, Wintergrün
hruštička, Wintergrün.
hryzec ovčí, Hirschbrunst.
hubilen, Leindotter.
hubka, Feuerschwamm.
— zápalná neb připravovaná Feuerschwamm, gebeizter.
hubky pro vole, Kropfschwamm.
hulevník obecný, Wegsenf.
— velodělný, Rauke.
hůlka bambusová, Bambusrohr.
— k oponě, Verhangstange.
humr, Hummer.
hůně povoznická dvojitá, Fuhrmannskotze, doppelte.
— uhorská, Pferdedecke.
husínůžka, Sinau.
huspenina kostní, Knochengallerte.
— lišejníková islandská, Moosgelé, isländisches.
hvězdoš, Lungenkraut, Sinau.
hydrát barytu, Ätzbaryt, krystallisirter.
— drasla, Kali, ätzendes reines.
— kyseliny antimóničné, Antimonsäurehydrat.
— kyseliny octové, Bleigeist.
— kyseliny sirkové, Schwefelsäure, englische.
— kysličníku barnatého, Ätzbaryt, krystallisirter.
— kysličníku beryllitého, Beryllinmoxyd, wasserhaltiges.
— kysličníku cetylnatého, Äthal.
— kysličníku draselnatého, Kali, ätzendes.
— kysličníku éthylnatého, Alkohol.
— kysličníku fenylnatého, Karbolsäure.
— kysličníku methylnatého, Lignon.
— kysličníku sodnatého, Ätznatron; Natron, ätzendes.
— kysličníku železitého, Eisenoxydhydrat.
— strontnatý, Strontian.
hyoscyamin, Hyoscyamin.
hysop planý, Bohnenkraut.
hyva, Schlagkraut.
hyžle na vlnu, Wellkrampe.

Ch.

chaluha bublinatá, Meerreiche.
chaluzík, Jod.
chám, Wallrath.
chaméleon mineralný, Kali, mangansaures.
charpa luční, Safler, wilder.
chasoník, Titan.
chebdinky, Attichbeeren.
chebule, Fischkörner.
chebulovina, Pikrotoxin.
chelerytrin, Chelerythrin.
chelidonin, Chelidonin.
chika, Chicaroth.
china v. chyna.
chinan chininný, Chinin, chinasaures.
— vápenatý, Kalk, chinasaurer.
chinidin, Chinidin.
chinin, Chinin.
chinoidin, Chinoidin.
chinolinin, Chinolinin.
chlastava, Dürrwurzel.
chléb nebeský, Manna.
— oříškový, Haselnußbrod.
— svatojanský, Johannisbrod.
— sviňský, Erdscheibe.
chlebníček, Wermuth.
chlór rozpuštěný čili tekutý, Bleichwasser.
chlórečnan barnatý, Baryt, chlorinsaurer.
— draselnatý, Kali, chlorsaures.
— sodnatý, Natron, chlorsaures.
— vápenatý, Kalk, chlorsaurer.
chlórétherin, Chloräther.
chlórid aluminitý, Chloraluminium.
— ammonato-měďnatý, Kupfersalmiakblumen.
— ammonato-platičitý, Platinsalmiak.
— ammonatý, Chlorammonium.
— ammonatý čistěný, Salmiakblumen.
chlórid ammonatý železitý, Ammoniak, salzsaures eisenhaltiges.
— antimóničný, Spießglanzbutter.
— antimónový, Spießglanzoxydul, salzsaures gefälltes.
— arsénový, Chlorarsen.
— barnatý, Chlorbaryum.
— berberinný, Berberin, salzsaures.
— bismutový, Wismuthchlorid.
— brómový, Bromchlorür.
— brucinný, Brucin, salzsaures.
— cínatý, Zinnsalz.
— cinchoninný, Cinchonin, salzsaures.
— cíničito-ammonatý, Pinksalz.
— cíničitý, Zinnchlorid.
— cíničitý vodnatý, Libavischer Geist.
— draselnatý, Chlorkalium.
— elaylový, Elaylchlorür.
— éthylnatý, Chloräthyl.
— formylový, Chloroform.
— fosforečný, Chlorphosphor.
— hlinitý, Chloraluminium.
— hořečnatý, Chlormagnesium.
— chininný, Chinin, salzsaures.
— jodnatý, Chlorjod.
— kademnatý, Chlorkadmium.
— kobaltnatý, Kobaltoxydul, salzsaures.
— lithnatý, Lithiumoxyd, salzsaures.
— magnesatý, Chlormagnesium.
— manganatý, Mangan, salzsaures.
— měďičnatý, Kupferchlorür.
— měďnato-ammonatý tekutý, Kupferoxydammoniak, salzsaures flüssiges.
— měďnatý, Chlorkupfer.
— narkotinný, Narkotin, salzsaures.
— nikelnatý, Nickeloxyd, salzsaures.
— olovnatý, Hornblei.
— olovnatý zásaditý, Chlorblei, basisches.

chlórid oxyakantinný, Oxyakanthin, salzsaures.
— palladičito-sodnatý, Palladiumnatronhydrochlorat.
— palladnatý, Chlorpallad.
— platičito-sodnatý, Platinnatriumchlorid.
— platičitý, Chlorplatin.
— rtutičnatý, Kalomel.
— rtuťnato-ammonatý, Quecksilber, salzsaures ammoniakhaltiges.
— rtuťnatý, Ätzsublimat.
— siřičnatý, Chlorschwefel.
— sodnato - zlatový, Goldoxydnatron, salzsaures.
— sodnatý, Kochsalz.
— stříbrnatý, Hornsilber.
— strontnatý, Chlorstrontium.
— strychninný, Chlorstrychnin.
— uhlitý, Chlorkohlenstoff, anderthalb.
— uranitý, Uranoxyd, salzsaures.
— vápenatý, Chlorkalcium.
— vápenatý bromnatý, Bromchlorkalcium.
— vizmutový, Wismuthchlorid.
— zinečnatý, Zinkbutter.
— zlatnatý, Chlorgold.
— železitý, Eisenoxyd, salzsaures.
— železitý sublimovaný, Eisenblumen.
— železnatý, Chloreisen.
chlóristan draselnatý, Kali, überchlorsaures.
chlórnatan draselnatý, Kali, unterchlorigsaures.
— vápenatý, Chlorkalk.
chlóroform, Chloroform.
chlórovodan bebirinný, Bebeerin, salzsaures.
— cinchoninný, Cinchonin, salzsaures.
— morfinný, Morphin, salzsaures.
— opijanný, Narkotin, salzsaures.
— oxyakantinný, Oxyakanthin, salzsaures.

chlup jalovníkový, Jungviehhaar.
— kozí, Geißhaare.
— z odstávčat, Jungviehhaar.
chlupáček větší, Habichtskraut.
chlupatky, Stachelbeeren.
chlupina, Fadenkraut.
chmel americký, Hopfen, amerikanischer.
— bavorský, Hopfen, bairischer.
— červený, Hopfen, rother.
— kretský, Dosten, kretischer.
— ouštěcký, Hopfen, Auscher.
— zelený, Hopfen, grüner.
— žatecký, Hopfen, Saazer.
— žatecký krajní, Hopfen, Saazer Kreisgut.
— žatecký okresní, Hopfen, Saazer Bezirksgut.
chmelík, Brunelle.
chmelovina, Lupulin.
cholcan sodnatý, Natron, gallensaures.
choroš libovonný, Weidenschwamm.
chřapáče, Wallnüsse.
chrastavec, Ackerskabiosa.
chřest, Spargel.
chrómalit, Chromalith.
chróman ammonato-měďnatý, Kupferoxyd, chromsaures ammoniakalisches.
— barnatý, Permanentgelb.
— draselnatý, Kali, chromsaures gelbes.
— dvojolovnatý, Chromroth.
— měďnatý, Kupferoxyd, chromsaures.
— olovnatý, Chromgelb.
— sodnatý, Natron, chromsaures.
— stříbrnatý, Silberoxyd, chromsaures.
chromořezka, Krummeisen.
chrousti májoví, Maiwürmer.
— vlaští, Kanthariden.
chrustavec, Blutkraut.
chudovinky, Kandelbeeren.

chvojka klášterská, zahradní, rajská čili rýnská, Sabine.
— větší, Wolfsmilch, gemeine.
chvorec, Wolframerz.
chvořík, Wolfram.
chvost volový, Königskerze.
chvošť, Schachtelhalm.
chylan nafouklý, Tabak, indianischer.
chynlen, Chynlenwurzel.
chyna, Chinarinde.
— bledošedá, Limachinarinde.
— červená neb rudá, Chinarinde, rothe.
chyna červenošedá, Teuuchinarinde.
— hnědá, Huamalischinarinde.
— horská, Luzienrinde.
— huanacká, Huanoccochinarinde.
— karthagenská, Chinarinde, gelbe.
— královská, Königs- oder Calisaychinarinde.
— šedá, Loxachinarinde.
— tekameeská neb dvojbarvitá, Tekamezchinarinde.
— virginská, Magnolienrinde.
— východoindická, Toddalirinde.
— žavánská, Surenrinde.
— žlutá, Chinarinde, gelbe.

I.

ilicin, Ilicin.
imperial, Imperiale.
indien, Indienne.
indigotin, Indigotin.
indoběl, Indigotin.
indomodř, Indigblau.
indych, Indigo.
— bengálský, Indigo, bengalischer.
— bílý, Indigotin.
— červenofialový, Indigo, rothvioletter.
— červený, Persio.
— fialový dobrý a prostřední, Indigo, gut & mittel violett.
— fialový pěkný, Indigo, fein violetter.
— javanský, Indigo, javanescher.
— karakaský, Indigo, Caracas.
— kormandelský, Indigo, Cormandel.
— Laguayrský, Indigo La Guayra.
— manilský, Indigo, Manilla.
— madraský, Indigo, Madras.
— modrofialový, Indigo, blauvioletter.
— modronachový, Indigo, blaupurpurner.
indych modrý pěkný, Indigo, feinblauer.
— purpurofialový, Indigo, purpurvioletter.
— purpurový pěkný, Indigo, fein purpurner.
— ohnivý pěkný neb fialový, pěkný měďolesklý, Indigo, gut gefeuert oder gut violett & Kupfer.
— silně ohnivý fialový pěkný měďolesklý, Indigo, stark gefeuert oder fein violett & Kupfer.
— sražený, Indigokarmin.
— tabulkový čili v tabulkách, Plattindigo.
inkoust alizarinový, Alizarindinte.
— černý, Dinte, schwarze.
— červený neb karmínový, Karmintinte.
— duběnkový, Galläpfeltinte.
— kamenopisný, Steindrucktinte.
— kovní, Metalltinte.
— lučební, Dinte, chemische.
— modrý, Dinte, blaue.
— nevymazatelný, Dinte, unauslöschbare.
— neutrální, Neutraltinte.
— přejímací, Kopiertinte.

inkoust rejsovní, Zeichnentinte.
— sympathetický, Dinte, sympathetische.
— zelený, Dinte, grüne.
— zibový, Torftinte.
inulin, Alantin.
ipekakuanha bílá, Ipekakuanha, weiße.
— pravá čili šerá, Ipekakuanha.
iridium, Iridium.
iva, Schlagkraut.
ivarankusa, Ivarankusawurzel.

J.

jablečnan olovnatý, Bleioxyd, äpfelsaures.
— vápenatý, Kalk, äpfelsaurer.
— železitý, Eisenoxyd, äpfelsaures.
— železitý nečistý, Äpfeleisenextrakt.
jablečník vonný, Andorn, weißer.
jablka adamova, Adamsäpfel.
— balsamová, Balsamäpfel.
— citronová, Zitronen.
— královská, Ananas.
— limonová, Zitronen.
— liščí, Judenkirschen.
— míšenská, Äpfel, borsdorfer.
— pomorančová, Apfelsinen.
— rajská, Koloquinten, Liebesäpfel.
— rozmarinová, Rosmarinäpfel.
— sodomská, Tolläpfel.
— židovská, Adamsäpfel.
jablko bodlavé, Stechapfelkraut.
— vlkové, Osterluzeikraut.
jabloňka, Wintergrün.
jabluška, Kartoffel.
jaborandi, Jaborandiwurzel.
jacint, Zirkon.
— antimónový, Spießglanzglas.
jadérka rajská, Paradieskörner.
jadinky, Sandbeeren.
jádra borová, Kiefersamen.
— broskvová, Pfirsichkerne.
— kdoulová, Quittenkörner.
— klokočová, Pistazien.
— mahalebková, Mahalebkerne.
— rajská, Paradieskörner.
— skočcová, Rizinuskörner.
jádra všivcová, Läusekörner.
jáhly, Hirse.
— zámořské, Steinsamen.
jahody alkermesové, Kermesbeeren.
— bezové, Hollunderbeeren.
— černé, Heidelbeeren.
— červcové, Kermes.
— červené, Erdbeeren.
— dráčové, Berberbeeren.
— dřínkové, Hornstrauchbeeren.
— hlohové, Weißdornbeeren.
— chebdové, Attichbeeren.
— chlupaté anebo zelené, Stachelbeeren.
— jeřabové, Ebereschenbeeren.
— lepíkové, Kandelbeeren.
— morušové, Maulbeeren.
— myrtové čili myrtusové, Myrtenbeeren.
— posedové, Zaunrübenbeeren.
— svatojanské, Johannisbeeren, rothe.
— svatovítské, Erdbeeren.
— vlčí, Tollkirschen.
— vranovčí, Einbeeren.
— záplotníkové, Zaunrübenbeeren.
— židovské, Judenkirschen.
jahůdky *v.* jahody.
jalapa, Jalappawurzel.
jalappin, Jalappin.
jalovčinka, Wacholderbranntwein.
jalovec čili jalovčinky, Wacholderbeeren.
jalovičina kipsová, Kipsfahlleder.
jalovina, Fahlleder.
janovec, Färberginster.

jantar, Bernstein.
— černý, Pechkohle.
jantaran ammonatý, Ammoniak, bernsteinsaures.
— ammonatý tekutý, Ammoniak-succinatflüssigkeit.
— draselnatý, Kali, bernsteinsaures.
— chininný, Chinin, bersteinsaures.
— sodnatý, Natron, bernsteinsaures.
jarmuz kadeřavý, Braunkohl.
jaskyr, Froschepprich.
jasmina, Jaspisgut.
jaterník, Edelleberkraut.
játra antimóničná, Spießglanzleber.
— arsénová, Kali, arsenigsaures.
— sirková, Schwefelleber.
— sirková těkavá, Ammoniak, schwefelwasserstoffsaures.
— sirková vápno-antimónová, Spießglanzschwefelkalk.
— vápenná, Schwefelkalk.
javorovec, Ahornzucker.
jazýček husí, Spitzwegerich.
jazyk beraní, Spitzwegerich.
— jelení, Hirschzunge.
— koňský, Heilbutte.
— mořský, Seezunge.
— psí, Hundszunge.
— volový, Ochsenzungenkraut.
— volový planý, Natterkopf.
— volský uzený, Ochsenzunge, geräucherte.
— vrabčí, Blutkraut.
ječmen, Gerste.
— opichaný, Gerstengraupen.
ječmínek, Gerstenzucker.
jed na krysy čili německé myši, Rattengift.
— na mouchy, Fliegengift.
jedda, Geddagummi.
jedlinka, Kampferkraut.
jehla hrubá, Sacknadel.
— k čepení, Nestelnadel.
— k šití, Nähnadel.
jehla k šití pytlů, Packnadel.
— mlynářská, Müllernadel.
— na hmyz, Insektennadel.
— na pytle, Sacknadel.
— na slaniny, Spicknadel.
— pro mužské, Männernadel.
— protykací čili špikovací, Spicknadel.
— pro ženské, Frauennadel.
— řemenářská, Riemernadel.
— sedlářská, Riemernadel.
— sešívací, Heftnadel.
— šněrovací, Schnürnadel.
— zkušovací, Probiernadel.
jehlice do vlasů, Haarnadel.
— lesní, Hülsenblätter.
jehnětina, Lammfell.
jelenice, Hirschbrunst.
jelenice, Hirschhaut.
jeřabinka, Vogelbeerenbranntwein.
jeřabiny, Ebereschenbeeren.
jermík, Mangan.
jelec, Alese.
jesen, Alese.
jestřabina, Habichtskraut.
jetel hořký neb vodní, Bitterklee.
— hvězdovitý, Sternklee.
— kyselý čili zaječí, Sauerklee.
— luční, Klee, englischer.
— zvrhlý švédský, Bastardklee, schwedischer.
jezevčina, Dachsfell.
jichovina, Osmazom.
jikry zadělávané, Kaviar.
jílek anglický, Raigras, englisches.
— ozimý, Raigras, ausdauerndes.
— vlaský, Raigras, italienisches.
jircha, Sämischleder.
jitrocel horní, Bergwolverlei.
— špičatý neb menší, Wegerig, kleiner.
— větší, Wegerig, großer.
jmél, Mistel.
jmélí dubové, Eichenmistel.
jód, Jod.
jódbaryum, Baryt, hydrojodsaurer.

jódbrom, Bromjodür.
jódičnan ammonatý, Ammoniak, jodsaures.
— draselnatý, Kali, jodsaures.
— sodnatý, Natron, jodsaures.
— zinečnatý, Zinkoxyd, jodsaures.
— železitý, Eisenoxyd, jodsaures.
— železnatý, Eisenoxydul, jodsaures.
jódid ammonatý, Jodammonium.
— arséno-rtutnatý, Quecksilberjodid, arsenikalisches.
— arsénový, Jodarsenik.
— barnatý, Baryt, hydrojodsaurer.
— brómový, Bromjodür.
— draselnatý, Jodkalium.
— éthylnatý, Jodwasserstoffäther.
— formylový, Jodoform.
— hořečnatý, Jodmagnesium.
— kademnatý, Jodkadmium.
— magnesiový, Jodmagnesium.
— manganatý, Jodmangan.
— mědičnatý, Jodkupfer.
jódid olovnatý, Jodblei.
— rtutičnatý, Jodquecksilber, gelbes.
— rtutnatý, Jodquecksilber, rothes.
— sodnatý, Jodnatrium.
— stříbrnatý, Jodsilber.
— strontnatý, Jodstrontium.
— strychninný, Jodstrychnin.
— vápenatý, Jodkalcium.
— zinečnatý, Jodzink.
— zlatnatý, Jodgold.
— železito-chininný, Chininferrohydrojodat.
— železnatý, Jodeisen.
jódoform, Jodoform.
jonium, Kadmium.
jubaba, Jubabarinde.
juchta, Juchten.
— tránová černá, Schmierleder.
juchtovina, Juchten.
jujuby, Brustbeeren, rothe.
jurema, Juremarinde.

K.

kaapeba, Caapebawurzel.
kabahinky, Kabahinkafrüchte.
kabiáš, Ackerskabiosa.
kačinec, Löwenzahn.
kada, Kupfervitriol.
kadeře sv. Jana, Melilote.
kadidlník, Scharlachkraut.
kadidlo, Weihrauch.
— andělské, Engelrauch.
— černé, Storax, gemeiner.
— lesní čili selské, Waldrauch.
— nepřebírané, Weihrauch, natureller.
— přebírané, Weihrauch, elegirter.
— selské, Tannenharz.
kadítka, Räucherkerzen.
kadmium, Kadmium.
kaffein, Kaffein.
kafíčko české, Zichorie, böhmische.
kafr čistěný, Kampfer raffinirter.
kafr kamenouhelný, Naphthalin.
— nečistěný neb syrový, Kampfer roher.
kafratka, Kampferkraut.
kahinka, Cainkawurzel.
kachel kamnový, Ofenhals.
kainka, Kainkawurzel.
kakamuš, Kakamusch.
kakao, Cacao.
— tabulní, Cacao, getafelter.
kalafuna hnědá, Kolophonium, braunes.
— jantarová, Bernsteinkolophonium.
— světlá, průhledná, Kolophonium, helles, durchsichtiges.
kalahuala, kalaguala, Calagualawürzel.
kalamandra, Gamander.
kalamář koštěný, Schultintenzeug von Horn.

kalamář kozí potažený, Sch. mit Lederüberzug.
— plechový, Schultintenzeug von Blech.
— rohový, Sch. von Horn.
— ze dřeva zimostrazového, Sch. von Buchsbaumholz.
kalaminka (sprostý cvilink), Kalamiken.
kalanka, Spigelie.
kaleidoskop, Kaleidoskop.
kalendule, Ringelblume.
kali, Kali, ätzendes reines.
— rozpuštěné, Lauge alkalische.
— s uhlím roztopené, Anthrakokali.
kalík, Wismuth.
kaliko, Kallico.
kalíšky žaludové, Ackerdoppen.
kalium, Kalium.
kalkán, Galgant.
kalmank, Kalmank.
kalmej, kalmín, Galmei.
— bílý, Almey.
kalmuk, Kalmuk.
kalomel, Kalomel.
kaloun, Tresse.
kambala holandská, Strufbutt.
— podjazyčná, Heilbutte.
kamelot angorový, Angorakamelot.
kámen božský, Kupferalaun.
— brusířský, Schleiferstein.
— dávičný, Brechweinstein.
— hladěcí, Polierstein.
— hladěcí na stříbro, Pragerstein.
— houbový neb houbovitý, Kropfstein.
— hříběcí, Spießglanz, roher.
— hromový, Donnerstein.
— hubkový, Schwammstein.
— jedovatý, Fliegengift.
— ježový, Schweinstein.
— kamzíkový, Gemsenkugel.
— k holení, Rasirstein.
— korálový, Korall.
— křesací neb koukový, Feuerstein.

kámen křestný, Taufstein.
— krevný, Blutstein.
— lazurový, Lasurstein.
— ledový, Marienglas.
— ledvinový, Nierenstein.
— leptavý Ätzkali, geschmolzenes.
— lydský, Probierstein.
— malacký, Schweinstein.
— mořské krávy, Seekuhstein.
— měsíčný, Marienglas.
— muší, Fliegengift.
— obtahovací, Abziehstein.
— podkladní ke křížům, Grabkreuzstein.
— pražský k hladění, Pragerstein.
— pro vole, Kropfstein.
— průbířský, Probierstein.
— pulířský, Schmirgel.
— ranhojičský, Ätzstein.
— rysí, Donnerstein.
— světelný, Leuchtstein.
— sviňský, Saustein.
— syrský, Judenstein.
— třecí, Reibstein.
— turecký, Bouteillenstein.
— vinný ammonatý čili salmiakový, Ammoniak, weinsteinsaures.
— vinný arsénový, Kali, arsensaures.
— vinný bílý, Weinstein, weißer.
— vinný boraxový, Boraxweinstein.
— vinný červený, Weinstein, rother.
— vinný čistěný, Weinsteinkrystalle.
— vinný dávivý, Brechweinstein.
— vinný jantarový, Kali, bernsteinsaures.
— vinný kazivcový, Kali, flusswasserstoffsaures.
— vinný mletý, Weinsteinrahm.
— vinný octový, Essigsalz.
— vinný octový rozpuštěný, Essigweinstein, zerflossener.
— vinný rozpustný, Boraxweinstein.
— vinný syrový, Weinstein, roher.

kámen vinný těkavý, Kali, weinsteinsaures ammoniakalisches.
— vinný železitý, Eisenweinstein.
— zlatnický, Probierstein.
— židovský, Judenstein.
— žíravý, Ätzstein.
kamenáče, Steinnüsse.
kamenec ammonatý, Ammoniakalaun.
— bílý, Alaun, gemeiner.
— čistěný, Alaun, gereinigter.
— draselnatý, Alaun, gemeiner.
— chrómitý, Chromalaun.
— loupavý, Asbest.
— měděný, Kupferalaun.
— obyčejný, Alaun, gemeiner.
— octový, Alaunerde, essigsaure.
— pálený, Alaun, gebrannter.
— římský, benátský neb červený, Alaun, römischer.
— rozpustný, Alaunerde, schwefelsaure.
— slitý, Alaunerde, schwefelsaure.
— sodnatý, Natronalaun.
— železitý, Eisenoxydkali, schwefelsaures.
kamenina, Steingut.
— černá čili čedičná, Basaltgut.
kamenka, Arsenik, gelber natürlicher.
kamenky, Moosbeeren.
kamfín, Kampfin.
kamfor, Kampfer.
kamfora, Kampferkraut.
kamforan strychninný, Strychnin, kampfersaures.
kamínek leptavý, Ätzstein.
— modrý, Kupfervitriol.
— pekelný, Höllenstein.
— žíravý, Ätzstein.
kamínky cukrové, Katarrhzelteln.
— do ručnic, Flintensteine.
— kaprové, Karpfensteine.
— modré, Neublau.
kamna kulatá, Rundofen.
— na koak, Koaksofen.
— ohřívací, Frühstücksofen.
kamna patrová, Etageofen.
— sloupcová osmihranná, Säulenofen, achteckiger.
— železná z litiny, Ofen, gußeiserner.
kampeška, Blauholz, Campeche.
kampeškovina, Hämatoxylin.
kaňanka, Flachsseide.
kanasta, Tabak, Kanasta.
kanavas, kanabáč, Kanefas.
— cinkovatý, Kanefas, gemodelter.
— křežený, Kanefas, geköperter.
— květovaný, Kanefas, geblümter.
— obyčejný, Kanefas, gewöhnlicher.
kančík, Schraubenbohrer.
kandys, Kandis.
kaniramin, Kaniramin.
kantárek, Kinnkette.
kantaridin, Kantharidin.
kantaridy, Kanthariden.
kaparky, kaparlata čili kapary, Kappern.
kapky Hallerovy kyselé, Rabelswasser.
— Hoffmannské, Schwefeläthergeist.
— hořké, Bitteressenz.
— Lamottovy zlaté, Schwefeläthergeist, eisenhaltiger.
— pro žaludek, Magenessenz.
— salmiaku jantarového, Ammoniaksuccinatflüssigkeit.
— skořicové, Zimmtgeist.
— zubní alveové, Alveolarzahntropfen.
kapr nakládaný neb marinovaný, Karpfen, marinirter.
kapradí skalní, Milzkraut.
kapsicin, Kapsicin.
kapslíky, Zündhütchen.
kapusta kolníková, Steckrübenkohl.
— květná anglická, Blumenkohl, englischer.
— květná asiatská, Blumenkohl, asiatischer.
— květná cyperská, Blumenkohl, zyprischer.

kapusta květná holandská, Blumenkohl, holländischer.
— mačinková, Herzkohl.
— mořská, Meerkohl.
— pospolitá, Milchen.
kaput mortuum, Kolkothar.
karabe, Bernstein.
karagheen, Moos, irländisches.
karamata, Karamatarinde.
karanna, Karaune.
karbinec obecný, Zigeunerkraut.
kardamomy dlouhé, Kardamomen, lange.
— kulovaté, Kardamomen, runde.
— malé, Kardamomen, kleine.
— největší, Bandakardamomen.
— oloupané, Kardamomen, ausgehülste.
— prostřední, Kardamomen, mittlere.
— věčší, Kardamomen, große.
kardus benediktus, Kardobenedikten.
— zahradní, Artischocke, gemeine.
karfiol, Blumenkohl.
karmín červený, Karmin, rother.
— hnědý, Karmin, brauner.
— indychový neb modrý, Indigokarmin.
— světlicový, Saflorroth.
karnis, karnisek, Karniesshobel.
karoba, Johannisbrot.
— gindejská, Terpentingalläpfel.
kartáč k leštění, Glanzbürste.
— k mazání č. k natírání, Schmierbürste.
— koňský neb na koně, Pferdebürste.
— kravský, Kuhbürste.
— na bláto, Kothbürste.
— na šaty, Kleiderbürste.
karthamin, Saflorroth.
kartoun, Kattun.
— poloviční, Halbkotton.
karty hrací, Spielkarten.
karuk, Hausenblase.
karukuru, Chikaroth.
kaskarila, Kaskarillrinde.
kaskarilin, Kaskarillin.
kassia černá čili počisťovací, Purgierkassie.
— fistula, Purgierkassie.
kastoreum anglické, Bibergeil, englisches.
— moskevské, Bibergeil, moskovitisches.
— švédské, Bibergeil, schwedisches.
kastorin, Kastorin.
kastrol, Kasserolle.
kasumunar, Kassumuniar.
kašmír, Kachemir.
kašné, Cachenez.
kaštany, Kastanien.
— divoké, koňské čili plané, Rosskastanien.
— zemské, Erdkastanien.
— vodní, Stachelnüsse.
kašu, Katechu.
katech, Katechu.
katmanka, Fliegenpilz.
kaučuk, Kautschuck.
káva, Kaffé.
— cviklová, Runkelrübenkaffé.
— drážďanská, Dresdnerkaffé.
— dvojmocná, Doppelkaffé.
— fíková, Feigenkaffé.
— germánská neb německá, Germanischer Kaffé.
— kvaková, Runkelrübenkaffé.
— mandlová, Mandelkaffé.
— padangská, Kaffé, Padang.
— pěkná naturální, Kaffé, fein natureller.
— praná, Kaffé, gewaschener.
— pražná, Brennkaffé.
— pro děti, Kinderkaffé.
— řepová, Runkelrübenkaffé.
— švýcarská, Schweizerkaffé.
— uhlená (uhlím barvená) Kaffé gekohlter.
— žaludová, Eichelkaffé.
kaviár, Kaviar.

kazichlór, Natron, unterschwefligsaures.
kazilen, Leindotter.
kazimír, Kasemir.
kazivec, Flußspath.
kdoule, Quitten.
kdoulovice, Quittenbranntwein.
kebule, Fischkörner.
kelímek hesický, Tiegel, hessischer.
— ipský, Tiegel, ipser.
— pasavský, Tiegel, passauer.
— platinový, Tiegel von Platin.
— skleněný, Schmelztiegel von Glas.
— tuhový, Tiegel v. Graphit.
— z plechu tlučený, Schmelztiegel von getriebenem Blech.
— železný, Schmelztiegel von Eisen.
kelrub, kedluben, Oberkohlrabi.
kemrlička, Kammertuch.
kepr, Köper.
kerblík, Gartenkerbel.
— španělský, Kerbel, spanischer.
kermes, Kermes.
— mineralný, Mineralkermes.
kikekunemalo, Kikekunemalogummi.
kinet, Quinette.
kino africké, Kino, afrikanisches.
— americké, Kino, amerikanisches.
— botanybayské neb novohollandské, Kino, neuholländisches.
— indské neb východní, Kino, ostindisches.
kladivo kovací, Beschlaghammer.
— kovářské ocelované, Schmiedhammer, gestählter.
— mlatební, Verschlaghammer.
— natěrací, Aufreibhammer.
— rovné, Breithammer.
— ruční ocelované, Handhammer.
— ševcovské, Schusterhammer.
— třeblové, Bankhammer.
— truhlářské, Tischlerhammer.
— vypuklé, Tiefhammer.
— zednické, Maurerhammer.
kladka, Rolle.
klanýř, Winde.
klas vonný, Ruchorn, weißer.
klátnice, Kabliau.
klej na ptáky, Vogelleim.
klejanka, Wachsleinwand.
klejt červený, zlatý, zelený neb stříbrný, Bleiglätte.
— sklovitý, Bleiglas.
klembaba, Kirschharz.
klepačka, Flachsbreche.
klepadlo (na vrata), Klopfer (zum Thor).
klepec myší, Schlageisen.
kleště, Zange.
— do ohně, Feuerzange.
— kovací, Beschlagzange.
— natahovací, Reifzange.
— na uhlí, Feuerzange.
— ploché na drát, Ebenzange.
— pobíjecí, Beschlagzange.
— špičaté na drát, Spitzzange.
— štípací, Reißzange.
— štípací ševcovské, Schusterbeißzange.
— vytrhovací, Reißzange.
klí animy, Anime.
— panaxové, Panax.
— pružné, Gummi elastikum.
— rybí neb vyzí, Hausenblase.
— sirnaté, Asphalt.
— třešňové neb višňové, Kirschharz.
— zemské, Asphalt.
— židovské, Asphalt.
klíč k šroubovadlu, Schraubbeckschlüssel.
— šroubovní, Schraubenschlüssel.
klíček k hodinkám, Uhrschlüssel.
klih, Leim.
— bílý, Leim, weißer.
— černý, Leim, schwarzer.
— kolínský, Leim, kölner.
— koňský, Zebragallerte.
— kostní, Knochengallerte.
— moravský, Leim, mährischer.
— nahnědlý, Leim, lichtbrauner.

klih nažloutlý, Leim, lichtgelber.
— pargamenový, Pergamentleim.
— římský, Mastix.
— rostlinný, Pflanzenleim.
— ruský, Leim, russischer.
— vyzí, Mundleim.
— zebrový, Zebragallerte.
— zlatový, Goldleim.
— z oslí kůže, Zebragallerte.
klihovina bílá, Gelatine, weiße.
— červená, Gelatine, rothe.
— hnědá, Gelatine, braune.
klihovka, Kollodium.
klika, Drücker.
— pakfongová, Drücker von Pakfong.
— rohová, Drücker von Horn.
— skleněná, Drücker von Glas.
— šroubovní, Schraubenschlüssel.
— z dřeva hebenového, Drücker von Ebenholz.
— ze slonové kosti, Drücker von Elfenbein.
klikvy, Moosbeer n.
klín, Holzschaar.
— dřevoštěpní, Holzkeil.
— kamenný, Steinkeil.
klinopad, Weichdost.
kloboučky, Sinau.
— kopaivové, Kopaivokapseln.
— s rybím tukem lékařským, Kapseln mit Leberthran.
— s výtahem cievárovým, Kapseln mit Wurmsamenextrakt.
— s výtahem kubébovým, Kapseln mit Kubebenextrakt.
— šclatinové prázné, Gelatinkapseln.
klobouk na cukr, Zuckerform.
— plstěný, Filzhut.
klokočky, Pistazien.
kloub do okenice, Fensterkleben.
— pozlacovačský, Vergolderkleben.
— zapřahovací, Einspannglehen.
klovatina arabská, Arabisches Gummi.
klovatina arabská bílá vybraná, A. G. weißes elegirtes.
— — naturální, A. G. naturelles.
— — prostřední, A. G. mittleres.
— — vinožlutá, A. G. weingelbes.
— — zrnitá, Fabriksgummi.
— barbarská, Gummi, barbarisches.
— bassorská, Bassoragummi.
— džedská Geddagummi.
— embavi, Embavigummi.
— mogadorská, Mogadorgummi.
— sassa, Sassagummi.
— senegalská, Senegalgummi.
— suakinská, Suakingummi.
— východoindická, Gummi, ostindisches.
klub, Triebel.
kluběnka uzlitá, Knaulgras.
klučovnice, Stockhaue.
kly mrožové, Seepferdzähne.
— slonové, Elefantenzähne.
— vepřové, Schweinszähne.
kment, Battist.
kmín černý, Kümmel, schwarzer.
— horský, Bergkümmel.
— luční, Kümmel.
— panský lesní čili bílý, Ammeisamen.
— římský, dlouhý neb krámský, Kümmel, römischer.
— koňský franconzský, Bergseselsamen.
— vodní, Wasserfenchel.
kmínka, Kümmelwasser.
— dvojlíhová ruská, Doppelkümmelwasser, russisches.
kmínovka, Kümmelbranntwein.
knastr, Tabak Kanasta.
knejp ševcovský, Schusterkneif.
knížka na krasopis, Schönschreibebuch.
— na psaní nápovědní, Diktandeschreibebuch.
knoflík k tažizvonu, Glockenzugknopf.

knoflík přitahovací ke dveřím, Thürenzuziehknopf.
— přitahovací na okno, Fensterzuziehknopf.
knoflíky, Knöpfe.
— dřevené potažené nitěmi, hedvábím, vlnou a p., Knöpfe, hölzerne mit Zwirn, Seide, Wolle oder Ähnlichem überzogen.
— kostěné, Knöpfe, beinerne.
— nitěné, Zwirnknöpfe.
— perleťové, Perlmutterknöpfe.
— platované, Knöpfe, plattirte.
— postříbřené, Knöpfe, versilberte.
— pozlacené, Knöpfe, vergoldete.
— rohové, Knöpfe, hörnerne.
— skleněné, Glasknöpfe.
knoták, Pferdekamm.
kňovatka, Stockhacke.
knot argandský, Docht, argandischer.
— lampový, Lampendocht.
knotník, Lichtputz.
koak, koks, Koaks.
kobalt, Kobalt.
kocanka, Amberkraut.
kocour, Grundhobel.
kocourek, Hohlhobel.
kocurník, Katzenmünze.
kočičina, Katzenfell.
kočinel č. kočenil, Kochenille, schwarze.
— český, Kochenillekäfer.
— stříbrošedý, Kochenille, silbergraue.
kodein, Kodein.
kodýmky, Ofenröste mit Rahmen.
kokcinela, Kochenille.
kokkulin, Pikrotoxin.
kokony, Kokons.
kokorňák, Osterluzeikraut.
kokos, Kokosnuß.
kokoška, Hirtentasche.
kokotice, Flachsseide.
— menší, Thymseide, kretische.
koláč električný, Elektrophor.
koláčky cukrové, Zuckerzeltlein.
— pro červy, Wurmzeltchen.
kolčavičina, Wieselfell.
kolečko lehké, Scheibtruhe, leichte.
— malé, Scheibtruhe, kleine.
— nadsilné, Scheibtruhe, extrastarke.
— okované, Scheibtruhe, beschlagene.
— velké, Scheibtruhe, große.
kolenec obrovský, Riesenspergel.
— rolní, Ackerspergel.
kolchicin, Kolchizin.
koliandr římský, Kümmel, schwarzer.
kolík branní, Eggezinke.
kolkotar, Kolkothar.
kollodium, Kollodium.
kolník, Steckrübe.
kolocyntin, Kolocynthin.
kolokvintidy, kolokvinty, Koloquinten.
kolomaz patentní belgická, Patentwagenfett, belgisches.
kolovrátek, Brustleier.
kolumbin, Kolumbin.
komínka modrá, Ägyptenkraut.
— žlutá, Melilote.
komonice lékařská čili česká, Melilote.
— modrá, Ägyptenkraut.
komposice cínová, Zinnkomposition.
koňák, Kognac.
koňáky, Pferdebohnen.
kondrlík, Gundelrebe.
koniin, Koniin.
koniklec, Küchenschellenkraut.
koniklecovina, Anemonin.
konina, Roßhaut.
— dubená Roßleder, lohgares.
konítrud, Gnadenkraut.
konopěnec, Alpkraut.
konopí provaznické boloňské, Seilerhanf, Bologneser.
— ševcovské, Schusterhanf.
konopice, Hanfnesselkraut.
kontryhel čili kondolík, Sinau.
kopáč hnojní, Dunggreif.
kopačka, Breithaue.
kopál africký, Kopal, afrikanischer.

kopál angolský, Kopal, Angola.
— australský, Kopal, australischer.
— benguelská, Kopal, Benguela.
— manillský, Kopal, Manilla.
— salemský, Kopal, Salem.
— sierraleonský, Kopal, Sierra-Leona.
— vozní, Wagengummi.
— východoindský, Kopal, ostindischer.
— zangibarský, Kopal, Zangibar.
— západoindský, Kopal, westindischer.
— životní, Leibgummi.
kopalesia, Kopalesienrinde.
kopalke, Kopalchenrinde.
kopet, kopt, Kienruß.
kopice menší, Spitzwegerich.
kopisť, Spatel, länglicher.
kopr český, Dill.
— vlaský, římský čili sladký, Fenchel.
kopřiva, Brennessel.
— lesní, Hülsenblätter.
— mrtvá čili hluchá, Taubnessel.
— mrtvá žlutá, Taubnessel, gelbe.
— uherská, žlutá čili pichlavá, Hanfnesselkraut.
kopřivník, Flachsseide.
kopt lesklý, Glanzruß.
— v putničkách, Flammruß in Bütteln.
kopvy, Koloquinten.
kopytníkovina, Asarin.
kopyto koňské, Huflattig.
koral bílý, Korall, weißer.
— červený, Korall, rother.
koralina, Korallenflechte.
kořalička, Schnapps.
kořalka, Branntwein.
— anýzová, Anisbranntwein.
— broskvová, Pfirsichbranntwein.
— francouzská neb francká, Franzbranntwein.
— hořká anglická, Englischbitter.
— hořká heřmánková, Kamillenbitter.
kořalka hořká ruská, Russischbitter.
— hořká španělská, Spanischbitter.
— jalovcová, Wachholderbranntwein.
— kalmusová, Kalmusbranntwein.
— kdoulová, Quittenbranntwein.
— kmínová, Kümmelbranntwein.
— koňacká, Kognak.
— mlátová, Träberbranntwein.
— pelunková, Wermuthbranntwein.
— perlová, Perlenbranntwein.
— puškvorcová, Kalmusbranntwein.
— rejžová, Arak.
— rýnská, Branntwein, rheinischer.
— samožitná, Kornbranntwein.
— slívová, Pflaumengeist.
— třešňová, Kirschbranntwein.
— vinná, Kognak.
— višňová, Weichselbranntwein.
korálky jantarové, Bastardkorallen.
— skleněné, Glaskorallen.
— zubové, Gichtrosensamen.
korály, Korallen.
kordle, Kordeln.
kordovan, kordoban, Korduan.
— lesklý, Glanzcorduan.
korek, Korkholz.
— nečervivělý, Korkholz, nicht wurmstichiges.
kořen agaveový, Agavewurzel.
— akantový, Krampfdistelwurzel.
— alantový, Alantwurzel.
— alrounový, Alraunwurzel.
— andělkový, Nieswurzel, schwarze.
— andělský, anjelikový čili archanjelikový, Angelikawurzel.
— apichu bahního, Wassereppichwurzel.
— apichu velikého, Liebstöckelwurzel.
— arcislézový, Sinauwurzel.
— aronové brady, Aronwurzel.
— babíkrovkový, Weißwurzel.
— babky vodní, Froschlöffel.

kořen bádelový, Weberdistelwurzel.
— bedrníkový, Becherblumenwurzel.
— bedrníku menšího, Bibernell, weißer.
— bedrníku vlaského, Bibernell, schwarzer.
— beenu červeného, Behenwurzel, rothe.
— benediktový, Benediktenwurzel.
— bezlístkový, Schuppenwurzel.
— bezoarový, Bezoarwurzel.
— bodláku planého, Eberwurzel.
— bodláku vysokého, Mannstreu.
— bramboříkový, Erdscheibe.
— brotcový, Krapp.
— burákový, Runkelrübe.
— byliny hřebíčkové, Benediktenwurzel.
— byliny zubové, Schuppenwurzel.
— celidonový, Schellkrautwurzel.
— celníkový, Beinwell.
— cevníkový, Blumenrohrwurzel.
— cibulový, Zwiebel.
— cikorkový, Zichorienwurzel.
— citvarový dlouhý, Zittwer, langer.
— citvarový kulatý, Zittwer, runder.
— čekankový, Zichorienwurzel.
— čeměřice bílé, Nieswurzel, weiße.
— čemeřice černé, Nieswurzel, schwarze.
— čemerkový, Nieswurzel, schwarze.
— černobýlový, Beifußwurzel.
— černoposedový, Zaunrübe.
— černý, Skorzonerenwurzel.
— čertkusový, Teufelsabbißwurzel.
— čertova žebra, Farrnkrautwurzel.
— červenkový, Nieswurzel, schwarze.
— červený neb červenicový, Alkannewurzel, falsche.
— česneku hadího, Allermannsharnisch, langer.
— čínský hořký, Chynulenwurzel.
— čokkový, Tschekkewurzel.

kořen ďáblíkový, Pethoswurzel.
— ďáblova kusu, Teufelsabbißwurzel.
— daru božího, Mannstreu.
— devaterníkový, Allermannsharnisch, langer.
— devatero odění, Allermannsharnisch, langer.
— devatero odění modrého, Allermannsharnisch, runder.
— devětsilový, Huflattigwurzel.
— devětsilu velkého, Pestilenzwurzel.
— dosnový, Blumenrohrwurzel.
— drápačový, Weberdistelwurzel.
— dřenkový, Pästinakwurzel.
— ďubankový, Tarantwurzel.
— durkomanový, Kropfklettenwurzel.
— dyptamový, Diptam.
— dyptamu kretského, Desten, kretischer.
— ďáblíku vodního, Drachenwurzel.
— elleboru bílého, Nieswurzel, weiße.
— elleboru černého, Nieswurzel, schwarze.
— elleboru českého, Nieswurzel, falsche.
— fenyklový, Fenchelwurzel.
— fialkový, Vielenwurzel, florentiner.
— fíkový, Vielenwurzel, florentiner.
— galganový, Galgant.
— haděnčí, Natterkopfwurzel.
— hadí, hadinčí čili hadovči, Natterkuetterigwurzel.
— hadí indický, Schlangenwurzel, indische.
— hadímordový, Skorzonerewurzel.
— hadovkový, Schlangenwurzel, indische.
— hadovníkový, Allermannsharnisch, langer.
— haluchový, Nebendeldenwurzel.

kořen hladýše archangelského, Panaxlaserwurzel.
— hladýše obecného, Berglaserwurzel.
— hladýšový, Enzian, weißer.
— hlavy hadí, Natterkopfwurzel.
— hlízní, Teufelsabbißwurzel.
— hněvu babího, Hauhechel.
— hnízda ptačího čili čápího, Möhre, wilde.
— hořce potočního, Tarantwurzel.
— hořcový neb, hořký, Enzian.
— hořcový menší, Kreuzenzianwurzel.
— hořcový modrý, Lungenenzianwurzel.
— hřebíčkový, Benediktenwurzel.
— husy čapaté, Natterknötterigwurzel.
— hvězdošový, Sinauwurzel.
— hvězdovkový, Astrantie.
— chlupáčku většího, Habichtskrautwurzel.
— chochorbitcový, Kalla.
— chřestový, Spargelwurzel.
— chylanu čemového, Lobelienwurzel.
— chynový, Chinawurzel, orientalische.
— ibiškový, Altheewurzel.
— jaborandi, Jaborandiwurzel.
— jahodový, Erdbeerenwurzel.
— jalapový bílý, Mechoakannawurzel.
— jalapový černý, Jalappenwurzel, schwarze.
— janoklikový, Angelikawurzel.
— jarlínový, Schnurrwurzel.
— jarmankový, Astrantie.
— jarvový, Elsenich.
— jazyku hadího, Pfeilwurzel.
— jazyku volového, Ochsenzungenwurzel.
— jedhojový, Giftheil.
— jehlice vlaské, Mausdorn.
— jehličí, Hauhechel.

kořen jelení, Haarstrang.
— jelení bílý neb větší, Enzian, weißer.
— jelení černý, Bergpetersilienwurzel.
— jesenový neb jesencový, Diptam.
— ještěrový, Pothoswurzel.
— jitrocele vodního, Froschlöffel.
— jitrocélový, Wegerigwurzel.
— kaapébový, Caapebawurzel.
— kamzíkový neb kamzičníkový, Gemswurzel.
— kapradový, Farrnkrautwurzel.
— kardusu planého, Eberwurzel.
— kavasový, Teufelsabbißwurzel.
— klasu zámořského, Spick, indischer.
— kokoříku menšího, Weißwurzel.
— kokorňákový, Weißwurzel.
— kokorňáku dlouhého, Osterluzeiwurzel, lange.
— kokorňáku okrouhlého, Osterluzeiwurzel, runde.
— kollinsonový, Kollinsonienwurzel.
— kolombový čili kolumbový, Kolumbawurzel.
— kolotočový, Bertram.
— kolovratcový neb kolovratce cypřišového, Wolfsmilch, kleine.
— konítrudový, Gnadenkrautwurzel.
— konopáčový, Zahnwurzel.
— konopěncový, Alpkrautwurzel.
— kontrajervový, Bezoarwurzel.
— kontryhelový čili kondolikový, Sinauwurzel.
— kopíčkový, Affodill.
— koprníkový, Bärenfenchel.
— kopru sviňského, Haarstrangwurzel.
— kopyta koňského, Huflattigwurzel.
— kopyta koňského většího, Pestilenzwurzel.
— kopytníkový čili kopidlenový, Haselwurzel, europäische.
— koromačový, Silaufenchelwurzel.
— kosáčový, Ankerwurzel.

kořen kosatce florentinského, Veilchenwurzel florentiner.
— kosatce obecného, Veilchenwurzel, gemeine.
— kosatce vodního čili žlutého, Ankerwurzel.
— kostivalový, Beinwell.
— kostu hořkého, Kostwurz, bitterer.
— kostu sladkého, Kostwurz, süßer.
— kotačkový, Mannstreu.
— koukolový, Kornradewurzel.
— kozelčí, Skorzenerewurzel.
— kozí brádky, Bocksbart.
— kozího cecku menšího, Zichorienwurzel.
— kozince bezprutého, Traganthwurzel.
— kozlíku menšího, Baldrian, kleiner.
— kozlíku většího, Baldrian, großer.
— krasovláskový, Eberwurzel.
— křížkový, Kreuzblumenwurzel.
— kuěmerkový, Giftheil.
— květu křížového, Kreuzblumenwurzel.
— kyčelnicový, Zahnwurzel.
— kýchavice bílé, Nieswurzel, weiße.
— kýchavky černé, Nieswurzel, schwarze.
— lebedníkový, Guter Heinrichswurzel.
— leknový, Seerosenwurzel.
— lekořicový, Süßholz, gemeines.
— lekořky černé, Nieswurzel, schwarze.
— libečkový, Liebstöckelwurzel.
— libečku jelenního, Hirschwurzel.
— lilium modrého, Veilenwurzel, gemeine.
— lilium vodního, Ankerwurzel.
— lilku většího, Tollwurzel.
— limonkový čili limoncový, Behenwurzel, rothe.
— lobazový, Bocksbart.
kořen lomikamenový, Steinbrechwurzel.
— lopezový, Lopezwurzel.
— lopuchový, Klettenwurzel.
— lupenu menšího, Kropfklettenwurzel.
— lupenu většího, hořkého neb širokého, Klettenwurzel.
— máčkový, Mannstreu.
— máku slepého, Nieswurzel, falsche.
— mandragorský, Alraunwurzel.
— manihotový, Manihokwurzel.
— mařenkový neb mořenový, Krapp.
— máselníkový, Diptam.
— mečíkový, Allermannsharnisch, runder.
— miříkový, Wasserepichwurzel.
— mistrův, Meisterwurzel.
— mlíčový, Löwenzahnwurzel.
— mníšku dobrého, Giftheil.
— moringový, Moringawurzel.
— mudarový, Mudarwurzel.
— mydlicový čili mydlový, Seifenwurzel.
— myrtu lesního, Mausdorn.
— nadráhulový, Arenwurzel.
— nardu indického, Spick, indischer.
— nardusu lesního čili horního, Haselwurzel, europäische.
— nátržníkový, Blutwurzel.
— nedvědí, Bärenfenchel.
— něnnicový, Tollwurzel.
— oka zaječího, Benediktenwurzel.
— olesníkový, Möhre, wilde.
— olešníkový, Bergpetersiliewurzel.
— ománkový, Alantwurzel.
— omylníkový, Haselwurzel, europäische.
— opletníku plotního, Zaunwindenwurzel.
— osechový, Zaunrübe.
— osladičový, Engelsüß.
— ostu hvězdného, Calcitrapewurzel.

kořen otáčkový, Zaunwindenwurzel.
— paldranový, Baldrian, kleiner.
— pampuliškový, Löwenzahnwurzel.
— pánenský, Zaunrübenwurzel, schwarze.
— papradový, Farrnkrautwurzel.
— pariparabový, Pariparabowurzel.
— paštrnákový, Pastinakwurzel.
— peltramový neb pertramový, Bertram.
— pertrámu římského, Bertram, römischer.
— pepře sítkovaného, Jaborandiwurzel.
— pětilístkový neb pětiprstkový, Fingerkrautwurzel.
— pětiprsticový, Kreuzblumenwurzel.
— petružele macedonské, Smyrnenkrautwurzel.
— petruželový, Peterlingwurzel.
— pilátu lékařského, Ochsenzungenwurzel.
— pivoňkový, Gichtrosenwurzel.
— pížmový, Sumbulwurzel.
— pletichový, Grindwurzel.
— plchoplodový, Mudarwurzel.
— podbělový, Huflattigwurzel.
— podbílkový, Schuppenwurzel.
— podezřoňový, Königsfarrnwurzel.
— podkovkový, Huflattigwurzel.
— podražce dlouhého, Osterluzeiwurzel, lange.
— podražce hadího čili virginského, Schlangenosterluzei.
— podražce okrouhlého, Osterluzeiwurzel, runde.
— podražníkový, Zichorienwurzel.
— pokřínový, Alraunwurzel.
— popelníkový, Aschenkrautwurzel.
— posedový, Zaunrübe.
— posedu černého, Jungfernwurzel.
— postopčákový, Kemptonienwurzel.
— povízelkový, Grieswurzel.

kořen povízelky vaječnolisté, Unzenehrenwurzel.
— přetržníkový, Blutwurzel.
— prostřelencový, Kreuzenzianwurzel.
— prsní, Kalmus.
— pryšce chvojky, Wolfsmilch, kleine.
— psího jazyku, Hundszungenwurzel.
— psího zubu, Hundszahn.
— ptačí nohy, Vogelsfußwurzel.
— pupalkový, Nachtkerze.
— pupavy bílé, Eberwurzel.
— prhový, Bergwohlverleiwurzel.
— pupencový, Alraunwurzel.
— puškvorcový, Kalmus.
— puškvorcový ocukrovaný, Kalmus, überzuckerter.
— puškvorcový oloupaný, Kalmus, geschälter.
— puškvorcový syrový, Kalmus, roher.
— pýrový, Queckenwurzel.
— pýřový neb pýřavkový červený, Karex.
— ranocélový, Wegerigwurzel.
— ratanhiový, Ratanhiawurzel.
— řbuchanový, Mannstreu.
— řepíku věčšího, Klettenwurzel.
— řepy plané, Rapunzel.
— réví vlaského, Saffaparille.
— rozchodníku růžového, Rosenwurzel.
— rozponkový, Rapunzenglockenblumenwurzel.
— rulíkový, Tollwurzel.
— růže narcisové, Hermodatteln.
— růže vodní, Seerosenwurzel.
— růžičky polní, Nieswurzel, falsche.
— růžový, Rosenwurzel.
— sedlákový, Zuckerwurz.
— senegový, Senegaramsel.
— sítí květného, Blumenbinsenwurzel.
— sítiny rozestřené, Flatterbinsenwurzel.

kořen skorocélový, Wegerichwurzel.
— sladký, Süßholz, gemeines.
— sladovcový, Engelsüß.
— slézu vysokého, Altheewurzel.
— smetaníkový, Schuppenwurzel.
— smetankový, Löwenzahnwurzel.
— smldincový, Zaunrübenwurzel, schwarze.
— smldnikový, Haarstrang.
— smyrnový, Smyrnenkrautwurzel.
— srní, Hirschwurzel.
— srpkový, Farbedistelwurzel.
— stříbrníkový, Gänsekrautwurzel.
— střílovkový, Pfeilwurzel.
— stulíkový, Seerosenwurzel.
— sumbulový, Sumbulwurzel.
— svalníku věčšího, Beinwell.
— svatého Jana tváře, Aronwurzel.
— sviňský, Braunwurzel.
— svlačce většího, Zaunwindenwurzel.
— šartu mydlicového, Seifenwurzel, levantiner.
— šípenkový, Pfeilwurzel.
— šišvorcový, Kalmus.
— šmelový, Blumenbinsenwurzel.
— šoluchový, Bezoarwurzel.
— šparglový, Spargelwurzel.
— špiky lesní, Haselwurzel, europäische.
— šřípiny jezerní, Sumpfbinsenwurzel.
— štětkový, Weberdistelwurzel.
— štětky lesní neb plané, Kardendistel.
— šťovíkový, Sauerampferwurzel.
— šťovíku horního, Alpengrindwurzel.
— šťovíku koňského, Grindwurzel.
— šťovíku vodního, Wasserampferwurzel.
— šťovíku žlutého, Geduldampferwurzel.
— šupinový, Schuppenwurzel.
— ternachový, Ternachawurzel.
— timakový, Timakwurzel.

kořen toješťový, Hundskehlwurzel, venetianische.
— tojtový, Mannstreu.
— tolitový, Schwalbenwurzel.
— totenový, Bibernell, schwarzer.
— trahokový, Bertram.
— trávy hořké, Nieswurzel, falsche.
— třebníkový, Bibernell, weißer.
— třevdavový neb třemdalový, Diptam.
— trní kozlového, Tragantwurzel.
— trnu myšího, Mäusedorn.
— trojpeckový, Beinsamenwurzel.
— tromínu černého, Smyrnenkrautwurzel.
— trubilový, Krampfdistelwurzel.
— turbítový, Turbitwindenwurzel.
— tuřice piskové, Karex.
— tužebníkový čili třebníkový, Filipendelwedelwurzel.
— ušicový, Pfeilwurzel.
— užankový, Hundszungenwurzel.
— užovníkový, Natterknötterigwurzel.
— vaikouri, Waikwurzel.
— větrníkový, Mannstreu.
— víry mužské, Mannstreu.
— vítodový, Kreuzblumenwurzel.
— vlašťovičníkový, Schwalbenwurzel.
— vlašťovičníku většího, Schellkrautwurzel.
— vlčí, Giftheil.
— vlstkový, Liebstöckelwurzel.
— volového jazyku červeného, Alkannewurzel, falsche.
— voňavý, Eberwurzel.
— vstavače menšího, Kreuzblumenwurzel.
— všedobrový, Guter Heinrichwurzel.
— všedobru horního, Meisterwurzel.
— všehojový, Ginseng.
— zajícový, Haselwurzel, europäische.
— záplotníkový, Zaunrübe.
— zelí královského, Mannstreu.
— zervový, Rapunzel.

kořen zmijovcový, Ehypulenwurzel.
— zmincový, Aronwurzel.
— zlatohlavový, Affodill.
— zubový, Zahnwurzel.
— zubu babího, Schuppenwurzel.
— žábníkový, Froschlöffel.
— žádavový, Sinauwurzel.
koření barvířské, Waid.
— božcové, Waldmeister.
— černé, Nieswurzel, schwarze.
— černé falešné, Nieswurzel, falsche.
— červené, Krapp.
— divoké, Königskerze.
— sv. Ducha, Angelikawurzel, Nieswurzel, schwarze.
— hlízní, Braunwurzel.
— hromové, Spargel.
— hvězdičkové, Sternanis.
— kejlové, Donnerbart.
— královské, Alpkrautwurzel.
— krámské, Gewürznelken.
— kravské, Kuhgewürz.
— křížové, Baldgreis.
— krtičné, Braunwurzel.
— krvavé menší, Becherblumenwurzel.
— krvavé čili krevní větší, Bibernell, schwarzer.
— májové, Schellkrautwurzel.
— mateřské, Mutterkraut.
— neštovičné, Braunwurzel.
— nové, Piment.
— paví, Bitterling.
— sv. Petra, Teufelabbißwurzel.
— postřelené, Harthen.
— přímětové neb přímětné, Baldgreis.
— přítržné, Ehrenpreis.
— pro krávy, Kuhgewürz.
— průtržné, Donnerbart.
— ranné, Alpkrautwurzel.
— roupové, Hahnenfuß.
— rozchodníkové, Donnerbart.
— sedmilístkové, Blutwurzel.
— srdečné, Dreifaltigkeitskraut.
— svaté, Küchenschellenkraut.

koření sv. Petra, Glaskraut.
— šípové, Pfeilwurzel.
— šlakové, Bergwolverleiwurzel.
— tisícerové, Tausendguldenkraut.
— tržné, Blutwurzel.
— tvrdé, Weiderich, gelber.
— sv. Valentina, Pfeilwurzel.
— vlasové, Frauenhaar.
— vonné, Zimmt, weißer.
— všecko, Ammeisamen.
— zájemné, Habichtskrautwurzel.
— zámořské, Sassaparille.
— ženské, Beifußwurzel.
— žilové, Egelkraut.
kořínky cukrové, Zuckerwurz.
— drnové, Karex.
korka, Korkholz.
korkovrt, Korkbohrer.
koromač, Silausenchelkraut.
korsačina, Steppenfuchsfell.
kortusa, Bergsanikel.
koryandr, Koriander.
— ocukrovaný, Koriander, kandirter.
kosa, Sense.
— hrabičná, Sense zur Gestellsense.
— na řezanku, Strohmesser.
— obilní, Getreidesense.
— pídní, Sense, spannige.
— ruční, Sense, händige.
— trávní čili senní, Grassense.
kosiště, Sensengerüst.
kosmáček, Habichtskraut.
kosmatec, Eispflanze.
kosso, Kossoblüthen.
kost hořký, Kostwurz, bitterer.
— sladký, Kostwurz, süßer.
kosť pálená bílá, Elfenbein, gebranntes weißes.
— pálená, Beinschwarz.
— pálená mletá, Beinschwarz, gemahlenes.
— sepijová, Fischbein, weißes.
— slonová, Elfenbein.
— slonová rostlinná, Karozzanüsse.
kostice, Fischbein.

kostice bílá, Fischbein, weißes.
kostičky hadí, Viperknochen.
kostičnan *v.* fosforečnan.
— draselnatý, Kali, phosphorsaures.
kostrounek, Bärentraube.
kostík, Phosphor.
— amorfický čili červený, Phosphor, amorpher.
kostláky, Steinnüsse.
kostřava ovčí, Schafschwingel.
košík k hašení, Löschkorb.
— konopní na hašení ohně, Feuerlöschhanfkorb.
— — dvojitý, Feuerlöschhanfkorb, doppelter.
— — jednoduchý, Feuerlöschhanfkorb, einfacher.
— — se čberem, Feuerlöschhanfkorb mit Kübel.
— — s kotlem, Feuerlöschhanfkorb mit Kessel.
koště rýžové, Reisbesen.
kotel odpařovací, Abdampfkessel.
kotlíček na klih, Leimtiegel.
kotouč podkladní, Unterlagsscheibe.
kotoučky cukrové barvené, Brustkuchen, bunte.
— ledkové, Salpeterküchelchen.
— peprnomátové, Pfeffermünzzelteln.
— santoninové, Santonintabletten.
kotvice, Stachelnuß.
— zemská, Burzeldorn.
kotvičky, Knoppern.
koudel, Werg.
koukol, Kornrade.
koule mydlové, Seifenkugeln.
koumár, Tuch, graues.
koutník, Winkelhaken.
kovadlo kovářské, Amboß für Schmiede.
— zámečnické, Amboß für Schlosser.
kování na chomout, Kummetbeschläge.
— — hladké, K. glatte.
— — s koníčkem, K. mit Rössel.
kování na okenici, Spalletbettschlag.
— na okno, Fensterbeschlag.
— na válec k záslonám, Rouleaubeschlag.
— na vyhlídku (špehýrek), Luftflügelbeschlag.
— rohovní obyčejné na dvou- neb čtyrkřídlové okno, Scheinhakenbeschlag ordinärer zu zwei- und vierflügeligem Fenster.
kozí nohy, Geißfüße.
— nadhnuté, G. aufgeworfene.
kozalec, Kaisersalat.
kozičky, Hollunderbeeren.
kozinka, Ziegenfell.
kozlovice, Ziegenfell.
kožišek hranostajový, Hermelinfell.
kožka kolčavky bílé, Hermelinfell.
— kozlecí, Zickelfell.
— norčí, Nerzfell.
krace, Breithaue.
— senní, Heukratze.
kraják ševcovský, Schusterkneif.
krajky hedvábné, Seidenspitzen.
— kordlové, Kordelnspitzen.
— šenilové, Chenillenblonden.
— pletené, Spitzen, geklöppelte.
— šité, Spitzen, genähte.
— tkané, Spitzen, gewirkte.
král antimónový lékařský, Spießglanzkönig, medizinischer.
králičina, Kaninchenfell.
krample, Putzkamm.
— na vlnu, Wollkrampe.
křapáče, Wallnüsse.
krásohled, Kaleidoskop.
krasovlásek, Kardobenedikten.
kraš, Serviettenleinwand, russische.
kravák, Stechapfelkraut.
kravina, Kuhhaut.
— juchtová černá, Juchtenkuhleder, schwarzes.
— hnědá, Kuhleder, braunes.
— těžká nepromočitelná, Kuhleder, schweres wasserdichtes.

krbec, Wetzgimpf.
kreditorka, Gros de Naples.
křeman cirkonitý přirozený, Zirkon.
— draselnatý, Kali, kieselsaures trockenes.
— draselnatý rozpuštěný, Kali, kieselsaures flüssiges.
— sodnatý, Kieselnatron.
— zinečnatý, Zinkoxyd, kieselsaures.
křemík, Kiesel.
krep, Krepe.
křesavec, Feuerstein.
krev dračí hmotná, Drachenblut in Massa.
— dračí roubíková, Drachenblut in Stangen.
— dračí tabulní, Drachenblut in Tafeln.
— dračí v kotoučích, Drachenblut in Kuchen.
— dračí v lýčí, Drachenblut in Bast.
— dračí zrnitá, Drachenblut in Körnern.
— hořká, Wasserschierling.
— střebí, Becherblume.
krevel vláknitý, Blutstein.
křen, Meerrettig.
kreosot, Kreosot.
krevníček, Harthen.
křída bílá, Kreide.
— boloňská, Kreide, bolognesser.
— černá, Kreide, schwarze.
— dánská, Kreide, dänische.
— horská, Bergkreide.
— k cídění, Putzkreide.
— kolínská, Kreide, kölnische.
— krejčovská, Speckstein.
— olovná, Bleioxyd, kohlensaures.
— plavená, Kreide, geschlemmte.
— řezaná v roubíčkách, Kreide in Stangen.
— španělská, Speckstein.
— v kusech, Kreide in Stücken.
— vlaská, Kreide, vicentiner.
— vojenská, Militärputzkreide.

křivule, Retorte.
kříž, Kreuzaxt.
— náhrobní, Grabkreuz.
křížek, Harthen.
křížky jelení, Hirschkreuze.
křížovka hořká pilnovská, Bitterbrunn, Püllnaer.
— mariánská čili z mariánských lázní, Kreuzbrunn, Marienbader.
krkovice, Halsfell.
kroasé bavlněné, Croisée, baumwollene.
— hedvábné, Croisée, seidene.
kroceň klasatý, Federkraut.
krojidlo, Pflugeisen.
krokvice, Schrotwage.
kropáček, Schlüsselblumenkraut.
kroupy indické, Sago, ostindischer.
— ječné, Gerstengraupen.
kroužek ohlavní, Halfterring.
— oponový, Vorhangringel.
— terčovní, Scheibenring.
krtičník, Braunwurzel.
— menší, Hahnenfuß.
křtinec, Taufstein.
kručinka, Färberginster.
kruhlák, Rundstabhobel.
krumple, Kartoffel.
krupice, Grieß.
dětská, Kindergries.
— mannová, Mannagrütze.
— ovesná, Hafergrütze.
— zblochanová, Mannagrütze.
krupky perlové, Perlgraupen.
krusíček, Ringelblume.
krušinky, Faulbaumbeeren.
kružidlo, Zirkel.
krvavec, Becherblume.
krvavnice, Weiderich, rother.
krvavník, Blutstein.
— menší, Hahnenfuß.
krymza, Augenstein.
krystaly barytové, Ätzbaryt, krystallisirter.
— natronové, Soda, krystallisirte.
— olovné, Bleioxyd, salpetersaures.

krystaly sódové, Soda, krystallisirte.
kubebovina, Kubebin.
kubeby, Kubeben.
kudbear, kudber, Persio.
kučeračka, Krausemünze.
kudla, Taschenmesser.
kudlička, Winzerl.
kudravec, Jesuitenthee.
kudrmelík, Gundelrebe.
kukuřice, Mais.
kulčibiny, Brechnüsse.
kulčibovina, Strychnin.
kuličky bólové červené, Bolus, rother in Kugeln.
— cídicí, Fleckkugeln.
— gummové čili klovatinné, Gummikugeln.
— lakové, Kugellack.
— muškátové, Mazisnüsse.
— na škvrny, Fleckkugeln.
— tartarové železité, Eisenweinsteinkugeln.
— tryplové, Trippel in Kugeln.
— ultramarinové, Ultramarinkugeln.
— železité, Eisenweinsteinkugeln.
kumáč, Kumatsch.
kumarin, Kommarin.
kupres, Zypressenkraut.
kůra alkornoková, Alkornoquerinde.
— alstonová, Alstonienrinde.
— ambroňová, Thymianrinde.
— anjelinská, Angelinrinde.
— araliová, Aralienrinde.
— autourová, Auteurrinde.
— badyanová, Sternanisrinde.
— bahobabová, Affenbaumrinde.
— barbatimská, Rinde von Barbatimao.
— bélahéová, Bélahérinde.
— berbeeru, Berbeerurinde.
— bobkovnicová, Oleanderrinde.
— borovicová mořská, Meerkieferrinde.
— břeslencová, Juribalirinde.
— břestová, Ulmenrinde.
— břestovcová, Zürgelbaumrinde.
kůra buková, Buchenrinde.
— buksová, Buchsrinde.
— citronová, Zitronenschalen.
— čermuchová, Ahlkirschenrinde.
— dlouhocévková, Bélahérinde.
— dřeva hadího, Timorrinde.
— dřišťalová, Berberisrinde.
— dubová, Eichenrinde.
— dubu barvířského, Quercitron.
— cukacová, Cukazienrinde.
— fedegosová, Fedegosorinde.
— granaticová, Granatäpfelschalen.
— hlístová jamaická, Wurmrinde.
— hlístová surinamská, Wunderrinde.
— hořkeňová, Fliegenholzrinde.
— hyvová, Palmenweidenrinde.
— chebdová, Attichrinde.
— jablka granatového čili zrnatého, Granatäpfelschalen.
— jadinová, Sandbeerrinde.
— jamaická, Rinde, karibäische.
— jesenová, Eschenrinde.
— jilnová, Ulmenrinde.
— jilmová americká, Salbenrinde.
— jívová, Palmenweidenrinde.
— jubabová, Jubabarinde.
— juremová, Juremarinde.
— juribalová, Juribalirinde.
— kamokorová, Toddalirinde.
— kaparová, Kapperurinde.
— karamatová, Karamatarinde.
— karapová, Karáparinde.
— karybejská, Rinde, karibäische.
— kassie hřebíčkové, Nelkenzimmt.
— kaštanu divokého, Roßkastanienrinde.
— kolherová, Kolherrinde.
— kopalesová, Kopalesienrinde.
— kopalková, Kopalchenrinde.
— koření božcového, Geisblattrinde.
— kořenovníková, Manglebaumrinde.
— kořenu kostového, Kostwurzrinde.

kůra kořenu marhaníkového, Granatäpfelbaumwurzelrinde.
— kořenu ratanhiového, Ratanhiawurzelrinde.
— kostová, Kostwurzrinde.
— kozílistová, Geisblattrinde.
— křehovková, Bruchweidenrinde.
— krušinková, Faulbaumrinde.
— kryptokaryová, Rinde, edle.
— kulčiby hadí, Timerrinde.
— kurasaová, Kurassaoschale.
— kusparová, Augusturarinde.
— kuspová, Kusparinde.
— kvajaková, Franzosenholzrinde.
— kvasiová, Fliegenholzrinde.
— lilijovníková, Tulpenbaumrinde.
— lilium lesního, Geisblattrinde.
— lýkovčí, Kellerhalsrinde.
— maďalová, Roßkastanienrinde.
— magellanská, Winter'sche Rinde.
— magnoliová, Magnolienrinde.
— mahagonová neb mahonová, Mahagonirinde.
— mahagonová senegalská, Cailcederrinde.
— malabarská, Rinde, malabarische.
— malambová, Malamborinde.
— maudlovková, Lorbeerweidenrinde.
— mangostanová, Mangostanrinde.
— masojová, Massoirinde.
— mekambová, Mekamborinde.
— monesiová, Monesiarinde.
— obsitová, Winaadchinarinde.
— okožcová, Sebipirarinde.
— olivová, Ölbaumrinde.
— parabová, Paraberinde.
— paratadlová, Paratadorinde.
— pepřovcová, Mellisrinde.
— pereiriová, Pereirarinde.
— planiková, Sandbeerenrinde.
— pokgerebová, Pokgerebarinde.
— pomorančová, Pomeranzenschalen.
— pichurymová, Pichurimrinde.
— prodary kolcaté, Aralienrinde.

kůra pulasarová, Pulassarrinde.
— pušpanová, Buchsrinde.
— ratanhiová, Ratanhiarinde.
— remijská, Remigienrinde.
— rokytová, Palmenweidenrinde.
— rozpylce granadského, Malamborinde.
— růže bobkové, Oleanderrinde.
— rozpylcová, Winter'sche Rinde.
— sebipirová, Sebipirarinde.
— simarubová, Simarubarinde.
— sintoková, Sintokrinde.
— smrková, Fichtenlohe.
— soluošová, Alstonienrinde.
— sosnová mořská, Meerkieferrinde.
— soymidová, Soymidarinde.
— střemchová, Ahlkirschenrinde.
— svaté Lucie, Luzienrinde.
— svraskavá brasilská, Rinde, brasilianische zusammenziehende.
— šácholanová, Magnolienrinde.
— tamaryšková, Tamariskenrinde.
— tambuchová, Tambuchrinde.
— topolová, Pappelrinde.
— trnková, Schlehendornrinde.
— trpková, Ahlkirschenrinde.
— tymianová, Thymianrinde.
— vinobobová, Mellisrinde.
— vraskounová, Pulassarrinde.
— vrbová, Weidenrinde.
— vrbová křehká, Bruchweidenrinde.
— vrby hořké čili pětimužné, Lorbeerweidenrinde.
— Winterská nepravá, Zimmt, weißer.
— Winterova, Winter'sche Rinde.
— yvová, Palmenweidenrinde.
— zapotilová, Sapotilrinde.
— zimoplodová, Winterbeerrinde.
— zimostrazová, Buchsrinde.
— železného dřeva, Zürgelbaumrinde.
kuřidlo, Rauchpfanne.
kuřimor, Vogelkraut.

kuřímor samec, Hühnerdarm, rother.
kuřínoha, Portulak.
kuřístřevce menší, Vogelkraut.
kurkuma barbadská, Kurkume, Barbados'sche.
— bengálská, Kurkume, bengal'sche.
— čínská, Kurkume, chinesische.
— javanská, Kurkume, javanische.
— madraská, Kurkume, Madras'sche.
kůsle, Schlittschuhe.
kusso, Kossoblüthen.
kůže, Leder.
— anglická, Englischleder.
— atlasová, Atlasleder.
— beránčí neb jelnečí, Lammfell.
— bobří, Biberfell.
— boční, Spritzleder.
— bosňacká, Bosniakenleder.
— bůvolí, Büffelleder.
— býčí, Stierhaut.
— cápovitá, Chagrinleder.
— čertová, Pelo di Diavolo.
— dubená, Leder, lohgares.
— hadí, Viperuhaut.
— hovězí, Rindshäute.
— hříběcí, Tschikalhaut.
— huňatá, Leder, rauhes.
— jelení, Hirschhaut.
— jezevčí, Dachsfell.
— jirchářská, Gärberwolle.
— juchtová, Juchten.
— kamencová, Leder, weißgares.
— kamzíková, Gemsenfell.
— kočičí, Katzenfell.
— kolčavčí, Wieselfell.
— králičková neb králíková, Kaninchenfell.
— kravská, Kuhhaut.
— křečková, Hamsterfell.
— koňská, Roßhaut.
— kozí, Ziegenfell.
— kuní, Marderfell.
— lakovaná, Leder, lackirtes.
— leštěná, Blankleder.
— lisovaná, Leder, gepreßtes.
kůže liščí, Fuchsfell.
— lišky stepné, Steppenfuchsfell.
— marokanská, Saffian.
— na klíh, Leimleder.
— na řemeny, Riemenleder.
— nártová, Fahlleder.
— neholená, Leder, rauhes.
— nepromokavá, Leder, wasserdichtes.
— oslová, Eselshaut.
— ostarková, Rumpfleder.
— ouhoří, Aalhaut.
— ovčí, Schafleder.
— pardalová, Pantherhaut.
— potáplicová, Grebenhaut.
— rybí, Fischhaut.
— rysí, Luchsfell.
— skopová, Schöpsenhaut.
— sobolí, Zobelfell.
— sražená, Leder, genarbtes.
— srnčí, Rehhaut.
— syrová čili nevydělaná, Rohleder.
— špikovaná, Schmierleder.
— štelková tenčí, Brandsohlleder.
— tažná černá, Zughaut, schwarze.
— telecí dubená, Kalbleder, lohgares.
— tlačená, Leder, gepreßtes.
— užovková, Viperuhäute.
— veverčí, Eichhornfell.
— vlčí, Wolfsfell.
— volská, Ochsenhaut.
— vydří čili vydrová, Otterbalg.
— výrostková, Fahlleder.
— zaječí, Hasenbalg.
— zámišová, Sämischleder.
— zdechlinná, Sterblingsleder.
— zhuštěná, Leder, verdichtetes.
— zrnatá, Kernleder.
— žraloková, Haifischhaut.
kůžičky pařížské na hole kulečnı́, Precedées auf Tagos.
kvadrátky, Pfaffenhütchen.
kvaka, Runkelrübe.
kvasidlo octové, Essigferment.

kvasnice tuhé, tlačené čili lisované, Preßhefe.
— vinné, Weinhefe.
kvasiin, Quassiin.
kvercitron, Querzitron.
květ antimónový, Spießglanzblumen.
— artyčoku španělského, Artischockenblumen, spanische.
— bádelový, Weberkardenblumen.
— bělozářkový, Erdspinnenkrautblüthen.
— benzoinový, Benzoesäure.
— betonikový, Betonienblüthen.
— bezový, Hollunderblüthen.
— bezu bílého vonného, Jasminblüthen.
— bezu nízkého čili zemského, Attichblüthen.
— blatouchový, Butterblumenblüthen.
— borákový čili brutnákový, Beretschblüthen.
— boraxový, Boraxsäure.
— broskvový čili břeskvový, Pfirsichblüthen.
— bukvice bílé, Schlüsselblumen.
— bukvicový, Betonienblüthen.
— cikánkový, Masliebchenblüthen.
— cínový, Zinnoxyd.
— čistcový, Leinkrautblüthen.
— ďasíkový, Kobaltblüthe.
— devětsilový, Huflattigblüthen.
— diviznový, Königskerzenblüthen.
— drápačový, Weberkardenblumen.
— dvouzubkový, Zweizahnblumen.
— fialkový čili fiolový, Veilchen.
— fialový žlutý, Geldlack.
— heřmánkový, Kamille, gemeine.
— heřmánku vlaského čili římského, Kamille, edle.
— hole Josefovy, Narzissenblüthen.
— hvozdíkový, Nelkenblüthen.
— chebdový, Attichblüthen.
— chejrový, Geldlack.
— chrpový, Kornblumen.
květ chudobkový, Masliebchenblüthen.
— ibiškový, Altheeblüthen.
— jablka granátového čili zrnatého, Granatäpfelblüthen.
— jasmínu českého, Jasminblüthen.
— jesenkový, Herbstzeitlosenblüthen.
— jantarový, Bernsteinsäure.
— kakuškový, Masliebchenblüthen.
— kalendulový, Ringelblumen.
— karafiatový, Nelkenblüthen.
— kobaltový, Kobaltblüthe.
— konvalinový, Maiblumen.
— kozičkový, Hollunderblüthen.
— krusíčkový, Ringelblumen.
— květelový, Leinkrautblüthen.
— lakový, Geldlack.
— lavandule chocholaté, Stöchasblumen.
— lavendulový, Lavendelblüthen.
— lekna bílého, Seerosenblumen.
— lilium bílého čili lilije bílé, Lilienblüthen, weiße.
— lilium lesního, Geisblattblüthen.
— lilium vodního, Seerosenblumen.
— lípový, Lindenblüthe.
— lnu Matky Boží, Leinkrautblüthen.
— májový, Maiblume.
— máku divokého, vlčího čili planého, Feldmohnblüthen.
— marhaníkový, Granatäpfelblüthen.
— markasitový, Wismuthblumen.
— máslenkový, Butterblumenblüthen.
— matečníku lučního, Herbstzeitlosenblüthen.
— matečníku menšího, Masliebchenblüthen.
— měsíčkový, Ringelblumen.
— modrákový, Kornblumen.
— moudí popova, Herbstzeitlosenblüthen.
— muskátový, Mazis.
— naháčkový, Herbstzeitlosenblüthen.

květ narcisový, Narzissenblüthen.
— nevazový, Kornblumen.
— nožky stračí, Rittersporublumen.
— ocúnový, Herbstzeitlosenblüthen.
— olníčkový, Feldmohnblüthen.
— orlíčkový, Ackeley.
— ormánkový, Kamille, gemeine.
— ostrožkový, Rittersporublumen.
— ostruhy rytířské, Rittersporublumen.
— ouplavičníkový, Strohblümchen.
— panenkový, Feldmohnblüthen.
— pěněnkový, Kardaminenblüthen.
— perlíčkový, Maiblumen.
— persánový, Bertramgarbenblüthen.
— pertrámu divokého, Bertramgarbenblüthen.
— pěti bratrů, Ackeley.
— petrklíčový, Schlüsselblumen.
— pivoňkový, Gichtrosenblumen.
— plaménkový, Brennkrautblüthen.
— pleskancový, Feldmohn.
— plesnivce arábského, Stöchasblumen.
— plesnivcový, Strohblümchen.
— plevnatčí, Ferkelkrautblüthen.
— podbělový, Huflattigblüthen.
— podkovkový, Huflattigblüthen.
— pomoranči, Pomeranzenblüthen.
— prhový, Bergwohlverleiblüthen.
— protěže písečné, Strohblümchen.
— prvosenkový, Schlüsselblumen.
— pustorylový, Jasminblüthen.
— radostkový, Strohblümchen.
— řebříčkový, Schafgarbenblüthen.
— řeřichy kapucínské neb turecké, Kapuzinerkressenblumen.
— řeřichy luční, Kardaminenblüthen.
— rmenový, Kamille, gemeine.
— rmenu vlaského čili římského, Kamille, edle.
— růže cukrové, Knopfrosen.
— růže z Jericha, Geisblattblüthen.
— růže vodní bílé, Seerosenblumen.
— růžový, Rosenblätter, damascener.
— rychlíčkový, Ackeley.

květ salmiakový, Salmiakblumen.
— salmiakový železitý, Ammoniak, salzsaures eisenhaltiges.
— salmiaku měďného, Kupfersalmiakblumen.
— sedmikrásový, Maasliebchen.
— sinokvětový, Kornblumen.
— sirkový, Schwefelblüthe.
— sklený, Glasblumen.
— skořicový, Zimmtblüthen.
— slézu lesního čili zaječího, Malve.
— slézu vysokého, Altheeblüthen.
— slézu zahradního čili římského, Baummalven.
— smilový, Strohblümchen.
— stechasový, Stöchasblumen.
— stokrásový, Maasliebchenblüthen.
— stračkový, Rittersporublumen.
— stulíku bílého, Seerosenblumen.
— surmíkový, Spießglanzblumen.
— svalníku královského, Rittersporublumen.
— světlákový, Kornblumen.
— sv. Jakuba, Waldgreis.
— štětkový, Weberkardenblumen.
— tašky bílé, Seerosenblumen.
— tleskancový, Feldmohnblüthen.
— topolovky růžové, Baummalven.
— trnkový, Schlehenblumen.
— tužebníkový čili třebníkový, Filipendelwedelblumen.
— únorový žlutý, Narzissenblüthen.
— violkový, Veilchen.
— vismutový, Wismuthblumen.
— vrátičový, Rainfarrnblüthen.
— zimovitový, Herbstzeitlosenblüthen.
— zinkový, Zinkweiß.
— zlatý, Kamille, edle.
— železný, Eisenblumen.
— žluťákový, Butterblumenblüthen.
květel, Leinkraut.
květiny papírové, Papierblumen.
— slaměné, Strohblumen.
— umělé čili strojené, Blumen, künstliche.

kyanid ammonato-zinečnatý, Cyanzinkammonium.
— ammonatý, Cyanammonium.
— draselnato-zlatový, Cyangoldkalium.
— draselnatý, Cyankalium.
— draselnatý slitý, Cyankalium, geschmolzenes.
— mědičnatý, Cyankupfer.
— měďnatý, Kupfercyanuret.
— rtuťnatý, Quecksilberoxyd, blausaures.
— sodnatý, Natron, hydrocyansaures.
— stříbrnatý, Cyansilber.
— zinečnatý, Cyanzink.
— zlatnatý, Cyangold.
— železitý, Cyaneisen.
— železnato-železitý, Berlinerblau.
kyankalium slité, Cyankalium, geschmolzenes.
kyanovodík, Blausäure.
kýchavkovina, Sabadillin.
kyjanka, Binderschlägel.
kyna v. chyna.
— martinická, Lnziemrinde.
— novo-andaluská, Kuspirinde.
— pomeroonská, Juribalirinde.
— remijská, Remigienrinde.
— vinaadská, Winaadchinarinde.
kyprej, Weiderich, rother.
kypřice, Mühlhaue.
kysánek, Sauerklee.
kyseláč čili kyselák, Sauerampfer.
kyselina antimóničná, Spießglanzoxyd, gewaschenes.
— arséničná, Arsensäure.
— arsénová, Arsenik, weißer.
— benzoová čili benzoičná, Benzoesäure.
— bórová, Boraxsäure.
— bróméčná, Bromiumsäure.
— brómovodíková, Bromwasserstoffsäure.
— cíničitá, Zinnoxyd.
— citronová, Zitronensäure.
kyselina cukrová, Zuckersäure.
— cyanovodíková, Blausäure.
— duběnková, Galläpfelsäure.
— dusičná bezvodá neb čistá, Salpetersäure, chemisch-reine.
— dusičná dýmavá, Salpetersäure, rauchende.
— dusičná obyčejná, Salpetersäure, gewöhnliche.
— dusičná se sirkovkou, Salpeterschwefelsäure.
— erythrová, Säure, erythrische.
— fenylová, Karbolsäure.
— filicová, Filixsäure.
— filosofická, Ammoniak, salzsaures eisenhaltiges.
— fosforečná, Phosphorsäure.
— fosforečná sklovitá, Phosphorsäure, glasartige.
— fosfornatá, Säure, hypophosphorige.
— fosforová, Phosphorsäure, unvollkommene.
— fumarová, Fumarsäure.
— hippurová, Hippursäure.
— hroznová, Traubensäure.
— chlórovodíková bezvodá, Salzsäure, chemisch-reine.
— chlórovodíková dýmavá, Salzsäure, rauchende.
— chinová, Chinasäure.
— chinovová, Chinovasäure.
— chlórečná, Chlorsäure.
— chlóristá, Oxychlorsäure.
— jablečná, Äpfelsäure.
— jantarová, Bernsteinsäure.
— jódičná, Jodsäure.
— jódovodíková, Hydrojodsäure.
— kainková, Kainkasäure.
— karbolová, Karbolsäure.
— korková, Korksäure.
— kostičná, Phosphorsäure.
— kozlíková, Valeriansäure.
— křemíkofluórovodíková, Kieselfluorwasserstoffsäure.
— křemíková, Kieselsäure.

kyselina krušíková, Wolframsäure.
— kyanovodíková, Blausäure.
— kyanurová, Cyanursäure.
— kynová, Chinasäure.
— lišejníková, Lichensäure.
— máselná, Buttersäure.
— mekonová, Mekonsäure.
— mléčná, Milchsäure.
— močová, Harnsäure.
— molybdéno-fosforečná, Molybdänphosphorsäure.
— molybdénová, Molybdänsäure.
— mravenčí čili mravencová, Ameisensäure.
— nitrofenisová, Nitrophänissäure.
— octová čili ocetní, Essigsäure.
— octová vodnatá, Essig, concentrirter.
— opianová, Mekonsäure.
— oxylizarová, Krappurpur.
— pikrová, Nitrophänissäure.
— psotninná, Blausäure.
— pyrogallová, Pyrogallussäure.
— salicylnatá, Säure, salicylige.
— seléničitá, Säure, selenige.
— selénová, Selensäure.
— sirková anglická čili bílá, Schwefelsäure, englische.
— sirková dýmavá, nordhauská, česká, sehnaná neb hnědá, Schwefelsäure, rauchende.
— sirková rozředěná, Schwefelsäure, verdünnte.
— skaličná, Vitriolöl.
— smahlodubenková, Pyrogallussäure.
— smahloolejová, Fettsäure.
— smahlovinná, Weinsteinsäure, brenzliche.
— solná bezvodá, Salzsäure, chemischreine.
— solná dýmavá, Salzsäure, rauchende.
— stearová, Stearinsäure.
— šélo-fosforečná, Wolframsäure, phosphorsäure.

kyselina šélová, Wolframsäure.
— šťavelová, Kleesäure.
— šťovíková, Kleesäure.
— titaničitá, Titansäure.
— trinitrofénylnatá, Nitrophänissäure.
— tříslová, Gerbsäure.
— tuková, Fettsäure.
— valerová, Baldriansäure.
— vanadová, Vanadinsäure.
— veratrová, Veratrumsäure.
— vinná, Weinsteinsäure.
— vodnomodřová, Blausäure.
— volframová, Wolframsäure.
— zlatičná, Goldoxyd.

kyselka čili kyselice bělinská, Sauerbrunnen, Biliner.
— fachingská, Wasser, Fachinger.
— kysiblská, Sauerbrunn, Gießhübler.
— libverdská, S. Liebwerder.
— roháčovická, S. Rohatschewitzer.
— seltersská, Selterswasser.

kysiblovka, Sauerbrunn, Gießhübler.

kysličník alumínitý, Alaunerde.
— antimónový bílý, Spießglanzoxyd, gewaschenes.
— antimónový bílý nepraný, Spießglanzoxyd, weißes ungewaschenes.
— antimónový cínatý, Spießglanzoxyd, jovialisches.
— antimónový sirný sklovitý, Spießglanzkönig, medizinischer.
— antimónový sublimovaný čili žlutý, Spießglanzblumen.
— antimónový šedý, Spießglanzasche.
— antimónový železnatý, Spießglanz, schweißtreibender martialischer.
— barnatý, Ätzbaryt.
— barvičný, Chromocher.
— beryllitý, Beryllerde.
— broničitý, Nickeloxyd.
— cínatý, Zinnoxydul.
— cíničitý, Zinnoxyd.

kysličník draselnatý, Kali, ätzendes reines.
— éthylnatý, Schwefeläther.
— glycerylový, Glycerylоxyd.
— hlinitý, Alaunerde.
— hořečnatý, Magnesia, gebrannte.
— chromnatý, Chromgrün.
— lithnatý, Lithiumoxyd.
— kobaltitý, Kobaltoxyd.
— kobaltnatý, Kobaltoxydul.
— manganatý, Manganoxydul.
— manganičitý, Braunstein.
— mědičnatý, Kupferoxydul.
— měďnatý, Kupferasche.
— molybdéničitý, Molybdänoxyd.
— niklitý, Nickeloxyd.
— nebesničitý, Uranoxyd.
— olovičitý, Mennige, braune.
— olovičnatý šedý, Bleiasche.
— olovnatý, Bleioxyd.
— olovnatý červený, Mennige.
— olovnatý žlutý, Bleioxyd, gelbes.
— osmičitý, Osmiumoxyd.
— rtutičnatý černý, Quecksilberoxydul, schwarzes.
— rtutičnatý šedý Moskatiho, Quecksilberoxydul, Moskati's.
— rtuťnatý červený, Merkurialpulver, rothes.

kysličník rtuťnatý Saunderův šedý, Quecksilberoxyd, Saunders graues.
— sodnatý, Ätznatron.
— stříbrnatý, Silberoxyd.
— strontnatý, Strontian.
— titaničitý, Titansäure.
— uranatý černý, Uranoxydul, schwarzes.
— uranito-sodnatý, Natron, uransaures.
— uranitý, Uranoxyd.
— vápenatý, Kalciumoxyd.
— vizmutičitý, Wismuthasche.
— vizmutový, Wismuthblumen.
— yternatý, Yttriumoxyd.
— zinečnato-kobaltnatý, Rinmannsgrün.
— zinečnatý, Zinkweiß.
— zinečnatý šedý, Zinkasche.
— zlatový, Goldoxyd.
— želczitý, Eisenoxyd.
— železitý červený, Kolkothar.
— železnatý černý, Eisenoxydul, schwarzes.

kyt čili chyt, Kitt.
kýta uzená, Schinken.
kytaj, Kitai.
kytajka, Kitaika.

L.

laberdan, Kabliau, gedörrter.
ladanum celistvé, Ladanumharz in Massa.
— kapalné, Ladanum, flüssiges.
— kroucené, Ladanum, gewundenes.
— v roubících, Ladanum in Stangen.
ladík, Kadmium.
ladyška, Schneidkluppe.
láhve, Flaschen.
— boloňské, Flaschen, bolognefer.
— florentinské, Flaschen, florentiner.

láhve hrdlaté čili zahrdlaté, Flaschen, tubulirte.
— trojhrdlité, Flaschen, dreihalsige.
— vulfické, Flaschen, woulfische.
lak asfaltový, Asphaltlack.
— benátský, Kugellack.
— benzinový, Benzinlack.
— bledožlutý, Paillelack.
— césarský, Cäsarlack.
— černý na kůži, Militärlack, schwarzer.
— damarový, Dammarlack.
— dubový, Eichenholzlack.

lak dye čili lak-lakk, Lac-Dye.
— fernambukový, Kugellack.
— fialový, Violettlack.
— florentský, Lack, florentiner.
— hnědý, Bister.
— horní, Gebirgslack.
— indychový, Indigolack.
— jantarový, Bernsteinlack.
— karmazínový, Berlinerroth.
— karmínový, Karminlack.
— kávový, Kaffélack.
— knihařský, Buchbinderlack.
— kočenilový, Kochenillelack.
— kopálový bílý, Kopallack, weißer.
— kopálový hnědý, Kopallack, brauner.
— kopálový nahnědlý, Kopallack, hellbrauner.
— krušcový, Stangenlack.
— kulový, Kugellack.
— lesknavý, Glanzlack.
— lesknavý na kůži, Glanzlederlack.
— lupkový, Schellack.
— mastyksový, Mastixlack.
— mnichovský, Münchnerlack.
— mořenový hlaccný, Krapplack, krystallisirter.
— mořenový malířský, Krapplack für Maler.
— mořenový růžový, Rosakrapplack.
— mosazový bledý čili lak na mosaz, Messinglack, blasser.
— nábytkový čili na nábytek, Möbellack.
— na láhve, Flaschenharz.
— nachový, Purpurlack.
— na podlahu, Fußbodenlack.
— na pochvy, Pferdegeschirrlack.
— pařížský, Pariserlack.
— pečetní, Siegelwachs.
— roubíkový, Stangenlack.
— růžový, Rosalack.
— sandarakový Sandaraklack.
— slámobarvý, Paillelack.

lak vídeňský, Wienerlack.
— vojenský černý, Militärlack, schwarzer.
— základní, Grundlack.
— zrnitý, Lack in Körnern.
— železný, Eisenlack.
laka florentinská, Lack, florentiner.
— roubíková, hůlková, v prutech čili v roubících, Stangenlack.
— zrnitá čili v zrnech, Lack in Körnern.
lakmus, Lackmus.
laktolin, Laktolin.
lama, Lama.
lampa argandská, Lampe, argandische.
— lučebnická čili chemická, Lampe, chemische.
lampička do chléva, Stalllampe.
lampetra, Lamprete.
láno, Lahn.
lanýž, Hirschbrunst.
lapa medvědí, Bärlappkraut.
laskavec trojbarvý, Papageikraut.
lasting, Lasting.
laťovák, latník, latovník čili latovec, Lattennagel.
lavandule, Lavendel.
lavičník, Bankeisen.
lazur, Lasurstein.
lebeda, Guter Heinrich.
— červená, Gartenmelde.
— lesní, Balsamine, gelbe.
— psí čili smradlavá, Hundsmelde.
lebedník, Guter Heinrich.
led Matky Boží, Marienglas.
ledek, Salpeter.*)
— ammonatý, Ammoniak, salpetersaures.

---

*) Slovo ledek u starých v tom významu co kamenec se brávalo a ještě někdy béře; v novější době však dle Presla slova ledek pro salnitr se užívá, jež i v obecném životě namnoze jest běžné.

ledek antimónový, Kali, salpetersaures spießglanzhaltiges.
— čistěný, Salpeter, raffinirter.
— draselnatý, Salpeter, raffinirter.
— hořlavý, Ammoniak, salpetersaures.
— chilský čili klencový, Chilisalpeter.
— kobaltový, Kobaltoxydul, salpetersaures.
— kostkový, Salpeter, würfliger.
— olovnatý, Bleioxyd, salpetersaures.
— roztopený, Salpeterküchelchen.
— sodnatý, Salpeter, würfliger.
— strontnatý, Strontian, salpetersaurer.
— surový čili východo-indický, Salpeter, roher.
— vápenný, Kalk, salpetersaurer.
— železitý, Eisenoxyd, salpetersaures.
ledenec obecný, Schotenklee.
ledkovka, Salpetersäure, gewöhnliche.
lednačka, Eispflanze.
ledno, Ladanumharz.
ledvinec, Nierenstein.
legatin, Legatin.
legitka, Rauschgeld.
lejno cvrčalové, Schnepfendreck.
— čertové, Asand, stinkender.
— tlustošové, Dachsfoth.
lekořice, Lakritzensaft.
lekořičina abruzská, Lakritzensaft, abruzzer.
— anýzová, Anislakritz.
— kalabreská, Lakritzensaft, kalabreser.
— levantská, Lakritzensaft, levantiner.
— moravská, Lakritzensaft, mährischer.
lektvař, Latwerge.
lemovadlo, Saumfalter.
len, Lein, Flachs.
— čistivý, Bergflachs.
— kamenný, Asbest.
len Matky Boží, Leinkraut.
— mlatcový, Schließlein.
— Panny Marie, Leinkraut.
— svazečkovitý česaný, Buschenflachs, gehechelter.
lep, Kleber.
— na ptáky, Vogelleim.
lepenka, Pappendeckel.
— kamenitá, Steinpappe.
lepík, Scharfkraut.
leptadlo, Beizmittel.
leštidlo na boty, Stiefelwichse.
— na podlahu, Fußbodenglanzwichse.
— špekové na boty, Speckglanzwichse.
— truhlářské, Politur.
letkvař dryáková čili protibolná, Theriak.
— opijová, Mithridat.
letůák, Waid.
letovadlo, Schlagloth.
levantin, Levantine.
levička mlynářská, Müllerhacke, linke.
levkoje bílá, Levkoje, weiße.
— bledočervená, Levkoje, lichtrothe.
— růžová, Levkoje, rosenrothe.
— tmavočervená, Levkoje, dunkelrothe.
ležák, Tischlerrutscher.
libačky zlaté, Flittergold.
libeček, Liebstöckel.
libernice, Pfundleder.
libidibi, Libidibi.
librety, Librets.
líčidlo bílé, Wismuthweiß.
— obecné, Kermesbeere.
lignon, Lignon.
ligrus, Esparsette.
líh amylový, Fuselöl.
— anýzový, Anisgeist.
— Beguinův sirkový, Ammoniak, schwefelwasserstoffsaures.
— bezvodný, Alkohol, absoluter.
— čpavkový, Salmiakgeist.

líh dřevový, Holzgeist.
— Hoffmannský, Schwefeläthergeist.
— jalovcový, Wachholdergeist.
— kafrový, Kampferspiritus.
— kalmusový, Kalmusgeist.
— kantaridový, Kanthariden tinktur.
— kmínový, Kümmelgeist.
— ledkový oslazený, Salpetergeist, versüßter.
— Libavský, Libavischer Geist.
— májkový, Kanthariden tinktur.
— mateří douškový, Quendelgeist.
— meduňkový, Melissengeist.
— medunkový složitý, Karmeliter Wasser.
— melasový, Melassenbranntwein.
— Mindererův, Ammoniak, essigsaures flüssiges.
— mravenčí, Ameisengeist.
— mýdlový, Seifengeist.
— nejschnanější, Alkohol, höchstrectificirter.
— ocetní, Essigesprit.
— ocetní přismoudlý, Aceton.
— octo-étherový, Essigäthergeist.
— octový oslazený, Essigäthergeist.
— olovný, Bleigeist.
— ořechový, Nußgeist.
— pomoranči, Pomeranzengeist.
— prostočistý, Alkohol, absoluter.
— pryskýrkový, Kanthariden tinktur.
— puškvorcový, Kalmusgeist.
— rojovníkový složitý, Karmeliter Wasser.
— rozmarinový, Rosmaringeist.
— salmiakový fenyklový, Fenchelsalmiakgeist.
— salmiakový obyčejný, Salmiakgeist.
— salmiakový žíravý, Salmiakgeist, ätzender.
— sirko-étherový železnatý, Schwefeläthergeist, eisenhaltiger.
— sirkový oslazený, Schwefeläthergeist.
líh skořicový, Zimmtgeist.
— slívový, Pflaumengeist.
— solný oslazený, Salzgeist, versüßter.
— třešňový, Kirschgeist.
— vinný ammonatý, Ammoniumweingeist.
— višňový, Weichselgeist.
— vysokostupňový, Weingeist, hochgrädiger.
lihoměr, Alkoholometer.
likér ananasový, Ananasliquer.
— anisetový, Anisetteliquer.
— aranciový, Aranciatiquer.
— balšínkový, Krausemünzliquer.
— císařský, Kaiserliquer.
— citronový, Zitronenliquer.
— čokoládový, Chokoladeliquer.
— dvojlíhový gdánský, Doppelliquer, danziger.
— fenyklový, Fenchelliquer.
— hořkomandlový, Persicoliquer.
— hořký anglický, Englischbitterliquer.
— hřebíčkový, Nelkenliquer.
— jahodový, Erdbeerenliquer.
— jalovcový, Wachholderliquer.
— jasmínový, Jasminliquer.
— kalmusový, Kalmusliquer.
— kanelový, Canellaliquer.
— kávový, Kaffeliquer.
— kmínový, Kümmelliquer.
— kmínový římský, Kuminliquer.
— královský, Königsliquer.
— kumínový, Kuminliquer.
— kurasaový, Kuraçaoliquer.
— malinový, Himbeerliquer.
— maraskynový, Maraschinoliquer.
— mátový, Krausemünzliquer.
— muškátový, Muskatenblüthenliquer.
— nordhauský, Nordhäuserliquer.
— oranžový, Orangeliquer.
— peprnomátový, Pfeffermünzliquer.
— persikový, Persikoliquer.

likér pomoranči, Pomeranzenliquer.
— pro dámy, Damenliquer.
— puškvorcový, Kalmusliquer.
— růžový, Rosenliquer.
— skořicový, Zimmtliquer.
— třešňový, Kirschenliquer.
— ušní švýcarský, Ohrenliquer, schweizer.
— vanilový, Vanilleliquer.
— višňový, Weichselliquer.
— vratislavský, Liquer, Breslauer.
— zaderský, Zaraliquer.
— žaludeční, Magenliquer.
lilek bláznový čili pošetilý, Tollkraut.
— menší čili černý, Nachtschattenkraut.
— větší, Tollkraut.
— ztřeštěný, Stechapfelkraut.
lilkovina, Solanin.
limon, Zitrone.
— okrouhlý, Adamsapfel.
limonka, Wintergrün.
linon, Battist.
lipnice luční, Wiesenrispengras.
lis na ubrousky, Servicttenpresse.
— ruční, Handpresse.
liser, Lisère.
lískovce, Haselnüsse.
list bobkovišňový, Kirschlorbeerblätter.
— bobkový, Lorbeerblätter.
— božcový, Geisblattblätter.
— brusnicový, Preiselbeerenblätter.
— cesminový, Hülsenblätter.
— cínový, Stanniol.
— čičorečky štírové, Skorpionsennesblätter.
— dubový pichlavý, Hülsenblätter.
— indický, Blätter, indianische.
— jahodový, Erdbeerenkraut.
— jakarandový, Karobbablätter.
— jelšový, Erlenblätter.
— jesenový, Eschenblätter.
— kozílistový, Geisblattblätter.
— kulenkový, Kugelblumenblätter.
— kyhankový, Preiselbeerenblätter.
list laurocerasový, Kirschlorbeerblätter.
— libavkový, Thee, kanadischer.
— lilium lesního, Geisblattblätter.
— malabarský, Blätter, indianische.
— matikový, Matikoblätter.
— moroškový, Multbeerenblätter.
— myrtový čili myrtusový, Myrtenblätter.
— nopálový, Opuntie.
— olšový, Erlenblätter.
— palmový bodlavý, Hülsenblätter.
— pěnišníku ryzokvětého, Schneerosenblätter.
— pomorančový, Pomeranzenblätter.
— prhový, Bergwohlverlei.
— ptačízobový, Hartriegelblätter.
— pušpanový, Buchsbaumblätter.
— růže z Jericha, Geisblattblätter.
— senesový, Sennesblätter.
— senesový český, Blasenstrauchblätter.
— skořicový, indianische Blätter.
— šalvějový, Salbei.
— šramatkový, Kakalie.
— tamaryškový, Tamariskenblätter.
— těsněnkový, Gnakeblätter.
— tisový, Eibenbaumblätter.
— vinný, Weintraubenblätter.
— zimostrazový, Buchsbaumblätter.
— židovského trnu, Judendorn.
listnatec čípkový, Zapfenkraut.
liščina, Fuchsfell.
lišejník islandský, Moos, isländisches.
— švédský, Moos, schwedisches.
— žlutý, Wandflechte.
lištovník, Schlagleistenhobel.
— zoubkovaný, Zahnleistenhobel.
lišty napínací, Spannleisten.
lithion, Lithiumoxyd.
litík čili lutik, Froschepich.
litky, Schmelz.
luice, Leindotter.
locika lesní, Zaunlattig.
— planá čili jedovatá, Giftlattig.

locika zahradní, Lattig.
locikovina anglická, Lattigbitter, englisches.
— francouzská, Lattigbitter, französisches.
— německá, Lattigbitter, deutsches.
loděnice, Schiffhacke.
lojník, Talkstein.
lojovice, Unschlittkerze.
lojovina, Stearin.
lomihnát, Baldgreis.
lomikamen bílý, Steinbrech, weißer.
lompy, Lempen.
look, Lockharz.
lopata na písek, Sandschaufel.
— obyčejná, Sandschaufel.
— opalací, Wurfschaufel.
— rybnikářská, Teichgräberschaufel.
— rýčová, Grabscheit.
— uhelní čili na uhlí, Kohlenschaufel.
— vějecí, Wurfschaufel.
— železničná oblá ohnutá, Eisenbahnschaufel, runde gebogene.
lopatiště, Schaufelstiel.
lopatka, Spatel.
— na koláče, Kolatschenschaufel.
— na smetí, Kehrichtsschaufel.
lopuch trnový, Bärenklaue.
losos nakládaný, Lachs, marinirter.
— nasolený neb tunný, Lachs, eingesalzener.
— růžový vltavský, Rosa moldaulachs.
— uzený, Lachs, geräucherter.
— v oleji, Lachs in Öl.
loučník, Schleißmesser.
louh alkalický, Lauge, alkalische.
— Javellský, Wasser, javellisches.
— mydlářský, Ätzlauge.
— natronový, Ätznatronlauge.
— sodový, Natronlauge.
— žíravý, Ätzlauge.
louskáček, Nußknacker.
loutkář, Nuthhobel.
— dveřní, Thürnuthhobel.
loutkář dveřní stavěcí, Thürnuthstellhobel.
loužívo, Beizmittel.
lucerny s rohovinou pro povozníky, Fuhrmannslaternen mit Horn.
— ruční, Handlaternen.
lucinka francouzská, Luzerne, französische.
lučavka, Salpetersäure, gewöhnliche.
— královnina, Salpeterschwefelsäure.
— královská, Königswasser.
luciuka, Spargelklee.
lůj, Talg.
— hovězí, Rindstalg.
— jadrný, Kernunschlitt.
— jelení, Hirschunschlitt.
— kozí, Ziegentalg.
— malabarský, Wachs, malabarisches.
— přepouštěný čili přečistěný, Talg, geläuterter.
— skopový, Schöpsentalg.
lulka, Pfeifenkopf.
— porculánová, Tabakspfeifenkopf, perzellanener.
lunik, Selen.
lupen menší, Kropfklette.
lupení hořké, Klebkraut.
lupeny bělpuchové, Pergament.
— cínové, Stanniol.
— zlatotepecké, Goldschlägerhäutchen.
lupice, Schill.
lupin modrý, Lupine, blaue.
— žlutý, Lupine, gelbe.
lupulin, Lupulin.
lusky kasiové, Purgierkassie.
— senesové, Sennesbälglein.
lustrin, Lustrine.
lýko krušinkové, Faulbaumrinde, innere.
— vlčí, Kellerhalsrinde.
lžíce, Speiselöffel.
— plechová, Blechlöffel.
— pro děti, Kinderlöffel.

lžíce sprostá, Eßlöffel.
— zdravotní, Gesundheitslöffel.
lžička zednická, Maurerkellen.
lžičník, Löffelkraut.
— anglický, Löffelkraut, englisches.

M.

macek, Rauhbankhobel.
maciz, Mazis.
macoška, Dreifaltigkeitskraut.
maďalky, Roßkastanien.
maďalovina, Äskulin.
magnesia bílá, Magnesia, kohlensaure.
— brómovaná, Brommagnesium.
— pálená, Magnesia, gebrannte.
magnesit, Magnesit.
magnet, Magnet.
magronky dlouhé, Maccaroni, lange.
— hvězdovité, Maccaronisterne.
— písmenkové, Maccaronibuchstaben.
majky, Maiwürmer.
májnice, Alose.
majolika, Majolik.
majorán, majoranka, Majoran.
— kretský, Wintermajoran.
májovina, Maitrank.
májovka, Mairübe.
mák modrý, Mohn, blauer.
— polský, Edelleberkraut.
— pryskyřníkovitý malý, Rannunkelmohn, kleiner.
— šedý, Mohn, grauer.
— vojenský, Stechapfelsamen.
— zahradní, Gartenmohn.
makarely v oleji, Makarellen in Öl.
makovičky nezralé, Mohnköpfe.
malachit, Kupferoxyd, kohlensaures natürliches.
malakovka, Malakoffgeist.
malambo, Malamborinde.
malinovka, Himbeerenwein.
maliny, Himbeeren.
— černé, Brombeeren.
malvazí, Alantwein.
malvice tušalajové, Kaudelbeeren.
— zimolézové, Hundskirschen.
mámivina, Narkotin.
mana cedrová, Zedermanna.
— kalabrinská, Manna, kalabrische.
— modřínová čili brigantinská, Lerchenmanna.
— obecná, Manna, ordinäre.
— v slzách, Manna in Thränen.
— v trubkách, Manna, röhrenförmige.
— zrnitá, Äronel.
mandle hořké, Mandeln, bittere.
— pocukrované, Mandeln, überzuckerte.
— sladké, Mandeln, süße.
— v skořápkách, Knackmandeln.
— zemní, Erdmandeln.
mandoletky, Mandoletti.
mandragora, Zauberkraut.
mangan, Mangan.
manganan draselnatý, Kali, mangansaures.
manholt červený, Mangeld.
mannit, Mannazucker.
manžestr, Manchester.
marcipán, Pfefferkuchen.
mařena planá, Waldmeister.
mařinka vonná, Waldmeister.
— zlatá, Balantie.
marjánka, marjánek, Majoran.
markasita, Wismuth.
marmelada, Marmelade.
marokin, Saffian.
marselín, Marcelline.
marulka, Bergmünze.
— kočičí, Katzenmünze.
marunka, Mutterkraut.
marvan, Marmer.

masikot, Massikot.
máslan éthylnatý, Butteräther.
— éthylnatý lihový, Butteräther, alkoholartiger.
máslenka, Butterblume.
máslo antimónové, Spießglanzbutter.
— arsénové, Chlorarsen.
— bobkové, Lorbeeröl, ausgepreßtes.
— cínové, Zinnchlorid.
— galamské, Palmöl.
— kakaové, Cacaobutter.
— muškátové, Muskatnußöl, fettes.
— surmikové, Spießglanzbutter.
— vismutové, Wismuthchlorid.
— vyvařené, Schmalz.
— zinkové, Zinkbutter.
massa kakaová, Cacaomasse.
— k čistění lihovin, Entfuselungsmasse.
massikot žlutý, Bleioxyd, gelbes.
mast čistcová, Leinkrautsalbe.
— květelová, Leinkrautsalbe.
— mydlná, Seifensalbe.
— na rány, Wundsalbe.
— rtutěná šedivá, Quecksilbersalbe.
— rtutní žlutá, Quecksilbersalbe, gelbe.
— těkavá, Liniment, flüchtiges.
— topolová, Pappelsalbe.
— víčková, Augensalbe.
— vosková, Wachssalbe.
— zvěšincová, Leinkrautsalbe.
mastnec, Speckstein.
mastnek, Talkstein.
mastyks, Mastix.
mašlák, Stechapfelkraut.
máta červená, Poley.
— kadeřavá, Krausemünze.
— kočičí, Amberkraut.
— luční, Zitronenmünze.
— peprná, Pfeffermünze.
matečník, Mutterkraut.
mateří douška, Quendel.
— — římská čili vlaská, Thymian.
matiko, Matikoblätter.
matka hřebíčková, Nelkenmutter.
matka perlová, Perlmutter.
maz ševcovský, Schusterkleister.
mazáček, Schmierbürste.
mazadlo na kůži, Ledersalbe.
— parafinové, Paraffinfett.
mázdra přilípavá, Heftpflaster.
— zlatotepecká, Goldschlägerhäutchen.
mázka, Pflaster.
— obměkčující, Weichpflaster.
med, Honig.
— ocúnový, Lichtblumenhonig.
— panenský, jarý čili porojkový, Jungfernhonig.
— polský, Lippitzhonig.
— pýrový, Queckenhonig.
— růžový, Rosenhonig.
— zkyslý, Sauerhonig.
medovice, Arencl.
medovina, medovec, medek, Meht.
medvědice, Bärentraube.
měď, Kupfer.
— bílá, Tombak.
— cementová, Cementkupfer.
— černá, Schwarzkupfer.
— řecká, Grünspan.
— rosetová čili růžová, Rosettenkupfer.
— sražená, Cementkupfer.
— surová, Gahrkupfer.
— tvrdá, Hartkupfer.
— vydělaná, Kupfer, hammergahres.
měděnka, Grünspan.
měďnatka, Kupferoxydul.
meduňka, Zitronenmelisse.
medyněk, Honiggras.
mech ceylonský, Zeylonmoos.
— irlandský čili cizozemský, Moos, irländisches.
— islandský, Moos, isländisches.
— korsický, Wurmrundkopf.
— mořský, Moos, irländisches.
— počistivý, Tangelkraut.
— protizimniční, Becherflechte.
— skalní, Steinmoos.
— stromový, Baummoos.

mech švédský, Moos, schwedisches.
— vodní, Wassermoos.
— zemský, Bärlappkraut.
— žlutý, Moos, irländisches.
měch dýmací, Blasebalg.
— příruční, Handblasbalg.
mechoakana, Mechoakannawurzel.
měchounky, Stachelbeeren.
měchuňky, Judenkirschen.
měchýř vyzový, Hausenblase.
měchýře kaučukové, Gummi elastikum in Beuteln.
— pružcové, Gummi elastikum in Beuteln.
měchýřek kabarový, Bisambeutel.
— pížmový, Bisambeutel.
mekambo, Mekamberinde.
mekonan morfinný, Morphin, mekonsaures.
melampyrin, Melampyrin.
melas, Melas.
melasa, Melasse.
mélí, Mistel.
melis pěkný, Melis, feiner.
— nadprostřední, Melis, fein mittel.
— nejpěknější, Melis, feinster.
— prostřední, Melis, mittel.
— sprostý, Melis, ordinärer.
melissa, Zitronenmelisse.
— turecká čili modrá, Drachenkopf.
menakan, Titan.
menispermin, Pikrotoxin.
merhelce, Hagebutten.
merino, Merino.
měřítko palcové, Zollstab.
merkaptan, Merkaptan.
merkurialis polní, Bingelkraut.
merlík smrdutý, Hundsmelde.
měrnice vlnatá, Ballote, wollige.
merotec, Baryt, schwefelsaurer.
— žíravý, Ätzbaryt.
meruňka, Aprikose.
měsíček, Ringelblume.
— luční, Butterblume.
měsíčník, Giftlattig.
mléč, Löwenzahn.
mesolan, Messolan.
mest octový, Essigextrakt.
metacinnamein, Styracin.
methylosíran draselnatý, Kali, methylschwefelsaures.
metlice anglická, Raigras, englisches.
— bílá, Fioringras.
— francouzská, Raigras, französisches.
— vlaská, Raigras, italienisches.
mezulán, Messolan.
míče mořské, Meerbälle.
mihule, Brick.
milost boží, Storchschnabel.
mincíř, Schnellwage.
minglet, Minglet.
minium, Mennige.
— celovecké, Mennige, Klagenfurter.
— hnědé, Mennige, braune.
— oranžové, Mennige, orange.
— žluté, Bleioxyd, gelbes.
miňonet, Mignonette.
míra na obilí, Getreidemaß.
— plechová na tekutiny, Flüssigkeitsmaß von Blech.
— plechová pro krupaře, Blechmaß für Griesler.
— shlední, Visirmaß.
mirabelky červené, Mirabellen, rothe.
— zlatožluté, Mirabellen, doppelte.
— žluté, Mirabellen, gelbe.
miřík bahní, Wassereppich.
miska na tuš, Tuschschale.
— odkapní, Abtropfschale.
— odpařovací, Abdampfschale.
— třecí, Reibschale.
— — hadcová, Reibschale von Serpentin.
— — porcelánová, Reibschale von Porzellan.
— — skleněná s výlevem a s paličkou, Reibschale von Glas mit Ausguß und Pistill.

miska váhová, Wagschale.
misky žaludové, Ackerdoppen.
mišpule, mišpulině, Mespeln.
mithridat, Mithridat.
míza akacová pravá čili egyptská, Akazienſaft, echter.
— balsamová suchá, Balſam, trockener.
— bylinná, Kräuteralopp.
— truková, Akazienſaft, böhmiſcher.
mláč, Lackmus.
mlěč hladký, Saudiſtel.
mlečík bradavičnatý, Warzenmilchkraut.
mléčnan chininný, Chinin, milchſaures.
— zinečnatý, Zinkoxyd, milchſaures.
— železnatý, Eiſenoxydul, halbmilchſaures.
mléko ammoniové, Ammoniakmilch.
— dračí, Drachenblut.
— hadí, Wolfsmilch, gemeine.
— měsícové, Bergmilch.
— panenské, Jungfernmilch.
— sirkové, Schwefelmilch.
— skalní, Bergmilch.
— vlčí, Wolfsmilch, gemeine.
mlékoměr, Galaktometer.
mlíčenec polní, Wolfsmilch, gemeine.
mlíčí polní, Ackergänſediſtel.
mlunochov, Elektrophor.
mlunoměr, Elektrometer.
mlýnek na kávu, Kaffémühle.
mníšek zlý, Eiſenhütchen.
mnohovlasec, Wiederthon, goldener.
moar, Moir.
moaré hedvábné, Seidenmoiré.
močan ammonatý, Ammoniak, harnſaures.
močenina anýzomastiksová, Anismaſtixtinktur.
— jantarová, Bernſteintinktur.
močidlo, Beizmittel.
močka citronová, Zitronenſaft.
močovina, Harnſtoff.

modř anglická, Berlinerblau.
— berlínská, Berlinerblau.
— bremská, Bremerblau.
— ďasíková, Kobaltblau.
— erlangská, Berlinerblau.
— flanderská, Flandriſchblau.
— horská, Bergblau.
— kobaltová, Kobaltblau.
— měděná, Bergblau.
— jindřichohradecká, Neuhauſerblau.
— mineralná čili nerostová, Mineralblau.
— míšenská, Laſurſtein.
— na pečetidla, Stampiglienblau.
— nejvídská, Neuwiederblau.
— pařížská, Pariſerblau.
— pruská, Berlinerblau.
— štampiliová, Stampiglienblau.
— Thenardova, Thenardsblau.
— uhelná, Kohlenblau.
— ultramarinová, Ultramarinblau.
— vápená, Kalkblau.
— železná, Eiſenblau.
modralka, Ultramarinblau.
modřec, Lazurſtein.
modřidlo, Neublau.
modřilky, Neublau.
modrohlávek, Sauerklee.
modrosmolina, Pittakal.
mohér, Mohair.
mochna husí, Gänſekraut.
mok křemenatý, Kali, kieſelſaures flüſſiges.
— sazový, Glanzrußtinktur.
mokád, Mocade.
moleskin, Moleskin.
molton, Molleton.
molybdén, Molybdän.
molybdénan ammonatý, Ammoniak, molybdänſaures.
— draselnatý, Kalimolybdat.
— sodnatý, Natron, molybdänſaures.
momordyka, Balſamäpfel.
monesia, Moneſia.
montbeliard, Montbeliard.

morák, Schill.
mordovník, Eisenhütchen.
moreas, Moreas.
mořena, Krapp.
— letní čili ranná, Sommerröthe.
— podzimní čili pozdní, Herbströthe.
mořenovina, Krappreth.
morfin, Morphin.
mořidlo, Beizmittel.
— železné, Eisenoxyd, holzsaures.
morlé, Merlaix.
moruše, Maulbeeren.
mortadely, Mortadellen.
mosaz, Messing.
— bílá, Weißmetall.
— bristolská, Messing, bristoler.
— bubnová, Trommelmessing.
— cementová, Cementmessing.
— hodinářská, Uhrmachermessing.
— kusová, Stückmessing.
— listovní, Flittergeld.
— svinutá čili v kotoučích, Rollmessing.
— tabulní, Tafelmessing.
— zámečnická, Schlossermessing.
moskováda, Moskovade.
motouz, Bindfaden.
motyčka na kukuřici, Maishacke.
— na mák, Mohnhäundel.
— zahradní, Gartenhäundel.
motyka, Breithaue.
moučinec střelkový, Guter Heinrich.
moučka bramborová, Kartoffelmehl.
— jedová, Arsenik, weißer gestoßener.
— kompostová k hnojení, Düngerkompostmehl.
— kostní, Knochenmehl.
— marantová, Arrow-Root.
— na mouchy, Fliegenpulver.
— na vlasy, Haarpuder.
— syrupová, Bastarde.
— škrobová, Stärkmehl.
— utrýchová, Arsenik, weißer gestoßener.
mouka bělná, Semmelmehl.
— bobová, Bohnenmehl.
— cukrová, Farin.
— černá, Mehl, schwarzes.
— černýšová, Ackerbrandmehl.
— kamencová, Alaunmehl.
— královská, Königsmehl.
— kruchová, Pohlmehl.
— krupařská, Grieslermehl.
— krupičná, Griesmehl.
— mandlová, Mandelkleie.
— pekařská bílá, Bäckermehl, weißes.
— pekařská šrotová, Bäckerschrottmehl.
— prachová, Mehlpulver.
— prostřední, Mehl, mittelfeines.
— pšeničková, Ackerbrandmehl.
— pšeničná, Weizenmehl.
— rýžová, Reismehl.
— šrotová, Pohlmehl.
— velikonoční, Ostermehl.
— výražná, Mundmehl.
— žemlová, Semmelmehl.
— žitná chlebová, Kornbrodmehl.
mouřenín alkalický, Quecksilber, alkalisches.
— antimónový, Schwefelspießglanzquecksilber.
— měděný, Kupferasche.
— minerální, Merkurialpulver, schwarzes.
— platinový, Platinmohr.
— rostlinný, Mohr, vegetabilischer.
— tartarový, Quecksilber, tartarisirtes.
moxa (plsť pelunová), Moxa.
možucha, Sabina.
mramor, Marmor.
mravenčan éthylnatý, Ameisenäther.
— měďnatý, Kupferoxyd, ameisensaures.
— sodnatý, Natron, ameisensaures.
mříže do průlivu čili trativodu, Kanalgitter.
— na balkon, Balkenstäbe.

mříže pavlanové, Balkenstäbe.
— požerákové, Kanalgitter.
— roštové, Roststäbe.
mrkev hořká neb psí, Wasserschierling.
mrkous, Kerbel, wilder.
mrkva ovčí, Schafschwingel.
mrkvice polská, Möhre, wilde.
mrva mineralná čili nerostová, Mineraldünger.
muchomůrka, Fliegenpilz.
muchotravka, Fliegenpilz.
mukyně, Mehlbeeren.
multon bavlněný, Baumwollenmolton.
mumie pravá čili egyptská, Mumie.
murexyd, Ammoniak, purpursaures.
mušky psí, Rizinuskörner.
— španělské čili májové, Kanthariden.
mušlín, Muselin.
— na záslony, Verhangmousselin.
— vlněný, Wollmousselin.
mušlinet, Muslinet.
mužík tučný menší, Blattlos.
mydlice čili mydlička, Seifenkraut.
mýdlo alikantské, Seife, alikantische.
— ammoniakové, Ammoniakseife.
— ammoniakové kafrové, Opodeldok.
— antimónové, Spießglanzseife.
— antimónové rozpuštěné, Spießglanztinktur.
— balšánové olivové, Balsamolivenseife.
— benátské, Seife, venetianische.
— benzoinové, Benzoeseife.
— bílé, Seife, weiße.
— bylinné, Kräuterseife.
— černé, Seife, schwarze.
— čpavkové, Ammoniakseife.
— dehtové, Theerseife.
— domácí, Seife, gemeine.
— draseluaté, Kaliseife.
— enkaustické, Seife, enkaustische.
mýdlo francouzské, Seife, französische.
— galbanové, Galbanseife.
— glycerové, Glycerinseife.
— glycerové s olejem žloutkovým, Eierölglycerinseife.
— guttové, Gummiguttseife.
— helmontské, Seife, helmont'sche.
— hnědé, Seife, braune.
— horní, Bergseife.
— husí, Gänsekraut.
— jadrné, Kernseife.
— jalapové, Jalapenseife.
— jódokaliové, Jodkaliseife.
— jódosiruaté, Jodschwefelseife.
— kafrové, Kampferseife.
— kakaové, Cacaoseife.
— kamené, Bergseife.
— k holení, Rasirseife.
— klihové, Leimseife.
— kokosové soduaté, Kokosnußölsodaseife.
— kovové, Metallseife.
— křemenné, Kieselseife.
— kulovaté, Seifenkugeln.
— kvajakové, Quajakseife.
— lékařské, Seife, medizinische.
— lojové, Talgseife.
— lučební Dipplovo, Seife, Dippels chemische.
— mandlové, Mandelseife.
— marmorované, Seife, marmorirte.
— marseilské, Seife, marseillesche.
— mazavé, Seife, weiche.
— natronové, Natronseife.
— obyčejné, Seife, gemeine.
— olejové, Ölseife.
— olejové k mazání, Leimseife.
— olejovinné, Elainseife.
— pemzové, Bimssteinseife.
— prosvítavé, Seife, durchsichtige.
— proti krticím, Skrophelseife.
— pryskyřicové, Harzseife.
— punické, Seife, punische.
— rosmarinové, Rosmarinseife.

mýdlo rtuťní, Quecksilberseife.
— sirné, Schwefelseife.
— sodnaté, Natronseife.
— surmíkové, Spießglanzseife.
— španělské, Seife, alikantische.
— švédské na oznobeniny, Frostseife, schwedische.
— terpentynové, Terpentinseife.
— toiletní, Toiletteseife.
— tuhé, Kernseife.
— tuhové, Graphitseife.
— tvrdé, Seife, harte.
— vápené, Kalkseife.
— vlněné, Wollseife.
— voňavé, Parfümseife.
— vonné, Seife, aromatische.
— vindsorské, Windsorseife.
— voskové, Wachsseife.
— zelené, Seife, grüne.
— z tuku jaterního, Leberthranseife.
— železité, Eisenseife.

mýdlo žloutkové, Eierdotterseife.
— žloutkové k holení, Eierdotterrasirseife.
— žloutkové s glycerinem, Eierdotterseife mit Glycerin.
— žluční, Gallenseife.
myrha kapalná, Myrrhe, zerfloßene.
— nepřebíraná, Myrrhe in Sorten.
— přebíraná, Myrrhe, auserlesene.
myrika, Gagel.
myrobalany belerské, Mirobalanen, bellirische.
— černé čili indické, Mirobalanen, schwarze.
— hnědé, Mirobalanen, braune.
— šedivé, Mirobalanen, aschfarbene.
— žluté, Mirobalanen, gelbe.
myrtinky, Myrtenbeeren.
mysl dobrá, Dosten.
myšák, Fliegengift.
myši mořské, Meermäuse.

N.

naběračka, Schöpflöffel.
nadmanganan draselnatý, Kali, übermangansaures.
nádoba k zčistění, Abklärgefäß.
nádobí polévané, Geschirr, emaillirtes.
nádržník, Widerhaltkette.
nafta, Bergnaphtha.
— brómová, Bromäthyl.
— ledková, Salpeteräther.
— sirková, Schwefeläther.
— šťovíková, Kleesäureäther.
naftalin, Naphthalin.
nahradina kávová, Kaffeesurrogat.
náhřbetník, Obergurt.
nach kasiový, Goldpurpur.
— zlatý, Goldpurpur.
nachovec, Purpurschnecke.
nachovina indychová, Indigpurpur.
nákolník, Radsperre.
nákyp karlovarský, Sprudelstein.

nálev růžový, Roseninfusion.
nálevka, Trichter.
— procezovací, Filtrirtrichter.
nálišník, Endkette.
námel, námělečník, Mutterkorn.
námelovina, Ergotin.
nankýn, Nankeen.
nankynet, Nanquinnete.
napelin, Napellin.
náplasť anglická, Englischpflaster.
— dyachylová, Diachylonpflaster.
— hnědá, Mutterpflaster.
— klejtová, Dyachylonpflaster.
— matečná, Mutterpflaster.
— na kuří oka, Hühneraugenpflaster.
— norimberská, Mutterpflaster.
— obměkčující, Weichpflaster.
— olovná, Bleipflaster.
— universální na rány, Universalwundpflaster.
— vosková, Wachspflaster.

náplasť vytahovací, Ziehpflaster.
nápoj sladký, Alantwein.
nápravy kočárové štyrské, Kaleschachsen, steyrische.
— odvodné, Achsen, gesenkte.
— povozní soustruhované, Frachtachsen, gedrehte.
— soustrované štyrské, Achsen, abgedrehte steyrische.
— sprosté čili jednoduché, Achsen, rohe.
náprsníky, Brustketten.
náprstkovina, Digitalin.
náprstky, Fingerhüte.
náprstník čili náprstek, Fingerhutkraut.
náradník, Ackerblech.
náražník, Flockbohrer.
narcein, Narcein.
nardus indiánský, Spick, indischer.
nařezovník, Kehlhebel.
narkotin, Narkotin.
nárožník, Sparrnagel.
násada na lopaty, Schaufelstiel.
— na pilník, Feilenheft.
násadka na péra, Federheft.
— na řezák, Schnitzerheft.
— na šídlo, Ahlheft.
— na štětku, Pinselstiel.
násečnice, Zimmeraxt.
nášijek, Halfkette.
natahač, Reifzange.
nátěř mýdlo-kafrová, Opodeldok.
nativky, Nativsaustern.
natrium, Natrium.
natron, Natron.
— kreosotový, Kreosotnatron.
— žíravý, Natron, ätzendes.
náušnice, Ohrgehänge.
návlečka, Schnürnadel.
neapolitén, Neapolitain.
návojník, Haltkette.
nebozez čepovní, Zapfenbohrer.
— kátrový, Ventilbohrer.
— na šrouby, Schraubenbohrer.
— špičatý, Spitzbohrer.
nebozez tyrolský pěkný, Tyrolerbohrer, feiner.
— ušatý, Ohrbohrer.
nebozízek do kolovrátků, Hackelbohrer.
— drátěný, Drahtbohrer.
— na podpatky, Absatzbohrer.
— šroubový, Schraubenbohrer.
nedvědice, Bärentraube.
nefrit, Nierenstein.
nehtík, Ringelblume.
nechrast čili nechrest, Wermuth, pontischer.
nejt, nejtek, Niet.
němec potměšilec, Glaskraut.
němnice, Tollkraut.
nekata, Sabina.
netík, Frauenhaar.
netřesk, Hauslauch.
— nejmenší, Blattlos.
netýkalka, Balsamine, gelbe.
nic bílé, Almey.
— černé, Beinschwarz.
— pravé, Zinkweiß.
— šedé, Tutie, graue.
nickamínek bílý, Augenstein.
— modrý, Kupfervitriol.
— zelený, Eisenvitriol.
nikl, Nickel.
nikotianin, Nikotianin.
nikotin, Nikotin.
ninsing, Ninsiwurzel.
nit hedvábná, Seidenzwirn.
— sirná, Schwefel, gezogener.
nitě, Zwirn.
— k pletení, Strickzwirn.
— krajkové, Klöppelzwirn.
— šicí, Nähzwirn.
nitrobenzid, Nitrobenzol.
nitroglycerin, Glonoin.
nitroprussid měďnatý, Nitroprussidkupfer.
— sodnatý, Nitroprussidnatrium.
nobilta, Nobilta.
noha moří, Bärlappkraut.
— vlčí, Zigeunerkraut.

nohy k sporníkům, Sparherdfüße.
nonpareille, Nonpareille.
nosatec čili nosák, Spitzhaue.
novokov, Packfong.
nože a vidličky stolní, Tafelbesteck.
— s rukovětí dřevěnou, Tafelbesteck mit Holzheft.
— s rukovětí z jelení kosti, Tafelbesteck mit Hirschbeinheft.
nudle císařské (makaronky), Kaisernudeln.
nůž trojřízný, Messer, dreischneidiges.
nůžka ptačí, Vogelsfuß.
— stračí mořská, Meerbacille.
nůžky, Schere.
— ploskaté, Lappenschere.
— postřihačské, Tuchschere.
— špičaté, Spitzschere.
nynzín, Ginseng.
nýt, Niet.
nýtky do podpatků, Absatznieten.
— drátěné železné, Drahtstifte, weiße.
— drátěné mosazné, Drahtstifte, messingene.
— k tendrům, Tendernieten.
— obruční, Faßnieten.
— plechovní, Blechnieten.

O.

obhazovačka, Mauerkellen.
oblоučnice, Laubsäge.
obratla hadí, Vipernknochen.
obřezák, Beschneidehobel.
obroučky na plužně, Pflugradelreifen.
obrtlík, Vorreiber.
— klikový, Kurbelreiber.
obrubovačka, Einfaßband.
obruče džberové, Bandeisen.
— kočárové štyrské, Stegreifen, steyrische.
— na kolo čili povozní, Radreifen.
— posudní, Faßreifen.
obsidian, Bouteillenstein.
obtahovátko, Abziehriemen.
ocas liščí čili vlčí, Natterkopf.
ocásek myší, Schafgarbe.
ocáska, Fuchsschweif.
ocáskovec luční, Wiesenfuchsschwanz.
ocasy volské, Ochsenschweife.
ocel, Stahl.
— cementová, Cementstahl.
— damaskovaná, Stahl, damascirter.
— innenberská holová, Stahl, Innenberger in Stangen.
— jadrná, Kernstahl.
ocel jedlová, Tannenbaumstahl.
— litá, Gußstahl.
— manganová, Manganstahl.
— na péra k vozům, Wagenfederstahl.
— nožířská, Federstahl.
— oblá, Rundstahl.
— pilnikářská, Feilenstahl.
— pružná, Federstahl.
— sprostá, Stahl, ordinärer.
— svazková, Bündelstahl.
— švarcenberská, Stahl, schwarzenberger.
— volframová, Wolframstahl.
— vydělaná, Gerbstahl.
oceliny, Stahlfeile.
ocelka, Stahlbrunn.
ocet, Essig.
— ammonovaný, Ammoniak, essigsaures flüssiges.
— destilovaný, Essig, destillirter.
— dřevěný, Holzessig.
— estragonový, Estragonessig.
— filosofický, Bleigeist.
— kadivý, Räucheressig.
— kafrový, Kampferessig.
— klejtový, Bleiessig.

ocet kořalkový, Branntweinessig.
— kořenný anglický, Gewürzessig, englischer.
— ledový, Bleigeist.
— malinový, Himbeerenessig.
— medový, Sauerhonig.
— nakuřovací, Räucheressig.
— obyčejný, Essig.
— olovný, Bleiessig.
— peltramový, Bertramessig.
— pivní, Bieressig.
— sehnaný, Essig, concentrirter.
— vinný, Weinessig.
ocilka čtverhranná, Gußstahl, quadrat.
— kulatá, Gußstahl, runder.
— mlynářská, Müllerstahl.
— oblá, Gußstahl, ovaler.
— rovná, Gußstahl, flacher.
— ševcovská, Schusterstahl.
octan aluminitý, Alaunerde, essigsaure.
— ammonatý, Ammoniak, essigsaures.
— ammonatý tekutý čili rozpuštěný, Ammoniak, essigsaures flüssiges.
— barnatý, Baryt, essigsaurer.
— cínatý, Zinnoxydul, essigsaures.
— cinchoninný, Cinchonin, essigsaures.
— draselnatý, Essigsalz.
— draselnatý rozpuštěný, Essigweinstein, zerfleßener.
— éthylnatý, Essigäther.
— hlinitý, Alaunerde, essigsaure.
— hořečnatý, Magnesiaacetat.
— chininný, Chinin, essigsaures.
— kobaltnatý, Kobaltoxydul, essigsaures.
— manganatý, Mangan, essigsaures.
— měďnatý, Grünspan.
— měďnatý obojetný, Grünspan, destillirter.
— morfinný, Morphin, essigsaures.
— nikelnatý, Nickeloxyd, essigsaures.
— olovnatý, Bleizucker.
octan rtutičnatý, Quecksilberoxydul, essigsaures.
— rtuťnatý, Quecksilberoxyd, essigsaures.
— sodnatý, Natron, essigsaures.
— stříbrnatý, Silberoxyd, essigsaures.
— strontnatý, Strontian, essigsaurer.
— strychninný, Strychnin, essigsaures.
— trojolovnatý rozpuštěný, Bleiessig.
— vápenatý, Kalk, essigsaurer.
— veratrinný, Veratrin, essigsaures.
— vizmutový, Wismuthoxyd, essigsaures.
— zinečnatý, Zinkoxyd, essigsaures.
— železitý, Eisenoxyd, essigsaures.
— železitý nečistý, Eisenoxyd, holzsaures.
octomed, Sauerhonig.
octoměr, Acetometer.
octovka, Essigsäure.
ocúnovina, Kolchicin.
očka smrková, Fichtenknospen.
očko hasprové, Sperrhakenhaft.
odlivek citronový, Limonadgazeus.
— malinový, Himbeergazeus.
odpadky neb ostružky jantarové, Bernsteingruß.
— libernicové, Pfundlederabfälle.
— solné, Salzabfälle.
— třetinové čili tercové, Terzenabfälle.
— z bavlněné příze, Baumwollgarnabfälle.
odpilky cínové, Zinnfeile.
— olověné, Blei, gefeiltes.
— železné, Eisenfeile.
ohárek, Gurke.
ohňáčky, Feuerbohnen.
ohněnoš, Pyrophor.
ohniště hospodářské, Sparherd.
ochmetí, Eichenmistel.
ochr v. okr.

oka jedlová, Tannenknospen.
— račí, Krebsaugen.
— vlčí, Einbeeren.
— vraní, Brechnüsse.
okatice, Lamprete.
okovec, Pilotenschuh.
okr, Ocher.
— cementový, Cementocker.
— hnědý, Ocher, brauner.
— horní žlutý, Gelberde.
— chrómový, Chromocker.
— modrý, Bergblau.
— olovný, Bleioxyd, gelbes.
— oranžový, Ocher, orange.
— zlatý, Satinober.
okřehek menší, Wassermoos.
okrouhlík, Stabhobel.
okuje měděné, Kupferasche.
okurky, Gurken.
— hroznovité malé ranné, Traubengurken, kleine frühe.
— nakládané neb kyselé, Gurken, eingelegte.
— opepřené znojmské(nakládané), Pfeffergurken, Znaimer.
— panenské, Stechapfelkraut.
olein, Olein.
— na kůži, Lederolein.
olej aixský, Aixeröl.
— ananasový, Ananasöl.
— anjelikový, Angelikawurzelöl.
— antimónový, Spießglanzbutter.
— anýzový, Anisöl.
— arundelový, Arrundelöl.
— arsénový, Chlorarsen.
— asfaltový, Asphaltöl.
— balzámkový, Balsamäpfelöl.
— behenový, Behennußöl.
— benzoinový, Benzoeöl.
— bergamotový, Bergamottöl.
— blínový, Bilsenkrautöl.
— bobkovišňový, Kirschlorbeeröl.
— bobkový destillovaný, Lorbeeröl, destillirtes.
— bobkový vytlačený, Lorbeeröl, ausgepreßtes.

olej borový, Kienöl.
— březový, Birkenöl.
— brslenový, Spindelbaumöl.
— bukvicový, Buchecker nöl.
— bylinný pro žaludek, Kräutermagenöl.
— bylinný švýcarský, Schweizerkräuteröl.
— cedrový fenický, Kadeöl.
— cicinový, Kurkasöl.
— cihlový, Philosophenöl.
— citrovonný, Zitronenkrautöl.
— červený, Öl, rothes.
— česnekový, Knoblauchöl.
— dávivcový, Höllenöl.
— dehtový, Theeröl.
— dobromyslový, Dostenöl.
— dřevěný, Baumöl.
— dryjáku babího, Rizinusöl.
— dyptamu kretského, Dostenöl, kretisches.
— fialový, Veilchenöl.
— filosofův, Philosophenöl.
— gabianský, Steinöl, schwarzes.
— galbánový, Galbanöl.
— Gardovský, Gardseeröl.
— heřmánkový, Kamillenöl.
— hodinářský, Uhrmacheröl.
— holandský, Chloräther.
— horčicový čili horčičný, Senföl.
— hořký anglický, Bitteröl, englisches.
— hořký španělský, Bitteröl, spanisches.
— hřívní, Kammfettöl.
— hroznový, Traubenöl.
— chemiků holandských, Elaylchlorür.
— hruškový, Birnöl.
— chynový, Chinarindenöl.
— jablkový, Äpfelöl.
— jalovcový sirkovaný, Wacholderschwefelbalsam.
— jantarový, Bernsteinöl.
— jantarový sirný, Schwefelbernsteinöl.

olej jasmínový, Jasminöl.
— jedlový, Edeltannenöl.
— jehličný, Fichtennadelöl.
— kafrový, Kampferöl.
— kakaový, Cacaobutter.
— kamenný bílý, Steinöl, weißes.
— kamenný černý, Steinöl, schwarzes.
— kamenný červený, Steinöl, rothes.
— kamenný nejčistší, Bergnaphta.
— kamenný sirný, Schwefelsteinöl.
— kamenouhelný Steinkohlenöl.
— kapradový, Farrnkrautöl.
— karapový, Karapaöl.
— kaskarilový, Kaskarillrindenöl.
— kaučukový, Kautschuköl.
— kerblíkový, Gartenkerbelöl.
— kikekunemalový, Kikekunemaleöl.
— kmínový, Kümmelöl.
— kmínu římského, Kümmelöl, römisches.
— kokosový, Kokosnußöl.
— konopný, Hanföl.
— kopaivový, Kopaivaöl.
— koprový, Dillöl.
— koprový vyvařený, Dillöl, gekochtes.
— kosodřevinový, Krummholzöl.
— kostní, Knochenöl.
— kozlíkový, Baldrianöl.
— křenový, Meerrettigöl.
— krotonový, Krotonöl.
— kvirinový, Quirinöl.
— kynový, Chinarindenöl.
— lékařský, Philosophenöl.
— libavkový, Gaultheriaöl.
— lilijový, Lilienöl.
— lněný, Leinöl.
— lněný sirný, Schwefelbalsam.
— lnicový, Leindotteröl.
— lončový, Kienöl.
— lukský, Lucheseröl.
— lžičníkový čili lžičný, Löffelkrautöl.
— makazarový, Makassaröl.

olej makový, Mohnöl.
— mandlový sladký, Mandelöhl, süßes.
— mangostanový, Mangostanöl.
— maraskinový, Marasquinöl.
— markasitový, Wismuthchlorid.
— mastyksový, Mastixöl.
— momordykový, Balsamäpfelöl.
— olovný, Bleiessig.
— palmový, Palmöl.
— myrhový, Myrrhe, zerflossene.
— naftový, Bergnaphta.
— námelový, Mutterkornöl.
— na stroje, Maschinenöl.
— olivový, Baumöl.
— ořechovy, Nußöl.
— paldranový, Baldrianöl.
— palný čili k pálení, Brennöl.
— panenský, Gardseeröl.
— pargamentkový, Bergamottöl.
— pekelný, Höllenöl.
— peprníkový, Pfeffermünzöl.
— pineolový čili pinelkový, Pinienöl.
— plynu olejného, Chloräther.
— provázkový, Leindotteröl.
— prhový, Bergwolverleiöl.
— proti šupinám, Schuppentilgungsöl.
— pro úpravní lampy, Moderateurlampenöl.
— provencský, Provenceröl.
— pryskyřicový, Harzöl.
— puglianský, Baumöl.
— řepkový čili řepicový, Rüböl.
— rmenový, Kamillenöl.
— routový, Weinrautenöl.
— růžový, Rosenöl.
— rybí čistěný, Leberthran.
— rycínový, Rizinusöl.
— salátový, Aixeröl.
— sasamový, Sesamöl.
— saturejový, Bohnenkrautöl.
— semenový čili semenečný, Hanföl.
— sesilující vlasy, Haarwuchsöl.

olej skalný nejčistší, Naphta.
— skoččový, Rizinusöl.
— smolný, Pechöl.
— solarový, Solaröl.
— spermacetový, Spermacetöl.
— surmíkový, Spießglanzbutter.
— škrkavičný Chabertův, Wurmöl, Chaberts.
— špikový čili špikanardový, Lawendelöl.
— štikový, Leberthran.
— štírový, Skorpionöl.
— tabulní, Tischöl.
— tartarový, Weinsteinöl.
— templinský, Krummholzöl.
— terpentynový, Terpentinöl.
— terpentynový sirný, Schwefelterpentinöl.
— tigliový, Krotonöl.
— tovární, Baumöl.
— třebulový, Gartenkerbelöl.
— třezalkový, Johannisöl.
— tykvový, Kürbisöl.
— vinný sladký, Weinöl, süßes.
— violkový, Veilchenöl, öliges.
— vizmutový, Wismuthchlorid.
— vorvaninný, Spermacetöl.
— voskový, Wachsöl.
— zederachový, Margosaöl.
— z kuliček muškátových, Muskatnußöl, fettes.
— z kůry střemchové, Ahlkirschrindenöl.
— z poupat topolových, Pappelknospenöl.
— zvonečkový, Johannisöl.
— živičný, Harzöl.
— žloutkový, Eieröl.
olejček *v.* silice.
— růžový, Rosenöl.
olejík *v.* silice.
— hřebíčkový, Nelkenöl.
olešník bedrníkovitý, Bergpetersilie.
olibanum, Weihrauch.
olium, Vitriolöl, nordhäuser.
olivky zelené, Oliven, grüne.
olivy mosazné, Oliven, messingene.
— pakfongové, Oliven, packfongene.
— železné, Oliven, eiserne.
olověnka, Graphit.
olovo, Blei.
— měkké, Weichblei.
— pálené, Bleiasche.
— rohové, Hornblei.
— rudné čili surové, Werkblei.
— tabulní čili deskové, Tafelblei.
— točené, Blei, gewundenes.
— třáskavé, Knallblei.
— tvrdé, Hartblei.
olůvka, Bleistifte.
ománkovina, Alantin.
ombré, Ombré.
omelí, Mistel.
opal zemovitý, Polierschiefer.
opálka, Futterschwinge.
opásky čepové, Zapfenbänder.
opelky, Ölkuchen.
openec, Gundelrebe.
opěnovačka, Schaumlöffel.
opian, Opian.
opium, opij, Opium.
oplátky k pečetění, Oblaten.
opletník plotní, Zaunwinde.
opodeldok, Opodeldok.
opoponax, Panax.
oprment, Arsenik, gelber natürlicher.
oranžovina chrómová, Chromorange.
ořechovec, Wälschlauch.
ořechy, Nüsse.
— amerikánské, Paranüsse.
— behenové čili beenové, Behennüsse.
— hadí, Schlangennüsse.
— indianské, Kokosnüsse.
— karozové, Karozzanüsse.
— královské, Nüsse, wälsche.
— sviňské, Erdscheiben.
— vlaské, Nüsse, wälsche.
— vlaské velké, Polternüsse.
— vodní, Stachelnüsse.

ořechy zemské, Erdkastanien.
ořešák, Trüffel.
ořešina, Nußbaumholz.
organdis, Organdis.
oricel, Orseille.
oriental, Orientale.
orientin, Orientine.
oříšky, Ackernüsse.
oříšky lískové, Haselnüsse.
— muskátové, Mazisnüsse.
— mydelníkové, Seifennüsse.
orkyš, Dinkel.
orlean, Orlean.
— v koších, Orlean in Körben.
— v lýčí, Orlean in Bast.
orlíček bílý, Kalomel.
— rtuťový, Kalomel.
orsaj, Hahnenfuß.
orseil, orsilie, orsela, Orseille.
oset hvězdný, Calcitrape.
osinec, osinek, Asbest.
osladič, Engelsüß.
osloprd, Krampfdistel.
oslovína, Eselshaut.
osmazom, Osmazom.
osmium, Osmium.
osmund, Osmund.
ospanlivina, Morphin.
ostarek, Rumpfleder.
ostřižky postřihačské, Scheerwolle.
— vlnové, Fleckwolle.
ostrolist, Hülsenblätter.
ostrolistec, Scharfkraut.
ostropes, Krampfdistel.
ostropestřec vlaský, Kardebenediktten.
ostružiny, Brombeeren.
ostrýš indský, Kurkume.
oškrd, Müllerstahl.
oštěpačka, Zimmeraxt.
otáčka, Zaunwinde.
otočník, Sonnenwende.
otrava myší, Arsenik weißer, gestossener.
otruby mandlové, Mandelkleien.
— pšeničné, Weizenkleien.
— žitné, Kornkleien.
otruch, Fliegengift.
otrušík šedý, Fliegengift.
ouhelka, Champignon.
ouhoř, Aal.
— nakládaný čili marinovaný, Aal, marinirter.
— uzený, Aal, geräucherter.
oupor, Blutkraut.
ouško myší, Habichtskraut.
outorník, Kimmhobel.
ovčina plnovlná, Schaffell, ganzwolliges.
— polovlná čili kožešnická, Schaffell, halbwolliges.
— zdechlinná, Sterblingsschafleder.
oves, Hafer.
oves francouzský čili vyvýšený, Raigras, französisches.
oxamid, Oxamid.
oxyakantin, Oxyakanthin.
ozant, Asand, stinkender.
ožanka česneková, Lachenknoblauch.
— menší, Gamander.

P.

páč železný, Brechstange.
pačesí, pačesek, Mittelwerg.
pacholek šroubovní, Schraubknecht.
pacholík, Lichtsparer.
paj, Fries.
pajka, Schlagloth.
pajka plechařská nebo rychlá, Schnellloth.
— stříbrnická, Silberschlagloth.
— zlatnická, Goldschlagloth.
pakfong, Packfong.
paldán, Kaiserjalat.
palečnice, Daumenschraube.

páleční k, Bitterling.
paleční k chocholatý, Knaulgras.
pálenka, Branntwein.
— jalovcová, Wacholderbranntwein.
palice ježková, Stechapfelkraut.
— k hmoždířům, Mörserstößel.
palička na kámen, Steinschlägel.
pallad, palladík, Palladium.
pamětník, Bergmünze.
pammasín, Bombasin.
pampalík, Ringelblume.
pampuliška, Löwenzahn.
pánev, Kasserolle.
— k pražení, Röstpfanne.
— na amoletky, Amoletpfanne.
— na ohniště, Feldkessel.
— na podkouření, Rauchpfanne.
— ohřívadelní, Glutpfanne.
— s dlouhým držadlem, Pfanne, langgestielte.
— s nožkami, Pfanne, gefußte.
pánvice mlynářská, Mühlpfanne.
pánvička na klih, Leimpfanne.
pantováky, Bandnägel.
pantovnice, Bandhacke.
papaverin, Papaverin.
papelin, Papeline.
papír, Papier.
— anilinový, Anilinpapier.
— atlasový, Atlaspapier.
— barvený, Papier, gefärbtes.
— cedicí, Filtrirpapier.
— cukerní, Zuckerpapier.
— filtrovací, Filtrirpapier.
— graduální, Regalpapier.
— hedvábní, Seidenpapier.
— hladěcí, Polierpapier.
— imperiálský, Imperialpapier.
— kancelářský, Kanzleipapier.
— kartářský, Deckelpapier.
— karukový, Hausenblasenpapier.
— kližený, Papier, geleimtes.
— konceptní, Konzeptpapier.
— královský, Imperialpapier.
— lakmusový neb mláčený, Lakmuspapier.
papír lakovaný nepromokavý, Lackpapier, wasserdichtes.
— mramorovaný, Papier, marmorirtes.
— muchomůrkový, Fliegentodtpapier.
— na cukr, Zuckerpapier.
— na mouchy, Fliegentodtpapier.
— na pytlíky, Sackelpapier.
— obálkový, obalovací čili na obálky, Packpapier.
— pakostní, Gichtpapier.
— panenský, Velinpapier.
— pargamenový, Velinpapier.
— pijavý, Löschpapier.
— postříbřený, Silberpapier.
— poštovní čili panský, Postpapier.
— přírodní, Naturpapier.
— procezovací, Filtrirpapier.
— prožíravý, Schrenzpapier.
— psací, Schreibpapier.
— pulcrovací, Schmirgelpapier.
— reagovací, Reagenzpapier.
— regální, Regalpapier.
— režný, Schrenzpapier.
— rostlinný východoindický, Pflanzenpapier, ostindisches.
— sklovitý, Glaspapier.
— skoumavý, Reagenzpapier.
— slaměný, Strohpapier.
— slonokostní, Elfenbeinpapier.
— smirglový, Schmirgelpapier.
— strakatý, Papier, bunt gedrucktes.
— strojní ku kreslení, Maschinenzeichnenpapier.
— tiskařský, Druckpapier.
— velinový, Velinpapier.
— vesikatorský, Papier, blasenziehendes.
— voskovaný, Wachspapier.
— zlatý, Goldpapier.
papírovka, Papiermaché.
papřice, Obereisen.
paprika, Pfeffer, spanischer.

pára zemská, Erdrauch.
parabo, Paraberinde.
paraffin, Paraffin.
paramata, Paramattas.
paramorfin, Paramorphin.
paratado, Paratadcrinde.
pardalovina, Pantherhaut.
pareira, Grieswurzel.
pařeznice, Stockhacke.
pargamen, Pergament.
parilin, Smillacin.
pariparabo, Pariparabewurzel.
parkán, Kamelot.
parmezán, Parmesankäse.
parusina, Segelleinwand.
pás, Gürtel.
pás sv. Jana, Bärlappkraut.
pásemnice, Seegras.
pasta ibišková, Regliſſe, weiße.
— lekořicová, Regliſſe, braune.
— mechová islandská, Moospaſta, isländiſche.
— na prsa, Bruſtpaſta.
— nepromočitelná na kůži, Lederpaſta, wasserdichte.
— zubní, Zahnpaſta.
pastely, Paſtellfarben.
pasty skleněné, Glaspaſten.
past železná, Schlageiſen.
paštiky lanýžové, Trüffelpaſteten.
paštrnák lesní, Möhre, wilde.
paternoster, Paternoſter.
patchouly (patšuly), Patchoulikraut.
patina, Kupferoxydul.
pavoučnice, Erdſpinnenkraut.
pavučník, Flor.
— černý, Trauerflor.
pazneht nedvědí, Bärenklaue.
paznehtník, Bärenklaue.
paznehty, Klauen.
pazourek, Feuerſtein.
— kočičí, Schotenklee.
pazoušky smrkové, Fichtenknospen.
pečárka, Champignon.
pečeť panny Marie, Zaunrübenwurzel, ſchwarze.
pečeť Šalomounova, Weißwurzel.
pěchovec, Braunwurzel.
pekáč, Bratpfanne.
— plechový, Bratpfanne, blecherne.
pekáčky cukrové, Zelteln, gemiſchte.
— mátové, Krauſemünzzelteln.
peklínek, Beifuß.
pelosin, Pelosin.
peluň skalní, Genipkraut.
pelunka, Wermuth.
pelyněk obecný, Wermuth, gemeiner.
— pomořský čili mořský, Meerwermuth.
— pontský, panenský čili římský, Wermuth, pontiſcher.
pemza, Bimsſtein.
— slitá, strojená neb vídeňská, Bimsſtein, gegoſſener.
pěna mořská, Meerſchaum.
— skelná, Glasgalle.
— stříbrná, Bleiglätte.
— zlatá, Goldſchaum.
pěněnka, Kardamine.
penízek vinutý, Egelkraut.
pěnovka, Meerſchaum.
pentle atlasová, Atlasband.
— bourová, Floretband.
— dykytová, Taffetband.
— flórová, Florband.
— hedbávná, Seidenband.
pepř bílý, Pfeffer, weißer.
— černý čili obecný, Pfeffer, ſchwarzer.
— dlouhý čili muchový, Pfeffer, langer.
— éthiopický, Pfeffer, äthiopiſcher.
— guinejský, Paradieskörner.
— jamaický, Piment.
— japanský, Pfeffer, japaniſcher.
— kajenský, Pfeffer, kajenner.
— myší, Läuſekörner.
— potoční čili vodní, Bitterling.
— španělský, turecký čili červený, Pfeffer, ſpaniſcher.
— vlčí čili divoký, Kellerhalskörner.
— židovský, Piment.

pepřika, papřika, Pfeffer, spanischer.
pepřikovina, Kapsicin.
pepřina, pepřovina, Piperin.
pepsin, Pepsin.
péra aluminiová, Aluminiumfedern.
— do pohovek, Kanapéfedern.
peřák, Lattennagel.
perča, Guttapercha.
pereiria, Pereirarinde.
peřestek, Bleude.
pergament, Pergament.
peří drané, Federn, geschlissene.
— husí, Bettfedern.
— prachové, Flaumen.
— suché, Wiesenwolle.
perkal, Perkale.
— šňůrkovaný, Schnürchenperkal.
perkan, Berkan.
perle, Perlen.
— bílé, Perlen, weiße.
— bledobarvé, Perlen, bleichfarbige.
— černavé, Perlen, schwärzliche.
— evropské, Perlen, okzidentalische.
— hruškovité, Perlen, birnförmige.
— lnokvěté, Perlen, flachsblüthige.
— nažloutlé, Perlen, gelbliche.
— nepravé, Perlen, unechte.
— orientalské, Perlen, orientalische.
— skleněné, Glasperlen.
— skoro kulaté, Perlen, fast runde.
— stříbrobarvé, Perlen, silberfarbene.
— válcovité, walzenförmige.
— zcela kulaté, Perlen, ganz runde.
— zelenavé, Perlen, grünliche.
perleť, Perlmutter.
perlíček, Nagelbohrer.
perličky skleněné, Schmelz.
perlík, Durchschlaghammer.
perlovina, Perlmutter.
perlovka, Perlenbranntwein.
pernáč, Löffelbohrer.
pernambuk, Fernambukholz.
perník, peruník, Pfefferkuchen.
péro ocelové, Stahlfeder.
— pštrosí, Straußfeder.
péro rýsovací čili rýsovné, Reißfeder.
persán, Bertramgarbe.
pertrám divoký, Bertramgarbe.
persio, Persio.
peruvien, Peruvienne.
pětilístek, pětiprstek, Fingerkraut.
— červený, Sumpffingerkraut.
petinet, Petinet.
petrklíč, Schlüsselblumenkraut.
petroleum, Steinöl.
petružel kořenohojná ranná, Wurzelpetersilie, frühe.
— zelená čili kudrnatá, Abschnittspetersilie.
petržel, petružel, Peterling.
peucedanin, Peucedanin.
peháč požehnaný, Kardobenediktén.
pian, Fischbein.
pichurymy, pechurymy, Pichurimbohnen.
pijavka lékařská, Blutigel.
pikát, Scharlachkraut.
piké, Piquée.
piknometr, Piknometer.
pikran draselnatý, Kali, pikrinsaures.
pikrolichenin, Pikrolichenin.
pikromel, Pikromel.
pikrotoxin, Pikrotoxin.
pila, Säge.
— dražební, Nuthsäge.
— drvoštěpská, Holzspaltersäge.
— kamenořezná čili na kámen, Steinsäge.
— k čípkům, Schließsäge.
— kuchyňská, Küchensäge.
— lesní, Waldsäge.
— mlynářská, Müllerbrettsäge.
— na kovy, Metallsäge.
— obloučková, Laubsäge.
— prkenní čili na prkna, Brettsäge.
— s obloukem, Bogensäge.
— strojová, Maschinsäge.
— tesařská, Zimmermannsohrsäge.
— vývěsní, Aushängsäge.

pilát lékařský, Ochsenzungenkraut.
piliny cínové, Zinnfeile.
— olověné, Blei, gefeiltes.
— železné, Eisenfeile.
pilka cinkovní, Schließsäge.
— do vykružovačky, Schweifsäg-blatt.
— probírací, Spannsäge.
— truhlářská, Rahmsägblatt.
— zahradnická, Baumsäge.
— z hodinového péra, Uhrfeder-säge.
pilník čtverhranný, Feile, vierecktige.
— hladěcí, Polierfeile.
— hladký, Schlichtfeile.
— hrubý, Strohfeile.
— — kulatý, Strohfeile, runde.
— — okrouhlý, Strohfeile, halb-runde.
— — plochý, Strohfeile, flache.
— — tříhranný, Strohfeile, drei-eckige.
— jehlový, Nadelfeile.
— kovářský, Armfeile.
— křivý, Röffelfeile.
— na čípky, Zapfenfeile.
— na ocel, Stahlfeile.
— na pilky, Sägefeile.
— na pily mlynářské, Brettsäge-feile.
— oblý, Feile, runde.
— plochý, Feile, flache.
— polooblý, Feile, halbrunde.
— s obloukem, Bogenfeile.
— ševcovský, Schusterfeile.
— tříhranný, Feile, dreieckige.
— vydlabací, Hohlfeile.
— vyhlazený, Schlichtfeile.
— vyrovnávací, Vorfeile.
— vývrtní, Bohrerfeile.
— zahnutý, Angelfeile.
pilníky Fišerovské hrubě sekané na předpilování, Bundfeilen, Fi-scher'sche.
pilule počistivé, Purgierpillen.
pilulky na krysy, Rattenpillen.
pilulky ušní, Ohrenpillen.
pimenta, Piment.
pincoly, pinclky, Pinien.
piperát, Gelzmilz.
piperin, Piperin.
písek zlatý, Goldsand.
pistacie, Pistazien.
piškot, Biscuit.
pittakal, Pittakal.
pížmo, Bisam.
placky lněné, Leinkuchen.
plachetka kovová, Metallplatte.
plachtovina, plachtina, Segellein-wand.
plamatka abecedová, Akinelle.
— zelná, Parakresse.
plamének, Brennkraut.
plát falcovní, Falzplatte.
— měděný, Bodenkupfer.
— rámcový, Rahmplatte.
— s dírou, Lochplatte.
— železný, Bodeneisen.
plátenko, Siebtuch.
platík, Platina.
platina, Platin.
plátky, karafiátové, Gartennelken.
plátno Leinwand.
— bílené, Leinwand, gebleichte.
— bourové, Floretleinwand.
— buclové, Butzelleinwand.
— cinovaté čili cinkovaté, Lein-wand, gemodelte.
— cuckové, Fuckenleinwand.
— činovaté, Doppelleinwand.
— doražené, Leinwand, dichte.
— flámské, flämische Leinen.
— flokové, Flockenleinwand.
— floretové, Floretleinwand.
— hadrové, Hadernleinwand.
— hladové, Leinwand, schüttere.
— hlazené, Glanzleinwand.
— hrubé, Leinwand, grobe.
— javorské, Jauersche Leinwand.
— kambrejské, Kambriks.
— kanafasové, Cholets.
— kližené, Leinwand, gesteifte.

plátno klukové, Bergleinwand.
— knihové, Buchleinwand.
— konopní, Hanfleinwand.
— koňské, Kavalins.
— kopové, Schocke, böhmische.
— koudelné, Hedeleinen.
— kozlové, Bockleinen.
— kožovité, Lederleinwand.
— křečné, Leinwand, rohe.
— lavalské, Lavalleinen.
— leštěné, Glanzleinen.
— lněné, Flachsleinwand.
— majtkové, Matrosenleinwand.
— mervilské, Merville.
— nábytkové, Möbelleinen.
— nadělané, Leinwand, dichte, derbe oder kernige.
— na hadry, Hadernleinwand.
— na peřiny, Bettleinwand.
— nepropotitelné, Schweißtuch.
— oudělné, Leinwand, dichte oder kernige.
— pačesné, Mittelleinwand.
— pakostní, Gichtleinwand.
— pavučníkové, Schleierleinwand.
— pazdeřní, Fleckenleinwand.
— plachetní, Segelleinwand.
— pohanské, Zwillich.
— poloviční, Demi-Teile.
— polské, Polakenleinwand.
— povlakové, Kappenleinwand.
— procezovací, Filtrirleinwand.
— pruhované, Leinwand, gestreifte.
— pytlové, Sackleinwand.
— řežné, Packleinen.
— řídké, Leinwand, schüttere.
— ruské na ubrousky, Servietten-leinwand, russische.
— sirné, Schwefeleinschlag.
— smolené, Pechleinwand.
— stlačené, Leinwand, gepreßte.
— strakaté, Leinwand, geschäckte.
— stůčkové, Stangenleinwand.
— široké, Webenleinwand.
— štukové, Ballenleinwand.
— šupkové, Beuteltuch.

plátno tažené, Leinwand, gezogene.
— tenké, Leinwand, feine.
— tiskovní, Druckleinen.
— tlučené, Leinwand, gepuffte.
— tlusté, Leinwand, grobe.
— upravené, Leinwand, appretirte.
— voskované, Wachsleinwand.
— z příze bílé, Leinwand, weiß-garnichte.
— žíhované, Leinwand, gestreifte.
plátovák, Plattenhobel.
platýs, Scholle.
pléd, Plaid.
plech, Blech.
— bílý, Weißblech, verzinntes.
— bubnový, Trommelblech.
— černý, Schwarzblech.
— dvojitý, Doppelblech.
— hvozdní na slad, Malzdörrblech.
— kačírkový, Stoßblech.
— k hvozdění sladu, Malzdörrblech.
— klempířský, Klempnerblech.
— korunní, Kronenblech.
— kotlový, Kesselblech.
— křížový, Kreuzblech.
— lisovní, Preßblech.
— mísový, Schüsselblech.
— mosazový, Messingblech.
— na koláče, Kolatschenblech.
— nákrajní, Bodeneisen.
— na nápravy, Achsenblech.
— na pečení vdolků, Dalkeneisen.
— na pletence, Kranzblech.
— na pospěšáky, Schnellschare.
— na stoličku, Schalblech.
— nástřešní, Dachblech.
— na trouby, Röhrenblech.
— na zděře, Büchsenblech.
— na žlaby, Rinnenblech.
— nejdecký, Neudeckerblech.
— ocelový, Stahlblech.
— olověný, Bleiasche.
— pakfongový, Packfongblech.
— pilový, Sägeblatt.
— pocínovaný, Weißblech, verzinntes.

plech ruchadlový, Scharblech.
— tombakový, Tombakblech.
— vzorní, Musterblech.
— zámeční, Schloßblech.
— zámečnický, Schlosserblech.
— zinkový, Zinkblech.
— železný, Eisenblech.
plechováky, Pilotennägel.
plešina vodní, Wassermoos.
pleška, Löwenzahn.
plevel, Vogelkraut.
plevnatec, Ferkelkraut.
pliceník, Lungenkraut.
plicník, Moos, isländisches.
— stromový, Lungenmoos.
plícovník, Lungenmoos.
plísta destilovaná čili hlacená, Grünspan, destillirter.
— obecná, Grünspan, gemeiner.
plíšek strouhací, Schabeisen.
ploník, Wiederthon, goldener.
ploskanec, Flachsseide.
plotny břichaté, Bauchplatten.
plsť, Filz.
plstka procezovací, Filtrirfilz.
plyš, Plüsch.
plže švábské, Schnecken, schwäbische.
pobiječka, Binderschlägel.
— tesařská obyčejná, Deckbeil, gewöhnliches.
— — moravská, Deckbeil, mährisches.
podávka na seno, Heugabel.
podběl, podbílek, Huflattig.
podbradek, Kinnkette.
podešve korkové, Korksohlen.
— na pot, Schweißsohlen.
— plstěné, Filzsohlen.
podešvice, Pfundleder.
— liberní, Pfundsohlleder.
— tenčí, Brandsohlleder.
podjem, Winde.
podklad železný k soustruhům, Auflage eiserne zu Drehbänken.
podkladek rohový, Hornblatt.
podkovka, Huflattig.
podkovka, Stiefeleisen.
podkovka mašinová leštěná, Maschienstiefeleisen.
— s bradou, Hufeisen, gegrifftes
podkovníčky, Stiefeleisennägel.
podkovník, Hufnagel.
podlažník, Bodennagel.
podleštka, Schlüsselblumenkraut.
podlíska, Edelleberkraut.
podpěnka, Gurtschnalle.
podprsina, podprsník, Brustriemen.
podražec, Osterluzeikraut.
podslunečník dvojroby, Sammetpappelkraut.
podšve plstěné, Filzsohlen.
pohanina bílá, Windröschen.
pohanka, Buchweizen.
pohrabáč, Schürhaken.
pohřbetník, Obergurt.
pochvistík, Nickel.
pokgereba, Pokgerebarinde.
pokličky z bílého plechu, Weißblechstürzen.
pokost *v.* fermež.
— čalounový, Tapetenlack.
— damarový, Dammarlack.
— hlaťový, Krystallfirniß.
— jantarový, Bernsteinlack.
— kočární, Kutschenlack.
— kopalový, Kopallack.
— k pozlacování, Vergolderlack.
— krycí, Deckfirniß.
— leptací, Ätzgrund.
— lihový červený, Spirituslack, rother.
— lihový španělský, Spanischlack.
— lněný, Firniß.
— mastiksový, Mastixlack.
— mineralný, Firniß, mineralischer.
— na nábytek, Möbellack.
— olejový, Ölfirniß.
— ořechový, Nußbaumholzgrund.
— podzlatní, Goldgrund.
— pryskyřicový, Harzfirniß.
— sandarakový, Sandaraklack.
— šelakový, Tischlerpolitur.

pokost španělský, Spanischlack.
— terpentynový, Terpentinfirniß.
— zlatý, Goldfirniß.
— zlatý lihový, Goldspiritusslack.
pokřín, Zauberkraut.
pokroutky zažívací, Verdauungszelteln.
pokrutiny, Ölkuchen.
— lněné, Leinkuchen.
— mandlové, Mandelkleien.
— řepkové k hnojení, Rapsdüngerkuchen.
— řepkové ku krmení, Rapsfutterkuchen.
pokrývka, Decke.
— lýková, Bastdecke.
polej, Poley.
— kretický, Berglavendel, kretischer.
— polní, Bergpoley.
polejka, Poley.
poliment, Poliment.
politura, Politur.
polohedbáví, Halbseide.
polokartoun, Halbkotton.
polomušlín, Demimousseline.
poloulatovník, Lattennagel, halber.
polygalin, Polygalin.
polychrom, Polychrom.
polýnek, Wermuth.
pomáda bylinná čili z bylin, Kräuterpomade.
pomáda jahodová, Erdbeerenpomade.
— k sesílení vzrůstu vlasův, Haarwuchspomade.
— meditriny k sesílení vlasův, Meditrinahaarwuchspomade.
— morková, Markpomade.
— ořechová, Nußpomade.
— proutková čili v proutkách, Stangenpomade.
— růžová, Rosenpomade.
— z poupat topolových, Pappelknospenpomade.
pomarančátka, Pomeranzen, unreife.
— pocukrovaná, Arancini.
pomaranče, Pomeranzen.
pomaranče čínské, Apfelsinen.
— nezralé, Pomeranzen, unreife.
pomesinky, Apfelsinen.
popel antimónový, Spießglanzasche.
— barvířský, Waidasche.
— cínový, Zinnasche.
— chaluhový, Mehr, vegetabilischer.
— markasitový, Wismuthasche.
— měděný, Kupferasche.
— olovný, Bleiasche.
— surmíkový, Spießglanzasche.
— vismutový, Wismuthasche.
— zinkový, Zinkasche.
popelník, Aschenschuber.
poponec, Gundelrebe.
popruh svrchní, Obergurt.
por zahradní, Porre.
porážka, Schlaghacke.
porculán, Porzellan.
— delftický, Fayençe.
porculánka, Tabakspfeifenkopf, porzellanener.
porculánovina, Porzellangut.
pořeznice, Schnitzbank.
porfyr, Porphyr.
porfyroxin, Porphyroxin.
pořiz, Reifmesser.
— jemně hlazený, Reifmesser, fein poliertes.
— ohnutý, Reifmesser, krummes.
— rovný, Reifmesser, gerades.
— široký, Reifmesser, breites.
— úzký, Reifmesser, schmales.
porožník, Winkelhaken.
porta, Borte.
posed černý, Brennkraut.
postříbřítko, Blattsilber.
posýpě čili posýpátko, Streusand.
potahlík, Reifzieher.
potápličina, Grebenhaut.
potaš čistěný, Kali, kohlensaures basisches.
— surový, Kali, kohlensaures rohes.
potěr kaprový, Karpfenbrut.
potěšení očí, Augentrost.
potměchuť, Alfranken.

potočník, Brunnenkresse.
potpuri, Potpourri.
poučovanka, Durebry.
pou de soie, Pou de soie.
poupata smrková, Fichtenknospen.
— topolová, Pappelknospen.
pouzdro papírové na péra, Federpenal von Papier.
povázka, Labkraut, weißes.
— ozimá, Leindotter.
povidla chebdová, Attichmus.
— kdoulová, Quittenlattwerge.
— mrkvicová, Möhrenmus.
— rybízová, Johannisbeerenmus.
— švestková, Pflaumenmus.
pozlátko francouzské čili knihařské, Franzgold.
— nepravé neb kočičí, Blattgold, unechtes.
— pravé, Blattgold, echtes.
— sprosté, Quickgold.
přádlo kaní, Flachsseide.
prach čertova čpáru, Bärlappsamen.
— do děl, Schießpulver, grobes.
— do skal, Sprengpulver.
— husí, Flaumen.
— k trhání skal, Sprengpulver.
— praskavý, Platzpulver.
— ručniční, Schießpulver, feines.
— skalní, Sprengpulver.
— střelní, Schießpulver.
— střelní moučný, Mehlschießpulver.
— střelní zrnitý, Kornpulver.
— zemského mechu, Bärlappsamen.
praskavec, Blutkraut.
prášek algarotový, Spießglanzoxydul, salzsaures gefälltes.
— anglický, Spießglanzoxydul, salzsaures gefälltes.
— antimónový bílý, Spießglanzoxyd, gewaschenes.
— bílicí anglický čili Tenantův, Chlorkalk.
prach bouchací, Knallpulver.
— Craanův protizimniční, Spießglanzkönig, medizinischer.
— dávivý, Spießglanzoxydul, salzsaures gefälltes.
— Doverský, Dover'sches Pulver.
— hraběte Palma, Magnesia, kohlensaure.
— inkoustový, Dintenpulver.
— Jamesův, Kalk, phosphorsaurer spießglanzhaltiger.
— jezovitský, Chinapulver.
— kadivý, Räucherpulver.
— kardinálský, Chinapulver.
— kartouzský, Mineralkermes.
— k cídění anglický, Putzpulver, englisches.
— k hnojení, Kandirungspulver.
— krevelový, Polirroth.
— kýchavý, Niespulver.
— kynový, Chinapulver.
— léčivý pro dobytek, Thierheilpulver.
— limonadový, Limonadpulver.
— mycí, Waschpulver.
— na hmyz, Insektenpulver.
— na krysy, Rattenpulver.
— nakuřovací, Räucherpulver.
— na mouchy, Fliegenpulver.
— na ocel, Stahlpulver.
— na stinky, Wanzenpulver.
— potravní, Speisepulver.
— pro koně čili pro chřípěcí, Drüsenpulver.
— pro svině, Schweinpulver.
— na šváby, Schwabenpulver.
— proti tlustému krku (voleti), Kropfpulver.
— rostlinný na zuby, Kräuterzahnpulver.
— rtuťní červený, Merkurialpulver, rothes.
— rtuťní černý, Merkurialpulver, schwarzes.
— spánkový, Schlafpulver.
— sympatetický, Pulver, sympa-

thetisches (wasserfreies schwefelsaures Kupferoxyd).
prášek šumivý, Brausepulver.
— tŕáskavý, Knallpulver.
— vídeňský, Pulver, wiener.
— zaječický, Seidlitzpulver.
— zasýpací, Bärlappsamen.
— zubí, Zahnpulver.
— životní, Spießglanz, schweißtreibender martialischer.
prašivka, Bovist.
prášky vřivé, Brausepulver.
pravička mlynářská, Müllerhacke, rechte.
pravídko krychlové, Würfellineal.
— příložné, Schlaglineal.
— s rozdělením coulů, Zollineal.
pražidlo na kávu, Kaffétrommel.
précipitát bílý neroztoplivý, Quecksilber, salzsaures ammoniakhaltiges.
— bílý roztoplivý, Alembrothsalz.
— černý, Quecksilberoxydul, schwarzes.
— červený, Merkurialpulver, rothes.
— růžový, Quecksilberoxyd, phosphorsaures.
— šedivý, Quecksilberoxyd, Saunders.
— žlutý, Quecksilberpräcipitat, gelbes.
předlec, Leindotter.
přeska čili přaska, Schnalle.
— k řemenu třemenímu, Steiglederschnalle.
— náhřbetniková, Rückgurtschnalle.
— na svrchní popruh, Obergurtschnalle.
— ohlávková, Zaumschnalle.
— otěžní, Zügelschnalle.
— podpinková, Kniebandschnalle.
— pohřbetníková, Gurtschnalle.
— u popruhu, Gurtschnalle.
— uzdová, Zügelschnalle.
přeslička, Schachtelhalm.
přezdín, Ver.
přezmen, Schnellwage.

prha, Bergwolverlei.
prhavina, Bergwolverleitinktur.
prhlava, Brennnessel.
přiboudlina, Fuselöl.
přihladič, Schlichtmond.
přikrývka, Bettdecke.
— koňská dvojitá, Pferdedecke.
— žíněná, Haardecke.
přílepek, Pflaster.
přílit obecný, Lungenenzianfraut.
přímětník, Baldgreis.
— vlaský, Kardebenediktеn.
přístroj překapovací, Destillirapparat.
přitahovák na okno, Fensterzuziehhaken.
přítržník, Ehrenpreis.
přítula, Labkraut, weißes.
přívory na okna, Reitstangen auf Fenster.
příze angorská, Kameelgarn.
— bavlněná, Baumwollengarn.
— bavlněná útková, Weftgarn.
— bílá, Weißgarn.
— červená, Türkischgarn.
— česaná, Kammgarn.
— desítipásmová, Garn, zehnsträhniges.
— dvojitá, Doppelgarn.
— hrubá, Radgarn.
— konopná, Hanfgarn.
— kopřivová, Nesselgarn.
— koudelná, Werggarn.
— krajková, Klöppelgarn.
— křečná, Garn, grobes.
— lněná, Leingarn.
— lotová, Lothgarn.
— mašinová, Maschinengarn.
— osnovní, Kettengarn.
— outková, Schußgarn.
— pačesná, Werggarn.
— polovičná osnovná, Mediogarn.
— prošívací, Plattgarn.
— punčochová, Strumpfgarn.
— řežná, Garn, grobes.
— ruční, Handgarn.

příze strojnická, Maschinengarn.
— tenká, Garn, feines.
— turecká, Türkischgarn.
— velbloudí, Kameelgarn.
— vlněná, Wollgarn.
— vodní, Wassergarn.
— vochličková, Werggarn.
— vozní, Mulegarn.
prkenák, Brettnagel.
— celý čili dlouhý, Bodennagel.
— s hlavičkou kulatou, Verschlagnagel.
probíračka, Spannsäge.
prohleden, Quarz, krystallisirter.
prokolice, Brokkoli.
proso, Hirse.
— vrabčí, Mannagrassamen.
— zámořské, Steinsamen.
prostraněk, Zugstrang.
— volský, Ochsenzugstrang.
prosvirník kyselý, Ibisch-Sabdariff.
provázek, Bindfaden.
provazovka, Baummoos.
prsiny, prsosiny, Brustblatthäute.
prstenec, Stösselring.
průbojník, Durchschlaghammer.
prunely, prunelky, Prunellen.
prutovník, Gesimshobel.
průtržník, Bruchkraut.
pružec, Gummi, elastisches.
— vymazující inkoust, Tintenradirgummi.
— vyškrabovací, Radirgummi.
prvnička, Schlüsselblumenkraut.
prvosenka, Schlüsselblumenkraut.
prým, Borte.
pryskérkovina, Kanthariden.
pryskýrky, Kanthariden.
pryskyřice alouchiová, Alouchiharz.
— americká hnědá, Harz, amerikanisches dunkles.
— bílá, Galipot.
— borová, Tannenharz.
— břečtanová, Epheuharz.
— burgundská, Pech, burgundisches.
pryskyřice cedrová, Cedernharz.
— červená, Gummi, rothes.
— damarová, Dammarharz.
— elemi, Elemi.
— gemurova, Gemeurharz.
— jalapová, Jalapenharz.
— jalovcová, Sandarak.
— kalabová, Calophyllumharz.
— karanová, Karanne.
— kvajaková, Franzosenholzharz.
— lentišková, Mastix.
— lindová, Weisspappelharz.
— looková, Lookharz.
— maniová, Maniharz.
— mexická, Harz, mexikanisches.
— myrhová, Myrrhe.
— obecná, Binderpech.
— sagapénová, Sagapen.
— skamoniová, Skammoniumharz.
— smrková, Waldrauch.
— sumbulová, Sumbulharz.
— takamahaka, Takamahak.
— zervová, Sandarak.
— z květu, Blüthenharz.
— zubní, Zahnharz.
— žlutá novoholandská čili botanybajská, Gelbharz.
pryskyřník, Froschepich.
pryšec obecný, Wolfsmilch, gemeine.
pryzila červená čili bimaská, Rothholz.
— červená angolská, Angolaholz.
— modrá kampešská, Blauholz, Campeche.
— modrá mletá, Blauholz, gemahlenes.
— modrá rašplovaná čili strouhaná, Blauholz, geraspeltes.
— modrá z Dominga, Blauholz, Domingo.
— žlutá jamaická, Gelbholz, Jamaika.
— žlutá z Kuby, Gelbholz, Kuba.
— žlutá z Portorika, Gelbholz, Portoriko.

pryzila žlutá tampická, Gelbholz, Tampiko.
pryž, Gummi, elastisches.
— na inkoust, Tintenradiergummi.
psárka luční, Wiesenfuchsschwanz.
psoser, Bingelkraut.
psotnina, Blausäure.
pstruh marinovaný, Forelle, marinirte.
pšenice, Weizen.
— kraví, Ackerbrand.
— turecká čili indická, Mais.
pšenička, Ackerbrand.
ptačí noha, Vogelsfuß.
— zob, Hartriegelbeeren.
ptačinec, Vogelkraut.
pudr francouzský, Puder, französischer.
— na vlasy, Haarpuder.
puchratka blistomorná, Wurmrundkopf.
— lišejníkovitá, Zeylonmoos.
půlzlatník, Küchenschellenkraut.
pumprník Loketský, Pumpernikel, Elbogner.
punč, Punschmassa.
— ananasový, Ananaspunsch.
— bordóský neb burdegalský, Bordeauxpunsch.
— pro dámy, Damenpunsch.
punčovina, Punschessenz.
— kávová, Kaffeepunsch.
— pivní, Bierpunsch.
pupečník, Sumpfvenusnabel.
pupeník, Meerbohne.
pupeny jedlové čili smrkové, Tannenknospen.
purpur indigový, Indigopurpur.
— minerálný, Goldpurpur.
— mořenový, Krapppurpur.
— zlatý, Goldpurpur.
purpuramid, Ammoniak, purpursaures.
purpuran ammonatý, Ammoniak, purpursaures.
puškvorcová, Kalmusbranntwein.
puzolana, Puzzolanerde.
pýchavka, Bovist.
pyj jelení, Hirschruthe.
— velrybí, Wallfischruthe.
pyrofor, Pyrophor.
pyrofosforečnan sodnatý, Natron, pyrophosphorsaures.
— železitý s citranem ammonatým, Eisenoxyd, pyrophosphorsaures mit zitronsaurem Ammoniak.
pyrolusit, Braunstein.
pyrooctan vápenatý, Kalk, holzsaurer.
— železitý, Eisenoxyd, holzsaures.
pyroxylin, Pyroxylin.
pyrrhopin, Pyrrhopin.
pytlina, Siebtuch.
pytlovina, Sackleinen.

R.

rabarbara bílá, Mechoakannawurzel.
— čínská, indická neb dánská, Rhabarber, chinesische, indische oder dänische.
— francouzská, Rhabarber, französische.
— mníšková, Alpengrindwurzel.
— rakouská, Rhabarber, österreichische.
rabarbara ruská, bucharská neb moskevská, Rhabarber, russische.
— turecká, Rhapontik.
— vodní, Wasserampferwurzel.
rabarbarin, Rhabarbarin.
ráček živý čili černý, Sanikel.
radlice, Pflugscharblech.
radvanec, Scheibtruhe.
radyk prutnatý, Chondrille.

radyk zední, Mauerpreuanthe.
rafináda, Raffinade.
ragut, Ragout.
racháček, Schelle.
rak mořský, Hummer.
rákos na nástroje, Instrumentenrohr.
— pepřová, Pfefferrohr.
— španělská, Spanischrohr.
rákosí, Schilfrohr.
rákoska, Spanischrohr.
rákosník, Rohrnagel.
rakůvky, Krebsaugen.
rameno k pile kuchyňské, Küchensägearm.
— k pile s knoflíkem, Sägearm.
— k pile strojové, Maschinensägearm.
rámovák, Rahmnagel.
rampoušky cukrové, Gerstenzucker.
ranník, Guldengünsel.
ranobalšán, Fleischleim.
ranocél menší čili špičatý, Wegerig, kleiner.
— věčší, Wegerig, großer.
rapatel, Rapatelle.
rapontika, Nachtkerze.
řása jezerní, Seegras.
řasík, Jod.
rasoška, Ofengabel.
raš, Rasch.
— korunní, Kronenrasch.
rašelina, Torf.
rašple kovářská, Hufraspel.
ratanhia, Ratanhiawurzel.
ratin, Rattine.
ratolesti břinkové čili sabinové, Sabina.
řebíček, Gewürznelken.
řebříček, Schafgarbe.
ředkev černá čili zimní, Rettig, schwarzer.
— letní kulatá černá, Sommerrettig, runder schwarzer.
— mořská, Meerrettig.
— podzimní, Winterrettig.
ředkvička měsíční, Monatradieschen.
— dlouhá, Monatradieschen, langes.
— kulatá maločtvrtková, Monatradieschen, rundes kleinrautiges.
rejsek, Streichmaß.
— tupý, Stellmaß.
řemen k strojům, Maschinenriemen.
— obtahovací, Abziehriemen.
rendlík, Kasserolle.
řepa burgundská, Runkelrübe.
— červená, Mangeld.
— denní, Zaunrübe.
řepíček, Ackermennig.
řepík menší, Klebkraut.
řepka, Nachtkerze.
— lesní, Rapunzelglockenblumen.
řeřabiny, Ebereschenbeeren.
řeřicha bradavičnatá, Krähenfuß, ruellischer.
— kapucínská čili turecká, Kapuzinerkresse.
— lesní, Golzmilz.
— luční, Kardamine.
— potoční, Brunnenkressenkraut.
— zahradní, Kresse.
řeřišnice věčší, Kapuzinerkresse.
řešetlačky persické neb zelené, Kreuzbeeren, persische.
— uherské neb černé, Kreuzbeeren, ungarische oder schwarze.
řešetlák trnivý, Judendorn.
řešeto, Sieb.
řetěz bokový, Bauchkette.
— drátový, Drahtkette.
— drátový na psy, Drahthundskette.
— ke studni, Brunnenkette.
— kladní, Klotzerkette.
— lodní, Schiffkette.
— přípřežný, Vorreitkette.
— zavírací, Sperrkette.
řetízek k hodinkám, Uhrkette.
— kravský, Kuhkette.
— k váhám, Wagekette.
— na psy, Hundskette.

řetízek ohlávkový na koně, Stallhalfterkette.
— ohlávkový na voly, Ochsenzaumkette.
reveňovina, Rhabarberin.
rez měděná, Grünspan.
řezačka, Strohmesser.
řezák čili řezáč, Schnitzer.
rhodanid draselnatý, Kali, schwefelblausaures.
rhodanovodík, Schwefelblausäure.
rhodium, Rhodium.
řičice, Sieb.
říčník, Maulbohrer.
římbaba, Mutterkraut.
římsovník, Gesimshobel.
řípa na salát tmavočervená, Salatrübe, blutrothe.
— švédská, Rübe, schwedische.
rips, Rips.
— nitěný, Zwirnrips.
říznačka obecná, Knaulgras.
ročník, Glaskraut.
roh jelení pálený, Hirschhorn, gebranntes.
— jelení mletý, Hirschhorn, pulverisirtes.
— jelení rašplovaný, Hirschhorn, geraspeltes.
roháčovka, Sauerbrunnen, Rohačowicer.
rohanec, Düngergabel.
rohatina, Sperrhorn.
rohovník železný, Scheinhaken, eiserner.
rohy, Ochsenhörner.
— bůvolí, Büffelhörner.
— kravské neb kravčí, Kuhhörner.
rojník, Hauslauch.
rojovník, Zitronenmelisse.
— bahní, Sumpfporst.
roketa, Raukekohl.
rolničky, Schellen.
— k saním, Schlittenschellen.
ropuka, Wasserschierling.
rosa medová, nebeská čili sladká, Kronel.
— sluneční, Sonnenthau.
rosmarina, rosmarýn, Rosmarin.
rosnatka, rosník čili rosička, Sonnenthau.
rosol ananasový, Ananassulz.
— kdoulový, Quittensulz.
— kostní, Knochengallerte.
— malinový, Himbeerensulz.
rosolina, Gelatine.
rosolka, Rosoglio.
— alkermesová, Alkermesrosoglio.
— kmínová, Kümmelrosoglio.
— řebíčková, Gewürznelkenrosoglio.
— skořicová, Zimmtrosoglio.
rostopšín, rostopšinka, Rostopschin.
roště, Ofenröste.
— v rámcích, Ofenröste, mit Rahmen.
roubenina ovesná, Hafergrütze.
roubík břidličný, Schieferstift.
roupík, Hahnenfuß.
roura olověná, Bleirohr.
rourka kapilární, Kapillarröhre.
routa domácí čili zahradní, Raute.
— kozí, Geisraute.
— zahradní čili domácí, Weinraute.
routička, Erdrauch.
rozchodník ostrý, Blattlos.
rozla, Nierenstein.
rozmarýn planý, Sumpfporst.
rozmítačka, Fourniersäge.
rozpuk jízlivý, Wasserschierling.
rozrazil, Ehrenpreis.
— potoční, rozrazilka, Bachbungen.
roztok draselnatý líhový, Ätzkalilösung, alkoholische.
— dusičnanu rtutičnatého, Quecksilberoxydul, salpetersaures gelöstes.
— dusičnanu rtuťnatého, Quecksilberauflösung, salpetersaure.
— chlóridu antimóničného, Spießglanzbutter.

roztok chlóridu cíničitého, Libavischer Geist.
— chlóridu kobaltnatého, Kobaltoxydul, salzsaures flüssiges.
— chlóridu měďnato-ammonatého, Kupferoxydammoniak, salzsaures flüssiges.
— chlóridu platičitého, Platinlösung.
— chlóridu rtuťnatého, Quecksilberflüssigkeit, ätzende.
— chlóridu zlatového, Goldlösung.
— jódidu arsénového, Jodarsen, flüssiges.
— křemanu sodnatého, Kieselnatron, aufgelöstes.
— mýdla antimónového, Spießglanztinktur.
— octanu draselnatého, Essigweinstein, zerfließener.
— octanu trojolovnatého, Bleiessig.
— platinový, Platinlösung.
— salajky žíravé, Ätznatronlauge.
— sirný uhlí kamenného, Anthrakokali, geschwefeltes.
— sublimátu, Quecksilberflüssigkeit, ätzende.
— uhličitanu ammonatého, Salmiakgeist.
— uhličitanu draselnatého, Weinsteinöl.
— vizmutový, Wismuthchlorid.
— zlata, Goldlösung.
— žíravého drasla lihový, Ätzkalilösung, alkoholische.
rozvěrák, Schränkeisen.
rozvírák, Schraubenschlüssel.
rozvor dlouhý, Trieb, langer.
— krátký, Trieb, kurzer.
rožeň, rožník, Bratspieß.
rtuť, Quecksilber.
— alkalisovaná, Quecksilber, alkalisches.
— panenská, Jungfernquecksilber.
— třaskavá, Knallquecksilber.
rtuť tartarovaná, Quecksilber, tartarisirtes.
rtutitec červený, Merkurialpulver, rothes.
ruan, Reuanne.
rubín antimónový, Spießglanzkönig, medizinischer.
— sklenný, Rubinglas.
ručičky k hodinkám, Uhrzeiger.
ručnice tažná, Stutz.
ruda koňská, Spießglanz, roher.
rudka červená čili tesařská, Röthel in Stangen.
— modrá, Lackmus.
— vlaská, Bolus, armenischer.
rukověť k nebozezu, Bohrerheft.
— k srpu, Sichelheft.
— ku dvířkám, Thürlheft.
— k troubám, Röhrenheft.
— na šídlo, Meißelörtelheft.
ruku, Orlean.
rulík, Tollkraut.
rulíkovina, Atropin.
rum ananasový, Ananasrum.
— jamaický, Rum, jamaikanischer.
rumělka čínská, Zinnober, chinesischer.
— mletá, Zinnober, gemahlener.
— přirozená neb horní, Zinnober, natürlicher.
— strojená (pálená), Zinnober, künstlicher.
rumělkovina, Globulin.
ruměník, Rhodium.
rupík, Wolfsmilch, gemeine.
rutka polní, Erdrauch.
růže minerální, Quecksilberoxyd, phosphorsaures.
— ohlávková, Fuhrmannsrose.
— oponová, Verhangrose.
růžek jelení, Bärlappkraut.
— železný, Scheinhaken, eiserner.
růženec, Paternoster.
růžička, Küchenschellenkraut.
— hájní, Windröschen.
růžovec, Rosentehl.

rybéz, rybíz, Johannisbeeren, rothe.
— černý, Johannisbeeren, schwarze.
rybokož, Meerstinz.
rybovec, Fischleder.
rýč, Grabscheit.
rýček, Grabstichel.
rychlováha, Schnellwage.
rychlovar, Topf, papinischer.
rýsovadlo, Reißzeug.
— s přehybem, Reißzeug mit Charnier.
rýsovadlo se špicí jehelní, Reißzeug mit Nadelspitze.
rysovec, Donnerstein.
rysy, Mirabellen, doppelte.
rýt obecný, Wau.
ryzec, Leindotter.
ryzec huňatý, Pfefferschwamm.
— kravský neb ovčí, Pfefferschwamm.
rýže, Reis.
— česká, Dinkel.
rýžovina, Reisbesen.

S.

sabadillin, Sabadillin.
sádlo bobrové, Biberfett.
— hadí, Schlangenfett.
— hřívní, Kammfett.
— husí, Gänsefett.
— jezevčí, Dachsfett.
— plstní, Kernfett.
— skopcové, Hammeltalg.
— užovčí, Vipernfett.
— vepřové, Schweinsfett.
— vlči, Wolfsfett.
sádlovina, Olein.
sádra hnojná, Düngergyps.
— pálená, Gips, gebrannter.
— syrová, Gips, roher.
— štukatorská, Stuckaturgips.
— úbělová čili alabastrová, Alabastergips.
sádrovec, Alabaster.
saflor divoký, Saflor, wilder.
— obecný, Saflor, gemeiner.
safián, Saffian.
sagapén, Sagapen.
ságo bílé, Sago, weißer.
— bramborové, Kartoffelsago.
— hnědé, Sago, brauner.
— perlové, Perlsago.
— východoindické, Sago, ostindischer.
— západoindické, Sago, westind.
salajka *v.* soda.
— kalcinovaná, pálená čili bezvodná, Soda, kalzinirte.
— krystalovaná, Soda, krystallisirte.
— polouhranolová, Natronsalz, hemiprismatisches.
— surová, Soda, spanische.
— žíravá, Ätznatron.
sal alkali, Ammoniak, kohlensaures.
salami veroneské, Salami, veroneser.
salát hlávkový, Häupelsalat.
— hlávkový arábský hnědožlutý, Kopfsalat, arabischer braungelber.
— hlávkový asiatský běložlutý, Kopfsalat, asiatischer weißgelber.
— hlávkový knížecí, Prinzkopfsalat.
— kolovratský, Lattig.
— nízký zelený holandský k pučení, Salat, kleiner grüner holländischer zum Treiben.
— ozimý, Wintersalat.
— polní anglický, Feldsalat, englischer.
— pstruhový, Forellensalat.
— tvrdohlávkový ranný hnědý, Steinkopfsalat, früher brauner.
— zaječí, Sauerklee.

sálep, Salep.
salicin, Salizin.
salmiak, Salmiak.
— arsénový, Ammoniak, arsensaures.
— boraksový, Ammoniak, boraxsaures.
— čistěný čili brunšvický, Salmiakblumen.
— fosforový, Ammoniak, phosphorsaures.
— hlacený, Salmiakblumen.
— kapalný, Ammoniak, essigsaures flüssiges.
— ledkový, Ammoniak, salpetersaures.
— měděný, Ammoniakkupfer.
— octový, Ammoniak, essigsaures.
— platinový, Platinsalmiak.
— sirný, Ammoniak, schwefelsaures.
— těkavý, Ammoniak, kohlensaures.
— železitý, Ammoniak, salzsaures eisenhaltiges.
salnitr, Salpeter.
samít, Satin.
samokol, Scheibtruhe.
samopše, Dinkel.
samosádka, Seesalz.
samotok mínĕšský, Ausbruch, Menischer.
— rustecký, Ausbruch, Ruster.
— svatojiřský, Ausbruch, St. Georger.
— šoproňský, Ausbruch, Ödenburger.
— tokajský, Ausbruch, Tokayer.
sandal, Sandelholz.
sandaraka, Sandarak.
sangalet, Sangalette.
sanguinarin, Pyrrhopin.
sanikl, Sanikel.
sanitr, Salpeter.
— roztopený, Salpeterküchelchen.
santal červený anglický, Sandelholz, rothes englisches.
santal červený světlý, Sandelholz, rothes lichtes.
— červený tmavý, Sandelholz, rothes dunkles.
— fialový, Sandelholz, violettes.
— mletý, Sandelholz, gemahlenes.
— modrý, Griesholz.
— žlutý, Sandelholz, gelbes.
santalin, Santalin.
santonan sodnatý, Santoninnatron.
santonin, Santonin.
sardele janovská, Sardelle, Genueser.
sardinka, Sardine.
sarkokola, Fleischleim.
sasaparila čili sarsaparila, Sassaparille.
sasaparilin, Smillacin.
sasolin, Boraxsäure.
sassa, Sassagummi.
sašet, Sachette.
satinglo, Satinglo.
satinober, Satinober.
saturejc, Bohnenkraut.
saze, Kienruß.
— lesklé, Glanzruß.
— olejné, Ölruß.
sazeničky chmelové, Hopfensetzlinge.
sběračka, Schmettenlöffel.
sebasteny, Brustbeeren, schwarze.
sebipira, Sebipirarinde.
sedlina červená, Merkurialpulver, rothes.
sedra, Tuff.
sekáček, Bindmesser.
— kolíbavý, Wiegenmesser.
— na povidla, Speckhackel.
sekera dřevoštěpní čili dřevní, Holzhacke.
— kladní, Holzhacke.
— na suky, Asthacke.
— pasovská, Passauerhacke.
— truhlářská, Tischlerhacke.
— řeznická, Bieghacke.
— ruční, Handhacke.
sekyrka kuchyňská, Aufsatzhacke.

sekyrka na lůj, Unschlitthacke.
— vzorní mlynářská, Mustermüllerhacke.
scillitin, Scillitin.
scink, Meerstinz.
selen, Selen.
semena pivoňková, Gichtrosensamen.
semenec, Hanfsamen.
semeno afrikánové, Sammetblumensamen.
— akacové, Akaziensamen.
— akantové, Krampfdistelsamen.
— aksamitníkové, Sammetblumensamen.
— anguriové, Arbusensamen.
— anýzové, Anis.
— apichu bahního, Wassereppichsamen.
— arbuzové, Arbusensamen.
— artyčokové, Artischockensamen.
— bahnovkové, Rauschbeerensamen.
— balšamové, Balsamkörner.
— balzaminkové, Balsaminensamen.
— bělozářkové, Erdspinnenkrautsamen.
— beránku čistého, Keuschlammsamen.
— béru německého, Mohargrassamen.
— bezu španělského čili vlaského, Fliedersamen, spanischer.
— bílolistové, Frauendistelsamen.
— blešníkové čili blešincové, Flöhsamen.
— blínové, Bilsenkrautsamen.
— brslenové, Pfaffenhütchen.
— bodláku mářího, Frauendistelsamen.
— bodláku požehnaného, Kardobenediktensamen.
— bodláku vlaského, Artischockensamen.
— borovice černé, Schwarzkiefersamen.
— březové, Birkensamen.
semeno burákové čili burynové, Runkelrübensamen.
— byliny pupkové, Durchwachssamen.
— cicvárové, Wurmsamen.
— cikorkové, Zichoriensamen.
— citronové, Zitronenkerne.
— citrulové, Arbusensamen.
— cviklové, Runkelrübensamen.
— čekankové, Zichoriensamen.
— černohorčičné, Senfsamen, schwarzer.
— česnekové, Knoblauchsamen.
— čimišníkové, Akaziensamen.
— číšmové, Chichemsamen.
— čubetu lékařského, Kardobenediktensamen.
— dětele chlumního, Bergkleesamen.
— dřenkové, Pastinaksamen.
— dřevcové, Raukensamen.
— drmkové, Keuschlammsamen.
— dryjáku babího, Rizinuskörner.
— dubové, Eichensamen.
— durmanové, Stechapfelsamen.
— dýňové, Kürbissamen.
— endiviové, Winterendiviensamen.
— fenyklové, Fenchelsamen.
— giliové trojbarvé, Giliensamen, dreifärbiger.
— granaticové, Granatäpfelsamen.
— habrové, Hainbuchensamen.
— hladýše obecného, Berglaserkrautsamen.
— hladýšové, Laserkrautsamen.
— hlaváčkové, Adonissamen.
— hledíkové, Löwenmaulsamen.
— hlístové Wurmmeldensamen.
— hnidoší, Läusekörner.
— horčičné, Senfsamen.
— huby kapří, lví čili vlčí, Löwenmaulsamen.
— hvězdicové čili hvězdníkové, Asternsamen.
— hvozdíkové, Nelkensamen.

semeno hvozdíku peřistého, Federnelkensamen.
— hypekojské, Krummkümmel.
— chmelíkové čili chmelníkové, Flöhsamen.
— jablka granátového neb zrnatého, Granatäpfelsamen.
— jedlové, Tannensamen.
— jesenové, Eschensamen.
— jeseňkové, Herbstzeitlosensamen.
— jetele nachového, Infarnatkleesamen.
— jetele plazivého, Wiesenkleesamen, weißer.
— jetele podhorního, Alpenkleesamen.
— jetele trojlistého, Kleesamen, rother dreiblätteriger.
— jetelíčkové, Hopfenkleesamen.
— jetelové bílé, Kleesamen, weißer.
— jetelové červené, Kleesamen, rother.
— jetelové žluté, Kleesamen, gelber.
— jilkové, Schwindelhaber.
— jiřinkové, Georginensamen.
— jitrocélové, Wegerigsamen.
— kadeřákové, Krauskohlsamen.
— kamýkové, Steinsamen.
— kanárové, Kanariensamen.
— kapucínské, Sabadillsamen.
— kapusty kadeřavé čili otrapaté, Krauskohlsamen.
— karafiátové, Nelkensamen.
— karafiatu chocholatého, Buschnelkensamen.
— kardusu zahradního, Artischockensamen.
— kdoulové, Quittenkörner.
— kerblíkové, Gartenkerbelsamen.
— kolokvintidové, Koloquintensamen.
— konopné, Hanfsamen.
— kopřivné, Brennnesselsamen.
— kopřivy římské, Nesselsamen, spanischer.
— koprové, Dillsamen.

semeno kopru vodního, Wasserfenchel.
— kopvové, Koloquintensamen.
— koromačové, Silaufenchel.
— koukolové, Kornradesamen.
— koukolu myšího čili vlaského, Schwindelhaber.
— kozího cecku menšího, Zichoriensamen.
— kozorožcové, BocksHornsamen.
— kulčibové, Brechnüsse.
— kuřínohy, Portulaksamen.
— kutrellové, Ramtillasamen.
— kvakové, Runkelrübensamen.
— květu umrlčího, Sammetblumensamen.
— kyšnecové, Koriander.
— lablabové, Faselbohnen.
— lazurkové, Laserkrautsamen.
— lebedové, Gartenmeldensamen.
— libečku jeleního, Hirschwurzelsamen.
— lilákové, Fliedersamen, spanischer.
— limonové, Zitronenkörner.
— lipaliskové, Weißerlensamen.
— lněné, Leinsamen.
— lněné rygavské, Leinsamen, Rigaer.
— lnicové, Leindottersamen.
— locikyjedovaté, Giftlattigsamen.
— lociky zahradní, Lattigsamen.
— lociky lesní, Zaunlattigsamen.
— lupenu menšího, Kropfklettensamen.
— luštincové, Bauernsenf.
— lžičníkové, Löffelkrautsamen.
— magnoliové, Magnoliensamen.
— marhaníkové, Granatäpfelsamen.
— máslové, Stechapfelsamen.
— mastňákové, Ramtillasamen.
— medvědího ouška, Aurikelsamen.
— mechové, Bärlappsamen.
— melounové, Melonensamen.
— melounu vodního, Arbusensamen.
— merlíku protihlístního, Wurmmeldensamen.

semeno miříkové Wassereppichsamen.
— mišpulové, Mespelsamen.
— mlečíkové, Warzenmilchkrautsamen.
— modřínové, Lerchenbaumsamen.
— mrkvicové, Möhrensamen.
— mrkvové, Rübensamen.
— mucharové, Mohargrasjamen.
— mušcové, Mohargrassamen.
— myšího béru, Kanariensamen.
— naháčkové čili naháčové, Herbstzeitlosensamen.
— nevěsikové, Möhrensamen, kretischer.
— ocúnové, Herbstzeitlosensamen.
— ohnicové, Hederichsamen.
— ohníčkové, Adonissamen.
— okurkové, Gurkensamen.
— olejkové, Rübsamen.
— olešníkové, Bergpetersiliensamen.
— olše bílé, Weißerlensamen.
— omejové, Ammeisamen.
— opilkové, Schwindelhaber.
— ořešincové, Behnen, ägyptische.
— orličkové, Ackeleysamen.
— ostropsí, Frauendistel.
— ostrožky anglické, Rittersporn-samen.
— ostu hvězdného, Calcitrapesamen.
— ouška zajecího, Durchwachssamen.
— paštrnákové, Pastinaksamen.
— penízkové, Bauernsenf.
— petruželové, Peterlingsamen.
— pipounové, Melonensamen.
— plamenčicové, Brennende Liebe-Samen.
— podražníkové, Zichoriensamen.
— podstřelové, Frauendistelsamen.
— posedové, Zaunrübensamen.
— povázkové, Leindottersamen.
— přímětníku vlaského, Kardobenediktensamen.
— pryšce křížmolistého, Springkörner, kleine.

semeno pupovníkové, Durchwachssamen.
— prorostlíkové, Durchwachssamen.
— ramtillové, Ramtillasamen.
— ranocélové, Wegerigsamen.
— řecké, Bockshornsamen.
— řepicové, řepkové čili řepné, Rübsamen.
— řepky letní novozélandské, Sommerrapssamen, neuseeländer.
— řeřichy zahradní, Kressensamen.
— rezedkové, Resedasamen.
— roketové, Raukekohlsamen.
— růže nebeské, Himmelsröschensamen.
— ryzcové, Leindottersamen.
— sabadillové, Sabadillsamen.
— salátu hlávkového čili kolovratského, Lattigsamen.
— salezové, Drehkrautsamen.
— sasamové, Sesamsamen.
— sena řeckého, Bockshornsamen.
— senesové egyptské, Chichensamen.
— seselové marseillské, Bergfenchelsamen.
— silenkové, Silenensamen.
— sítí květného, Blumenbinsensamen.
— skočce menšího, Springkörner, kleine.
— skočcové, Rizinuskörner.
— skorocélové, Wegerigsamen.
— slizu letního, Sommermalvensamen.
— slunečničné, Sonnenblumensamen.
— slzovkové, Thränengrassamen.
— smrkové, Fichtensamen.
— sosny hladké čili vejmutové, Weimuthskiefersamen.
— stračí nůžky mořské, Meerbacillensamen.
— strapačkové, Krauskohlsamen.
— stromu Abrahamova, Keuschlammsamen.

semeno suchokvětové, Papierblumensamen.
— sumachové, Sumachsamen.
— svalníku královského, Rittersporusamen.
— svlačcové, Windensamen.
— šácholanové, Magnoliensamen.
— šeříkové, Fliedersamen, spanischer.
— šichové, Rauschbeerensamen.
— šípkové, Hagebuttenkerne.
— škrkavičné, Wurmsamen.
— škumpové, Sumachsamen.
— šmatouchové, Schwindelhaber.
— šmelové, Blumenbinsensamen.
— špinákové čili špenátové, Spinatsamen.
— šřípiny jezerní, Sumpflinsensamen.
— šruchové, Portulaksamen.
— štěničníkové, Iberissamen.
— štěrbákové, Endiviensamen.
— šťovíkové, Sauerampfersamen.
— švýcarkové, Schweizerhosensamen.
— tolice jetelové, Hopfenkleesamen.
— trávní boží, Bockshornsamen.
— trávy rosné, Mannagrassamen.
— třebulové, Gartenkerbelsamen.
— trubilové, Krampfdistelsamen.
— tykvové, Kürbissamen.
— vejmutovkové, Weimuthskiefersamen.
— vikve obecné, Ackerwickensamen.
— vinné, Traubenkerne.
— vodnicové, Wasserrübensamen.
— vojtěškové pravé francouzské, Luzernkleesamen, echter französischer.
— vojtěškové pravé uherské, Luzernkleesamen, echter ungarischer.
— vrabčí, Steinsamen.
— vrátičové, Reinfarrnsamen.
— vrby mořské, Keuschlammsamen.
— všivcové, Sabadillsamen.
semeno zacintové, Warzenmilchkrautsamen.
— zapaličkové, Bergkümmel.
— záplotníkové, Zaunrübensamen.
— zapotové, Sapottilkörner.
— zblochanové, Mannagrassamen.
— zinkové, Zinniensamen.
sen denní, Küchenschellenkraut.
sena aleksanderská, Sennesblätter, alexandriner.
— východoindická, Sennesblätter, ostindische.
senega, Senegaramsel.
senegal, Senegalgummi.
senegin, Polygalin.
senes aleksanderský, Sennesblätter, alexandriner.
— český, Blasenstrauchblätter.
— východoindský, Sennesblätter, ostindische.
sešit nákresní, Entwurfsthefa.
shawl angorový, Angorashawl.
sikativ, Sikkativlack.
sikavice, Calcitrape.
silenka ušnice, Kukubalkraut.
silice *v.* olej étheroý.
silice anjeliková, Angelikawurzelöl.
— anýzová, Anisöl.
— badyánová, Sternanisöl.
— balšínková, Krauseminzöl.
— bergamotová, Bergamottöl.
— blínová, Bilsenkrautöl.
— borovičková, Wacholderöl.
— cicvárová, Wurmsamenöl.
— citronová, Zitronenöl.
— cypřišová, Zypressenöl.
— čapínosová růžovonná, Palmarosaöl.
— česneková, Knoblauchöl.
— diptamu kretského, Dostenöl, fretisches.
— dobromyslová, Dostenöl.
— estragonová, Estragonöl.
— fialková, Veilchenöl, ätherisches.
— Gaultherová, Gaultheriaöl.
— heřmánková, Kamillenöl.

silice heřmánková římská, Kamillenöl, römisches.
— hlístová, Wurmsamenöl, mexikanisches.
— hořčicová, Senföl.
— hořkomandlová, Bittermandelöl.
— hřebíčková, Nelkenöl.
— hysopová, Ysopöl.
— chmelová, Hopfenöl.
— chvojky klášterské, Sabinaöl.
— jalovcová, Wachholderöl.
— jasminová, Jasminöl.
— kafrová bornejská čili sumaterská, Borneokampferöl.
— kafrová čínská, Kampferöl, chinesisches.
— kajaputová, Kajaputöl.
— kapradová, Farrnkrautöl.
— kardamomová, Kardamomöl.
— kasie hřebíčkové, Nelkenzimmtöl.
— kasiová, Zimmtöl, chinesisches.
— kaskarilová, Kaskarillrindenöl.
— kerblíková, Gartenkerbelöl.
— kmínová, Kümmelöl.
— kmínová římská, Kümmelöl, römisches.
— kopaivová, Kopaivaöl.
— koprová, Dillöl, ätherisches.
— koryandrová, Korianderöl.
— křenová, Meerrettigöl.
— kubebová, Kubebenöl.
— kulilabanová čili kulilavanová, Kulilabanöl.
— kuminová, Kuminöl.
— kupresová, Zypressenöl.
— lavandulová, Lavendelöl.
— libavková, Gaultheriaöl.
— libečková, Liebstöckelöl.
— limettová, Limettenöl.
— macizová, Mazisblüthenöl.
— majoranová čili marjánková, Majoranöl.
— mateří doušková, Quendelöl.
— máty kadeřavé, Krauseminzöl.
— meduňková, Zitronenmelissenöl.

silice melisová, Zitronenmelissenöl.
— melisová turecká, Sireeöl.
— merlíková, Wurmsamenöl, mexikanisches.
— nerolová, Neroliöl.
— patchoulová, Patchoulyöl.
— pelyňková, Wermuthöl.
— peprnomátová, Pfeffermünzöl.
— pepřová, Pfefferöl.
— petruželová, Peterlingöl.
— pimentová, Pimentöl.
— polejková, Poleyöl.
— pomorančová hořká, Pomeranzenöl, bitteres.
— pomorančová sladká, Pomeranzenöl, süßes.
— portugallová, Portugalloöl.
— prhová, Arnikablumenöl.
— puškvorcová, Kalmusöl.
— řebíčková, Gewürznelkenöl.
— řebříčková, Schafgarbenöl.
— rezedková, Resedaöl.
— rojovníková, Zitronenmelissenöl.
— rozmarinová, Rosmarinöl.
— rostopšínová, Rostopschinöl.
— routová, Rautenöl.
— růžová, Rosenöl.
— růžovcová, Rosenkrautöl.
— sabinová, Sabinaöl.
— santalová, Sandelholzöl.
— sasafrasová, Sassafrasöl.
— saturejová, Bohnenkrautöl.
— sirecová, Sireeöl.
— skořicová ceylonská, Zimmtöl, echtes.
— skořicová čínská, Zimmtöl, chinesisches.
— skořicová javanská, Zimmtöl, javanescher.
— šalvějová, Salbeiöl.
— špikanardová, Lavendelöl.
— tamaryšková, Tamariskenrindenöl.
— terpentynová, Terpentinöl, ätherisches.
— thymová, Thymianöl.
— tisícokvětová, Tausendblüthenöl.

silice třebulová, Gartenkerbelöl.
— tymianová, Thymianöl.
— violková, Veilchenöl, ätherisches.
— vousatky šašinové, Sireeöl.
— vrátičová, Reinfarrnöl.
— z dřeva růžového, Rosenholzöl.
— ze semene škrkavičného, Wurmsamenöl.
— z jader broskvových, Pfirsichkernöl.
— z kuliček muškátových, Mazisnußöl, ätherisches.
— z kůry pomoranči, Pomeranzenschalenöl.
— z květu muskátového, Mazisblüthenöl.
— z květu pomorančího, Neroliöl.
— z květu skořicového, Zimmtblüthenöl.
— z listů broskvových, Pfirsichblätteröl.
símě vrabí, Steinsamen.
sinapin, Schwefelcyansinapin.
síra, Schwefel.
— červená, Arsenik, rother.
— čistěná čili sublimovaná, Schwefelblüthe.
— jódovaná, Jodschwefel.
— koňská, Roßschwefel.
— roubíková, obyčejná čili hranolová, Schwefel in Stangen.
— samorodná, Schwefel, gediegener.
— zlatá, Goldschwefel.
síran ammonato-železitý, Ammoniak, schwefelsaures eisenhaltiges.
— ammonatý, Ammoniak, schwefelsaures.
— ammonatý železitý, Ammoniak, schwefelsaures eisenhaltiges.
— ammonioměďnatý, Ammoniakkupfer.
— barnatý, Baryt, schwefelsaures.
— bebirinný, Bebeerin, schwefelsaures.
— berberinný, Berberin, schwefelsaures.
síran brucinný, Brucin, schwefelsaures.
— cerernatý, Cer, schwefelsaures.
— cikutinný, Cicutin, schwefelsaures.
— cínatý, Zinnoxydul, schwefelsaures.
— cinchonidinný, Cinchonidin, schwefelsaures.
— cinchoninný, Cinchonin, schwefelsaures.
— draselnato-antimóničný, Spießglanzleber.
— draselnatý, Doppelsalz.
— hlinito-ammonatý, Ammoniakalaun.
— hlinito-draselnatý, Alaun, gemeiner.
— hlinito-sodnatý, Natronalaun.
— hlinitý, Alaunerde, schwefelsaure.
— hořečnato-ammonatý, Ammoniakmagnesia, schwefelsaure.
— hořečnatý, Bittersalz.
— chininný, Chinin, schwefelsaures.
— chininný obojetný, Chinin, schwefelsaures neutrales.
— kademnatý, Kadmiumoxyd, schwefelsaures.
— kobaltnatý, Kobaltvitriol.
— manganatý, Mangan, schwefelsaures.
— měďnatý, Kupfervitriol.
— morfinný, Morphin, schwefelsaures.
— nikelnatý, Nickel, schwefelsaures.
— olovnatý, Bleioxyd, schwefelsaures.
— platičitý, Platinsulphat.
— sodnatý, Glaubersalz.
— sodnatý pálený, Glaubersalz, kalzinirtes.
— stříbrnatý, Silberoxyd, schwefelsaures.
— strontnatý, Strontian, schwefelsaurer.

síran strontnatý přirozený, Strontian, schwefelsaurer natürlicher.
— strychninný, Strychnin, schwefelsaures.
— trojrtutnatý, Quecksilberpräcipitat, gelber.
— vápenatý bezvodný, Gyps, gebrannter.
— vápenatý vodnatý, Gyps, roher.
— zinečnatý, Augenstein.
— železito-draselnatý, Eisenoxydkali, schwefelsaures.
— železitý, Eisenoxyd, schwefelsaures.
— železnatý, Eisenoxydul, schwefelsaures.
— železnatý vodnatý, Eisenvitriol.
siřičitan ammonatý, Ammoniak, schwefligsaures.
— draselnatý, Kali, schwefligsaures.
— olovnatý, Bleioxyd, schwefligsaures.
— sodnatý, Natron, schwefligsaures.
siřičnan barnatý, Baryt, hyposchwefelsaurer.
— sodnatý, Natron, unterschwefelsaures.
sirka, Schwefelhölzchen.
— třecí, Reibzündhölzchen.
sirkovka česká, Vitriolöl, böhmisches.
— dýmavá, Vitriolöl, nordhäuser.
— saská, Vitriolöl, sächsisches.
sirnatan sodnato-zlatnatý, Goldoxydulnatron, unterschwefligsaures.
— sodnatý, Natron, unterschwefligsaures.
sirník ammonatý dýmavý, Ammoniak, schwefelwasserstoffsaures.
— antimóničný, Goldschwefel.
— antimónový, Spießglanz, roher.
— antimónový beztvárný, Mineralkermes.
— antimónový kyslíkatý hnědý, Metallsafran.
— antimónový pálený čili pražený, Spießglanzasche.
— arséničitý, Arsenik, rother.
sirník arsénový, Arsenik, gelber.
— barnatý, Schwefelbaryum.
— cíničitý, Musivgold.
— draslíkový, Schwefelleber.
— jodnatý, Jodschwefel.
— kademnatý, Kadmiumgelb.
— měďnatý, Kupfer, gebranntes.
— molybdéničitý, Molybdänsulphuret.
— olovnatý, Schwefelblei.
— rtutičnato-antimónový, Schwefelspießglanzquecksilber.
— rtutičnatý, Merkurialpulver, schwarzes.
— rtutnatý červený, Zinnober.
— uhličitý, Schwefelalkohol.
— vápenato-antimóničný, Spießglanzschwefelkalk.
— vápenatý, Schwefelkalk.
— zinečnatý, Blende.
— železnatý, Schwefeleisen.
sírocyanovodík, Schwefelblausäure.
síropsotnina, Schwefelblausäure.
siroulilík, Schwefelalkohol.
síténka na vlasy, Haarnetz.
síto drátové, Sieb, drahtenes.
— řídké, Sieb, schütteres.
— žíněné, Haarsieb.
schránka na barvy, Farbekasten.
skalice admontská, Vitriol, admonter.
— ammoniaková železitá, Ammoniak, schwefelsaures eisenhaltiges.
— anglická, Eisenvitriol.
— bílá, Augenstein.
— cínová, Zinnoxydul, schwefelsaures.
— černá, Eisenvitriol, schwarzer.
— červená, Kobaltvitriol.
— dvojorlíčková, Eisenvitriol.
— kobaltová, Kobaltvitriol.
— linecká neb londýnská, Eisenvitriol.
— modrá čili cyperská, Kupfervitriol.
— olovná, Bleioxyd, schwefelsaures.
— platinová, Platinsulphat.

skalice salmiaková, Ammoniak, schwefelsaures.
— solnohradská, Eisenvitriol.
— trojorlíčková, Eisenvitriol.
— zelená, Eisenvitriol.
— zelená čistá, Eisenoxydul, schwefelsaures.
— zelená obyčejná neb jednoorlíčková, Eisenvitriol, gewöhnlicher.
— zelená pálená, Eisenvitriol, gebrannter.
— zinková, Augenstein.
skamonium, Skammonium.
— sirkované, Skammonium, geschwefeltes.
sklenec hrubý, Spießglanz, roher.
sklenel, Zinkglas.
sklo, Glas.
— antimónové, Spießglanzglas.
— do oken, Fensterglas.
— duté, Hohlglas.
— flintové, Flintglas.
— korunové, Crownglas.
— krystalové, Krystallglas.
— leskovní, Schmelzglas.
— mléčné, Milchglas.
— na hodinky, Uhrglas.
— olovnaté, Bleiglas.
— panenské, kamené čili kočičí, Marienglas.
— rozpustné, Kali, kieselsaures trockenes.
— rubínové čili nachové, Rubinglas.
— ruské, Marienglas.
— sódové, Natronglas.
— soukané, Glas, geschliffenes.
— surmíkové, Spießglanzglas.
— tabulové, Tafelglas.
— vodní, Kali, kieselsaures trockenes.
— vodní natronové, Kieselnatron.
— zrcadelní, Spiegelglas.
skoba dvojitá, Doppelkrampe.
— na lešení, Gerüstklammer.
skok jelení, Bärlappkraut.
skoparin, Skoparin.

skopovice, Schöpsenhaut.
skopovina, Schöpsenhaut.
skořepiny ústřicové, Austernschalen.
— želvové, Schildkroten.
skořepnice, Auster.
skořice anglická čili francouzská, Zimmt, chinesischer.
— bílá, Zimmt weißer.
— ceylonská, Zimmt, echter.
— černá, Nelkenzimmt.
— čínská čili indská, Zimmt, chinesischer.
— dřevová, Zimmtrinde, malabarische.
— hnědá čili holandská, Zimmt, echter.
— hořká, Kulilabaurinde.
— javanská, Zimmt, javanischer.
— kasiová, Zimmt, chinesischer.
— kulilabanová čili kulilavanová, Kulilabaurinde.
— lusková, Purgierkassie.
— malabarská, Zimmtrinde, malabarische.
— pravá čili orientalská, Zimmt, echter.
— západoindická, Zimmtrinde, malabarische.
skorocel menší čili špičatý, Wegerig, kleiner.
— větší, Wegerig, großer.
skoumač na plátno, Leinwandprober.
skoumadlo Hahnemannovo; Bleiprobe, Hahnemann'sche.
skřib, Schachtelhalm.
skřidličník, Schiefernagel.
skřinka na kreselní nářadí, Zeichnenrequisitenschachtel.
skřipec, Schneidkluppe.
— rýsovací mosazný, Reißkluppe von Messing.
slad, Malz.
sládeč, Engelsüß.
sladká hořká, Alfranken.
sládnotuk, Glycerin.
sladovec, Engelsüß.

sladuška, Engelsüß.
slanec, slaneček, Häring.
— bartoloměјský, Bartholomäus-häring.
— bezjikerný, Hohlhäring.
— bezmléčný, Hohlhäring.
— dutý, Hohlhäring.
— jakubský, Jakobshäring.
— janovský, Johannishäring.
— jikrnatý, Rogenhäring.
— křižácký, Kreuzhäring.
— maikenskový, Maikenshäring.
— marinovaný, Häring, marinirter.
— matjesový, Maikenshäring.
— mléčný, Milchhäring.
— myslivecký, Jägerhäring.
— nakládaný, Häring, marinirter.
— panenský, Maikenshäring.
— plný, Vollhäring.
— říční, Flußhäring.
— uzený špekový, Speckbückling.
— uzený v slámě, Strohbückling.
— v oleji, Häring in Öl.
slanina, Speck.
— uzená, Speck, geräucherter.
slatina františkolázeňská, Meererde, Franzensbader.
sleď sardinská, Sardine.
— uzená, Bückling.
slída, Glimmer.
sledík, Breitling.
slepenka, Pappendeckel.
sléz lesní, Malvenkraut.
— zaječí, Malvenkraut.
slezinník černý, Frauenhaar, schwarzes.
slimák, Schnecke.
slíva uherská, Pflaume, damascener.
slívky hedbávné, Brustbeeren, schwarze.
slivovice srymská, Sliwowitz, syrmische.
— uherská, Sliwowitz, ungarische.
sliz kdoulová, Quittenschleim.
sloupek voskový, Wachsstöckel.

sluka, Schnepfe.
slunéčka sedmitečková, Kochenillekäfer.
slunečnička, Vogelkraut.
slze Kristovy, Lacrimä Christi.
smalt, Email.
směs porculánová, Porzellangut.
smetanka, Löwenzahn.
smilacin, Smillacin.
smíšenina inkoustová, Tintenspecies.
smldníkovina, Peucedanin.
smokvy, Feigen.
smola bednářská, Binderpech.
— bílá, Pech, weißes.
— černá, Pech, schwarzes.
— kovářská, Schmiedepech.
— lodní, Holztheer.
— rajská, Aloe, durchsichtige.
— ševcovská, Pech, schwarzes.
— v bochníkách, Binderpech in Laiben.
— z horní kleje (asfaltu), Asphaltpech.
smrdák, Saustein.
smrže, Trüffel.
smudina, Kreosot.
smurka armenská, Bolus, armenischer.
— senenská, Erde, Sienner.
smyrek, Schmirgel.
soda alikantská, Soda, alikantische.
— alexandrinská, Soda, alexandriner.
— arsénová, Natron, arsenikſaures.
— egyptská, Soda, egyptische.
— francouzská, Soda, französische.
— kalcinovaná čili bezvodná, Soda, kalzinirte.
— kartagenská, Soda, kartagener.
— krystalovaná, Soda, krystallisirte.
— ku vřivým práškům, Natron, doppeltkohlensaures.
— leptavá, Ätznatron.
— levantská, Soda, levantiner.

soda pálená, Soda, kalzinirte.
— pražená, Soda, kalzinirte.
— skotská, Soda, schottische.
— surová, Soda, spanische.
— španělská, Laugensalz, mineralisches.
sodík, Natrium.
sochor železný, Brechstange.
sok ozornový čili hypocistisový, Hipozistensaft.
solanin, Solanin.
soldanella, Meerkohl.
solnovodičnatan *v.* chlórid,
solovka, Salzsäure, rauchende.
— Františkolázeňská, Salzquelle, Franzensbader.
sosenka, Spargel.
souměska, Ragout.
soustruh, Drehbank.
soymida, Soymidarinde.
spánek, Opium.
spermacet, Wallrath.
sponky na rámy, Rahmschliessen.
— oponové, Vorhangspangen.
spořiš, Eisenhart.
spořiště, Sparherd.
sporník plechový, Sparherd.
— bez kamnovce, Sparherd ohne Wanne.
— s plotnami, troubami a měděným kamnovcem, Sparherd mit Platten, Bratröhren & Kupferwanne.
— s železným kamnovcem, Sparherd mit Eisenwanne.
spratek králičí, Kaninchenfell.
— norkový, Nerzfell.
— tchořový, Iltisfell.
srnčina, Rehhaut.
srp se znamením orla a žaludu, Sichel mit Adler und Eichelzeichen.
— znamenaný poštovskoutrubkou a měsíčkem, Sichel mit Posthorn & Mondzeichen.
srpek, Farbendistel.

srst bobrová, Biberhaar.
— koňská, Roßhaar.
— kozí, Ziegenhaar.
— velbloudová, Kameelhaar.
— zaječí mořená, Hasenhaar, gebeiztes.
— zaječí sušená, Hasenhaar, getrocknetes.
srstky, Stachelbeeren.
ssavičky, Saugtutten.
stamin, Etamin.
staniol, Stanniol.
starček, Ackermennig.
starček, Waldgreis.
staurolit, Taufstein.
stearin, Stearin.
stenéř, Spitzhaue.
stíhlo podkladní, Unterlagstrense.
— s řetízkem na podbradek, Hauptgestelltrense.
stínavec, Färberginster.
stínidlo, Lichtschirm.
stolice hoblovací, Hobelbank.
— hoblovací kolářská, Wagnerhobelbank.
— hoblovací se skřipcem a podstavcem, Hobelbank mit Vorderzange und Gestell.
— osní, Schnitzbank.
— struhací, Schnitzbank.
stolička, Schachtelhalm.
stonožky, Kellerasseln.
stopa lvová, Sinau.
storax kapalný, Storax, flüssiger.
— obecný, Storax, gemeiner.
stořišek obecný, Weichdost.
stozrno, Jesuitenthee.
stožár, Winde.
straba, Spießglanz, roher.
strabík čistý, Spießglanz.
stracchino, Strachino.
strakáček, Bohne, scheckige.
strakatina, Leinwand, bunte.
stramin, Stramin.
stramonin, Stramonin.

stranovník, Verschlaghammer.
střevce kuří čili žabí, Vogelkraut.
střevíc gummový, Gummischuh.
— na jehlu, Pilotenschuh.
— pod kolo, Radsperre.
— plstěný, Filzschuh.
stříbran, Packfong.
stříbrnan ammonatý, Knallsilber.
stříbřitko pravé, Silber, geschlagenes.
stříbrník, Gänsekraut.
stříbro, Silber.
— kočičí, Glimmer.
— lánové, Lahnsilber.
— malířské, Musivsilber.
— musivné, Musivsilber.
— nové, Neusilber.
— rohové, Hornsilber.
— třaskavé, Knallsilber.
— živé, Quecksilber.
stříbrohlav, Silberstoff.
stříhovadlo, Fügebeck.
střílice, Glaskraut.
stroj bobrový anglický, Bibergeil, englisches.
— bobrový moskevský, Bibergeil, moskovitisches.
— bobrový švédský, Bibergeil, schwedisches.
— odpařovací, Abdampfapparat.
strontian, Strontian.
— žíravý, Strontian.
stručina, Schetenklee.
struhadlo, Riebeisen.
struhák kovářský, Hufraspel.
— na količky, Flockraspel.
— ševcovský, Schusterraspel.
— truhlářský, Tischlerraspel.
struk, Struk.
struna, Sensendraht.
struna, Saite.
— kovová, Metallsaite.
— ocelová, Stahlsaite.
— střevní, Darmsaite.
strusky olovné, Bleiglätte.
strychnin, Strychnin.
stuhy, Aufsatzbänder.
stužidlo, Schraubzwinge.
stužka aksamítová, Sammetband.
— atlasová, Atlasband.
— bavlněná, Baumwollenband.
— floretová, Floretband.
— flórová, Florband.
— gazová, Gazeband.
— hedvábná, Seidenband.
— mohérová, Moiréband.
— nitěná, Leinenband.
— vlněná, Wollband.
styracin, Styracin.
styrax, Storax.
sublimát, Ätzsublimat.
— sladký, Kalomel.
suchary, Zwieback.
suchopeř, Wiesenwolle.
sukády pocukrované, Cedern, kandirte.
sukno humpolecké, Mitteltuch.
— kastorové, Kastortuch.
— namodralé, Tuch, bläuliches.
— plášťové, Mantelzeug.
— poloviční, Halbtuch.
— se znamením dvou ryb, Fischtuch.
— šedé, Tuch, graues.
— tříkorunní, Dreikronentuch.
sůl alembrothská, Alembrothsalz.
— ammoniaková, Salmiak.
— cínová, Zinnsalz.
— cínová Mynsichtova, Zinnoxydul, essigsaures.
— červená krevní, Kali, eisenblausaures rothes.
— čpavková, Salmiak.
— dešťovková, Regenwürmersalz.
— dřevooctová, Kalk, holzsaurer.
— fosforečná, Natronammoniak, phosphorsaures.
— Glauberova, Glaubersalz.
— Hombergova (bolekrotná), Boraxsäure.
— homolová, Salz in Stöckeln.
— hořká, Bittersalz.

sůl hořká ammonatá, Ammoniak-magnesia, schwefelsaure.
— chebská, Egersalz.
— jelenorožná, Hirschhornsalz.
— jezerní, Baysalz.
— kamenná, Steinsalz.
— karlovarská, Karlsbadersalz.
— kopaná, Bergsalz.
— krevní červená, Kali, eisenblausaures rothes.
— krevní žlutá, Kali, eisenblausaures gelbes.
— kuchyňská, Kochsalz.
— louhová, Kali, ätzendes.
— louhová minerálná, Laugensalz, — mineralisches.
— mikrokosmická, Natronammoniak, phosphorsaures.
— Mindererova, Ammoniak, essigsaures.
— močová, Natronammoniak, phosphorsaures.
— morellová, Morellensalz.
— mořská neb jezerní, Meersalz.
— moudrosti, Alembrothsalz.
— na červeno, Kalk, holzsaurer.
— octová, Essigsalz.
— octová minerálná, Natron, essigsaures.
— olovná, Bleizucker.
— perlová, Natron, phosphorsaures.
— pinková, Pinksalz.
— popelná, Kali, kohlensaures rohes.
— postříbřovací, Versilberungssalz.
— potašová, Kali, kohlensaures basisches.
— povarná, Kochsalz.
— pozlacovací, Vergoldungssalz.
— pramenná, Quellsalz.
— pro dobytek, Viehsalz.
— Seignettová, Seignettesalz.
— šťavelová, Kleesalz.
— šteločná, Kali, kohlensaures rohes.
— šťovíková, Kleesalz.
— tartarová, Kali, kohlensaures basisches.
sůl třaskavá, Kali, chlorsaures.
— trpká, Bittersalz.
— v bečkách, Salz in Fässeln.
— v hrudkách, Salz in Stöckeln.
— vřídelní karlovarská, Sprudelsalz, Karlsbader.
— zaječická, Bittersalz.
— z jeleního rohu, Hirschhornsalz.
— železná, Eisenvitriol.
— žížalová, Regenwürmersalz.
— žlutá krevní, Kali, eisenblausaures gelbes.
sulfhydrát ammonatý, Ammoniak, schwefelwasserstoffsaures.
— éthylnatý, Merkaptan.
sulfokyanid allylnatý, Senföl.
— draselnatý, Kali, schwefelblausaures.
sulfokyanovodík, Schwefelblausäure.
sulfosinapisin, Schwefelcyansinapin.
sultaninky, Sultaninen.
sultaniny čili sultánky, Sultaninen.
sumach, Sumach.
suřík, Mennige.
— hnědý, Bleioxyd, braunes.
— žlutý, Bleioxyd, gelbes.
surma, Spießglanz, roher.
surmík čistý, Spießglanz.
— preparovaný, Spießglanz, präparirter.
surogát pepřový, Pfeffersurrogat.
— pimentový, Pimentsurrogat.
surovina bílá, Roheisen, weißes.
— šedivá, Roheisen, graues.
svalník menší, Brunelle.
— prostřední, Güldengünsel.
svatolina, Zypressenkraut.
svěrátko na svíčky, Lichtklemmer.
světlice, Safler, gemeiner.
světlicovina, Saflorroth.
světlík, Augentrost.
světloměr, Photometer.
svíce, svíčka, Licht.
— královská, Königskerze.
— litá, Kerze, gegossene.
— lojová, Talglicht.

svíce lojovinná čili stearinová, Stearinkerze.
— s točeným knotem, Kerze mit gedrehtem Docht.
— vosková, Wachslicht.
svícen plechový, Blechleuchter.
— sloupcový, Säulenleuchter.
svíčičky noční, Nachtlichter.
svíčky apollové, Apollokerzen.
— kostelní, Kirchenlichter.
— k vozům, Wagenkerzen.
— Millyové, Millykerzen.
— parní s dutým knotem argandským, Dampfkerzen mit einem argandischen hohlen Docht.
— salonní, Salonkerzen.
svídanky, Hundsdürlitze.
sviník, Saustein.
svinka, Kellerassel.
svírák, Schraubstock.
svítilničky, Handlaternen.
svízel, Klebkraut.
— voňavý, Waldmeister.
svlačec větší, Zaunwinde.
svor na přiříznutí tužky, Bleistiftspitzer.
sýr březňanský, Käse, Briesner.
— ementálský, Käse, Ementhaler.
sýr gorgonzolský, Gorgonzolakäse.
— gruyerský, Käse, Groyer.
— cheshirský, Chesterkäse.
— kozí, Ziegenkäse.
— limburský, Käse, Limburger.
— mazavý, Schmierkäse.
— parmský, Parmesankäse.
— rokfortský, Roquefortor Käse.
— smetanový, Schmettenkäse.
— švýcarský, Schweizerkäse.
— zemský, Erdscheibe.
syrečky cukrové, Zuckerzeltlein.
— ovčí, Schaffaseln.
syrovátka kamenečná, Alaunmolken.
syrup, Syrup.
— bílý na prsa, Brustsyrup, weißer.
— burákový, Runkelrübensyrup.
— cukrový, Zuckersyrup.
— jalovcový, Wacholderbeerensaft.
— malinový, Himbeerensyrup.
— ovocný, Fruchtsyrup.
— řepový, Runkelrübensyrup.
— škrobový, Fruchtsyrup.
— violkový, Veilchensyrup.
— zemákový, Kartoffelsyrup.
szeget, Spannhacke, ungarische breite.

Š.

šafrán antimónový, Metallsafran.
— antimónový lékařský, Spießglanzkönig, medizinischer.
— divý čili planý, Safler, gemeiner.
— francouzský, Safran, französischer.
— indický, Kurkume.
— nepřebíraný čili naturální, Safran, natureller.
— přebíraný, Safran, elegirter.
— španělský, Safran, spanischer.
— železný, Eisensafran.
šalamouneк, Eisenhütchen.
šalbice, Stanniol.
šalvěj, Salbei.
— polní vonná, Scharlachkraut.
šalvějka planá, Scharlachkraut.
šalvije polská, Alpkraut.
šály, Shawls.
— dlouhé, Longshawls.
šamlat, Kamelot.
šampaňské Bouzovo, Bouzy-Champagner.
šanta, Katzenmünze.
šaršant, Schraubzwinge.
šat admirálský, Admiraltuch.
šátek angorový, Angoratuch.

šátek barežový, Baregetuch.
— flórový, Flortuch.
— gazový, Gazetuch.
— kapesní, Schnupftuch.
— korunkový, Kronentuch.
— krepový, Krepetuch.
— madraský, Madrastuch.
— na krk, Halstuch.
— shavlový, Shawltuch.
— stellový, Stellatuch.
— stolní, Tischtuch.
šavlička, Schwertbohne.
šeď kovová, Metallgrau.
— ocelová, Stahlgrau.
— stříbrná, Silbergrau.
— zinková, Zinkgrau.
šedivek, Wermuth, pontischer.
šejble, Unterlagsscheibe.
šejdrák, Schrägmaß.
šél, Scheelium.
šelak bílý, Schellack, weißer.
— celistvý čili balvanový, Blockschellack.
— hnědý, Schellack, brauner.
— játrobarvý, Schellack, leberfarbener.
— krvobarvý, Blutschellack.
— pomarančový, Schellack, oranger.
— světlý, Schellack, blonder.
— třešňový, Schellack, kirschrother.
šélan ammonatý, Ammoniak, wolframsaures.
— draselnatý, Kali, wolframsaures.
— sodnatý, Natron, scheelsaures.
— železnato - manganatý, Wolframerz.
šenile, šenilky, Chenillen.
šerka, Duredry.
šerpy, Echarpes.
šídlo hladicí, Glättahle.
— hranaté, Reibahle.
— rýsovací, Reißahle.
— ševcovské, Manisterörtel.
— sedlářské, Sattlerahle.
— třecí, Reibahle.
šicha, Rauschbeere.

šindelák, Schindelnagel.
šínovec, Schienennagel.
šipkovice, šípky, Hagebutten.
širočina polská, Breitbeil, polnisches.
— uherská, B. ungarisches.
širting, Shirting.
šišák, Helmkraut.
šišky dubové, Knoppern.
— jedlové, Tannenzäpfchen.
šištičky smrkové, Fichtenknospen.
šivačka, Nähnadel.
škrabačka silniční, Straßenräumer.
škrabadlo, Schabeisen.
škraloup pecní, Tutie, graue.
škrob bílý, Stärke.
— bramborový, Kartoffelstärke.
— jódovaný, Jodamylium.
— lazulkový čili s lazulkou, Glanzstärke.
— pšeničný, Weizenstärke.
škrobovina, Dextrin.
škumpa jedovatá, Giftsumach.
škumpina, Sumach.
škvár skelný, Glasgalle.
šlejfířák, Schleiferstein.
šlichtovník, Schlichthobel.
— dvojitý, Doppelschlichthobel.
— dvojitý stavěcí, Doppelschlichthobel zum Verstellen.
šlupky kakaové, Kakaoschalen.
— ořechové, Nußschalen.
šmelc sklený, Glasschmelz.
šmergl, Schmirgel.
šmisetky, Chemisettes.
šmolka, Schmalte.
— glasurová, Glasurschmalte.
— královská, Königsblau.
— lazurová, Lazurschmalte.
šnek mořský, Auster.
— švábský, Schnecke, schwäbische.
šněrovadlo, Schnürband.
šňůrky hadí, Vipernschnüre.
šocovice, Linsen.
šolety, Chelets.
šoupátka kamnová, Ofenschuber.
špagát bílý, Spagat, weißer.

špagát šedý, Spagat, grauer.
špalda, Dinkel.
špargel, Spargel.
špatule, Spatel.
špenát anglický, Gebulddampfer.
špendlík, Stecknadel.
špic, Spitzhaue.
— křížový ocelovaný, Kreuzspitze, gestählte.
— podpatkový, Absatzbohrer.
špičák, Spitzbohrer.
špičák, Schneckenbohrer.
— bednářský, Binderspitzhacke.
— kolářský, Wagnerspitzhacke.
špičky k chomoutu, Kummetspitzen.
— rohové, Hornspitzen.
— šafránové, Safranspitzen.
špik kytový, Wallrath.
špikanard, Lavendel.
špikovadlo, Spicknadel.
špilka podvojná, Haarnadel.
špuntovník, Spundhobel.
šraňkovník, Schränkeisen.
šrenc, Schrenzpapier.
šroub, Schraube.
— do poklopky, Schlagleistenschraube.
— do rohovníku, Scheinhakenschraube.
— na trám, Gestellschraube.
— oponový, Verhangschraube.
— s matičkou, Mutterschraube.
— stavěcí, Gestellschraube.
— železný do dřeva, Holzschraube, eiserne.
šroubky do podešvů, Sohlenschräubeln.
šroubovadlo, Schraubbeck.
šroubovna, Schraubstock.
šrucha, Portulak.
šťáva akacová pravá čili egyptská, Akazienſaft, echter.
— alkermesová, Alkermesſaft.
— bezová, Hollundermus.
— borovičková, Wachholderbeerensaft.
šťáva bylinná, Kräuteralopp.
— citronová, Zitronensaft.
— jalovcová, Wachholderbeerensaft.
— locikova, Lattigbitter.
— malinová, Himbeersaft.
— trnková, Akaziensaft, böhmischer.
šťavel, Sauerklee.
štěničník, Glaskraut.
štěrbák, Endivie.
štětec jezevčí, Dachspinsel.
— k fládrování, Fladerpinsel.
— malířský, Malerpinsel.
— ploskatý čili na mosor, Fladerpinsel.
— promývací v brku labutím, Verwaschpinsel im Schwanenkiel.
— vidlový, Gabelpinsel.
— vlasový v plechovém svoru, Haarpinsel in Blechzwinge.
— vydří, Fischpinsel.
štětička vlasová, Haarpinsel.
štětiny, Borsten.
štětiště, Pinselstiel.
štětka drátěná, Kratzbürste.
— bělicí, Weißpinsel.
— ku bílení zdí, Mauerpinsel.
— lionská, Borstenpinsel, Lyoner.
— pařížská, Borstenpinsel, Pariser.
— ploskatá v plechu, Borstenpinsel, flacher in Blech.
— rýžová, Reisbesen.
— vidlicová, Gabelpinsel.
— v násadce dřevěné, Borstenpinsel in Holzstiel.
— zednická, Borstenpinsel für Maurer.
štibřík, Bohnenkraut.
štika, Hecht.
štikovec, Angelhaken, großer.
štíp kobylí, Sauerampfer.
štír merkuriální, Bingelkraut.
štířice, Fingerkraut.
štírovník, Schotenklee.
štítky k zámkům na dvéře, Schilder zu Thürschlössern.
— na skříně, Kastenbeschläge.

šťovan ammonatý, Ammoniak, kleesaures.
— draselnatý kyselý, Kleesalz.
— éthylnatý, Oxaläther.
— kobaltnatý, Kobaltoxydul, oxalsaures.
— měďnatý, Kupferoxyd, oxalsaures.
— nikelnatý, Nickeloxyd, oxalsaures.
— olovnatý, Bleioxyd, kleesaures.
— sodnatý, Natron, sauerkleesaures.
— strychninný, Strychnin, oxalsaures.
— vápenatý, Kalk, kleesaurer.
— železitý, Eisenoxyd, oxalsaures.
— železitý draselnatý, Eisenoxydkali, oxalsaures.

šťovík, Sauerampfer.
— štítnatý čili římský, Sauerampfer, römischer.
— žlutý, Geduldampfer.
šťukavec, Blutkraut.
štumle, Kaleschachsen, steyrische.
šturmalík, Grundhobel.
šumberka, Mühlbeil.
šumicha, Rauschgold.
šumovačka, Schaumlöffel.
šunka, Schinken.
šuškar obecný, Terpentin, gemeiner.
švestky sušené turecké, Zwetschken, türkische getrocknete.
švonepaj, švanpaj, Schwanenboy.

T.

tabacin, Nikotin.
tabák, Tabak.
— brasilský, Tabak, brasilianischer.
— havanský, Tabak, havaneser.
— indický, Tabak, indianischer.
— kanasta, Tabak, Kanasta.
— karolinský, Tabak, karolinischer.
— luisianský, Tabak, Luisianischer.
— martinický, Tabak, Martinique.
— marylandský, Tabak, Maryland'scher.
— portorický, Tabak, Portoriko.
— strouhaný, Rapétabak.
— turecký, Tabak, türkischer.
— kuřlavý, Rauchtabak.
— šňupavý, Schnupftabak.
— uherský, Tabak, ungarischer.
— varinasský, Tabak, Warinas.
— virginský, Tabak, virginischer.
tabákovina, Nikotin.
tabatěrka žandovská, Dose, Saubauer.
tabin, Tabin.
tabulka břidličná čili skřidličná, Schiefertafel.

tabulka kakaová, Cacao, getafelter.
— korková na hmyz, Insektentafel.
— polívková, Bouillon en tablettes.
táček, Scheibtruhe.
táhlo, Hemmschuhkette.
tajtrlík loketský, Pumpernickel.
takamahaka burbonská, Takamahak, bourbonisches.
— východoindická, Takamahak, ostindisches.
— západoindická, Takamahak, westindisches.
talíř kamený, Steingutteller.
talířek malířský, Pollet.
tamarindy, Tamarinden.
tambuch, Tambuchrinde.
tamín, Tamis.
tannin, Gerbestoff.
tantal, Tantal.
tapioka, Sago, ostindischer.
tarbot marinovaný, Tarbot, marinirter.
tarlatan, Tarlatan.
tarlis, Terlices.
tartofle, Trüffel.

tatarka, Buchweizen.
tav, Email.
tažnice, Stutz.
teksla anglická, Texel, englischer.
— ploská, Texel, flacher.
— sedlářská plochá, Sattlertexel, flacher.
— vyhloubená, Texel, hohler.
teletina, Kalbleder.
— barevná, Kalbleder, färbiges.
— dvakrát lakovaná, Kalbleder, doppeltlakirtes.
— dubená, Kalbleder, lohgares.
— hlazená, Glacékalbleder.
— hnědá, Kalbleder, braunes.
— holená černá lehká, Kalbleder, schwarzgenarbtes leichtes.
— chlupatá, Kalbleder, haariges.
— lakovaná, Kalbleder, lackirtes.
— těžká juchtovitá, Kalbleder, schweres juchtenartiges.
tellur, Tellur.
teobromin, Theobromin.
terce v. třetiny.
— koželužské, Terzenhäute, lohgare.
— tříslové, Lohterzen.
tereny borkové, Knoppernterzen.
terčovka podčerná, Steinmoos.
— zdní, Wandflechte.
terebintina benátská čili modřínová, Terpentin, venetianer.
— cyperská čili chijská, Terpentin, cyprischer.
— hustá, Terpentin, dicker.
— kanadská, Balsam, kanadischer.
— karpatská, Balsam, karpathischer.
— obecná, Terpentin, gemeiner.
— štrasburská čili jedlová, Terpentin, Straßburger.
— vyvařená, Terpentin, gekochter.
teriak, Theriak.
těrky papírové kožené nebo korkové, Wischer von Leder oder Kork.
— růžové, Wischer von Rosapapier.
— šedé, Wischer von grauem Papier.
terlis, Terlices.
terpentýn hustý, Terpentin, dicker.
— vyvařený, Terpentin, gekochter.
terra kotta, Terra cotta.
tesla, teslík, Zwerghacke.
teslík, Kreuzaxt.
těsnĕnkovina, Guacin.
těsto ibiškové, Regliffe, weiße.
— kostíkové čili fosforové, Phosphorpasta.
— lekořicové, Regliffe, braune.
— na prsa, Brustpasta.
— zubní, Zahnpasta.
těšinka, Augentrost.
tetanin, Strychnin.
tetřice, Kornrade.
těžík, Wolfram.
thé v. čaj.
thé bezové, Hollunderblüthe.
— brasilské, Thee, brasilianischer.
— diviznové, Königskerzenblüthen.
— ibišové, Eibischthee.
— jamesové, Jamesthee.
— jezovitské, Jesuitenthee.
— kakaové, Cacaoschalen.
— kanadské, Thee, kanadischer.
— kasinové, Kassinenkraut.
— labradorské, Jamesthee.
— liberské, Kräuter, Lieber'sche.
— meksikánské, Jesuitenthee.
— paraguajské, Paraguaythee.
— pekčanské, Pekkothee.
— pensylvanské, Monardenkraut
— prachové čili gumpowderské Schießpulverthee.
— prsní neb pro prsa, Brustthee.
— řecké, Salbei.
— rojovníkové, Zitronenmelisse.
— šalvějové, Salbei.
— španělské, Spanischthee.
— uherské, Jesuitenthee.
— v cibličkách, Steinthee.
— z Gongonhy, Kassinenkraut.
thein, Thein.
thekain, Paramorphin.

thym francouzský, Thymian, französischer.
— kretský, Thymian, kretischer.
— vonný, Thymian.
tchořovina, Iltisfell.
tibet, Thibet.
tibetin, Thibetin.
timak, Timakwurzel.
tinkal, Borax, roher.
tinktura antimónová, Spießglanztinktur.
— antimónová Huxhamova, Huxhamsche Spießglanztinktur.
— Bestuževská nervová, Schwefeläthergeist, eisenhaltiger.
— jantarová, Bernsteintinktur.
— jódová, Jodtinktur.
— lakmusová, Lackmustinktur.
— Ludvigova železná, Ludwigs Eisentinktur.
— na hmyz, Insekten-Vertilgungstinktur.
— prhová, Arnikatinktur.
— tartarovaná železná, Ludwigs Eisentinktur.
— zlatová, Goldtinktur.
— z kořene čemeřice černé, Nieswurzeltinktur.
— z kořene elleboru černého, Nieswurzeltinktur.
— železitá Klaprotová, Eisentinktur, Klaproths essigsaure.
titan, Titan.
tkaloun, Bandtresse.
tkanice hedvábná, Seidenband.
tlačenka, Mehlstein.
tloušťka, Hausleinwand.
tmel, Kitt.
— porcelánový, Porzellankitt.
— sklenářský, Glaserkitt.
— na zuby, Zahnkitt.
— železný, Eisenkitt.
tobolka pastuší, Hirtentasche.
točenec voskový, Wachsstöckel.
tolita zlá čili litá, Froschepdrich.
— žlutá, Butterblume.

tolita žlutá, Butterblume.
tombák, Tombak.
— svinutý, Rollentombak.
— šperkový, Schmucktombak.
tonky, Tonkabohnen.
topas, Topas.
topůrko na motyku, Hauenstiel.
toskin, Toskin.
toulec, Wetzkübel.
tragant nepravý, Sassagummi.
— prostřední, Tragant, in Sorten.
— sprostý, Tragant, ordinärer.
— vybíraný, Tragant, auserlesener.
trán, Thran.
— treskový, Stockfischthran.
— tuleňový, Seehundsthran.
— velrybí, Wallfischthran.
traňk andělský, Bergwolverlei.
— drábský, Güldengünsel.
— hadí, Goldruthe.
— hořký, Osterluzeikraut.
— jelení, Farbedistel.
— královský, Ackermennig.
— májový čili májovcový, Steinbrech, weißer.
— psaný, Hirschzunge.
— sv. Kunhuty, Ackermennig.
— sv. Kunigundy, Alpkrautwurzel.
— smradlavý, Osterluzeikraut.
— vysoký, Goldruthe.
— zběhový, Güldengünsel.
— zlatý prostřední, Wohlverleih, falscher.
— zlatý větší, Dürrwurzel.
třapec, Franze.
třaskan rtuťnatý, Knallquecksilber.
tratiknot, Lichtputz.
tratilen, Leindotter.
tráva medová, Honiggras.
— žabí, Wassermoos.
třebě v. nýtky.
třebník, Filipendelwedel.
třebule, Gartenkerbel.
— lesní, Kerbel, wilder.
— španělská, Kerbel, spanischer.
trejzel plotní, Barbenkraut.

treska, Kabeliau.
tresť absintová čili pelunková švýcarská, Absinthessenz, schweizer.
— ananasová, Ananasäther.
— bretfeldská, Bretfeldergeist.
— broskvová, Pfirsichäther.
— hroznová, Traubenäther.
— hrušková, Birnäther.
— jablková, Äpfeläther.
— jahodová, Erdbeerenäther.
— kadivá, Räucheressenz.
— malinová, Himbeerenäther.
— máslová, Butteräther.
— meruňková, Aprikosenäther.
— mravenčí, Ameisenäther.
— nakuřovací, Räucheressenz.
— octová, Essigäther.
— omamující, Äther, betäubender.
— rumová, Rumäther.
— solíková, Chloräther.
— solná lehká, Salzäther.
třešně bláznivé čili vlčí, Tollkirschen.
— psí, Hundskirschen.
— židovské neb mořské, Judenkirschen.
třešňová, Kirschbranntwein.
třešňovka švýcarská, Kirschwasser, schweizer.
třetiny borkové, Knopperntерzen.
— dubené, Lohterzen.
— koželužské, Terzenhäute, lohgare.
— vídeňské dvakrát dubené, Terzen, Wiener doppelt eingesetzte.
— vídeňské jednou dubené, Terzen, Wiener einfach eingesetzte.
— vyražené, Terzen, ausgestoßene.
třetník, Halbseide.
třezalka, Harthen.
trikó, trikoté, Tricot.
třílich, Drillich.
— atlasový, Atlasdrell.
třílistník, Bitterklee.
třínotek, Drillich.
třínožka, Dreifuß.

tříslan cinchoninný, Cinchonin, gerbsaures.
— chininný, Chinin, gerbsaures.
— olovnatý, Bleioxyd, eichengerbsaures.
— zinečnatý, Zinkoxyd, gerbsaures.
— železitý, Eisenoxyd, gerbsaures.
tříslnice, Loheextrakt.
tříslo, Gerberlohe.
— smrkové, Fichtenlohe.
tříslovina, Gerbestoff.
třisně, Zettelgarn.
trn římský čili domnělý bílý, Kugeldistel.
trn židovský, Judendorn.
trnky sušené, Schlehen, getrocknete.
trocišky, Räucherkerzen.
trojan vodní, Bitterklee.
trojice, Dreifaltigkeitskraut.
trojsiran chrómitý, Chromalaun.
trojúhelník, Dreieck.
trouba dýmová rovná, Rauchröhre, gerade.
— kachlová, Kachelröhre.
— kolenová, Knieröhre.
— k pečení, Bratröhre.
— k pečení čtyrhranná, Ofenröhre, viereckige.
— k vaření, Kochröhre.
— olověná, Bleirohr.
— plynovodní, Gasrohr.
— vodní, Wasserrohr.
třtina bambusová, Bambusrohr.
trubil, trubilí, Krampfdistel.
trubka letovací, Löthrohr.
trudovník, Braunwurzel.
trupel, Trippel.
— proplavený, Trippel, geschlemmter.
— v kuličkách, Trippel in Kugeln.
trus slučí, Schnepfendreck.
truskavec menší, Bruchkraut.
— větší, Blutkraut.
trusky olovné, Bleiglätte.
trypl, Trippel.
tržník, Ehrenpreis.

tucie šedá, Tutie, graue.
tuček čili tučnec, Speckstein.
tučnice, Fettkraut.
tuf, Tuff.
tuk jaterní, Leberthran.
tuha, Graphit.
tuk jaterní, Leberthran.
— jaterní treskový čili dorešový, Dorschleberthran.
— lipanový, Äschenfett.
— lososí, Äschenfett.
— palmový, Palmbutter.
— paraffinový belgický, Paraffinfett, belgisches.
— rybí, Fischthran.
— rybí léčivý, Leberthran.
— treskový, Stockfischthran.
tukosladina, Glycerin.
tukovina, Thran.
tuřín, Weißrübe.
turpít antimónový, Spießglanzoxydul, salzsaures gefälltes.
— bílý, Quecksilber, salzsaures ammoniakalisches.
— černý, Quecksilberoxydul, schwarzes.
— minerálný, Quecksilberpräcipitat, gelber.
— surmíkový, Spießglanzoxydul, salzsaures gefälltes.
— žlutý, Quecksilberpräcipitat, gelber.
tuš čínská, Tusch, chinesischer.
— na čárkování, Auszieh tusch.
— na zamývání, Lavirtusch.
tutti frutti, Tutti frutti.
tuňák marinovaný, Thunfisch, marinirter.
tužebník, Filipendelwedel.
tužky barevné, Pastellfarben.
— bez dřeva, Bleistifte ohne Holz.
— červené, Rothstifte.
— — bez dřeva, Rothstifte ohne Holz.
tužky červené v dřevě cedrovém, Rothstifte in Zedernholz.
— — v dřevě měkkém, Rothstifte in Weichholz.
— lakované, Bleistifte, lackirte.
— olejové barevné, Ölkreidestifte, farbige.
— pastelové, Pastellstifte.
— tesařské, Bleistifte für Zimmerleute.
— truhlářské, Bleistifte für Tischler.
— v dřevě cedrovém, Bleistifte, in Zedernholz.
— — hnědém, Bleistifte in braunem Holz.
— — měkém, Bleistifte in weichem Holz.
— — olšovém, Bleistifte in Erlenholz.
— — smrkovém, Bleistifte in Fichtenholz.
— — tisovém, Rotheibenholz.
tvarožina, Erdscheibe.
tvist, Twist.
tyfl, Tüffel.
tygřina, Tigerfell.
tykev obrovská americká, Zentnerkürbis, amerikanischer.
tykvice planá, stříkavá čili psí, Balsamäpfel.
— zámořská, Koloquinten.
— zemská, Zaunrübe.
tykyta, Taffet.
— dvojitá, Doppeltaffet.
— voskovaná, Wachstaffet.
— žíhovaná, Taffet, streifiger.
tyl, Tüll.
tymian, Thymian.
— francouzský, Thymian, französischer.
— kretský, Thymian, kretischer.

U.

úběl, Alabaster.
uběrák, Schropphobel.
ubírák, Rauhhobel.
— hrubý, Scharfhobel.
ubrus kávový, Kafféetuch.
udice, Angelhaken.
— na štiky, Hechtangeln.
uhel kostní, Knochen, schwarz gebrannte.
— krevný, Blutkohle.
— živočišný, Knochen, schwarzgebrannte.
úhel železný, Winkel, eiserner.
úhelnice, Winkeleisen.
úhelník, Winkellineal.
uhlan *v.* uhličitan.
uhlí černé, Schwarzkohle.
— dřevěné k čistění lihovin, Entfuselungskohle.
— drobné, Kleinkohle.
— hašené, Löschkohle.
— hnědé, Braunkohle.
— houbové, Schwammkohle.
— hrubé, Grobkohle.
— jantarové, Bernsteinkolophonium.
— kamenné, Steinkohle.
— kostkové, Würfelkohle.
— kovářské, Schmiedkohle.
— kreslicí, Zeichnenkohle.
— krupičnaté, Grieskohle.
— lípové, Lindenkohle.
— masové, Fleischkohle.
— platinové, Platinmohr.
— plynové, Gaskohle.
— rýsovné lípové, Reißkohle von Lindenholz.
— sirnaté, Schwefelkohle.
— smíšené, Kohle, gemischte.
— smolovité, Pechkohle.
— v kusech, Stückkohle.
— z korky, Korkkohle.
uhličitan ammonatý, Ammoniak, kohlensaures.
uhličitan ammonatý přiboudlý, Hirschhornsalz.
— barnatý, Baryt, kohlensaurer.
— barnatý přirozený, Witherit.
— beryllitý, Berylliumoxyd, kohlensaures.
— draselnatý čistý, Kali, kohlensaures basisches.
— draselnatý nečistý, Kali, kohlensaures rohes.
— dvojměďnatý, Kupferoxyd, kohlensaures natürliches.
— hořečnatý, Magnesia, kohlensaure.
— kademnatý, Kadmiumoxyd, kohlensaures.
— kobaltnatý, Kobaltoxydul, kohlensaures.
— manganatý, Mangan, kohlensaures.
— lithnatý, Lithiumoxyd, kohlensaures.
— měďnatý, Kupferoxyd, kohlensaures.
— nikelnatý, Nickeloxyd, kohlensaures.
— olovnatý, Bleioxyd, kohlensaures.
— sodnatý, Soda, krystallisirte.
— stříbrnatý, Silberoxyd, kohlensaures.
— strontnatý, Strontian, kohlensaurer.
— uranitý, Uranoxyd, kohlensaures.
— vizmutový, Wismuthoxyd, kohlensaures.
— zinečnatý, Zinkoxyd, kohlensaures.
— zinečnatý přirozený, Galmei.
— železnatý, Eisenoxydul, kohlensaures.
uhlina, Koaks.
úhořina, Aalhaut.
ucháč, Hollunderschwamm.
ucho babí, Wegerig.
— Jidášovo, Hollunderschwamm.

ucho velrybí, Seekuhstein.
ulmovka, Pfeifenkopf, ulmer.
úložník, Ehrenpreis.
ultramarin, Ultramarin, blauer.
— v kuličkách, Ultramarinkugeln.
— zelený, Ultramarin, grüner.
— žlutý, Permanentgelb.
úprava bylinná, Kräutereinschlag.
— kořenná, Gewürzeinschlag.
uranitan sodnatý, Natron, uransaures.
uřet, Waid.
úsně v. kůže vydělaná.
— lesklá, Glanzleder.
uspalina, Kodein.
ústřice, Auster.
— nativní, Nativsaustern.
ušátko, Hohlbohrer.
utahovák, Schraubbock.
útinka, Schrotmeißel.
utrých bílý, Arsenik, weißer.
— bílý mletý, Arsenik, weißer gestoßener.
— červený, Arsenik, rother.
— žlutý, Arsenik, gelber.
uzenky brunšvické, Würste, Braunschweiger.
— frankfurtské, Würste, Frankfurter.
— mohučské, Würste, Mainzer.
— solnohradské, Würste, Salzburger.
— z husích jater, Gansleberwürste.
užanka, Hundszunge.

V.

vaček, Dreiangel.
vaček, Hohlhobel.
vačka, Mühltrieb.
váhadlo, Wagebalken.
váhy desetinné, Dezimalwage.
— můstkové, Brückenwage.
— ražní, Schnellwage.
— senní, Mondwage.
vachta, Bitterklee.
vaikouri, Waikwurzel.
valeran draselnatý, Kali, baldriansaures.
— éthylnatý, Baldrianäther.
— hořečnatý, Magnesia, baldriansaure.
— chininný, Chininvalerat.
— kaffeinný, Kaffein, valeriansaures.
— morfinný, Morphin, baldriansaures.
— sodnatý, Natron, baldriansaures.
— vizmutový, Wismuthoxyd, baldriansaures.
— zinečnatý, Zinkoxyd, baldriansaures.
valeran železito-chininný, Chinineisenoxyd, baldriansaures.
valchovka, Walkererde.
valis, Wallis.
valonky, Ackerdoppen.
vana plynopudná, Gaswanne.
vanadium čili vanadík, Vanadium.
vanila čili vanilie, Vanille.
vanilka, Vanilleliquer.
vápenec lehký, Bergmilch.
— smrdutý, Saustein.
vápenky, Eier, gekalkte.
vapér, Vapeur.
— šňůrkovaný, Schnürchenvapeur.
vápno antimónové železnaté pro pocení, Spießglanz, schweißtreibender martialischer.
— běličské bílicí, Chlorkalk.
— brómované, Bromkalcium.
— Hoffmannovo antimóno-sirkové, Spießglanzschwefelkalk.
— chlórové, Chlorkalk.
— javelské, Chlorkalk.
— jódové, Jodkalcium.
— pálené čili žíravé, Ätzkalk.

vápno vídeňské, Kalk, Wiener.
— živé čili nehašené, Kalk, reiner.
varinas, Tabak, Warinas.
varlata popova, Hernodatteln.
varmuž zlatnická, Amalgam.
vata, Watte.
— bavlněná, Baumwollwatte.
— pakostní, Gichtwatte.
vauquelin, Strychnin.
vazáky býkové, Stierketten.
— koňské s pérem, Pferdhalfterketten mit Feder.
— koňské s roubíkem, Pferdhalfterketten mit Knebel.
— kravské, Kuhketten.
— telecí, Kälberketten.
— volské, Ochsenketten.
včelník, Zitronenmelisse.
— kanarský, Melisse, kanarische.
— moldavský, Drachenkopf.
vdolečník, Dalkenblech.
vějačka, Malterhaue.
vějíř, Fächer.
vejt, Waid.
vějka čili věječka, Wurfschaufel.
velanidy, Ackerdoppen.
velpel, Velpel.
velveteeny, Velveteens.
velvety, Velvets.
věnec, Kranzhobel.
věnečky na kuří oka, Hühneraugenringe.
veratrin, Sabadillin.
verbena, Eisenhart.
vermičely, Vermicelli.
vermilon, Zinnober, chinesischer.
veronyka, Ehrenpreis.
vesnovka, Kresse.
veš slonová východní, Elefantenlaus, ostindische.
— slonová západní, Elefantenlaus, westindische.
větrnice, Küchenschellenkraut.
veverčina, Eichhornfell.
vičenec, Esparsette.
vidlák, Bärlappkraut.
vidle hnojní, Düngergabel.
— senní, Heugabel.
vikvenec, Esparsette.
vínan ammonato-draselnatý, Kali, weinsteinsaures ammoniakalisches.
— ammonatý, Ammoniak, weinsteinsaures.
— draselnato-antimónový, Brechweinstein.
— draselnato-sodnatý, Seignettesalz.
— draselnatý, Kali, weinsteinsaures.
— hořečnatý, Magnesia, weinsteinsaure.
— chininný, Chinin, weinsteinsaures.
— rtutičnatý, Quecksilberoxydul, weinsteinsaures.
— sodnatý, Natron, weinsteinsaures.
— vápenatý, Kalk, weinsteinsaurer.
— železitý, Eisenoxyd, weinsteinsaures.
— železnatý, Eisenoxydul, weinsteinsaures.
vinčnky sicilské, Korinthen, sizilianische.
— zantické, Korinthen.
víno malagské, Malagawein.
— malinové, Himbeerenwein.
— měňavé, Schillerwein.
— pelunkové, Wermuthwein.
— pálené, Branntwein.
— omáukové, Alantwein.
— plané, Läusekörner.
— řecké, Korinthen.
— rybézové, Johanniswein.
— sv. Jana černé, Johannisbeeren, schwarze.
— šampaňské, Champagnerwein.
— — nešumivé, Champagner, nichtschäumender.
— — šumivé, Champagner, schäumender.
— vinčnkové, Korinthenwein.
vínovice, Franzbranntwein.
vínovka, Weinsteinsäure.

vinštíř, Weinstein, roher.
vintovník, Schraubenbohrer.
viset, Visetholz.
vismut, Wismuth.
višně běsné, Tollkirschen.
— sušené, Kirschen, saure getrocknete.
— židovské čili mořské, Judenkirschen.
višňová, Weichselbranntwein.
višňovice, Weichselgeist.
višňovka, Weichselbranntwein.
vitherit, Witherit.
vitriol černý, Eisenvitriol, schwarzer.
— dýmavý, Schwefelsäure, rauchende.
— železnatý, Eisenvitriol.
vitrolín, Eisenvitriol, schwarzer.
vizmut, Wismuth.
vlas ženský, Frauenhaar.
— ženský černý, Frauenhaar, schwarzes.
vlásky Matky boží, Frauenhaar.
vlašťovičník větší, Schellkraut.
vlčí noha, Zigeunerkraut.
vlčina, Wolfsfell.
vlčinec modrý, Lupine, blaue.
— žlutý, Lupine, gelbe.
vlna albanská, Wolle, albaneser.
— angorská, Angorawolle.
— angorská, Kameelhaar.
— beranní, Widderwolle.
— cápová, Zackelwolle.
— cápová jednostřižná, Schurzackelwolle.
— červená, Wolle, rothe.
— česaná, Kammwolle.
— česká, Wolle, böhmische.
— čistěná, Wolle, gewaschene.
— dvoustřižná, Schafwolle, zweischürige.
— filosofická, Zinkweiß.
— flamantinská, Wolle, flamantiner.
— hladová, Wolle, zweiwüchsige.
— hrubá, Wolle, grobe.
vlna jará, Sommerwolle.
— jednostřižná, Schafwolle, einschürige.
— jehněčí, Lammwolle.
— jirchářská, Gärberwolle.
— kašmírská, Kachemirwolle.
— kloboučnická polská, Hutmacherwolle, polnische.
— kozí, Ziegenwolle.
— letní, Sommerwolle.
— mastná, Wolle, fette.
— merinová, Merinowolle.
— nečistá, Wolle, futterige.
— nejpěknější, Wolle, hochfeine.
— ovčí, Schafwolle.
— panská, Herrschaftswolle.
— pěkná, Wolle, feine.
— plstěná, Wolle, gefilzte.
— podzimní, Wolle, zweischürige.
— praná, Wolle, gewaschene.
— prostřední, Wolle, mittel.
— pruská, Wolle, preußische.
— sedlská, Bauernwolle.
— se scíplých čili s padlých ovcí, Sterblingswolle.
— s lisinek, Plätzwolle.
— sprostá, Wolle, ordinäre.
— stonkovatá, Wolle, schillhaarige.
— střižná srbská, Schurwolle, serbische.
— — uherská, Schurzackelwolle.
— tenká, Wolle, feine.
— uherská, Wolle, ungarische.
— umořená, Wolle, zweiwüchsige.
— ušlechtěná, Elektoralwolle.
— vemenní, Schweißwolle.
— venkovská, Landwolle.
— vikuní, Lammwolle.
— zastřižená, Wolle, verschnittene
— zdechlinná, Sterblingswolle.
— zigajská banátská, Zigajawolle, banater.
— zimní, Winterwolle.
— z ročňátek, Jährlingswolle.
vlňanka, Wiesenwolle.
vlnice, Wiesenwolle.

vlnovlas, Wollhaar.
vložka linkovaná, Unterlage, liniirte.
vlstek, Liebstöckel.
voda ammoniová, Ammoniak, ätzendes.
— anatherinová na ústa, Anatherinmundwasser.
— bělinská, Sauerbrunn, Biliner.
— bílicí, Bleichwasser.
— Binelliová, Binelliswasser.
— bobkovišňová, Kirschlorbeerwasser.
— božská, Quecksilberflüßigkeit, ätzende.
— cíděcí, Fleckwasser.
— dehtová, Theerwasser.
— destilovaná, Wasser, destillirtes.
— Eliščina homburská, Elisabethquelle, Homburger.
— emská, Kesselbrunn, Emser.
— ferdinandská z Mariánských lázní, Ferdinandsbrunn, Marienbader.
— františková z Františkových lázní, Franzensbrunn, Franzensbader.
— Goulardova, Bleiwasser.
— hořká, Bitterwasser.
— hořkomandlová, Bittermandelwasser.
— chlórová, Bleichwasser.
— chyžická, Kißingerwasser.
— Jiro-Viktorská vildungská, Georgs-Viktorquelle, Wildunger.
— jódnatá kemptenská, Jodquelle, Kemptener.
— karlovarská mlýnská, Mühlbrunn, Karlsbader.
— karlovarská z náměstí, Marktbrunn, Karlsbader.
— karmelitská, Karmeliterwasser.
— k líčení, Schminkwasser.
— kmínovka, Kümmelwasser.
— kolínská, Kölnischwasser.
— KonstantinovaGleichenberská, Kostantinquelle, Gleichenberger.

voda královská, Königswasser.
— kreosotová, Kreosotwasser.
— lavandulová, Lawendelwasser.
— leptavá, Quecksilberflüßigkeit, ätzende.
— lnční františkolázeňská, Wiesenquelle, franzensbader.
— mariánská, Marienbaderbrunn.
— mědná, Eisenvitriol, schwarzer.
— minerálná čili léčitelná, nerostní, Mineralwasser.
— myrtová, Eau d'ange.
— na škvrny, Fleckwasser.
— na ústa, Mundwasser.
— oční modrá, Augenwasser.
— olovná, Bleiwasser.
— opijová čili opiumová, Opiumwasser.
— orientálská, Wasser, orientalisches.
— pomaranční, Pomeranzenwasser.
— portukovací, Quecksilberauflösung, salpetersaure.
— pro štěnice, Wanzenwasser.
— překapaná, Wasser, destillirtes.
— Rabelová, Rabelswasser.
— Rakozyová chyžická, Rakozywasser, Kißinger.
— růžová, Rosenwasser.
— selterská, Selterswasser.
— silná, Scheidewasser.
— sírovodíková, Schwefelwasserstoffwasser.
— smradlavá, Windwasser.
— sodová, Sodawasser.
— solná slezská, Obersalzbrunn, schlesischer.
— strontnatá, Strontianwasser.
— sv. Lucie, Ammoniaksuccinatflüßigkeit.
— spikanardová, Lawendelwasser.
— Tereziánská karlovarská, Theresienbrunn, Karlsbader.
— tisícokvětová, Tausendblüthenwasser.
— uherská, Ungarisches Wasser.

voda ústřicová, Austernwasser.
— vřídlová karlovarská, Sprudel, Karlsbader.
— vunická, Wasser, Wunitzer.
— z Adelhaidina pramene mnichovského, Adelheidsquelle, Münchner.
— zaječická, Seidschützer Bitterwasser.
— zámecká karlovarská, Schloßbrunn, Karlsbader.
— z květu pomarančového, Orangenblüthenwasser.
— želczitá, Stahlbrunn.
— žídelní, Mineralwasser.
vodan ɛ. hydrát.
vodička císařská, Kaiserwasser.
— Goulardova, Wasser, Goulardisches.
— k čistění kůže, Hautreinigungswasser.
— kolínská, Kölnerwasser.
— — lepší, Kölnerwasser, feines.
— — naddobrá, Kölnerwasser, mittelfeines.
— — nejlepší, Kölnerwasser, extrafeines.
— manheimská, Mannheimerwasser.
— na pihy, Lait, authephelique.
— poplatinovací, Verplatinirungsflüssigkeit.
— postříbřovací, Versilberungsflüßigkeit.
— pozlacovací, Vergoldungsflüssigkeit.
— skořicová, Zimmtwasser.
— zlatá, Goldwasser.
— žaludeční, Magenwasser.
vodíkosirník éthylnatý, Äthylsulphhydrat.
vodka francouzská, Franzbranntwein.
— jalovcová, Wachholderbranntwein.
— sirková, Schwefelsäure, verdünnte.
vodolist, Hülsenblätter.
voeha mořská, Seegras.
vochlice hřebenatá, Nadelkerbel.

vojtěška, Spargelklee.
volfram, Wolfram.
volframan ammonatý, Ammoniak, wolframsaures.
— draselnatý, Kali, wolframsaures.
volovina, Ochsenhaut.
voměj, Eisenhütchen.
vomějovina, Akonitin.
voněkras letní, Majoran.
voník, Osmium.
vorvanina, Wallrath.
vosk bílý, Wachs, weißes.
— černý v kostkách, Wachs, schwarzes in Würfeln.
— japanský, Wachs, japanisches.
— jarý, Jungfernwachs.
— kordovský, Kerdovawachs.
— lípový, Jungfernwachs.
— litecký, Wachs, lithauisches.
— malabarský, Wachs, malabarisches.
— na láhve, Flaschenharz.
— panenský, Jungfernwachs.
— parojkový, Jungfernwachs.
— pečetní čili španělský, Siegelwachs.
— pečetní nejsprostší, Packlack.
— rozpalovací neb pozlacovací, Glühwachs.
— stromový, Baumwachs.
— zelený, Wachs, grünes.
— žlutý v kotoučích, Wachs, gelbes in Scheiben.
voskenec, Wachssalbe.
voskovice, Wachslicht.
voštanka, Wachsleinwand.
vousy boží, Becherblume.
vranec, Tangelkraut.
vranovec čtyrlistý, Einbeere.
vrať se zase, Mondrautenkraut.
vrátič čili vratička, Rainfarrn.
vratička obecná, Mondrautenkraut.
vratidlo stojaté, Winde.
vratislavka, Breslauer Liquer.
vratník, Thornagel.
vratovák, Thornagel.

vrbice, vrbovka čili vrbka, Weiderich.
vrbina brunátná, Weiderich, rother.
— žlutá, Weiderich, gelber.
vrbinka, Eisenhart.
vrbka sladká, Alfranken.
vrbovina, Salizin.
vřes, Heidekraut.
vřesna, Gagel.
vřeteno mlýnské, Mühlspindel.
vrtadlo s kotoučem, Rollenbohrer.
vrták čepový, Zentrumbohrer.
vrtule, Schraube.
všedobr, Guter Heinrich.
všehochuť, Piment.
vši žebrácké, Kropfklettensamen.
všivcovina, Delphinin.
všivec bahní, Sumpfläusekraut.
vtěrák, Kimmhobel.
vybojka, Kattun.
vydrovina, Fischotternfell.
vyhřívadlo Kodymovo na vodu, Kodymrost.
vykružovačka, Schweifsäge.
vyražec, Stemmeisen.
výražka, Mehl, weißes feinstes.
— císařská, Kaiserauszug.
— krupařská, Grieslerauszug.
— pekařská, Bäckerauszug.
— žitná, Kernauszug.
vyrovnávač, Vorfeile.
výstřelek hromový, Spargel.
výtah, Schindelzieheisen.
výtah aloesový, Aloeextrakt.
— angusturový, Angusturarinden-extrakt.
— anjelikový, Angelikawurzelextrakt.
— blínový, Bilsenkrautextrakt.
— bodláčkový, Kardobenediktenextrakt.
— bolehlavový, Schierlingextrakt.
— borkový, Knopperextrakt.
— celidonový, Schellkrautextrakt.
— cicvárový éterový, Wurmsamen-extrakt, ätherischer.
— černobýlový, Beifußextrakt.
— čivní, Nervenextrakt.
výtah devěsilový, Huflattigextrakt.
— dubinkový, Knopperextrakt.
— durmanový, Stechapfelextrakt.
— fernambukový, Fernambukholz-extrakt.
— heřmánkový, Kamillenextrakt.
— hořcový, Enzianextrakt.
— hořkoňový, Quassienholzextrakt.
— chmelový, Hopfenextrakt.
— chynový, Chinaextrakt.
— indychový, Indigoextrakt.
— ipekakuanhový lího-vodnatý, Brechwurzelextrakt.
— jalapový, Jalapenextrakt.
— jablečníkový, Andornextrakt.
— jetele hořkého čili vodního, Bitterkleeextrakt.
— kalendulový, Ringelblumenex-trakt.
— kampeškový, Blauholzextrakt.
— kapradový, Farrnkrautextrakt.
— kaskarilový, Kaskarillenrinden-extrakt.
— kávový, Kaffeeextrakt.
— kolokvintidový čili kopvový, Koloquintenextrakt.
— koniklecový, Küchenschellenkraut-extrakt.
— konitrudový, Gnadenkrautextrakt.
— konopný, Hanfextrakt.
— kozlíkový, Baldrianextrakt.
— křížkový, Kreuzblumenwurzel-extrakt.
— krusičkový, Ringelblumenextrakt.
— kubebový étherický, Kubeben-extrakt.
— kulčibový, Brechnußextrakt.
— kvajakový, Franzosenholzextrakt.
— kvasiový, Quassienholzextrakt.
— lišejníkový, Moosextrakt.
— locikový, Giftlattigextrakt.
— lopuchový, Klettenwurzelextrakt.
— měsíčkový, Ringelblumenextrakt.
— monesiový, Monesia.
— mydlicový, Seifenwurzelextrakt.
— myrhový, Myrrhenextrakt.

výtah námelový vodnatolihový, Mutterkornextrakt.
— náprstníkový, Fingerhutkrautextrakt.
— ománkový, Alantwurzelextrakt.
— opijový čili opiumový, Opiumextrakt.
— paldranový, Baldrianextrakt.
— pampuliškový, Löwenzahnextrakt.
— pelunkový, Wermuthextrakt.
— podbílkový, Huflattigextrakt.
— podezřeňový, Königsfarrnwurzelextrakt.
— podkovkový, Huflattigextrakt.
— potměchuťový, Alfrankenextrakt.
— prhový, Bergwolverleiextrakt.
— přímětníkový, Kardobenediktenextrakt.
— puškvorcový, Kalmusextrakt.
— rabarbarový vodnatý, Rhabarberextrakt.
— ratanhiový, Rantanhiawurzelextrakt.
— řebříčkový, Schafgarbenextrakt.
— řešetlákový čili rešetlačkový, Kreuzbeerenextrakt.
— rmenový, Kamillenextrakt.
— routičkový, Erdrauchextrakt.
— rulíkový, Tollkrautextrakt.
— senegový, Senegawurzelextrakt.
— senesový tekutý, Sennesblätterextrakt.
— skilový, Meerzwiebelextrakt.
— sladkohořké, Alfrankenextrakt.
— smetankový, Löwenzahnextrakt.
— světlicový, Saflorroth.
— šafránový, Safranextrakt.
— šalamounkový, Eisenhütchen.
— šalvějový, Salbeiextrakt.
— škumpový jedovatý, Giftsumachextrakt.
— tabákový, Tabakextrakt.
— tresťový ze semene škrkavičného, Wurmsamenextrakt, ätherisches.
výtah třílistníkový, Bitterkleeextrakt.
— větrnicový, Küchenschellenkrautextrakt.
— vítodový, Kreuzblumenwurzelextrakt.
— vraníokový, Brechnußextrakt.
— vrbový, Weidenrindenextrakt.
— zeměžlučový, Tausendguldenkrautextrakt.
— z kořene čemeřice černé, Nieswurzelextrakt, schwarzes.
— z kořene čemeřice bílé, Nieswurzelextrakt, weißes.
— z kůry dubové, Eichenrindenextrakt.
— z kůry lýkovcové, Kellerhalsrindenextrakt.
— z kůry svraskavé brasilské, Rindenextrakt, brasilianisches zusammenziehendes.
— z kůry vrbové, Weidenrindenextrakt.
— z listů ořechových, Nußblätterextrakt.
— z lišejníku islandského, Moosextrakt.
— z lýka krušinkového, Faulbaumrindenextrakt.
— z piva plzeňského, Bierextrakt, Pilsner.
— z šlupek ořechových, Nußschalenextrakt.
— z vraních ok, Brechnußextrakt.
výtěrky Wischfetzen.
vývarek karlovarský, Sprudelstein.
vyvrtáček, Stöpselzieher.
vývrtka, Schraubenzieher.
výžlabník, Hohlkehlhobel.
vyžlín, Leinkraut.
vzorky ku kreslení, Zeichnenvorlagen.

X. Y. Z.

xantogen, Xantogen.
xylostein, Xylostein.
yva, Schlagkraut.
záběl, Federweiß.
záběluík bahní, Sumpffingerkraut.
zábělka, Mehl, mittelfeines.
záblatník, Kothschaufel.
záboje, Ölkuchen.
zadek račí, Krebsschwanz.
zadina kroupová, Graupensprung.
zadky tercové neb třetinové, Terzenrücken.
zádržky k vozům, Wagenschleifen.
zádušník, Gundelrebe.
zaječina, Hasenbalg.
— mořená, Hasenhaar, gebeiztes.
— sušená, Hasenhaar, getrocknetes.
základ dubový (pokostový), Eichenholzgrund.
— ořechový, Nußbaumholzgrund.
zámek, Schloß.
— ke kolně, Schupfenschloß.
— ke kufru, Kofferschloß.
— ke skříni, Kastenschloß.
— k přibití kusý, Schloß zum Anschlagen, stumpfes.
— krytý s klikou, Thürschloß mit Drucker.
— k sklepu, Kellerschloß.
— k truhle, Truhenschloß.
— ku skladu, Gewölbschloß.
— k zadlabání bez kliky, Schloß zum Einstemmen ohne Drucker.
— k záchodu se závorkou, Retiradenschloß mit Riegel.
— k zapuštění, Einstemmschloß.
— malý k truhlíku, Ladenschloß, kleines.
— na mříže s veksírem, Gitterschloß mit Vexir.
— patentní, Patentschloß.
— překrytý, Schloß, überbautes.
— škádlivý, Vexirschloß.
zámek úzký na skleněné dvéře, Schloß, schmales zur Glasthüre.
— visutý čili visecí, Vorhängeschloß.
zámiš, Sämischleder.
zanovec, Geisraute.
zanykl, Sanikel.
zanice žlutá, Diervillenstengel.
zámotky, Kokons.
západka (klika) k přibití, Falle zum Anschlagen.
— k zadlabání, Falle zum Einstemmen.
zápalky, Zündhütchen.
— chlórové, Chlorzündhölzchen.
záře bílá, Erdspinnenkraut.
zarnek, Arsenik, rother.
zasevratec, Mondrautenkraut.
zástrčky kamnové, Ofenschuber.
zasypátko, Bärlappsamen.
zatěrák, Kiummhobel.
zátky butelkové, Bouteillestöpsel.
— čepní, Spunde.
— korkové, Korke.
— láhvové silné, Bouteillenstöpsel, starke.
— láhvové slabé, Bouteillenstöpsel, schwache.
— lékární, Medizinstöpsel.
— rosolkové dlouhé, Liquerstöpsel, lange.
— rosolkové krátké, Liquerstöpsel, kurze.
závaží celné, Zollgewicht.
— cimentované, Gewicht, adjustirtes.
— desetinové, Dezimalgewicht.
— desetinové jednotlivé, Dezimalgewicht, ausgesetztes.
— k hodinám, Uhrgewicht.
— k rozbírání, Einsatzgewicht.
— náhradní, Einsatzgewicht.
— plnovážné, Gewicht, rundgefeiltes.

závěsa, Aufsatzband.
— ke dveřím, Thürband.
— kotoučková, Schneckenband.
— křížová, Kreuzband.
— kuželová, Kegelband.
— svírací, Charnierband.
zavěšáky, Bandnägel.
zavírka, Radsperre.
— kočárová, Kaleschhemmschuh.
závlačka, Schubriegel.
— dlouhá k přibití, Schubriegel, langer zum Anschlagen.
— krátká příčni, Schubriegel, kurzer querer.
— k zadlabáni, Schubriegel zum Einstemmen.
— k zapuštění, Schubriegel zum Einlassen.
— silná s čepem, Schubriegel starker mit Kapsel.
— s mosazným knoflikem, Schubriegel mit Messingknopf.
— železná k přibití, Schubriegel, eiserner zum Anschlagen.
závoj gazový, Gazeschleier.
závora, Riegel.
závorka vlašská k přibití, Riegel, wälscher zum Anschlagen.
— k zadlabání, Riegel zum Einstemmen.
zavrnutka nachová, Monardenkraut.
zázvor bílý, Ingber, weißer.
— citvarový, Zittwer, langer.
— černý, Ingber, brauner.
— český, Aronwurzel.
— čínský, Ingber, chinesischer.
— planý, Kassumuniar.
— východoindický, Ingber, westindischer.
— zadělávaný neb pocukrovaný, Ingber, eingemachter.
— západoindský, Ingber, westindischer.
— žlutý, Kurkume.
zběhovec, Güldengünsel.
zdeř, Rehbüchse.
zdla, Gagel.
zdvihadlo k parovozům, Locomotivwinde.
zdvihák, Winde.
zeleň anglická, Englischgrün.
— barvíková, Chromgrün.
— batavská, Batavischgrün.
— bremská, Bremergrün.
— bronzová, Bronzegrün.
— brunšvická, Braunschweigergrün.
— cinobrová, Zinnobergrün.
— čínská, Chinesischgrün.
— císařská, Kaisergrün.
— ďasíková, Kobaltgrün.
— cislebenská, Eislebnergrün.
— horská, Berggrün.
— chasoníková, Titangrün.
— chrómová, Chromgrün.
— jasnická, Jasnigergrün.
— kadaňská, Kaadnergrün.
— kettenhofská (řetězodvorská), Kettenhofergrün.
— kirchberská, Kirchbergergrün.
— kobaltová, Kobaltgrün.
— krušinková, Blasengrün.
— listová, Laubgrün.
— — polotmavá, Laubgrün, halbdunkles.
— — světlá, Laubgrün, lichtes.
— — tmavá, Laubgrün, dunkles.
— lučební, Saftgrün, gereinigtes.
— mechová, Moosgrün.
— minerálná čili nerostová, Mineralgrün.
— mytišová čili vídeňská, Mitisgrün.
— nová, Neugrün.
— novovídská, Neuwiedergrün.
— olejná, Ölgrün.
— originální, Originalgrün.
— papoušková, Papageigrün.
— pařížská, Parisergrün.
— prašná, Staubgrün.
— řešetláková, Blasengrün.
— rinmannská, Rinmannsgrün.
— šélská, Scheele'sgrün.

zeleň šťávná čistěná, Saftgrün, gereinigtes.
— šveinfurtská čili sviňobrodská, Schweinfurtergrün.
— titanová, Titangrün.
— tyrolská, Berggrün.
— uherská, Berggrün.
— ultramarinová, Ultramaringrün.
— veroneská, Mitisgrün.
— vídeňská, Kaadnergrün.
— železná, Eisengrün.
zelenec, Singrün.
zelí sv. barbory, Barbenkraut.
— bílé, Weißkraut.
— červené, Rothkohl.
— hlávkové, Kopfkohl.
— kočičí, Amberkraut.
— květné, Blumenkohl.
— mořské, Kappiskraut.
— mořské, Meerkohl.
— ostré, Scharfkraut.
— ozimé, Winterkraut.
— vlaské čili savoyské, Savoyerkohl.
— zaječí, Sauerklee.
zelina černá, Küchenschellenkraut.
zem japánská, Katechu.
zemče, zemák, Kartoffel.
země kamenečná, Alaunerde.
— kostní, Knochen.
zeměžluč menší, Tausendguldenkraut.
— žlutá, Chlora.
zemník, Tellur.
zerav západní, Lebensbaum.
zhustlina cukrová, Zuckersyrup.
zibet čili zibetkovina, Zibeth.
zimozelen čili zimostráz, Singrün.
zindava, Sinau.
zinek, Zink.
zinkovec, Galmei.
zlatnan ammonatý, Knallgold.
zlato, Gold.
— lánové, Lahngold.
— malířské, Musivgold.
— musivné, Musivgold.
zlato picí, Goldtinktur.
— praskavé, Flittergold.
— třaskavé, Knallgold.
— třené, Muschelgold.
zlatostříbří, Zwischgold.
zlatohlav, Drape d'or.
zlatovlasec, zlatovlásek, Goldschopf.
zlobice, Glaskraut.
zlodějka, Lochsäge.
zmyda, Eisenvitriol, gewöhnlicher.
zob ptačí, Hartriegelbeeren.
zoubky štikové, Hechtzähne.
zpěž, Bronze.
zpruha ocelová, Stahlfeder.
zrna balšánová, Balsamkörner.
— borovičková, Wachholderbeeren.
— citronová, Zitronenkerne.
— granátová, Granatäpfelsamen.
— molucká, Purgierkörner.
— pížmová, Abelmosch.
— rajská, Paradieskörner.
— šarlatová, Kermes.
— šípková, Hagebuttensamen.
— tigliová, Purgierkörner.
— vinná, Traubenkerne.
— zapotilová, Sapotillkörner.
zubovník, Zahnhobel.
zuby hrochové, Hyppopotamuszähne.
— mořské, Zahnschnecken.
— sloňové, Elefantenzähne.
— vepřové, Schweinszähne.
— vlčí, Wolfszähne.
zvěšinec, Leinkraut.
zvonec klubkatý, Glockenblume, geknaulte.
— modřenkový, Glockenblume, nesselblätterige.
zvoneček červený, Harthen.
zvonečky mosazné, Meßingglocken.
zvonek kuchyňský, Küchenschellenkraut.
— kovový, Metallglocke.
zvonky tyrolské (kovové), Tyrolerglocken.
zvonovina, Glockengut.
zyb, Torf.

Ž.

žabinec, Vogelkraut.
— planý, Leinkraut.
žabka bednářská, Binderschnitzer.
— lodní, Schiffsklammer.
— truhlářská, Tischlerschnitzer.
— vinařská, Weinmesser.
žádava, Sinau.
žádovník, Quendel.
žáhavka, Brennessel.
žakardy, Jaquards.
žakonety, Jakonnets.
žaludková, Magenliquer.
žaludy, Eicheln.
žampion, Champignon.
žandovka, Dose, Sandauer.
žankl, Sanikel.
žarouš, Froschepprich.
žaretiery, Jarretieres.
žebříček, Schafgarbe.
žebro čertovo, Ackerskabiosa.
— ovčí, Schafgarbe.
žehavky, Zündhölzchen.
žehel, Bouteillenstein.
železník, Eisenhart.
žehlička, Bügeleisen.
železo cínované, Weißblech.
— čtvercové, Quadrateisen.
— holové čili v holích, Stabeisen.
— holové kulaté, Bolleisen.
— kované, Schmiedeisen.
— kovářské nebo kujné, Schmiedeeisen.
— kulaté, Rundeisen.
— lícené, Façoneisen.
— lité, Gußeisen.
— mřížové, Gittereisen.
— na kleště, Schließeneisen.
— obručové čili na obruče, Reifeneisen.
— patentní, Patenteisen.
— plužní, Pflugeisen.
— podkovní, Hufstabeisen.
— posudní, Faßeisen.
železo prutové, Stabeisen.
— rámové, Rahmeisen.
— řezací, Schneideisen.
— surové, Roheisen.
— svírací, Schließeisen.
— šínové, Schieneisen.
— šířené, Bandeisen.
— štyrské, steyrisches Eisen.
— tažené válené, Streckeisen, gewalztes.
želízka, Schlittschuhe.
želízko do dvojáku, Doppelhobeleisen.
— do hoblíku, Hobeleisen.
— do žehliček, Bügeleisenstahl.
— holící, Schereisen.
— pérové, Federeisen.
— zoubkované do hoblíku, Zahnhobeleisen.
— zpruhové, Federeisen.
želvina, želvovice, Schildkrot.
žengleje, Sanikel.
ženkle, Schnürnadel.
žernovky račí, Krebsaugen.
žeroviny, Moosbeeren.
žesť mosazná válená, Messingblech, gewalztes.
žestec, Graphit.
žestík, Molybdän.
žídník, Egelkraut.
žíhanina, Leinwand, gestreifte.
žíhlava mrtvá, Taubnessel.
žilety ispahanské, Ispahangilets.
žindava, Sanikel.
žiliště, Peitschenstock.
žíně, Roßhaar.
žíravina mineralná, Laugensalz, mineralisches.
žito svatojanské, Mutterkorn.
— turecké, Mais.
živice, Erdbalsam.
— americká hnědá, Harz, amerikanisches dunkles.
— ammoniaková, Ammoniakgummi.

živice benzoinová, Benzoe.
— cedrová, Cedernharz.
žížaly sušené, Regenwürmer.
žlábkovec, Falzhobel.
žluč skelná, Glasgalle.
— volská zavařená, Ochsengalle, eingedickte.
žluť alžbětská, Isabeaugelb.
— amberská, Satinober.
— barvíková, Chromgelb.
— barytová, Permanentgelb.
— čínská, Chinesergelb.
— chemická, Bleioxyd, gelbes.
— chrómová, Chromgelb.
— jezabelová, Isabeaugelb.
— kadmiová, Kadmiumgelb.
— kaselská, Mineralgelb.
— kolínská, Kölnischgelb.
— královská, Königsgelb.
— mineralná, Mineralgelb.
— mízová, Schüttgelb.
— montpellierská, Mineralgelb.
— neapolská, Neapelgelb.
— nebesníková, Urangelb.
— nerostová, Mineralgelb.
— nová, Neugelb.
žluť olovná, Bleigelb.
— orleanská, Orlean.
— pařížská, Mineralgelb.
— patentová, Mineralgelb.
— permanentní, Pergamentgelb.
— pryskyřičná, Gummigutt.
— rezová, Rostgelb.
— Turnerova, Mineralgelb.
— uranová, Urangelb.
— veronská, Mineralgelb.
— zinková, Zinkgelb.
— železná, Eisengelb.
žluťák, Butterblume.
— proklatý, Froschepfich.
žluťalka, Kurkume.
žlutice, Safler, gemeiner.
žlutidlo, Färberginster.
žlutilka, Gelberde.
žlutinec, Uranocher.
žlutinka, Wau.
žlutník, Gelzmilz.
žlutosok, Gummigutt.
žom, Schraubzwinge.
žoraviny, Moosbeeren.
žraločina, Hayfischhaut.
žužel dymná, Almey.

Opravy.		**Berichtigungen.**	
Stránka Seite	řádek zhora Zeile von oben	místo: statt:	čti: lese:
11	38.	arsenikſaures	arsenigſaures.
46	20.	дроьολοка	дроволока.
57	13.	Färbeŕginſter	Färberginſter.
58	43.	Ferkelkraut	Ferkelkraut.
87	27.	arsenikſaures	arsenigſauers.
87	28.	arsenikſaures	arsenigſaures.
90	24.	rhodan	rhodanid
91	17.	arsenikſaures	arsenigſaures.
92	20.	arsenikſaures	arsenigſaures.
110	22.	arsenikſaures	arsenigſaures.
110	43.	Kupferarsenik	Kupferarsenat.
186	10.	solalin	solanin.
220	37.	ätheriſcher	ätheriſches.

CPSIA information can be obtained
at www.ICGtesting.com
Printed in the USA
LVHW040411200422
716646LV00005B/175

9 783752 596984